T0014611

Fiódor Mijáilovich Dostoievski nació en Moscú en 1821, hijo de un médico militar. Estudió en un colegio privado de su ciudad natal y en la Escuela Militar de Ingenieros de San Petersburgo. En 1845, su primera novela, *Pobres gentes*, fue saludada con entusiasmo por el influyente crítico Belinski, aunque no así sus siguientes narraciones. En 1849, su participación en un acto literario prohibido le valió la condena de ocho años de trabajos forzados en Siberia, la mitad de los cuales los cumplió sirviendo en el ejército en Semipalátinsk. De regreso a San Petersburgo en 1859 publicó ese mismo año la novela *Stepánchikovo y sus habitantes*. Sus recuerdos de presidio, *Memorias de la casa muerta*, vieron la luz en forma de libro en 1862. Fundó con su hermano Mijaíl la revista *Tiempo* y, posteriormente, *Época*, cuyo fracaso le supuso grandes deudas. La muerte de su hermano y de su esposa el mismo año de 1864, la relación «infernal» con Apolinaria Súslova, la pasión por el juego, un nuevo matrimonio y la pérdida de su hija le llevaron a una vida nómada y trágica, perseguido por acreedores y sujeto a contratos editoriales desesperados. Sin embargo, desde la publicación en 1866 de *Crimen y castigo*, su prestigio y su influencia fueron centrales en la literatura rusa, y sus novelas posteriores no hicieron sino incrementarlos: *El jugador* (1867), *El idiota* (1868), *El eterno marido* (1870), *Los demonios* (1872), *El adolescente* (1875) y, especialmente, *Los hermanos Karamázov* (1879-1880). Sus artículos periodísticos se hallan recogidos en su monumental *Diario de un escritor* (1876). Dostoievski murió en San Petersburgo en 1881.

Rafael Cansinos Assens (Sevilla, 1882-Madrid, 1964) fue un poeta, escritor, traductor y erudito español. Suyas son algunas de las traducciones de los grandes maestros de la tradición: Dostoievski, Schiller, Goethe, Balzac y Andréyev, entre otros. Recibió premios y distinciones de instituciones como la Academia Goethiana de Sao Paulo y la Real Academia Española.

David McDuff (1945) es un traductor, editor y crítico literario británico. Ha traducido al inglés, entre otras grandes obras, *Crimen y castigo*, *Los hermanos Karamázov* y *El idiota*. Ha recibido numerosos premios en reconocimiento a su trabajo.

FIÓDOR M. DOSTOIEVSKI

Crimen y castigo

Traducción de
RAFAEL CANSINOS ASSENS

Revisión de la traducción y edición de
RAFAEL MANUEL CANSINOS

Introducción de
DAVID McDUFF

PENGUIN CLÁSICOS

Papel certificado por el Forest Stewardship Council®

Título original: *Prestuplenie i nakazanie*

Primera edición en Penguin Clásicos: junio de 2015
Decimosexta reimpresión: marzo de 2023

PENGUIN, el logo de Penguin y la imagen comercial asociada son marcas registradas
de Penguin Books Limited y se utilizan bajo licencia.

© 2006, 2015, Penguin Random House Grupo Editorial, S. A. U.
Travessera de Gràcia, 47-49. 08021 Barcelona
© 1991, 2003, David McDuff , por la introducción
© 2015, Rafael Manuel Cansinos, por la edición
© herederos de Rafael Cansinos Assens, por la traducción
Diseño de la cubierta: Penguin Random House Grupo Editorial
Ilustración de la cubierta: © María Pérez Sanz

Printed in Spain – Impreso en España

ISBN: 978-84-9105-006-3
Depósito legal: B-9.688-2015

Compuesto en Comptex & Ass., S. L.
Impreso en Liberdúplex
Sant Llorenç d'Hortons (Barcelona)

PG 2 5 5 0 B

ÍNDICE

INTRODUCCIÓN

Cuando en 1866 se publicó la primera parte de *Crimen y castigo* en los números de enero y febrero de la revista de Mijaíl Katkov *El Mensajero Ruso*, alcanzó un éxito de público inmediato. El resto de la novela estaba aún por escribir, y su autor se enfrentaba a la pobreza y las deudas para cumplir unos plazos cada vez más apremiantes. No obstante, tanto él mismo como sus lectores percibieron que la obra poseía un impulso interior propio que se hallaba vinculado a la vez con los procesos inexorables del cambio social exterior y de un despertar espiritual interior. «La novela promete ser una de las mejores obras del autor de *Memorias de la casa muerta*», escribió un crítico anónimo.

El terrible crimen que constituye la base de esta historia se describe con una verosimilitud tan asombrosa, con unos detalles tan sutiles, que el lector se encuentra experimentando involuntariamente las peripecias de este drama con todos sus resortes y mecanismos psíquicos, atravesando el laberinto del corazón desde los inicios más tempranos de la idea criminal hasta su desarrollo final [...] Incluso la subjetividad del autor, que en ocasiones ha perjudicado a la caracterización de sus héroes, en este caso no produce daño alguno, ya que se centra en un solo personaje y está cargada de una claridad tipológica, artística en su naturaleza.

La aparición de las sucesivas partes de la novela supuso progresivamente todo un acontecimiento social y público. En sus memorias, el crítico N. N. Strájov recordaba que, en Rusia, *Crimen y castigo* fue la sensación literaria del año, «el único libro del que hablaban los adictos a la lectura. Y cuando se referían a él solían quejarse de su fuerza abrumadora y del efecto angustioso que ejercía en los lectores, hasta el punto de que aquellos con nervios de acero casi caían enfermos, mientras que los que tenían unos nervios débiles se veían obligados a abandonar su lectura». La novela contenía muchos aspectos «angustiosos». Aparte del análisis de la desdicha social y la enfermedad psicológica, impactante incluso para los lectores de la obra de Victor Hugo *Los miserables*, recientemente publicada y de la que Dostoievski obtuvo parte de su inspiración estructural y panorámica,[*] el libro parecía representar más un ataque contra el cuerpo estudiantil ruso, al que acusaba de aliarse con los jóvenes radicales y nihilistas violentamente opuestos al orden social y político establecido. En las primeras reseñas, los críticos liberales e izquierdistas, que percibían el paralelismo entre el crimen de la anciana y las conversaciones sobre asesinatos políticos que impregnaban el ambiente, vieron la novela como una virulenta aportación a la lluvia de literatura «antinihilista» que había empezado a aparecer en la década de 1860 y se lanzaron a la defensa de

---

[*] Dostoievski mostró a lo largo de toda su vida un interés considerable por la ficción en prosa de Victor Hugo y, en 1862, durante su primera visita a Europa occidental, leyó emocionado su obra *Los miserables*, que acababa de publicarse. *Crimen y castigo* muestra la influencia de la novela de Hugo en la trama (un criminal que intenta burlar a un policía que le sigue), el ambiente (las cloacas de París tienen su equivalente en los canales de San Petersburgo) y los personajes (es posible establecer paralelismos entre Jean Valjean y Raskólnikov, Cosette y Dunia, Marius y Razumijin, y Thénardier y Svidrigáilov, entre otros). Los numerosos puntos de coincidencia entre las dos novelas han sido investigados a fondo por Nathalie Babel Brown en su valioso estudio *Hugo and Dostoevsky*, Ardis/Ann Arbor, 1978.

«las asociaciones rusas de estudiantes»: «¿Ha habido algún caso de un estudiante que cometa un crimen para robar?», se preguntaba el crítico G. Z. Yelisevev en el *Contemporáneo*.

Y aunque hubiese habido algún caso así, ¿qué demostraría eso sobre la actitud general de las asociaciones de estudiantes? [...] ¿No fue Belinski quien le hizo notar una vez a Dostoievski que lo fantástico tenía su lugar «en el manicomio, no en la literatura»? [...] ¿Qué diría Belinski acerca de esta nueva fantasía del señor Dostoievski, a consecuencia de la cual toda asociación de jóvenes se ve acusada indiscriminadamente de intento de robo con asesinato?

Este grito fue adoptado por un crítico anónimo en la revista *Semana* (que reflejaba normalmente un punto de vista liberal-conservador), quien escribió:

[...] teniendo en cuenta todo el talento del señor Dostoievski, no podemos pasar por alto esos síntomas melancólicos que en su última novela se manifiestan con especial fuerza [...] El señor Dostoievski está descontento con la generación más joven. Esa circunstancia en sí misma no es digna de comentarios. Desde luego, la generación en cuestión posee una serie de defectos que merecen una crítica, y exponerlos resulta encomiable en extremo, por supuesto siempre que se haga de forma honorable, sin lanzar la piedra y esconder la mano. Así lo hizo, por ejemplo, Turguénev cuando describió (cabe decir que con muy poco éxito) los fallos de la generación más joven en su novela *Padres e hijos*; sin embargo, el señor Turguénev desarrolló el asunto de forma limpia, sin recurrir a insinuaciones sórdidas [...] El señor Dostoievski no ha actuado del mismo modo en su nueva novela. Aunque no dice abiertamente que las ideas liberales y las ciencias naturales conduzcan a los jóvenes al crimen y a las chicas a la prostitución, de manera oblicua nos da la impresión de que así es.

El crítico nihilista D. I. Písarev, consciente como otros más de la vitalidad artística y de la absoluta e innegable actualidad de la obra, probó otro enfoque de acercamiento. Basando su crítica en una interpretación «social» de la novela, afirmó que Raskólnikov era un producto de su entorno y que la transformación radical de la sociedad que Dostoievski parecía reclamar no podía lograrse mediante la clase de cristianismo que ofrecía Sonia, sino mediante una acción revolucionaria, la construcción de una nueva sociedad. Casi en solitario, Strájov intentó atraer la atención de sus lectores hacia la dimensión trágica universal de la novela como parábola del modo en que un joven con talento, tras unos terribles sufrimientos personales causados por la sociedad, queda arruinado por las ideas «nihilistas» y tiene que experimentar un proceso de expiación y redención. Strájov señaló que Dostoievski trata con compasión a su héroe y comentó: «Esto no es una burla de la generación más joven, ni tampoco un reproche o una acusación; es un lamento por ella».

La famosa respuesta de Dostoievski al artículo de Strájov —«Es usted el único que me ha entendido»— ha continuado resonando a lo largo de los años, pues *Crimen y castigo* no ha dejado de presentar dificultades de interpretación. Incluso en la segunda mitad del siglo xx se escribieron estudios críticos acerca de la novela en los que las ideas fundamentales que la sustentan se ignoraban como expresiones de una ideología que el arte imaginativo del escritor «superó» o bien se distorsionaban hasta convertirlas en caricaturas irreconocibles de sí mismas. Así, por ejemplo, el crítico estadounidense Philip Rahv, en un ensayo que por lo demás arroja mucha luz sobre las fuentes y los antecedentes asociados con la novela, mantiene que «la fe de Sonia no se ha alcanzado mediante la lucha» y que «no le ofrece ninguna solución a Raskólnikov, cuya existencia espiritual es inconmensurable en comparación con la suya», y describe el epílogo del libro como «inverosímil y poco coherente con la obra en conjunto».[*] Aunque es cierto que es imposible alcanzar una comprensión definitiva de cualquier obra de arte debido a su infinitud, en el caso de Dostoievski es difícil evitar la sensación de que en muchos de los análisis críticos de su obra los factores operativos son de naturaleza ideológica y no puramente estética. Esto no es extraño, pues en las obras de madurez de Dostoievski el pensamiento y la imagen, la idea y la forma, están siempre entrelazados. Por todo ello, aún puede ser útil recapitular la «idea» original de *Crimen y castigo* tal como la concibió su autor.

Quizá la explicación más clara de las intenciones de Dostoievski al escribir la novela la dio el filósofo Vladímir Soloviov (1853-1900), que fue amigo de Dostoievski y en el verano de 1878 le acompañó en una peregrinación al monasterio de Óptina Pústyñ. En el primero de sus tres discursos conmemorativos (1881-1883, publicados en 1884) Soloviov expone el asunto con sencillez. En un análisis de *Crimen y castigo* y *Los endemoniados* escribe:

> Pese a su riqueza de detalles, la primera de estas novelas tiene un sentido claro y sencillo, aunque muchos no lo hayan entendido. Su protagonista representa esa visión de las cosas según la cual el hombre fuerte es su único amo, y todo le está permitido. En nombre de su superioridad personal y de su creencia de que es una fuerza, se considera autorizado a cometer un crimen y, de hecho, lo ejecuta. Pero luego, de pronto, la acción que él consideraba una mera infracción de una ley externa sin sentido y un audaz desafío a los prejuicios de la sociedad resulta ser, para su propia conciencia, mucho más que eso; es un pecado, una infracción de la justicia moral interna. Su infracción de la ley externa recibe su legítimo castigo desde fuera en forma de exilio y trabajos forzados, pero el pecado interior de orgullo que ha apartado al hombre fuerte de

[*] Philip Rahv, «Dostoevsky in *Crime and Punishment*», *Partisan Review*, 27 (1960).

la humanidad y le ha llevado a cometer el crimen, ese pecado interior de autoidolatría, solo puede redimirse con un acto moral interno de renuncia a sí mismo. Su confianza sin límites en sí mismo tiene que desaparecer frente a aquello que es mayor que él, y su justificación, creada por sí mismo, debe humillarse ante la justicia superior de Dios que vive en esas mismas gentes sencillas y débiles que el hombre fuerte veía como miserables insectos.

Soloviov ve el significado esencial de las primeras obras de Dostoievski, a quien le preocupan por encima de todo esas «gentes sencillas y débiles», como percepción de «la verdad antigua y eternamente nueva de que en el orden establecido los mejores (desde el punto de vista moral) son al mismo tiempo los peores en opinión de la sociedad, de que son condenados a ser pobre gente, humillados y ofendidos». No obstante, si Dostoievski se hubiese conformado con abordar este problema solo como objeto de ficción, mantiene Soloviov, no habría sido más que un periodista con pretensiones. Lo importante es que Dostoievski vio el problema como parte de su propia vida, como una pregunta existencial que exigía una respuesta satisfactoria. La respuesta no era nada ambigua: «Las mejores personas, al observar en otras y percibir en sí mismas una injusticia social, tienen que unirse, alzarse contra ella y recrear la sociedad a su manera». Con este fin Dostoievski se había unido a la conspiración de los petrashevistas; su primer e ingenuo intento de hallar una solución al problema de la injusticia social le llevó al patíbulo y a una condena a trabajos forzados. En medio de los horrores de la «casa muerta» empezó a revisar sus nociones sobre una revuelta que no era necesaria para el pueblo ruso en conjunto, sino solo para él mismo y los demás conspiradores.

Durante su condena a trabajos forzados, afirma Soloviov, por primera vez Dostoievski se encontró cara a cara y conscientemente con representantes del auténtico sentimiento nacional y popular ruso, a la luz de lo cual «vio con toda claridad la falsedad de su lucha revolucionaria»:

> Los compañeros de Dostoievski en el campo de trabajo eran, en su gran mayoría, miembros del pueblo llano ruso y eran todos, con algunas excepciones sorprendentes, los peores representantes de ese pueblo. Pero incluso estos últimos acostumbran a conservar lo que los miembros de la élite suelen perder: la fe en Dios y la conciencia de pecado. Los simples criminales, que se distinguen de la masa popular por sus actos malvados, no se diferencian en absoluto de ella en cuanto a sus conceptos, sus opiniones y su punto de vista religioso sobre el mundo. En la casa muerta Dostoievski se encontró con la verdadera «pobre (o, de acuerdo con la expresión popular, "desafortunada") gente». Los otros, a quienes había dejado atrás, aún podían hallar refugio frente a la injusticia social en un sentimiento de su propia dignidad [...] Los reclusos no disponían de esa opción, pero tenían otra. Los peores miembros de la casa muerta le devolvieron a Dostoievski lo que le habían quitado los mejores miembros de la élite. Si allí, entre los representantes ilustrados, un vestigio de sentimiento religioso le había hecho palidecer ante la blasfemia de un destacado literato; aquí, en la casa muerta, ese sentimiento estaba destinado a revivir y renovarse por influencia de la fe humilde y devota de los convictos.

El análisis de Soloviov está teñido sin duda por sus teorías acerca de la Iglesia y el pueblo rusos. Sin embargo, aun así, está lleno de sencillez y franqueza, y se basa en un conocimiento personal de Dostoievski, por lo que es difícil de refutar. Lejos de avanzar hacia un dogmatismo religioso o hacia unas ideas políticas reaccionarias, durante el período posterior a su encarcelamiento Dostoievski comenzó a descubrir un «socialismo real», la *sobornost* («comunión») del espíritu humano tal como se expresaba en la identidad compartida del pueblo ruso y su modesta aceptación de Dios.

Los últimos capítulos de *Memorias de la casa muerta* describen el despertar de la personalidad del protagonista. Esta no es la misma que predomina en la ficción anterior de Dostoievski; su experiencia del verdadero sufrimiento físico y mental, las penalidades compartidas y la iluminación religiosa le prestan una dimensión universal. Pese a la desafortunada e irónica miseria que sufre, el «yo» de *Memorias del subsuelo* habita un universo muy diferente del de Makar Dévushkin u Ordinov. Al liberarse de una visión del mundo adormecida, romántica y sentimental; al tomar conciencia de su propia conciencia y de las profundidades de la debilidad y de la trampa que se halla oculta en su interior, adquiere el estatuto de un «nosotros»: «Respecto a mí —afirma el hombre del subsuelo a sus lectores—, he de decir que he llevado hasta el último extremo aquello que ustedes no se han atrevido a llevar ni a mitad del camino, y por si fuera poco, toman por cordura su propia cobardía y se tranquilizan engañándose a sí mismos». La narración en primera persona, lejos de alejar al narrador de sus lectores, tal como sucede en algunas de las primeras obras de Dostoievski (como, por ejemplo, *Noches blancas*), en realidad le acerca más a ellos; al provocarles con una confesión que se dirige a la raíz de la impotencia y la bancarrota espiritual de cada individuo —una «pobreza» que solo puede superarse mediante una aceptación de la gracia de Dios—, el hombre del subsuelo actúa como la voz unificadora del arrepentimiento. «En todo caso —escribe—, no he dejado de sentir vergüenza mientras escribía este *relato*; será que se trata más de un castigo correctivo que propiamente de literatura».

Por los borradores y cuadernos para *Crimen y castigo* sabemos que, en un principio, Dostoievski planeó la novela como una confesión del mismo estilo que *Memorias del subsuelo*, publicada en 1864. Las bases de la novela estaban ya sentadas en las *Memorias*, donde al final de la segunda parte, tras la humillación del narrador durante la cena en el hotel, su visita al burdel y su cínica manipulación de la prostituta Lisa, encontramos el siguiente pasaje:

> Por la tarde, salí a darme un paseo. Desde el día anterior seguía doliéndome la cabeza y sentía mareos. Pero cuanto más oscurecía, y cuanto más densa se hacía la noche, tanto más cambiadas y confusas se me presentaban todas mis impresiones, y con ellas, también las correspondientes ideas. En lo más profundo de mi corazón y de mi conciencia, había algo que no se extinguía, algo que se resistía a apagarse convirtiéndose en abrasadora melancolía. A empellones recorrí los lugares más concurridos y comerciales de la ciudad; iba por la calle Meschánskaya, la Sadóvaya y el Jardín de Yusupov. Me gustaba sobremanera pasearme por esas calles al anochecer, cuando la muchedumbre, junto a todo tipo de transeúntes, se va haciendo cada vez más densa; cuando la multitud obrera y artesana, tras su jornada laboral, regresa a sus hogares con semblante preocupado. Lo que más me atraía de todo aquello era precisamente ese trajín de seres tan insignificantes y aspecto tan descaradamente prosaico. En aquellos momentos los empellones de la calle me irritaban cada vez más. No lograba dominarme y tampoco encontraba la explicación de aquello. Sentía que algo en mi interior subía poco a poco de intensidad; algo doloroso que se resistía a apaciguarse. Regresé a casa sintiéndome completamente desolado como si tuviera el peso de algún crimen sobre mi conciencia.

Este fragmento podría proceder de uno de los primeros borradores de los capítulos iniciales de *Crimen y castigo*. En realidad, las dos obras son interdependientes en muchos aspectos, pues las *Memorias* constituyen un prólogo filosófico de la novela. El antiguo estudiante de veintitrés años que sale a la calle de Petersburgo en una tarde de comienzos de julio es pariente espiritual del hombre del subsuelo; tenemos que suponer que las semanas de aislamiento e «hipocondría» que ha pasado sin salir de casa han ido acompañadas de la clase de deliberaciones que llena las páginas de las *Memorias*. En los primeros borradores de la novela, la narración está en primera persona y posee la misma obsesiva cualidad confesional que ya aparecía en la obra anterior. La principal diferencia es que, mientras que el crimen del hombre del subsuelo posee una naturaleza exclusivamente moral y personal por ser un pecado contra otro ser humano y contra uno mismo, el de Raskólnikov es, en primer lugar, un franco desafío al tejido de la sociedad, aunque también afecte a la dimensión moral y personal.

El «paredón de piedra» que tanto irrita al hombre del subsuelo está también presente en *Crimen y castigo*. No obstante, en este caso no solo se trata de «las leyes de la Naturaleza, de las deducciones de las ciencias naturales o de la matemática», sino que además simboliza las leyes de la sociedad. Las paredes que rodean a Raskólnikov y le retienen en su habitación-ataúd no son meros límites de lo «posible»; también suponen la protección de la sociedad contra sus propios miembros. En opinión de Dostoievski hay algo profundamente equivocado en un orden social que necesita encarcelar, empobrecer y torturar a las mejores personas que hay en él, aunque ello no es excusa para el crimen de Raskólnikov (la palabra rusa *prestuplenie*, mucho más gráfica, sugiere ese «traspaso de límites», esa «transgresión» que él tanto desea). Las personas son las responsables de la sociedad en la que viven, y tanto si albergan ideas «radicales» y ateas como las de Raskólnikov, como si son «burguesas» y utilitarias, pero también ateas, como las de Piotr Petróvich Luzhin, renunciarán a su responsabilidad para delegarla en las demás criaturas y las destruirán de un modo u otro. El hombre del subsuelo expresa su desprecio por el «hormiguero», el «Palacio de Cristal» de la «civilización», que da lugar sobre todo a «la sangre», y Raskólnikov actúa movido por las mismas convicciones. Sin embargo, también pretende dejar su huella en la historia. Este es el principal aspecto en el que *Crimen y castigo* supone un desarrollo significativo en el pensamiento creativo de Dostoievski.

El filósofo y crítico literario Vasili Rózanov (1856-1919) —otro pensador ruso con una gran comprensión intuitiva de Dostoievski— fue uno de los primeros en señalar este aspecto del arte del escritor. Al comienzo de un «perfil crítico y biográfico» escrito en 1893 como introducción a la publicación en el semanario *Niva* de las obras completas de Dostoievski, analiza la función de la literatura, percibiéndola como el medio a través del cual el individuo puede alejarse «de los detalles de su propia vida» y entender su existencia en términos de su significado general. La historia tiene sus orígenes en el individuo y el hombre se distingue de los animales en que siempre es una persona, única e irrepetible. Por ello, en opinión de Rózanov, la ciencia y la filosofía convencionales y «positivistas» nunca serán capaces de entender «al hombre, su vida e historia». Las leyes que gobiernan el universo natural no se aplican al hombre. «¿Acaso son lo más importante de Julio César, de Pedro el Grande, de ti, querido lector, los aspectos en los que no nos distinguimos de otras personas? En el sentido en que lo más importante de los planetas no es su distancia variable respecto al sol, sino la forma de sus elipses y las leyes según las cuales todos se mueven del mismo modo a lo largo de ellas». A diferencia de la ciencia y la filosofía natural, el arte y la religión se dirigen al individuo, a su corazón y su alma. Se interesan por las etapas de la vida interior y, aunque cada individuo no las experimenta todas, estas son características de la historia de la humanidad: un período de serenidad primigenia, una caída desde ese estado y una fase de regeneración. La «caída» es la etapa que predomina sobre las otras dos: la mayor parte de la historia la absorbe el «crimen y pecado», que, sin embargo, se dirige siempre contra la serenidad que lo precedió y señala hacia el proceso de regeneración como único camino para la recuperación de esa serenidad. En la oscuridad de la historia se halla la esperanza de la luz:

Cuanto más oscura es la noche, más brillantes son las estrellas.
Cuanto más profundo es el duelo, más cercano está Dios.

«En estos dos versos —dice Rózanov— se encuentra el significado de toda historia, y la historia del desarrollo espiritual de un millar de almas». Raskólnikov, con su obsesión por Napoleón y sus confusas ideas radicales, no hace sino dejar su huella en la historia de su época; al igual que Napoleón, es al mismo tiempo un alma individual y un agente de la historia mundial, y como tal, es capaz de arrastrar al lector consigo en su exploración de la «oscura noche». El «poder sobre el hormiguero» del que habla es en realidad el que tiene el personaje artístico del mismo Dostoievski sobre los lectores de la novela. Como señala Rózanov:

En esta novela se nos ofrece una descripción de todas aquellas condiciones que, al capturar el alma humana, la arrastran hacia el crimen; vemos el crimen mismo; y al mismo tiempo, con absoluta claridad, entramos junto al alma del criminal en una atmósfera, hasta ahora desconocida para nosotros, de tinieblas y horror en la que respirar nos resulta casi tan difícil como a él. El tono general de la novela, impreciso e indefinible, es mucho más extraordinario que cualquiera de sus episodios individuales. Cómo se logra esto es el secreto del autor, pero la cuestión es que nos lleva realmente consigo y consigue que percibamos la criminalidad con todas las fibras interiores de nuestro ser. Al fin y al cabo, nosotros mismos no hemos cometido ningún crimen y, sin embargo, cuando acabamos el libro es como si emergiéramos al aire libre desde alguna estrecha tumba en la que hubiésemos sido emparedados con alguien vivo que se ha enterrado en ella, y hubiéramos respirado junto a esa persona el aire envenenado de huesos muertos y entrañas en descomposición...

Debido a su existencia en un plano histórico como tipo

psicosocial y moral-intelectual, como parte del tejido temporal en el que vive, Raskólnikov puede hablarle a la realidad humana colectiva que está presente en todos nosotros. Del mismo modo que toda persona contiene un tirano, un Napoleón (o, desde la perspectiva del siglo XX, un Hitler o Stalin), también se halla en su interior una víctima doliente. El crimen del tirano se castiga por ese sufrimiento, lo único que puede redimirlo. Dostoievski señala la posibilidad de cambio, no tanto de tipo social y material desde fuera como de una transformación de la humanidad desde dentro. Los borradores y notas para la novela lo ponen de manifiesto con mucha claridad: el libro se concibió originalmente como una novela de «la perspectiva ortodoxa» que expresaba «la esencia de la ortodoxia». Esta se resume en la idea de que «la felicidad se gana con el sufrimiento», circunstancia en la que «no hay injusticia, pues se adquiere un conocimiento de la vida y una conciencia de ella (experimentada de forma espontánea en el cuerpo y en el espíritu, como parte del proceso integral de la vida) por medio de la experiencia del pro y contra que cada cual debe llevar consigo».

La experiencia del pro y contra, el antiguo misterio del bien y el mal ataviado con el traje contemporáneo de mediados del siglo XIX y sin embargo no menos aterrador y elemental, es el tema de *Crimen y castigo*. La novela representa el primer acto de una gigantesca tragedia shakespeariana, cuyos tres actos siguientes son *El idiota*, *Los endemoniados* y *Los hermanos Karamázov*. En este primer acto se establecen los temas de la culpa y el castigo, se proyecta el terreno del Infierno y el Purgatorio, y se atisba vagamente el objetivo del Paraíso. La intensidad del duelo entre «pro» y «contra» que se desataba dentro del alma de Dostoievski puede verse una vez más en los borradores y anotaciones para la novela. «Svidrigáilov - desesperación, la más cínica. Sonia - esperanza, la más irrealizable (esto debe decirlo el propio Raskólnikov). Se ha apegado con pasión a ambos», dice una entrada de las notas para el «final de la novela». Las páginas de los cuadernos están repletas de listas de contrarios, semillas de conflicto y preliminares de la catástrofe. Aunque muchos de los episodios y alusiones nos resulten familiares gracias a nuestro conocimiento de la novela en su forma final, hay otros que no aparecen en ella o lo hacen de un modo menos definido. Eso ocurre, por ejemplo, con el motivo de conflicto «socialismo-cinismo». En la versión definitiva de la novela, el tema del socialismo se mantiene silenciado, confinado sobre todo a observaciones satíricas acerca de los «falansterios» fourieristas y las teorías de la responsabilidad disminuida; no emerge con toda su fuerza hasta *Los endemoniados*. No obstante, en las notas de Dostoievski para *Crimen y castigo* el socialismo aparece de una manera muy visible, y nos ayuda tanto a establecer el vínculo entre el hombre del subsuelo y Raskólnikov como a entender la naturaleza de la maldad que empuja a este a cometer su crimen. El socialismo, desde el punto de vista de Dostoievski, sufre un paradójico defecto inherente: profesar una «hermandad» es en esencia cínico, al igual que expresar «la desesperación de poner alguna vez al hombre en el camino correcto. Ellos, los socialistas, pretenden hacerlo mediante el despotismo, ¡afirmando que es libertad!». La confesión del hombre del subsuelo —«No puedo vivir sin tiranizar y ejercer el poder sobre alguien»— se amplifica con el «maratismo» de Raskólnikov: los cadáveres de la anciana prestamista y su hermana representan los de las víctimas tiranizadas sobre las cuales construirá el nuevo mundo «reformado».

Los cuadernos demuestran de sobra que estas polémicas ideológicas formaban parte de la concepción original de la novela. La sátira contra los nihilistas que se desarrolla a través de la persona de Lebeziátnikov no constituye un ornamento superfluo y transitorio del flujo general de la narrativa. Se trata más bien de un ataque cáustico y humorístico contra una generación y contra la naturaleza humana en general. Yelisevev acertaba en muchos aspectos: en la novela «toda asociación de jóvenes se ve acusada indiscriminadamente de intento de robo con asesinato». Sin embargo, lo que no percibió es que en esos nihilistas Dostoievski se veía a sí mismo en una fase anterior de su desarrollo y que también es una sátira de sí mismo. Resulta significativo que la verdadera malevolencia de Dostoievski se reserve para los burgueses respetables que allanaron el terreno para las teorías de los nihilistas y las hicieron posibles, los utilitaristas como Bentham, que inspiran la conducta de Luchin. En el relato del sueño de Raskólnikov que aparece en el último capítulo de la novela, un sueño de un horror profético en todos los sentidos, somos conscientes de de los graves peligros para la humanidad que están ligados al abandono de Dios:

Soñó, en su enfermedad, que el mundo todo estaba condenado a ser víctima de una terrible, inaudita y nunca vista plaga que, procedente de las profundidades del Asia, caería sobre Europa. Todos tendrían que perecer, excepto unos cuantos, muy pocos, escogidos. Había surgido una nueva triquina, ser microscópico que se introducía en el cuerpo de las personas. Pero esos parásitos eran espíritus dotados de inteligencia y voluntad. Las personas que los cogían se volvían inmediatamente locas. Pero nunca, nunca se consideraron los hombres tan inteligentes e inquebrantables en la verdad como se consideraban estos atacados. Jamás se consideraron más infalibles en sus dogmas, en sus conclusiones científicas, en sus convicciones y creencias morales. Aldeas enteras, ciudades y pueblos enteros se contagiaron y enloquecieron. Todos estaban alarmados, y no se entendían los unos a los otros; todos pensaban que solo en ellos se cifraba la verdad, y sufrían al ver a los otros y se aporreaban los pechos, lloraban y dejaban caer los brazos. No sabían a quién ni cómo juzgar; no podían ponerse de acuerdo sobre lo que fuere bueno y lo que fuese malo. No sabían a quién inculpar ni a quién justificar. Los hombres se agredían mutuamente, movidos de un odio insensato. Se armaban unos contra otros en ejércitos enteros; pero los ejércitos, ya en marcha, empezaban de pronto a destrozarse ellos mismos, rompían filas, lanzábanse unos guerreros contra otros, se mordían y se comían entre sí. En las ciudades, todo el día se lo pasaban tocando a rebato; los llamaban a todos; pero quién ni para qué los llamasen, ninguno lo sabía y todos andaban asustados. Abandonaron los más vulgares oficios, porque cada cual preconizaba su idea, sus métodos, y no podían llegar a una inteligencia; quedó abandonada también la agricultura. En algunos sitios los hombres se reunían en pandillas, convenían algún acuerdo y juraban no desavenirse... Pero inmediatamente empezaban a hacer otra cosa totalmente distinta de lo que acababan de acordar, se ponían a culparse mutuamente, reñían y se degollaban. Sobrevinieron incendios, sobrevino el hambre. Todo y todos se perdieron. La peste aquella iba en aumento, y cada vez avanzaba más. Salvarse en el mundo entero consiguiéronlo únicamente algunos hombres, que eran puros y elegidos, destinados a dar principio a un nuevo linaje humano y a una nueva vida, a renovar y purificar la tierra, pero nadie ni en ninguna parte veía a aquellos seres, nadie oía su palabra y su voz.

Frente a los nihilistas, con su orgullo y desarraigo, Dostoievski introduce el tema de la familia. La familia sin padre de Raskólnikov sirve también para desubjetivizar y universalizar la imagen con que se le aparece al lector. Podemos entender, no solo desde un punto de vista intelectual sino también en términos emocionales, el deseo de Raskólnikov de hacer algo a fin de garantizar la suerte de su madre y su hermana, de afirmar la fuerza de la que carece debido a la ausencia del padre. Al mismo tiempo, somos conscientes en todo momento de hasta qué punto se ha alejado Raskólnikov de las fuentes que le vinculan a la existencia. El ambiente de la familia es de humildad, tolerancia y aceptación mutua; mediante sus pensamientos y acciones, Raskólnikov transgrede las leyes por las que se rige, aunque solo hasta cierto punto: cuando Dunia comprende los motivos de su crimen, su actitud hacia él se suaviza, si bien se vuelve más firme su determinación de que debe afrontar las consecuencias de sus acciones. En cuanto a Puljeria Aleksándrovna, su madre, pasa de un estado de incomprensión y rechazo hacia su hijo a uno de aceptación doliente. Al dominar su orgullo y asumir el castigo decretado por el Estado y la sociedad, Raskólnikov vuelve al seno de su familia, lo que se convierte en un símbolo de *narodnost* (identidad nacional y popular) y amor al prójimo en el sentido cristiano. Para convencerse de ello basta con considerar los borradores, en los que, por ejemplo, el desprecio de Raskólnikov hacia el «piojo», como considera a la anciana, es visto como un gravísimo fallo, propio de la actitud de los nihilistas, que en realidad solo se ocupan de sí mismos. A partir de un estudio de los borradores, podemos observar que los horizontes de la novela pretenden, casi con seguridad, incluir una visión de una familia universal como el ideal anhelado, en oposición al «hormiguero» o la utopía socialista, basada en abstracciones teóricas e ilusiones de «progreso». En la amistad de Raskólnikov con Razumijin podemos percibir también el concepto que tiene Dostoievski de la auténtica hermandad frente a la «fraternidad» del cuerpo estudiantil y el movimiento radical.

La familia de Raskólnikov tiene su contrapeso en la de Sonia. La casa de los Marmeládov, con su padre alcohólico, su madre tísica y los hijos que acaban quedándose huérfanos, tuvo sus orígenes en la novela *Los borrachos*, que Dostoievski acabó integrando en la historia de Raskólnikov para producir *Crimen y castigo*, consciente de los numerosos paralelismos de caracterización presentes en las dos obras. Pese a todos los desastres que le acontecen, este clan no deja de ser una familia, una unidad integral con sus propios símbolos y objetos sagrados, como el chal verde con el dibujo del tablero de damas y la jaula de viaje. No es ninguna coincidencia que sea Sonia, la prostituta procedente de un hogar roto, destruido, quien saque a Raskólnikov de la «muerte» del aislamiento, la deshonra y la separación en que ha caído y le devuelva a la comunidad humana; para que se produzca este retorno debe sufrir, y su regreso a la humanidad tiene que producirse en la señal de la cruz y conforme a la realidad de la tierra rusa:

> —¿Qué hacer? —exclamó ella, levantándose, de pronto, de su sitio, y sus ojos, anegados hasta allí en lágrimas, le centellearon—. ¡Levántate! —Lo cogió por un hombro; él se incorporó, mirándola como estupefacto—. Ahora mismo, en este mismo instante, te irás a una encrucijada, te postrarás, besarás lo primero la tierra que mancillaste, y luego te postrarás ante todo el mundo, ante los cuatro costados, y después dirás a todos, en voz alta: «¡Yo maté!». Entonces Dios, de nuevo, te devolverá la vida [...] Aceptar el sufrimiento, y, con él, redimirse; he ahí lo que hay que hacer.

Sonia, que a pesar de haber sufrido la pérdida de sus padres, de su honor y de su dignidad, nunca ha abandonado su fe, comprende la pérdida de Raskólnikov, que ha renunciado a la suya. Él ha perdido a Dios, se ha perdido a sí mismo, la santidad de su propia personalidad, y solo puede recuperar todo eso mediante los trabajos forzados y el contacto vivo con el pueblo ruso que estos implicarán. Aquí Dostoievski apunta de forma explícita a su propia biografía y a la transición desde el «féretro» hasta la regeneración experimentada por Goriánchikov, el narrador de *Memorias de la casa muerta*. Reducir a Sonia a un personaje periférico tal como han hecho varios críticos occidentales, basándose generalmente en criterios filosóficos o extraliterarios, es privar a la novela de su significado fundamental. Sonia es el doble bueno de Raskólnikov, del mismo modo que Svidrigáilov es su doble malo. Su criminalidad, impuesta por las exigencias de una sociedad injusta, es paralela a la de Raskólnikov, pero brilla con una inocencia que la de él no comparte. Gracias a ello Sonia es capaz de inspirarle una voluntad de creer y de vivir; esa es también la razón de la espiritualidad y «distanciamiento» de la joven; en una nota, Dostoievski la describe diciendo que sigue a Raskólnikov al Gólgota «a cuarenta pasos». Al hacerlo, Sonia lleva consigo tanto el pasado y la infancia de Raskólnikov como una visión del hombre en el que debe convertirse. Ella es hija y madre, familia y nación, «santa necia» y ángel. La escena del capítulo IV de la cuarta parte, en la que lee en voz alta a Raskólnikov la historia de la resurrección de Lázaro, constituye el punto decisivo de la novela, un momento de angustia terrenal, aflicción y tensión casi insoportable que, no obstante, apunta hacia el cielo como un arco gótico.

En la discusión sobre el «pro y contra» (resulta significativo que sea este el título que Dostoievski dio más tarde al libro quinto de *Los hermanos Karamázov*, donde Iván expone la leyenda del gran inquisidor), Svidrigáilov ejerce el papel de abogado del diablo. Joseph Brodsky comparó la técnica de Dostoievski al respecto con el clásico aforismo según el cual «antes de presentar tu argumento, por mucha razón que creas tener, tienes que enumerar todos los argumentos del bando contrario». Al trabajar en el desarrollo de la personalidad de Svidrigáilov, Dostoievski se esforzó tanto por hacerle creíble desde el punto de vista humano y, al mismo tiempo, demoníaco que algunos lectores de la novela han creído que Svidrigáilov es un portavoz de las opiniones del propio Dostoievski. Sin embargo, los borradores dejan claro que este personaje está basado en el de «A-v» (Aristov), uno de los convictos descritos en *Memorias de la casa muerta*. Como quizá recordemos, Aristov es el joven noble que «era el ejemplo más repulsivo de hasta qué punto puede pervertirse y degradarse una persona, y hasta qué grado puede matar en sí mismo todo sentimiento moral, sin pena y sin remordimientos», «un trozo de carne con dientes y estómago y con una insaciable sed de los placeres corporales más groseros y bestiales», «un ejemplo de hasta dónde puede llegar el lado carnal del hombre, sin someterse interiormente a ninguna norma, a ninguna ley». En el personaje de Svidrigáilov, el cinismo criminal de Aristov se cubre con un manto de «civilización»: salpica sus frases de galicismos y citas en francés, referencias eruditas y alusiones a los últimos acontecimientos e ideas de moda. Los cuadernos de Dostoievski están llenos de anotaciones y esbozos para este personaje, que en muchos aspectos representa la esencia de la criminalidad y el peligro mortal al que se ha expuesto Raskólnikov al abandonar la fe y rendirse a la obstinación y el *Zeitgeist*. «Svidrigáilov tiene a sus espaldas horrores secretos, los cuales no relaciona con nadie, pero que delata a través de su comportamiento y su necesidad compulsiva y animal de torturar y matar. Fríamente apasionado. Una bestia salvaje. Un tigre». Dostoievski pretende que este depredador sensualista muestre lo que puede ocurrirle a un ruso que vuelve la espalda a su propio país, a sus propias raíces y orígenes, tal como creía el escritor que habían hecho los liberales «occidentalizadores», con Turguénev a la cabeza. En *Notas de invierno sobre impresiones de verano* (1863), Dostoievski había lanzado, con el pretexto de escribir un diario de viaje, un enérgico ataque contra los valores y la «civilización» occidentales, a los que veía como un barniz fino y artificial que ocultaba el caos interior y la barbarie. En las *Notas de invierno* describe los burdeles y pubs londinenses; las calles iluminadas con luces de gas; el paisaje urbano como el que describe Poe, con sus desdichados habitantes, y nos ofrece un anticipo de las escenas callejeras de *Crimen y castigo*, que preside el espíritu del Anticristo en la persona de Svidrigáilov. El mal del «Palacio de Cristal», la sociedad industrial de masas que genera un anonimato desarraigado y una obsesión criminal, halla su correspondencia en el comportamiento cínico y alienado de Svidrigáilov, para quien todo es posible y está permitido, y que por lo tanto sufre una total indiferencia y una total incapacidad para comprometerse con su propia vida y decidir qué hacer con ella. Perseguido por el fantasma de su humanidad arruinada, tortura, intimida y asesina, juega con proyectos de viajar en globo y explorar el Ártico, de emigrar a América (un eco del Vautrin de Balzac) y al final se suicida porque no encuentra ninguna solución a su aburrimiento. En sus conversaciones con Raskólnikov oímos a lo lejos el encrespamiento de ese océano de deslealtad y traición como un correteo inconstante de cambios de humor repentinos y extravíos, tal vez de algún déspota político atormentado, de un César, un Nerón, un Napoleón. Resulta significativo que en los primeros borradores de la novela no solo se suicidase Svidrigáilov, sino también Raskólnikov; en la versión definitiva, este último sobrevive a su propio genio malvado.

Por encima de todo, el retrato del personaje de Raskólnikov hace referencia al tema y al problema de la personalidad. Lo que amenazan tanto el utilitarismo burgués como el socialismo radical es la imagen del ser humano y su potencial de cambio y transformación. Lo que esas ideologías niegan a la personalidad es su libertad, lo cual, tal como observó Nikolái Berdiáyev, «es el camino del sufrimiento. Siempre resulta tentador liberar al hombre del sufrimiento después de robarle su libertad. Dostoievski es el defensor de la libertad. Por consiguiente, exhorta al hombre a asumir el sufrimiento como una consecuencia inevitable de la libertad». En sí misma, la libertad no es buena ni mala: obliga a elegir una u otra cosa. La libertad de Svidrigáilov, postulada por la filosofía occidental, la economía política y la teoría socialista como un bien absoluto, es falsa; en ella, Svidrigáilov demuestra estar a merced de sus propios instintos animales. Sin Dios es un esclavo de las fuerzas impersonales de la naturaleza, y su personalidad se seca y muere. Por otra parte, Sonia, que ha aceptado la necesidad y la inevitabilidad del sufrimiento, existe en auténtica libertad: es consciente de las posibilidades tanto de destrucción como de creación que existen a su alrededor, y coincidiría con el aforismo de Berdiáyev, quien afirmaba que «la existencia del mal es una prueba de la existencia de Dios. Si el mundo consistiese única y exclusivamente en bondad y justicia, Dios no sería necesario, pues entonces el propio mundo sería Dios. Dios existe porque existe el mal. Y eso significa que Dios existe porque existe la libertad». Raskólnikov avanza hacia esa libertad a través de las páginas de *Crimen y castigo* y las alternancias espasmódicas de la noche y el día, del sueño y la vigilia, de la intemporalidad y el tiempo. Sus sueños le revelan las posibilidades que penden de un hilo: todo puede perderse, como en la pesadilla del caballo golpeado, que representa su propio yo negado, o todo puede ganarse, como en la fantasía del oasis egipcio, donde bebe el agua de la vida:

> La caravana sestea, plácidamente se han tumbado los camellos; alrededor, las palmeras se yerguen, formando un corro; todos se disponen a hacer colación. Él no hace más que beber agua, directamente, del manantial que allí mismo, al lado, brota y borbotea. ¡Y cómo le refrescaba aquel agua maravillosa, maravillosamente azul, fría, que manaba de entre multicolores piedras y de un fondo tan claro de arena con dorados destellos!

Lejos de ser un loco o un marginado psicópata, Raskólnikov es una imagen del Hombre. Su peregrinaje hacia la salvación lo relata Dostoievski en términos del mito bíblico del pecado original: ha caído en desgracia y debe redimirse. Su conciencia de la sacralidad de su propia persona y de la violación de esa sacralidad que es inherente a su crimen lleva en su interior las semillas de una nueva vida que brota del conflicto entre «pro» y «contra». Toda la forma que tiene la novela de «relato detectivesco» pretende simular las circunstancias de un interrogatorio. Porfirii Petróvich, Zamiótov y el resto del aparato policial se preocupan en un principio por sondear el alma de Raskólnikov y para hacerle consciente de que el crimen que ha cometido es un pecado contra la divina presencia que vive en su interior. Raskólnikov siente pocos remordimientos por haber matado a la anciana, pero sufre bajo una aplastante y destructora desdicha por lo que se ha «hecho a sí mismo», por emplear las palabras de Sonia.

Un aspecto de la rebelión de Raskólnikov contra Dios que a veces han pasado por alto los críticos puede verse en su nombre: el *Raskol*, o «Cisma», es el término utilizado para describir la división que tuvo lugar en la Iglesia ortodoxa rusa a mediados del siglo XVII, cuando el patriarca Nikón introdujo ciertas reformas litúrgicas. Los *raskolnik* eran sectarios que se aferraban a los antiguos rituales y discrepaban de las autoridades civiles y eclesiásticas, con las que entraron en un conflicto violento y a veces sangriento. Dostoievski había conocido a esos «viejos creyentes» y a sus descendientes en el campo de trabajo de Omsk y escribió acerca de ellos en *Memorias de la casa muerta*. En un ensayo sobre el Cisma, V. S. Soloviov lo consideraba una forma de «protestantismo ruso», una enfermedad del auténtico cristianismo, y diagnosticaba su error fundamental como una tendencia a confundir lo humano con lo divino, lo temporal con lo eterno, lo particular con lo universal; al negar la supremacía del principio y la realidad colectiva del cristianismo, es decir, la Iglesia, tendía a una divinización del individuo:

> El Cisma ruso, que contenía en su interior un germen de protestantismo, lo cultivó hasta sus límites. Incluso entre los viejos creyentes, quien de verdad preserva la antigua herencia y tradición es el individuo. Esta persona no vive en el pasado, sino en el presente; la tradición adoptada, aquí desprovista de una ventaja sobre el individuo en términos de integridad o catolicismo vivo (como en la Iglesia Universal) y al ser en sí misma una mera formalidad muerta, la revitalizan y reaniman simplemente la fe y la devoción de quien de verdad la preserva, el individuo. Sin embargo, tan pronto como una posición de esta clase empieza a ser consciente de que el centro de gravedad está trasladándose desde el pasado muerto hasta el presente vivo, los objetos convencionales de la tradición pierden

todo valor, y todo significado se transfiere al portador independiente e individual de esa tradición; de ello procede la transición directa a esas sectas libres que reclaman la inspiración personal y la rectitud moral personal como la base de la religión.

En *Crimen y castigo* existen indicios claros que muestran que Dostoievski pretende que el lector asocie a Raskólnikov con la herejía religiosa del *staroobryadchestvo* («ritualismo antiguo»), no en un sentido específico sino más bien general. En el capítulo II de la sexta parte el investigador Porfirii Petróvich le dice a Raskólnikov que Mikolka, que ha «confesado» el crimen, procede de una familia donde hay «vagabundos», sectarios que recorrían el país pidiendo limosna y en busca de cualquier oportunidad para humillarse:

> ¿Y no sabe usted que es *raskolnik*? Aunque no *raskolnik*, sino simplemente disidente; en su familia ha habido de esos que llaman Escapados, y él mismo, no hace mucho, se pasó dos años enteros en el campo, bajo la dirección espiritual de un *stárets* [...] ¿Sabe usted, Rodion Románovich, lo que para esa gente significa «sufrir», y no sufrir por algo determinado, sino sencillamente que es «preciso sufrir»? Significa aceptar el sufrimiento, y si es de parte del poder, tanto mejor.

La insinuación de Porfirii, hábilmente presentada por medio de la sugestión psicológica y las técnicas de interrogatorio, es que Raskólnikov también ha recorrido ese camino, y que debe continuar haciéndolo si al final ha de encontrar la salvación. Porque esta es una de las numerosas razones por las que Raskólnikov puede salvarse del error en el que ha caído: su enfermedad es específica de Rusia y la causan no solo la influencia de las ideas occidentales «nihilistas» sino también un *raskolnichestvo*, una antigua simpatía e identificación rusa hacia el disidente fuerte que desafía la autoridad de la Iglesia y del Estado. El epílogo de la novela describe el principio de su viaje de regreso, el cual acabará acarreando no solo su propia recuperación y transformación personal, sino también la regeneración y renovación de la sociedad rusa. La huella persistente del tema de una «enfermedad rusa» de origen espiritual y su tratamiento a lo largo del libro justifica su caracterización por parte del autor como «novela ortodoxa».

Pocas obras de ficción han suscitado tantas interpretaciones divergentes como *Crimen y castigo*, que ha sido vista como una novela detectivesca, un ataque contra la juventud radical, un estudio sobre la «alienación» y la psicopatología criminal, una obra profética (el atentado contra la vida del zar Alejandro II por parte del estudiante nihilista Dmitrii Karakózov tuvo lugar mientras el libro estaba en la imprenta, y algunos llegaron a pensar incluso que el asesinato del zar en 1881 cumplía el vaticinio de Dostoievski), una denuncia de las condiciones sociales en la Rusia urbana del siglo xix, un alegato religioso y un análisis protonietzscheano de la «voluntad de poder». Por supuesto, la obra es todas esas cosas, pero también mucho más. Como señaló la investigadora y académica Helen Muchnic en 1939,[*] al leer la bibliografía crítica sobre Dostoievski es difícil evitar la sensación de que las interpretaciones de su obra suelen decir más de quienes las efectúan que del propio novelista. Más de medio siglo después, la afirmación sigue siendo muy cierta en el caso de las aportaciones de los críticos occidentales al estudio de *Crimen y castigo*: casi todos ellos tienen alguna razón especial y personal para pronunciarse sobre la novela del modo en que lo hacen. En el caso de los críticos británicos, entre ellos J. A. Lloyd, E. H. Carr, Maurice Baring y John Middleton Murry, se con-

[*] Helen Muchnic, *Dostoevsky's English Reputation (1881-1936)*, Smith College Studies in Modern Languages, vol. 20, núm. 3/4.

firma la opinión de Muchnic: «El tono de los estudios ingleses ha sido distante o muy elogioso». La reacción británica más típica fue también una de las primeras: Robert Louis Stevenson, después de leer el libro en su traducción francesa, le escribió a John Addington Symonds en 1886 que, aunque le fascinaba su «bondad» y admiraba el poder y la fuerza de la acción y la caracterización, le dejaba perplejo «la incoherencia e incapacidad del conjunto». Los críticos de la Europa continental fueron más perceptivos, si bien persistió durante mucho tiempo la opinión de moda formulada por E.-M. de Vogüé en *Le roman russe* (1886), para quien *Crimen y castigo* era una obra de «realismo» social y cívico al estilo de Victor Hugo que trataba de «la religión y el sufrimiento», relacionada con *Pobre gente* y *Memorias de la casa muerta*, y por lo tanto alejada de las novelas posteriores, supuestamente inferiores. Algunos de los comentarios occidentales más acertados acerca del personaje de Raskólnikov son quizá los escritos por André Gide en *Dostoïevski (articles et causeries)*, publicado en 1923. La célebre frase de Gide —«la humillación condena, mientras que la humildad santifica»— nos muestra más claramente que ninguna otra la magnitud del orgullo herido de Raskólnikov al principio de la novela y el camino hacia la abnegación que se proyecta a lo largo de sus páginas. En su análisis de *Crimen y castigo*, Gide muestra los claros vínculos que la unen con las obras posteriores de Dostoievski e ilustra cómo les prepara el terreno.

En Rusia, tal como hemos visto, las opiniones sobre la novela también se han visto teñidas por los intereses partidistas e ideológicos. En el clima político de la Rusia del siglo XIX, las implicaciones del mensaje de Dostoievski fueron percibidas ya por los primeros críticos del libro, e incluso en la época soviética los críticos literarios tendían a considerarla una obra de significado «moral» y social, soslayando los elementos subyacentes antimaterialistas, antirrevolucionarios y antihumanistas que contiene. Las interpretaciones más sensibles, aparte de las de Rózanov y V. S. Soloviov, son tal vez las de los críticos y filósofos de la escuela existencialista cristiana, como Konstantin Mochulski y Nikolái Berdiáyev, cuyo pensamiento y experiencia espiritual, aunque no provengan directamente de los de Dostoievski, resultan muy similares a los de este. Berdiáyev, que veía a Dostoievski no como un psicólogo sino como un «neumatólogo», un investigador de almas, está quizá más cerca que ningún otro crítico, ruso o no ruso, de proporcionar a los lectores occidentales una vía hacia una comprensión interna de la novela, la cual puede encontrarse en *Dostoievski - An Interpretation* (1934). Sin embargo, en su análisis, Berdiáyev muestra el alma rusa como si tuviese una naturaleza muy distinta de la que posee el alma occidental. El estudio de Berdiáyev puede ayudar a los occidentales a lo largo de una parte del camino, pero en última instancia, enfocada en un contexto no ruso, *Crimen y castigo* exige de los lectores un salto de la mente y la imaginación.

DAVID MCDUFF

CRONOLOGÍA

1821 Nace Fiódor Dostoievski en Moscú, hijo de Mijaíl Andréyevich, médico jefe del hospital para pobres Marlinski, y María Fiódorovna, hija de una familia de comerciantes.

1823 Pushkin empieza *Eugenio Oneguin*.

1825 Revuelta decembrista.

1830 Levantamiento de las provincias polacas.

1831-1836 En varios internados en Moscú junto a su hermano Mijaíl (n. 1820).

1837 Pushkin muere en un duelo.
Fallece la madre de los hermanos Dostoievski, que son enviados a una escuela preparatoria en San Petersburgo.

1838 Ingresa en la Academia de Ingenieros Militares de San Petersburgo como cadete del ejército (Mijaíl no es admitido).

1839 Fallece su padre, aparentemente asesinado por sus siervos en su propiedad.

1840 *Un héroe de nuestro tiempo*, de Lérmontov.

1841 Alcanza el rango de oficial. Entre sus primeras obras, perdidas en la actualidad, se incluyen dos obras teatrales históricas, *María Estuardo* y *Borís Godunov*.

1842 *Almas muertas*, de Gógol.
Es ascendido a subteniente.

1843 Se gradúa en la academia y le destinan al Cuerpo de Ingenieros del Ejército de San Petersburgo. Traduce *Eugénie Grandet*, de Balzac.

1844 Abandona el ejército. Traduce *La dernière Aldini*, de George Sand. Trabaja en *Pobre gente*, su primera novela.

1845 Traba amistad con el crítico literario más destacado e influyente de Rusia, el liberal Visarión Belinski, que alaba *Pobre gente* y aclama a su autor como sucesor de Gógol.

1846 Publica *Pobre gente* y *El doble*. Aunque *Pobre gente* recibe grandes alabanzas, *El doble* alcanza mucho menos éxito. También publica «El señor Projarchin». Conoce al socialista utópico M. V. Butáshevich-Petrashevski.

1847 Trastornos nerviosos y primeras manifestaciones de la epilepsia. Publica *Una novela en nueve cartas*, con varios relatos breves, entre los que se incluyen «La patrona», «Polzunkov», «Noches blancas» y «Corazón débil».

1848 Se publican diversos relatos breves, entre los que se incluyen «Un marido celoso» y «El árbol navideño y la boda».

1849 Se publica *Niétochka Nezvánova*. Es detenido y acusado de delitos políticos contra el Estado ruso. Es sentenciado a muerte y llevado a la plaza Semionovski para su fusilamiento, aunque se le suspende la pena momentos antes de la ejecución. En vez de ese castigo, es sentenciado a un período indefinido de exilio en Siberia que empieza con ocho años de trabajos forzados, más tarde reducidos a cuatro por el zar Nicolás I.

1850 Prisión y trabajo duro en Omsk, en el oeste de Siberia.

1853 Estallido de la guerra de Crimea.
Empiezan los ataques epilépticos periódicos.

1854 Es liberado de la cárcel, pero le envían inmediatamente a cumplir el servicio militar obligatorio como soldado raso en el séptimo batallón de infantería de línea en Semipalatinsk, en el sudoeste de Siberia. Amistad con el barón Wrangel, gracias a la cual conoce a su futura esposa, María Dmítrievna Isáyeva.

1855 Alejandro II sucede a Nicolás I como zar: cierta relajación de la censura estatal.
Es ascendido a suboficial.

1856 Es ascendido a teniente. Sigue teniendo prohibido abandonar Siberia.

1857 Se casa con la viuda María Dmítrievna.

1858 Trabaja en *Stepánchikovo y sus habitantes* y *El sueño del tío*.

1859 Se le permite volver a vivir en la Rusia europea; en diciembre los Dostoievski regresan a San Petersburgo. Se publican los primeros capítulos de *Stepánchikovo y sus habitantes* (la novela por entregas sale al mercado entre 1859 y 1861) y *El sueño del tío*.

1860 Fundación de Vladivostok.
Mijaíl funda una revista literaria, *Vremya* (Tiempo). Dostoievski no trabaja oficialmente como redactor por sus antecedentes como recluso. Se publican los dos primeros capítulos de *Memorias de la casa muerta*.

1861 Emancipación de los siervos. *Padres e hijos*, de Turguénev. Empieza a editarse *Vremya*, que publica *Humillados y ofendidos*. Se edita la primera parte de *Memorias de la casa muerta*.

1862 *Vremya* publica la segunda parte de *Memorias de la casa muerta* y *Un episodio vergonzoso*. Hace su primer viaje al extranjero, por Europa occidental, en el que visita Inglaterra, Francia y Suiza. Conoce a Alexander Herzen en Londres.

1863 *Vremya* publica *Notas de invierno sobre impresiones de verano*. Después de que María Dmítrievna enferme gravemente vuelve a viajar al extranjero. Comienza una relación con Apollinaria Suslova.

1864 Primera parte de *Guerra y paz*, de Tolstói.
En marzo funda con Mijaíl la revista *Epoja* (Época), sucesora de *Vremya*, prohibida por las autoridades rusas. Se publica *Memorias del subsuelo* en *Epoja*. En abril, muerte de María Dmítrievna. En julio, muerte de Mijaíl.

1865 *Epoja* deja de publicarse por falta de fondos. Se edita *El cocodrilo*. Suslova rechaza su proposición de matrimonio. Juega en el casino de Wiesbaden. Trabaja en *Crimen y castigo*.

1866 Dmitrii Karakózov intenta asesinar al zar Alejandro II. Se publican *El jugador* y *Crimen y castigo*.

1867 Rusia vende Alaska a Estados Unidos por 7.200.000 dólares.
Se casa con su taquígrafa de veinte años, Anna Grigórievna Snítkina; la pareja se instala en Dresde.

1868 Nacimiento de su hija Sofia, que muere con solo tres meses de edad. Se publica por entregas *El idiota*.

1869   Nacimiento de su hija Liubov.

1870   Nace V. I. Lenin en la ciudad de Simbirsk, a orillas del Volga.
Se publica *El eterno marido*.

1871   Vuelve a San Petersburgo con su esposa y familia. Nacimiento de su hijo Fiódor.

1871-1872   Publicación por entregas de *Los endemoniados*.

1873   Primer *khozdenie v naród* (movimiento «Al pueblo»). Se convierte en redactor del semanario conservador *Grazhdanin* (El ciudadano), en el que se publica su *Diario de un escritor* como columna periódica. Se publica «Bobok».

1874   Es detenido y encarcelado de nuevo por delitos contra las leyes de censura política.

1875   Se publica *El adolescente*. Nace su hijo Alekséi.

1877   Se publican «Una criatura dócil» y «El sueño de un hombre ridículo» en *Grazhdanin*.

1878   Muerte de Alekséi. Trabaja en *Los hermanos Karamázov*.

1879   Nace en Gori (Georgia) Iósif Vissariónovich Dzhugashvili (conocido posteriormente como Stalin).
Se publica la primera parte de *Los hermanos Karamázov*.

1880   Se edita *Los hermanos Karamázov* (en su forma completa). Anna crea un servicio de libros a través del cual las obras de su marido pueden encargarse por correo. Su discurso en Moscú en la inauguración de un monumento a Pushkin es acogido con enorme entusiasmo.

1881 Asesinato del zar Alejandro II (1 de marzo).
Muere Dostoievski en San Petersburgo (28 de enero). Es
enterrado en el cementerio del monasterio de Alejandro Nevski.

Nota a la edición

Rafael Cansinos Assens utilizó para su versión directa del ruso la edición de las *Obras Completas (Полное собрание)* de Dostoievski publicada por Ilustración —fundada por N. S. Tsetlin junto con el Bibliographisches Institut de J. Meyer—, entre los años 1911 y 1918 en Petersburgo, en 23 volúmenes. En el caso de *Crimen y castigo (Преступлéние и наказáние)*, Cansinos Assens cotejó el original con la traducción francesa *Crime et châtiment* de Jean Chuzeville (Paris, Éditions Bossard, 1931, en dos volúmenes); y con la alemana, *Schuld und Sühne. Rodion Raskolnikoff* (incluida en F. M. Dostoiewski, *Obras Completas (Sämtliche Werke)*, edición de Arthur Moeller van den Bruck con la colaboración de Dmitri Mereschkowski, traducción de E[lisabeth]. K[aerrick]. Rahsin, Múnich, Piper, 1906-1922, en 22 volúmenes). La primera edición de la versión de Rafael Cansinos Assens fue publicada por Manuel Aguilar en *Obras Completas*, Madrid, 1935, en dos volúmenes. Nuestra edición se ha revisado a partir de la quinta edición, en tres volúmenes, del año 1953.

En la preparación de obras y traducciones de Dostoievski se siguen dos tendencias: la de quienes realizan una profunda labor de edición —justificada por el conocido «descuido» de la escritura del genio ruso, atribuible a su difícil y apremiante vida personal— y la de quienes respetan los textos tal y como fueron dados a las prensas por el autor. La de

Cansinos Assens, y la revisión que hemos hecho nosotros, se atiene a esta segunda tendencia. No sorprenda, por tanto, al lector encontrar defectos de forma, repeticiones, anacolutos, etcétera, o una peculiar distribución de párrafos y uso de las cursivas y de los entrecomillados que, según Cansinos, «responde a la visión espiritual del que escribe [...] y que es el mapa de un esquema lógico de su geografía cerebral».

En esta nueva edición, además de actualizar la ortografía a las normas de nuestros días, se han realizado algunas intervenciones en el texto, como la eliminación de enclíticos en desuso, pero se han respetado modismos y vocabulario propio del siglo XIX que el traductor introduce ocasionalmente, y de forma deliberada, para acercarnos a la época del autor. También hemos mantenido algunas transliteraciones de vocabulario ruso, que tienen la misma finalidad.

Hemos cotejado cuidadosamente la versión de *Crimen y castigo* de Cansinos Assens, que fue la primera directa al castellano, con las traducciones posteriores, también directas del ruso, de Augusto Vidal, Isabel Vicente y Juan López-Morillas, lo que ha permitido, además de eliminar errores, mejorar la precisión de algunas frases. En cuanto a las notas, hemos suprimido bastantes de carácter filológico que el lector interesado puede recuperar en las ediciones de Aguilar. Donde ha sido necesario, hemos añadido alguna nota aclaratoria como «Nota del Editor» citando la procedencia mediante siglas: «tomada de I[sabel]. V[icente].» o «tomada de A[ugusto]. V[idal].».

Finalmente se ha respetado la costumbre del traductor de acentuar los nombres y apellidos de personajes según la norma del español para que el lector sepa cómo pronunciarlos correctamente.

Rafael M. Cansinos

CENSO DE PERSONAJES PRINCIPALES

Rodión Románovich Raskólnikov (Rodia), estudiante de derecho.
Avdotia Románovna Raskólnikova (Dunia, Dúnechka), su hermana menor.
Puljeria Aleksándrovna Raskólnikova, su madre.
Dmitrii Prokófich Razumijin, compañero de Raskólnikov, enamorado en secreto de Dunia.
Aliona Ivánovna, anciana prestamista.
Lizaveta Ivánovna, hermana de la prestamista.
Semión Zajárich Marmeládov, un funcionario cesante. Esposo de Katerina Ivánovna. Padre de Sonia.
Katerina Ivánovna Marmeládova, segunda esposa de Marmeládov, madrastra de Sonia.
Sofia Semiónovna Marmeládova (Sonia, Sónechka), hija e hijastra de los anteriores.
Pólenka, Lenia y Kolia, hijos pequeños de Semión Zajárich y Katerina Ivánovna. Hermanastros de Sonia.
Arkadii Ivánovich Svidrigáilov, propietario, antiguo patrón de Dunia y pretendiente suyo.
Marfa Petrovna Svidrigáilova, esposa del anterior.
Piotr Petróvich Luzhin, prometido de Dunia.
Andrei Semiónich Lebeziátnikov, amigo de Luzhin, comparte su cuarto con él.
Amalia Ivánovna Lippevechsel, patrona de los Marmeládov.

Zosímov, medico amigo de Razumijin.

Aleksandr Grigoriévich Zamiótov, secretario de la comisaría del distrito.

Porfirii Petróvich, juez, amigo de Razumijin.

Nikodim Fómich, comisario de policía del distrito.

Iliá Petróvich, teniente de policía.

Praskovia Pávnlovna, patrona de Raskólnikov.

Nastasia (Nastásiuschka), sirvienta en la pensión Raskólnikov.

Mikolka, pintor en el edificio de la usurera.

Gertruda Kárlovna Resslich, patrona de Sonia, Svidrigáilov, Lebeziátnikov y Luzhin.

Crimen y castigo

PRIMERA PARTE

I

A principios de julio, con un tiempo sumamente caluroso, un joven salía de su tabuco, que ocupaba como realquilado en la travesía de S***, y con lento andar, como indeciso, se encaminaba al puente de K***.

Discretamente evitó el encuentro con su patrona en la escalera. Su tugurio estaba situado bajo el tejado mismo de una alta casa de cinco pisos, y semejaba un armario más bien que un cuarto. La patrona que se lo había alquilado, con pensión completa, habitaba solo un tramo de escalera más abajo, y siempre, al salir a la calle, tenía el joven que pasar, irremisiblemente, por delante de la cocina de aquella, casi siempre abierta de par en par sobre el rellano. Y siempre sentía al pasar por allí una impresión morbosa de cobardía, que le avergonzaba y hacía fruncir el ceño. Estaba entrampado con la patrona, y temía encontrársela.

Y no es que fuera nada cobarde y tímido, sino todo lo contrario; solo que de algún tiempo a esta parte se hallaba en un estado de excitación y enervamiento parecido a la hipocondría. Hasta tal punto estaba arrinconado en su cuarto y apartado de todo el mundo, que temía encontrarse con alguien, no ya con la patrona. Le agobiaba la pobreza; pero hasta su apurada situación había dejado de atormentarle hacía algún tiempo. Había abandonado en absoluto sus quehaceres cotidianos y no quería atenderlos. En realidad, no le temía a la patrona, por mucho que pudiese maquinar contra él. Pero detenerse en la escalera, escuchar todos los dislates de aquella mujer, ofensivamente absurda, que a él no le interesaban lo más mínimo; todas aquellas sandeces referentes al pago, aquellas amenazas y lamentaciones y, además de todo eso, tener que parlamentar, disculparse, mentir...: no, era preferible arrojarse como un gato por la escalera y lanzarse al arroyo para no ver a nadie. Por lo demás, aquella vez el temor a encontrarse con su acreedora hubo de chocarle a él mismo luego que se vio en la calle:

«¿Por qué diantre me apuro de este modo y paso esos miedos por una bagatela? —pensó con extraña sonrisa—. ¡Hum!..., sí; eso es..., todo está al alcance del hombre y todo se le viene a las manos, solamente que el miedo hace que todo se le escape... Esto es un axioma... Es curioso; ¿a qué le teme más la gente? Al primer paso, a la primera palabra, es a lo que más le teme... Pero me parece que estoy hablando demasiado. No hago en absoluto otra cosa que divagar. Aunque también puede decirse que si divago es porque no hago nada. Pero es que en este último mes me acostumbré a divagar, tendido las veinticuatro horas del día en mi rincón y cavilando... en las musarañas[*]. Bueno; pero a todo esto, ¿adónde voy? ¿Es que soy yo capaz de *eso*? ¿Acaso es *eso* serio? No, en absoluto, no lo es. ¡Así que me divertiré a expensas de la fantasía; un juguete! ¡Eso es, en verdad: un juguete!».

En la calle hacía un calor horrible, y a eso se añadían la sequedad, los empellones, la cal por todas partes, los andamios, los ladrillos, el polvo y ese mal olor peculiar del verano, familiar a todo petersburgués que no puede alquilar una casa de campo... Todo lo cual, junto, producía una impresión desagradable en los nervios, ya bastante excitados, del joven. El hedor insufrible de las tabernas, particularmente numerosas

[*] «... en las musarañas». En el original ruso dice literalmente: «en el zar Guisantes» («*El Tsar Goroj*»).

en aquel sector de la ciudad, y los borrachos que a cada paso se encontraban, no obstante ser aquel día de trabajo, completaban el repulsivo y triste colorido del cuadro. Un sentimiento de disgusto hondísimo se reflejó por un instante en las finas facciones del joven. A decir verdad, era bastante guapo, con unos magníficos ojos oscuros, el pelo castaño, la estatura más que mediana, cenceño y bien plantado. Mas no tardó en volver a sumirse en un como ensimismamiento profundo, y, para ser más exactos, en un completo olvido de todo, de suerte que andaba sin fijar la atención en torno suyo y sin querer fijarla. Solamente, de cuando en cuando, murmuraba algo entre dientes, siguiendo su costumbre de monologar, que hace un momento confesara. En aquel mismo instante hubo de reconocer que a veces sus pensamientos se embrollaban y que se sentía débil; el segundo día era aquel en que casi no probaba bocado.

Tan mal vestido iba, que otro, incluso un hombre acostumbrado a esos achaques, no se habría atrevido a salir en pleno día a la calle con aquellos harapos. Por lo demás, aquel barrio era de tal índole, que allí nadie se fijaba en la ropa. La proximidad del Heno*, la abundancia de lupanares conocidos y, sobre todo, el vecindario, compuesto de comerciantes, que se aglomera en esas calles y callejuelas céntricas de Petersburgo, ponía a veces notas tan abigarradas en el panorama general, que habría sido raro asombrarse de ningún encuentro. Pero en el espíritu del joven se acumulaba ya tal dosis de maligno desprecio, que, no obstante toda su delicadeza, muy juvenil a veces, de lo que menos se preocupaba era de lo mal vestido que cruzaba las calles. Otra cosa era respecto a encontrarse con algún conocido o algún antiguo camarada, con los que, generalmente, no gustaba de tropezarse... Y he aquí que, de pronto, un borracho, que vaya usted a saber por qué razón ni adónde iba en aquel momento por la calle, con una enorme

* «Heno»: el Mercado del Heno.

telega vacía, tirada por un enorme penco, le gritó al pasar: «¡Eh, tú; el del sombrero alemán!», y le gritó a pulmón herido, señalándole al mismo tiempo con la mano. El joven se detuvo, y nerviosamente se sujetó el sombrero. Era el tal sombrero alto de copa, redondo, a lo Zimmermann, pero ya usado, completamente enrojecido, todo lleno de rotos y abolladuras, sin alas, y echado a un lado por su ángulo más informe. Pero no fue vergüenza, sino otro sentimiento totalmente distinto, parecido incluso al miedo, el que hizo presa en él.

«¡Ya lo sabía yo! —murmuró mortificado—. ¡Ya se me había ocurrido! ¡Esto es lo más desagradable de todo! ¡Para que se vea cómo una tontería, el más trivial detalle, pueden dar al traste con la mejor intención! Sí, el sombrerito es notable... Ridículo, y, por eso, notable. Con estos harapos, lo único que me sienta bien es el gorro, aunque sea viejo, y no este estafermo. Nadie lo lleva igual, se ve desde una versta, deja recuerdo... ¡Eso!, sobre todo, que no se olvida, es una pieza de convicción. Y es necesario precisamente pasar inadvertido... ¡Minucias, insignificancias, eso es lo principal!... Una fruslería de esas puede echarlo a perder todo y para siempre...».

Había andado poco; sabía hasta el número de pasos a que se encontraba de la puerta de su casa: setecientos treinta, justos. Los había contado una vez, cuando ya se hartó de soñar. En aquel tiempo no creía gran cosa en aquellos sus desvaríos, y solo se excitaba con ellos por una escandalosa temeridad inútil, pero seductora. Pero ahora ya, al cabo de un mes, empezaba a mirarlos de otro modo, y, a pesar de todos sus desalentadores monólogos respecto a su inercia e indecisión, se iba acostumbrando, casi sin querer, a considerar aquel ensueño *escandaloso* como una empresa, aunque todavía no creyese en ella él mismo. Ahora iba, incluso, a *ensayar* su empresa, y a cada paso que daba se acrecía más y más su emoción.

Con el corazón palpitante, y poseído de un temblor nervioso, se acercó al inmenso edificio que se alzaba por un lado al filo del canal, y por el otro daba a la calle de... Aquella casa se componía toda ella de pisos reducidos, y sus inquilinos eran toda suerte de gentes industriosas: sastres, cerrajeros, cocineras, artesanos alemanes, señoritas que vivían de lo suyo, funcionarios modestos, etcétera. Los que entraban y los que salían se encontraban en los dos portales y en los dos patios de la casa. Había allí tres o cuatro porteros. El joven estaba muy satisfecho de no haberse encontrado a ninguno y se deslizó seguidamente desde la puerta de la derecha a la escalera. Esta era oscura y angosta, *negra*, pero él estaba ya harto de conocer todo aquello y le agradaba aquella disposición; en tal oscuridad no eran de temer las miradas fisgonas. «Si ahora tengo tanto miedo, ¿qué sería si, efectivamente, llegara a acometer la *cosa*?...», pensó involuntariamente al encontrarse en el cuarto piso. Allí le interceptaron el camino algunos mozos de cuerda, soldados licenciados que estaban sacando muebles de un piso. Ya de antemano sabía él que en aquel piso vivía una familia alemana cuyo cabeza era funcionario. «Puede ser que ese alemán se vaya ahora, y puede que también en el cuarto piso, en esta escalera y este rellano, solo quede por algún tiempo un piso ocupado, el de la vieja. Eso estaría muy bien..., en todo caso...», pensó, y llamó en el cuarto de la vieja. Sonó débil la campanilla, cual si fuera de hojalata y no de cobre. En semejantes cuartos modestos de semejantes casas casi todas suenan así. Él había olvidado ya el timbre de aquella campanilla, y de pronto aquel sonido pareció recordarle algo y representárselo claramente en la imaginación... Tanto, que dio un respingo, con los nervios harto relajados aquella vez. Al cabo de un ratito se entreabrió la puerta en una estrecha rendija, por la cual atisbó la inquilina al visitante, con gesto receloso y dejando ver únicamente sus ojos chispeantes en la oscuridad. Pero al ver tanta gente en el rellano, cobró ánimos y abrió del todo. El joven transpuso el umbral, pasando a una oscura antesala, partida en dos por un tabique, al otro lado del cual estaba la exigua cocina. La vieja estaba delante de él, mirándole en silencio e inquisitivamente. Era una viejecilla, pequeñita y seca, de unos sesenta años, de ojos agudos y malignos, con una naricilla afilada y la cabeza descubierta. Sus cabellos albeantes relucían muy untados en aceite, con pocas canas. A su fino y largo cuello, parecido a la pata de una gallina, llevaba liado un pañolillo de franela, y sobre los hombros, no obstante el calor, una chaqueta de piel toda destrozada y amarillenta. La viejecilla no hacía más que toser y gemir. Acaso el joven fijó en ella una mirada algo particular, porque a sus ojos volvió a asomar la antigua expresión de desconfianza.

—Raskólnikov, el estudiante; ya estuve aquí el mes pasado —se apresuró a murmurar el joven haciendo una reverencia a medias, pues recordó que era menester ser más fino.

—Recuerdo, *bátiuschka*[*]; muy bien que me acuerdo de que es usted —respetuosamente dijo la viejecilla, sin apartar como antes sus inquisitivas miradas del rostro del joven.

—Bueno; pues heme aquí... de nuevo para el mismo asuntillo —continuó Raskólnikov algo mortificado y asombrado ante la desconfianza de la vieja.

«Por lo demás, puede que ella sea siempre así y que la otra vez no lo notase», pensó con una sensación enojosa.

La vieja callaba, cual si recapacitase; luego se echó a un lado, y señalando a la puerta de la habitación, dijo empujando por delante al huésped:

—Pase, *bátiuschka*.

La habitación en que penetró el joven, empapelada de amarillo, con geranios y cortinillas de muselina en las ventanas, se hallaba en aquel instante iluminada por el sol poniente. «¡Quizá también *entonces* hará sol!...», deslizose, como de pronto, por la mente de Raskólnikov, y con rápida mirada oteó todo el cuarto, con el fin de estudiar y grabar en su me-

---

[*] «... *bátiuschka*»: diminutivo de *batkó* (padre); es una expresión de respeto. *(N. del E., tomada de I. V.).*

moria lo mejor posible su disposición. Pero el aposento no tenía nada de particular. Todo su moblaje, muy viejo y de madera amarilla, se componía de un diván, con un respaldo enorme, saliente, de madera; una mesa de forma ovalada, colocada delante del diván, un tocador con su espejito adosado al tabique, unas cuantas sillas arrimadas a las paredes, más unos cuantos cuadritos de a *grochs**, en marcos amarillos, representando jovencitas alemanas con pajaritos en las manos..., y pare usted de contar. En un rincón, delante de una pequeña imagen, ardía una lamparilla. Todo estaba muy limpio; tanto los muebles como los suelos estaban dados de cera; todo relucía. «Trabajo de Lizavétina», pensó el joven. Ni una mota de polvo se hubiera encontrado en todo el cuarto. «Así suele suceder en casa de las viudas viejas y malas», continuó diciéndose Raskólnikov, y lanzó una mirada de soslayo a la cortina de indiana que ocultaba la puerta de un segundo cuartito donde estaban la cama y la cómoda de la vieja y donde todavía no había podido meter el ojo ni una vez. Todo el piso se reducía a aquellas dos habitaciones.

—¿Y qué se le ofrece? —profirió secamente la vieja, entrando en el aposento y plantándose, como antes, delante de él para mirarle derechamente al rostro.

—¡Pues traigo una cosa para empeñar!

Y sacó del bolsillo un viejo reloj de plata, plano. En su tapa, levantable, tenía representada una esfera. La cadena era de acero.

—Sí, pero tenga en cuenta que ya se cumplió el plazo del otro préstamo. Tres días hace ya que se cumplió.

—Ya le abonaré a usted los intereses del mes; tenga paciencia.

---

*El *groschen*, vocablo alemán, fue una moneda usada en varios países del centro y norte de Europa y es actualmente la denominación de centavos de varias monedas. El nombre deriva del italiano *denaro grosso*. (*N. del E., tomada de Wikipedia*).

—Y con toda mi buena voluntad no tendré más remedio, padrecito, que aguantarme o vender su prenda.

—¿Dará usted mucho por esto, Aliona Ivánovna?

—Con fruslerías viene, padrecito; eso, para que lo sepa, nada vale. Por la sortija, la vez pasada, le di dos rublos, y en la joyería las hay nuevas por rublo y medio.

—Deme usted cuatro rublos, que es para desempeñarlo luego, que era de mi padre. No tardaré en recibir dinero.

—¡Rublo y medio, y cobrándome los intereses por anticipado, si quiere!

—¡Rublo y medio! —exclamó el joven.

—Como usted quiera. —Y la viejecilla le devolvió el reloj. El joven lo recogió, y le entró tal coraje, que se dispuso a irse; solo que enseguida cambió de parecer, recordando que no tenía ya tiempo para ir a otra parte y que ya antes había estado en otro sitio.

—¡Démelos! —dijo con malos modos.

La viejecilla se buscó unas llaves en el bolsillo y pasó al otro cuarto, detrás de la cortinilla. El joven, que se había quedado solo en medio de la estancia, puso el oído atento y reflexionó. Podía oírse cómo la vieja abría la cómoda. «Debe de ser en el cajón de encima —imaginó—. Las llaves suele llevarlas en el bolsillo derecho..., todas en un manojo, en un llavero de acero... Y entre todas hay una más grande que las demás, triple, con el paletón dentado, no la de la cómoda... Quiere decir que habrá todavía una arqueta o cofre fuerte... Es curioso. Los cofres fuertes tienen todos llaves de esas... Pero, en fin, todo esto es... despreciable...».

La viejecilla volvió.

—Aquí tiene usted, padrecito; como al rublo le corresponden diez copeicas al mes, al rublo y medio le tocan quince copeicas al mes, que me cobro adelantadas. A los otros dos rublos que antes le di, les corresponden, con arreglo a esa cuenta, veinte copeicas, que también me cobro. En total, treinta y cinco. Así que le quedan a usted por su reloj un rublo y quince copeicas. Aquí tiene.

—¡Cómo! ¿Ahora sale usted con un rublo y quince copeicas?

—Eso mismo.

No estaba el joven por reñir, y tomó el dinero. Miró a la vieja y no se dio prisa a irse, cual si quisiera decir o hacer algo y no supiera él mismo qué...

—Yo, Aliona Ivánovna, puede que dentro de unos días le traiga otra cosa para empeñar..., de plata..., buena...; una pitillera...; en cuanto me la devuelva un amigo —se aturrullaba y se calló.

—Bueno; pues entonces ya hablaremos, *bátiuschka*.

—Adiós... Pero vive usted sola; ¿no tiene una hermana? —preguntó con cuanta despreocupación pudo, dirigiéndose ya a la antesala.

—¿Y a usted qué le importa *ella*, padrecito?

—Nada en particular. Pregunté por preguntar. Usted, enseguida... ¡Adiós, Aliona Ivánovna!

Raskólnikov salió de allí profundamente turbado. Su turbación aumentaba por momentos. Al salir a la escalera se detuvo varias veces, como preocupado súbitamente por algo. Y ya, por último, en la calle, murmuró:

—¡Oh, Dios! ¡Qué repugnante es todo eso! ¡Y sí, sí; yo..., no; eso es un absurdo, una estupidez! —añadió resueltamente—. ¿Y si se me ocurriera semejante horror? Pero ¡de qué bajura es capaz mi corazón! Eso es lo principal: ¡sucio, brutal, ruin!... Y yo, durante todo un mes...

Pero no podía expresar ni con palabras ni con exclamaciones su emoción. Un sentimiento de repulsión infinita, que había empezado a agobiar y mortificar su corazón desde el momento en que se dirigió a ver a la vieja, alcanzaba ahora tales proporciones y tan a las claras se revelaba, que no sabía dónde refugiarse huyendo de su tristeza. Iba por la acera como un borracho, sin reparar en los transeúntes y tropezándose con ellos, y sin saber por dónde iba volvió en sí en la calle siguiente. Al esparcir la vista observó que se encontraba junto a un establecimiento de bebidas, al que se entraba bajando una escalerilla, que conducía a un sótano. Por la puerta asomaban en aquel instante dos borrachos, que, sosteniéndose mutuamente y riñendo, salían a la calle. Sin pararse a pensarlo, se lanzó Raskólnikov escaleras abajo. Nunca hasta entonces había penetrado en una taberna; pero ahora su cabeza le daba vueltas, y, además, le atormentaba una sed que le hacía toser. Le apetecía beber cerveza fría, tanto más cuanto que su súbita debilidad lo rendía y, en último término, tenía hambre. Se sentó en un rincón oscuro y sucio, junto a una mesita de madera de tilo; pidió cerveza, y con avidez sorbió el primer vaso. Inmediatamente todo se le alivió y sus pensamientos se tornaron claros: «Todo eso es un absurdo —dijo con ilusión— y no hay por qué preocuparse. ¡Sencillamente un trastorno físico! Un vasito de cerveza, un trozo de galleta..., y en un santiamén se robustece el espíritu, se aclaran las ideas, se corroboran las intenciones. ¡Oh, y cómo agobia todo eso!...». Pero, no obstante aquel despectivo escupitajo, se mostraba ya alegre, cual si de repente se hubiese libertado de algún terrible peso, y afectuosamente pasó revista con los ojos a los circunstantes. Pero hasta en aquel momento mismo ya preveía remotamente que toda aquella impresionabilidad optimista era también morbosa.

En la taberna, a aquella hora, había poca gente. Detrás de aquellos dos borrachos con que se tropezara en la escalera salió de un golpe toda una pandilla: cinco hombres, con una chica y un acordeón. Luego que se fueron, todo quedó en silencio y tranquilo. Continuaron dentro un borracho, no mucho, sentado delante de un vaso de cerveza, de facha aburguesada; su compañero, gordo, enorme, con chaqueta larga y barba canosa, muy borracho, adormilado, en un banco, y que de cuando en cuando, de pronto, cual si se despertase, se ponía a castañetear con los dedos, estirando los brazos e irguiendo el busto, sin levantarse del banco, después de lo cual canturriaba una copleta, esforzándose por recordar versitos como estos:

Todo el año acariciando a mi mujer,
to...do el año aca...riciándola...

O despertándose otra vez:

Al cruzar la calle Podiácheskaya,
me tropecé con la otra...

Pero nadie compartía su suerte; su compañero, silencioso, le miraba a cada arrechucho de esos con ojos hostiles y desconfiados. Había, además, otro individuo, de traza parecida a la de un funcionario jubilado. Estaba sentado solo, con su vasito por delante, y de cuando en cuando bebía y miraba en torno suyo. Parecía poseído también de cierta agitación.

II

Raskólnikov no estaba acostumbrado a la gente y, como ya dijimos, rehuía todo trato, sobre todo en los últimos tiempos. Pero ahora había algo que le impulsaba hacia la gente. Algo de nuevo se operaba en él, y al mismo tiempo se le despertaba una sed de gente. Estaba tan cansado de todo aquel mes de solitaria tristeza y sombría expectación, que ansiaba, aunque solo fuese por un momento, respirar otro ambiente, fuera el que fuese, y no obstante toda la suciedad de aquel lugar, permaneciera muy satisfecho en la taberna.

El dueño del establecimiento se hallaba en otra habitación, pero se asomaba a cada momento en la sala principal, para pasar a la cual bajaba unos peldaños, en lo que, ante todo, ponía de manifiesto sus elegantes botas, muy bien cepilladas, con vivos encarnados en los dobleces de la caña. Vestía un blusón ruso, con un chaleco horriblemente grasiento, de raso negro, sin corbata, y toda su cara parecía untada de aceite, ni más ni menos que un cerrojo. Detrás del mostrador se encontraban un chico de unos catorce años y otro muchachito que servía lo que pedían los parroquianos. Había allí pepinillos, bizcochos denegridos y trocitos de pescado; todo lo cual hedía. La atmósfera era tan sofocante, que no se podía estar allí, y hasta tal punto estaba impregnado todo de olor a aguardiente, que se hubiera dicho que con solo respirar aquel ambiente cinco minutos podía uno emborracharse.

Suele haber encuentros, aun con individuos totalmente desconocidos, que despiertan nuestro interés, incluso desde la primera mirada, así, de repente, de improviso, antes de haber cambiado una palabra. Semejante impresión le produjo a Raskólnikov aquel cliente que estaba sentado aparte y que tenía la facha de un funcionario jubilado. El joven lo recordó luego algunas veces, y hasta le atribuyó un presentimiento. De hito en hito contemplaba al, sin duda alguna, funcionario, que, por su parte, tampoco le quitaba ojo, siendo evidente que estaba deseoso de entablar conversación. A los demás individuos que había en la taberna, sin excluir al dueño, el funcionario los miraba con aire de costumbre y aun de tedio, al mismo tiempo que con ciertos ribetes de altiva indolencia, como a gentes de posición y cultura inferiores, con las que no tenía nada que hablar. Era un hombre como de cincuenta años, de mediana estatura y de constitución recia, algunos pelos canosos en el cráneo mondado, una cara con pintas amarillas, y hasta verdosas, por efecto de la bebida, y los párpados hinchados, por debajo de los cuales fulgían unos ojillos pequeñines como rendijas, y que lanzaban miradas llenas de vivacidad y rojizas. Pero había en él algo extraño; en sus miradas resplandecía también cierta como solemnidad —no le faltaban, en efecto, idea y alma—, y al mismo tiempo, sin embargo, dejaban traslucir algo de locura. Vestía un viejo frac negro, completamente hecho jirones, con los botones caídos. Se sostenía, sin embargo, uno de ellos, y él se lo abrochaba con el visible afán de conservar el decoro. Por debajo del chaleco de nanquín se abombaba una corbata de plastrón, llena de salpicaduras y de manchas. Llevaba la cara afeitada, a lo funcionario, pero hacía ya mucho tiempo que no se afeitaba, de suerte que empezaban a brotarle en las mejillas matas de rudos pelos. También mostraban sus gestos, efectivamente, algo de gravedad burocrática. Pero nuestro hombre se hallaba intranquilo a la sazón, se mesaba los cabellos y se sostenía, a veces, triste, la cabeza con entrambas manos, hincando los harapientos codos en la mesa manchada y pringosa. Finalmente, miró a la cara a Raskólnikov y con voz firme y bronca dijo:

—¿Podría permitirme, caballero, el atrevimiento de dirigirme a usted con una conversación decente? Porque aunque su aspecto de usted no sea distinguido, mi experiencia descubre en usted a un hombre de buena educación que no tiene costumbre de beber. Y yo he respetado siempre la educación cuando va unida a los sentimientos generosos, y, además de eso, soy consejero titular. Marmeládov..., tal es mi apellido; consejero titular. ¿Me permitirá usted le pregunte si es también funcionario?

—No; estudiante... —respondió el joven, algo sorprendido, tanto por aquel tono oratorio como por el hecho de verse interpelado tan a boca de jarro. No obstante el ansia que hacía poco rato sintiera de hablar con alguien, fuere quien fuere, a la primera palabra que le habían dirigido volvió súbitamente a experimentar su habitual sentimiento hostil e irritado ante toda comunicación con gente extraña que tocase o mostrase deseos de tocarle a su personalidad.

—¡Estudiante o ex estudiante! —exclamó el funcionario—. ¡Eso mismo me figuraba yo! ¡Experiencia, señor mío; larga experiencia! —Y con gesto ponderativo se llevó un dedo a la frente—. Usted tenía que ser estudiante o proceder de la clase culta. Pero permítame usted... —Se levantó del asiento, se tambaleó, cogió su plato y su vaso y fue a sentarse junto al joven, aunque un poco de través. Estaba borracho; pero hablaba con elocuencia y soltura, salvo que de cuando en cuando se aturrullaba un poco y embrollaba las cosas. Se dirigió a Raskólnikov con la avidez de quien lleva un mes entero sin hablar con nadie.

—Señor mío —empezó casi con solemnidad—, la pobreza no es un pecado, es la verdad. También sé que la embriaguez no es ninguna virtud. Pero la miseria, señor mío, la miseria..., esa sí que es pecado. En la pobreza conserva usted todavía la nobleza de sus sentimientos innatos; en la miseria ni hay ni ha habido nadie nunca que los conserve. Al hombre en la miseria lo echan poco menos que con un palo; con la escoba lo echan de la compañía de sus semejantes, para que aún resulte mayor la afrenta, y con justicia, porque en la miseria yo soy el primero que estoy dispuesto a agraviarme a mí mismo. ¡Se acabaron las libaciones! ¡Señor mío, hace un mes que el señor Lebeziátnikov le pegó a mi señora; pero mi señora no soy yo! ¿Comprende usted? Permítame usted todavía que le pregunte, aunque solo sea a título de curiosidad: ¿ha tenido usted ocasión de pasar la noche en el Neva, en las barcas del Heno?

—No; no he tenido ocasión —repuso Raskólnikov—. ¿Qué pasa allí?

—Nada...; que yo llevo ya cinco noches.

Se llenó el vaso, bebió y se quedó pensativo. Efectivamente, tanto en la ropa como en el pelo podía vérsele alguna que otra brizna de heno. Era muy probable que llevase ya cinco días sin desnudarse ni asearse. Las manos, sobre todo, las tenía sucias, grasientas, enrojecidas, con las uñas negras.

Sus palabras, al parecer, habían despertado la atención general, aunque no muy viva. Los chicos, detrás del mostrador, empezaron a reírse. El dueño, al parecer, había bajado del cuarto de arriba con la sola idea de escuchar al *gracioso*, y, sentado a alguna distancia, escuchaba con indolencia, pero gravemente. A Marmeládov lo conocían allí de antiguo. Y su inclinación a los discursos oratorios había debido de surgir a consecuencia de aquel hábito de entablar conversaciones frecuentes en la taberna con distintos desconocidos. Ese hábito llega a convertirse para algunos borrachos en una necesidad, y principalmente para aquellos a los cuales los tratan mal en casa y los echan de allí. Por lo que, en compañía de otros bebedores, se esfuerzan siempre por justificarse, y, a ser posible, por granjearse también algún respeto.

—¡Gracioso! —exclamó en voz alta el tabernero—. Pero ¿por qué no trabajas, por qué no estás en la oficina, siendo funcionario?

—¿Que por qué no estoy en mi oficina, señor mío? —repitió Marmeládov, dirigiéndose exclusivamente a Raskólnikov, cual si hubiese sido este quien le interpelara—. ¿Que por qué no estoy en mi oficina? Pero ¿es que no me duele a mí el alma de ver la abyección en que me arrastro? Cuando el señor Lebeziátnikov, hace un mes, le pegó a mi señora con su propia mano, y yo estaba acostado con la borrachera, ¿acaso no sufría? Permítame usted, joven: ¿le ha sucedido alguna vez..., ¡hum!..., vamos, pedir dinero prestado sin esperanza?...

—Me ha sucedido, sí...; pero ¿cómo sin esperanza?

—Pues eso, sin esperanza ninguna, sabiendo de antemano que no se lo han de dar. Vamos a ver: usted, por ejemplo, sabe de antemano y con toda seguridad que tal hombre, tal ciudadano bonísimo y servilísimo, no le ha de dar a usted dinero por nada del mundo, porque ¿a razón de qué, pregunto yo, habría de dárselo? Pongamos que él sabe también que yo no lo devuelvo. ¿Por compasión? Pero el señor Lebeziátnikov, que está al tanto de las nuevas ideas, me explicó no hace mucho que la compasión, en nuestros tiempos, está prohibida por la ciencia, y que así se practica en Inglaterra, donde existe la economía política. ¿Por qué, pregunto yo, habría de dar dinero? Y he aquí que, sabiendo de antemano que no lo da, usted, no obstante, toma el camino y...

—Pero ¿para qué ir allá? —añadió Raskólnikov.

—Pues porque, si no va uno a él, ¿a quién acudir? Fuerza es que todo hombre vaya a donde ir puede. Porque estamos en unos tiempos en que es preciso ir a alguna parte. Cuando mi hija única fue allá la primera vez por un volante amarillo, también fui yo... (porque mi hija vive del volante amarillo*) —añadió, entre paréntesis, mirando con cierta inquietud al joven—. ¡Nada, señor, nada!... —se apresuró a agregar tranquilamente, sin cuidarse de que los chicos del mostrador no se tenían de risa y el propio tabernero se sonreía también—. ¡Nada! A mí esos meneos de cabeza me dejan tan fresco, porque ya todo el mundo lo sabe y todo lo misterioso se ha hecho patente, y no con desprecio, sino con serenidad lo sobrellevo. ¡Sea! *Ecce Homo.* Permítame, joven: ¿podría usted?... Pero no; debo expresarme del modo más terminante y categórico; ¿no *podría* usted; sí: *no se atrevería* usted, mirándome en este instante, a decirme firmemente que no soy un guarro?

El joven no respondió palabra.

—Bueno —prosiguió el orador con aplomo y hasta con recia dignidad, esta vez aguardando de nuevo a que se extinguiesen las risas—, bueno; pongamos que yo sea un puerco, y ella, una señora. Yo tengo figura de animal, mientras que Katerina Ivánovna, mi mujer... es una persona bien educada, hija de un oficial superior. Pongamos que yo soy un bellaco, y ella, una mujer de gran corazón y henchida de sentimientos generosos. Pero, no obstante..., ¡oh, si siquiera se doliese de mí! ¡Señor mío, señor mío, todo hombre necesita tener, por lo menos, un sitio donde lo compadezcan! Pero Katerina Ivánovna, con todo y ser una señora magnánima, no es justa... Y, aunque yo mismo comprendo que cuando ella me sacude las moscas me las sacude no por otra cosa que por compasión

---

*«... volante amarillo»: tarjeta que las prostitutas debían obtener de la policía y que imponía determinadas restricciones. *(N. del E., tomada de I. V.).*

(porque, lo repito, y no me da vergüenza, me sacude las moscas), pollo —recalcó con duplicada dignidad, luego que hubieron cesado las risas—; pero, ¡por Dios!, que si ella una sola vez... Pero ¡no! ¡No! ¡Todo esto son minucias, y no hay que hablar de ello! ¡No hay que hablar!... Porque ya, y no una vez sola, se me ha cumplido ese deseo, y no una sola vez me han compadecido; pero... ese es un rasgo de mi carácter. ¡Yo soy de por mí un bestia!

—¡Cómo!... —observó, bostezando, el tabernero.

Marmeládov descargó un enérgico puñetazo en la mesa.

—¡Eso soy yo! ¿Sabe usted, señor mío, sabe usted que yo me he bebido hasta sus medias? No los zapatos, que esto, al fin y al cabo, habría estado más en el orden de las cosas, sino las medias. ¡Me he bebido sus medias! Su collarín de pelo de cabra también me lo bebí, y eso que lo tenía ella de antes y era de su propiedad particular, no mío, y vivimos en un chiscón glacial, y ella este invierno cogió un catarro al pecho y empezó a toser y a escupir sangre. Niñitos pequeños tenemos tres, y Katerina Ivánovna se está trabajando desde por la mañana hasta por la noche, y lava y friega y asea a los chicos, que desde niña está acostumbrada a la limpieza, solo que está enferma del pecho y tiene propensión a la tisis, y yo lo sé. ¿Es que yo no tengo sentimientos? Y cuanto más bebo, tanto más siento. Por eso bebo, porque en la bebida siete pesares encuentro... ¡Bebo porque quiero sufrir doble! —Y como desesperado inclinó hacia la mesa la frente.

—Joven —prosiguió, volviendo a erguirse—, en su cara leo cierta tristeza. En cuanto usted entró, se lo noté, y por eso enseguida le dirigí la palabra. Porque, al referirle a usted la historia de mi vida, no pretendía presentarme en un aspecto denigrante ante esos gandules, que ya, por otra parte, la conocen, sino que buscaba a un hombre sensible y culto. Ha de saber usted que mi esposa se educó en un instituto de nobles de un distinguido gobierno, y que al terminar sus estudios bailó, envuelta en un chal, en presencia del gobernador y de los demás personajes de la localidad, por lo que hubieron de concederle una medalla de oro y un laudatorio diploma. La medalla... Bueno; la medalla la vendimos ya hace tiempo... ¡Hum! El diploma encomiástico lo guarda ella todavía en el arca, y no hace mucho que se lo enseñó a la patrona. Y aunque ella con la patrona está siempre a la greña, le gusta, sin embargo, pavonearse ante cualquiera y hablar de los felices días pretéritos. Cosa que yo no le censuro, no, señor, no le censuro, porque esos últimos días felices se le han quedado grabados en la memoria y todo lo demás se evaporó. Sí, sí: es una mujer vehemente, orgullosa e indómita. Friega ella misma los suelos, y come pan negro; pero no consiente que le falten al respeto. Por eso no quiso aguantar las groserías del señor Lebeziátnikov, y cuando le sentó la mano por ello el señor Lebeziátnikov, no tanto por los golpes como por el sentimiento, tuvo que meterse en la cama. Viuda era ya cuando me casé con ella, y con tres hijos pequeñines. Se casó con su primer marido, un oficial de infantería, por amor, y se fugó con él de casa de sus padres. Su marido la quería extraordinariamente; pero se chifló por las cartas, le formaron consejo de guerra, y a consecuencia de ello murió. También había dado a lo último en zurrarla; ella no se lo toleraba, según he podido comprobar después por referencias y por documentos; pero aún hoy mismo lo recuerda con lágrimas en los ojos, y me recrimina a mí, poniéndome por modelo al difunto, y yo me alegro, yo me alegro, porque en su imaginación ella se considera en cierto modo feliz en otro tiempo... Bueno; pues se quedó la pobre, al morir él, con tres niñitos pequeños, en un distrito remoto y salvaje, donde también residía yo entonces, y se encontraba en tan desesperada miseria, que yo, que he visto toda suerte de cosas, no me siento con fuerzas para describirla. Los parientes todos le habían dado de lado. Y diga usted que era soberbia, sumamente soberbia... Y entonces yo, señor mío, entonces yo, que también me había quedado viudo y tenía una hijita de catorce años habida en mi primera mujer, le ofrecí a ella mi mano por no poder contemplar semejante dolor. Puede usted comprender hasta qué punto llegaría su pobreza, cuando ella, una mujer culta y educada, y de familia distinguida, consintió en casarse conmigo. Pero ¡consintió! ¡Llorando y gimiendo, y retorciéndose los brazos..., el caso es que consintió! Porque no tenía adónde ir. ¿Comprende usted, comprende usted, señor mío, lo que significa eso de no tener ya adónde ir? ¡No! Usted no puede todavía comprenderlo... Y durante un año entero cumplí yo con mis obligaciones, noble y honradamente, y no le toqué a esto —y dio con el dedo en la botella—, porque soy hombre de sentimientos. Pero ni aun así pude tenerla contenta; hube de verme cesante, y no por culpa del aguardiente, sino por cambio de personal, y entonces sí que eché mano de la bebida... Ya va a cumplirse un año que vinimos a parar, finalmente, después de muchos ajetreos y muchos apuros, a esta magnífica capital, ornada de innumerables monumentos. Y aquí encontré un empleo. Lo encontré, y otra vez lo perdí. ¿Comprende usted? Esta vez lo perdí por mi culpa, porque el demonio me tentó... Vivimos ahora en un rincón, en compañía de nuestra patrona, Amalia Fiódorovna Lippevechsel, y de qué vivimos y con qué pagamos, cosa es que no sé a punto fijo. Vive allí también mucha gente, además de nosotros... Aquello es una Sodoma caótica... ¡Hum!... Sí... Pero, a todo esto, se fue haciendo mayorcita mi niña, la habida en el primer matrimonio, y cuánto no tenía que aguantar mi hijita de su madrastra en todo ese tiempo, cosa es que me callo. Porque, aunque Katerina Ivánovna sea mujer de sentimientos magnánimos, es una señora orgullosa e irritable y que con facilidad se va del seguro... ¡Eso es! ¡Bueno; pero no hablemos de eso! Educación, ya puede usted imaginarse que Sonia no ha recibido ninguna. Probé yo, hace cuatro años, a enseñarle geografía e historia universal; pero como yo mismo no estaba tampoco muy fuerte en eso y no había tenido buenos maestros, y, además, había que ver qué libros... ¡Hum!... Bueno; ahora ya no hay de esos libros...; así que en eso paró la enseñanza. En Ciro el persa nos quedamos. Luego, cuando ya se hubo hecho mujercita, leyó algunos libros de índole novelesca, y hace poco, por mediación del señor Lebeziátnikov, leyó con mucho interés un libro de fisiología, de Lewes..., ¿lo conoce usted?..., y hasta nos leyó a nosotros trozos de él en voz alta; ahí tiene usted toda su ilustración. Ahora, señor mío, voy a dirigirle una pregunta particular. ¿Cree usted que una chica pobre, pero honrada, puede ganarse la vida trabajando? Quince copeicas al día, señor, no llegará a ganar como sea honrada y no posea talentos especiales, y eso aunque no levante mano del trabajo. Pero el consejero de Estado Klopschtok (Iván Ivánovich, ¿ha oído usted hablar de él?) no le pagó, hasta ahora, el dinero que importaba la hechura de media docena de camisas de holanda, y encima la echó de su casa a puntapiés e insultándola de un modo indecoroso, so pretexto de que los cuellos de las camisas no se ajustaban a la medida y los había cortado al sesgo. Y, entre tanto, los pequeños pasando hambre... Y Katerina Ivánovna se retorcía las manos y daba vueltas por la habitación, y a las mejillas le asomaban unas chapetas encarnadas: cosa de la enfermedad y que le pasa siempre. «¿Estás viendo? ¡Caramba, con nosotros, gorrona, comes y bebes y te aprovechas del calor!». Pero ¿qué podía ella beber y comer, cuando los pequeños llevaban tres días de no ver una corteza de pan? Yo estaba entonces acostado...; bueno; ¡qué más da!; estaba durmiendo la borrachera, y oigo hablar a mi Sonia (no es respondona ella, y tiene una vocecita tan corta..., rubilla, con una carita siempre paliducha, flacucha), y dice: «Pero ¿cómo, Katerina Ivánovna, es posible que me mande usted a eso?». Pero, a todo esto, Daria Frántsovna, mujer malintencionada y harto conocida de la policía, ya la había catequizado tres veces por conducto de la patrona. «¿Qué tiene de particular? —replica Katerina Ivánovna con una risita—. ¿Para qué te guardas? ¡Vaya un tesoro!». Pero no la culpe usted, no la culpe, mi querido señor; no la culpe usted. Que en su sana razón no dijo aquello, sino a impulsos de sentimientos exaltados, por causa de la enfermedad y por el lloro de los hijitos hambrientos; eso es: lo dijo más bien por ofender que porque verdaderamente lo pensara... Porque Katerina Ivánovna se ha vuelto de un genio que, en cuanto los hijos empiezan a llorar, aunque sea de hambre, ya les está pegando. Y yo pude ver, serían las cinco, cómo Sónechka se levantó, se echó encima una toquilla, se puso el abrigo, y se salió del cuarto y no volvió hasta las nueve. Volvió a esa hora y se fue derecha a Katerina Ivánovna, y sobre la mesa, delante de ella, echó treinta rublos en plata. Pero ni una palabrita dijo, sino que cogió nuestro gran chal verde (porque tenemos un chal de ese tipo que sirve para todos), se cubrió con él completamente la cabeza y el rostro y se tendió en la cama, de cara a la pared, y solo sus hombros le temblaban con escalofríos que le sacudían todo el cuerpo... Y yo, como antes, seguía acostado tan tranquilo... Y vi entonces, joven, vi cómo Katerina Ivánovna, sin hablar palabra, se acercó a la camita de Sónechka, y toda la noche, a sus pies, de rodillas se pasó, y le besaba los piececitos y no quería levantarse, y cómo luego ambas se durmieron juntas, abrazaditas las dos..., las dos..., eso es...; y yo... seguía durmiendo la jumera.

Marmeládov guardó silencio, cual si le faltara la voz. Luego, aprisa, se llenó el vaso, bebió y se escombró.

—Entonces, señor mío —prosiguió tras una pausa—, entonces, por un solo caso reprobable, y en virtud de delación de personas malintencionadas (a ello contribuyó muy particularmente Daria Frántsovna, so pretexto de que le habíamos faltado a las consideraciones debidas), entonces mi hija Sofia Semiónovna se vio obligada a sacar el volante amarillo, y ya no pudo, por esa razón, seguir viviendo con nosotros. Porque la patrona, Amalia Fiódorovna, no quiso tolerarlo a pesar de haberse servido ella antes de Daria Frántsovna, y también el señor Lebeziátnikov. ¡Hum!... Vea usted: por Sonia fue aquella historia que tuvo con Katerina Ivánovna. A lo primero, era él quien asediaba a Sónechka, y de pronto le entraron remilgos. «¿Cómo, ¡diantre!, yo, un hombre tan ilustrado, vivir en compañía de esta gente?». Pero Katerina Ivánovna no se aguantó: se las tuvo tiesas..., bueno..., y se armó... Pero ahora Sónechka viene a vernos más bien ya oscurecido, y distrae a Katerina Ivánovna y le proporciona los recursos que puede... Vive en compañía, en casa del sastre Kapernaúmov, al que tiene alquilada una habitación. Y Kapernaúmov es cojo y tartamudo, y toda su numerosísima familia es también tartamuda. Y tartamuda es asimismo su mujer... En un solo cuarto viven todos revueltos; pero Sonia tiene uno para ella sola, con un tabique por medio... ¡Hum! Eso es... Son gente pobrísima y tartamuda..., sí... Pero bueno; la otra mañana, al día siguiente, no hice más que levantarme, me vestí mis harapos, alcé los brazos al cielo y me encaminé a casa de Su Excelencia Iván Afanásievich. ¿Conoce usted a Su Excelencia Iván Afanásievich?... ¿No? ¡Pues no ha conocido usted a un hombre de Dios! Es cera virgen, cera virgen delante de Dios; y esa cera se funde... Hasta se derritió en lágrimas, después de haberse dignado oírlo todo. «Bueno —va y dice—, Marmeládov; ya una vez defraudaste mis esperanzas... Pero volveré a admitirte otra vez bajo mi responsabilidad personal»; asimismo dijo: «¡Tenlo presente, pardiez, y vete!». Besé la huella de sus pies con el pensamiento, porque de verdad no me lo hubiera consentido, que es un dignatario y hombre de ideas nuevas en punto a las cosas oficiales y la educación; me volví a casa, y, al anunciar allí cómo iba a ser reintegrado en el servicio y a cobrar de nuevo un sueldo, ¡qué revuelo se armó, Dios mío!...

Marmeládov volvió a quedarse poseído de viva emoción. En aquel momento entró de la calle toda una partida de borrachos, que ya lo estaban, y en los umbrales se dejaron oír los sones de un organillo ambulante, de alquiler, y una vocecita infantil, chillona, de un chico de siete años, que cantaba *La alquería*. Se produjo rebullicio. El tabernero y los chicos recibieron a los que llegaban. Marmeládov, sin fijar en ellos la atención, continuó su relato. Parecía ya bastante cargado; pero cuanto más borracho estaba tanto más locuaz se volvía. Los recuerdos de su reciente triunfo en el servicio parecían reanimarlo, y hasta le hicieron afluir cierto brillo a su rostro. Raskólnikov le escuchaba atento.

—Fue esto, señor mío, hará cosa de cinco semanas. Sí... En cuanto lo supieron las dos, Katerina Ivánovna y Sónechka, parecía, señor, cual si me hubieran destinado al reino de Dios. Antes era aquello de «¡Estate tumbado como un bestia!». Solamente insultos. Ahora andaban de puntillas; a los chicos les regañaban: «Semión Zajárich vino rendido del servicio, está descansando. ¡Chis!». Me daban café antes de ir a la oficina, y me calentaban la crema. Habían encontrado crema de verdad, ¿oye usted? ¿Y de dónde sacarían para mí aquel uniforme decente, que valía once rublos con cincuenta copeicas? ¡No acabo de comprenderlo! ¡Botas altas, corbatas de plastrón, de calicó, magníficas; uniforme: todo por once rublos cincuenta copeicas y en excelente uso! Me levanto el primer día, por la mañana, para ir a la oficina, y miro: Katerina Ivánovna me había preparado dos platos para el desayuno —sopa y cecina con rábanos—, cosa que tampoco me he explicado hasta ahora. Trajes no tenía ella ninguno, lo que se dice ninguno, y, sin embargo, parecía como si fuera a recibir visitas: se había puesto la mar de elegante, y no así como así, sino como las que saben hacer las cosas de la nada; peinadita, con un cuello primoroso, con mangas, parecía enteramente otra, y estaba rejuvenecida y embellecida. Sónechka, palomita mía, era la que había aprontado el dinero. Y ella misma va y me dice: «A usted, ahora de día, no está bien que venga a verlo, sino mejor ya oscurecido, para que nadie me vea». ¿Ha oído usted, ha oído usted? Yo, después de la comida, me eché a dormir, cosa que usted pensaría no habría de consentirlo Katerina Ivánovna. No hacía aún una semana que había tenido una riña atroz con la patrona, con Amalia Fiódorovna, y ahora la invitó a tomar una taza de café. Dos horas estuvieron juntas, conversando en voz baja: «Ahora, ¿no sabe usted?, Semión Zajárich está otra vez repuesto en su empleo y cobra un sueldo, y se presentó a Su Excelencia mismo, y Su Excelencia lo recibió y mandó a los demás que aguardasen, y a Semión Zajárich lo condujo del brazo, por delante de todos, a su despacho». ¿Ha oído usted, ha oído usted? «Yo, sin duda —le dijo—, Semión Zajárich, recuerdo sus servicios, y aunque usted adolece de esa aturdida flaqueza, como usted ahora ya me promete enmendarse y, además, aparte de eso, como, entre nosotros, sin usted no andan bien las cosas, (¡oiga usted, oiga usted!), confío ahora en su palabra de honor». Es decir, yo se lo digo a usted: todo eso lo había inventado ella, y no por falta de juicio ni por vanagloria únicamente. No; es que ella misma lo cree todo y se consuela con esas imaginaciones suyas... ¡Dios mío! ¡Y yo no la censuro: no, no se lo critico!... Cuando, hace seis días, cobré mi primer sueldo —veintitrés rublos cuarenta copeicas— y se lo llevé íntegro, me llamó nenito; «¡nenito mío!». Y estábamos los dos solos, ¿comprende usted? Bueno; como si yo fuera un chico guapo y un buen maridito. Bien; pues ella me dio una palmadita en el carrillo, diciéndome: «¡Nenito mío!».

Marmeládov se detuvo e hizo intención de sonreírse; pero de pronto le tembló la barbilla. Pero se reprimió. Aquel ambiente tabernario, aquel cuadro repulsivo, cinco noches en las barcas del Heno, y la botella, y en medio de todo eso, aquel morboso amor a la esposa y a la familia, herían de estupor a su oyente. Raskólnikov escuchaba, todo oídos, pero con una sensación de malestar. Le pesaba haberse metido allí.

—¡Señor mío, señor mío! —exclamó Marmeládov incorporándose—. ¡Oh, señor mío!, a usted acaso todo esto le haga reír, como a los demás, y yo no haga más que importunarle con la estupidez de todos estos miserables detalles de mi vida doméstica; pero lo que es a mí no me mueve a risa. Porque yo soy capaz de sentir todo esto... Y en el transcurso de todo aquel día paradisíaco de mi existencia y de toda aquella noche, yo mismo me entregué a alados desvaríos; quiero decir que iba a arreglar todo aquello, y vestiría a los chicos, y a ella le proporcionaría tranquilidad, y a mi hija única la sacaría de la deshonra y la reintegraría al seno de la familia... ¡Y muchas cosas más, muchas cosas más!... Permítame usted, señor... Bueno, señor mío... —Marmeládov, de pronto, dio como un respingo, alzó la cabeza y se quedó mirando fijamente a su interlocutor—. Pues al otro día, después de todas aquellas ilusiones (o sea hace de eso cinco días justos), por la noche, yo, con un astuto ardid, cual salteador nocturno, le cogí a Katerina Ivánovna la llave del arca, saqué con ella de allí lo que aún quedaba de mi sueldo..., no recuerdo a punto fijo cuánto; pero, mírenme, ¡mírenme todos! Cinco días fuera de casa, y allí buscándome, y el destino perdido, y el uniforme en poder de un tabernero del puente de Egipto, que, a cambio, me dejó estos harapos..., y ¡sanseacabó!

Marmeládov se dio a él mismo un puñetazo en la frente, rechinó los dientes, cerró los ojos y clavó recio el codo en la mesa. Pero, transcurrido un minuto, mudó súbitamente de semblante y con cierta forzada malicia y afectado dominio, miró a Raskólnikov, se sonrió y siguió hablando:

—Pero hoy estuve en casa de Sonia y fui a pedirle para beber. ¡Ja, ja, ja!

—¿Y se lo dio? —preguntó alguien de entre los que entraban; lo dijo gritando, y se echó a reír a pleno pulmón.

—Mire: esta media botella, con su dinero la pagué —profirió Marmeládov, encarándose exclusivamente con Raskólnikov—. Treinta copeicas me dio por su propia mano: las últimas, todo cuanto tenía, yo mismo pude verlo... Nada me dijo; únicamente me miró en silencio... Como no se mira en la tierra, sino allá, donde se apiadan de las personas, lloran y no reprochan, no reprochan. ¡Aunque es más doloroso, más doloroso cuando no nos reprochan nada!... Treinta copeicas; eso es, y a ella, de fijo, le son ahora necesarias. ¿Qué le parece a usted, querido señor mío? Porque fíjese que ella ahora tiene que andar primorosa. Y ese aseo personal cuesta dinero, ¿comprende usted? ¿Comprende?... Vamos, que allí tiene que comprarse hasta afeites, no hay más remedio; faldas almidonadas, botitas finas, ceñidas, para hacer resaltar el piececito cuando es preciso sortear un charco. ¿Comprende usted, comprende usted, señor mío, lo que significa ese primor? Bueno; pues yo, ya lo ve usted, padre, esas treinta copeicas me las he gastado en bebida. ¡Y sigo bebiendo! ¡Y ya estoy borracho! Bueno; ¿quién se apura por un individuo como yo? ¡Diga! ¿Le da a usted piedad de mí, señor, o no? Diga, señor: ¿me compadece o no? ¡Ja, ja, ja!

Quiso echar otro trago; pero ya no quedaba gota. La media botella estaba vacía.

—¿Y por qué habría que compadecerte? —gritó el tabernero, que andaba otra vez por allí.

Sonaron risas y también denuestos. Reían e insultaban, los que habían oído y los que no habían oído, de solo mirar la facha del funcionario cesante.

—¡Compadecer! ¿Por qué habían de compadecerme? —exclamó, de pronto, Marmeládov, levantándose con la mano extendida, poseído de enérgica exaltación, cual si solo hubiese esperado aquellas palabras—. ¿Por qué compadecerme, preguntas tú? Eso es. ¡No hay por qué tener lástima! ¡Lo que hay que hacer conmigo es clavarme en una cruz y no compadecerme! Pero crucificadme después de juzgarme, y, luego que me hayáis crucificado, compadecedme. ¡Y entonces yo mismo iré a ti para sufrir el suplicio, que no es de alegría de lo que estoy sediento, sino de tristeza y lágrimas!... ¿Te figuras tú, tasquero, que esta tu media botella me sumerge en dulzuras? Penas, penas buscaba yo en su seno; tristezas y lágrimas, y las encontré y di con ellas; pero, en cuanto a lástima, nos compadecerá Aquel que de todos se apiadó y lo comprendió todo; Él, que es único y es también el Juez. Él se presentará ese día y preguntará: «¿Dónde está esa pobre chica que se vendió por una madrastra mala y tísica y por unos niños ajenos y pequeñines? ¿Dónde está esa pobre chica que a su padre terrenal, borracho empedernido, sin asustarse de su embrutecimiento, le tuvo compasión?». Y luego dirá: «¡Anda, ven acá! Yo ya te perdoné una vez. Ya te perdoné una vez. Perdonados te sean también ahora tus muchos pecados, porque amaste mucho». Y perdonará a mi Sonia; la perdonará, yo sé que la perdonará... Yo, esto, hace poco, cuando estuve a verla, lo sentí así en mi corazón... Y a todos juzgará y perdonará, así a los buenos como a los malos, y a los prudentes, y a los pacíficos... Y luego que ya haya concluido con todos, se inclinará también hacia nosotros: «¡Venid acá!», dirá, «¡también vosotros, borrachines; venid acá, impúdicos; venid acá, puercos!». Y nosotros nos acercaremos, sin avergonzarnos, y nos detendremos. Y Él dirá: «¡Hijos míos! Imagen de la Bestia la vuestra, y su sello lleváis; pero llegaos acá también vosotros». Y terciarán los castos, terciarán los prudentes: «¡Señor! Pero ¿vas a admitir también a estos?». Y dirá: «He aquí que los admito, ¡oh, castos!; he aquí que los acojo, ¡oh, prudentes!, porque ni uno solo de ellos se creyó nunca digno de tal merced...». Y tenderá a nosotros sus manos, y nosotros nos acogeremos a ellas, y romperemos en llanto y lo comprenderemos todo... ¡Entonces lo comprenderemos todo!... Y todos comprenderán... Y Katerina Ivánovna también comprenderá... ¡Señor, venga a nos el tu reino!

Y se dejó caer en un banco, agotado y sin fuerzas, sin mirar a nadie, cual si se hubiese olvidado de cuanto le rodeaba y estuviera sumido en profundo arrobo. Sus palabras produjeron cierta impresión. Por un minuto imperó el silencio; pero no tardaron en dejarse oír las mismas risas e improperios de antes.

—¡Ya dijo su sentencia!

—¡Cuánto despotrica!

—¡Burócrata!

Y etcétera, etcétera.

—Vámonos de aquí, señor... —dijo Marmeládov de pron-

to, alzando la cabeza y encarándose con Raskólnikov—. Lléveme usted... Casa de Kosel, en el fondo del patio. Ya es hora...
Vamos con Katerina Ivánovna...

Hacía ya largo rato que Raskólnikov deseaba irse; y también había pensado ya en prestarle su ayuda. Marmeládov parecía andar peor de los pies que de la lengua, y se apoyaba
fuerte en el joven. Había que andar un trayecto de doscientos
a trescientos pasos. Malestar y miedo hacían presa cada vez
más en el borracho a medida que se iba acercando a la casa.

—Yo no le temo ahora a Katerina Ivánovna —murmuraba, agitado—, ni temo que se ponga a tirarme de los cabellos.
¿Qué son los cabellos?... ¡Un absurdo eso de los cabellos!
¡Eso es lo que yo digo! Hasta es mejor que se ponga a tirarme
de ellos, y a mí eso no me asusta... Yo... es su mirada lo que
temo. Sí, su mirada... y a las chapetas encarnadas que le salen
en las mejillas las tengo también miedo... Y, además, le temo
a su respiración... ¿Has visto tú cómo respiran estos enfermos
cuando están agitados? A los lloros de los chicos les temo
también. Porque, como Sonia no les haya llevado de comer,
no sé qué habrán comido. ¡No lo sé! Pero a los golpes no les
temo. Sepa usted, señor, que a mí esos golpes no solo no me
causan dolor, sino que hasta suelen producirme placer... Porque sin ellos no podría yo pasarme. Es lo mejor. Que me dé
una buena tunda, que se le desahogue el alma, es lo mejor...
Pero ya hemos llegado. La casa de Kozel. De un cerrajero, un
alemán enriquecido... Condúceme.

Entraron en el patio y subieron al cuarto piso. La escalera, a medida que remontaban, se iba volviendo más oscura.
Eran ya cerca de las once, y, aunque en esa época del año no
hay en Petersburgo noche verdadera, allá, en lo alto de la escalera, estaba muy oscuro.

La puertecilla humosa que había al final de la escalera estaba abierta. Una lamparilla alumbraba un pobrísimo cuarto,
de unos diez pasos de largo; todo él podía verse desde el rellano. Todo allí estaba revuelto y confuso; sobre todo, se veían

distintas ropitas de niño. A través del rincón del fondo había tendida una cortina llena de rotos. Detrás de ella, probablemente se ocultaría la cama. En todo el cuarto había, por junto, dos sillas y un diván derrengado y cubierto con una tela encerada en muy mal estado, y, ante él, una mesa de cocina, de pino, vieja, sin pintar y al descubierto. Al filo de la mesa ardía una vela de sebo, a punto de consumirse, en un candelero de hierro. Resultaba que los Marmeládov ocupaban una habitación para ellos solos, y no un rincón, sino que esa habitación era un pasillo. La puerta de acceso a las demás habitaciones o jaulas en que se dividía el piso de Amalia Lippevechsel estaba entornada. Allí se oía alboroto y rebullicio. Se reían a carcajadas. Al parecer, estaban jugando a las cartas y tomando té. De cuando en cuando, podían cogerse al vuelo palabras sumamente soeces.

Raskólnikov reconoció inmediatamente a Katerina Ivánovna. Era una mujer espantosamente flaca, fina, bastante alta y bien hecha, con un pelo castaño hermosísimo, y, efectivamente, con unas mejillas coloradísimas, como dos manchones. Iba y venía por su reducido aposento, cruzadas sobre el pecho las manos, fruncidos los labios y alentando de un modo desigual, entrecortado. Los ojos le echaban chispas, cual si tuviera fiebre; pero su mirar era duro e impasible, y producía una impresión de enfermedad aquel rostro de tísica, febril, a los últimos resplandores de aquella luz moribunda, que en él se reflejaban. A Raskólnikov le pareció una mujer de treinta años, y, efectivamente, no hacía buena pareja con Marmeládov. No les sintió entrar ni se fijó en ellos; parecía como si estuviera ensimismada y no oyera ni viese. En el cuarto había una atmósfera sofocante; pero ella no había abierto la ventana; de la escalera llegaba un tufo hediondo; pero la puerta que a ella daba no la había cerrado. De las habitaciones interiores, a través de las entornadas puertas, venían también humos de cigarros, y ella tosía, pero no cerraba la puerta. La niña más pequeña, de seis años, dormía en el suelo, como sentada, encogida y con la cabecita reclinada en el diván. Un chico, mayorcito, tiritaba todo en un rincón y lloraba. Probablemente, acabarían de darle una tunda. La niñita mayor, de unos nueve años, larguirucha y flaca como una cerilla, con una camisilla hecha jirones y una pelerina de tela sobre los hombros desnudos, que sin duda le habían arreglado para ella haría dos años, pues no le llegaba ya ni a las rodillas, estaba en un rincón, junto a su hermanito, a cuyo cuello se abrazaba con su brazo largo, fino como una pajuela. Al parecer, lo estaba consolando; le murmuraba algo al oído, procuraba calmarlo por todos los medios para que no volviera a llorar, y al mismo tiempo no apartaba de la madre sus grandes, grandes ojazos oscuros, que parecían más grandes aún en aquella carita demacrada y medrosa. Marmeládov, sin entrar en el cuarto, se hincó en la misma puerta de rodillas y empujó a Raskólnikov hacia dentro. La mujer, al ver a un desconocido, se quedó plantada delante, abstraída, pero despertada por un instante de su ensimismamiento y como preguntándose: «¿A qué vendrá?». Pero probablemente hubo de decirse que vendría a las otras habitaciones, ya que aquello era un pasillo. Habiéndose figurado eso, y sin fijar en él la atención, se dirigió a la puerta del rellano con intención de abrirla, y de pronto dio un grito al ver en los mismos umbrales, de rodillas, a su marido.

—¡Ah —exclamó con asombro—, ya volviste! ¡Criminal!... ¡Monstruo!... ¿Dónde están los dineros? ¿Qué es lo que traes en los bolsillos? ¡Enséñalo! ¿Y tu sueldo? ¿Qué has hecho del sueldo? ¿Dónde están los cuartos?... ¡Habla!

Y se abalanzó a él para cachearlo. Marmeládov, inmediatamente, con docilidad y humildad, alzó ambos brazos para facilitar el registro. Dinero, no tenía ni una copeica.

—¿Dónde están los cuartos? —gritaba—. ¡Oh, Señor, se los habrá bebido todos! ¡Doce rublos en plata que me quedaron en el cofre!...

Y, de pronto, hecha una furia, lo cogió por los cabellos y

lo arrastró hacia dentro. Marmeládov mismo facilitaba su esfuerzo, dejándose llevar mansamente, de rodillas.

—Pero ¡si esto, para mí, es un gusto! ¡No me produce dolor, sino pla...cer, se...ñor... mío! —exclamaba, en tanto lo arrastraban de los pelos y hasta le hacían dar una cabezada contra el piso.

La nena que se había dormido en el suelo se despertó y rompió a llorar. El chico que estaba en un rincón no pudo contenerse y empezó a temblar y a gritar, se apretó contra su hermanita poseído de un miedo espantoso, casi a punto de darle un ataque. La hermanita mayor temblaba, pegada a la pared, como la hoja del árbol.

—¡Se lo bebió! ¡Todo, todo se lo bebió! —clamaba, desolada, la pobre mujer—. ¡Y esa ropa no es tampoco la suya! ¡Se van a morir de hambre, de hambre! —Y, retorciéndose las manos, señalaba a los niños—. ¡Oh, condenada vida! Pero ¿a usted, a usted no le da vergüenza? —dijo, de pronto, encarándose con Raskólnikov—. ¡De la taberna! ¡Te bebiste los cuartos con él! ¡Te los bebiste tú también! ¡Fuera de aquí!

El joven se dio prisa a escurrirse, sin proferir palabra. Entre tanto, la puerta del fondo se había abierto de par en par, y por ella fisgaban algunos curiosos. Asomaban caras cínicas y burlonas, con el cigarro o la pipa en la boca, tocadas con gorros de andar por casa. Se vislumbraban mujeres en bata y completamente desabrochadas, con trajes de verano, ligeros hasta la indecencia, y algunas con naipes en las manos. Se rieron con especiales ganas cuando Marmeládov, arrastrado por los cabellos, clamaba que aquello para él era un deleite. Empezaron a meterse en el cuarto, hasta escuchar, finalmente, un rugido de rabia, el cual lo había lanzado la propia Amalia Lippevechsel, deseosa de restablecer el orden en su casa y por centésima vez intimidar a la pobre mujer con la afrentosa intimidación de dejar despejado el cuarto al día siguiente. Al salir, Raskólnikov se apresuró a meterse la mano en el bolsillo, rebuscó en él y encontró algo: unas monedillas de cobre que le quedaban como vuelta de un rublo que diera a cobrar en la taberna; y, sin que lo sintieran, las dejó en la ventana. Luego, ya en la escalera, lo pensó mejor y le entraron ganas de volverse.

«Hay que ver qué estúpido paso —pensó— el que he hecho. Ellos tienen a Sonia, y a mí ese dinero me hace falta». Pero, después de recapacitar en que no era posible volver atrás, aparte de que, al fin y al cabo, no iba a recoger aquel dinero, dio una manotada al aire y se dirigió a su domicilio. «A Sonia también le hace falta para sus cosméticos —continuó, atravesando la calle y sonriendo sarcásticamente—. El primor cuesta dinero. ¡Hum! Y Sónechka, la pobre, podría muy bien llevarse hoy un chasco, porque no deja de tener también sus riesgos, y la conquista del vellocino de oro... no es nada fácil... Puede que todos ellos se encontrasen mañana en un apuro, a no ser por ese dinerillo mío... ¡Ah, Sonia! ¡A qué oficio te han puesto! Es que ellos se aprovechan. Y, al fin, se acostumbran. Lloraron; pero acabaron por acostumbrarse. A todo se acostumbra un bellaco».

Se quedó pensativo.

«Bueno; ¿y si yo hubiese dicho una sandez? —exclamó, de pronto, involuntariamente—. Si, en efecto, no fuera el hombre un *bellaco*, todos en general, es decir, todo el mundo, eso querría decir que todo lo demás... eran solo prejuicios, únicamente espantajos para meter miedo, y que no había límite alguno y que así debía ser...».

III

Despertó al otro día ya tarde, después de un sueño agitado, y ese sueño no había reparado sus fuerzas. Se despertó de un humor agrio, irritable, malo y, con aversión, paseó la mirada por su cuchitril. Era una especie de jaula, de unos seis pasos de largo, que presentaba el más repelente aspecto con su amarillento empapelado, lleno de polvo, y que por todas partes se desprendía de las paredes, y tan baja de techo, que apenas si un hombre corpulento podía erguirse allí del todo, pues parecía que hubiera de dar con la cabeza en el techo. El moblaje guardaba armonía con el local; se componía de tres sillas viejas, que apenas se tenían en pie; en un rincón, una mesa pintarrajeada, sobre la cual se veían algunos cuadernos y libros que, por la sola circunstancia de encontrarse llenos de polvo, podía inferirse el tiempo que haría que nadie los hojeaba, y, finalmente, un gran sofá maltrecho, que cogía toda una pared y la mitad de la habitación, que antaño había estado forrado de indiana, pero que ahora era un puro andrajo y le servía de cama a Raskólnikov. Con frecuencia solía echarse en él, tal y como estaba, sin desnudarse, sin cubrirse más que con su viejo paletó raído de estudiante, y poniéndose debajo de la cabeza una almohada, por debajo de la cual remetía toda la ropa blanca, limpia o sucia, de su propiedad, con objeto de tener la cabeza más alta. Delante del sofá había una mesita.

Difícil habría sido abandonarse más y caer en mayor miseria; pero a Raskólnikov le era aquello incluso grato en la disposición de ánimo en que a la sazón se encontraba. Se había retraído resueltamente de todo el mundo, como la tortuga en su concha, y hasta el rostro de la criada que tenía obligación de servirle y echar de cuando en cuando una mirada a su habitación le producía malestar y convulsiones. Así les sucede a algunos monomaníacos que reconcentran su atención en torno a alguna cosa. Su patrona hacía ya dos semanas que había dejado de suministrarle la comida, y él no había pensado hasta entonces en ir a explicarse con ella, no obstante acostarse en ayunas. Nastasia, cocinera y única criada de la patrona, se alegraba en parte de que el huésped fuera de aquella condición, y había cesado por completo también de arreglarle el cuarto, y solo una vez por semana, de pronto, iba algunas veces y cogía la escoba. Ella era la que ahora venía a despertarle.

—¡Levántate! ¿Por qué duermes? —le gritó, inclinada sobre él—. Son ya las diez. Te he traído el té. ¿Quieres un poco de té? ¿O es que has resuelto reventar?

El huésped abrió los ojos, dio un respingo y reconoció por fin a Nastasia.

—¿Ese té me lo manda la patrona? —preguntó incorporándose en el diván lentamente y con cara de enfermo.

—¡Qué te va a mandar la patrona!

Colocó delante de él su tetera rota, con los posos del té, y a su lado puso dos terrones de azúcar amarillentos.

—Mira, Nastasia: haz el favor de tomar esto —dijo metiéndose la mano en el bolsillo (se acostaba así, vestido) y sacando de él un puñadito de calderilla—. Ve y cómprame un panecillo. Y ve también a la salchichería y me traes un poco de salchichón del más barato.

—El panecillo te lo traeré enseguida. Pero ¿no quieres, en vez del salchichón, sopa de coles? Está muy buena la de anoche. Te dejamos anoche de ella, solo que viniste muy tarde. ¡Con lo buena que estaba la sopa!

Cuando hubo traído la sopa de coles y el joven la emprendió con ella, Nastasia se sentó a su lado, en el diván, y se puso a hablar por los codos. Era aldeana y muy locuaz...

—Praskovia Pávnlovna dice que va a quejarse de ti a la policía —dijo.

El joven frunció el ceño.

—¿A la policía? ¿Por qué?

—Pues porque ni le pagas ni te vas. Creo que hay razón de sobra.

—¡Ah, todavía no está contento el diablo! —refunfuñó el joven, rechinando los dientes—. No; eso a mí ahora..., no es oportuno... ¡Es una imbécil!... —añadió en voz alta—. Hoy pasaré a verla y le hablaré.

—Ella es una imbécil, sí, lo mismo que yo; pero tú, que eres tan listo, ¿por qué te estás ahí tumbado y nunca se te ve el pelo? Antes decías que ibas a dar lecciones a unos chicos; pero ahora ¿es que no haces nada?

—Ya hago... A regañadientes y de mala gana —repuso Raskólnikov.

—Pero ¿qué haces?

—Trabajar...

—¿En qué trabajas?

—Pienso —respondió seriamente el joven, después de una pausa.

Nastasia, al oírlo, se torció de risa. Era dada a la risa, y cuando algo le hacía gracia, prorrumpía en una risa sorda, que le sacudía y estremecía el cuerpo todo, hasta que le entraban bascas y se contenía.

—¿Y te da mucho dinero el pensar?, di... —pudo, por fin, exclamar.

—Sin calzado no es posible ir a dar lecciones a los chicos. Además no me importa.

—Pues debería importarte.

—Por los chicos pagan una calderilla... ¿Qué vas a hacer con unas copeicas? —prosiguió él como de mala gana y cual si contestase a sus propios pensamientos.

—Y tú ¿querrías recibir de un golpe todo un capital?

Él la miró de un modo extraño.

—Sí; todo un capital —le respondió con firmeza, después de una pausa.

—¡Oye, tú; poco a poco, que me asustas; tienes ya un mirar feroz! Vaya, ¿voy por el panecillo o no voy?

—Como quieras.

—¡Ah, se me olvidaba!... Anoche, después de irte, vino una carta para ti.

—¡Una carta! ¿Para mí? ¿Y de quién?

—De quién no sé. Tres copeicas tuve que darle al cartero. ¿Me las vas a pagar?

—¡Vamos, tráela...; por amor de Dios, tráela! —exclamó, todo emocionado, Raskólnikov—. ¡Señor!

Al cabo de un minuto apareció la carta. No se había equivocado: era de su madre, del gobierno de R***. Hasta se puso pálido al cogerla. Mucho tiempo hacía ya que no recibía carta; pero ahora otra cosa también le punzaba en el corazón.

—¡Nastasia, vete, por el amor de Dios! ¡Aquí tienes tus tres copeicas; pero, por el amor de Dios, vete cuanto antes!

La carta temblaba en sus manos; no quería romper su sello delante de la criada; deseaba quedarse *a solas* con aquella carta. Luego que se hubo ido Nastasia, se la llevó a los labios y la besó; luego permaneció aún largo rato contemplando la dirección del sobre, con aquella letra menuda y un poco sesgada que tan familiar y clara le era: de su madre, que allá, en tiempos, le enseñara a él a leer y escribir. Se hacía el remolón; parecía hasta como si temiese algo. Finalmente, rompió el sello; era una carta larga, prolija: cogía dos hojas de papel, escritas por las dos carillas; dos hojas de papel de cartas garrapateadas con una letra compacta.

«Mi querido Rodia —escribía la madre—: Dos meses van ya que no me comunico contigo por carta, por lo que he sufrido mucho, y hasta alguna noche me la pasé en claro, cavilando. Pero tú seguramente no habrás de culparme por ese mi involuntario silencio. Tú sabes bien cuánto te quiero yo; tú eres nuestro único hijo, para mí y para Dunia; tú lo eres todo para nosotras, toda nuestra ilusión, toda nuestra esperanza. ¡Lo que pasó por mí cuando supe que ya hacía unos meses que habías dejado la universidad y no contabas con nada fijo para sostenerte y que las lecciones y los demás recursos se te habían acabado! ¿Qué ayuda puedo yo prestarte con mi pensión de ciento veinte rublos al año? Los quince rublos que hace cuatro meses te envié se los tomé, como tú sabes, a cuenta de la dicha pensión, a nuestro comerciante de aquí, Afanasi Ivánovich Vajruschin. Es un hombre bueno, y era amigo de tu padre. Pero, al reconocerle el derecho a percibir en vez mía la pensión, he tenido que esperar a que quedase enjugada la deuda, lo cual no se ha cumplido hasta ahora, de suerte que no pude en todo este tiempo enviarte nada. Pero ahora ya, alabado sea Dios, puedo, según parece, seguir enviándote cantidades, y hasta podemos vanagloriarnos de la fortuna, a propósito de lo que voy a explicarte. En primer lugar, ¿podías adivinar, querido Rodia, que tu hermana hace ya mes y medio que vive conmigo y que ya no volveremos a separarnos nunca? ¡Loor a Ti, Señor, que ya se acabaron sus tormentos! Pero te lo contaré todo por su orden, para que te enteres de todo lo que ha pasado, y que hasta ahora te habíamos tenido oculto. Cuando tú me escribiste, hará dos meses, que le habías oído decir a no sé quién que Dunia tenía que sufrir mucho con el mal trato que le daban en casa del señor Svidrigáilov y me preguntabas a mí pormenores detallados acerca de ello, ¿qué hubiera yo podido contestarte? Si te escribía toda la verdad, entonces tú, seguramente, lo habrías dejado todo, y, aunque hubiera sido a pie, te habrías presentado en casa, porque yo conozco muy bien tu carácter y tus sentimientos, y tú no habías de consentir que ofendiesen a una hermana tuya. Yo estaba también desesperada; pero ¿qué hacer? Y eso que yo no sabía tampoco, por entonces, toda la verdad. La mayor dificultad consistía en que Dúnechka, que había entrado el año antes en esa casa como ama de llaves, había cobrado por adelantado cien rublos nada menos, a condición de que se los habían de descontar después, todos los meses, del sueldo, de suerte que no se podía pensar en dejar la colocación sin enjugar antes la deuda. La referida suma (ahora puedo explicártelo todo, queridísimo Rodia) la tomó ella más bien para enviarte a ti sesenta rublos que por entonces te hacían falta, y que nosotras te mandamos el año pasado. Nosotras dos te engañamos entonces, y te escribimos diciéndote que esa cantidad era del dinero que de antes tenía Dúnechka ahorrado; pero no había tal cosa, y ahora te digo la verdad toda, ya que todo ha cambiado inesperadamente, por la voluntad de Dios, para mejorar, y para que sepas cuánto te quiere Dunia y el corazón inapreciable que tiene. Efectivamente, el señor Svidrigáilov, a lo primero, la trataba con mucha grosería, y tuvo con ella varias desatenciones y bromas de mal gusto en la mesa... Pero no quiero entrar en todos esos desagradables pormenores, con objeto de ahorrarte emociones inútiles, ahora que ya todo eso terminó. En resumen: que, no obstante la noble y bondadosa conducta de Marfa Petrovna, la esposa del señor Svidrigáilov, y de todas las demás personas de la casa, Dúnechka tuvo mucho que sufrir, particularmente cuando el señor Svidrigáilov se encontraba, según su vieja costumbre del regimiento, bajo el influjo de Baco. Pero ¿qué es lo que pasó luego? Figúrate que ese chiflado hacía tiempo que sentía por Dunia una pasión, sino que la ocultaba bajo la capa de la grosería y el desdén. Puede que él mismo se abochornara y sintiera horror, al verse ya a sus años, y padre de familia, animado de tan atolondradas ilusiones, y por eso la pagara con Dunia. Y también podría ser que, con su modo de portarse, grosero y burlón, solo se propusiese disimular ante los otros toda la verdad. Pero, finalmente, no se pudo reprimir, y se propasó a hacerle a Dunia una proposición clara y manifiesta, prometiéndole distintas compensaciones y, además, dejarla todo e irse a vivir con ella a otro pueblo o, en último caso, al extranjero. ¡Puedes figurarte cuánto sufriría ella! Abandonar inmediatamente la colocación no era posible, no solo en atención a la deuda que allí tenía, sino también por consideración a Marfa Petrovna, la que podía enseguida concebir sospechas, lo que habría tenido por consecuencia que se produjeran disgustos en la familia. Sí; y también para Dúnechka habría sido eso un gran escándalo; ya, así, no habría podido evitarse. Por todo eso y otras razones más, no podía Dunia pensar en abandonar esa horrible casa hasta de allí a seis semanas, lo más pronto. Sin duda que conoces a Dunia, sin duda que sabes cuánto talento tiene y qué firmeza la suya. Dúnechka es capaz de sufrir muchas cosas y de mostrar, aun en los casos más extremos, toda la grandeza de su alma necesaria para no perder su entereza. Ni siquiera me escribió una palabra acerca de todo eso, con objeto de no alarmarme, y cuenta que nos carteábamos a menudo. La ruptura sobrevino inopinada. Marfa Petrovna hubo de sorprender a su marido en el momento en que este porfiaba con Dunia en el jardín, y comprendiéndolo todo al revés, le echó a ella toda la culpa, pensando que era la que le había dado pie. Sobrevino entonces entre ellos, en el jardín, una escena espantosa: Marfa Petrovna llegó incluso a pegarle a Dunia; no quería avenirse a razones, estuvo vociferando una hora entera, y, finalmente, mandó enseguida volviesen a Dunia conmigo a la ciudad, en la sencilla telega rústica, en la que metieron todas sus cosas: la ropa blanca, los trajes, todo como estaba, revuelto y confundido. Pero hete aquí que en aquel momento empieza a caer una lluvia torrencial, y Dunia, ofendida y mortificada, tuvo que recorrer, en compañía de un aldeano, diecisiete verstas seguidas en una telega descubierta. Dime ahora qué podía yo escribirte en mi carta, contestando a la tuya, recibida dos meses antes, y de qué iba a escribirte. Yo misma estaba desesperada; a comunicarte la verdad no me atrevía, porque te habría hecho muy desgraciado y te habría puesto en un estado de gran irritación y disgusto. ¿Y qué hubieras tú podido hacer? Pues correr a tu perdición, y, además, que la propia Dúnechka se oponía a ello; y llenar una carta con vaciedades y simplezas, cuando tenía el alma rebosando de amargura, se me hacía imposible. Todo un mes estuvieron corriendo por toda la ciudad los chismorreos provocados por ese incidente; y hasta tal punto llegó la cosa, que ni a la iglesia podía yo ir con Dunia, a causa de las despreciativas miradas y los murmullos, pues hasta delante de nosotras, de modo que pudiéramos oírlos, se propasaban a hacer comentarios. Todas nuestras amistades nos abandonaron, todos nos retiraron el saludo, y yo hube de saber a punto fijo que los horteras y algunos empleados de la Administración trataban de infligirnos una ruin afrenta, untando de pez la puerta de nuestra casa, tanto que la casera empezó a asediarnos para que nos mudásemos. De todo esto tenía la culpa Marfa Petrovna, que había conseguido inculpar y mancillar a

Dunia en todas las casas. Conoce aquí a todo el mundo, y este mes, a cada paso, estaba en la ciudad, y como es tan habladora y le gusta irles a todos con el cuento de sus asuntos de familia y, sobre todo, quejarse de su marido, lo que está muy mal, pues se difundió toda la historia en poco tiempo, no solo en la ciudad, sino en todo el distrito. Yo caí enferma; pero Dúnechka es más fuerte que yo, ¡y si vieras cómo lo sobrellevaba todo y cómo me consolaba a mí y me infundía ánimos! ¡Es un ángel! Pero, gracias a Dios misericordioso, nuestros tormentos no duraron mucho; el señor Svidrigáilov recapacitó y se arrepintió, y, seguramente por lástima de Dunia, fue y le presentó a Marfa Petrovna prueba plena y palpable de toda la inocencia de Dúnechka, a saber: una carta que Dunia, con anterioridad a haberla sorprendido Marfa Petrovna en el jardín, se vio obligada a escribirle y entregarle, con el fin de rechazar las superfluas explicaciones y las entrevistas secretas para que él la requería y que, al irse Dúnechka, quedó en poder del señor Svidrigáilov. En esa carta ella, del modo más vehemente y con absoluta indignación, le recriminaba lo innoble de su conducta para con Marfa Petrovna, le hacía presente que era casado y padre de familia, y lo mal que estaba, finalmente, en él el mortificar y hacer desdichada a una muchacha, ya de por sí harto desdichada y desvalida. En una palabra, querido Rodia: que la carta estaba escrita en unos términos tan nobles y patéticos, que yo lloraba al leerla, y aun hoy mismo no puedo leerla sin derramar lágrimas. Aparte eso, en justificación de Dunia salieron también los criados, que habían visto y sabían mucho más de lo que el señor Svidrigáilov suponía, como siempre acontece. Marfa Petrovna se impresionó mucho, y quedó "muerta de nuevo", como ella misma nos ha confesado, pero en cambio, pudo ver claramente la inocencia de Dúnechka, y al día siguiente, domingo, se fue derecha a la iglesia a pedirle de rodillas a la Soberana* le infundiese fuerzas para

* «... a la Soberana»: la Virgen María.

resistir esta nueva prueba y cumplir con su deber. Después, directamente, desde la iglesia, sin detenerse en parte alguna, vino a vernos a nosotras, nos lo contó todo, derramó muchas lágrimas y, presa de plena contrición, abrazó a Dunia y le rogó la perdonase. Aquella mañana misma, sin que nadie pudiera impedirlo, directamente desde la nuestra se fue a recorrer todas las casas de la ciudad, y en todas partes con las expresiones más halagüeñas para Dúnechka, y deshecha en llanto, hizo constar su inocencia y la nobleza de sus sentimientos y conducta. Y por si fuera poco, a todos les enseñó y leyó la carta de Dúnechka al señor Svidrigáilov, y hasta les dejó sacar copia de ella (lo que a juicio mío ya era demasiado). De esta suerte, durante algunos días consecutivos, estuvo visitando a todos los de la ciudad, y como algunos se considerasen ofendidos por la preferencia a otros demostrada, se estableció un turno, y todo el mundo sabía de antemano que tal día Marfa Petrovna estaría en tal sitio para dar lectura a la carta, y en cada sesión se reunían, incluso, los que ya habían oído varias veces leerla, tanto en su propia casa como en las de sus amigos, alternativamente. A juicio mío, había en eso mucho, mucho de exagerado, pero Marfa Petrovna es de esa condición. Por lo menos dejó plenamente rehabilitada la honra de Dúnechka, y toda la vergüenza del episodio viene a recaer, cual mancha imborrable, sobre su marido, a fuer de principal culpable, por lo que yo hasta siento lástima de él; harto severamente se han portado ya con ese viejo chocho. A Dunia inmediatamente empezaron a invitarla a dar lecciones en algunas casas, pero ella se negó. En general, todos empezaron de pronto a tratarla con especial respeto. Todo esto contribuyó en modo principal también a determinar la inesperada circunstancia merced a la cual puede decirse que ha cambiado ahora toda nuestra suerte. Has de saber, querido Rodia, que a Dunia le salió un novio y que ella le ha dado ya el sí, lo que me apresuro a anunciarte. Y aunque la cosa ya se hizo sin consultarte a ti, espero no nos vendrás con quejas ni a mí ni a tu hermana, pues tú mismo estás viendo, por la cosa misma, que aguardar y aplazarlo todo hasta recibir tu respuesta nos era imposible. Y tú tampoco podías juzgar desde lejos las cosas con exactitud. Verás cómo ha sido todo. Él es el consejero de la Corte Piotr Petróvich Luzhin, pariente lejano, por cierto, de Marfa Petrovna, la cual ha tomado en esto mucha parte. Empezó haciéndonos saber por su conducto que tenía muchos deseos de conocernos; lo recibimos como pedía la cortesía; lo invitamos a café, y al día siguiente nos escribió una carta en la que, en términos muy finos, nos exponía su demanda y nos rogaba rápida y decisiva respuesta. Es hombre práctico y ocupado, y está para trasladarse a Petersburgo, por lo que cada minuto le es preciso. Naturalmente, nosotras, al principio, quedamos muy desconcertadas, pues todo eso había sido rápido e inesperado. Estuvimos cavilando y discurriendo las dos juntas todo aquel día. Se trata de un hombre que promete mucho y ocupa una buena posición, desempeña dos destinos a la vez y posee también bienes. Cierto que tiene ya cuarenta y cinco años, pero es de buena presencia y aún puede gustar a las mujeres, y es, además, en términos generales, un hombre muy serio y distinguido, salvo que un tanto hosco y altanero. Pero todo esto puede que solo lo parezca a primera vista. Y te prevengo, querido Rodia, que cuando te veas con él, en Petersburgo, lo que será dentro de muy poco, no lo juzgues con excesivas ligereza y vehemencia, como sueles hacer con todo, si a primera vista algo no te agrada en él. Digo esto por si acaso, ya que estoy convencida de que él ha de hacerte una buena impresión. Aparte de que para conocer a cualquier persona, sea la que fuere, es preciso proceder con ella de un modo prudente y discreto, a fin de no incurrir en error ni en juicios temerarios, que luego cuesta mucho rectificar y borrar. Pero Piotr Petróvich, por lo menos a juzgar por muchas señales, es persona sumamente honorable. En su primera visita nos manifestó que es hombre sensato, pero que en muchas cosas comparte, según él mismo dijo, "las ideas de nuestras novísimas generaciones", siendo enemigo de todo prejuicio. Otras cosas más dijo, porque parece algo vanidosillo, y como que le gusta mucho que le oigan, pero esto no es, en fin de cuentas, un defecto. Yo, naturalmente, comprendí bien poco, pero Dunia me explicó que es hombre, aunque no muy culto, sí inteligente y, según parece, bueno. Ya conoces el carácter de tu hermana, Rodia. Es una chica entera, discreta, sufrida y generosa, aunque con un corazón fogoso, según he podido comprobar yo misma. Sin duda que ni por la parte de ella ni por la de él existe un especial amor; pero Dunia, aparte de ser una chica inteligente, es al mismo tiempo una criatura noble como un ángel y considerará su deber hacer feliz a su marido, el cual, a su vez, procurará hacer la felicidad de su esposa, y, en último término, hasta ahora no tenemos grandes motivos para dudar de ello, no obstante la precipitacioncilla con que reconozco se ha decidido este asunto. Él es, además, hombre inteligentísimo y prudente, y sin duda habrá de ver que su felicidad conyugal será tanto más segura cuanto más feliz haga él a Dúnechka. Y suponiendo que hubiera alguna desigualdad de caracteres, algunas viejas costumbres y hasta alguna disconformidad en los pensamientos (todo lo cual es imposible evitarlo aun en los matrimonios más felices), a propósito de eso, ya me ha dicho Dúnechka que ella confía en sí misma; que no me preocupe por nada de eso, y que es capaz de aguantar mucho, a condición de que las ulteriores relaciones sean honradas y justas. El aspecto exterior del hombre engaña mucho. Este, a mí, al principio, me parecía un poquito tajante; pero puede que eso se deba a que es de condición franca, y sin duda que así es. Por ejemplo: en su segunda visita, después de haber obtenido el consentimiento, hablando hubo de decir que ya antes de ahora, sin conocer a Dunia, había formado propósito de casarse con una señorita honrada, pero sin dote, e irremisiblemente había de ser una que ya hubiese conocido la pobreza, porque, según nos explicó, el marido no debe estarle obligado por nada a su mujer, siendo mucho mejor que la mujer considere a su marido como su protector. Añadiré que él se expresó en términos más finos y afectuosos de los que yo aquí empleo, porque a mí se me han olvidado sus verdaderas palabras y solo retengo la idea, y, además, eso lo dijo él, no premeditadamente, sino en el calor de la conversación, tanto, que luego se esforzó por disculparse y suavizar sus palabras, aunque a mí, a pesar de todo, me pareció un poco brusco, y así se lo dije luego a Dunia. Pero Dunia, hasta con sus ribetes de enojo, me contestó que "del dicho al hecho va mucho trecho"*, en lo que sin duda alguna tiene razón. Antes de decidirse, se pasó Dúnechka toda una noche en claro, y suponiendo que yo ya me había dormido, se levantó de la cama y se puso a dar valsones arriba y abajo por la habitación; y, por último, fue y se postró de hinojos y se puso a rezar con mucho fervor ante la imagen, y a la mañana siguiente me manifestó estar decidida.

»Ya te dije antes que Piotr Petróvich está para trasladarse a Petersburgo de un momento a otro. Tiene allí muchos asuntos y piensa abrir en Petersburgo un bufete de abogado. Hace ya tiempo que se ocupa en gestionar diversas demandas y pleitos, y no hace sino unos días que ganó una causa importante. Entre otras cosas, tiene que ir ahora a Petersburgo, porque tiene allí un asunto de consideración en el Senado. Así que, querido Rodia, también a ti puede serte muy útil en cualquier caso, y yo, de acuerdo con Dunia, he resuelto que, a partir de hoy mismo, sin falta, des comienzo a tu carrera y consideres tu felicidad como infaliblemente asegurada. ¡Oh, si esto se realizase! Sería de una conveniencia tan grande, que no tendríamos más remedio que considerarlo como una merced directa que nos hacía el Todopoderoso. Dunia no hace más que pensar en ello. Ya nos hemos atrevido a decirle algo a propó-

* «... me contestó que "del dicho al hecho va mucho trecho"». En el original ruso dice literalmente: «la palabra no es todavía el hecho» («*elova eschio ne dielo*»).

94

sito de eso a Piotr Petróvich. Él se expresó con mucho tino y dijo que, sin duda, atendido que él no puede pasar sin secretario, siempre sería, naturalmente, mejor pagarle un sueldo a un pariente que a un extraño, con tal que resultase apto para desempeñar el empleo (¡como si tú fueras a no ser capaz!), pero al mismo tiempo expresó también sus dudas respecto a si tus estudios universitarios te dejarían espacio para trabajar en su bufete. Por aquella vez dejamos así la cosa; pero ahora Dunia no piensa sino en eso. Hace solo unos días, sencillamente con cierto ardor, viene elaborando el proyecto de que tú has de ser luego el compañero y camarada de Piotr Petróvich en sus trabajos abogadiles, tanto más cuanto que tú estudias precisamente en la Facultad de Derecho. Yo, Rodia, le doy en todo eso la razón y comparto todas sus ilusiones y planes, pues los veo muy verosímiles; y a pesar de la reserva, muy comprensible, que hasta ahora guarda Piotr Petróvich (ya que aún no te conoce), Dunia está firmemente convencida de que ha de lograrlo todo con su buen influjo sobre su futuro esposo, y tiene esta persuasión. Desde luego que evitamos hablarle a Piotr Petróvich lo más mínimo de esos ensueños nuestros para el porvenir y, de lo principal, el que hayas de ser su socio. Él es hombre juicioso, y seguramente no le haría eso mucha gracia, pues le parecería solo un desvarío. De todos modos, ni yo ni Dunia le hemos dicho todavía media palabra tocante a nuestra firme esperanza de que habrá de ayudarnos a procurarte a ti el dinero preciso mientras estés en la universidad; y no le hemos dicho nada, en primer lugar, porque eso, por sí solo, habrá de ser un hecho con el tiempo, y él, de seguro, sin palabras superfluas, habrá de proponernos (estaría bueno que le negase eso a Dunia), tanto más cuanto que tú podrás ser su brazo derecho en el bufete y recibir esa ayuda, no en concepto de beneficio, sino de un sueldo por ti ganado. Así quiere disponer las cosas Dúnechka, y yo estoy completamente de acuerdo con ella. En segundo lugar, no le hemos hablado tampoco, porque yo quiero que cuando os veáis por vez primera podáis trataros de igual a igual. Al hablarle Dunia de ti con entusiasmo, le contestó él que a toda persona, al principio, tenía que mirarlo uno mismo, y de cerca, para poder juzgarla, y que él hasta que no te conociese se reservaba el compartir la opinión de Dunia a tu respecto. Oye una cosa, mi querido Rodia: a mí me parece, a juzgar por ciertas figuraciones (que por lo demás no guardan relación con Piotr Petróvich, siendo más bien ciertas veleidades mías personales, y hasta quizá propias de la vejez), me parece, digo, que quizá haría mejor en seguir viviendo sola, como ahora vivo, cuando ellos se casen, que no irme a vivir con ellos. Estoy plenamente convencida de que él será tan agradecido y delicado, que me invitará y me propondrá que no me separe de mi hija, y de que si hasta ahora no me habló de ese punto es porque, sin necesidad de decirlo, piensa hacerlo; pero yo rehusaré. He podido observar, y no una vez sola en la vida, que los yernos no sienten gran simpatía por las suegras, y yo no solo no quiero serle gravosa en modo alguno a nadie, sino que también quiero vivir a mis anchas en tanto cuente con un pedazo de pan y con hijos como tú y Dúnechka. A ser posible, me iré a vivir cerca de los dos, porque, Rodia, he dejado lo mejor de todo para terminar la carta: has de saber, hijito mío, que acaso muy pronto volvamos a reunirnos todos de nuevo y a abrazarnos después de una separación de casi tres años. Ya está *fijamente* resuelto que yo y Dunia hemos de ir a Petersburgo, aunque todavía no sé la fecha fija, pero en todo caso muy pronto, prontísimo, quizá de aquí a una semana. Todo depende de lo que disponga Piotr Petróvich; inmediatamente que arregle sus cosas en Petersburgo nos lo mandará decir. Quiere él, por ciertas razones, acelerar todo lo posible la ceremonia de la boda, y que se celebre, a ser posible, dentro del mes corriente, y si no pudiera ser por la brevedad del plazo, inmediatamente después de la Asunción. ¡Oh, y qué feliz seré al estrecharte contra mi pecho! Dunia está toda emocionada de alegría ante la idea de verte, y una vez dijo en broma que solo por eso valía la pena casarse con Piotr Petróvich. ¡Ángel mío! Ahora no te escribe ella, pero me encarga te diga que tiene mucha necesidad de hablar contigo, pero mucha; tanta, que ahora su mano ni se aviene a coger la pluma, porque en unas cuantas líneas no se puede decir nada y no consigues más que alterarte; me encarga también que te envíe de su parte un abrazo fuerte y muchos besos. Pero a pesar de que es posible que muy pronto nos veamos, de aquí a unos días, te enviaré dinero, todo lo más que pueda. Ahora que ya están todos enterados de que Dunia se casa con Piotr Petróvich, mi crédito ha aumentado de pronto, y yo sé de fijo que Afanasii Ivánovich me ha de dar cantidades a cuenta de la pensión, hasta setenta y cinco rublos, de suerte que podré enviarte hasta veinticinco, y hasta treinta. Más te enviaría, pero temo por nuestros gastos en el viaje, y aunque Piotr Petróvich sea tan bueno que se ha ofrecido a sufragar en parte esos gastos, encargándose de hacer llegar por su cuenta nuestros efectos y el baúl grande (pues tiene allí algunos amigos), es menester, de todos modos, contar con la llegada a Petersburgo, donde no es posible hacer nada sin *grosches* desde el primer día. Yo, por lo demás, todo lo he tratado detalladamente con Dúnechka, y resulta que el viaje no nos saldrá caro. Hasta el ferrocarril, desde acá, solo hay noventa verstas, y ya nosotras, por si acaso, nos hemos puesto al habla con un *muchik** conocido nuestro que es cochero; y ya allí, yo y Dúnechka nos acomodaremos muy a gusto en un coche de tercera. Así que es posible que en vez de veinticinco pueda enviarte treinta rublos. Pero basta ya, que te llevo escritas dos hojas y ya no me queda más espacio: toda nuestra historia, ¡y cuántos sucesos no he metido en ella! Pero ahora, mi queridísimo Rodia, te abrazo hasta nuestra próxima entrevista y te envío mi bendición maternal. Quiere a Dunia, tu hermana, Rodia; quiérela tanto como ella te quiere a ti, y haz cuenta que ella te

---

* «... con un *muchik*»: campesino ruso sin propiedades, pronunciado *mujik*, con «j» francesa.

quiere infinitamente mucho más que a sí misma. Ella es un ángel; y tú, Rodia, tú, para nosotras, lo eres todo... Toda nuestra ilusión, toda nuestra esperanza. Con solo que tú seas feliz, también nosotras lo seremos. ¿Sigues pidiéndole a Dios, Rodia, como antes, y tienes fe en la bondad del Creador y tutor nuestro? Temo en mi corazón que te hayas contagiado de la incredulidad que ahora está de moda. Si así fuere, yo pediría por ti. Recuerda, hijo mío, cómo desde niño, aún en vida de tu padre, balbucías tus oraciones sentado en mis rodillas, y lo felices que éramos entonces todos... ¡Adiós, o, mejor dicho..., *hasta la vista*! Te abrazo fuerte, fuerte, y te doy muchísimos besos; tuya hasta el sepulcro,

PULJERIA RASKÓLNIKOVA».

Casi todo el tiempo que Raskólnikov tardó en leer la carta, desde el principio mismo, tuvo el rostro arrasado en lágrimas; pero al terminar estaba pálido, estremecido por un temblor nervioso, y una sonrisa pesada, irónica, mala, asomaba a sus labios. Reclinó la frente en su leve y sucia almohada y se quedó pensativo, largo rato cavilando. Con fuerza le palpitaba el corazón, y muy agitados tenía los pensamientos. Finalmente sintió sofoco y malestar en aquel cuarto amarillo, semejante a un armario o un cofre. Vista y pensamiento requerían espacio. Cogió el sombrero y salió, pero aquella vez sin temerle ya a encontrarse con alguien en la escalera; se había olvidado de eso. Echó a andar en dirección a Vasílievskii Ostrov, por el *prospekt**, como si le llevara allí algún asunto urgente; pero siguiendo su costumbre, andaba sin fijarse en el camino, murmurando para sí y aun hablando recio, causándoles asombro con ello a los transeúntes. Más de uno lo tomaba por borracho.

---

* «... por el *prospekt*»: avenida.

La carta de la madre lo había mortificado. Pero tocante a lo principal, al punto más importante, ni por un minuto tuvo duda alguna, ni siquiera mientras leía la carta. El asunto capital ya lo tenía él resuelto en su mente, y resuelto de un modo definitivo. «¡No se celebrará esa boda mientras yo viva, y que el demonio cargue con ese señor Luzhin! Porque este asunto está claro —murmuraba él para sus adentros, sonriendo y festejando con arrogancia de antemano el éxito de su resolución—. ¡No, *mámascha**, no; Dunia, a mí no me engañáis!... ¡Y, además, se disculpan de no haber requerido mi consejo y haber decidido la cosa sin mí! ¡No faltaba más! ¡Ellas se figuran que ya no es posible desbaratar el asunto; pero ya veremos si es o no posible! El argumento es esencial: es un hombre activo, caramba, ese Piotr Petróvich, tan activo que no puede casarse sino por la posta, por no decir por ferrocarril. No, Dúnechka, yo todo lo veo y sé todo eso de que tú tienes que hablarme *mucho*; sé también todo lo que estuviste cavilando esa noche entera, dando paseos por tu habitación, y lo que le pediste a la Madre de Dios de Kazán, que mamá tiene en su alcoba. Pero la subida del Gólgota es pesada. ¡Hum!... Así que todo eso está ya decidido definitivamente; eres gustosa en casarte, Advotia Románovna, con un hombre activo y discreto, que posee bienes (que ya posee bienes, lo cual es más serio e imponente), que desempeña dos destinos y comparte las convicciones de nuestras generaciones novísimas (según mamá escribe) y, "al parecer", es bueno, cual la misma Dunia observa. ¡Este *al parecer* es lo más magnífico de todo! ¡Y esa Dúnechka va a casarse por ese *al parecer*!... ¡Magnífico! ¡Magnífico!

»Pero es curioso, no obstante, por qué *mámascha* me es-

---

* «... *mámascha*»: familiar, mamá. También «*mámenka*». El traductor translitera ocasionalmente algunas voces del ruso. *(N. del E.).*

cribirá hablándome de *nuestras novísimas generaciones*. ¿Será sencillamente para indicarme una característica de ese hombre o con alguna otra intención: la de hacerme simpático al señor Luzhin? ¡Oh, qué listas! Curioso sería también explicar otro detalle: hasta qué punto las dos habrán sido francas entre sí, ese día y esa noche de marras, y todo el tiempo siguiente. ¿Es que se dijeron verdaderamente *palabras* o que se comprendieron ambas aquel día y aquella noche únicamente con el corazón y con el pensamiento, de suerte que no llegaron a hablar nada por considerarlo superfluo? Probablemente así habrá sido en parte; de la carta se infiere; a *mámascha* él le parece un poco *brusco*, y la ingenua de *mámascha* le habrá insinuado a Dunia sus observaciones. A la otra, naturalmente, le sentaría mal, y *respondió con enojo*. ¡No faltaba más! ¿Quién no se enfadaría cuando el asunto está comprendido sin ingenuas preguntas y cuando está resuelto de suerte que ya no hay más que decir? Y eso que ella me escribe de "Quiere a Dunia, Rodia, que ella a ti te quiere más que a sí misma", ¿no será que la atormentan en secreto remordimientos de conciencia por haber obligado a su hija a sacrificarse por el hijo? "¡Tú eres nuestra esperanza, tú lo eres todo para nosotras!". ¡Oh, *mámascha*!».

La cólera iba apoderándose de él cada vez con más fuerza, y de haberse encontrado en aquellos instantes con el señor Luzhin, puede que lo hubiese matado.

«¡Hum!..., eso es verdad —continuó, siguiendo el torbellino de ideas que le daba vueltas por la imaginación—, eso es verdad, que se necesita "proceder gradualmente y con tiento para conocer a una persona"; pero el señor Luzhin no puede ser más claro. Lo principal, *es hombre práctico* y, *al parecer*, bueno; ¿es cosa de broma eso de que se haya comprometido a encargarse de los gastos del equipaje y del baúl grande? Un hombre así, ¿no es bueno? Y las dos, la *novia* y la madre, han contratado a un *muchik* y harán el trayecto en una telega cubierta con un toldo (yo he viajado así). ¡No! Apenas hay noventa verstas, luego "allí nos acomodaremos muy bien en un coche de tercera"; mil verstas. Y es muy razonable; con arreglo al traje, lleva el calzado; ¿qué dice usted a eso, señor Luzhin? Mire usted que se trata de su novia... ¡Y no podía usted no saber que la madre ha tomado para ese viaje un anticipo sobre su pensión! Sin duda que usted tiene un modo de pensar enteramente mercantil; usted considera esto como una empresa en que hay dos partes que deben participar en las mismas proporciones de los beneficios, y claro que también de los gastos; el pan y la sal juntos, pero el tabaco aparte, según dice el proverbio. Ahora que el hombre práctico las ha engañado un poquitín; el envío del equipaje costará menos y hasta es posible que lo consiga gratis. ¿Es que ninguna de las dos ve esto o que no quieren verlo? ¡El caso es que están contentas, muy contentas! ¡Y piensan que estas son solo las florecillas y que los frutos vendrán más adelante! ¡Aquí está lo esencial: no la avaricia, no la tacañería, es lo importante, sino el *tono de todo*, de todo eso! Ese será el tono que emplee después del casamiento, desde ahora mismo puede profetizarse... Pero *mámascha*, después de todo, ¿por qué se propone hacer esas locuras? ¿Con qué va a presentarse en Petersburgo? ¿Con tres rublos de plata o dos "billetitos", como dice esa viejecilla?... ¡Hum! ¿Y con qué pensará entonces vivir luego en Petersburgo? Porque ella, por ciertas razones, ha podido comprender que ha de serle *imposible* vivir con Dunia, después de la boda, ni siquiera al principio. Ese simpático tío ha debido, seguramente, de *dejarse decir* algo, de dar a entender quién es, aunque *mámascha* con ambas manos se tapa los ojos al decir: "¡No he de aceptar!". ¿Qué piensa hacer entonces, en qué confía, contando únicamente con ciento veinte rublos de pensión y estando empeñada con Afanasii Ivánovich? Allí pasa los inviernos haciendo toquillas y mitones, fatigando sus viejos ojos. Pero haciendo calceta solo añade veinte rublos al año a los otros ciento veinte, eso me consta. Quiere decir entonces que confían en los sentimientos de gratitud del señor Luzhin.

"Él mismo me lo propondrá, me instará". ¡Sí, ráscale el bolsillo! Pensar que así ha de ocurrirles siempre a esas bonísimas almas schillerianas; hasta el último instante visten a las personas con plumas de pavo real, hasta el último instante cuentan con el bien y no con el mal, y aunque se figuren el reverso de la medalla, por nada del mundo sueltan de antemano la palabra justa; los consterna solo el pensar en ello; con ambas manos se tapan los ojos ante la verdad, hasta que el hombre que ellas han pintado viene y les rompe él mismo las narices. Pero es curioso saber si ese señor Luzhin está condecorado; algo apostaría a que lleva la santa Ana en la solapa y que se la pone para ir a comer con personajes oficiales o comerciantes. Seguro que se la pondrá también el día de su boda. Pero, después de todo, ¡que el diablo se lo lleve!...

»Pero, en fin, *mámascha*: Dios la salve; al fin y al cabo, ella es así; pero ¿y Dunia? ¡Dúnechka, rica, ya te calo a ti! Tenías diecinueve años la última vez que nos vimos; tu genio ya lo comprendía. *Mámascha* me escribe que "Dúnechka es capaz de aguantar mucho". Eso ya lo sabía yo. Eso hace dos años y medio lo sabía yo, y en este tiempo, dos años y medio, he pensado en ello, en ello precisamente, en que *Dúnechka tiene mucho aguante*. Cuando ya pudo aguantar al señor Svidrigáilov con todas sus consecuencias, es que, efectivamente, tiene mucho aguante. Pero ahora se imaginan ella y *mámascha* que va a poder aguantar también al señor Luzhin, que diserta sobre la teoría acerca de las excelencias de las mujeres cogidas en la red de la pobreza y obligadas a sus beneficientes maridos, y perora así ya en la primera entrevista. Bueno; supongamos que él "se haya dejado decir algo", aunque es hombre discreto (tanto, que pudiera suceder que nada hubiera dicho, aunque tuviera el propósito de explicarse enseguida); pero ¿y Dunia?, ¿y Dunia? Para ella ese hombre es transparente, ¡y ha de vivir con un hombre así! No tendrá para comer más que un pan negro rociado con agua, y no venderá su alma ni trocará su libertad moral por la comodidad; por todo el Schleswig-

Holstein no la cambiaría; no digamos por un señor Luzhin. ¡No; Dunia no es de esa laya, es cuanto yo he podido saber, y... sin duda que no habrá cambiado en este tiempo!... ¡Qué digo! ¡Pesados serán los Svidrigáiloves!... Duro es tener que pasarse la vida entera, por doscientos rublos anuales, de institutriz en provincias; mas, no obstante, yo sé que antes mi hermana entraría como negra en un ingenio o como letona en casa de un alemán báltico, que envilecer su alma y su sentido moral en un enlace con un hombre al cual no respetase y con el que nada tuviese de común..., ¡para siempre y por su solo medro personal! Y aunque el señor Luzhin estuviese hecho de una barra de oro purísimo o de un diamante entero, ¡jamás consentiría ella tampoco en ser la concubina legal del señor Luzhin! ¿Por qué, entonces, consiente ahora? ¿Qué broma es esta? ¿En qué consiste el enigma? La cosa está clara: para su persona, para su comodidad, ni siquiera para salvarse de la muerte, ¡no se vendería ella; pero, en cambio, por otro sí se vende! ¡Se vende por un ser al que quiere y respeta! ¡Ahí está el quid de todo: por su hermano, por su madre se vende! ¡Todo lo venderá! ¡Oh, sí: llegado el caso, estrujamos hasta nuestro sentido moral, la libertad, la tranquilidad, hasta la conciencia, todo, todo el baratillo lo sacamos! ¡Adiós vida! ¡Con tal que esos nuestros seres queridos sean felices! Más aún: con nuestra particular casuística, pensamos, aprendemos de los jesuitas, y por el momento nos tranquilizamos a nosotros mismos, nos persuadimos de que tiene que ser así, irremisiblemente tiene que ser, con miras al buen fin. Así somos, y la cosa es clara como el día. Evidente que Rodión Románovich y no otro ha pasado por ahí y es digno del primer puesto. "Bueno; así, de ese modo, puedo labrar su ventura, costearle la universidad, hacerlo luego pasante de bufete, resolver todo su porvenir; y hasta es muy posible que sea rico andando el tiempo, honorable, respetado, y ¡hasta que termine sus días como hombre célebre!". Pues ¿y la madre? ¡Para ella todo se reduce a su Rodia, a su inapreciable Rodia, el primogénito!

¿Cómo por tal primogénito no sacrificar aun a una hija como la suya? ¡Oh, dulces e injustos corazones! Pero ¿qué? ¡Llegaríamos incluso a someternos a la suerte de Sónechka! ¡Sónechka!... ¡Sónechka!... ¡Marmeládov Sónechka, eterna mientras haya mundo! ¿Habéis medido bien ambas la extensión del sacrificio, del sacrificio?... ¿Sí? ¿Por vuestras fuerzas? ¿Por el interés? ¿Por la razón? ¿Sabes tú, Dúnechka, que la suerte de Sónechka no es nada más horrible que la tuya con el señor Luzhin? "Amor ahí no puede haber", escribe *mámascha*. Y si no solo no pudiese haber amor ni respeto, sino que en cambio hubiese aversión, desprecio, asco... ¿Y entonces? Pero, el casarse así, viene a ser lo mismo que *guardar el primor*. ¿Es así o no? ¿Comprendéis, comprendéis lo que quiere decir ese primor? ¿Comprendéis que el primor Luzhinesco es enteramente igual al primor de Sónechka, y aún puede que peor y más vil, porque vosotras, las Dúnechkas, pensáis, después de todo, en una comodidad superflua, mientras que en el caso de esa otra se trataba, sencilla y rotundamente, del trance de morir de inanición? ¡Caro, caro resulta, Dúnechka, ese primor! Pero ¿y si después te faltan las fuerzas y te arrepientes? ¡Cuántas afrentas, disgustos, maldiciones y lágrimas a escondidas de todos por no ser tú una Marfa Petrovna! Y de la madre, ¿qué será entonces? Es ahora, y ya está inquieta y sufre. ¿Qué será entonces cuando todo lo vea claro? Pero ¿y de mí?... Sí; eso es: ¿qué pensáis de mí las dos? No quiero yo vuestro sacrificio, Dúnechka; no quiero, *mámascha*... ¡Y no será eso mientras yo viva; no será, no será! ¡No lo consentiré!».

De repente volvió en sí y se detuvo.

«¿Qué no será? Pero ¿qué irás a hacer tú para que no sea? ¿Prohibirlo? ¿Con qué derecho? ¿Qué puedes tú prometerles a tu vez para tener algún derecho? ¿Consagrarles todo tu destino, todo tu porvenir *cuando hayas terminado tus estudios y obtenido plaza*? Ya hemos oído esto; pero eso no son cinco letras. ¿Y ahora? Pero ahora es cuando es preciso hacer algo,

¿comprendes? ¿Y qué es lo que tú haces ahora? Pues despojarlas también. Ese dinero tienen ellas que agenciárselo a cuenta de la pensión de cien rublos, y también del crédito de los Svidrigáiloves. ¿Cómo las defenderás, futuro millonario, Zeus, que dispones de su suerte, de los Svidrigáiloves y de los de los Vajrúschines? ¿De aquí a diez años? Pero dentro de diez años la madre habrá tenido tiempo de quedarse ciega de puro hacer calceta y llorar; el ayuno la habrá consumido. ¿Y tu hermana? ¡Bueno; anda y ponte a pensar qué podrá haber sido de tu hermana de aquí a diez años o en estos diez años! ¿Lo adivinas?».

Así se atormentaba y se irritaba con aquellas preguntas, experimentando también cierto placer. Por lo demás, todas aquellas preguntas no eran en modo alguno nuevas ni repentinas, sino viejas, dolorosas, antiguas. Tiempo hacía que empezaran a lacerarlo y a devorarle el corazón. Mucho, mucho tiempo hacía ya que había hincado en él la raíz toda esa presente tristeza y medrado y crecido; y en los últimos tiempos se habían acumulado y reconcentrado, asumiendo la forma de una horrible, bárbara y fantástica interrogación que le torturaba el corazón y el alma, reclamando urgente respuesta. Ahora también la carta de la madre había venido a herirle como un rayo. Saltaba a la vista que ya no se trataba de apesadumbrarse, de sufrir pasivamente, con solo apreciaciones acerca de lo insoluble de aquellos problemas, sino de hacer irremisiblemente algo, y enseguida, y cuanto antes. Fuera lo que fuese, había que decidirse a algo, o...

—¡O renunciar a todo de por vida! —exclamó de pronto con rabia—. ¡Dócilmente aceptar el Destino, tal cual es, de una vez para siempre, y ahogárselo todo en su interior, renunciando a todo derecho a obrar, vivir y amar!

«¿Comprende usted, señor mío, comprende usted lo que quiere decir eso de no tener ya adónde ir? —De pronto se le vino a la memoria la interpelación que la noche antes le dirigiera Marmeládov—. ¡Porque todo hombre necesita tener algún sitio adonde ir!...».

De pronto se estremeció; un pensamiento, el de la noche antes, volvió a cruzar por su imaginación. Pero no se había estremecido por eso de que se le hubiese ocurrido aquella idea. Porque sabía, *presentía* que infaliblemente había de *ocurrírsele*, y la aguardaba; además, que aquella idea no databa de la noche antes. Pero había esta diferencia: que un mes atrás y hasta la noche antes misma era tan solo un desvarío, mientras que ahora..., ahora surgía, no como un desvarío, sino como una apariencia nueva, en cierto modo amenazante y en absoluto desconocida, y así mismo lo reconocía él... Afluyó la sangre a su cabeza y se le nublaron los ojos.

Se apresuró a mirar en torno suyo, buscando no sabía qué. Quería sentarse y buscaba un banco; así que se encaminó al bulevar de K***. Un banco se veía, desde lejos, a unos cien pasos. Se dirigió allá con cuanta celeridad le fue posible; pero en el trayecto hubo de sucederle una ligera aventura, que por unos momentos atrajo toda su atención.

Después de haber divisado el banco, observó delante de él, a unos veinte pasos, a una mujer que pasaba, en la que al principio no fijó ninguna atención, como no se la prestaba a ninguno de los objetos que se le cruzaban por delante. ¡Cuántas veces no le había ocurrido ir, por ejemplo, a su casa, y no recordar en absoluto el camino que siguiera para llegar a ella!; ya tenía costumbre de andar así... Pero aquella mujer que pasaba tenía algo tan extraño, y que a primera vista se metía tanto por los ojos, que poco a poco fue cautivando su atención... A lo primero, sin querer y casi con disgusto; luego, cada vez con más fuerza. De pronto, se le antojó averiguar qué era concretamente lo que de tan extraño tenía aquella mujer. En primer lugar, debía de ser una muchacha muy joven; iba a pelo, con aquel calor, sin sombrilla y sin guantes, y moviendo los brazos de un modo algo grotesco. Vestía un trajecito de seda de material ligero; pero iba también algo raramente vestida, apenas abrochada, y por detrás, en la cintura, en el arranque mismo de la falda, un rasgón: todo un jirón arrancado pendía bamboleándose. Un pequeño fichú llevaba liado en torno al cuello desnudo; pero, por un lado, se le salía de través. Para remate, no andaba la muchacha muy firme, cimbreándose y hasta tambaleándose a uno y otro lado. Aquel encuentro atrajo finalmente toda la atención de Raskólnikov. Se había tropezado con la joven junto al mismo banco; pero, al llegar a este último, fue ella y se dejó caer en un pico, apoyó en el respaldo la cabeza y cerró los ojos, visiblemente por efecto de excesivo cansancio. Después de haberla mirado, enseguida adivinó él que estaba completamente borracha. Extraño y monstruoso era contemplar aquel espectáculo. Hasta pensó él si no se engañaría. Delante de sus ojos tenía una personilla extraordinariamente joven, de unos dieciséis años, y puede que de quince..., pequeñita, con el pelo rubio, bonita, pero toda inflamada y como hinchada. La muchacha, al parecer, no tenía ya la cabeza muy firme; las piernas las había cruzado, luciéndolas más de lo conveniente, y, a juzgar por todos los indicios, apenas se daba cuenta de que se hallaba en plena calle.

Raskólnikov no se sentó ni se decidió tampoco a retirarse, sino que se quedó en pie, ante ella, atónito. Aquel bulevar siempre estaba desierto, y tampoco ahora, a las dos de la tarde, y con aquel calor, pasaba por allí casi nadie. Y, no obstante, a un lado, a unos quince pasos al filo del bulevar, se había parado un caballero, el cual mostraba clara intención de acercarse a la muchacha, quién sabe con qué fines. También él, probablemente, la había visto desde lejos y la siguió, solo que se le atravesó Raskólnikov. Le lanzaba a este miradas de rabia, esforzándose, sin embargo, por no llamarle la atención, y aguardaba impacientemente su turno, cuando aquel molesto desastrado se fuese. La cosa era comprensible. Aquel caballero tendría unos treinta años, era recio, gordo, con la cara fresca, los labios sonrosados, con bigote, y vestía con elegancia. Raskólnikov sentía una rabia horrible; de pronto, le entraron unas ganas tremendas de ofender de alguna manera a aquel tío gordo. En un santiamén dejó a la chica y se fue hacia él derecho.

—Pero... ¿es usted, Svidrigáilov?... ¿Qué es lo que anda buscando por aquí? —exclamó apretando los puños y riéndose con los labios fruncidos por la cólera.

—¿Qué quiere decir eso? —le preguntó seriamente el interpelado, enarcando las cejas y mirándole con altivez.

—¡Pues que se largue enseguida; eso quiere decir!

—¡Cómo te atreves, canalla!...

Y enarboló su bastón. Raskólnikov se abalanzó hacia él con los puños en alto, sin pararse a pensar siquiera en que aquel hombre recio podía muy bien tenérselas tiesas con él y con otro como él. Pero en aquel instante se sintió fuertemente cogido por detrás; entre ellos se había interpuesto un guardia.

—Basta, señores; no se propasen a reñir en un sitio público. ¿Qué es lo que le sucede? ¿Quién es este? —preguntó, dirigiéndose con semblante severo a Raskólnikov y fijándose en sus harapos.

Raskólnikov lo contempló atento. Tenía una honrada cara de soldado, con mostachos y patillas grises y una mirada de inteligencia.

—Lo necesito a usted —dijo, cogiéndolo de una mano—. Yo soy el estudiante Raskólnikov... Esto puede usted también saberlo —y se encaró con el caballero—; pero venga usted conmigo y le mostraré una cosa...

Y, llevando del brazo al guardia, lo condujo al banco.

—Ahí la tiene usted, completamente borracha; hace un momento apareció por el bulevar. ¿Quién sabe de dónde viene ni quién es? Pero no parece una profesional. Lo más probable de todo es que en algún sitio la hayan hecho beber y hayan abusado de ella..., por la primera vez..., ¿comprende?, y luego fueron y la pusieron en la calle. Mire usted cómo lleva de roto el traje, mire usted cómo va vestida; por fuerza la han vestido, y no se vistió ella misma, sino que la vistieron manos inexpertas, de hombre. Eso salta a la vista. Y ahora mire usted esto otro: este pisaverde, con el que yo me disponía a reñir hace un momento, es un desconocido para mí, y lo veo ahora por la primera vez; pero él se había fijado en el camino en la borracha, enajenada, y ahora tenía ganas terribles de acercarse a ella y cogerla, en el estado en que está, y llevársela quién sabe adónde... Seguro que es así; créame usted que no lo engaño. Yo mismo he podido ver cómo la había observado y la venía siguiendo, solo que yo me atravesé en su camino y ahora esperaba a que yo me fuese. Se había alejado un poco, haciendo como que liaba un cigarrillo... ¿Cómo quitarle de las manos a esta infeliz? ¿Cómo podríamos conducirla a su casa?... ¿Qué le parece a usted?

El guardia, en un instante, lo comprendió todo y recapacitó. Lo del señor gordo era, sin duda, comprensible; quedaba la muchacha. El urbano se inclinó hacia ella para examinarla más de cerca, y en sus facciones se reflejó compasión sincera.

—¡Ah, qué dolor!... —exclamó, moviendo la cabeza—. Es enteramente una niña. La engañaron, de fijo. Oiga, señorita... —empezó, sacudiéndola—: ¿tiene la bondad de decirnos dónde vive?...

La muchacha abrió los ojos, cansados y turbios, y se quedó mirando estúpidamente a los interpelantes, en tanto agitaba las manos.

—Oiga usted... —exclamó Raskólnikov—: aquí tiene. —Metió mano al bolsillo y sacó veinte copeicas; lo que encontró—. Tome, llame un coche y condúzcala a su domicilio. ¡Ahora que nos hace falta conocer su dirección!

—*¡Bárichnia, bárichnia!*[*] —insistió nuevamente el guardia, tomando el dinero—. Voy a buscar un coche, y yo mismo la llevaré a usted a su casa. ¿Cuál es su dirección? ¡Ah!... ¿Quiere tener la bondad de decirnos dónde vive?

—Déjenme en paz... ¡Vaya pelmas! —refunfuñó la muchacha, volviendo a agitar las manos.

[*] «*¡Bárichnia, bárichnia!*»: ¡Señorita, señorita!

—¡Ah! ¡Ah! ¡Esto no está bien! ¡Eso es una vergüenza, *bárichnia*, una vergüenza! —Y tornó a mover la cabeza con bochorno, compasión y disgusto—. ¡Vea usted: eso es lo difícil! —añadió, dirigiéndose a Raskólnikov, y volvió a contemplarlo, mirándolo de pies a cabeza. Seguramente le parecía algo extraño; tan harapiento como iba y tener dinero.

—¿Y se la encontró usted lejos de aquí? —le preguntó.

—Ya se lo he dicho a usted: iba delante de mí, tambaleándose, por el bulevar. Al llegar al banco se dejó caer en él.

—¡Ah, y cuánto oprobio se ve hoy en el mundo! ¡Señor! ¡Qué desvergonzada y, además, borracha! Y con la ropa hecha jirones... ¡Ay, y qué progresos hace hoy el libertinaje!... Y es posible que sea de buena familia venida a menos... Ahora hay muchas así... Pero parece fina, enteramente una señorita. —Y de nuevo se inclinó sobre ella.

Quizá tuviese él alguna hija de la misma edad —literalmente, «una señorita, y fina»—, con modales de buena educación y atenta a todos los caprichos de la moda...

—¡Lo principal —se apresuró a decir Raskólnikov— es que no se la lleve ese tunante! ¡Podría también abusar de ella! ¡De sobra sabemos lo que busca; mire cómo no se va el muy bribón!

Raskólnikov hablaba recio y lo señalaba directamente con la mano. Aquel lo oyó y mostró enfurruñarse de nuevo; pero lo pensó bien y se limitó a lanzarle una mirada despectiva. Después de lo cual se alejó otros diez pasos y volvió a detenerse.

—Impedir que se la lleve es posible —respondió el guardia, después de pensarlo—. Si siquiera dijese dónde vive... ¡Señorita, señorita! —Y volvió a inclinarse.

Aquella entonces abrió de repente los ojos, lo miró atentamente, cual si empezase a comprender algo; se levantó del banco y se dirigió otra vez a aquella misma parte por donde había venido.

—¡Oh, qué sinvergüenzas, qué frescos! —exclamó, agitando aún los brazos. Caminaba ligera, pero, como antes, tambaleándose mucho. El dandi echó a andar tras ella, pero por el otro paseo, sin perderla de vista.

—No se apure usted; no la abandonaremos —dijo resueltamente el bigotudo guardia, y echó a andar en su seguimiento—. ¡Ah, hasta dónde llega hoy el libertinaje! —repitió, suspirando.

En aquel mismo instante sintió Raskólnikov como si algo le punzara; en un santiamén se operó en él un cambio completo.

—¡Oiga, eh! —gritó a la zaga del bigotudo.

Aquel se volvió.

—¡Deténgase! ¿Qué le pasa a usted? ¡Déjela! ¡Que se divierta con ella! —Y señalaba al gomoso—. A usted, ¿qué le va ni le viene?

El guardia no lo comprendía, y lo miró con tamaños ojos. Raskólnikov se sonrió.

—¡Ah!... —exclamó el guardia, agitando las manos, y continuó la pista del gomoso y la muchacha, tomando probablemente a Raskólnikov por loco, o por algo peor.

«Mis veinte copeicas volaron —refunfuñó Raskólnikov, que se había quedado solo—. Bueno; ahora le sacará también dinero al otro; le dejará la chica, y se acabó... Pero ¿por qué me metí yo a ayudar a nadie? Y a mí, ¿quién me ayuda? ¿Tengo yo derecho a ayudar a alguien? ¿Que se comen vivos los unos a los otros?... A mí, ¿qué? ¿Y cómo me atreví a darle esas veinte copeicas? ¿Acaso eran mías?».

A despecho de esas extrañas palabras, era lo cierto que sentía pena. Volvió a sentarse en el banco abandonado. Sus pensamientos divagaban...Y le era también muy doloroso pensar en aquel instante, fuera en lo que fuese. Habría querido olvidarlo todo, quedarse dormido y volver luego a empezar otra vez...

«¡Pobre muchacha! —dijo posando la mirada en el pico vacío del banco—. Volverá en sí, llorará, y luego la madre se enterará de todo... Al principio le pegará con la mano; luego, la azotará con el látigo de un modo cruel y humillante, y terminará echándola... Y, si no la echa de su casa, de todos modos las Darías Fratsovnas no dejarán de husmear la presa, y la pobre chica empezará a rodar de acá para allá. Luego, enseguida, al hospital (y así les ocurre siempre a aquellas que en casa de sus madres vivieron con mucha honradez hasta que se escaparon callandito), y después, otra vez allí..., y otra vez de nuevo el hospital..., el aguardiente..., la taberna..., y otra vez al hospital; a los dos o tres años, enferma ya, y a los dieciocho o diecinueve años de su vida, todo lo más... ¿Por ventura no las he conocido yo así? Pero ¿qué importaban ellas? Aunque sí que importaban... ¡Uf! ¡Vaya! Así dicen que tiene que ser. Cierto porcentaje de ellas, según dicen, tiene que haber todos los años... ¡Diablo! Tiene que haberlo para que las otras puedan lozanear y no las estorben. ¡Porcentaje! Famosas, en verdad, las palabrillas que emplea esa gente; son tranquilizadoras, científicas. Está dicho: tiene que haber ese porcentaje, y no hay más que hablar. Si en vez de esas empleasen otras palabras, entonces... puede que fuesen inquietantes... Y si Dúnechka viene a caer también dentro de ese porcentaje... ¡Si no en este, en el otro!...

»Pero ¿adónde voy yo? —recapacitó de pronto—. Cosa rara. Salí a algo. Lo mismo fue leer la carta que echarme a la calle... A Vasílievskii Ostrov, a casa de Razumijin, me dirigía ahora, mire usted...; me acuerdo. Pero ¿a qué iba, sin embargo? ¿Y por qué la idea de ir a ver a Razumijin hubo de ocurrírseme precisamente ahora? Es notable».

Se asombró de sí mismo. Razumijin era uno de sus antiguos camaradas de universidad. Era notable que Raskólnikov, cuando estaba en la universidad, apenas si tenía allí algún amigo; de todos se alejaba, no se trataba con nadie y no le gustaba que ellos le visitasen. Por lo demás, no tardaron ellos también en volverle la espalda. Ni en las reuniones generales, ni en las discusiones, ni en los recreos, ni en cosa alguna tomaba él parte. Estudiaba con ahínco, sin dolerse de sí mismo, y por esto lo respetaban, pero sin profesarle afecto. Era muy pobre, en extremo poseído de orgullo, y nada comunicativo; no parecía sino que ocultaba algún misterio. A algunos de sus condiscípulos parecía, en verdad, que los miraba cual si fuesen niños, por encima del hombro, como si a todos los sobrepasase, tanto por el talento como por el saber y las ideas, y considerase sus convicciones e intereses como algo inferior.

Pero con Razumijin, fuere por lo que fuere, se trataba; es decir, no le tenía amistad, pero, al menos, se sentía con él más comunicativo y franco. Por lo demás, con Razumijin habría sido también difícil conducirse en otros términos. Era extraordinariamente jovial y expansivo, bueno e ingenuo. Aunque por debajo de esa sencillez se ocultaba profundidad y dignidad. De sus compañeros, lo comprendían así los mejores, y todos le querían. Era muy listo, por más que a veces se las echara de cándido. Su aspecto exterior chocaba: alto, seco, siempre mal afeitado, con el pelo negro. A veces se mostraba alborotador y hacía alarde de fuerza. Una noche, que había salido con sus camaradas, echó por tierra a un guardia de seis pies de estatura. Era capaz de beber hasta lo infinito; pero también era capaz de no beber en absoluto; a veces también se permitía bromas pesadas; pero era asimismo capaz de no darlas. Razumijin era también notable por la circunstancia de no desanimarse por ningún fiasco ni apurarse en ningún trance difícil. Era capaz de vivir en lo alto de la escalera, aguantar todos los mordiscos del hambre y el frío más inusitado. Era sumamente pobre, y se mantenía él solo, haciendo algunos trabajos que le valían dinero. Conocía una infinidad de lugares en los cuales siempre se puede ganar algo de dinero. Pero durante todo un invierno, una vez no encendió fuego, y afirmaba que lo pasaba muy bien, porque con el frío se duerme mejor. En la presente época se había visto obligado también a dejar la universidad, pero no por mucho tiempo; y con todas sus fuerzas se afanaba por mejorar su situación, a fin de poder reanudar sus estudios. Raskólnikov llevaba ya cuatro meses sin visitarlo, y Razumijin, por su parte, ignoraba su domicilio. Una vez, hacía dos meses, se habían encontrado en la calle; pero Raskólnikov fue y le volvió la espalda y hasta se pasó a la otra acera para que no lo viese. Y Razumijin, aunque lo vio muy bien, pasó de largo, por no molestar al *amigo*.

V

«Efectivamente, yo, todavía no hace mucho, pensaba pedirle trabajo a Razumijin; que me proporcionase lecciones o cualquier otra cosa... —se decía a sí mismo Raskólnikov—; pero ahora ya, ¿en qué puede ayudarme? Supongamos que me proporciona lecciones; supongamos, incluso, que me da su última copeica, si la tiene, para que me pueda comprar unas botas y arreglarme el traje, a fin de presentarme decente en las lecciones. ¡Hum!... Bueno, ¿y qué? Pero ¿qué voy a hacer yo con unas *piatakas**? ¿Es eso acaso lo que yo necesito ahora? Verdaderamente, es ridículo eso de ir a ver a Razumijin».

Aquella pregunta de por qué iba ahora a ver a Razumijin lo irritó más todavía de lo que él mismo pensaba; con inquietud, rastreaba algún pensamiento malo para él en aquello que, en el fondo, venía a ser la cosa más vulgar.

«Tendría que ver que yo lo quisiera arreglar todo apelando únicamente a Razumijin, y encontrar en el Razumijin toda la solución», se dijo a sí mismo con asombro.

Pensaba y se frotaba la frente, y, cosa rara, inesperadamente, de pronto y casi como de un modo espontáneo, después de larguísima deliberación, hubo de cruzarle por la mente una idea rarísima.

«¡Hum!... Iré a ver a Razumijin —murmuró de pronto, perfectamente tranquilo, cual si hubiese adoptado una reso-

---

* «... unas *piatakas*»: el *piatak* son cinco copeicas.

lución definitiva—. Iré a ver a Razumijin; iré; es cosa decidida...; pero no hoy...; iré a verlo otro día, después de *eso*, cuando *ya* sea todo un hecho consumado y todo tome un nuevo rumbo...».

Y, de pronto, volvió en sí.

«¡Después de *eso*! —exclamó, levantándose sobresaltado del banco—. Pero ¿acaso ha de ser *eso*? ¿Habrá de ser, efectivamente?».

Dejó el banco y echó a andar, poco menos que a la carrera; habría querido volverse atrás, a su casa; pero eso de volver a su casa le pareció, de pronto, horriblemente enojoso; allí, en su rincón, en aquel horrible armario, era donde había estado meditando todo *eso* durante más de un mes; así que echó a andar al buen tuntún[*].

Un escalofrío nervioso le recorrió el cuerpo, como enfebrecido; se sentía también tiritar; con el calor que hacía, él sentía frío. Como forzadamente, casi sin darse cuenta, cual cediendo a alguna urgencia interna, empezó a mirar todos los objetos que encontraba al paso, cual buscando a la fuerza alguna distracción; pero no lo conseguía del todo, y a cada instante se sumía en ensimismamientos. Cuando de nuevo, estremeciéndose, alzaba la cabeza y esparcía la vista en torno suyo, inmediatamente olvidaba lo que hacía un momento estuvo cavilando, y hasta por dónde iba. De esta suerte, atravesó todo Vasílievskii Ostrov, fue a salir al Pequeño Neva, atravesó el puente y volvió a Ostrov. Aquel verdor y aquella frescura halagaron al principio sus cansados ojos, acostumbrados al polvo de la ciudad, con su yeso y sus casas enormes, entenebrecedoras y agobiantes. Allí no había ni ahogo, ni mal olor, ni tabernas. Mas no tardaron también aquellas nuevas y gratas sensaciones en volverse morbosas e irritantes. A veces se detenía ante alguna villa hundida entre el verdor; miraba al

[*] «... andar al buen tuntún». En el original ruso dice literalmente: «a donde los ojos miran» («*kudá glaza gliadiat*»).

jardín, contemplaba a los dueños en los balcones y terrazas, a las mujeres ataviadas y a los niños jugando en el jardincito. Particularmente fijaba su atención en las flores: era siempre lo que más miraba. Le salían al paso también elegantes cochecitos, jinetes y amazonas; él los seguía curiosamente con la mirada, y se olvidaba de ellos antes que hubiesen desaparecido de su vista. Una vez se detuvo y contó los cuartos que llevaba encima: alrededor de treinta copeicas. «Veinte al guardia, tres a Nastasia por la carta...; además, a Marmeládov le di anoche cuarenta y siete o cincuenta», pensó, mientras recontaba, sin saber por qué, sus dineros; mas no tardó en olvidar por qué se los había sacado del bolsillo. Cayó en la cuenta de esto al pasar por delante de un establecimiento de comidas, por el estilo de una taberna, y sintió apetito. Al penetrar en el figón se bebió un vaso de vodka y engulló un pastel relleno de algo. Acabó de comérselo por el camino. Hacía mucho tiempo que no probaba el vodka, y este le hizo efecto en un instante, y eso que solo había bebido un vaso. Sintió, de pronto, pesadez en las piernas, y empezó a experimentar una fuerte propensión al sueño. Echó a andar hacia su casa; pero, estando ya en Petrovskii Ostrov, se detuvo, presa de absoluta inercia; se apartó del camino, se metió entre los arbustos, se tumbó en la hierba y se quedó de golpe profundamente dormido.

En estado morboso suelen distinguirse los sueños por su extraordinario colorido, su claridad y su rara semejanza con la realidad. Muestran, a veces, un cuadro maravilloso; pero el escenario y todo el proceso de la representación son, al mismo tiempo, tan verosímiles y con unos detalles tan exactos e inesperados, pero tan en artística consonancia con la totalidad del cuadro, que en vano intentaría luego evocarlos, ya despierto, el mismo soñador, aunque fuese un artista como Puschkin o Turguéniev. Tales sueños, morbosos sueños, quedan siempre largo tiempo grabados en la memoria y producen fuerte impresión en el alterado y ya quebrantado organismo del hombre.

Espantoso sueño el que tuvo Raskólnikov. Soñó su infancia allá, en el pueblo. Tenía siete años, e iba de paseo un día festivo, al caer de la tarde, con su padre, más allá del pueblo. Estaba el cielo gris, el día era sofocante, y el lugar, exactamente el mismo cuya visión guardaba en su memoria; más todavía: en su memoria lo ve aún más borroso que ahora en sueño. La ciudad se muestra abierta como la palma de la mano; en todo aquel contorno, ni un sauce blanco; allá, muy lejos, casi en el mismo filo del horizonte, negrea el bosque. A algunos pasos de distancia del último huertecillo del pueblo hay una taberna, una gran taberna, que siempre le había hecho una impresión de antipatía y hasta de susto cuando pasaba por delante de ella con su padre. ¡Había siempre allí tanta gente; vociferaban, reían, lanzaban improperios con tanto alboroto, bebían tan excesiva e inmoderadamente y había en ella riñas con tanta frecuencia!... En torno a la taberna se veían siempre, dando traspiés, unos tipos tan borrachos y feroces... Al encontrarse con ellos se apretujaba fuerte contra su padre, y todo él temblaba. Cerca de la taberna pasa la carretera, atajo más bien, siempre polvorienta, y siempre, en ella, el polvo muy negro. Pasa el camino, haciendo un recodo a lo lejos, y a los trescientos pasos de allí rodea, por la derecha, el cementerio del pueblo. En medio del campo santo se alza una iglesia, con la cúpula verde, en la que él entraba dos veces al año, con su padre y su madre, a oír misa, cuando hacían el oficio de réquiem por su abuelita, fallecida no hacía mucho, y a la que no había llegado a conocer. En tales casos, siempre llevaba consigo un pastel colocado en un plato blanco, sobre una servilleta, y el pastel era de azúcar, arroz y pasas, colocadas allí en forma de cruz. A él le gustaba aquella iglesia y sus viejas imágenes, en su mayoría sin marco, y el viejo sacerdote de cabeza temblona. Junto al sepulcro de la abuelita, sobre el cual se extendía una losa, estaba la sepulturita de su hermano menor, que había muerto con seis meses, y al que tampoco había llegado a conocer, y del cual no podía acordarse; pero le habían dicho que tenía un hermanito, y él, siempre que visitaba el cementerio, religiosa y respetuosamente se santiguaba ante el sepulcro, le hacía una reverencia y estampaba en él un beso. Y he aquí que ahora soñaba que iba con su padre por el pueblo, por el camino del campo santo, y pasaba por delante de la taberna; iba cogido de la mano de su padre, y, lleno de susto, miraba a la taberna. Una circunstancia especial distrajo su atención: aquella vez parecía como si se celebrase una juerga; había allí muchedumbre de burgueses endomingados, mujeres con sus maridos y un revoltillo de gentes. Todos están borrachos, todos entonan canciones, y, junto a la puerta de la taberna, hay una telega, pero una telega extraña. Una de esas grandes telegas a las cuales suelen uncirse grandes caballotes de carga, y que se emplean para el transporte de mercancías y toneles de vino. A él le gustaba siempre mirar aquellos grandes caballos de carga, de largas crines y gruesas patas, que andan tranquilamente, con manso paso, y que conducen toda una montaña de fardos, sin mostrar el menor cansancio, cual si la carga, en vez de rendirles, les aliviase. Pero ahora, cosa rara, a aquella telega enorme estaba uncido un mísero penco, escuálido y pequeño, de esos que emplean los campesinos; uno de esos pencos a los que —con frecuencia lo había él visto— cargan a veces con grandes fardos de leña o heno, y, sobre todo, cuando el vehículo se atasca en el fango o en los relejes, les pegan tan fuerte, tan fuerte los campesinos con sus látigos, a veces hasta en el mismo hocico o en los ojos, que a él le daba tanta, tanta pena verlo, que casi rompía en llanto, y su madre solía entonces apartarlo de la ventana. Pero he aquí que, de pronto, se arma gran zalagarda: de la taberna empiezan a salir, con gritos, canciones y balalaicas, un tropel de campesinos borrachos, borrachísimos, con blusas rojas y azules y el chaquetón echado al hombro.

—¡Suban, suban!... —grita uno de ellos, todavía joven, con un grueso cogote y una carota gorda, colorada como una zanahoria—. ¡A todos los llevaré! ¡Suban!

Pero enseguida se oyen voces y exclamaciones.

—¡Sí, con ese penco nos va a llevar!

—Pero tú, Mikolka, ¿estás en tu juicio? ¡Mira que enganchar una yegua tan ruin a una telega como esa!

—¡Lo que es ese esperpento debe de tener ya sus buenos veinte años, hermanitos!

—¡Monten, que a todos los llevaré! —volvió a gritar Mikolka, y, montando el primero en la telega y tomando las riendas en la mano, se irguió en el pescante cuan largo era—. Nuestro caballo bayo se lo llevó Matvieyi —gritó desde la telega—, y esta yegüecita, hermanitos, solo sirve para partirme el corazón; más valdría matarla, que come el pan de balde. Pero ya lo dije: monten. ¡Ya la haré galopar! ¡Irá deprisa! —Y, enarbolando la fusta, se dispone con placer a azotar a la pobre bestia.

—Pues montemos, ¡ea! —Ríen los de la pandilla—. ¡Ya habéis oído que va a ir al galope!

—Sí; lo menos hará diez años que no da una carrerita.

—Pues ahora va a darla.

—¡No le tengan lástima, hermanitos; coja cada uno su látigo; prepárense!

—Bueno, ¡pues a arrearle!

Todos montan en la telega de Mikolka con risas y burletas. Montaron seis hombres, y aún había sitio para más. Llevaban con ellos a una mujer gorda y pintada. Vestía una camisola de indiana roja, con un adorno de cabeza de cuentas de vidrio, botas pesadas en los pies, y cascaba avellanas con los dientes y reía. También en torno suyo reían todos, y en verdad que la cosa era como para reírse. ¡Pensar que aquella pobre bestia iba a tirar al galope de un coche tan pesado!... Dos de los mozos que iban en la telega esgrimieron enseguida sus látigos para ayudarle a Mikolka. Suena un «¡Arrea!», tira la yegüecilla con todas sus fuerzas, pero no ya al galope, apenas si al paso puede moverse, limitándose a agitar los pies, arañar el suelo y doblarse bajo los golpes de los tres látigos, que caen sobre ella como una granizada. Las risas en la telega y fuera de ella redoblan; pero Mikolka se enrabia, y, con violencia, descarga golpes terribles sobre la pobre yegua, cual si verdaderamente creyese que puede emprender el galope.

—¡Déjenme montar a mí también, hermanitos! —grita entre la multitud un mozo al que el espectáculo ha dado dentera.

—¡Monta! ¡Que monten todos!... —grita Mikolka—. ¡A todos los llevaré! ¡La voy a arrear!

Y fustiga, fustiga, y ya no sabe con qué golpear a la bestia.

—*Pápochka, pápochka!*[*] —le grita él a su padre—. *Pápochka*, ¿qué es lo que está haciendo? *Pápochka*, ¡van a matar a la pobre yegua!

—¡Vámonos, vámonos! —dice el padre—. Están borrachos, no saben lo que se hacen. ¡Imbéciles! ¡Vámonos de aquí, no mires! —Y trata de llevárselo de allí; pero él se suelta de su mano y, sin darse cuenta de lo que hace, se dirige hacia el animal.

Ya este se encuentra en las últimas. Jadea, se para, vuelve a tirar, y está a punto de caerse.

—¡Arréenla hasta que reviente!... —grita Mikolka—. Que ya le falta poco. ¡Aguarda!

—Pero ¿es que eres cristiano o no lo eres?, ¡so bestia! —grita un viejo entre la pandilla.

—¿Quién ha visto que un animalejo como ese pueda tirar de un coche tamaño? —añade otro.

—¡La están asesinando! —grita un tercero.

—No te apures. ¡Es mía! Puedo hacer con ella lo que quiera. ¡Suban más! ¡Suban todos! ¡Me he empeñado en que ha de arrancar al galope!

De pronto resuena una carcajada general y ahoga la voz de Mikolka: la pobre yegua no podía soportar más los rabiosos latigazos y, aunque sin fuerzas, se había puesto a co-

[*] «*Pápochka, pápochka!*»: ¡Papaíto, papaíto!

cear al aire. Incluso el viejo no pudo contenerse y se echó a reír. ¡Y en verdad que una yegua tan ruin y encima ponerse a dar coces!...

Otros dos mozos de la pandilla esgrimieron también sus látigos y se dirigieron hacia el animal para fustigarle los ijares. Cada uno corrió por un lado.

—¡En el hocico, en los ojos; dadle en los ojos! —gritaba Mikolka.

—¡Una canción, hermanitos! —gritó uno de los de la telega, e inmediatamente todos le corearon. Sonó una canción indecente, repicó un tambor y todos acompañaron el estribillo con silbidos. La mujer cascaba avellanas y reía.

El niño se dirigió corriendo hacia el animal; avanzó; pudo ver cómo le pegaban al caballo en los ojos, ¡en los mismos ojos! Se echó a llorar. El corazón le dio un vuelco, se le saltaron las lágrimas. Uno de los fustazos le rozó la cara; él no lo sintió; alzaba las manos, gritaba, se volvía al anciano de pelo y barba blancos, que movía la cabeza y condenaba todo aquello. Una mujer le cogió de la mano y se lo quiso llevar; pero él se zafó y corrió de nuevo hacia el animalito. El cual se hallaba ya en las últimas; pero aún empezaba otra vez a tirar coces al aire.

—¡Ah, diablo! —gritaba furioso Mikolka. Tira el látigo, se agacha y saca del fondo de la telega un largo y grueso palo; ase de él con ambas manos por la punta y, con todas sus fuerzas, lo descarga sobre la yegua.

—¡La va a matar! —gritan en torno suyo.

—¡De fijo que la mata!

—¡Es mía! —gritó Mikolka, y, con todo el brazo a voleo, descargó el palo sobre la yegua.

—¡Dale, dale! ¿Por qué te detienes? —grita una voz de entre el gentío.

Pero Mikolka enarboló otra vez la tranca, y, con todas sus fuerzas, arreó otro golpe en el espinazo al desdichado animal. Este se inclina todo hacia los cuartos traseros; pero da un respingo y tira, tira, con todas sus últimas fuerzas, por distintos lados, para arrastrar el coche; pero por todas partes la acometen seis látigos, y la tranca nuevamente se alza y cae por tercera, y luego por cuarta vez, acompasadamente, con toda la fuerza del brazo. Mikolka está furioso de ver que no puede matarla de un solo golpe.

—¡Dura es! —gritan en torno suyo.

—¡Ahora mismo, sin remisión, tiene que caer, hermanitos; ya le llegó su fin! —exclamó entre el gentío un espectador.

—¡Con el hacha, diantre! ¡Acabemos con ella de una vez! —gritó un tercero.

—¡Ah..., que la peste te coma!... ¡Apartaos! —gritaba, furioso, Mikolka; suelta el garrote, vuelve a agacharse en la telega y saca una palanqueta de hierro—. ¡Cuidado! —grita, y con todas sus fuerzas asesta otro golpe a su pobre yegua.

Atinó el golpe; el animalito se tambalea, recula, pugna por arrancar; pero la palanqueta vuelve a caer sobre su espinazo, y entonces da, por fin, con su cuerpo en tierra, cual si de una vez le hubiesen desjarretado las cuatro extremidades.

—¡Me salí con la mía! —exclamó Mikolka, y, fuera de sí, salta de la telega.

Algunos mozos, coloradotes y borrachos también, cogen lo que a mano hallan: látigos, palos, la tranca, y se abalanzan sobre el animal moribundo. Mikolka está en pie a su lado, y vanamente le tunde con la palanqueta el espinazo. La pobre bestia alarga el hocico, respira penosamente y muere.

—¡Reventó!... —gritan entre el gentío.

—¿Y por qué no echó a andar al galope?

—¡Era mía! —grita Mikolka, con el palo en la mano y los ojos inyectados en sangre. Parece pesaroso de no poder seguir pegándole a alguien.

—Sí; pero, lo que es tú, no eres cristiano —claman ya, entre el grupo, muchas voces.

Pero el niño, lívido, está ya fuera de sí. Lanzando un grito, se abre paso por entre el gentío hasta la yegua, le coge su muerto, ensangrentado hocico y la besa en los ojos, en los labios... Luego, de pronto, da un salto, y, arrebatado de furor, se lanza, con sus puñitos cerrados, contra Mikolka. En aquel momento, el padre, que ya hacía rato lo buscaba, lo coge por fin y lo saca de entre el corro.

—¡Vámonos, vámonos!... —le dice—. ¡Vámonos a casa!

—*Pápochka*, ¿por qué han matado ellos al pobre caballito? —solloza él, y las palabras salen convertidas en gritos de su encogido pecho.

—Están borrachos, no saben lo que se hacen; eso no es cosa nuestra. ¡Vámonos! —le dice el padre. El niño se abraza a su padre; pero tiene el pecho encogido, encogido. Pugna por cobrar alientos, lanza un grito y se despierta.

Se despertó todo sudoroso, con los cabellos mojados de sudor, jadeando, y se incorporó horrorizado.

—¡Loado sea Dios, que solo ha sido un sueño! —exclamó sentándose al pie de un árbol y lanzando un profundo suspiro—. Pero ¿qué es esto?... ¡Será que me ha empezado a entrar fiebre! ¡Qué sueño tan terrible!

Tenía el cuerpo todo como molido, dolor y sombra en el alma. Se puso los codos en las rodillas y se cogió con ambas manos la cabeza.

«¡Dios! —exclamó—. Y si..., y si de veras cojo el hacha y le abro la cabeza y le echo fuera los sesos..., resbalaré en la sangre viscosa y caliente; fracturaré la cerradura, robaré y me echaré a temblar; me ocultaré, todo manchado de sangre... con el hacha... Señor, ¿sería posible?...».

Temblaba como la hoja del árbol al decir esto.

«Pero ¿qué es lo que me pasa? —siguió diciendo, dejándose caer nuevamente y como presa de estupor profundo—. Harto sabía yo que no sería capaz de... ¿Por qué, pues, me he atormentado hasta ahora?... Anoche, anoche, cuando fui a efectuar aquella... *prueba*..., comprendí perfectamente que no sería capaz... ¿Por qué, entonces, esto ahora? ¿Por qué he estado dudando hasta aquí? Anoche, al bajar la escalera, yo mismo iba diciendo que eso era ruin, bárbaro, villano, villano... Porque a mí, de solo pensarlo, *en pleno día*, me subleva y me espanta...

»¡No, no soy capaz, no soy capaz! Supongamos, supongamos incluso que no haya duda alguna en todos estos cálculos, que todo eso se resuelva en este mes y resulte claro como el día, justo como la aritmética. ¡Señor, pues ni aun así me decidiría! ¡No sirvo para eso, no sirvo!... ¿Por qué, entonces, por qué entonces hasta ahora?...».

Se puso en pie, miró con asombro en torno suyo, como maravillándose de encontrarse allí, y se encaminó al puente de T***. Estaba pálido, le ardían los ojos, el cansancio le pesaba en todos sus miembros. Pero, de pronto, empezó como a respirar más fácilmente: sentía que ya había ahuyentado de sí todo aquel tiempo horrible, que hacía tanto le agobiaba, y que su alma se le volvía ligera y apacible. «¡Señor —imploraba—, muéstrame mi senda, y yo me quitaré de encima esos malditos... desvaríos!».

Al atravesar el puente, con mirar suave y plácido contempló el Neva y el radiante ocaso del refulgente, bello sol. Pese a su debilidad, ni siquiera sentía cansancio. Parecía como si el divieso de su corazón, que había estado madurando todo un mes, se le hubiese reventado de pronto. ¡Libertad, libertad! ¡Libre estaba ahora de aquel hechizo, de aquel sortilegio, de aquella sugestión!

Más adelante, al recordar aquel tiempo y todo lo que hubo de ocurrirle por aquellos días, detalle por detalle, punto por punto, rasgo por rasgo, con superstición, lo conmovía siempre una circunstancia, aunque, en realidad, no tenía nada de muy extraordinario, pero que siempre le parecía luego como una prefiguración de su destino. Y era esta: nunca pudo comprender ni explicarse por qué él, rendido, dolorido, cuando le hubiera convenido más volver a su casa por el camino más breve y derecho, lo hizo por el campo del Heno, por el que tenía que andar más. El rodeo no era grande, pero evidente y de todo punto innecesario. Sin duda que diez veces le sucedió eso de regresar a casa sin darse cuenta de las calles que recorría. Pero ¿por qué —se preguntaba él siempre—, por qué aquel encuentro tan importante y decisivo para él, y, al mismo tiempo, en alto grado fortuito, en el Heno (adonde no tenía motivo alguno para ir), hubo de ocurrir entonces, a aquella hora, en ese preciso momento de su vida, en aquella precisa disposición de ánimo y con tales circunstancias, en las cuales solamente el referido hecho podía producir el efecto más decisivo y definitivo sobre su destino? ¡No parecía sino que lo había estado aguardando!

Serían alrededor de las diez cuando fue a salir al Heno. Todos los comerciantes de mesas, puestos, almacenes y tiendas habían cerrado sus establecimientos o recogían y juntaban sus mercancías y se volvían a sus casas, lo mismo que sus clientes. En torno a los figones en planta baja, en los patios sucios y hediondos de las casas del campo del Heno, y sobre todo en las tabernas, se apiñaba gran número de mendicantes y harapientos de toda índole. A Raskólnikov le gustaban preferentemente aquellos lugares, así como las callejuelas adyacentes, cuando vagaba sin rumbo por la ciudad. Allí sus harapos no atraían sobre él la altiva atención de nadie, y era posible merodear con la facha que se quisiera sin producir escándalo. En la misma travesía de K***, en un rincón, un comerciante y su mujer vendían, en dos mesas, distintos artículos: hilo, galones, pañolitos de algodón, etcétera. Ellos también se tornaban ya a casa; pero se habían detenido para hablar con una amiga que pasaba. La tal amiga era Lizaveta Ivánovna, o simplemente Lizaveta, como todo el mundo la llamaba, la hermana menor de aquella misma vieja, Aliona Ivánovna, la usurera, viuda de un funcionario del registro, en cuya casa había estado la noche antes Raskólnikov con objeto de empeñarle un reloj y efectuar su *prueba*... Tiempo hacía que sabía él todo lo referente a la tal Lizaveta, y ella también le conocía un poco. Era una solterona alta, desgarbada, tímida y mansurrona, poco menos que idiota, de unos treinta y cinco años, que vivía en plena esclavitud con su hermana, trabajando allí día y noche, temblando en su presencia y aguantándole hasta golpes. Estaba a la sazón con un paquete en la mano, pensativa, delante del mercader y su esposa, y atentamente los escuchaba. Aquellos le contaban con vehemencia alguna cosa. Al verla Raskólnikov, de pronto, cierta extraña sensación, parecida al más profundo asombro, se apoderó de él, no obstante no tener aquel encuentro pizca de asombroso.

—Usted, usted, Lizaveta Ivánovna, lo ha de decidir personalmente —dijo alto el comerciante—. Venga usted mañana, a las siete. Ellos también estarán.

—¿Mañana? —exclamó Lizaveta, perpleja y recalcando la palabra, cual si no acabara de decidirse.

—Pero ¡qué miedo le tiene usted a Aliona Ivánovna! —chilló la mujer del comerciante—. Me parece usted una niña chiquita. Pero, después de todo, no es su hermana, sino su hermanastra, y hay que ver cómo la trata a usted.

—Pero usted, esta vez, no tiene que decirle nada a Aliona Ivánovna... —añadió el marido—. Es un consejo que le doy: venga a vernos sin pedirle permiso. Es un asunto provechoso. Luego, su misma hermana habrá de verlo.

—Entonces ¿vengo?...

—A las siete de la noche, mañana. También ellos estarán aquí. Podrá usted decidir personalmente.

—Y tendremos preparado el samovar —añadió la mujer.

—Bueno; pues iré —dijo Lizaveta, todavía cavilosa, y lentamente empezó a alejarse de allí.

Raskólnikov ya se había ido y no escuchó más. Caminaba despacio, sin llamar la atención, esforzándose por no perder ni una palabra. Su primer asombro, poco a poco, se fue trocando en espanto, y como un escalofrío le corrió por la espalda. Se había enterado de pronto; de un modo súbito y totalmente inesperado, había sabido que al otro día, a las siete en punto de la noche, la hermana de la vieja y única persona que con ella vivía no estaría en casa, y que, por tanto, a las siete en punto de la noche la vieja *se quedaría en casa sola*.

De allí a su domicilio solo había unos cuantos pasos de distancia. Entró en su casa lo mismo que un sentenciado a muerte. En nada pensaba, y había perdido toda facultad de discernimiento; pero con todo su ser, repentinamente, sentía que no tenía ya libertad de juicio ni voluntad y que, de pronto, todo se había resuelto de forma definitiva.

Indudablemente que si años enteros hubiese estado aguardando encuentro semejante, aun teniéndolo todo pensado, habría sido imposible contar a punto fijo con un paso tan importante para el éxito de la idea como el que acababa de presentársele ahora mismo. En todo caso, difícil habría sido conocer la víspera, y con toda seguridad, con plena exactitud y sin el menor riesgo, sin necesidad de preguntas e indagaciones peligrosas de ninguna clase, que al día siguiente, a tal hora, tal vieja, a la que se disponía asesinar, había de encontrarse en su casa sola, solita.

VI

Luego pudo Raskólnikov saber, poco más o menos, la razón de que el comerciante y su consorte invitasen a su casa a Lizaveta. Se trataba de algo muy corriente y que no tenía en sí nada de particular. Una familia forastera, venida a menos, vendía unos efectos, trajes, etcétera, etcétera, todo de mujer. Como venderlo en el baratillo resultaba poco ventajoso, buscaban un marchante, y Lizaveta se dedicaba a esto; era corredora, se ocupaba en asuntos y contaba con una gran clientela, pues era muy honrada y siempre decía el último precio: «Es tanto», decía, y así era. Solía hablar poco, y, como ya dijimos, era, además, tan tímida y mansurrona...

Pero Raskólnikov, en los últimos tiempos, se había vuelto

supersticioso. Huellas de esta superstición le quedaron, por mucho tiempo después, casi indelebles. Y en todo aquel asunto siempre propendió luego a ver algo extraño, misterioso, algo así como la presencia de ciertos influjos y coincidencias particulares. Aquel mismo invierno, un estudiante amigo suyo, Pokorev, que partía para Jarkov, hubo de comunicarle, en el curso de una conversación, las señas de la vieja Aliona Ivánovna, por si alguna vez necesitaba empeñar algo. Durante mucho tiempo no fue él por allá, porque tenía lecciones, y, fuere como fuere, iba tirando. Pero hacía mes y medio se acordó de aquellas señas: tenía dos objetos posibles de empeño: el viejo reloj de plata de su padre y una sortijita de oro, con tres piedras rojas, que su hermana le regalara, al despedirse de ella, como recuerdo. Resolvió llevar la sortija; al encontrarse ante la vieja, al primer golpe de vista, aun sin saber nada de particular acerca de ella, sintió una invencible antipatía; le tomó los dos *billetitos*, y, ya de vuelta, entró en una taberna de mala muerte. Pidió té, se sentó y se quedó muy ensimismado. Un extraño pensamiento acababa de brotar en su cabeza, cual pollo que sale del huevo, y mucho, mucho le preocupaba...

Casi a continuación suya, en otra mesita, estaba sentado un estudiante, al que no conocía en absoluto ni recordaba, y un oficial joven. Habían estado jugando al billar, y ahora tomaban té. De pronto hubo de oír cómo el estudiante le hablaba al oficial de una usurera, Aliona Ivánovna, viuda de un asesor colegiado, y le daba sus señas. Aquello, de por sí, le pareció ya a Raskólnikov bastante raro; venía de allí, y hétete que aquí también oía hablar de ella. Sin duda que era una casualidad; pero él no podía desprenderse de una impresión muy extraordinaria, y he aquí que todavía vinieron a agravársela: el estudiante, de pronto, se puso a referirle al compañero diversos detalles de la tal Aliona Ivánovna.

—Es famosa —decía—. Siempre tiene dinero a punto. Es rica como un judío; puede prestar de un golpe cinco mil rublos, y no perdona un rublo de intereses. De los nuestros, acuden a ella muchos. Solo que es una tía horrible...

Y pasó a contarle lo mala y terca que era: que bastaba retrasarse con ella un día en sacar la prenda, para considerarla perdida. Daba la cuarta parte de lo que valía la prenda; pero cobraba el cinco y hasta el seis por ciento de interés mensual, etcétera. El estudiante hablaba por los codos, y, además de eso, le contó al amigo cómo la tal vieja tenía una hermana, Lizaveta, a la que, tan pequeña y ruin como era, le estaba siempre pegando y la tenía en una completa servidumbre, como a una niñita pequeña, siendo así que Lizaveta tendría, por lo menos, ocho pies de estatura...

—¡Es otro fenómeno! —exclamó el estudiante, y se echó a reír.

Se pusieron a hablar de Lizaveta. El estudiante hablaba de ella con cierta satisfacción personal y entre risas, y el oficial le rogó que le enviase a la tal Lizaveta para que le remendase la ropa blanca. Raskólnikov no perdía ni una sola palabra, y de una vez se enteró de todo. Lizaveta era la hermana menor, hermanastra (de distinta madre) de la vieja, y tenía ya treinta y cinco años. Trabajaba en casa de la hermana día y noche; hacía de cocinera y lavandera al mismo tiempo, y, además, cosía para fuera y salía a fregar suelos, y todo se lo entregaba a la hermana. Ningún encargo ni trabajo alguno osaba aceptar sin antes recabar el permiso de la vieja. Esta había otorgado ya testamento, que conocía la propia Lizaveta, a la que no le dejaba ni un *grosch*, sino los muebles, unas cuantas sillas, etcétera; los caudales se los legaba a cierto monasterio en el gobierno de N***, para el eterno descanso de su alma. Pertenecía Lizaveta a la clase media, y no a la burocracia; era soltera y terriblemente desgarbada de cuerpo, de una estatura notablemente alta, con unos pies tamaños, como metidos para dentro, siempre calzados en zapatos torcidos, pero muy primorosos. Lo principal que asombraba y hacía reír al estudiante era que Lizaveta casi siempre estaba embarazada...

—Pero ¿no dices que es un vestiglo? —observó el oficial.

—Sí; es cetrina y parece un soldado disfrazado; pero mira: no es del todo un monstruo. Tiene buena cara y buenos ojos. Hasta muy buenos. La prueba es... que a muchos les gusta. Tan calladita, tan mansa, dócil y acomodaticia, que a todo se aviene. Y tiene también un modo de sonreír muy simpático.

—¿No será que a ti también te gusta? —Sonrió el oficial.

—Por su rareza. No; verás: yo te diré. Yo, a esa condenada vieja la mataría y la robaría, y te juro que sin el menor remordimiento de conciencia —añadió con ardor el estudiante.

El oficial tornó a reírse; pero Raskólnikov dio un respingo. ¡Qué extraño era todo aquello!

—Permíteme que te haga una pregunta en serio —dijo, con alguna exaltación, el estudiante—. Yo, naturalmente, hace un momento, hablaba en broma; pero mira; de un lado, una vieja estúpida, imbécil, inútil, mala, enferma, que a nadie le sirve de provecho, sino que, por el contrario, a todos perjudica; que ella misma no sabe para qué vive y que mañana acabará por morirse ella sola... ¿Comprendes? ¿Comprendes?

—Sí, comprendo —respondió el oficial mirando atentamente a su acalorado compañero.

—Pues sigue escuchando. De otro lado, energías juveniles, frescas, que se rinden en vano, sin apoyo, y esto a miles, y esto en todas partes. Mil obras e iniciativas buenas que se podrían hacer y perfeccionar con los dineros que esa vieja lega al monasterio. Cientos, miles quizá de existencias acarreadas al buen camino; decenas de familias salvadas de la miseria, de la disolución, de la ruina, de la corrupción, de los hospitales venéreos... Y todo eso, con sus dineros. Mátala, quítale esos dineros; para con ellos consagrarte después al servicio de la Humanidad toda y al bien general. ¿Qué te parece? ¿No quedaría borrado un solo crimen, insignificante, con millares de buenas acciones?... ¡Por una vida..., mil vidas salvadas de la miseria y la ruina! Una muerte, y cien vidas, en cambio... Es una cuestión de aritmética. ¿Ni qué pesa tampoco en las balanzas comunes de la vida esa viejuca tísica, estúpida y mala? No más que la vida de un piojo, de una cucaracha, y puede que aún menos, puesto que se trata de una vieja dañina. Ella se alimenta de la vida ajena, es mala; no hace mucho que, de rabia, le mordió un dedo a Lizaveta; por poco si se lo arranca de cuajo.

—Sin duda que no merece vivir —observó el oficial—; pero esa es la Naturaleza.

—¡Ah, hermano, sí; pero a la Naturaleza se la mejora y se la encauza, sin lo cual naufragaríamos en prejuicios! Sin eso no habría nacido ni un solo hombre grande. Dicen: «¡El deber, la conciencia!». Yo no quiero decir nada contra el deber y la conciencia...; pero ¡hay que ver cómo los entendemos! Espera, que voy a hacerte otra pregunta. Oye.

—No; aguarda tú, que soy yo quien va a preguntarte. Escucha.

—Bueno.

—Tú, hasta ahora, hablas y discurseas; pero dime: ¿matarías *tú mismo* a la vieja o no?

—¡Naturalmente que no!... Yo, en justicia... Pero eso no es cosa mía...

—Pues, a mi juicio, si tú mismo no te decides, no se trata aquí para nada de justicia. ¡Anda, vamos a echar otra partidilla!

Raskólnikov era presa de emoción extraordinaria. Sin duda que todo aquello era de lo más vulgar y frecuente y que más de una vez lo había oído él, solo que en otras formas y a propósito de otros temas, en diálogos y razonamientos juveniles. Pero ¿por qué ahora precisamente había de ocurrirle oír aquel diálogo y aquellas ideas, ahora que en su cabeza empezaban a germinar *exactamente esas mismas ideas*? ¿Y por qué, sobre todo, ahora, que él acababa de ahuyentar de su mente el pensamiento de la vieja, había de oír un diálogo referente a ella?... Singular le pareció siempre tal coincidencia. Aquel diálogo insignificante, tabernario, ejerció extraordinaria influencia sobre él en el ulterior desarrollo del suceso;

parecía como si, efectivamente, hubiera en todo aquello una señal, una intimación...

*

De vuelta del Heno, se echó en el diván, y una hora entera se estuvo allí sentado, inmóvil. Entre tanto, oscureció; no tenía él velas; pero, además, no se le ocurrió siquiera encender una. Nunca pudo ponerlo en claro. ¿Es que había estado pensando algo en aquel tiempo? Finalmente, volvió a sentir la fiebre nocturna, escalofríos, y, con placer, cayó en la cuenta de que el diván podía servir también de lecho. A poco, un sueño pesado, plúmbeo, cayó sobre él como si lo aplastase.

Durmió un tiempo desusadamente largo y sin ensueños. Nastasia, que entró en el cuarto al otro día, a las ocho, a la fuerza tuvo que despertarlo. Le llevaba té y pan. El té había ya hervido una vez, y también lo traía en su tetera particular.

—¡Eso es lo que se llama dormir! —exclamó con disgusto—. ¡Todo se le vuelve dormir!

Se incorporó él con un esfuerzo. Le dolía la cabeza; se levantó, dio una vuelta por su chiscón y volvió a tumbarse en el diván.

—¡A dormir otra vez! —exclamó Nastasia—. ¿Es que estás enfermo, o qué tienes?

Él no le contestó.

—¿No quieres té?

—Luego —contestó él con un esfuerzo; tornó a cerrar los ojos y se volvió de cara a la pared. Nastasia se inclinó sobre él.

—Verdaderamente, puede que esté enfermo —dijo; dio media vuelta y se fue.

Volvió de nuevo a las dos, con la sopa. Él seguía acostado como antes. El té permanecía intacto. Nastasia se amoscó, y, con ira, se puso a increparlo:

—¿Por qué estás tan amodorrado? —exclamó, mirándole con antipatía.

Él se incorporó y se sentó, pero sin decirle a ella nada y con la vista fija en el suelo.

—Pero ¿estás enfermo o no lo estás? —le preguntó Nastasia, que tampoco obtuvo esta vez respuesta.

»Deberías salir a la calle —dijo, después de un silencio—. El aire te haría bien. ¿Vas a comer o no?

—Luego... —le respondió él débilmente—. ¡Vete! —Y agitó la mano.

Ella tornó a inclinarse un poco, mirándole compasiva, y luego se retiró.

Al cabo de unos minutos alzó él la vista y se estuvo largo rato mirando el té y la sopa. Luego cogió el pan, enristró la cuchara y empezó a comer.

Comió poco, sin apetito: tres o cuatro cucharadas, como maquinalmente. La cabeza le dolía menos. Después de comer, volvió a tenderse en el diván; pero no pudo ya dormirse de nuevo, y permaneció tendido, inmóvil, de bruces, con la cabeza hundida en la almohada. Todo se le volvía soñar, y aquellos sueños no podían ser más raros; lo más frecuente era que soñase estar en algún lugar de África, en Egipto, en algún oasis. La caravana sestea, plácidamente se han tumbado los camellos; alrededor, las palmeras se yerguen, formando un corro; todos se disponen a hacer colación. Él no hace más que beber agua, directamente, del manantial que allí mismo, al lado, brota y borbotea. ¡Y cómo le refrescaba aquel agua maravillosa, maravillosamente azul, fría, que manaba de entre multicolores piedras y de un fondo tan claro de arena con dorados destellos! De pronto, oyó sonar distintamente un reloj. Se estremeció, volvió en sí, alzó la cabeza, miró hacia la ventana, calculó la hora y se levantó de un salto, cual si alguien lo hubiese echado del diván. Se encaminó de puntillas a la puerta, la abrió quedo y se puso a escuchar de la parte de la escalera. El corazón le latía recio. En la escalera todo estaba silencioso, cual si todo el mundo durmiese... Muy singular y notable hubo de parecerle aquello de haber podido estarse amodorrado en tal inconsciencia desde el día antes, sin haber hecho nada, de suerte que ahora se encontraba desapercibido... Puede que fueran ya las seis... Y una prisa desusada, febril y loca le acometió ahora: después del sueño, el sopor. Después de todo, no eran menester muchos preparativos. Concentró todas sus fuerzas al objeto de pensarlo bien todo y no olvidarse de nada; el corazón le latía cada vez con más violencia, y tan fuerte que le dificultaba la respiración. Debía empezar por hacer un nudo corredizo y cosérselo a su paletó, lo cual era cosa de minutos. Hurgó con la mano por debajo de la almohada, y encontró, entre la ropa blanca que allí había, una camisa vieja, sucia, que ya era un puro guiñapo. Le arrancó una tira de unos tres centímetros de ancha por dieciséis de larga. Dobló aquella tira, sacó un amplio y fuerte paletó de verano, de una tela de lana, gruesa —su único sobretodo—, y procedió a coserse los dos picos de la tira por dentro y por debajo del sobaco izquierdo. Las manos le temblaban en tanto tenía la aguja; pero se dominó y cosió de tal modo los picos de la tira, que desde fuera nadie podría notar nada cuando se pusiese el paletó. Se había agenciado, con mucha antelación, aguja e hilo, que guardaba envueltos en un papel en la mesita. Lo del nudo era invención suya, y muy ingeniosa, y estaba destinado para el hacha. No se podía ir por la calle con el hacha en la mano. Y, de llevarla metida por debajo del paletó, tendría, no obstante, que írsela sujetando con la mano, lo que podía también chocar. Pero, de esta manera, no había menester más que meter el hacha en aquel nudo y llevarla colgando debajo del sobaco todo el camino. Y guardándose la mano en el bolsillo del costado del paletó, podía sostener también el extremo del mango del hacha para que no se columpiase, y como aquel paletó era muy holgado, un verdadero saco, nadie podía imaginar que con la mano metida en el bolsillo fuese sujetando nada. Aquel nudo lo había ideado hacía ya dos semanas.

Luego que hubo despachado el nudo, metió los dedos en

una pequeña hendidura que había entre su diván y el suelo, rebuscó en el rincón de la izquierda y sacó la *prenda*, preparada y metida allí desde hacía mucho tiempo. No era, verdaderamente, tal prenda, sino, sencillamente, un trozo de madera, liso, de las dimensiones y el grosor de una pitillera. Aquella tablilla de madera se la había encontrado casualmente en uno de sus paseos en un patio, donde en un local anexo había un taller. Luego le puso encima a la tablita una fina y lisa lámina de hierro, probablemente restos de alguna cosa rota, y que se había encontrado asimismo en la calle. Ambas cosas —la lámina de hierro era la más pequeña— las había unido y liado fuertemente con un bramante cruzado; luego lo envolvió todo, con mucho trabajo y esmero, en un simple papel blanco, y apretó tanto, que era imposible abrirlo de un golpe. Lo hizo así para entretener por un rato la atención de la vieja cuando se pusiese a deshacer el paquete, y aprovechar, de ese modo, la ocasión. La planchita de hierro la había puesto allí para hacer peso, para que la vieja no adivinase desde el principio que el *objeto* era de madera. Todo aquello lo guardaba él, desde hacía tiempo, debajo del diván. No había hecho más que sacar la prenda, cuando, de pronto, se oyó en el patio este grito:

—¡Las siete hace tiempo que dieron!

«¡Que hace tiempo, Dios mío!».

Se lanzó a la puerta, se puso a escuchar, cogió el sombrero y empezó a bajar sus trece escalones despacito, suavemente, como un gato. Le quedaba por hacer lo más importante: hurtar en la cocina el hacha. Que la cosa había que hacerla con el hacha, hacía ya tiempo que lo había decidido. Tenía también un cuchillo de jardinero, plegable; pero en el cuchillo, y sobre todo en sus propias fuerzas, no tenía él confianza; así que había optado definitivamente por el hacha. Observemos, de pasada, una particularidad a propósito de todas estas resoluciones definitivas, ya adoptadas por él en este asunto. Poseían una propiedad extraña: cuanto más definitivas, tanto más monstruosas y absurdas parecían enseguida a sus ojos. Pese a toda su penosa lucha interior, jamás, ni por un instante, pudo llegar a creer en la realización de sus proyectos en todo el tiempo aquel.

Y si hubiera sucedido de suerte que todo hubiese estado ya previsto y resuelto definitivamente hasta en sus últimos pormenores, y no quedase ya lugar a duda alguna..., aun entonces hubiera desistido de todo definitivamente, cual de una estupidez, un absurdo y una cosa imposible. Pero, tocante a los puntos no resueltos, quedaba todavía una legión entera de dudas. Por lo que se refiere a lo de dónde procurarse el hacha, tal minucia no le preocupaba en modo alguno, pues no había cosa más fácil. Efectivamente, Nastasia, particularmente por las noches, apenas si paraba en casa: o se iba con las vecinas o a la tienda, y la puerta quedaba siempre de par en par. La patrona precisamente le estaba siempre riñendo por esto. No había, pues, más que entrar despacito, llegado el momento, en la cocina, y coger el hacha; y luego, al cabo de una hora (después de consumado todo), volver a colocarla otra vez en su sitio. Pero surgían también sus dudas: supongamos que él volvía al cabo de una hora para colocarla otra vez en su sitio, y que en ese tiempo había vuelto Nastasia. Sin duda que habría que pasar de largo y aguantar a que volviese a salir de nuevo. Pero si en todo ese intervalo de tiempo necesitaba el hacha y se ponía a buscarla y a gritar..., al punto saltaría la sospecha o por lo menos habría pie para la sospecha.

Pero esas eran minucias en las que ni siquiera quería pensar, aparte de que tampoco tenía tiempo para ello. Pensaba en lo principal, y los detalles los aplazaba para cuando *estuviera convencido del todo*. Pero esto último le parecía definitivamente irrealizable. Tal, por lo menos, se lo parecía a él. Jamás pudo imaginarse que alguna vez pudiese dejar de pensar, se levantase y..., sencillamente, fuese allá... Hasta aquella su *prueba* reciente (o sea aquella visita suya con la intención de inspeccionar definitivamente el lugar), solo la había hecho *por probar*; pero no de veras ni remotamente, sino como quien dice: «¡Vamos allá, caramba; iré y probaré, ya que solo se trata de una fantasía!», e inmediatamente no pudo resistir, escupió y echó a correr, indignado consigo mismo. Le parecía, sin embargo, haber analizado hasta el fondo la solución moral por él aportada a esa cuestión; su casuística era buida como navaja de afeitar, y ninguna objeción hallaba en su conciencia. No obstante lo cual, se resistía a darse crédito a sí mismo, y con terquedad de bestia buscaba objeciones por fuera, a tientas, como si alguien le obligase a hacerlo y tirase de él hacia aquel lado. El día anterior, rico en elementos tan inesperados como decisivos, había actuado sobre él de un modo casi mecánico; era como si alguien lo hubiese cogido de la mano y lo hubiera obligado a seguirlo irrevocable, ciegamente, con una fuerza sobrenatural, y sin que él pudiera oponer la menor objeción. Se habría dicho que se había dejado coger el pico del traje en una rueda de engranaje que empezaba a tirar de él.

En primer lugar —ya había pensado en ello mucho antes—, le preocupaba, sobre todo, una cuestión: ¿por qué casi todos los crímenes se descubren tan fácilmente y por qué tan fácilmente se encuentran las huellas de casi todos los asesinos? Poco a poco fue a dar en conclusiones tan diversas como curiosas. A juicio suyo, la razón principal consistía, no tanto en la imposibilidad natural de ocultar el crimen, como en el criminal mismo; todos los delincuentes, sean cuales fueren, experimentan, en el momento de cometer su crimen, como un desfallecimiento de la voluntad de juicio, cuyo puesto viene a suplantar un atolondramiento fenomenal y pueril, precisamente en el instante en que más necesarias les serían la razón y la prudencia. Ese eclipse del juicio, ese desmayo de la voluntad, se apoderaba, según Raskólnikov, del hombre, al modo de una enfermedad, desarrollándose progresivamente y alcanzando su máximo de intensidad momentos antes de cometer el crimen; durante la ejecución de este último, y aun algún tiempo después, persistía, según los individuos, acabando luego por desaparecer, como cualquier otra dolencia. El problema estaba en saber si es la enfermedad la que engendra el crimen, o si el crimen mismo iba siempre acompañado, por su misma naturaleza, de cierto género de enfermedad; pero cuestión era esta que él no se sentía capaz de resolver.

Llegado a esas deducciones, decidió que, por lo que a él personalmente se refería, y tocante a lo que él proyectaba, no era posible que se produjesen semejantes derrumbamientos morales, que ni su razón ni su voluntad habrían de abandonarle durante toda la ejecución de su empresa, únicamente por el motivo de que lo que él se proponía llevar a cabo «no era un crimen»... Prescindamos del proceso mediante el cual había llegado a esa resolución suprema, que ya nos hemos adelantado demasiado a los acontecimientos... Añadamos solamente que las dificultades prácticas, de orden puramente material, del asunto, no asumían en su espíritu sino una importancia del todo secundaria. «Bastará —se decía— con que conserve el dominio de mi voluntad y de mi razón para que, llegado el momento, queden vencidas todas esas dificultades cuando se trate de acometer los detalles más nimios de mi plan...». Pero la ejecución de su designio se iba difiriendo. Cada vez tenía él menos fe en la posibilidad de que sus resoluciones asumiesen un carácter definitivo, y, llegada la hora, los acontecimientos tomaron un rumbo totalmente distinto, imprevisto, por no decir inesperado.

Una circunstancia de las más vulgares hubo de colocarlo en un callejón sin salida, antes todavía de haber llegado al pie de la escalera. Llegado al rellano de la cocina, cuya puerta, como siempre, estaba abierta de par en par, lanzó una mirada, con el rabillo del ojo, para cerciorarse previamente de una cosa: de la ausencia de Nastasia. «¿No estaría allí tampoco la patrona?, ¿tendría bien cerrada la puerta de su cuarto?, ¿no podría verlo cuando entrase a coger el hacha?». Pero ¡cuál no fue su estupor al advertir de pronto que Nastasia se hallaba en la cocina, y, además, estaba trajinando allí, ocupada en sacar ropa blanca de una cesta y tenderla sobre unas cuerdas! Ella, al verlo, suspendió su faena, se volvió a mirarlo, y así se estuvo hasta que él se alejó. Él había retirado la vista, cual si nada se notase. Pero era asunto concluido: ¡no había hacha! Probablemente fue su desolación.

«¿De dónde había yo sacado —se dijo al transponer la puerta cochera—, de dónde había yo sacado que precisamente en este instante tenía ella que estar fuera? ¿Por qué? ¿Por qué lo había yo decidido así con tanta certidumbre?». Ganas le dieron, de puro colérico, de burlarse de sí mismo... Le hervía por dentro una rabia estúpida y bestial.

Se detuvo en la puerta cochera, indeciso. Salir a la calle así porque sí, por disimular, le repugnaba; pero volverse a subir a su cuarto le repugnaba todavía más. «¡Qué ocasión he perdido, y para siempre!», gruñó, en pie y vuelto, sin la menor intención, al oscuro cuchitril del portero, que también estaba abierto. De pronto, se le estremeció el cuerpo todo. En la portería, a dos pasos de allí, sobre el banco de la derecha, acababa de ver brillar alguna cosa... Miró en torno suyo... Nadie. Se acercó al cuchitril de puntillas, bajó dos peldaños y llamó, con voz ahogada, al portero: «¡Vaya, no está en casa! Aunque, después de todo, tampoco puede andar muy lejos, cuando ha dejado la puerta abierta de par en par». Se abalanzó de un salto sobre el hacha (un hacha era) y la sacó de debajo del banco, donde descansaba entre dos leños; enseguida, y sin salir de la portería, se la metió en el nudo corredizo, se guardó ambas manos en los bolsillos y se fue. ¡No lo había visto nadie! «¡Cuando la inteligencia falla, el diablo la sustituye!», pensó, con extraña sonrisa. El albur que acababa de producirse le animó en gran manera.

Salió a la calle despacio y *con un aire indiferente*, sin darse prisa, por temor a despertar sospechas. Ni siquiera miraba a los transeúntes, y hasta se esforzaba por no fijar la vista en nadie, a fin de pasar lo más inadvertido posible. En aquel instante volvió a acordarse del sombrero: «¡Dios mío, y pensar que anteayer tuve dinero y no me compré, en vez de él, una gorra!». Una blasfemia le brotó del alma.

Echó una ojeada al fondo de una tienda, y vio que eran ya las siete y diez. Tenía que darse prisa y que dar al mismo tiempo un rodeo; lo mejor era entrar por el otro lado, por la puerta trasera... Antes, al imaginarse todo esto, se figuraba que había de estar muy azorado. Pero ahora no lo estaba ni por lo más remoto. Lo que le ocupaba por el momento eran pensamientos extraños, y no por mucho rato. En tanto costeaba el parque Yusúpov, le interesó mucho la idea de que debían construir unas fuentes gigantescas que refrescasen deliciosamente el aire en todas las plazas públicas. Luego, poco a poco, vino a adquirir la convicción de que el ensanche del Jardín de Estío hasta el Campo de Marte y su reunión con el jardín del palacio Mijáilov constituiría una innovación tan agradable como útil para Petersburgo. Y a propósito de aquello, se preguntó por qué en todas las grandes ciudades ha de preferir la gente, menos por necesidad que por gusto, el vivir en aquellos barrios donde no hay jardines ni fuentes, sino solo basura y mal olor y la suciedad reina como dueña y señora. Recordó entonces su paseo por el mercado del Heno, y se dio cuenta, por un instante, de su situación actual: «¡Qué imbecilidad —se dijo—; no; más vale no pensar en ello!». Así, sin duda, aquellos individuos a los que llevan al patíbulo se apegan con el pensamiento a cuantos objetos encuentran en su camino. Esta idea cruzó por su mente como un relámpago; pero se dio prisa a ahuyentarla... Pero, a todo esto, helo ya todo cerca, he ahí la casa y he ahí la gran puerta. En no se sabe dónde, ha sonado un reloj: «¿Cómo? ¿Serán ya las siete y media? ¡Es imposible; de fijo que va adelantado!».

La suerte le fue propicia todavía al ir a transponer los umbrales. Como ex profeso, una carreta de heno enorme entraba precisamente delante de él por la puerta cochera, ocultándola por completo en el instante de atravesarla él, de suerte que apenas había penetrado la carreta en el patio cuando ya él se escurría hacia la derecha. Ya allí, oyó al otro lado de la carreta varias voces que gritaban y reñían. Pero nadie lo había visto, con nadie se había encontrado. Algunas de las ventanas que daban a aquel inmenso patio cuadrado estaban abiertas a aquella hora; pero él no levantó la cabeza, pues le faltaban fuerzas para ello. La escalera que conducía al piso de la vieja arrancaba pegadita a la puerta de la derecha. En la escalera se encontraba ya él...

Conteniendo la respiración y comprimiéndose los latidos del corazón con una mano, al mismo tiempo que palpaba el hacha y se la enderezaba una vez más, procedió a subir los peldaños suavemente, con mucho tiento, y aguzando el oído a cada instante. Pero la escalera estaba totalmente desierta en aquel momento; todas las puertas estaban cerradas; no se tropezó con nadie. Cierto que en el segundo piso había una habitación desalquilada, donde trabajaban unos pintores; pero estos no repararon en él. Se detuvo un instante, recapacitó y continuó subiendo. «Sin duda, sería mejor que no estuviesen ahí...; pero por encima de ellos hay todavía dos pisos...».

Pero hele ya aquí en el cuarto piso; esa es la puerta; ahí enfrente está el piso, y este se halla desierto. En el tercer piso, en el piso de debajo del de la vieja, es lo más probable que tampoco haya nadie; han quitado la tarjeta de visita que había clavada en la puerta, y eso es señal de que los inquilinos se han mudado... Se ahogaba. Por un momento, una idea le cruzó por la mente: «¿No haría mejor en irme?». Pero, sin dar respuesta a esa interrogación, se puso a escuchar en el cuarto de la vieja; reinaba allí un silencio de muerte. Aguzó el oído todavía desde lo alto de la escalera, y escuchó atentamente largo rato... Luego echó una última ojeada en torno suyo, tomó sus disposiciones, enderezó nuevamente el mango del hacha: «¿No estaré... demasiado pálido?... —pensó con emoción excesiva—. ¿No valdría más aguardar a que se me tranquilizase el corazón?».

Pero el corazón no se le serenaba. Antes al contrario, como

adrede, le palpitaba cada vez más y más recio... No pudo contenerse más; lentamente, alargó la mano al cordón de la campanilla y tiró. Dejó pasar medio minuto y volvió a llamar algo más fuerte.

Ninguna respuesta... ¿Para qué llamar en balde? Tal insistencia no sería oportuna. Seguro que la vieja estaba en casa, sino que, hallándose sola a la sazón, por fuerza había de sentir más recelo. Conocía, en parte, las costumbres de Aliona Ivánovna..., y otra vez aplicó el oído contra la puerta. ¿Era que se le habían aguzado extraordinariamente los sentidos (cosa difícil de admitir), o que aquel rumor era, en verdad, tan perceptible? Sea como fuere, percibió de pronto el roce de una mano sobre el pestillo de la cerradura, al mismo tiempo que el leve de un vestido contra un panel de la puerta. Alguien invisible estaba allí detrás, escuchando lo mismo que él, esforzándose por disimular su presencia allá dentro y, al parecer, también con la oreja pegada a la puerta.

Se movió expresamente y refunfuñó en voz alta, para que no pareciese que se ocultaba, y después volvió a llamar por tercera vez, pero despacito, suavemente y sin la menor muestra de impaciencia. Más adelante recordaría aquel momento con toda exactitud: hasta tal punto se le quedó fielmente grabado en la memoria. No acababa de comprender cómo había podido desplegar entonces tanta astucia, siendo así que hubo momentos en que se le nubló el juicio y apenas si se sentía el cuerpo... Al cabo de un ratito oyó que descorrían el cerrojo.

VII

Como la otra vez, se entreabrió despacio la puerta y de nuevo dos ojos penetrantes y recelosos se posaron en él desde el fondo oscuro. En aquel momento perdió Raskólnikov su sangre fría y estuvo a punto de echarlo todo a perder por su culpa.

Temiendo que la vieja se asustara de encontrarse sola con él, y no creyendo que su cara y su aspecto fuesen a propósito para tranquilizarla, cogió la puerta y tiró de ella hacia sí, a fin de que la vieja no cayese en la tentación de volver a cerrarla. No tiró ella de la puerta por su parte; pero no la soltó tampoco; de suerte que por poco si la arrastra, juntamente con la puerta, hasta el rellano. Al ver que la vieja permanecía en pie en el umbral, estorbándole el paso, se fue derecho a ella. Llena de espanto, dio un respingo hacia atrás, quiso decir algo que no atinó a proferir y se quedó mirándolo con los ojos de par en par.

—Buenas noches, Aliona Ivánovna —empezó con el aire más indiferente, pero con voz que ya no le obedecía, entrecortada y temblorosa—. Le traigo... una prenda... Pero pasemos adentro... Hacia la luz...

Y, empujándola con un brusco gesto, penetró en el cuarto, sin que ella lo invitara. La vieja corrió tras él, y la lengua se le soltó:

—¡Dios mío! Pero ¿qué quiere usted? ¿Quién es usted? ¿Qué es lo que desea?

—Mire, Aliona Ivánovna: soy un amigo suyo... Raskólnikov... Oiga: le traigo la prenda que le prometí últimamente...
—Y le tendía la prenda.

La vieja iba a examinarla; pero volvió a fijar una vez más los ojos en los ojos del intruso. Lo contemplaba atentamente, con expresión maligna y recelosa. Pasó un minuto, y él hasta creyó percibir en la mirada de la vieja algo de ironía, cual si esta lo hubiese ya calado todo. Sintió que perdía la cabeza, que casi tenía miedo, y que, como se prolongase un medio minuto más el mutismo de la vieja, mirándole de aquel modo, acabaría por emprender la fuga.

—Pero ¿por qué me mira usted tanto, como si no me conociese? —profirió de pronto, con malignidad, él también—. ¡Tómela usted, si la quiere...; si no, me iré a otro sitio!... ¡No tengo tiempo que perder!

Pronunció aquellas palabras sin haberlas pensado, como si se le hubiesen escapado de pronto.

La vieja rectificó; era evidente que el tono resuelto del visitante la animaba.

—Pero, amigo mío, ¿por qué así, tan de golpe? ¿Qué es eso? —preguntó, mirando la prenda.

—Una pitillera de plata... Vamos... Ya le hablé a usted de ella la última vez que estuve.

La vieja alargó la mano.

—Pero ¡qué pálido está usted! ¡Y las manos le tiemblan! Ha estado usted bañándose, ¿eh?

—Tengo fiebre —respondió él con voz convulsiva—. ¡Cómo no estar pálido cuando no se come! —añadió a duras penas. Volvían a abandonarle sus fuerzas. Pero la respuesta parecía verosímil; la vieja tomó la prenda.

—¿Qué es esto? —preguntó, mirando otra vez de hito en hito a Raskólnikov y sopesando en su mano el objeto.

—Pues la prenda... La pitillera... de plata... ¡Mírela!

—¡Hum! ¡Cualquiera diría que no es de plata! Viene muy bien envuelta.

En tanto pugnaba por deshacer el paquetito, se aproximó a la ventana, buscando la claridad (tenía todas las ventanas cerradas, a pesar del calor sofocante), y por un momento se apartó de Raskólnikov, volviéndole la espalda. Él se desabrochó el paletó y sacó el hacha del nudo corredizo; pero, sin sacarla del todo, se limitó a sujetársela con la mano derecha por debajo de la ropa. Le rindió los brazos una gran debilidad; sentía cómo de minuto en minuto se le entumecían, poniéndoseles pesados como el plomo. Tenía miedo de dejar caer el hacha. De pronto, le pareció que se le iba la cabeza.

—¡Vaya; verdaderamente, qué idea de hacer un paquete así! —exclamó la vieja, que esbozó un movimiento hacia Raskólnikov.

No había un momento que perder. Él sacó del todo el hacha de debajo del paletó, la esgrimió con ambas manos, sin darse cuenta de lo que hacía, y casi sin esfuerzo, con gesto maquinal, la dejó caer de contrafilo sobre la cabeza de la vieja. Estaba agotado. Pero no bien hubo dejado caer el hacha, cuando le volvieron las fuerzas.

Como siempre, estaba la vieja destocada. Sus ralos cabellos blancos, diseminados y distantes, grasientos y aceitosos, también como siempre, trenzados en forma de rabo de ratón y sujetos por un pico de peina de concha, le formaban un moño sobre la nuca. Le dio el golpe precisamente en la mollera, a lo que contribuyó la baja estatura de la víctima.

Aliona Ivánovna lanzó un grito muy tenue y se desplomó, pero aún tuvo tiempo de llevarse las manos a la cabeza. En una de ellas seguía teniendo la «prenda». Él, a seguida, la hirió por segunda y por tercera vez, siempre con el revés del hacha y siempre en la mollera. La sangre brotó cual de una copa volcada, y el cuerpo se desplomó de espaldas, en el suelo. Él se echó atrás para facilitar la caída y se inclinó sobre su rostro: estaba muerta. Las pupilas de los ojos, dilatadas, parecían querer salírsele de sus órbitas; la frente y la cara muequeaban en las convulsiones de la agonía.

Él dejó en el suelo el hacha al lado de la muerta, y procedió inmediatamente a registrarle los bolsillos, procurando no mancharse las manos con la sangre que chorreaba. Empezó por el bolsillo de la derecha, aquel de donde la última vez sacara ella las llaves. Conservaba toda su lucidez de espíritu, y no sentía ya mareos ni vértigos; solamente las manos le temblaban aún. Más tarde hubo de recordar lo discreta y prudentemente que se había conducido, cómo había tenido buen cuidado de no mancharse... Sacó enseguida las llaves; lo mismo que entonces, estaban todas juntas, en haz, mediante un solo arillo de acero. Luego que las tuvo en su poder, se dirigió corriendo hacia la alcoba. Era una habitación pequeñísima, en la que había una vitrina grande llena de imágenes de santos. Enfrente, contra la pared, se veía una cama grande, muy primorosa, con un cobertor de seda forrado de guata y hecho de piezas y retazos. Contra el tercer testero estaba la cómoda. Cosa rara: no había hecho más que meter una de las llaves en la cerradura de aquel mueble, no había hecho más que sentir el chirrido del hierro, cuando una suerte de escalofrío le corrió por todo su ser. Le entraron nuevamente ganas de dejar todo aquello y largarse. Pero eso solo duró un momento, pues era ya demasiado tarde para irse. Burlándose estaba ya de sí mismo, cuando, de repente, otra idea inquietante vino a herirle la mente. Hubo de ocurrírsele pensar que muy bien pudiera ser que la vieja estuviera aún viva y se reanimara. Dejando las llaves y la cómoda, corrió allá, junto al cadáver, esgrimió el hacha otra vez sobre la vieja; pero no la dejó caer. No había duda de que estaba muerta. Agachándose y contemplándola otra vez de cerca, pudo convencerse de que tenía el cráneo partido y hasta un poco ladeado. Tentado estuvo a palpar con el dedo; pero retiró la mano; harto se veía sin necesidad de eso. La sangre, entre tanto, había formado ya en el suelo un charco. De pronto, notó que llevaba al cuello un cordoncito; tiró de él, pero el cordón era recio y no se rompió; además, que estaba empapado en sangre. Probó entonces a sacarlo por debajo de los pechos; pero algo lo estorbaba. Lleno de impaciencia, iba ya a enarbolar de nuevo el hacha con objeto de cercenar el cordón sobre el cuerpo, pero no se atrevió, y, con gran trabajo, manchándose de sangre las manos y el hacha, después de dos minutos de esfuerzo, rompió el cordón, sin tocar con el hacha el cadáver, y se lo quitó; no se había equivocado... ¡Una bolsita! Del cordón pendían dos cruces, de ciprés la una y de cobre la otra, y, además, una pequeña imagen de esmalte; y todavía, juntamente con ellas, pendía un portamonedas grasiento, pringoso, de piel de gamo y con cierre de acero. El portamonedas estaba repleto; Raskólnikov se lo guardó en el bolsillo sin examinarlo. Las cruces se las echó a la vieja en el pecho, y, asiendo otra vez el hacha, volvió de nuevo a la alcoba.

Se dio una prisa horrible, cogió las llaves y se lió otra vez con ellas. Pero todo parecía inútil; no le venían bien a la cerradura. No era que sus manos le temblasen, sino que se equivocaba siempre; y, aun viendo que no era aquella la llave, que no entraba bien, se entercaba. De pronto, recordó y comprendió que aquella llave grande, con el paletón dentado que estaba allí entre otras llaves más pequeñas, no debía, sin duda alguna, ser la de la cómoda (según la vez anterior pensara él), sino de algún cofre, y que quizá en aquel cofre estuviera todo escondido. Dejó la cómoda, e inmediatamente se metió por debajo de la cama, sabiendo que, generalmente, las viejas guardan los cofres debajo del lecho. Así era; se encontró allí con un arca notable, de una *arschina** de larga, de tapa combada, forrada de cordobán rojo y claveteada con clavos de acero. La llave dentada entró de una vez y abrió. Arriba, debajo de una sábana blanca, había un pellico de piel de liebre guarnecida de rojo; debajo de él, un traje de seda; debajo, un chal, y luego, allá en el fondo, al parecer, solo había trapos. Lo primero de todo, se limpió en la guarnición roja sus manos, manchadas de sangre: «Como es roja, no se notará en ella la sangre»; cuando, de pronto, volvió en sí: «¡Señor! ¿Será que pierdo el juicio?», pensó, asustado.

Pero no había hecho más que revolver aquellos trapos, cuando de debajo del pellico se escurrió un reloj de oro. Se dio prisa a volcar el contenido del cofre. Efectivamente, entre aquellos trapos había escondidos objetos de oro —probablemente, todos ellos, empeñados, cumplidos y sin cumplir—, pulseras, zarcillos, alfileres de corbata, etcétera. Algunos estaban guardados en sus estuches; otros, sencillamente envueltos en papel de periódico, pero con mucho cuidado y esmero, en dos hojas de papel y atados por fuera con bramantes. Sin detenerse en modo alguno, procedió a guardárselos en los bolsillos de los pantalones y del paletó, sin romper ni abrir los estuches ni las envolturas; pero no tuvo tiempo para coger mucho...

---

* «... una *arschina*»: antigua medida rusa equivalente a 0'71 metros.

De pronto, creyó sentir pasos en la habitación donde yacía la vieja. Se quedó quieto y rígido como un cadáver. Pero todo estaba tranquilo; habría sido víctima de una alucinación. Al instante se oyó claramente un leve grito, o más bien como si alguien hubiese lanzado un quejido sordo y luego hubiese vuelto a callarse. Luego, otro silencio mortal, de uno o dos minutos. Se sentó en cuclillas junto al arca y aguardó, con el alma en un hilo, hasta que por fin se levantó de un brinco, cogió el hacha y salió corriendo de la alcoba.

En medio del cuarto estaba Lizaveta con un abultado paquete en los brazos, y contemplaba con estupefacción a su hermana muerta, toda lívida, como un pañizuelo, y cual si le faltasen bríos para gritar. Al verlo a él llegar corriendo, se echó a temblar como la hoja del árbol, con un temblorcillo ligero, y por todo su rostro le corrieron espasmos. Había alzado una mano y abierto la boca; pero, no obstante, no llegó a gritar, y lentamente fue retrocediendo ante él hacia un rincón, mirándole fijamente, con terquedad, pero sin proferir un grito, cual si no le quedaran arrestos para gritar. Él se abalanzó sobre ella con el hacha; sus labios se contraían tan dolorosamente como los de los niños chiquitos cuando se asustan de algo, quedándose contemplando fijamente el objeto causa de su espanto, y estando a punto de gritar. Y hasta tal punto era sencillota aquella desdichada de Lizaveta, mansa y tímida de una vez para siempre, que ni siquiera se le ocurría levantar las manos para resguardarse con ellas la cara, con todo y ser ese el gesto más indispensable y natural en tal momento, ya que tenía el hacha enarbolada sobre el rostro mismo. Lo único que hizo fue levantar un poco el brazo izquierdo, que tenía libre, y poco a poco extenderlo hacia él como para apartarlo. El golpe le dio en el cráneo, de filo, y de una vez le tajó toda la parte superior de la frente, casi hasta el occipucio. Ella se desplomó también en el suelo. Raskólnikov estaba completamente fuera de sí, le arrebató el paquete, lo soltó enseguida y salió corriendo a la antesala.

El miedo se apoderaba de él cada vez con más fuerza, sobre todo después de aquel segundo homicidio, completamente inesperado. Ansiaba verse lejos de allí cuanto antes. Y si en aquel momento hubiese estado en condiciones de poder ver y considerar; si solo hubiera podido imaginarse todas las dificultades de su situación, toda su desolación, toda su torpeza y toda su estupidez, pensar en esto, y también en los obstáculos que tendría que vencer y, quizá, las atrocidades que todavía tendría que cometer para salir de allí y volverse a su casa, muy bien habría podido darse el caso de que lo dejase todo y fuese él solito enseguida a denunciarse, y no por miedo, sino únicamente por horror y aversión a lo que hiciera. La repugnancia, sobre todo, surgía y crecía en él a cada instante. Por nada del mundo se habría acercado ahora al arca, ni siquiera a la sala.

Pero cierta abstracción, algo así como hasta ensimismamiento, empezó luego a apoderarse de él; a ratos parecía olvidarse de todo, o, mejor dicho, se olvidaba de lo principal, para fijarse solo en nimiedades. Por lo demás, como mirase en la cocina y viese encima de un banco un cubo lleno de agua hasta la mitad, pensó lavarse las manos y el hacha. Tenía las manos ensangrentadas y viscosas. El hacha la dejó caer lo primero, a plomo, en el agua; cogió un trozo de jabón que estaba puesto en la ventana en un plato desportillado, y procedió a lavarse las manos en el mismo cubo. Después de lavárselas, sacó el hacha, limpió el acero, y largo rato, dos o tres minutos, estuvo lavando el mango por donde estaba ensangrentado, empleando a este efecto también el jabón. Luego lo limpió bien todo en una prenda blanca que había colgada de una cuerda, tendida a través de la cocina, y luego, lenta, atentamente, estuvo mirando el hacha junto a la ventana. Huellas no le quedaban, salvo que el mango estaba húmedo todavía. Con mucho cuidado se colgó el hacha del nudo, debajo del paletó. Hecho lo cual, y hasta donde lo consentía la luz de la oscura cocina, se remiró el paletó, los pantalones y las botas.

Por fuera, a simple vista, no se notaba nada; solo en las botas había manchas. Mojó un trapo y se limpió las botas. Comprendía, por lo demás, que no miraba bien, que pudiera tener algo que saltase a los ojos y, sin embargo, no lo notase. Estaba parado y caviloso en medio del cuarto. Dolorosos, tenebrosos pensamientos cruzaban por su mente... La idea de que estaba loco y de que en aquel instante no tenía fuerzas para discernir ni defenderse; que acaso no fuera necesario hacer lo que estaba haciendo... «¡Dios mío! ¡Es menester huir!...», murmuró, y se lanzó al pasillo. Pero allí le aguardaba un espanto tal, como sin duda no lo experimentara hasta entonces.

Se detuvo, miró y no dio crédito a sus ojos; la puerta, la puerta exterior, la que daba a la escalera, la misma a la cual llamara y por la cual entrara, estaba abierta, abierta hasta cosa de un palmo; ¡ni echada la llave ni corrido el cerrojo en todo ese tiempo, en todo ese tiempo! La vieja no la había cerrado tras de él, quizá por precaución. Pero ¡Dios! ¡Él había visto luego a Lizaveta! ¡Y cómo pudo, cómo pudo no adivinar que ella había tenido que entrar por alguna parte! ¡No por las paredes!

Se abalanzó a la puerta y corrió el cerrojo.

«Pero ¡no; no es eso tampoco! Es menester irse, irse...».

Descorrió el cerrojo, entreabrió la puerta y se puso a escuchar del lado de la escalera.

Largo rato estuvo escuchando. Allá lejos, abajo seguramente, gritaban recio dos voces, que disputaban y reñían. «¿Quiénes serían?...». Aguardó pacientemente. Por último, todo quedó en silencio, como de un golpe: se habían ido. Se disponía a salir; pero de pronto, en el piso de abajo, se abrió con estrépito una puerta que daba a la escalera, y alguien empezó a bajar los peldaños entonando una cancioncilla. «¡Cuánto ruido arman!», pensó. Volvió a cerrar tras de sí y aguardó. Finalmente, todo quedó silencioso: ni un alma. Ya había dado él un paso hacia la escalera, cuando de repente se sintieron nuevas pisadas.

Sonaban aquellos pasos muy lejos, allá en el mismo arranque de la escalera; pero él comprendió muy bien desde el primer ruido, cuando empezó a sospechar algo, que infaliblemente se dirigían *allí*, al cuarto piso, a casa de la vieja. ¿Por qué? ¿Tan particulares y significativas eran aquellas pisadas? Eran pesadas, iguales, calmosas. Ya *él* había llegado al primer piso y seguía subiendo, ¡cada vez se le oía más, cada vez se le oía más! Se sentía la pesada respiración del visitante. Ya empezaba a subir la escalera del tercer piso... ¡Venía aquí! Y de pronto le pareció como si se hubiese osificado, como si aquello fuese un sueño de esos en que nos acometen de cerca y nos quieren matar y parece que hemos echado raíces en el suelo y que no podemos mover un brazo.

Y, finalmente, cuando ya el visitante estaba a punto de llegar al cuarto piso, de pronto él se estremeció todo y pudo, rápida y diestramente, retroceder del rellano a la casa y cerrar tras de sí la puerta. Luego se asió del cerrojo y, despacito, sin armar ruido, lo corrió. El instinto le ayudó. Después de hacer eso, se escondió, sin respirar, acurrucándose junto a la puerta. El incógnito visitante estaba ya allí. Se encontraban ahora los dos, uno contra otro, como antes él y la vieja, cuando la puerta los separaba y él escuchaba oído avizor.

El visitante respiró varias veces afanosamente. «Gordo y alto debe de ser», pensó Raskólnikov, requiriendo el hacha. Efectivamente, parecía todo aquello una pesadilla. El visitante tiró de la campanilla y llamó fuerte.

No bien hubo sonado el cascado timbre de la campanilla, le pareció de pronto como si alguien se rebullese en la sala. Unos segundos todavía estuvo escuchando seriamente. El desconocido volvió a llamar, aguardó un ratito y, de pronto, impaciente, se puso a zarandear con todos sus bríos el tirador de la puerta. Con espanto contemplaba Raskólnikov al cerrojo saltar en su corredera, y con un miedo estúpido aguardaba que de un momento a otro se descorriese él solo. Efectivamente, aquello parecía posible: tan fuerte estaban zamarreando la puerta. Se le ocurrió sujetar el cerrojo con la mano; pero *el otro* podía adivinar. Perdía la cabeza, empezó a sentir que le daba vueltas, como antes. «¡Me pescaron!», pensó; pero el desconocido rompió a hablar, y él, inmediatamente, volvió en sí.

—Pero ¿es que están durmiendo o que las han matado? ¡Malditas! —exclamó, como desde el fondo de una tinaja—. ¡Eh, Aliona Ivánovna, vieja bruja! ¡Lizaveta Ivánovna, beldad indescriptible! ¡Abrid! Pero ¿es que estáis tan dormidas, condenadas?

Y de nuevo, furioso, diez veces seguidas, con todas sus fuerzas, se puso a tirar de la campanilla. Sin duda era algún hombre, poderoso y familiar en la casa.

En aquel mismo instante se dejaron oír unos pasos menudos, ligeros, no lejos de allí, en la escalera. Se acercaba alguien. Raskólnikov ni siquiera lo oyó al principio.

—Pero ¿es que no hay nadie? —exclamó, ruidosa y alegremente, el recién venido dirigiéndose al primer visitante, que aún seguía tirando de la campanilla—. ¡Buenas noches, Koch!

«A juzgar por la voz, debe de ser muy joven», pensó, de pronto, Raskólnikov.

—El demonio que las entienda; por poco si echo abajo la cerradura —respondió Koch—. Pero ¿cómo sabe usted mi nombre?

—¡Vaya! ¡Pues si anteayer que en casa de Gambrinus hemos jugado juntos tres partidas seguidas de billar!

—¡Ah...a...a...h!

—¡De modo que no están! Es raro. Por lo demás, una estupidez horrible. ¿Adónde encontraría yo a la vieja? Le traía un asunto.

—¡También yo, padrecito, le venía con otro!

—Bueno; ¿qué hacerle? ¡Hay que volver grupas! ¡Ah... ah! ¡Y yo que contaba ya con el dinero! —exclamó el jovencito.

—Cierto que hay que volver grupas, pero ¿por qué señalarle a uno hora? Ella misma, la tía bruja, me citó a esta hora.

Y conste que no me coge nada cerca. ¡Y tampoco comprendo adónde diablos habrá ido! ¡Todo el año en casa, la muy bruja, gruñendo y quejándose de que le duelen los pies, y de pronto va y se nos marcha de bureo!

—Y al portero, ¿por qué no le preguntamos?

—¿El qué?

—Pues adónde ha ido y cuándo vendrá.

—¡Hum!..., diablo... Preguntar... Pero si ella no sale nunca... —Y otra vez volvió a zamarrear la cerradura—. ¡Demonio, no queda otro remedio que largarse!

—¡Espere! —exclamó, de pronto, el joven—. Mire: ¿no ve usted cómo cede la puerta cuando se la zarandea?

—¿Y qué?

—¿No comprende todavía? ¡Pues que eso significa que no tiene echada la llave, sino corrido el cerrojo simplemente! ¿No siente usted rechinar el cerrojo? Pero para tener echado el cerrojo por dentro es menester estar en casa, ¿comprende? ¡De donde resulta que alguna está en casa, sino que no quieren abrir!

—¡Bah! ¡Cómo es posible! —objetó, maravillado, Koch—. ¿De modo que están ahí dentro? —Y volvió a zamarrear la puerta.

—¡Espere! —tornó a exclamar el joven—. ¡No dé esos tirones! Mire usted, esto es algo extraño... Usted ha llamado, ha zamarreado la puerta... y no le abren, lo cual quiere decir: o que a las dos les ha dado un soponcio, o que...

—¿Qué?

—Mire usted: vamos a ver al portero; puede que él les haga despabilarse.

—¡Es verdad! —Y ambos echaron escaleras abajo.

—¡Aguarde! Quédese usted aquí en tanto yo bajo a la portería.

—Pero ¿a qué quedarse?

—¡Por si acaso!...

—Bueno; pues entonces...

—¡Mire: yo me estoy preparando para juez de instrucción! ¡Aquí es evidente, e...vi...den...te..., que ha ocurrido algo anómalo! —le gritó con vehemencia el joven, y echó a correr aprisa escaleras abajo.

Koch se quedó arriba, volvió a tirar una vez más de la campanilla suavemente, y esta dio un tañido; luego, despacito, como con reflexión y prudencia, se puso a zarandear el tirador de la puerta, sacudiéndola de un lado a otro, como para cerciorarse bien de que solo tenía echado el cerrojo. Luego, resollando, se agachó y se puso a mirar por el ojo de la cerradura; pero en ella, por dentro, se encontraba puesta la llave, de suerte que no podía ver nada.

Raskólnikov estaba en pie y hacha en ristre. Estaba lo que se dice delirando. Se apercibía a acometerlos también a ellos en cuanto entrasen. En tanto ellos llamaban a la puerta y dialogaban, más de una vez se le ocurrió la idea de salir de pronto y acabar con todos de una vez o interpelarlos desde dentro. Le entraban impulsos a veces de ponerse a insultarlos, de enredarse de palabra con ellos hasta que abriesen. «¡Así se terminaba antes!», fue el pensamiento que cruzó por su mente.

El tiempo transcurría; un minuto, otro... Nadie se presentaba. Koch empezaba a removerse.

—¡Después de todo, qué diablo!... —exclamó de pronto e impaciente, dejando su centinela, echó escaleras abajo, atropellándose y armando un gran ruido por la escalera con sus botas. Luego las pisadas cesaron.

«¡Señor, qué hacer!».

Raskólnikov descorrió el cerrojo, entreabrió la puerta, comprobó que no se oía nada, y, de pronto, sin pararse a pensarlo, salió, cerró otra vez la puerta lo mejor que pudo tras de sí y echó escaleras abajo.

Ya había bajado tres tramos, cuando de pronto percibió un gran alboroto allá en lo hondo... ¿Dónde esconderse? Imposible ocultarse en parte alguna. Se dio prisa a retroceder hacia el piso.

—¡Eh, al sátiro; a ese demonio! ¡Detenedle!

Dando un grito salió alguien de no se sabía qué piso, y no corría, sino que parecía precipitarse abajo, por la escalera, gritando a pleno pulmón:

—¡Mitka! ¡Mitka! ¡Mitka! ¡Mitka! ¡El diablo te de... sue... lle!

El grito remató en un alarido: los últimos rumores sonaron ya en el patio; luego, todo calló. Pero en aquel mismo instante unos cuantos hombres, hablando recio y mucho, empezaron a subir con gran alborozo la escalera. Eran tres o cuatro. Distinguió la voz vibrante del joven: *¡Ellos!*

Completamente desesperado, fue y les salió directamente al encuentro. «¡Que sea lo que fuere! Si me detienen, todo está perdido; si me dejan pasar, todo está perdido también; me recordarán». Ya ellos llegaban; entre ellos y él solo mediaba un tramo de escalera... ¡Y de pronto, la salvación! Algunos peldaños más abajo, a la derecha, había un piso desalquilado y con la puerta abierta de par en par, aquel mismo cuarto de la segunda planta en el cual habían estado trabajando los pintores, que ya, como adrede, se habían ido. Ellos seguramente eran los que acababan de marcharse con aquellos gritos. El suelo aparecía recién pintado; en medio del piso se veían una cubeta, y al lado, un cacharro con el color y una brocha gorda. En un instante se coló por la puerta abierta y se acurrucó contra la pared; era hora; ya los otros llegaban al rellano. Luego torcieron y pasaron de largo hacia el cuarto piso, hablando recio. Él aguardó, salió de puntillas y echó a correr escaleras abajo.

¡Nadie en la escalera! En la puerta cochera, tampoco. Rápidamente la atravesó y torció a la izquierda, a la calle.

Sabía él muy bien, perfectamente sabía, que ellos, en aquel instante, ya estarían en el piso, que se maravillarían no poco al ver que la puerta estaba abierta, cuando un momento hacía estaba cerrada, que ya habrían visto los cadáveres y que no tardarían muchos minutos en adivinar e imaginarse claramente que el asesino estaba allí un momento antes todavía y no habría hecho más que esconderse en algún sitio, escurrirse al lado de ellos y escapar; comprenderían asimismo que hubo de esconderse en el cuarto vacío y estarse allí hasta que ellos acabaran de llegar arriba. Pero, entre tanto, por ningún concepto se atrevía a apretar el paso, aunque cien le faltaban desde allí a la primera bocacalle: «¿No haría bien en escurrirme bajo alguna puerta cochera y aguardar en la escalera de alguna casa desconocida? ¡No, malo! ¿Y soltar el hacha en cualquier parte?... ¿Y tomar un coche?... ¡Malo, malo!».

Sus pensamientos se embrollaban. Finalmente, he ahí una travesía; se metió por ella medio muerto; he aquí que ya estaba medio en salvo y lo comprendía; resultaba menos sospechoso y, además, había allí mucha gente, y él se perdía en el rebullicio como un grano de arena. Pero todas aquellas emociones hasta tal punto habían agotado sus bríos, que apenas si podía dar un paso. El sudor le manaba a goterones; tenía el cuello empapado.

—¡Buena la cogiste! —le gritó alguno al salir al canal.

No tenía ahora la cabeza muy firme; cuanto más avanzaba, tanto peor. Volvió en sí del todo, cuando de pronto, al salir al canal, se asustó al ver que había allí poca gente y resultaba él más visible, y estuvo a punto de volverse atrás, a la calleja. No obstante hallarse en un estado que por poco no se caía redondo, dio un rodeo y se tornó a su casa por otro camino totalmente distinto.

No enteramente en su juicio, volvió a su casa; por lo menos, iba ya escaleras arriba cuando se acordó del hacha. Y, sin embargo, le quedaba por resolver una cuestión gravísima: la de volverla a colocar en su sitio y sin que lo sintiesen. Sin duda que le faltaban ya fuerzas para pensar que lo mejor habría sido no colocar el hacha en su sitio de antes, sino ir a dejarla, aunque fuera después, en algún patio de otra casa.

Pero todo le salió a maravilla. La puerta de la portería estaba cerrada, pero no con llave, siendo lo más probable que se encontrase en casa el portero. Pero hasta tal extremo había perdido él a la sazón la capacidad de discurrir, que se fue derecho a la portería y la abrió. Si el portero en aquel instante le hubiese preguntado: «¿Qué se le ofrece?», puede que él hubiese cogido el hacha y se la hubiese dado. Pero el portero no estaba allí tampoco entonces, y él pudo colocar el hacha en su sitio de antes, bajo el banco; hasta con un leño la cubrió, como antes. Nadie, ni un alma, se tropezó luego hasta llegar a su cuarto; la puerta de la patrona estaba cerrada. Al entrar en su habitación se echó en el diván tal y como estaba. No dormía, pero se sumió en un sopor. Si alguien hubiese entrado entonces en su cuarto, inmediatamente habría dado un brinco y puéstose a gritar. Sombras y fragmentos de algo como ideas cruzaban por su mente; pero ni uno solo pudo aprehender, ni en uno siquiera pudo detenerse, aun haciendo un esfuerzo...

SEGUNDA PARTE

I

Permaneció así tendido largo tiempo. Sucedía que a veces se despabilaba un poco, y en tales momentos advertía que ya era noche cerrada; no se le ocurría levantarse. Hasta que, por último, notó que ya alboreaba el nuevo día. Estaba acostado en el diván, boca arriba, aún transido de su entumecimiento reciente. Hasta él, recios, llegaron desde la calle unos tremendos y desolados alaridos, que por lo demás oía todas las noches al pie de su ventana, a las tres. También ahora lo despertaron: «¡Ah! Ya están saliendo de las tabernas los borrachos —pensó—, ya son las tres. —Y de pronto dio un brinco, cual si alguien lo hubiese hecho saltar del diván—. ¡Cómo! ¡Ya las tres!». Se sentó en el diván..., ¡y entonces lo recordó todo! ¡De pronto, en un momento, todo lo recordó!

En el primer instante pensó que se había vuelto loco. Un frío tremendo se apoderó de él, pero aquel frío provenía de la fiebre, que hacía ya rato le había entrado en el sueño. Ahora también, de pronto, le acometió tal temblor, que los dientes parecían ir a saltársele, y todo su cuerpo se agitaba. Abrió la puerta y aguzó el oído; en la casa todo estaba en profundo sueño. Atónito, se miró él y giró la mirada por todo el cuarto y no comprendió; ¿cómo había podido, al entrar la noche antes, no cerrar la puerta con el picaporte y echarse en el diván, no tan solo vestido, sino hasta con el sombrero puesto, el cual había rodado al suelo y allí estaba caído, cerca de la almohada?

«Si hubiera entrado alguien, ¿qué habría pensado? Que yo estaba borracho, pero...». Se asomó a la ventana. Había ya luz bastante, y enseguida procedió a examinarse toda la persona, de los pies a la cabeza, y todo su traje; ¿no guardaría vestigios? Pero así, vestido, era imposible; temblando con los escalofríos de la fiebre, se desnudó y volvió a repasarlo todo. Lo miró todo bien, hasta el último hilacho y el último doblez, y desconfiando de sí mismo repitió la operación hasta tres veces. Pero no había nada, al parecer; ninguna huella: solo en aquel sitio donde el pantalón, por abajo, formaba un reborde y se deshilachaba, en aquel reborde había unas espesas manchas de sangre. Cogió un gran cuchillo plegable y cortó aquella franja. Al parecer, ya no había nada más. De pronto recordó que el portamonedas y los objetos que sacara del arca de la vieja, todo eso hasta entonces lo tenía guardado en el bolsillo. ¡Hasta entonces no se había acordado de sacarlos y esconderlos! No se había acordado de ellos, ni siquiera cuando hacía un momento estuvo revisando el traje. ¿Cómo había sido aquello?... En un instante procedió a sacarlos y arrojarlos encima de la mesa. Después de volcarlo allí todo y vaciar los bolsillos para estar seguro de que no quedaba ya nada en ellos, fue y lo llevó todo a un rincón. Allí, en el rincón mismo, abajo, había un sitio donde colgaban jirones de papel de la habitación; inmediatamente procedió a esconderlo todo en aquel agujero, por debajo del papel: «¡Ya está! ¡Fuera todo y el portamonedas también!», pensó con alegría, incorporándose y mirando estúpidamente al rinconcillo, donde el agujero resaltaba ahora más. De pronto dio un respingo de terror: «¡Dios mío! —murmuró desolado—. ¿Qué es lo que me sucede? ¿Es que esto está escondido? ¿Es que así se esconden las cosas?».

Verdaderamente, no había contado con aquellos objetos; pensaba que todo se reducía a dinero, así que no había dispuesto de antemano ningún sitio. «Pero ahora, ahora, ¿por qué alegrarme? —pensó—. ¿Acaso los he escondido? ¡En verdad que la razón me abandona!». Extenuado, se sentó en el diván, e inmediatamente un temblor insufrible le acometió de nuevo. Maquinalmente tiró de su paletó de estudiante, de invierno, que estaba doblado encima de una silla, que era de abrigo, aunque ya todo hecho jirones; se cubrió con él, y el sueño y la fiebre volvieron a dominarle. Se adormiló.

A los cinco minutos nada más volvió a levantarse de un brinco y se puso a examinar de nuevo, atónito, su traje. «¿Cómo he podido volver a dormirme sin haber hecho nada? ¡Así es, así es; el nudo corredizo de debajo del sobaco todavía no lo deshice! ¡Me olvidé, me olvidé de eso! ¡Menudo indicio!». Quitó el nudo y se apresuró a hacerlo trizas, que ocultó debajo de la almohada, con la ropa blanca. «Tiras de ropa blanca no habrán de despertar, en todo caso, sospechas; ¡tal parece, tal parece!», repitió, en pie, en medio del cuarto, y, con una atención intensa hasta ser penosa, volvió a girar la vista en torno suyo, en el suelo y por todas partes, por si se le había olvidado algo. La convicción de que todo, hasta la memoria, hasta el simple discernimiento, le habían abandonado..., empezó a atormentarle de un modo insoportable. «¿Será que ya empieza, que ya está empezando la expiación? ¡Nada, nada, eso es!». Efectivamente, los trozos del pantalón, que había arrancado, estaban allí, tirados en el suelo, en medio del cuarto, de modo que podía verlos el primero que entrase. «Pero ¿qué es lo que pasa?», volvió a exclamar como enajenado.

Entonces hubo de cruzar por su mente una extraña idea: la de que podía suceder que todo el traje lo tuviese manchado de sangre, que quizá tuviese muchas manchas, sino que él no las veía ni las notaba, porque su discernimiento se le había debilitado, nublado... y se le había obnubilado el juicio... De pronto recordó que también en el portamonedas había sangre. «¡Bah! Así debía de ser, y también en el bolsillo tiene que haberla, porque me metí en él el portamonedas húmedo!». En un instante desdobló el forro del bolsillo, y así era: en el forro del bolsillo había huellas, manchas. «Por lo visto, no me ha abandonado del todo la razón; por lo visto, conservo todavía discernimiento y memoria, cuando caí en eso y lo adiviné —pensó triunfalmente, respirando profunda y gozosamente a pleno pulmón—. Se trata, sencillamente, de la debilidad de la fiebre, de un delirio momentáneo». Y arrancó todo el forro del bolsillo izquierdo del pantalón. En aquel instante, un rayito de sol le iluminó la bota izquierda: en la puntera por la que se veía asomar el calcetín, parecían advertirse indicios. Se quitó la bota. «Efectivamente, son indicios. Toda la punta del calcetín está manchada de sangre». Probablemente habría pisado sin cautela en el charco aquel... «Pero ¿qué voy a hacer ahora con todo esto? ¿Adónde arrojar este calcetín, esta franja y este bolsillo?».

Había hecho con todo ello un borujo, que estrujaba en la mano, y permanecía en pie, en mitad de la habitación. «¿En la estufa? Pero en la estufa será adonde primero vengan a mirar. ¿Quemarlos? Sí, pero ¿con qué quemarlos? ¡Ni siquiera tengo cerillas! No; lo mejor será irse por ahí y arrojarlo todo en cualquier parte. ¡Sí, lo mejor será tirarlo! —repitió, tornando a sentarse en el diván—. ¡Inmediatamente, ahora mismo, sin perder un minuto!...». Pero, en vez de eso, su cabeza volvió a reclinarse en la almohada; de nuevo le acometió un temblor insufrible; otra vez se arropó con el abrigo. Y largo rato, algunas horas, le estuvo asaltando por momentos esa idea de «ahora mismo, sin perder tiempo, irse por ahí, a alguna parte, y deshacerse de todo aquello, a fin de hacerlo desaparecer de la vista de todo el mundo cuanto antes, cuanto antes». Saltó varias veces del diván, intentó levantarse, pero ya no podía. Finalmente, vino a despertarlo un fuerte porrazo en la puerta.

—¡Vamos, abre! ¿Estás vivo o te has muerto? ¡No sabes más que dormir! —gritaba Nastasia, dando con el puño en la puerta—. ¡Todo el santo día durmiendo como un perro! ¡Perro que es! ¿Abres o no? ¡Son ya las once!

—Es posible que no esté en casa —dijo una voz de hombre.

«¡Bah! Esa es la voz del portero... ¿Qué buscará aquí?».

Dio un respingo y se sentó en el diván. El corazón le palpitaba con tal violencia, que hasta le hacía daño.

—Habrá echado el cerrojo —insinuó Nastasia—. ¡Vaya, ahora le da por encerrarse! ¿Temerá que se lo lleven? ¡Abre, hombre; despierta!

«¿Qué me querrán? ¿Por qué vendrá el portero? ¡Todo se sabe ya! ¿Se resistiría o abriría? Me pescaron...».

Se incorporó, se inclinó hacia delante y descorrió el cerrojo.

Todo su cuarto era tan chico, que podía descorrer el cerrojo sin levantarse del todo del diván.

Lo había adivinado: eran el portero y Nastasia.

Nastasia lo miró de un modo raro. Con gesto retador y desesperado, miró él al portero. Este, en silencio, le alargó un papelito gris, doblado y sellado con cera de botella.

—Una citación de la oficina —dijo al entregarle el papel.

—¿De qué oficina?

—Pues de la de policía. Ya se sabe de qué oficina se trata.

—¡De la policía!... ¿Y por qué?

—Yo de eso no sé nada. Lo llaman y hay que ir.

Lo miraba atento; miró después todo alrededor y dio media vuelta para retirarse.

—¿No estarás verdaderamente enfermo? —observó Nastasia, sin quitarle ojo. El portero también, en aquel instante, volvió la cabeza—. Ayer tuvo fiebre —añadió ella.

Él no contestó y seguía con el papel en las manos, sin abrirlo.

—Si es así, no te levantes —continuó Nastasia compadecida, al verle sacar los pies del diván—. Estás enfermo; no salgas: no corre tanta prisa. ¿Qué es lo que tienes en las manos?

Él miró: en la mano derecha tenía aún los pedazos del reborde del pantalón, que había cortado, el calcetín y el forro del bolsillo, que también arrancara. Con ellos en la mano se había quedado dormido. Luego, al pensar en ello, recordó que, al amodorrarse por efecto de la calentura, tenía todo eso fuertemente apretado en la mano, y así había vuelto a dormirse.

—¡Mire los harapos que se arrancó y cómo ha estado durmiendo con ellos como si fueran un tesoro!

Y Nastasia prorrumpió en su risita nerviosa, enfermiza. En un instante metió él todo aquello debajo del abrigo y fijó en ella una mirada penetrante. Aunque apenas podía en aquel momento darse cuenta cabal de las cosas, sentía, sin embargo, que a un hombre no lo tratan así cuando van a detenerlo. «Pero... ¡la policía!».

—¿Tomaste té? ¿Lo quieres o no? Te lo traeré; queda...

—No; yo iré; ahora mismo voy —murmuró él levantándose.

—¡Si no podrás bajar la escalera!

—Iré.

—Como quieras.

Nastasia se fue a la zaga del portero. Inmediatamente procedió él a mirar a la luz el calcetín y la franja del pantalón. «Hay unas manchas, pero no visibles del todo; todo está sucio, raído y ya perdió el color. Quien de antemano no lo sepa..., nada notará. Nastasia seguramente, desde lejos, no pudo advertir nada. ¡Loado sea Dios!». Luego, temblando, rompió el sello de la citación y procedió a leerla; largo, largo rato estuvo leyendo, hasta que, finalmente, comprendió. Era la consabida citación del comisario de policía del distrito para que compareciera aquel mismo día, a las nueve y media, en sus oficinas.

«¿Para qué será? Yo no tengo ningún asunto pendiente con la policía. Y, además, ¿por qué ha de ser hoy? —pensó con una incertidumbre dolorosa—. ¡Señor, sea cuanto antes!». Sintió impulsos de postrarse de hinojos y rezar; pero se echó a reír enseguida, no del rezo, sino de sí mismo. Empezó a vestirse aprisa. «Si me cogen, que me cojan: me es igual. Tengo que ponerme ese calcetín —pensó de repente—. Lo ensuciaré más todavía con polvo, y desaparecerán todos los indicios». Pero no bien se lo hubo calzado, cuando volvió enseguida a quitárselo, poseído de repugnancia y susto. Se lo quitó; pero, percatándose de que no tenía otro, fue y volvió a ponérselo... Y otra vez se echó a reír. «Todo esto es convenido, relativo; todo es pura fórmula —pensó un momento; fue tan solo una idea brevísima, y todo el cuerpo le temblaba—. Si me lo tengo que poner. ¡Todo ha de parar en eso!». Pero aquella risa suya se trocó enseguida en desolación. «No; no tengo fuerzas», se dijo. Los pies le temblequeaban. «De miedo», murmuró para sí. La cabeza le daba vueltas y le dolía de fiebre. «Eso es una treta. Quieren cogerme mediante un ardid, y luego convencerme de todo por sorpresa —continuó diciéndose, en tanto se dirigía a la escalera—. Lástima que esté con la fiebre...; puedo incurrir en cualquier necedad».

Pero en la escalera recordó que había dejado todos aquellos objetos, así, de aquel modo, en el agujero de debajo del papel, y pudiera suceder que en su ausencia practicasen allí un registro. Se dio cuenta y se detuvo. Pero era tal su desesperación y, por decirlo así, tal cinismo vino a apoderarse de él de pronto ante la idea de su perdición, que hizo un gesto de indiferencia con la mano y siguió su camino.

«¡Con tal que sea enseguida!...».

Pero, en la calle, otra vez un calor insufrible; ni una gota de lluvia en todos aquellos días. Otra vez el polvo, los ladrillos y el mortero; otra vez el mal olor de las tiendas y tabernas; otra vez, a cada paso, los borrachos, los mozos de cuerda fineses y los coches de punto medio desvencijados. El sol le daba refulgente en los ojos, de suerte que le resultaba doloroso mirar, y la cabeza la tenía completamente mareada: sensación corriente de febricitante que sale de pronto a la calle en un día de sol espléndido.

Al llegar a la esquina de la calle *de la noche anterior*, con dolorosa excitación, le lanzó una mirada a *aquella* casa..., e inmediatamente apartó la vista.

«Si me preguntan, puede que lo diga», pensó, al llegar a la comisaría.

Estaba aquella a cuarenta verstas de su casa. Acababa de trasladarse a un nuevo local, a una nueva casa, en el cuarto piso. En el local anterior él había estado una vez; pero ya hacía de eso mucho. Al atravesar la puerta, vio a la derecha una escalera, por la que bajaba un mujik con un librito en la mano. «El portero, sin duda; seguramente, esta es la comisaría». Y echó escaleras arriba. Preguntar, no quería a nadie ni por nada.

«Entraré, me pondré de rodillas y todo lo contaré...», pensó al llegar al cuarto piso.

La escalera era angosta, pina y toda llena de inmundicias. Todas las cocinas de todos los cuartos de los cuatro pisos daban a la escalera, y permanecían con las puertas de par en par el día entero. Por efecto de eso, hacía allí una atmósfera horrible. Arriba y abajo iban y venían ujieres con libros bajo el brazo, agentes de policía y gentes de uno y otro sexo, visitantes. La puerta de la comisaría se hallaba también abierta de par en par. Entró y se detuvo en el pasillo. Allí, todos en pie, aguardaban también algunos campesinos. También allí hacía una atmósfera sumamente sofocante, y, además, hasta darle náuseas, se le entraba por la nariz el tufo a la pintura, fresca todavía, del piso, recién pintado. Después de aguardar un poquito, juzgó oportuno adelantarse algo más, hasta el cuarto siguiente. Chicas y bajas de techos eran todas las habitaciones. Feroz impaciencia le atormentaba cada vez más. Nadie reparaba en él. En el segundo aposento estaban sentados, escribiendo, algunos empleados un poco mejor vestidos todo lo más que él, pero con una facha bastante rara. Se dirigió a uno de ellos.

—¿Qué desea?

Él le mostró el volante de la comisaría.

—¿Es usted estudiante? —le preguntó aquel después de revisar la citación.

—Sí; ex estudiante.

El empleado lo miró, pero sin pizca de curiosidad. Era un individuo sumamente despelucado, con una idea fija en la mirada.

«De esto nada sabrá, porque a él le da todo lo mismo», pensó Raskólnikov.

—Diríjase allá, al secretario —dijo el empleado, y extendió un dedo, indicándole el siguiente cuarto.

Penetró en aquel aposento (que ya era el cuarto), oscuro y con un público algo mejor vestido que el de las otras saletas. Entre los visitantes había dos señoras. Una, de luto, pobremente vestida, estaba sentada junto a una mesa, frente al secretario, y escribía algo bajo su dictado. La otra, muy gruesa y de cara colorada y barrosa, mujer vistosa y algo llamativamente vestida, con un broche en el pecho del tamaño de un platillo de té, estaba en pie, a un lado, y parecía aguardar. Raskólnikov le presentó al secretario su volante. Aquel le lanzó una ojeada y dijo: «Aguarde usted». Y siguió atendiendo a la señora de luto.

Respiró él más libremente. «De fijo, no es para eso». Poco a poco empezó a cobrar ánimos; se empeñó con todas sus fuerzas en no desanimarse y tener serenidad.

«Alguna tontería, la más leve imprudencia, y puedo echarlo a perder todo. ¡Hum! Lástima que aquí falte el aire —añadió—, el aire sofoca... La cabeza sigue dándome vueltas..., y la razón también».

Sentía en todo su ser un desconcierto horrible. Temía no poder dominarse. Se esforzaba por asirse a algo y pensar en cualquier cosa completamente secundaria; pero ni remotamente lo conseguía. El secretario, por lo demás, le interesó mucho; pugnaba por adivinar algo de él, deduciéndolo de su cara, algo así como tomarle de antemano el gusto. Era un hombre muy joven todavía, de unos veintidós años, aunque su cara morena y animada le hacía parecer de más edad, vestido a la moda con cierta elegancia, con raya del pelo hasta el cogote, muy rizado y dado de cosmético, con muchedumbre de sortijas y anillos en los blancos y primorosísimos dedos, y cadenillas de oro en el chaleco. Con un extranjero que estaba allí había cruzado también un par de palabras en francés y bastante pasablemente.

—Luisa Ivánovna, siéntese usted... —le dijo a la señora del traje llamativo y la cara encarnada y barrosa, la cual seguía en pie, cual si no se atreviera a sentarse, a pesar de la silla que a su lado había.

—*Ich danke** —contestó ella, y despacito, sin armar ruido, se dejó caer en una silla. Su traje, color azul celeste, con sobrepuestos de encaje blanco, lo mismo que un balón de aire, se ahuecó en torno a la silla y llenó casi media habitación. Se difundió en el aire una bocanada de perfume. Pero era evidente que la dama lamentaba coger media habitación y exhalar tal vaharada de perfume, aunque sonreía tímida y descaradamente al mismo tiempo, pero con visible inquietud.

La dama de luto terminó, por fin, y se dispuso a levantarse. De pronto, y con algún ruido, muy fanfarrón y moviendo a cada paso los hombros, entró un oficial, dejó la gorra con la escarapela encima de la mesa y se sentó en un sillón. La dama vistosa se levantó de un brinco al verlo y, con cierta solemnidad especial, le hizo una reverencia; pero el oficial no fijó en ella la menor atención, y ella no se atrevió ya a sentarse en su presencia. Era el ayudante del comisario del distrito, y tenía unos largos bigotes rojos, que se estiraban horizontalmente a ambos lados, y unas facciones sumamente finas, pero sin nada de particular, después de todo, si se prescinde de cierto aire de superioridad indescriptible. De soslayo, y con cierto mal humor, miró a Raskólnikov; ya de por sí su traje resultaba bastante repelente y, no obstante su humildad, no parecía en consonancia con su indumento; Raskólnikov, por inadvertencia, lo estuvo mirando de frente y largo rato, lo que también hubo de ofenderle.

* «*Ich danke*»: Gracias. (En alemán en el original).

—¿Qué deseas? —le gritó, seguramente maravillado de que semejante harapiento no pensase siquiera en apartar de él la vista ante su fulminante mirada.

—Me han citado... con un volante... —respondió, como pudo, Raskólnikov.

—Es con motivo de una reclamación de dinero, el *estudiante* —se apresuró a decir el secretario, dejando por un momento sus papelotes—. Mire usted. —Y mostró a Raskólnikov un cuadernito, indicándole en él un sitio—: ¡Lea!

«¿Dinero? ¿Qué dinero? —pensó Raskólnikov—. Pero... seguramente no debe de tratarse de *aquello*...». Y dio un respingo de alegría. De pronto, todo se le hacía terrible, indeciblemente leve. Todo se le quitaba de encima del pecho.

—Pero ¿para qué hora estaba usted citado, señorito? —gritó el oficial, cada vez más ofendido y sin saber por qué—. Le decían a usted que a las nueve, y son ya las once.

—Hará un cuarto de hora que me entregaron la citación —contestó Raskólnikov en voz alta y recia, también de pronto e inesperadamente, acalorándose y hasta sintiendo cierta satisfacción—. Y bastante he hecho, además, con venir, enfermo como estoy, con fiebre.

—¡Haga el favor de no gritar!

—Yo no grito; yo hablo con voz tranquila; usted es el que grita; pero yo soy estudiante y no consiento que me griten.

El ayudante se puso tan furioso con aquello, que en el primer instante no pudo decir nada, y solo algunas burbujas de saliva le salieron de los labios. Se levantó de un brinco de su asiento.

—¡Haga el favor de ca...a...a...llar!¡ ¡Está usted en un lugar oficial! ¡No diga gro...se...rías, señor!

—También usted lo está —gritó Raskólnikov—, y, además de gritar, fuma; es decir, que nos falta a todos al respeto. —Y dicho que hubo aquello, sintió Raskólnikov un placer indecible.

El secretario los miraba sonriendo. El fogoso oficial estaba visiblemente desconcertado.

—¡Eso no es de su incumbencia! —gritó, finalmente, con voz antinaturalmente recia—. Mire: haga el favor de prestar la declaración que le piden. Tenga la bondad, Aleksandr Grigórievich. Lo siento por usted. Lo que usted debe no lo paga. ¡Y todavía sale con ínfulas!*

Pero Raskólnikov no escuchaba ya, y ávidamente se apoderó del documento, buscando cuanto antes la solución del enigma. Lo leyó una vez, otra; pero no lo entendía.

—¿Qué quiere decir esto? —preguntó al secretario.

—Pues que le reclaman a usted dinero que debe; es una reclamación. Usted viene obligado a pagar esa suma, con todas las costas, gastos, etcétera, o declarar por escrito cuándo podrá pagar y comprometiéndose, al mismo tiempo, a no ausentarse de la población en tanto no haya satisfecho la deuda y a no vender ni ocultar sus bienes. Cuanto al acreedor, es dueño de venderle los referidos bienes y conducirse con usted con arreglo a la ley.

—Pero si yo... ¡a nadie le debo nada!

—Eso ya no nos concierne. Pero a nosotros han venido con una letra de cambio, cumplida y protestada, por valor de ciento quince rublos, entregada por usted a la viuda del asesor de Colegio, Zarnitsin, hace nueve meses, y por la referida viuda Zarnitsina presentada al pago al consejero de la Corte, Crebárov; nosotros lo hemos llamado a usted para recabar su declaración.

—Pero ¡si esa es mi patrona!

—¿Y qué que sea su patrona?

El secretario lo miró con una despectiva sonrisa de lástima y, al par, con cierto orgullo, como a novato al que empiezan a zurrar la badana. «¡Caramba! ¿Te escuece?». Pero ¿qué le importaba a él ahora la letra de cambio ni la reclamación? ¿Es

___

* «¡Y todavía sale con ínfulas!». En el original ruso dice literalmente: «Remonta el vuelo el radiante neblí» (*«Isch kakoi viletiel solok iasnyi»*).

que eso le merecía ahora interés, ni siquiera atención alguna? Estaba en pie, leía, escuchaba, respondía, incluso preguntaba, pero todo maquinalmente. El orgullo de haberse salvado, de verse libre de los recientes peligros: he ahí lo que henchía en aquel instante su ser, sin previsión, sin análisis, sin futuros enigmas ni adivinanzas, sin dudas ni interrogaciones. Era aquel un momento de plena independencia, de una alegría puramente animal. Pero en aquel instante, en la oficina, hubo de ocurrir algo por el estilo del rayo y el trueno. El oficial, todo enfurecido todavía por aquella falta de respeto, todo encendido en cólera y deseando, por lo visto, recuperar los esfuerzos de su malparada arrogancia, se lanzó con todos sus rayos sobre la desdichada «señora llamativa», que había estado contemplándolo, desde que entró, sin quitarle ojo, con una sonrisa sumamente estúpida.

—Pero tú, tú... —gritó, de pronto, a pleno pulmón (la señora de luto ya se había retirado)—, ¿quieres decirme qué es lo que pasó anoche en tu casa? ¡Ah! ¿Otra vez dando escándalo y siendo la vergüenza de toda la calle? ¿Otra vez riñas y borracheras? ¿Es que te has empeñado en que te mande a un correccional? ¡Pues ya te lo tengo dicho, ya te lo advertí diez veces antes de ahora, que a la número once te sentaría la mano! ¡Y tú, de nuevo, vuelta a las andadas!

Hasta se le cayó a Raskólnikov de las manos el documento, y se quedó mirando a la llamativa señora a quien tan sin ceremonia reprendían; mas no tardó en comprender de qué se trataba, y al punto empezó a divertirle toda aquella historia. Escuchaba con satisfacción, y hasta le entraban ganas de reír, de reír... Tenía todos sus nervios en tensión...

—¡Iliá Petróvich! —empezó el secretario, solícito; pero se detuvo para dar tiempo, pues al enfurecido teniente no era posible contenerlo sino cogiéndolo de la mano, según sabía él por experiencia personal.

Por lo que se refiere a la señora llamativa, al principio se echó a temblar ante aquellos rayos y truenos; mas, cosa rara:

cuanto más numerosos y violentos se fueron haciendo los insultos tanto más amable y seductora se hacía su sonrisa, vuelta como estaba hacia el iracundo teniente. Se contoneaba sin moverse de su sitio, y se deshacía en reverencias, aguardando impaciente que, por fin, le dejasen hablar en su descargo.

—Ningún alboroto ni pendencia ha habido en mi casa, señor capitán —exclamó, de pronto, atropelladamente, cual si derramara guisantes, con fuerte acento alemán, aunque hablaba de carretilla el ruso—, y nada, nada de escándalo. Solo que ese individuo llegó borracho, y yo se lo contaré todo, señor capitán; pero yo no tengo la menor culpa... Mi casa es una casa decente, señor capitán, y allí todo el mundo se conduce como es debido, señor capitán; y a mí nunca me han gustado los escándalos. Lo que pasó fue que él se presentó allí borracho, y todavía fue y pidió tres *botellas*, y luego levantó un pie y se puso a tocar con el pie el piano; y eso no está bien en una casa decente, y el piano me lo derrengó *hanz*[*], y esas no son maneras, y así fui yo y se lo dije. Pero él fue y cogió una *botella* y se puso a pegarles con ella, por detrás, a todos. Visto lo cual, fui yo y llamé al portero, y acudió Karl; y él cogió a Karl y le puso un ojo pocho, y también a Henriette le dejó un ojo malparado, y a mí me dio cinco sopapos en la cara. Lo cual es bastante poco delicado, tratándose de una casa decente, señor capitán, y así se lo hice presente. Y él fue y abrió las maderas de la ventana y se puso allí a gruñir como un cochinillo, que daba vergüenza oírlo. ¿Está bien eso de ponerse a chillar en la ventana que da a la calle, remedando a un marrano? ¡Fui, fui, fui! Y Karl fue y lo cogió de los faldones del frac y lo quitó de la ventana, y, bueno, es verdad, sí, señor capitán, le rompió *sein rock*[**]. Entonces él se puso a decir a gritos que quince rublos

---

[*] «... me lo derrengó *hanz*»: todo, por completo. (En alemán en el original).
[**] «... le rompió *sein rock*»: su chaqueta. (En alemán en el original).

man muss straff[*], pagarle por arreglar su frac, y yo misma tuve que pagarle cinco rublos por *sein rock*. Es un individuo poco correcto, señor capitán, que solo sabe armar escándalo. «Yo —me dijo— puedo ponerla a usted en solfa en público, porque escribo en todos los periódicos».

—Eso quiere decir que es literato...

—Sí, señor capitán; pero es un individuo muy poco correcto, señor capitán, y no sabe respetar una casa decente...

—Bueno, bueno. ¡Basta! Ya yo te lo he dicho, ya te lo he dicho, ya te lo he dicho...

—¡Iliá Petróvich! —tornó a decir, con aire significativo, el secretario. El teniente le lanzó una mirada rápida; el secretario le hizo una leve señal con la cabeza.

—Bueno; pues, mi respetable *Lavisa* Ivánovna, por última vez te lo advierto, por última vez —siguió diciendo el teniente—: como en tu decente casa vuelva a producirse otro escándalo, yo mismo te meteré en cintura, como se dice poéticamente. ¿Has oído? Pero un literato, un escritor es capaz de aceptar, en una casa decente, cinco rublos en plata por los faldones de un frac... ¡Hay que ver lo que son esos tipos! —Y lanzó una mirada despectiva a Raskólnikov—. Hace tres días, en un figón, la misma historia: comió uno de esos literatos y luego se negó a pagar: «Mire que le puedo poner en solfa en los papeles». También en un vapor, otro, la semana pasada, a la respetable familia de un consejero de Estado, la esposa y la hija, ofendió con las peores palabras. De una pastelería, no hace mucho, tuvieron que expulsar ignominiosamente a otro de esos literatos. He aquí qué clase de gente son esos escritores, literatos, estudiantes, esos insolentes. ¡Uf!... ¡Bueno; puedes largarte! Ya me pasaré por tu casa. Conque ten cuidado. ¿Has oído?

[*] «... quince rublos *man muss straff*»: debemos pagarle en castigo. (En alemán en el original). La mujer intercala palabras germánicas en su declaración.

Luisa Ivánovna, con solícita amabilidad, se puso a hacer reverencias a diestro y siniestro, y, sin dejar de hacerlas, se dirigió a la puerta; pero ya allí se dio de espaldas con un arrogante oficial, de cara franca y fresca y con unas patillas rubias, magníficas y pobladísimas. Era nada menos que Nikodim Fómich, el comisario de policía del distrito. Luisa Ivánovna se dio prisa a hacerle una reverencia casi hasta el mismo suelo, y, con pasitos menudos y saltarines, se salió del local.

—Otra vez alboroto, otra vez rayos y truenos, ciclón y huracán —dijo Nikodim Fómich, dirigiéndose, amable y amistosamente, a Iliá Petróvich—. Otra vez con el corazón encogido, otra vez sulfurado. Desde la escalera se te oía.

—¡Cómo! —exclamó Iliá Petróvich con bonachona indolencia (y ni siquiera ¡*Cómo*!... sino: ¡*Co...mo...o*!), trasladándose con algunos papeles a otra mesa y hombreando al andar de un modo pintoresco, moviendo acompasadamente pies y hombros—. Haga usted el favor de ver esto; el señor literato, es decir, estudiante; es decir, ex estudiante, no quiere pagar el dinero que debe; rechazó una letra, no se aviene a dejar el cuarto, constantemente recibimos quejas contra él y hasta se ha permitido llamarme la atención porque estaba fumando en su presencia. Pero vuelva usted los ojos y mírelo; aquí lo tiene usted en todo su deslumbrador aspecto.

—La pobreza no es ningún vicio, amiguito; pero, en fin: ya sabemos, Polvorilla, que no puedes sufrir una ofensa. Probablemente, lo habrá usted ofendido en algo, y no pudo contenerse —continuó Nikodim Fómich—; pero no tuvo usted razón: es el hombre más ex...celen...te del mundo, solo que un polvorilla, un polvorilla. Se inflama, hierve, crepita y... ¡nada! ¡Ya pasó todo! Y, en resumidas cuentas: un corazón de oro. Ya en el regimiento le llamaban «el teniente Polvorilla»...

—¡Y había que ver qué regimiento!... —exclamó Iliá Petróvich, muy contento de que lo trataran con tanto cariño, pero aún no del todo apaciguado.

Raskólnikov sintió, de pronto, impulsos de decir a todos algo extraordinariamente halagador.

—Permita usted, capitán —empezó en tono desenfadado, encarándose con Nikodim Fómich—: póngase usted en mi caso... Yo estoy dispuesto a presentarle mis excusas si en algo le falté. Yo soy un estudiante pobre y enfermo, agobiado —dijo así, agobiado— por la miseria. He suspendido los estudios, porque ahora no puedo mantenerme; pero ya recibiré dinero... Tengo madre y una hermana en... el gobierno de... Me mandarán dinero y pagaré. Mi patrona es una buena mujer; pero se enojó tanto al ver que yo había perdido mis lecciones y llevaba ya cuatro meses sin pagarle, que hasta me ha retirado la comida... Pero yo no comprendo lo más mínimo de esa letra. Ahora ella me exige que le pague por medio de esa letra de cambio. Juzguen ustedes mismos...

—Pero eso no es de nuestra incumbencia... —volvió a observar el secretario.

—Permítame usted, permítame usted; yo estoy absolutamente de acuerdo con ustedes en esto; pero permítame, sin embargo, que le explique —insistió Raskólnikov, dirigiéndose, no al secretario, sino a Nikodim Fómich, aunque esforzándose también por dirigirse al mismo tiempo a Iliá Petróvich, aunque este último aparentaba estar exclusivamente atento a sus papelotes y despectivamente hacía por no mirarlo—. Permítame usted también que yo, por mi parte, le explique que llevo ya viviendo en esa casa alrededor de tres años, desde que vine de la provincia, y antes, antes..., por lo demás, no sé por qué no he de decirlo a mi vez, desde el principio le prometí casarme con una hija suya, promesa verbal, completamente libre... Era aquella una chica...; bueno; a mí me gustaba..., aunque no estuviera enamorado de ella; en una palabra: la juventud; quiero decir, la patrona me había concedido mucho crédito, y que yo, en parte, llevaba una vida... Yo he sido muy atolondrado...

—No se le pide a usted que entre en tales intimidades,

caballero, y, además, no tenemos tiempo para escucharle —le interrumpió Iliá Petróvich groseramente y con aire arrogante; pero Raskólnikov, con vehemencia, le atajó, no obstante costarle muchísimo trabajo hablar.

—Pero permítame usted, permítame usted también a mí, en parte, contárselo todo... como sucedió, y..., a mi vez..., aunque, después de todo, estoy de acuerdo con usted en que es inútil contar nada; pero hace un año esa muchacha hubo de morir de tifus, y yo seguí allí de huésped, como antes, y la patrona, al trasladarme al cuarto que ahora ocupo, me dijo..., me lo dijo amistosamente..., que ella tenía absoluta confianza en mí y todo...; pero que por qué no le daba yo una letra por valor de ciento quince rublos, que era, según ella, el importe de mi deuda. Permítame usted: ella me dijo, concretamente, que con solo que yo le diera ese documento seguiría fiándome todo lo que quisiera y que nunca, nunca, fueron sus palabras textuales, haría uso de la referida letra hasta que yo mismo se la pagase... Y mire usted: ahora que yo he perdido mis lecciones y no tengo qué comer, va y presenta esa demanda en contra mía... Después de eso, ¿qué más voy a decirle?

—Son lamentables todos esos detalles sentimentales, caballero; pero a nosotros no nos incumben —falló Iliá Petróvich secamente—; usted está obligado a firmarnos su declaración comprometiéndose a pagar; pero todo eso que usted se ha dignado contarnos respecto a su amorío y todas esas cosas trágicas nos son de todo punto indiferentes.

—Vamos, que eres... cruel... —refunfuñó Nikodim Fómich, sentándose a su mesa y poniéndose también a garrapatear. Parecía como si le diera vergüenza.

—Escriba usted —le dijo el secretario a Raskólnikov.

—¿Qué voy a escribir?... —preguntó aquel de mal talante.

—Yo se lo dictaré.

A Raskólnikov le parecía que el secretario le trataba ahora con más desaprensión y desdén que antes de meterse en aquellas explicaciones: pero, cosa extraña, de pronto le daba resueltamente lo mismo la opinión que pudieran formar de él, y ese cambio se operó en un instante, en un minuto. De haber querido recapacitar un poco, se habría admirado, sin duda, de haber podido hablar un minuto antes de aquel modo y hasta puéstoles al tanto de sus sentimientos. Pero ¿de dónde había sacado esos sentimientos? Ahora, por el contrario, si se hubiese llenado el cuarto aquel, no de comisarios, sino de sus más íntimos amigos, no habría tenido para ellos ni una sola palabra humana, que hasta tal punto se le había quedado vacío, de pronto, el corazón. Una mortal sensación de torturante, infinita soledad y aislamiento se le revelaba de pronto a su conciencia. No el bochorno de sus cordiales efusiones con Iliá Petróvich ni de la arrogancia con que lo tratara el teniente, eran las que tan inesperadamente sublevaban así su corazón. ¡Oh, qué le importaban a él ahora las bajezas personales, todas esas arrogancias, todos los tenientes, los alemanes, las reclamaciones, la comisaría!, etcétera, etcétera. Si le hubiesen condenado a ser quemado vivo en aquel momento, no se habría inmutado y apenas si habría escuchado con atención la sentencia. Le sucedía ahora algo totalmente desconocido para él, nuevo, inopinado y nunca antes sentido. No era que comprendiese, sino que claramente sentía, con todo su vigor sensitivo, que no solo no debía tener efusiones sentimentales como la de marras, ni de ninguna índole, con aquella gente de la comisaría, sino que, aunque se tratase de hermanos suyos y no de tenientes de policía, aun en ese caso no debía emplearlas en ningún trance de su vida; nunca hasta aquel instante había experimentado semejante sensación extraña y espantosa. Y lo más doloroso de todo... era más bien la sensación que su reconocimiento, que su comprensión; sensación singular la más penosa de cuantas sensaciones experimentara hasta allí en su vida.

El secretario procedió a dictarle, en los términos consabidos, su declaración, es decir, que no podía pagar; pero que se comprometía a hacerlo en tal fecha (una cualquiera), daba su palabra de no ausentarse hasta entonces de la capital, no vender sus efectos ni regalarlos a nadie, etcétera, etcétera.

—No puede usted escribir; se le escurre la pluma de las manos —observó el secretario, mirando con curiosidad a Raskólnikov—. ¿Está usted enfermo?

—Sí... La cabeza me da vueltas... ¡Siga usted dictando!

—Ya está todo; firme.

El secretario le recogió el documento y pasó a atender a otros. Raskólnikov soltó la pluma; pero, en vez de levantarse e irse, apoyó ambos codos en la mesa y se cogió la frente con las manos. Parecía exactamente como si le hubieran hincado un clavo en la cabeza. Un raro pensamiento se le ocurrió de pronto: levantarse inmediatamente, llegarse a Nikodim Fómich y contarle todo lo de la noche anterior, todo, hasta el más mínimo detalle, y después llevárselo consigo a su cuarto y enseñarle todos los objetos que tenía ocultos en un rincón en aquel agujero de la pared. Aquella idea era tan poderosa, que hasta se levantó de su asiento para ir a ponerla por obra. «¿No será bien pensarlo, aunque sea un minuto? —profirió mentalmente—. No; lo mejor es no pensarlo, y quitarse de los hombros la carga». Pero, de pronto, se detuvo, cual clavado en su sitio; Nikodim Fómich le estaba hablando con calor a Iliá Petróvich, y hasta él llegaron al vuelo estas palabras:

—No es posible; los pondrán en libertad a los dos. En primer lugar, todo se vuelven contradicciones; juzgue usted: ¿para qué iban a llamar al portero, si eran los autores de la fechoría? ¿Para denunciarse ellos mismos? ¿Lo hicieron por vía de ardid? No; ya sería demasiada astucia. Y, finalmente, al estudiante, al estudiante Pestriakok lo vieron en la misma puerta dos porteros y una mujer en el momento de entrar; iba en compañía de tres amigos, y se separó de ellos en la misma puerta y preguntó por la inquilina en la portería, en presencia todavía de sus amigos. ¿Y había de preguntar por la inquilina si hubiera abrigado esa intención?... Respecto a Koch, antes de subir a ver a la vieja se estuvo abajo media hora en casa del platero, y a las ocho menos cuarto en punto lo dejó para subir allá. Fórmese usted ahora idea...

—Pero permita usted: ¿cómo han incurrido en tantas contradicciones? Ellos mismos aseguran que llamaron a la puerta y que esta estaba cerrada, y que tres minutos después, cuando volvieron a subir con el portero, encontraron ya la puerta abierta.

—Ahí está precisamente la farsa; el asesino, por fuerza, estaba dentro y cerró la puerta con el cerrojo; e infaliblemente allí lo hubieran cogido si Koch no comete la torpeza de bajar él también en busca del portero. *Aquel*, entre tanto, tuvo tiempo de escurrirse por la escalera y escabullirse lindamente en sus barbas. Koch con ambas manos se santigua: «Si yo me hubiese quedado allí de centinela habría salido de pronto y me habría dejado tieso con el hacha». ¡Un oficio religioso a la rusa quiere mandar celebrar! ¡Je..., je!

—Y al asesino, ¿no lo vio nadie?

—¿Cómo verlo allí? Aquella casa... es el arca de Noé —observó el secretario que lo había oído todo desde su sitio.

—¡La cosa está clara, la cosa está clara! —repitió con calor Nikodim Fómich.

—No; la cosa está muy oscura... —encareció Iliá Petróvich.

Raskólnikov cogió su sombrero y se dirigió a la puerta; pero no llegó hasta allí...

Cuando recobró el conocimiento, se encontró sentado en una silla: por la derecha lo sostenía un individuo, y por la izquierda lo sujetaba otro, con un vaso amarillo lleno hasta la mitad de un líquido amarillento: Nikodim Fómich estaba plantado delante de él, y atentamente lo contemplaba; él se levantó de la silla.

—¿Qué le pasa? ¿Está usted enfermo?... —le preguntó Nikodim Fómich con tono bastante brusco.

—Al escribir su declaración, apenas si podía tener la pluma —observó el secretario, sentándose en su sitio y volviendo a enredarse con sus papeles.

—¿Y hace mucho que está enfermo? —le gritó Iliá Petróvich desde su sitio, y anduleando también en sus papeles. También él, sin duda, se había levantado para mirar al enfermo en tanto le duraba a este el desmayo, volviéndose enseguida a su sitio en cuanto hubo recobrado el conocimiento.

—Desde anoche... —murmuró por toda contestación Raskólnikov.

—¿Salió usted anoche?

—Salí.

—¿Enfermo?

—Enfermo.

—¿A qué hora?

—A las siete y pico de la noche.

—¿Y me permite le pregunte adónde fue?

—A la calle.

—Breve y claro.

Raskólnikov respondía de un modo brusco, tajante, todo blanco como un lienzo y sin bajar sus negros e inflamados ojos ante la mirada de Iliá Petróvich.

—Apenas se tiene en pie, y tú... —quiso observar Nikodim Fómich.

—¡Eso no importa! —exclamó, con acento algo grosero, Iliá Petróvich. Nikodim intentó decir algo todavía; pero, después de mirar al secretario, que también lo miró de hito en hito, guardó silencio. Todos, de pronto, callaron. Era singular aquello.

—Bueno; está bien —concluyó Iliá Petróvich—. Nosotros no lo entretendremos...

Raskólnikov se fue. Todavía pudo oír cómo, luego de salir él, se entabló allá dentro, de pronto, una viva discusión, en la que sobresalía por encima de todas las demás la voz inquisitiva de Nikodim Fómich... En la calle volvió en sí del todo.

«¡Registro, registro; ahora mismo, registro! —se repetía para sí, dándose prisa por llegar a su casa—. ¡Bandidos! ¡Lo mirarán todo!». El miedo del día antes volvió a apoderarse por completo de él, desde los pies a la cabeza.

II

«¿Y si ya hubiesen practicado el registro? ¿Y si me los encontrara ahora en casa?».

Pero ya está en su cuarto. Nada, nadie; nadie había practicado allí registro alguno. Ni siquiera Nastasia había puesto mano en nada. Pero ¡señor!... ¿Cómo pudo dejar el día antes aquellos objetos en aquel agujero?

Se fue derecho al rincón, metió la mano por debajo del empapelado y procedió a sacar los objetos, guardándoselos en los bolsillos. Eran, por junto, ocho piezas: dos cajitas que contenían zarcillos o algo así..., no los había mirado bien; más cuatro estuchitos de tafilete pequeños. Una cadenilla había también, simplemente envuelta en papel de periódico. Y, además, otra cosa envuelta también en papel de periódico, y que parecía una condecoración...

Se guardó todo aquello en distintos bolsillos, en el paletó y en el bolsillo derecho, único que en el pantalón le quedaba, procurando no se le advirtiera. La bolsita también se la guardó con los demás objetos. Luego salió de su cuarto; pero aquella vez hasta dejó la puerta de par en par...

Caminaba aprisa y con paso firme, y, aunque se sentía extenuado, tenía plena conciencia de todo. Temía que lo persiguieran, temía que dentro de media hora, de un cuarto de hora quizá, empezasen a instruir diligencias contra él; en todo caso, era menester aprovechar el tiempo para hacer desaparecer los indicios. Era menester darse prisa, en tanto conservaba algunas fuerzas y alguna lucidez... ¿Adónde dirigirse?

Hacía tiempo ya que lo tenía resuelto: «Arrojarlo todo al canal, y al agua los indicios y el asunto con ellos». Así lo había decidido ya la noche antes, en medio de su delirio, en aquellos momentos en que —hubo de recordarlo— se levantaba y se disponía a salir. «Cuanto antes, cuanto antes, y deshacerse de todo». Pero eso resultaba ahora muy difícil.

Llevaba ya vagando a orillas del canal de Ekaterina media hora, y acaso más, y varias veces había mirado a las escalerillas del canal siempre que por allí pasaba. Ni había que pensar siquiera en llevar a cabo su intención: o había barcos al pie de las mismas escalerillas, y en ellos lavanderas lavando ropa, o botes amarrados a la orilla, y por todas partes hormigueaba la gente, y de todos sitios, desde las orillas, desde todos lados, podían verlo, observarlo; era para infundir sospechas el que un hombre fuese hasta allí con el solo objeto de detenerse y arrojar unos bultos al agua. ¿Y si los estuches, lejos de sumergirse, se quedaban flotando? Y sin duda sería así. Todo el mundo lo vería. Sin necesidad de eso, ya todo el mundo se quedaba mirándolo al verlo pasar; se le quedaban mirando, como si no tuviesen otra cosa que hacer. «¿Por qué me miran así, o es, acaso, que me lo figuro yo?».

Finalmente, hubo de ocurrírsele que quizá fuese mejor dirigirse a otro sitio, por el lado del Neva. Allí había menos gente, y llamaría menos la atención y, en todo caso, sería más fácil y, sobre todo: «Estaba más lejos de aquellos lugares». Y se maravilló de pronto: «¿Cómo había podido pasar toda una media hora de inquietud y alarma y en parajes peligrosos, y no se le había ocurrido antes aquello?». Pero había pasado aquella media hora entera en perplejidad, solamente porque se trataba de una cosa decidida en el sueño, en el delirio. Se volvía sumamente distraído y olvidadizo, y se dio cuenta de ello. Decididamente, había que darse prisa.

Se dirigió al Neva por el *próspekt* Y***; pero en el trayecto hubo de ocurrírsele todavía otra idea: «¿Por qué al Neva? ¿Por qué al agua? ¿No sería preferible irse a cualquier parte, muy lejos, aunque fuese a las islas, a un lugar solitario, a un bosque, al pie de un árbol..., esconderlo allí todo y fijarse bien, desde luego, en el árbol?». Y aunque sentía que no estaba en situación de pensar con toda lucidez en aquel instante, aquel pensamiento le parecía infalible.

Pero no estaba destinado a llegar a las islas, sino que le sucedió de otra manera: al salir del *próspekt* V*** a la plaza, hubo de reparar, de pronto, a la izquierda, en una entrada a un patio, rodeado por todas partes de muros sin ventanas. A la derecha, pasada la puerta de la cochera, allá lejos, en el patio, se alzaba un paredón sin blanquear, perteneciente a una casa vecina de cuatro pisos. A la izquierda, paralela al dicho paredón e inmediatamente al lado de la puerta, había una cerca de madera, a unos veinte pasos de profundidad, en el patio, y luego hacía un recodo hacia la izquierda. Era aquel un lugar sin salida, donde había almacenados algunos materiales. Más allá, en lo hondo del patio, se divisaba, al otro lado de la cerca, el ángulo de un cobertizo de ladrillo, bajo el techo y denegrido, que formaría probablemente parte de algún taller. Debía de ser aquel algún establecimiento de carretería, cerrajería o algo por el estilo; por todas partes, casi desde la puerta misma, se veían negros regueros de polvo o de carbón. «¡Tirarlo ahí y echar a correr!», pensó de pronto. Como no viese a nadie en la puerta, se entró por ella, y entonces distinguió, junto a la puerta misma, un canalón (como suele haberlo en esos edificios donde viven obreros, artesanos y cocheros), y encima de él, escrito con yeso, la eterna advertencia peculiar de esos lugares: «¡Prohibido detenerse aquí!...». De suerte que tanto mejor: no había temor de que nadie llegase hasta allí y se detuviese. «¡Arrojarlo ahí todo de una vez y largarse!».

Después de mirar bien otra vez, se llevó la mano al bolsillo, cuando, de pronto, junto al muro exterior, entre la puerta y el canalón, donde toda la distancia era a lo sumo de una *arschina*, le llamó la atención una gran piedra, sin labrar, como de *pud*[*] y medio de peso, adosada contra la pared de la calle. Al otro lado de aquel muro estaba la calle, la acera, y se sentía pasar a la gente, nunca escasa allí; pero, más allá de la puerta, nadie podía mirar, a no ser que entrara alguien de la calle, lo que, después de todo, muy bien podía ocurrir, por lo que era menester acabar pronto.

Se agachó hacia la piedra, la cogió fuertemente por la parte alta con ambas manos, concentró todas sus fuerzas y le dio media vuelta. Debajo de la piedra quedó al descubierto un hoyo no muy grande; inmediatamente arrojó en él todo lo que llevaba en el bolsillo. El portamonedas se quedó en lo más alto; pero aún había espacio para lo demás. Luego volvió a coger la piedra, le dio otra media vuelta, hasta colocarla en el sitio de antes, de suerte que apenas si quedaba un poco más alta. Pero él arañó el suelo y lo apisonó con el pie contra los bordes. No podía notarse nada.

Luego salió y se dirigió a la plaza. De nuevo una alegría violenta, casi intolerable, cual la de hacía poco en la comisaría, se apoderó de él por un momento. «¡Ya están enterrados los indicios! ¿Y a quién, a quién se le ocurriría ir a mirar debajo de esa piedra? Quizá se encuentre ahí desde que hicieron la casa, y quién sabe cuánto tiempo habrá de estar todavía. Pero..., aunque lo encontraran todo, ¿quién había de pensar en mí? ¡Se acabó todo! ¡No hay pruebas!». Y se echó a reír. Sí; luego recordó que se había reído con una risa nerviosa, ligera, larga, imperceptible, y que se estuvo riendo todo el tiempo que tardó en atravesar la plaza. Pero cuando fue a salir al bulevar de K***, donde tres días antes hubo de encontrarse con aquella chica, su risa se extinguió de pronto. Otro pensamiento le cruzó por la mente. Le pareció también, de pronto, que había de hacerle muy poca gracia pasar por delante del banco donde aquel día, luego que la muchacha se hubo ido, se

[*] «... como de *pud*»: antigua medida rusa de peso equivalente a 16,3 kilogramos.

sentó y estuvo cavilando, y muy poca gracia también volver a encontrarse con aquel guardia al que diera veinte copeicas. «¡Que el diablo se lo lleve!».

Caminaba mirando en torno suyo con aire distraído y maligno. Todos sus pensamientos giraban, a la sazón, en torno de un único punto capital; y él mismo sentía que, con efecto*, aquel era el punto capital, y que ahora, precisamente ahora, quedaba a solas frente a ese solo punto capital..., y que aquella era la primera vez que eso le ocurría desde hacía dos meses.

«Pero ¡que el diablo cargue con todo! —pensó, de pronto, con un arrechucho de inextinguible cólera—. ¡Bueno, ya empezó; pues que empiece, y al diablo la nueva vida! ¡Qué estupidez, señor, es todo esto!... ¡Y cuánto mentí y me rebajé hoy!... ¡Qué vilmente me arrastré y me humillé antes con ese repulsivo Iliá Petróvich! Pero, después de todo, ¡todo eso son desatinos! ¡Yo les escupo a todos ellos y le escupo también a todo eso de mi rebajamiento y mi histrionismo! ¡No es eso en absoluto! ¡No es eso!...».

De repente se detuvo; una interrogación enteramente inesperada y extraordinariamente sencilla hubo de herirle la mente, dejándolo estupefacto.

«Si, efectivamente, todo esto lo hubieses hecho de un modo consciente y no de un modo estúpido; si tú, efectivamente, hubieras tenido una finalidad concreta y firme, ¿cómo habría sido posible que hasta ahora ni siquiera te hubieses fijado en lo que contenía el portamonedas y no supieras lo que has sacado en limpio de todo, ni por qué te has tomado tantos trabajos y cometido deliberadamente un acto tan ruin, bárbaro y sal-

---

* «... con efecto», en lugar de «en efecto»: muy frecuente en contemporáneos de Dostoievski: Galdós, Alarcón, Mesonero, etc. RAE: Banco de datos (CORDE) [en línea]. Corpus diacrónico del español. <http://www.rae.es>. El traductor utiliza ocasionalmente vocabulario del siglo XIX, en este caso un conector. (N. del E.).

vaje? Hasta querías arrojar al agua el portamonedas con los demás objetos, que tampoco has visto... ¿Qué significa esto?».

Sí; así es, así es. Él, por lo demás, ya de antemano lo sabía, y la tal interrogación no le cogía de nuevas; y cuando por la noche hubo resuelto echarlo todo al agua, lo resolvió sin vacilación ni duda alguna, sino como si fuera lo único que procedía hacer e imposible hacer otra cosa... Sí; todo esto lo sabía, y se daba cuenta de ello; quizá su resolución datase de la noche antes, de aquel instante mismo en que se sentó allá encima del cofre y sacó de él los estuches... ¡Así que...!

«De todo esto tiene la culpa el estar yo enfermo —decidió, malhumorado, finalmente—. Yo mismo me atormento y martirizo, y no sé a punto fijo lo que hago... Y ayer, y anteayer, y todo este tiempo he estado atormentándome... Cuando me ponga bueno... dejaré de martirizarme... Pero ¿y si no me pongo bueno? ¡Señor! ¡Cómo me empacha ya todo esto!...». Andaba sin pararse. Sentía un ansia feroz de distraerse, fuere como fuere; pero no sabía qué hacer ni qué emprender. Una sensación nueva, invencible, iba haciendo más ahincada presa en él de minuto en minuto: era una aversión infinita, casi física, a todo cuanto se encontraba y veía, una sensación terca, maligna, enconada. Se le hacían odiosos todos los transeúntes; odiosos le eran también sus caras, su modo de andar, todos sus movimientos. Sencillamente, le escupiría, le mordería a cualquiera que se propasase a hablarle...

Se detuvo de pronto, salido que hubo a la orilla del Pequeño Neva, a la isla Vasilii, junto al puente. «Allí vive, en esa casa —pensó—. ¡Cómo será que nunca he ido a ver a Razumijin de por mí! Otra vez la misma historia de marras... Y, sin embargo, es muy curioso; ¿habré venido yo con toda intención o, sencillamente, que eché a andar y me encontré allí? Es lo mismo; ya dije... anteayer... que iría a verlo al otro día de *aquello*, ¡así que, bueno, iré! ¡Como si ya no pudiese hacer visitas!...».

Subió a ver a Razumijin al quinto piso.

Estaba aquel en casa, en su tabuco, y en aquel instante estaba ocupado escribiendo, pero salió él mismo a abrirle. Cuatro meses hacía ya que no se habían visto. Razumijin vestía una bata hecha un puro harapo, calzaba los pies, descalzos, en chinelas, y estaba sin peinar, afeitar ni lavar. Su rostro expresaba asombro.

—¿Qué tienes? —exclamó mirando de pies a cabeza al recién llegado camarada; luego calló y se puso a silbar—. ¿Es posible que andes tan mal? Tú, hermano, dejas chico a tu hermanito —añadió reparando en los harapos de Raskólnikov—. Pero ¡siéntate, que quizá estés cansado! —Y cuando aquel se dejó caer en el derrengado diván de hule, que se encontraba en peor estado aún que el suyo, Razumijin advirtió de pronto que su visitante estaba enfermo.

—Pero ¡estás seriamente enfermo!, ¿sabes? —Hizo ademán de tomarle el pulso. Raskólnikov le apartó la mano.

—No hace falta —murmuró—. Vine..., bueno; no tengo lecciones... Yo habría querido..., por lo demás, no me hacen ninguna falta las lecciones...

—¿Sabes una cosa? ¡Estás delirando! —declaró, observándolo atentamente, Razumijin.

—No; no deliro...

Raskólnikov se levantó del diván. Al subir a casa de Razumijin no pensaba que hubiera de encontrarse frente a frente con él. Ahora, en un momento, adivinaba, por la fuerza de la experiencia, que no había cosa que más le irritase que encontrarse frente a frente con cualquiera que fuese en todo el mundo. Toda su bilis se le revolvía. Por poco no le ahoga la cólera consigo mismo en cuanto hubo transpuesto los umbrales de Razumijin.

—¡Adiós! —dijo de pronto, y se dirigió a la puerta.

—Pero ¡detente, detente, so raro!

—¡No hace falta!... —repitió él, tornando a apartarle la mano.

—Pero ¿por qué diablo viniste? ¿Es que te has vuelto

loco? Mira que eso... es casi una ofensa. No te dejaré ir así.

—Bueno, escucha: vine a verte, porque, quitándote a ti, no conozco a nadie que pudiera ayudarme... a abrirme camino..., y, además, porque tú eres el mejor de todos; es decir, el más inteligente y el más capacitado para juzgar... Pero ahora veo que no necesito nada, ¿sabes?, absolutamente nada..., en punto a favores ni simpatías ajenos... Yo..., solo... ¡Bueno, basta! ¡Dejadme en paz!

—Pero ¡detente un minuto, que pareces un deshollinador! ¡Estás completamente chiflado! ¡Por mí haz lo que quieras! Mira: yo no tengo lecciones, pero les escupo a las lecciones porque hay en el Tolkuchii* un librero de viejo, Jeruvimov, que vale por sí mismo muchas lecciones. Yo ahora no lo cambiaría por cinco lecciones de comerciantes. Hace algunas ediciones y publica folletitos sobre ciencias naturales... ¡Y cómo se los compran! ¡Solo los títulos ya valen cualquier cosa! ¡Mira; tú siempre has afirmado que yo era un estúpido; pero, por Dios, hermanito, que los hay más tontos que yo! ¡Ahora hasta se mete en literatura!; él no entiende jota de eso; pero yo, naturalmente, lo animo. Aquí tienes dos hojas de texto alemán... A mi juicio, la charlatanería más estúpida; bastará decirte que en él se examina la cuestión de si la mujer pertenece o no a la especie humana. Claro que ahí se demuestra victoriosamente que sí pertenece a la especie humana. Jeruvimov prepara esto con miras al problema femenino; yo lo estoy traduciendo; él estirará estas dos hojas y media hasta hacer que formen seis, le pondremos un título llamativo en la cubierta que coja media página y lo venderemos a cincuenta copeicas ejemplar. ¡Será un éxito! Por la traducción me pagará seis rublos en plata la página, lo que viene a ser quince rublos por todo; pero yo ya le he sacado seis rublos adelantados. Cuando hayamos traducido esto, nos liaremos con un libro sobre las ballenas, y luego arremeteremos contra la segunda parte

* «Tolkuchii»: rastro, mercado callejero.

de las *Confessions*[*], vertiendo algunos pasos curiosísimos que en ellas hemos señalado; a Jeruvimov le han dicho que Rousseau es una suerte de Radíschev. Yo, naturalmente, no le llevo la contra, ¡allá el diablo con él! Bueno, vamos a ver: ¿quieres traducir la segunda página del *¿Pertenece la mujer a la especie humana?* Si quieres, aquí tienes el texto, coge pluma y papel, todo ello corre de cuenta de la Administración, y toma tres rublos, que, como yo he cobrado mi anticipo a cuenta de toda la traducción por la primera y la segunda página, tres rublos son los que a ti te corresponden por la tuya. Pero al terminar la página..., cogerás otros tres rublos en plata. Y no vayas a creerte, ¡eh!, que te hago ningún favor. Al contrario, no hiciste más que entrar cuando ya pensé yo que podías serme útil. En primer lugar, yo ando mal de ortografía, y, además, que en alemán estoy a veces bastante flojo, de modo que a veces lo que hago es escribir de mi cosecha, y me consuelo pensando que así saldrá mejor. Pero quién sabe si en vez de mejor saldrá peor... Conque ¿aceptas o no?...

Raskólnikov, en silencio, cogió las hojas alemanas, tomó los tres rublos, y, sin decir palabra, se fue. Razumijin, asombrado, lo siguió con la vista. Pero al llegar al primer rellano, volvió Raskólnikov a subir a casa de Razumijin, y dejando encima de la mesa las hojas alemanas y los tres rublos, y sin tampoco proferir palabra, se fue.

—¡Vaya, tú estás delirando![**] —exclamó, finalmente, fuera de sus casillas, Razumijin—. ¿Por qué representas esa farsa? Incluso me haces perder la cabeza. ¿Para qué viniste entonces, diablo?

—No necesito... traducir... —refunfuñó Raskólnikov, que ya iba por la escalera.

—Entonces ¿qué diablos necesitas? —le gritó desde arriba

[*] «*Confessions*»: *Las confesiones* de J. J. Rousseau.
[**] «¡Vaya, tú estás delirando!». En el original ruso dice literalmente: «¡Tú tienes la fiebre blanca!» («*Na tebiá bielaya goriachaka!*»).

Razumijin. El otro continuó bajando las escaleras en silencio.

—Oye, tú: ¿dónde vives?

No obtuvo contestación.

—¡Bueno, pues que los *mengues* te lleven!

Pero Raskólnikov ya había salido a la calle. En el puente de Nikolai le ocurrió una vez más recobrar la lucidez completa a consecuencia de un lance para él muy enojoso. Fue que hubo de darle fuerte con la fusta en la espalda el cochero de un vehículo particular, por la sencilla razón de haber estado a punto de que lo arrollasen los caballos, no obstante haberle llamado el cochero la atención dos o tres veces con sus voces. El latigazo lo irritó, hasta el punto de que se plantó de un brinco en el pretil (sin saber por qué, iba por en medio del puente, por donde pasan los coches y no camina el público), apretando y rechinando de rabia los dientes. En torno suyo surgieron enseguida, naturalmente, las risas.

—¡Con razón le dieron!

—¡Será algún golfo!

—De fijo que se hizo el borracho y se tiró adrede bajo las ruedas para luego pedir una indemnización...

—De eso viven, caballero; de eso viven...

Pero en el preciso instante en que él, en pie contra el pretil, todavía aturdido y furioso, seguía con la vista al coche que se alejaba, restregándose al mismo tiempo la espalda, hubo de sentir que alguien le ponía en la mano dinero. Se volvió a mirar; una mujer de cierta edad, de la clase mercantil, con pañoleta y con zapatos de piel de cabra, que iba acompañada de una joven con sombrero y un quitasol verde, seguramente su hija: «Tome, padrecito, por el amor de Cristo». Él lo tomó y ellas pasaron de largo. Le habían dado una moneda de veinte copeicas. Por la ropa y el aspecto, muy bien pudieron tomarle por un mendigo, por un verdadero recolector de *grosches* en la vía pública, y de aquel donativo de veinte copeicas le era, sin duda, deudor al latigazo del cochero, que las movió a piedad.

Guardó la moneda en la mano, siguió adelante unos diez pasos, y se volvió cara al Neva en la dirección del Palacio. No había en el cielo ni la más leve nubecilla, y el agua era casi azul, lo que rara vez le sucede al Neva. La cúpula de la catedral, que desde ningún punto de mira se contempla mejor que desde allí, desde el puente, que no dista veinte pasos de la capilla, refulgía tan clara, que a través del límpido ambiente podían distinguirse con toda claridad cada uno de sus matices. El dolor del latigazo se le fue pasando, y Raskólnikov llegó a olvidarse de él; una idea inquietante y no del todo diáfana le ocupaba ahora exclusivamente. Estaba parado y miraba larga y atentamente a lo lejos; aquel lugar le era particularmente conocido. Siempre que salía de la universidad, generalmente —sobre todo al volver a su casa— había de sucederle, puede que le ocurriera cien veces, quedarse parado precisamente en aquel mismo sitio, contemplando con toda atención aquel panorama, verdaderamente espléndido, y casi siempre había de maravillarse de una impresión suya, vaga e inahuyentable. Una frialdad inexplicable le infundía siempre aquel magnífico panorama; un alma muda y sorda animaba para él aquel vistoso cuadro... Se admiraba siempre de su antipática y enigmática impresión, y aplazaba, por no fiar de sí mismo, el explicársela para un futuro remoto. Ahora, de repente, se acordó con toda claridad de aquellas interrogaciones y dudas suyas de otro tiempo, y le parecía que no era casual que las recordara ahora. Ya de por sí se le antojaba extraño y singular aquello de haberse ido a detener en aquel mismo sitio, como antaño, cual si efectivamente imaginase que iba a tener ahora el mismo pensamiento de marras y a interesarse por los mismos temas y cuadros que excitaron su interés... hasta tan poco hacía. A punto estuvo de echarse a reír, no obstante sentir un dolor en el pecho al mismo tiempo. En no sabía qué hondura, allá abajo, donde apenas se veía bajo los pies, le parecía que estaban ahora todo aquel pasado y todas aquellas ideas pretéritas, y aquellos pretéritos enigmas, y aquellos temas antiguos, y aquellas antiguas impresiones, y todo aquel panorama, y él mismo, y todo, todo... Le parecía como si hubiese remontado el vuelo, no sabía adónde, a lo alto, y todo hubiese desaparecido de ante sus ojos... Después de hacer un ademán involuntario con la mano, sintió de pronto en el puño, apretada, la moneda de veinte copeicas. Abrió la mano, contempló con toda atención la monedita, la voleó y la arrojó al agua; luego dio media vuelta y emprendió el regreso a la casa. Le parecía como si con un cuchillo se hubiese cercenado su persona de todos y de todo en aquel instante.

Llegó a su casa ya anochecido, de suerte que había estado fuera seis horas. Por dónde y cómo regresó no habría podido decirlo. Después de desnudarse, y temblando todo, cual caballo almohazado, se echó en el diván, tiró hacia sí del abrigo, e inmediatamente se quedó amodorrado...

Se despertó en plena oscuridad por efecto de un grito espantoso. ¡Dios, qué grito aquel! Alboroto tan extraño como aquel, gritos, sollozos, rechinar de dientes, lloros, golpes e insultos como aquellos jamás hasta entonces había oído ni presenciado. Ni siquiera podía imaginarse semejante brutalidad, semejante barbarie. Transido de espanto, se levantó y se sentó en su lecho, a cada instante ahogándose y sufriendo. Pero las riñas, los lloros y los insultos redoblaron cada vez con más fuerza. Y hete aquí que, con gran estupefacción, hubo de percibir de pronto la voz de su patrona. Era ella, y chillaba, gritaba muy aprisa, comiéndose las palabras, hasta tal punto que no era posible poner en claro qué era lo que pedía; sin duda que dejaran de pegarle, porque la estaban zurrando sin pizca de piedad en la escalera. La voz de la vapuleada resultaba tan espantosa por efecto del furor y la rabia, que ya hasta estertoraba, pero también su vapuleador decía alguna cosa, y también muy deprisa, de un modo ininteligible, atropellándose y jadeando. De pronto, Raskólnikov se echó a temblar como la hoja; conocía aquella voz, era la voz de Iliá Petróvich. ¡Iliá Petróvich allí y pegándole a la patrona! ¡Le daba de puntapiés, la hacía dar de cabezadas contra los peldaños!... Era evidente, se comprendía por los ruidos, por los lloros y los porrazos. ¿Qué era aquello? ¿Se venía abajo el mundo? Podía oírse cómo en todos los pisos, en toda la escalera se había reunido un gentío y sonaban voces, exclamaciones, y subir, y llamar, y zarandear las puertas y acudir corriendo. «Pero ¿por qué será todo eso, por qué y cómo es posible?», se repetía él, pensando seriamente que se había vuelto loco de remate. Pero ¡no, no podía oírlo todo más claro! Probablemente quizá también a él vinieran a prenderlo enseguida; sí, así es. «Porque... seguramente todo esto es por aquello, por lo de la noche antes... ¡Señor!». Sintió el impulso de encerrarse, echando el cerrojo, pero no alzó una mano... ¡Era ya inútil! El terror, como hielo, le envolvió el alma, lo torturó, lo remató... Pero he aquí que, por último, todo aquel alboroto, que habría durado sus buenos diez minutos, fue amainando poco a poco. La patrona gemía y suspiraba. Iliá Petróvich seguía aún amenazándola e insultándola... Pero, finalmente, también él pareció aplacarse; ya no se le oía. «¡Si se habrá ido! ¡Señor!». Pues sí, se fue, y también la patrona, aún gimiendo y llorando... He aquí que su puerta se cierra de un portazo... Y la gente que se había reunido se desparrama por la escalera y por los pisos... Lanzan ¡ahes!, discuten, se llaman unos a otros; estos alzan la voz hasta el diapasón del grito, aquellos la bajan hasta el murmullo. Debía de haber mucha gente; toda la casa habría acudido allí. Pero ¡Dios!, ¿acaso era todo eso posible? ¿Y por qué, por qué habrá venido él?

Raskólnikov, extenuado, se dejó caer en el diván; pero ya no pudo pegar un ojo; permaneció acostado así una media hora, con tal sufrimiento, con tan intolerable sensación de espanto infinito, como hasta entonces nunca lo experimentara. De pronto una luz clara iluminó su cuarto; entró Nastasia con una vela y un plato de sopa. Después de contemplarle atentamente y cerciorarse de que dormía, puso la vela encima de la mesa y empezó a sacar lo que llevaba: pan, sal, un plato, una cuchara.

—Quizá estés sin comer desde anoche. Te has estado el día andando y tienes una fiebre caballuna.

—Nastasia..., ¿por qué le han pegado a la patrona?

Ella le miró de hito en hito.

—¿Quién le ha pegado a la patrona?...

—Pues hace un momento..., una media hora Iliá Petróvich, el ayudante del comisario, en la escalera... ¿Por qué le estuvo pegando de ese modo?, y... ¿por qué vino?

Nastasia, en silencio y frunciendo el ceño, se quedó mirando de hito en hito, y así lo estuvo contemplando largo rato. A él le resultaba muy desagradable aquel examen casi feroz.

—Nastasia, ¿por qué callas? —le preguntó, tímidamente, por fin, con débil voz.

—¡Es la sangre! —respondió ella por último en voz baja y como hablando consigo misma.

—¡Que es la sangre!... ¿Qué sangre?... —murmuró él, palideciendo y volviéndose de cara a la pared. Nastasia continuaba mirándole en silencio.

—Nadie le ha pegado a la patrona —dijo de nuevo con voz tajante y enérgica.

Él la miró, respirando apenas.

—Yo mismo lo oí... No estaba durmiendo... Estaba levantado —dijo él con voz aún más tímida—. Largo rato lo estuve oyendo... Vino el ayudante del comisario... A la escalera acudieron todos, de todos los cuartos...

—No vino nadie. Esa es la sangre que grita en ti. Cuando no encuentra salida y ya empieza a aglomerarse en el hígado, empieza uno a ver visiones... Pero ¿no vas a comer?

Él no contestó. Nastasia se inclinó sobre él, lo miró atentamente y no se iba.

—Dame de beber..., Nastásiuschka.

Ella bajó, y unos minutos después volvía con agua en un jarrito de barro blanco; pero él ya no se acordaba de más. Recordaba tan solo cómo se echó un trago de agua fría y se le vertió la jarrita en el pecho. Luego perdió el conocimiento.

III

Pero no permaneció sin sentido todo el tiempo de su enfermedad; era el suyo un estado febril, con delirio y semiconsciencia. De muchas cosas se acordó luego. Le parecía que en torno suyo se había reunido mucha gente y que querían llevarlo no sabía adónde, y discutían y disputaban mucho a cuenta suya. De pronto se quedó solo en su cuarto, que todos se fueron, llenos de temor, y solo de cuando en cuando se entreabría la puerta y desde allí lo miraban, lo amenazaban, cuchicheaban entre sí, se reían y lo amonestaban. A Nastasia recordaba haberla visto muchas veces a su lado; y también había visto allí, a su cabecera, a un individuo que se le antojaba muy conocido suyo, pero al que concretamente... no podía identificar, lo que le daba mucha rabia y hasta le hacía llorar. A veces le parecía como que llevaba ya un mes en cama... Pero otras le parecía que no había transcurrido un día. De *aquello*..., de *aquello* se había olvidado en absoluto; pero a cada instante recordaba que se había olvidado de algo de que era imposible olvidarse..., y se acongojaba y se afligía ante ese recuerdo; gemía, se llenaba de furor o de espanto, de un miedo insuperable. Entonces se incorporaba en el lecho, quería echar a correr; pero siempre había alguien que le detenía por la fuerza, y de nuevo volvía a caer en la inercia y el sopor. Finalmente concluyó por recobrar todo el conocimiento.

Sucedió así una mañana, a eso de las diez. A esa hora de la mañana, en los días buenos, el sol siempre proyectaba un largo rayo de luz a lo largo del testero derecho y alumbraba un rincón de junto a la puerta. A su cabecera estaba Nastasia, y también un hombre joven, que lo miraba con gran curiosidad y que le era por completo desconocido. Era un joven con caftán, barbita y toda la facha de un hortera. Por la puerta entornada atisbaba la patrona. Raskólnikov se incorporó.

—¿Quién es ese, Nastasia? —preguntó indicándole al joven.

—¡Miren: ya volvió en sí! —dijo ella.

—Volvió —repitió el hortera.

Sabedora de que había vuelto en sí, la patrona, que estaba fisgando desde la puerta, se dio prisa a cerrarla y desapareció. Era muy tímida y le resultaban insoportables las discusiones y disculpas; tendría unos cuarenta años y estaba gorda y adiposa, con negro entrecejo y negros ojos, y era bonachona de puro gorda e indolente, y también muy acomodaticia de suyo. Y vergonzosa sobre toda ponderación.

—Usted... ¿quién es? —insistió él dirigiéndose al propio hortera.

Pero en aquel mismo instante volvió a abrirse de par en par la puerta, y encorvándose un poco, por su alta estatura, penetró Razumijin.

—¡Vaya cabina de buque! —exclamó al entrar—. ¡Siempre me doy con la frente en la puerta; y a esto le llaman una habitación! Pero ¿tú, hermanito, volviste ya en ti? Acabo de oírselo a Páschenka.

—Ahora mismo acaba de recobrar el conocimiento —dijo Nastasia.

—Sí, ahora mismo acaba de despabilarse —asintió también el hortera.

—Pero ¿quiere usted decirme quién es? —preguntó de pronto, encarándose con él, Razumijin—. Yo, permítame que me presente, soy Vrazumijin, no Razumijin, como todos me llaman, Vrazumijin, estudiante, noble de nacimiento, y este es mi amigo. Ahora tenga usted la bondad de decirnos quién es.

—Yo soy dependiente de la tienda del comerciante Schelopáyev, y he venido aquí a un asunto.

—Pues haga usted el favor de sentarse en esta silla. —Razumijin tomó asiento en otra, a otro lado de la mesa—. Bueno, pues, hermanito, has hecho muy bien en recobrar el conocimiento —prosiguió dirigiéndose a Raskólnikov—. Llevas cuatro días con hoy sin apenas probar bocado ni beber gota de nada. Verdad que te dan té a cucharaditas. Y dos veces estuvo a verte conmigo Zosímov. ¿Te acuerdas de Zosímov? Te miró con mucha atención, y sin titubeos dijo que todo eso no era nada..., sino que habías recibido como un golpe en la cabeza. «Algún desatino de los nervios, la mala alimentación —decía—; le han dado demasiada poca cerveza y rábanos, de donde se ha derivado la enfermedad, pero esta no es nada y no tardará en desaparecer». ¡Bravo, Zosímov! Ya ha empezado a hacerse célebre con sus curas. Bueno, pero yo no quiero entretenerle —y volvió a dirigirse al hortera—; sírvase explicarnos lo que le desea. Te participo, Rodia, que es ya la segunda vez que vienen de esa tienda; solo que antes no fue este el que vino, sino otro, y con él nos entendimos. ¿Quién fue el que vino antes?

—Supongo que eso sería anteayer, eso es, exactamente. Pues entonces fue Aleksieyi Semiónovich; también es dependiente de nuestra tienda.

—Por lo menos, tiene la lengua más suelta que usted, ¿no?

—Sí; es un hombre más sentado.

—Le felicito a usted; pero bueno, prosiga.

—Pues verá usted: por conducto de Afanasii Ivánovich Vajruschin, del que supongo habrá usted oído hablar más de una vez, y a instancias de su madre, se ha recibido en nuestra tienda un encargo para usted —empezó el hortera, dirigiéndose a Raskólnikov—. En caso de que usted hubiese recobrado ya el conocimiento..., treinta y cinco rublos le entregaremos, que a Semión Semiónovich entregó Afanasii Ivánovich, de parte de su mamá de usted, como la vez anterior, y de lo cual le supongo a usted ya prevenido. ¿Es así?

—Sí...; ya recuerdo... Vajruschin... —exclamó Raskólnikov, pensativo.

—¿Oyen ustedes?... Conoce al comerciante Vajruschin —exclamó Razumijin—. ¿Cómo no ha de estar en su juicio? Por lo demás, yo observo ahora que es usted también un hombre elocuente. ¡Vaya! ¡Un buen discurso siempre da gusto escucharlo!

—De eso mismo se trata, de Vajruschin, Afanasii Ivánovich, y de parte de su mamá, la cual, por el mismo conducto, le giró la otra vez, y ahora, contando con la aquiescencia de Semión Semiónovich, le encargó entregara a usted treinta y cinco rublos, en espera de algo mejor.

—Mire: ese «en espera de algo mejor» es lo que mejor le ha salido, aunque tampoco está mal del todo eso de «su mamá». Bueno, vamos a ver: ¿qué le parece? ¿Está o no está en su pleno juicio?

—A mí me da exactamente igual... Con tal que me firme el recibito correspondiente...

—Firmará. ¿Trae usted el recibo?

—Aquí está.

—Pues venga. Vamos, Rodia; incorpórate. Yo te sostendré. Echa una firma; Raskólnikov, coge la pluma, porque, hermanito, el dinero ahora nos es más necesario que el jarabe.

—¡No hace falta! —dijo Raskólnikov, apartando la pluma.

—¿Cómo que no hace falta?

—Que no voy a firmar.

—Pero, diablo, ¿y el recibo?

—Es que no me hace falta a mí... dinero...

—¿Que no te hace falta dinero?... ¡Vamos, hermanito: tú mientes y yo soy testigo! No se apure usted; eso lo dice solamente por...; es que vuelve a delirar. Aunque, por lo demás, también despierto tiene esas salidas... Pero usted es un hombre sensato, y entre los dos le llevaremos de la mano, es decir, le llevaremos la mano[*] y firmará. Ande, ayúdeme usted...

—Después de todo, puedo volver otro día.

—No, no. ¿Por qué va a molestarse usted? Usted es un hombre sensato... Vamos, Rodia: no entretengas al huésped...

[*] El autor hace aquí un juego de palabras entre *rukovodit* (guiar, ejercer la tutela sobre alguien) y *ruku vodit* (llevarle la mano).

Mira que está aguardando. —Y seriamente se dispuso a llevarle la mano a Raskólnikov.

—Déjame, yo solo... —exclamó aquel, y, cogiendo la pluma, firmó el recibo.

El dependiente entregó el dinero y se fue.

—¡Bravo!... Y ahora, hermanito, di: ¿quieres comer?

—Quiero —respondió Raskólnikov.

—¿Tienes sopa?

—La de anoche —contestó Nastasia, que en todo este tiempo no se había movido de allí.

—¿Con patatas y arroz?

—Con patatas y arroz.

—Me lo sé de memoria. Tráeme la sopa y dame té.

—Lo traeré todo.

Raskólnikov lo contemplaba todo con hondo asombro y con un miedo estúpido y absurdo. Decidió callar y aguardar. ¿Qué más pasaría? «Parece que ahora no estoy delirando —pensaba—; parece que es realidad...».

Dos minutos después volvía Nastasia con la sopa y anunciaba que enseguida llevaría el té. Con la sopa traía dos cucharas, dos platos y todo un servicio de mesa: salero, especiero, mostaza para la carne y demás cosas que antes, hacía ya mucho tiempo, no comparecían allí en ese orden. Hasta estaba limpio el mantel.

—No estaría mal, Nastásiuschka, que Praskovia Pávlona encargase dos botellas de cerveza para echar un trago.

—¡Vaya, está bien!... —refunfuñó Nastasia, y salió a cumplimentar la orden.

Ávido y desconcertado, seguía mirándolo todo Raskólnikov. En el entretanto, Razumijin había tomado asiento al lado suyo en el diván, y, torpón como un oso, le había cogido con su mano izquierda la cabeza, no obstante poder él muy bien incorporarse solo, y con la derecha le llevaba a la boca cucharadas de sopa, que a veces previamente soplaba con la suya, para que aquel no se escaldase. Pero la sopa estaba, a lo sumo, tibia; Raskólnikov, con ansia, engulló una cucharada, y luego otra, y otra. Pero después de haberle dado así algunas cucharadas, Razumijin, de pronto, hizo alto y declaró que, para seguir adelante, era preciso consultarlo con Zosímov.

Entró Nastasia, llevando las dos botellas de cerveza.

—Y té, ¿quieres?

—Quiero.

—Anda pronto por el té, Nastasia, porque en el capítulo del té podemos pasarmos sin consultar a la Facultad. Pero ¡ya está aquí la cerveza!

Se trasladó a su silla, se sirvió sopa y carne, y empezó a devorar con tal apetito, que no parecía sino que tenía hambre de tres días.

—Yo, hermanito Rodia, como ahora todos los días contigo —dijo, en cuanto se lo permitía el tener la boca llena de carne—, y todo esto por Páschenka, tu patroncita, que es la que patronea; tiene contigo la mar de atenciones. Yo, naturalmente, no lo veo mal, y, vamos, que no me oponga. Pero ya está aquí Nastasia con el té. ¡Qué lista eres! Nástenka, ¿quieres cerveza?

—¡Miren qué gracioso!

—¿Y un poquito de té?

—El té, bueno.

—Pues echa. Pero deja, que voy a echarte yo mismo; siéntate a la mesa.

Acto seguido ya estaban haciéndolo; echó el té, y luego otra taza, y después dio por terminado el almuerzo y se tornó al diván. Como antes, le cogió con la mano izquierda la cabeza al enfermo, se la incorporó y procedió a darle cucharaditas de té, soplando también continuamente con todo celo, cual si en eso de soplar se cifrase el punto capital y salvador de su restablecimiento. Raskólnikov callaba y no oponía resistencia, no obstante sentirse con fuerzas suficientes para levantarse en el diván sin ajena ayuda, y no solo para sostener en la mano la cuchara o la taza del té, sino quizá también hasta para andar. Pero, por cierta astucia extraña, poco menos que animal, se le ocurrió de pronto disimular por entonces su fuerza, fingir, hacerse, si era preciso, el que no comprendía, y, mientras tanto, escuchar y ver lo que pasaba. Por lo demás, no lograba vencer por completo su repugnancia; después de injerir diez cucharadas de té, sacó de pronto la cabeza, rechazó voluntarioso la cuchara y volvió a recostarse en la almohada. Bajo su cabeza tenía ahora, efectivamente, una almohada de verdad, de plumón y con las fundas limpias, lo que no dejó de observar, llenándose de asombro.

—Es preciso que Páschenka nos envíe hoy mismo dulce de frambuesa para hacerle a ese un brebaje —dijo Razumijin, que había vuelto a ocupar su sitio, emprendiéndola de nuevo con la copa y la cerveza.

—Pero ¿de dónde va a sacar ella la frambuesa para ti? —preguntó Nastasia, teniendo en sus cinco dedos abiertos el platillo y sorbiendo el té «a través del azúcar».

—La frambuesa, amiga mía, la sacará de la tienda. Mira, Rodia; aquí ha ocurrido un lance del que no estás enterado. Cuando tú, de aquella manera pícara, te largaste de mi casa sin decirme las señas de tu domicilio, me entró tal rabia, que juré buscarte hasta dar contigo y castigarte. Aquel mismo día me puse a seguirte la pista. Fui y vine, pregunté, retepregunté. Bueno; se me había olvidado tu actual domicilio, aunque, por lo demás, nunca pude recordarlo, porque no lo sabía. De tu antiguo alojamiento, solo recuerdo que vivías en las Cinco Esquinas, en casa de Jarlámov. Busca que te busca la tal casa de Jarlámov, y luego hubo de resultar que no era en casa de Jarlámov, sino en la de Buck. ¡Para que se vea cómo pueden inducirnos a error las palabras! Bueno; yo estaba furioso. Estaba furioso, y al otro día me fui, a la ventura, a la oficina de señas, y figúrate: en dos minutos te me encontraron allí. Tú mismo lo habías firmado.

—¡Firmado!

—Como suena, y para que veas: en cambio, al general Kóbelev no pudieron encontrarlo allí estando yo. Pero de eso habría mucho que hablar. No bien me personé allí, inmediatamente me pusieron al corriente de todas tus cosas, de todas, hermanito, de todas; todo lo sé, y esa también es testigo. Y trabé conocimiento con Nikodim Fómich, y con Iliá Petróvich, y con el portero, y con el señor Zamiótov Aleksandr Grigórievich, el secretario de la comisaría del distrito, y, finalmente, conocí a Páschenka... Pero esto fue ya el remate de todo; esa lo sabe...

—La hiciste de almíbar —murmuró Nastasia, riéndose con malicia.

—Pero endulcé su té, Nastasia Nikíforovna.

—¡Quita, perro! —gritó, de pronto, Nastasia, y se echó a reír—. Yo soy Petrovna, y no Nikíforovna —añadió, de pronto, luego que acabó de reír.

—Lo tendremos en cuenta. Pero, ¡ea!, hermanito, para no hablar cosas inútiles, yo quería empezar por introducir aquí una corriente eléctrica, para extirpar de una vez todos los prejuicios locales; pero Páschenka ha podido más. Yo, hermanito, nunca pude esperarme que ella fuese tan... acomodaticia..., ¿eh? ¿Qué dices a esto?

Raskólnikov callaba, aunque ni por un instante apartaba de él su escrutadora mirada, y aun ahora seguía tenazmente mirándole.

—Y hasta muy... —prosiguió Razumijin, sin molestarse absolutamente por aquel silencio y como contestando a una respuesta recibida—, y hasta una mujer muy como es debido, por todos conceptos.

—¡Vaya, compadre! —volvió a exclamar Nastasia, a la que todo aquel palique producía visiblemente un gusto inexplicable.

—Lástima, hermanito, que tú, desde el primer instante, no hayas sabido entenderla. Había que tratarla de otro modo. Es, por decirlo así, el carácter más inesperado. De eso del carácter ya hablaremos luego... Pero... ¿cómo llegar a ese extremo de que ella no se atreviera a mandarte la comida? ¿Y, por ejemplo, eso de la letra de cambio? Pero ¿estuviste loco para firmar una letra? Y no digamos nada de esa proposición de boda cuando aún vivía Natalia Yegórovna... ¡Yo lo sé todo! Aunque ya me doy, por fin, cuenta de que todo eso es materia muy delicada y de que soy un burro; dispénsame. Pero ya que hablamos de torpezas, ¿qué te parece?... Mira, hermanito: Praskovia Pávlona no es tan tonta como a primera vista pudiera parecer, ¿verdad?

—Sí... —balbució Raskólnikov, mirando a otro lado, pero comprendiendo que era conveniente sostener el palique.

—¿No es cierto? —exclamó Razumijin, visiblemente satisfecho de que le contestasen—. Pero también es tonta, ¿verdad? ¡En absoluto, en absoluto, el carácter más inesperado! Yo, hermanito, hasta cierto punto me hago un lío, te lo aseguro... Cuarenta, probablemente, tendrá. Ella dice treinta y seis, y está en todo su derecho. Por lo demás, te juro que el juicio que formo de ella es puramente intelectual, según la metafísica; aquí, hermanito, se me atraviesan unos signos más enrevesados que los del álgebra. ¡No entiendo jota! Pero, bueno; todo esto es un absurdo; y ella, al ver que tú ya no eres estudiante, que no tenías lecciones ni ropa y que, muerta ya la muchacha, no podía considerarte como de la familia, se asustó la pobre; y como tú, por tu parte, te amodorrabas en tu rincón y no te tratabas ya con ella como antes, pues fue ella y resolvió despedirte de tu cuarto. Y hacía mucho tiempo que abrigaba esta intención; pero lo de la letra le sentó muy mal. Además, que tú mismo le aseguraste que tu madre le pagaría...

—Eso se lo decía yo por pura ruindad. A mi madre misma poco le falta para pedir limosna... Y yo mentía para que no me echaran del cuarto y... siguieran dándome de comer —declaró Raskólnikov en voz alta y clara.

—Sí; y hacía bien. Lo malo fue que recurrieron al señor Chebárov, consejero de la Corte y hombre de negocios. Páschenka, sin él, no habría pensado eso, que es harto tímida;

pero un hombre de negocios no siente empacho ante nada, y lo primero que hizo él, naturalmente, fue plantearle esta cuestión: si había esperanzas de cobrar la letra. Contestación: sí, puesto que tiene una madre que de los ciento veinticinco rublos de su pensión, aunque se quede sin comer, no dejará de mandarle algo a su Rodia, y también una hermana tiene que, por él, sería capaz de venderse como esclava. En esto se fundaba él... ¿Por qué te revuelves de ese modo? Yo, hermanito, ahora conozco todas tus interioridades, que no en balde te franqueaste tú con Páschenka cuando todavía te trataba sobre un pie de parentesco; pero te hablo así por cariño que te tengo... Bueno; la cosa es esta: un hombre honrado y sensible habla con franqueza; pero un hombre de negocios escucha y come, y luego sigue también comiendo. He ahí por qué ella le endosó la letra, en calidad de pago, a ese tal Chébarov, el cual exigió, sin miramiento alguno, lo suyo. Yo hubiera querido, al enterarme de todo esto, para tranquilidad de mi conciencia, montar también mi batería, y como por ese tiempo ya estábamos en buenas relaciones con Páschenka, le mandé suspender la cosa, asegurándole que tú pagarías. Yo, hermanito, he respondido por ti, ¿entiendes? Hemos hecho venir a Chébarov, le hemos puesto diez rublos en plata entre los dientes, le hemos recogido la letra, y aquí tengo el honor de presentársela a usted —ahora te creen por tu palabra—; téngala, rota y todo por mí, como procede.

Razumijin puso sobre la mesa la letra de cambio; Raskólnikov fijó en ella la mirada, y, sin decir palabra, se volvió de cara a la pared. Razumijin pareció resentirse.

—Veo, hermanito —dijo al cabo de un instante—, que acabo de hacer otra nueva tontería. Pensaba distraerte y consolarte con mi charla, y, según parece, no he hecho más que revolverte la bilis.

—¿Eras tú el que yo veía en mi delirio? —preguntó Raskólnikov, también después de un silencio y sin volver la cabeza.

—Yo, sí, y mi presencia te provocaba crisis, sobre todo una vez que traje conmigo a Zamiótov.

—¿Zamiótov?... ¿El secretario?... ¿Y por qué? —Raskólnikov se volvió rápidamente y fijó la mirada en Razumijin.

—Pero ¿qué te pasa? ¿Por qué te agitas así? Era que deseaba conocerte; él fue quien se empeñó, por lo mucho que le hablamos de ti. De otro modo, ¿cómo habría podido yo estar tan al corriente de tus cosas? Es famoso, hermanito; pequeñín, extravagante... en su género, naturalmente. Ahora nos hemos hecho amigos; casi a diario nos vemos. Has de saber que me he mudado a este barrio. ¿No lo sabías aún? Es que estoy recién mudado. A casa de Lavisa hemos ido juntos dos veces. Lavisa, ¿recuerdas?, Lavisa Ivánovna.

—¿Y estaba yo delirando?

—¡Ya lo creo! ¡No sabías lo que te decías!

—¿Y de qué deliraba?

—¡Arrea! ¿Que de qué delirabas? Pues de lo que se suele delirar... Pero, hermanito, no perdamos el tiempo; al grano.

Se levantó de la mesa y cogió su gorra.

—¿De qué deliraba?

—¡Y dale! ¿Es que temes haber dejado traslucir algún secreto? Pues estate tranquilo, que no dijiste nada de la condesa, sino de no sé qué *bulldog*, de unos pendientes, sí, y también de unas cadenillas de reloj y de la isla Krestovskii, y de no sé qué portero, y de Nikodim Fómich, y de Iliá Petróvich, el ayudante del comisario; de todo eso sí hablaste por los codos. Y, además, también mostraste mucho interés por los calcetines, mucho. Gemías: «¡Dadme los calcetines, solamente eso!». Zamiótov mismo se puso a buscar por todos los rincones los calcetines, y con sus propias manos, ungidas de esencias y enjoyadas de sortijas, te entregó ese andrajo. Entonces tú te tranquilizaste, y veinticuatro horas justas tuviste en tus manos, muy bien sujeta, esa inmundicia, tanto, que era imposible arrancártela. Por fuerza la has de tener todavía contigo, en alguna parte, bajo las ropas de la cama. Y también preguntabas por el ribete de tus pantalones, y si vieras con qué llanto... Nosotros ya nos preguntábamos. «¿Qué ribete será ese?». Pero no había forma de comprenderte... Pero vamos al grano. Aquí tienes treinta y cinco rublos; de ellos me llevo diez, y dentro de un par de horitas te daré cuenta de los mismos. Entre tanto, me informaré acerca de Zosímov, que ya hace rato debía estar aquí, porque son ya las once largas. Pero usted, Nástenka, vendrá a verlo con frecuencia, en tanto esté yo ausente, y le traerá de beber o cualquier otra cosa que pueda hacerle falta... Por lo demás, también se lo diré ahora a Páschenka. ¡Hasta la vista!

—¡Páschenka la llama! ¡Vaya tuno! —exclamó Nastasia, luego que se fue. Después abrió la puerta y se puso a escuchar; pero no pudo contenerse, y bajó ella también. Le interesaba mucho enterarse de lo que hablase él con la patrona, y saltaba a la vista que Razumijin la había vuelto tarumba.

No bien hubo cerrado la puerta tras de sí, cuando el enfermo se desembarazó bruscamente del cobertor y, como medio loco, saltó de la cama. Con ardiente, convulsiva impaciencia, había estado aguardando a que se fuesen ellos cuanto antes, para inmediatamente poner, en su ausencia, manos a la obra. Pero ¿a qué obra? Parecía como que ahora adrede se le había olvidado. «¡Señor! Dime solo una cosa: ¿estarán ellos enterados de todo, o lo ignorarán todavía? ¿Será que lo saben, sino que se hacen los desentendidos para inquietarme, en tanto guardo cama, y luego, de pronto, entrarán y dirán que ya hacía mucho tiempo que todo lo sabían?... ¿Qué hacer ahora? Nada, que se me olvidó como adrede; de pronto, se me olvidó, porque hace un instante me acordaba».

Estaba plantado en mitad de la habitación, y, con penosa perplejidad, esparció la mirada en torno suyo; se llegó a la puerta, la entreabrió y se puso a escuchar; pero eso no era. De pronto, cual si se acordara, se fue al rincón donde, bajo el empapelado, estaba el agujero, y lo escudriñó atentamente; pero tampoco era aquello. Se fue hacia la estufa, la abrió y empezó a mirar entre las cenizas; el pedazo de la franja del pantalón y los jirones del bolsillo arrancado seguían allí, tal y como él los dejara, sin que nadie los hubiese visto. Entonces se acordó también del calcetín, del que Razumijin acababa de hablarle. En verdad, allí estaba, en el diván, debajo del cobertor; pero tan sucio y gastado por los restregones estaba ya, que, indudablemente, Zamiótov no habría podido notar nada en él.

«¡Oh!... ¡Zamiótov! ¡La comisaría!... Pero ¿por qué me citarán allí? ¿Dónde está la citación?... ¡Bah!... Yo me confundo; fue entonces cuando me citaron. También fue entonces cuando repasé yo el calcetín, y ahora..., ahora estoy enfermo. Pero ¿por qué vendría Zamiótov? ¿Por qué le traería Razumijin?... —murmuraba, extenuado, sentándose de nuevo en el diván—. ¿Qué será lo que tengo? ¿Será que me continúa el delirio, o que todo esto es realidad?... Realidad es, según parece... ¡Ah! ¡Ya me acordé! ¡Huir! Sí; pero ¿adónde? ¿En dónde están mis ropas? Calzado no tengo. ¡Me lo quitaron! ¡Me lo escondieron! Comprendo. Pero aquí está mi paletó... No se han fijado en él. Y encima de la mesa hay dinero, ¡loado sea Dios! Aquí está también la letra de cambio... Cogeré el dinero y me iré, y me mudaré a otro cuarto; no darán conmigo... Sí; pero ¿y el negociado de señas? ¡Me encontrarán! Razumijin me encontró. Lo mejor de todo es huir lejos..., a América, y escupirles a todos ellos. Y llevarme también la letra de cambio...; allá me servirá. ¿Qué más me llevaré? Ellos imaginan que estoy enfermo. No saben que puedo salir a la calle. ¡Je, je, je! Y en los ojos les he conocido que están enterados de todo. No tengo que hacer más que bajar la escalera. Pero ¿y si hubieran puesto en ella centinelas, policías? ¿Qué es esto? ¿Té? ¡Ah, sí, y también queda cerveza: media botella, fría!

Cogió la botella, en la que aún había cerveza para llenar un vaso, y con placer se la bebió de un trago, cual si quisiera apagar un fuego en su garganta. Pero no había pasado un minuto, cuando la cerveza se le había subido ya a la cabeza, y por la espalda le corría un leve y hasta grato escalofrío. Se acostó y se tapó con el embozo. Sus ideas, ya de por sí morbosas e incoherentes, empezaron a embrollarse cada vez más, y no tardó un sueño, ligero y gustoso en apoderarse de él. Con deleite, hundió la cabeza en la almohada, se envolvió bien en su suave cobertor guateado, que sustituía ahora en su lecho al viejo abrigo, hecho jirones, de marras; dio un suave suspiro y quedó sumido en un sueño profundo, recio, bienhechor.

Se despertó al sentir que alguien entraba en su cuarto, abrió los ojos y se encontró con Razumijin, que había abierto la puerta de par en par y estaba parado en los umbrales, perplejo: ¿entraría o no? Raskólnikov se incorporó aprisa en el diván y se quedó mirándolo, como pugnando por recordar alguna cosa.

—¡Ah, no estás durmiendo! Bueno, pues, entonces, paso. Nastasia, trae acá el paquetito —gritó Razumijin, inclinándose—. Ahora te daré cuenta de todo...

—¿Qué hora es? —preguntó Raskólnikov, girando en torno suyo una mirada apremiante.

—Bien has dormido, hermanito; fuera es ya de noche; serán las seis. Seis horas largas has estado durmiendo...

—¡Señor! ¿Qué es lo que me sucede?

—¡Qué ha de ser! Que ya vas estando bueno. ¿Qué prisa tienes? ¿Alguna cita? Ahora todo el tiempo es nuestro. Yo hace ya tres horas que te estoy aguardando; dos veces entré y te encontré durmiendo. A casa de Zosímov subí por dos veces: ¡no estaba en casa, ahí tienes! Pero no importa: vendrá... A mis asuntillos también fui. Porque hoy me he mudado, me he mudado del todo, en compañía de mi tío... Has de saber que ahora tengo un tío.... Pero, bueno; ¡llévese el diablo los asuntos!... ¡Dame acá el paquetito, Nástenka! Mira: ahora, nosotros... Pero, hermanito, dime antes cómo te sientes.

—Pues bien; ya no estoy enfermo... Razumijin, ¿llevas aquí mucho rato?

—Ya te lo dije: tres horas aguardándote.

—No. ¿Y antes?

—¿Cómo antes?

—¿Cuánto tiempo hace que viniste?

—Pero si ya te lo conté todo al pormenor no hace mucho... ¿No te acuerdas?

Raskólnikov se quedó pensativo. Como un sueño, recordó cuanto acababa de pasar. Solamente que no podía hacer memoria él solo, e inquisitivo miraba a Razumijin.

—¡Hum! —dijo este—. ¡Se te olvidó! A mí, hace poco, parecíame que tú no estabas aún del todo en tu juicio... Ahora, con el sueño, te has repuesto... Verdaderamente, tienes mejor cara. ¡Bravo! Pero bueno, ¡al grano! Ahora lo recordarás. Gira hacia acá la vista, querido.

Procedió a deshacer el paquete, que, por lo visto, le merecía gran estima.

—Esto, hermanito, créelo, lo tenía yo especialmente sobre el corazón. Porque es preciso hacer de ti un hombre. Vamos allá, y empecemos por arriba. ¿Ves esta gorrita?... —empezó, sacando del paquete una gorra bastante buena, pero, al mismo tiempo, de lo más vulgar y barata—. ¿Quieres probártela?

—Luego, luego —dijo Raskólnikov, rechazándolo con brusquedad.

—No te opongas, hermanito Rodia, que luego será tarde, y yo no podré pegar un ojo en toda la noche, pensando que, sin saber la medida, me propasé a comprarlo. ¡De primera!... —exclamó, triunfalmente, después de habérselo probado—. ¡De primera, a la medida! El adorno de la cabeza es, hermanito, lo más principal en el traje: es lo que nos clasifica. Mi amigo Tolstiakov siempre se quita su montera al entrar en algún sitio público, donde todo el mundo está de sombrero y gorra. Todos piensan que lo hace por un sentimiento servil, siendo así que, en realidad, lo hace sencillamente porque se avergüenza de su nido de cigüeñas. ¡Es tan pazguato! Bueno, Nástenka; aquí tiene usted dos cobertores de cabeza: este Palmerston —y sacaba de un rincón el maltrecho hongo de Ras-

kólnikov, al que, sin saber por qué, llamaba un Palmerston—
y esta monada de joya. Vamos a ver, Rodia; echa un cálculo:
¿cuánto crees que he pagado por él? Y tú también, Nastásiuschka —añadió, dirigiéndose a ella al ver que el otro callaba.

—Veinte copeicas puede que haya dado —respondió Nastasia.

—¡Veinte copeicas, idiota —exclamó él, dándose por ofendido—; algunos no los darían por ti! ¡Ochenta me ha costado! Y eso porque está usado. Aunque es verdad que me lo han
vendido con una condición: que, luego que tú lo lleves puesto, el año que viene te darán otro de balde. ¡Dios es testigo!...
Bueno; pasemos ahora a los Países Bajos*, como decíamos en
el colegio. Te prevengo que... de estos pantalones me siento
orgulloso. —Y extendió ante Raskólnikov unos pantalones
grises, de una ligera tela de verano—. Ni un agujero, ni una
mancha, y en muy buen estado todavía, aunque ya muy usa-
dos, lo mismo que el chaleco, de un solo color, según exige la
moda. Y eso de que esté usado es todavía mejor: así está más
suave, más blando... Mira, Rodia: para hacer carrera en el
mundo basta, a mi juicio, con observar siempre el cambio de
las estaciones: si en enero no pides espárragos, siempre tendrás dinero en el bolsillo; pues lo mismo te digo respecto a
esta compra. Ahora es la temporada de verano, y yo he hecho
una compra estival, porque en otoño se necesita un paño de
más abrigo; así que podrás deshacerte de este, tanto más
cuanto que de aquí a entonces ya habrá tenido tiempo de sobra para deshacerse él solito, si no por una forzosa necesidad
de lujo, por efecto de descomposición interna. Bueno; a ver,
echa un cálculo. ¿Qué precio, a tu juicio?... Pues dos rublos
y veinticinco copeicas. Y fíjate; también con la misma condición de antes: que lo uses, y el año que viene te darán otro de
balde. En el almacén de Fediáyev las gastan así: luego que has

* «... a los Países Bajos». En el original ruso, a Estados Unidos de América.

pagado una cosa, ya es para toda la vida, porque otra vez no vuelves. Bueno; vamos ahora con el calzado... ¡Qué calzado! Mira: harto se ve que están usadas estas botas; pero aún podrás tirar muy bien con ellas unos dos meses, porque es trabajo extranjero y artículo extranjero. El secretario de la Embajada inglesa hubo de ir la semana pasada a Tolkuchii a venderlas; no las había llevado puestas más que seis días; pero andaba muy necesitado de dinero. Han costado un rublo y cincuenta copeicas. ¿Es o no es ganga?

—Pero quizá no le vengan a la medida —observó Nastasia.

—¿Que no le vengan a la medida? ¡Cómo! —Y sacó del bolsillo la bota vieja, encogida, toda salpicada de fango antiguo, de Raskólnikov—. Yo anduve con tiento, y por esta monstruosidad me tomaron la medida exacta. Todo este asunto lo he llevado muy bien. También me entendí, para la ropa blanca, con la patrona. Aquí tienes, en primer lugar, tres camisas de hilo, con el cuello a la moderna. Bueno; vamos a echar la cuenta. Ochenta copeicas el sombrero; dos rublos veinticinco copeicas, las otras prendas de vestir, o sean tres rublos cinco copeicas; un rublo cincuenta, las botas (porque son bonísimas). Total: cuatro rublos cincuenta y cinco copeicas, más cinco rublos por la ropa interior (porque hemos regateado bien), hacen justamente nueve rublos cincuenta y cinco copeicas. Cuarenta y cinco copeicas que sobran en calderilla, aquí las tienes; haz el favor de tomarlas... Y de este modo, Rodia, ahora cuentas con un traje completo, porque, a juicio mío, tu paletó no solo puede todavía servir, sino que hasta conserva un aspecto muy decente. ¡Lo que significa vestirse en casa de Scharmer! Cuanto a los calcetines y demás, eso lo dejo a tu cargo; nos quedan veinticinco rublillos, y por Páschenka y el pago del cuarto no tienes que preocuparte; ya le hablé: crédito ilimitado. Pero ahora, hermanito, haz el favor de mudarte de ropa interior, porque pudiera ser que toda tu enfermedad la tuvieses ahora en la camisa...

—¡Déjame! ¡No quiero! —lo rechazó Raskólnikov, que había escuchado de mala gana la humorística relación que Razumijin le hiciera de la compra de aquellas prendas.

—Eso, hermanito, es imposible; en balde no he gastado yo mis botas —insistió Razumijin—. Nastásiuschka, no te dé vergüenza y ayúdame... Eso es. —Y, pese a la resistencia de Raskólnikov, lo mudó de ropa interior. Aquel dejó caer la cabeza en la almohada y no profirió palabra.

«¡Cuándo acabarán de irse!», pensó.

—¿Con qué dinero has comprado todo esto? —preguntó finalmente, volviéndose de cara a la pared.

—¿Con qué dinero? ¡Qué salida!... ¡Pues con el tuyo! Hará un rato estuvo aquí un dependiente de casa de Vajruschin, por encargo de tu madre. ¿Lo olvidaste ya?

—Ahora recuerdo —dijo Raskólnikov, tras largo y adusto mutismo.

Razumijin frunció el ceño y se quedó mirándolo, inquieto.

La puerta se abrió, y entró un individuo alto y recio, que parecía no serle a Raskólnikov totalmente desconocido.

IV

Zosímov era un hombre alto y gordo, con una cara llena y descolorida, esmeradamente afeitado; con el pelo rubio, muy claro y todo en punta, con lentes y una gran sortija de oro en uno de sus dedos, amorcillados de puro gordos. Tenía veintisiete años. Vestía un holgado y elegante paletó de entretiempo y unos pantalones de color claro, de verano, y, en general, todo él era holgado, elegante y acicalado; la ropa blanca, irreprochablemente primorosa; gastaba gruesa cadena de reloj. Sus modales eran lentos, cual de flemático, y, al mismo tiempo, de una desenvoltura afectada; sus pretensiones, por mucho que las ocultara, se traslucían a cada paso. Todos cuantos le conocían lo encontraban antipático; pero decían que entendía de lo suyo.

—Yo, hermanito, dos veces estuve a buscarte en tu casa... Mira: ya se despabiló —exclamó Razumijin.

—Ya lo veo, ya lo veo. ¿Qué tal van esos ánimos? —dijo Zosímov, dirigiéndose a Raskólnikov, mirándolo atentamente y sentándose en el diván, a sus pies, donde enseguida trató de adoptar la mayor despreocupación.

—Está la mar de melindroso —continuó Razumijin—. Hace un momento le hemos mudado de ropa, y por poco si rompe a llorar.

—Se comprende; habría sido mejor dejarlo para después, para cuando ya se levante... El pulso va bien. Y la cabeza le duele todavía un poquillo, ¿verdad?

—¡Yo estoy ya bien, completamente bien!... —declaró Raskólnikov con brusquedad e irritación, incorporándose de pronto en el diván y con ojos que le echaban chispas; pero acto seguido volvió a recostarse en la almohada y se volvió de cara a la pared.

Zosímov no le quitaba ojo.

—Muy bien... Todo esto está en regla —dijo con tono indolente—. ¿Ha comido algo?

Se lo dijeron, y le preguntaron qué era lo que podían darle de comer.

—Le podéis dar de todo... Sopa, té... Setas y pepinillos, naturalmente que no, ni tampoco carne de vaca, ni... Pero, bueno; ¡a qué tanto hablar! —Cambió una mirada con Razumijin—. ¡Nada de jarabes ni de más medicinas! Yo volveré por aquí mañana... Quizá hoy ya hubiera podido... En fin...

—Mañana por la tarde lo sacaré a dar un paseo —decidió Razumijin—. Al jardín de Yusúpov, y luego al «Palais de Cristal»...

—Mañana yo lo dejaría tranquilo, aunque, después de todo..., un paseíto... Bueno; allá veremos.

—¡Ah, qué lástima! Hoy precisamente es cuando yo inauguro mi nuevo alojamiento, a dos pasos de aquí. Si él pudiera venir también... Aunque solo fuera para acompañarnos, tendido en el diván... Pero tú no faltarás, ¿eh? —dijo Razumijin, encarándose de pronto con Zosímov—. No lo olvides, que me lo prometiste.

—Sí; quizá pueda ir por allá luego. ¿Qué es lo que nos tienes preparado?

—Casi nada: té, vodka, arenques. También habrá un pastel; es cosa de intimidad.

—¿Quiénes más irán..., concretamente?

—Pues todos, del barrio, y casi todos, conocimientos nuevos, a decir verdad..., quitando a mi viejo tío, aunque también es nuevo, pues no lleva en Petersburgo más que desde anoche y ha venido a unos asuntillos. Nos vemos cada cinco años.

—¿Y quién es?

—Se ha pasado toda su vida de jefe de postas en un distrito... Cobra una pensioncilla; sesenta y cinco años; no vale la pena hablar de ello... Pero yo le tengo cariño. Porfirii Petróvich también vendrá: es el juez de instrucción del barrio, un jurisconsulto. Pero tú ya le conoces...

—¿Es también pariente tuyo?

—Sí; pero bastante lejano. Pero ¿por qué tuerces el gesto? ¿Porque aquella vez riñeron ustedes no vas a venir?

—Yo le escupo a él...

—Pues mejor que mejor. Bueno; y, además, habrá allí estudiantes, profesores, un funcionario, un músico, un oficial, Zamiótov...

—Haz el favor de decirme qué puede haber de común entre tú o él —Zosímov señaló con la cabeza a Raskólnikov— y un Zamiótov cualquiera.

—¡Oh, y qué aguafiestas!... ¡Los principios! Tú te mueves por principios como por resortes; no te atreves a obrar libremente; pero, para mí, lo primero es que el hombre sea bueno...: ahí tienes mi principio, y no quiero saber más. Zamiótov es un hombre de los pocos.

—Y se deja untar las manos.

—¡Bueno; se dejará untar las manos y escupir! ¿Qué importa que se deje untar? —gritó de pronto Razumijin con una irritación que no parecía natural—. ¿Acaso yo te he ponderado como un elogio que él se deje untar las manos? Yo decía únicamente que él, en su clase, es un hombre bueno. Y, francamente, reparando bien, en todas las clases de individuos, van ya quedando pocos buenos. Es más: estoy convencido de que no habría quien diese ni una cebolla frita por toda mi persona y la tuya juntas.

—Eso es muy poco; yo, por ti, daría dos...

—Pues yo por ti, solo una. ¡Vuelve por otra! Zamiótov es todavía un chiquillo; aún le he de tirar de los pelos, porque hay que atraerlo y no espantarlo. Rechazando al hombre, no lo corriges; mucho menos a un muchacho. Con un joven es menester doble prudencia. Esto es lo que vosotros, los necios progresistas, no entendéis. No respetáis al hombre; os ofendéis, a vosotros mismos os ofendéis... Y si quieres saber lo que hay de común entre nosotros, te diré que traemos entre manos un asunto.

—Desearía saber...

—Es un asunto relativo al pintor, quiero decir al pintor de brocha gorda... ¡Ya lo sacaremos con bien!... Aunque, por lo demás, ahora no corre peligro alguno. La cosa está ya clara, completamente clara. ¡Mataremos dos pájaros de un tiro!

—Pero ¿de qué pintor de brocha gorda se trata?

—¡Cómo! Pero ¿no te lo he contado? ¿No?... Es verdad, que solo empecé a referirte el principio... Bueno; pues verás: en el asesinato de la vieja usurera, de la viuda del funcionario, se encuentra complicado también un pintor de puertas y ventanas...

—¡Ah, sí! De ese crimen ya oí hablar antes de ahora, y es asunto que me interesa..., hasta cierto punto..., por una casualidad... Y he leído los periódicos. Sigue.

—¡A Lizaveta también la mataron! —exclamó de pronto Nastasia, dirigiéndose a Raskólnikov.

Durante todo este tiempo había permanecido en el cuarto, junto a la puerta, aguzando el oído.

—¿A Lizaveta? —murmuró Raskólnikov con voz apenas perceptible.

—A Lizaveta, sí, a la revendedora. ¿No la conocías? Pues venía acá abajo. A ti mismo te repasó una camisa.

Raskólnikov se volvió de cara a la pared, donde, en el sucio empapelado amarillo, con florecillas blancas, eligió una de estas últimas, bastante mal dibujada, toda acribillada de rayitas oscuras, y se puso a contemplarla. ¿Cuántas hojitas tendría, cuántos picos en las hojas y cuántas rayitas? Sentía que se le entumecían manos y pies, cual si se le paralizasen; pero no hacía por cambiar de postura, y seguía con la vista tercamente fija en la florecilla.

—Bueno; ¿y qué ocurre con el pintor de brocha gorda? —le interrumpió Zosímov a la locuaz Nastasia con cierta mala gana especial. Esta dio un suspiro y se calló.

—Pues que también le han imputado el crimen —prosiguió Razumijin con vehemencia.

—¿Había pruebas contra él? ¿Cuáles?

—¡Qué pruebas iba a haber, diablo! Y, después de todo, tocante a pruebas, hay una, solo que esta no es ninguna prueba, porque hay que empezar por probarla. Es absolutamente lo mismo que cuando detuvieron y complicaron en la cosa a esos..., a Koch y a Pestriakov. ¡Uf! ¡Y qué mal llevan esto! ¡Siente uno vergüenza por los demás! Pestriakov es posible que vaya hoy también por casa... Mira, Rodia: tú conoces ya esa historia; ocurrió antes de tu enfermedad, justamente la víspera de que te diera aquel mareo en la comisaría, cuando estaban allí comentando el suceso...

Zosímov miró curiosamente a Raskólnikov; este no hizo movimiento alguno.

—¿Sabes una cosa, Razumijin? Te miro, y ¡hay que ver qué calor te tomas! —observó Zosímov.

—Será como dices; pero hemos de sacarlo con bien —gritó Razumijin descargando un puñetazo en la mesa—. ¿Sabes en todo eso lo que más me irrita? No es que ellos sean unos imbéciles; las pifias pueden siempre perdonarse: el error es buena cosa, porque conduce a la verdad. No. Lo lamentable es que, tras equivocarse, todavía le rindan parias a su yerro. Yo a Porfirii lo respeto; pero... Mira, por ejemplo: ¿qué es lo que desde un principio los despistó? La puerta estaba cerrada, y, cuando volvieron con el portero..., la hallaron abierta. Bien; pues eso quiere decir que Koch y Pestriakov fueron los asesinos. ¡Ya ves qué lógica me gastan!

—No te sulfures; no han hecho más que detenerlos; no podían hacer otra cosa... Mira: yo he tenido ocasión de conocer a ese Koch; según parece, le compraba a la vieja las prendas cumplidas, ¿no?

—Sí; es un pícaro. También compra las letras de cambio. Es un tío vividor. ¡El diablo cargue con él!... Pero no es eso lo que me encocora, ¿comprendes? Lo que me carga es la rutina de esa gente; su rutina anticuada, estúpida, es lo que me subleva... Porque mira: en todo este asunto se puede descubrir una pista nueva. Fundándose solo en el dato psicológico, puede demostrarse cómo hay que conducirse en la persecución de la verdad. «¡Nosotros, diantre, contamos con los hechos!», dicen. Sí; pero los hechos no son todo; por lo menos, la mitad de la cosa estriba en el modo como sepas interpretar esos hechos.

—¿Y tú sabes interpretar los hechos?

—Sí; no es posible callar cuando sientes, cuando sientes de un modo palpable que puedes ayudar a la solución del asunto, cuando... ¡Ah!... ¿Conoces tú todos los pormenores de la cosa?

—Pero ¡todavía estoy aguardando lo que ibas a decirme del pintor decorador!

—¡Ah, bueno! Pues escucha la historia. Justamente anteayer, a los tres días de cometido el crimen, por la mañana, cuando todavía estaban ellos liados con Koch y Pestriakov —no obstante haber estos explicado cada uno de sus pasos:

¡la evidencia clamaba!—, hubo de presentarse de pronto un hecho la mar de inesperado. Cierto campesino, llamado Duschkin, dueño de una taberna situada enfrente de la casa del crimen, compareció en la comisaría y depositó allí un estuche de joyero, con unos pendientes de oro, y refirió todo un cuento: «Vino a verme anteayer, por la noche, a eso de las ocho (día y hora, ¿te fijas?), un obrero, pintor decorador, el cual frecuentaba ya de antes mi establecimiento, y que se llama de nombre Nikolai, y me trajo este estuchito, que contenía unos pendientes de oro, pidiéndome que se los tomara en calidad de empeño, a cambio de dos rublos; y al preguntarle yo que de dónde le habían venido, me explicó que los había recogido de la calle. Yo no le pregunté más sobre esto —así dijo Duschkin—, y le di un billetito, o sea un rublo, porque me eché la cuenta de que, si yo no se lo daba, otro se lo daría, y, al fin y al cabo, venía a ser lo mismo... Se los bebería, y era preferible que yo tuviera en mi poder la prenda; así está más segura, la tengo a la mano, y si luego se pone en claro o se difunde algún rumor, pues voy y la presento». Bueno; no cabe duda que este era el sueño de la abuela, y que miente como un bellaco, porque yo conozco de sobra al tal Duschkin, y hace de prestamista y perista, y un objeto que vale treinta rublos no se lo iba a tomar a Nikolai para «presentarlo» después. Sencillamente, que ha tenido miedo. Pero bueno; por el diablo, sigue escuchándome; continúa declarando Duschkin: «Yo, a ese aldeano, Nikolai Deméntiev, lo conozco desde chico, pues es de nuestro mismo gobierno y distrito, de Zaraisk, y yo también soy de Riazán. Nikolai, sin ser lo que se llama un borracho, gusta de empinar el codo, y ninguno de nosotros ignoraba que estaba trabajando en esa casa, pintando las paredes, juntamente con Mitrei, que es también paisano suyo. Después de recibir el billete, enseguida lo cambió, se bebió un par de vasitos, cogió la vuelta y se fue; pero a Mitrei no lo vi con él entonces. Al otro día llegó a nuestros oídos la noticia de que a Aliona Ivánovna y a su hermana Lizaveta Ivánovna las habían asesinado a hachazos, y nosotros las conocíamos a ambas, y al punto hube de concebir sospechas a propósito de los pendientes..., porque nos constaba que la difunta daba dinero sobre prendas. Yo me fui a buscarlos a la casa y me puse con mucho tino a sonsacarlos, muy poquito a poco, y empecé por preguntar: "¿Está por aquí Nikolai?". Y me contestó Mitrei que Nikolai había estado la noche antes de juerga y había vuelto a su casa ya de día, borracho, y luego de estar en ella unos diez minutos, había tornado a irse; pero que él, Mitrei, no lo había vuelto a ver, y que estaba él solo rematando el trabajo. El trabajo lo tenían ellos un tramo de escalera más abajo de las víctimas, en el segundo piso. Después de oír aquello, no le dije nada a nadie —sigue hablando Duschkin—; pero procuré enterarme de cuantos detalles pude referentes al doble crimen, y volví a casa asaltado de las ya referidas sospechas. Pero hoy por la mañana, a las ocho, es decir, a los tres días, ¿comprendes?, veo entrar por mis puertas a Nikolai, no enteramente en ayunas, pero tampoco del todo borracho, de suerte que podía seguir una conversación. Se sienta en un taburete y calla. Además de él, aquella mañana, en la taberna, había un hombre desconocido y otro, un parroquiano, que estaba durmiendo en una banqueta, más mis dos dependientes: "¿Has visto —le pregunto— a Mitrei?...". "No —me contesta—, no lo he visto". "¿Y tú no estuviste aquí?". "No —me responde—, desde anteayer". "Y esta noche, ¿dónde la has pasado?". "En Peskí —me contesta—, con los de Kolomna". "¿Y dónde —le digo— cogiste esos pendientes?". "En la calle me los encontré", y lo dice de un modo algo raro y sin mirarme. "Pero ¿no has oído decir —le digo— esto y esto: que tal noche, a tal hora, en tal escalera, ha ocurrido?...". "No —dice—, no he oído nada", y me escucha con los ojos de par en par, y de pronto se pone blanco como el yeso. Yo se lo refiero todo, lo miro, y él coge la gorra y se dispone a levantarse. A mí me entraron impulsos de detenerlo: "Aguarda, Nikolai —le digo—, ¿no vas a beber nada?". Y de paso voy y le hago una seña al dependiente para que sujete la puerta, y me salgo de detrás del mostrador; cuando he aquí que se me escapa en mis narices y se va a la calle y echa a correr y se mete por la primera callejuela... Apenas si me dio tiempo a verlo. Entonces yo di de lado a mis dudas, porque el autor del crimen es él...».

—¡Qué duda cabe!... —declaró Zosímov.

—¡Aguarda!... ¡Escucha el final!... Se lanzaron, naturalmente, con toda la agilidad de sus piernas, en persecución de Nikolai; a Duschkin lo prendieron y le registraron la casa, y a Mitrei también; practicaron, asimismo, investigaciones entre los de Kolomna, y a los tres días de eso dieron de pronto con el propio Nikolai y lo detuvieron en las inmediaciones de la barrera de ***, en una posada. Había ido allí, quitándose una cruz de plata y pedido a cambio de ella un frasco de vodka. Se lo dieron. Al cabo de unos minutos, una mujer se dirige al establo y ve por una rendija cómo aquel, de una viga de un cobertizo contiguo, había atado su cinturón y hecho un nudo corredizo, y, encaramado sobre un tajo, se disponía a meter por el dicho nudo la cabeza: la mujer tuvo la buena ocurrencia de gritar, y acudió gente. «¿Qué vas a hacer?». «¡Llevadme —dice— a tal comisaría, que yo lo confesaré todo!». Bueno; entonces, con los debidos honores, fueron y lo llevaron a la comisaría que él había dicho, la de este distrito. Allí, bueno, todo eso de vamos a ver de qué se trata, quién eres, cómo fue, cuántos años tienes —veintidós—, etcétera, etcétera. Pregunta: «Cuando estabas trabajando con Mitrei, ¿no viste a nadie en la escalera, a tal y tal hora?». Respuesta: «Como todo el mundo sabe, entra allí mucha gente; pero nosotros no nos fijamos en nadie». «Pero ¿no oísteis nada, ningún ruido ni otra cosa?». «Nada escuchamos de particular». «Pero ¿no supiste tú, Nikolai, aquel mismo día, que ese día y a tal hora habían asesinado y robado a cierta viuda y a su hermana?». «Saberlo no lo sabía, y figurármelo tampoco me lo figuraba. La primera noticia que de ello tuve fue por Afanasii Pávlich, a los tres días, que en su taberna lo oí decir». «¿Y de dónde sacaste los pendientes?». «En la calle me los encontré». «¿Y por qué al otro día no fuiste a trabajar con Mitrei?». «Porque cogí una jumera». «¿Y dónde cogiste esa jumera?». «Pues en tal sitio y en tal otro». «¿Y por qué huiste de Duschkin?». «Pues porque me entró mucho miedo». «¿A qué le tenías ese miedo?». «A que me prendieran». «¿Cómo podías tenerle miedo a eso, cuando te sentías totalmente inocente?...». Bueno; lo querrás creer o no, Zosímov; pero le hicieron esa preguntita, y en los mismos términos que yo la he formulado, y lo sé de muy buena tinta, que textualmente me la han transmitido. ¿Qué tal? ¿Qué tal?

—No; pero ¿y si hay pruebas?

—¡Yo no te hablo ahora de las pruebas, sino de las preguntas y de cómo ellos comprenden su misión!... Pero ¡vaya al diablo!... Bueno; de tal modo lo acosaron, y asediaron, y apremiaron, y estrecharon, que acabó por declararse culpable: «No en la calle, ¡diantre!, me encontré los pendientes, sino en el piso donde estábamos trabajando yo y Mitrei». «¿Y cómo fue eso?». «Pues verá usted: después de estar yo allí pintando con Mitrei todo el día, hasta las ocho, nos disponíamos a retirarnos, cuando Mitrei va y coge una brocha y me embadurna de pintura la cara y echa a correr, y yo tras él. Yo lo voy persiguiendo y gritándole cosas, cuando, al salir de la escalera al patio, voy y me... doy de manos a boca con el portero y unos señores, que no podría decir cuántos eran; y el portero va y me insulta, y el otro portero también, y la mujer del primero sale, y se pone también a faltarme, y un caballero que entraba en aquel momento con una señora se puso igualmente a ofendernos, porque yo y Mitka habíamos rodado por el suelo y le estorbábamos el paso; yo, a Mitka, lo tenía cogido por los pelos y le estaba dando una tunda; pero también Mitka, debajo como estaba de mí, me tenía cogido por los pelos y me sentaba la mano; pero lo hacíamos, no con mala intención, sino por puro cariño, retozando. Pero luego Mitka se zafó y corrió a la calle, y yo salí también corriendo detrás de él; pero, visto que no le daba alcance, fui y me volví al piso solo..., porque tenía que recoger allí las cosas. Me puse a hacerlo, esperando a Mitka, que quizá volviese. Y entonces, en el recibimiento, en el rincón de la pared, voy y pisé un estuchito. Miro, y lo veo allí en el suelo, envuelto en un papel. Quito el papel, veo unos tornillitos muy menudos, tiro de ellos y me encuentro con los pendientes...».

—¿Detrás de la puerta? ¿Detrás de la puerta estaban? ¿Detrás de la puerta? —exclamó, de pronto, Raskólnikov, lanzando una mirada vaga y asustada a Razumijin, y lentamente se incorporó, apoyándose en una mano, en el diván.

—Sí... ¿Por qué? ¿Qué te pasa? ¿A ti qué más te da? —Y Razumijin se levantó también de su asiento.

—¡Nada!... —respondió Raskólnikov con voz apenas perceptible, tornándose a recostar en la almohada y a volverse de cara a la pared. Todos guardaron un rato de silencio.

—Debía de estar adormilado, soñaba —dijo, finalmente, Razumijin, mirando inquisitivamente a Zosímov, el cual le hizo una seña negativa con la cabeza.

—Bueno...; sigue —dijo Zosímov—. ¿Qué más?

—¿Qué más?... Pues que nuestro hombre, en cuanto vio los pendientes, se olvidó al punto del piso y de Mitka, y cogió la gorra y echó a correr a la taberna de Duschkin, el cual, como es sabido, le dio por ellos un rublo, y él le echó una mentira, diciéndole que se los había encontrado en la calle, y acto seguido fue a emborracharse. Y cuanto al doble crimen, sostiene lo de antes: «Saber, no sabía; estar enterado, no lo estaba; solo tres días después oí hablar de él». «Pero ¿por qué no te dejaste ver en todo ese tiempo?... «Pues por miedo». «Pero ¿por qué querías ahorcarte?». «Por una idea». «¿Qué idea?». «Pues por la de que me iban a procesar». Y aquí está ya condensada toda la historia. Ahora, ¿qué piensas que de todo esto han inferido ellos?

—¿Qué voy a pensar? Hay indicios, sean como sean. Hechos. Y no han puesto en libertad a tu pintor, ¿verdad?

—¡Sí; lo que hacen ahora es achacarle el doble crimen! Sobre este particular, no tienen ya la menor duda...

—Tú exageras, deliras. Pero vamos a ver: ¿y los pendientes? Tú mismo reconocerás que cuando ese mismo día y a esa misma hora los pendientes del estuche de la vieja van a parar a las manos de Nikolai..., tú mismo convendrás en que de alguna manera tiene que haber sido. No estaría de más una indagación sobre ese punto.

—¿Cómo fueron a parar? ¿Cómo fueron a parar?... —exclamó Razumijin—. Por casualidad, tú, doctor; tú, que ante todo vienes obligado a conocer al hombre y tienes más ocasiones que los demás de estudiar la naturaleza humana..., ¿no ves, por todos estos datos, qué clase de individuo es el tal Nikolai? ¿No ves, desde el primer momento, que todo cuanto declaró contestando a ese interrogatorio es una verdad sacrosanta?... Exactamente vinieron a parar a sus manos como él dijo. ¡Pisó el estuchito y lo recogió rápidamente!

—¡Una verdad sacrosanta! Sin embargo, él mismo confesó que a lo primero había mentido.

—Escúchame, escúchame atentamente: tanto el portero como Koch y Pestriakov, y el otro portero, y la mujer del portero primero, y la marchanta, que en aquel instante se encontraba en la portería, y el consejero de la Corte, Kriukov, que en aquel preciso momento se apeaba de un coche y entraba en el patio, del brazo de una señora... Todos, es decir, ocho o diez testigos, unánimemente afirman que Nikolai había arrojado al suelo a Dmitri, estaba echado encima de él y le pegaba, en tanto aquel, por su parte, lo tenía cogido de los pelos y también le sacudía el polvo. Estaban caídos los dos transversalmente y estorbaban el paso; los insultaban por todos lados, y ellos, como «chicos pequeños» (expresión literal de los testigos), estaban uno encima del otro, chillaban, se pegaban y reían, reían a cuál más y mejor, con la guasa más pesada, y mutuamente se perseguían luego, ni más ni menos que chiquillos que corretean por la calle. ¿Has oído? Ahora, fíjate bien: ¡los cadáveres, arriba, estaban aún calientes, ¿oyes?, calientes, según los encontraron! De haber sido ellos los criminales, o solamente Nikolai, y haber robado el arca con violencia, o simplemente haber tomado parte en el saqueo, haz el favor de formularte siquiera esta sola pregunta: ¿se compadece, por ventura, tal disposición de ánimo, es decir, esos gritos, esas risas, esa pelotera infantil en la misma puerta..., con el hacha, y la sangre, y la criminal astucia, la cautela y el robo? Inmediatamente después de cometer el doble asesinato, unos cinco o diez minutos después..., que así lo confirman los cadáveres, todavía calientes..., dejan los cadáveres y el piso abierto, sabiendo que de un momento a otro entrará allí gente, y, abandonando su botín, ellos, como chicos pequeños, se atraviesan en el camino, se ponen a retozar y reír, llamando con ello la atención de todo el mundo, ¡y diz que de eso dan fe diez testigos unánimes!

—¡Sin duda que es raro! Desde luego, imposible; pero, no obstante...

—No, hermanito; nada de *pero*. Si los pendientes que aquel día y a aquella hora se encontraban en poder de Nikolai constituyen un cargo indiciario importante contra él, que, por lo demás, explican muy bien sus declaraciones, siendo, por consiguiente, un *cargo discutible*, en ese caso es preciso tomar también en consideración aquellos otros indicios favorables, tanto más cuanto que son *hechos incontrovertibles*. ¿Y crees tú que, con arreglo al carácter de nuestra jurisprudencia, toman ellos o son capaces de tomar ese hecho, que sola y exclusivamente se basa en la imposibilidad psicológica, en la disposición de ánimo, por un hecho incuestionable que echa por tierra todos los hechos acusadores y materiales, sean cuales fueren? No; no lo consideran de ese modo, y no lo consideran así, porque el individuo se encontró el estuche y luego quiso suicidarse, «¡cosa que no habría sido posible de no haberse sentido culpable!». He ahí la cuestión batallona, he ahí lo que me sulfura. ¿Comprendes?

—¡Ya veo que te sulfura! Pero aguarda, que se me olvidó preguntarte: ¿cómo se ha podido probar que el estuche, con los pendientes, proceda del cofre de la vieja?

—Eso está demostrado —respondió Razumijin, frunciendo el ceño y cual de mala gana—. Koch reconoció la prenda e indicó su dueño, y este declaró rotundamente que era aquella.

—Malo. Ahora, otra cosa: ¿no vio nadie a Nikolai mientras que Koch y Pestriakov iban arriba, y no sería posible probar todo esto de algún modo?

—Ahí está el quid: en que nadie lo vio —repuso Razumijin, contrariado—. Eso es lo irritante; ni siquiera Koch y Pestriakov los vieron al subir al piso, aunque su testimonio no significaría ahora gran cosa. «Vieron —dicen— que el piso estaba abierto, que en él debía de haber gente trabajando; pero, al pasar, no fijaron en ello la atención ni pudieron darse cuenta exacta de si en aquel preciso instante había allí obreros trabajando o no los había».

—¡Hum!... En resumidas cuentas, que no hay más justificación para ellos que la de que se estaban zurrando mutuamente y riendo. Concedamos que esa sea una prueba poderosa; pero... Permíteme otra pregunta: ¿cómo te explicas tú todo ese hecho? El hallazgo de los pendientes, ¿cómo te lo explicas, si, en efecto, se los encontraron ellos, como dicen?

—¿Que cómo me lo explico? Pero ¿es que hay necesidad de explicar algo?... ¡Si la cosa está clarísima!... Cuando menos el camino que debe seguir el juez de instrucción que entiende en el asunto está claro y terminante, y, sobre todo, el estuche lo indica. El verdadero criminal dejó caer estos pendientes. El asesino estaba arriba cuando Koch y Pestriakov llamaron a la puerta, y había corrido por dentro el cerrojo. Koch cometió una necedad, y bajó también; entonces el asesino salió y se escurrió también hacia abajo, ya que no le quedaba otra salida. En la escalera se escondió de Koch, Pestriakov y el portero en el piso desalquilado, precisamente en el momento en que Dmitri y Nikolai acababan de salir de allí corriendo; se mantuvo al acecho detrás de la puerta, en tanto el portero y aquellos subían; aguardó a que se apagase el rumor de sus pasos, y entonces se escurrió escaleras abajo, con la mayor tranquilidad, en el preciso momento en que Dmitri y Nikolai salían corriendo a la calle, y todos se dispersaron, y en la puerta no quedaba ya nadie. Puede, incluso, que le viesen; pero no se fijaron en él. ¡Con la gente que allí entra y sale!... Pero el estuche se le cayó del bolsillo en tanto estaba escondido detrás de la puerta, y no lo advirtió, porque ¡para eso estaba! El estuche demuestra claramente que allí estuvo él escondido. ¡Ahí tienes todo el asunto!

—¡Bien urdido! ¡No, hermanito, no puede negarse que está bien urdido! ¡Admirablemente fraguado!

—Pero ¿por qué, por qué?

—Pues porque todo eso está demasiado bien hilado... y combinado... Ni más ni menos que en el teatro.

—¡Ah! —exclamó Razumijin; pero en aquel mismo instante se abrió la puerta y entró un nuevo personaje, desconocido para todos los presentes.

V

Era un caballero, ya nada joven, empingorotado y solemne, de semblante reservado y adusto, el cual empezó por detenerse junto a la puerta, esparciendo la vista en torno suyo, con asombro que ofensivamente no trataba de disimular, y como preguntando con la mirada: «¿En dónde me he metido yo?». Con recelo y hasta con afectación de cierto susto y casi de despecho, contempló el angosto y bajo de techo «camarote de barco» de Raskólnikov. Con la misma estupefacción cambió luego la dirección de su mirada y la fijó en Raskólnikov, que en paños menores, despelucado, sin asear, tumbado en su diván, misérrimo y pringoso, lo miraba también inmóvil. Luego, con la misma meticulosidad, se puso a contemplar la descuidada figura de Razumijin, sin afeitar ni peinar, y que a su vez lo miraba directamente a los ojos de un modo impertinente e interrogante, sin moverse tampoco de su sitio. El enojoso silencio se prolongó un momento, hasta que, finalmente, y como era de esperar, se produjo un ligero cambio de decoración. Comprendiendo seguramente, por algunos indicios, por lo demás bastante claros, que aquella solemnidad altiva y severa no imponía a nadie en aquel «camarote de barco», el visitante se dulcificó un tanto, y con un tono de voz cortés, aunque todavía algo envarado, se dirigió a Zosímov, y, recalcando cada sílaba de su pregunta, le interrogó:

—¿Rodión Románovich Raskólnikov? ¿Un señor estudiante o ex estudiante?

Zosímov se incorporó lentamente, y puede que le hubiera contestado si Razumijin, al cual no se habían dirigido, no se hubiera apresurado a responder.

—¡Ahí lo tiene usted, tendido en ese diván! Pero ¿qué se le ofrece a usted?

La familiaridad de aquel «¿qué se le ofrece a usted?» ofendió al encopetado caballero; estuvo a punto de encararse con Razumijin; pero logró contenerse y se volvió enseguida otra vez a Zosímov.

—Ahí tiene a Raskólnikov —dijo con indolencia Zosímov, señalando con la cabeza al enfermo, después de lo cual bostezó, abriendo desmesuradamente la boca y manteniéndola un rato, extraordinariamente largo, en tal posición. Luego, lentamente, sacó del bolsillo del chaleco un reloj de oro, enorme y grueso; levantó la tapa, miró la hora, y con la misma lentitud e indolencia volvió a guardárselo en el bolsillo.

Raskólnikov, por su parte, permaneció todo aquel tiempo tendido, silencioso, boca arriba, y obstinadamente, aunque sin la menor idea, mirando al visitante. Su cara, que acababa de apartar de la curiosa florecilla del empapelado, estaba sumamente pálida y expresaba un sufrimiento extraordinario, cual si acabase de sufrir una operación dolorosa o de padecer un tormento. Pero el visitante, poco a poco, empezó a excitar en él una atención cada vez mayor; luego, una sospecha, y, por último, desconfianza y hasta miedo. Al señalarle Zosímov diciendo: «¡Ahí tiene usted a Raskólnikov!», se incorporó de pronto, como de un brinco; se sentó en el diván, y con voz casi retadora, aunque entrecortada y débil, profirió:

—¡Sí! ¡Yo soy Raskólnikov! ¿Qué desea usted?

El visitante lo miró atentamente, y en tono digno declaró:

—Piotr Petróvich Luzhin. Tengo plena confianza en que mi nombre no habrá de serle a usted enteramente desconocido.

Pero Raskólnikov, que se había esperado algo completamente distinto, continuó mirándolo de un modo estúpido y caviloso, y nada contestó, cual si fuese aquella la primera vez que escuchaba el nombre de Piotr Petróvich.

—¿Cómo?... ¿Es posible que hasta ahora no haya usted recibido ninguna noticia? —preguntó Piotr Petróvich, un tanto amostazado.

Por toda respuesta, Raskólnikov dejó caer lentamente la cabeza sobre la almohada, se pasó una mano debajo de la cabeza y se puso a mirar al techo. El enojo se traslució en el semblante de Piotr Petróvich. Zosímov y Razújimin lo observaban con gran curiosidad, y él, finalmente, se desconcertó de un modo visible.

—Suponía, contaba con que... —balbució— la carta echada al correo ya hace más de diez días, puede que dos semanas...

—Pero oiga usted: ¿por qué sigue ahí, en pie junto a la puerta? —le atajó de pronto Razumijin—. ¡Si tiene algo que explicar, pase y siéntese; pero usted y Nastasia juntos no caben ahí! ¡Nastásiuschka, hazte a un lado, deja pasar! ¡Entre del todo; mire: ahí tiene una silla, ahí! ¡Pase sin cumplidos!

Apartó su silla de la mesa, dejó algún trecho entre esta y sus rodillas, y aguardó, en una postura algo violenta, a que el visitante «atravesara» por aquel resquicio. El momento era tan crítico, que no era posible rehusar, y el visitante atravesó por aquella angostura, atropellando y tropezando. Alcanzado que hubo la silla, se sentó en ella y se quedó mirando con encono a Razumijin.

—No se azore usted —le dijo aquel—. Rodia ha estado cinco días enfermo y tres delirando; pero ahora acaba de despejarse de fiebre, y hasta ha comido ya con apetito. Este que ve usted aquí es su médico, que precisamente acaba ahora de reconocerlo, y yo soy un compañero de Rodia, también ex estudiante, y ahora, vea usted, lo estoy cuidando; así que no haga usted caso de nosotros ni ande con remilgos, sino continúe usted explicando lo que sea.

—Agradecido. Pero ¿no causaré molestia al enfermo con mi presencia y con mi charla? —preguntó Piotr Petróvich, dirigiéndose a Zosímov.

—¡No..., no! —balbució Zosímov—. Hasta puede que le distraiga. —Y volvió a bostezar.

—¡Oh, hace ya tiempo que está en su plena lucidez, desde esta mañana! —prosiguió Razumijin, cuya familiaridad tenía la traza de tal ingenuidad, que Piotr Petróvich recapacitó y empezó a cobrar ánimos, quizá también debido en parte a que aquel charlatán insolente se le había presentado como estudiante.

—Su mamá... —empezó Luzhin.

—¡Hum!... —carraspeó recio Razumijin. Luzhin lo miró interrogativamente.

—Nada; es que tengo esa costumbre; siga usted...

Luzhin se encogió de hombros.

—Su mamá, estando yo todavía allí, empezó a escribirle a usted una carta. Al llegar yo aquí dejé con toda intención pasar unos días sin venir a verle, para tener así la completa seguridad de que usted estaba ya enterado de todo; pero ahora, con el consiguiente asombro...

—¡Lo sé, lo sé! —exclamó de pronto Raskólnikov, con expresión del más insufrible disgusto—. ¡Es usted! ¡El novio! ¡Bueno; pues lo sé!... ¡Y basta!

Piotr Petróvich se sintió vivamente ofendido, pero guardó silencio. Haciéndose violencia, trataba de comprender qué significaba todo aquello. Un minuto se prolongó el silencio.

A todo esto Raskólnikov, que se había vuelto ligeramente hacia él para contestarle, se puso de pronto a examinarlo de hito en hito otra vez, con una curiosidad especial, cual si algo nuevo le llamara en él la atención; y hasta con ese objeto se incorporó en la almohada. Efectivamente, en toda la facha de Piotr Petróvich chocaba algo especial y, sobre todo, algo que parecía justificar aquella denominación de «novio» que acababan de aplicarle tan de buenas a primeras. En primer lugar, era evidente, y hasta sobrado notable, que Piotr Petróvich se hubiese aprovechado de los pocos días que llevaba en la capital para acicalarse y hermosearse en espera de su prometida, lo que, después de todo, no podía ser más inocente y legítimo. Hasta su impresión personal, incluso demasiado satisfactoria, de haberse operado en él un cambio favorable, podía perdonársele en aquella ocasión, ya que Piotr Petróvich pertenecía a la categoría de los novios. Su traje estaba acabadito de salir del sastre, y era irreprochable, salvo, tal vez, el ser demasiado flamante y dejar traslucir con harta claridad su notorio destino. Incluso su sombrero hongo, elegante, nuevecito, daba fe de ese destino; Piotr Petróvich parecía tratarlo con excesivo respeto, y con demasiado miramiento lo sostenía en la mano. También el magnífico par de guantes, color lila, marca Jouvin, auténtica, daban fe de lo mismo, aunque solo fuera por el detalle de no llevarlos puestos, sino solo cogidos en la mano para ostentación. En el traje de Piotr Petróvich predominaban los colores claros y juveniles. Vestía una bonita chaqueta color canela claro, unos pantalones de verano de claros tonos, chaleco de lo mismo, camisa fina, recién compradita, una corbata de ligerísima batista, con rayas de color rosa, y lo mejor de todo: que todo esto armonizaba perfectamente con la figura de Piotr Petróvich. Su rostro, muy fresco y hasta guapo, no necesitaba de nada de eso para no representar sus cuarenta y cinco años. Unas patillas oscuras en forma de chuleta ponían agradable marco a su cara y se dilataban muy graciosamente luego a ambos lados de la barbilla, cuidadosamente afeitada. Hasta los cabellos, por lo demás ya algo canosos, peinados y rizados por el peluquero, no ofrecían por ese detalle nada de ridículo ni de estúpido, cual siempre suele ocurrir con el pelo rizado, que da al individuo un inevitable parecido con un alemán que va a casarse. Si algo había de antipático y desagradable verdaderamente en aquella fisonomía, bastante guapa y seria, se debía a otras razones. Después de mirar con el mayor descaro al señor Luzhin, Raskólnikov se sonrió amargamente, volvió a recostarse en la almohada y se puso, como antes, a mirar al techo.

Pero el señor Luzhin cobró ánimos, y por lo visto decidió no reparar por lo pronto en esas extravagancias.

—Siento mucho, muchísimo, encontrarlo a usted en semejante estado —empezó nuevamente, interrumpiendo con un esfuerzo el silencio—. Si hubiese tenido noticia de su enfermedad, habría venido antes. Pero, ya sabe usted, ¡las ocupaciones!... Tengo, además, ahora un asunto importantísimo de mi profesión forense en el Senado. Y no quiero hablarle de esas otras ocupaciones, que ya usted comprenderá. A las suyas, es decir, a su mamá y a su hermanita, las estoy aguardando de un momento a otro...

Raskólnikov se removió y pareció ir a decir algo; se reflejó en su semblante alguna animación. Piotr Petróvich hizo una pausa, aguardó; pero, visto que no decía nada, prosiguió:

—De un momento a otro. Ya les busqué cuarto, por lo pronto...

—¿Dónde? —preguntó débilmente Raskólnikov.

—Pues muy cerca de aquí, en la casa Bakaléyev...

—Está en el *próspekt* Vosnesenskii —le interrumpió Razumijin—. Allí hay dos pisos con habitaciones para huéspedes, cuyo patrono es el comerciante Iuschin; estuve allí...

—Sí, cuartos amueblados....

—El colmo de lo repulsivo: suciedad, mal olor y, además, un lugar sospechoso; han ocurrido allí cosas muy feas, y el diablo sabe la gente que por allí vive... Yo mismo fui allí por cierta aventurilla... escandalosa. Aunque baratito, eso sí...

—Yo, naturalmente, no podía estar tan bien informado, ya que soy forastero —replicó, algo picado, Piotr Petróvich—; pero, sea como fuere, me han ofrecido allí dos habitaciones primorosísimas, y en un plazo tan perentorio... Ya tengo elegido uno verdadero, es decir, nuestro futuro piso —y se dirigió a Raskólnikov—, pero ahora aún lo están arreglando, y entre tanto, yo también vivo de huésped, a dos pasos de aquí, en casa de la señora Lippevechsel, en el piso de un joven amigo mío, Andrei Semiónich Lebeziátnikov; él fue quien me indicó la casa de Bakaléyev.

—¿Lebeziátnikov? —saltó Raskólnikov inmediatamente, como recordando algo.

—Sí, Andrei Semiónich Lebeziátnikov, que sirve en el Ministerio. ¿Lo conoce usted?

—Sí... No... —respondió Raskólnikov.

—Discúlpeme usted, a mí me pareció que lo conocía, a juzgar por su pregunta. Yo fui en tiempos tutor suyo... Un chico muy joven... y de ideas avanzadas... Yo celebro mucho tener ocasión de tratar con jóvenes; por ellos aprendes algo nuevo. —Y Piotr Petróvich miró con esperanza a todos los presentes.

—¿En qué sentido dice usted eso? —le preguntó Razumijin.

—Pues en el sentido más serio, por decirlo así, esencial —encareció Piotr Petróvich, cual alegrándose de la pregunta—. Yo, vean ustedes, diez años hacía que no visitaba Petersburgo. Todas estas nuestras novedades, reformas, ideas, todo eso llega también hasta nosotros, los de las provincias; pero para ver claro y verlo todo es necesario estar en Petersburgo. Bueno; pero mi pensamiento era que como mejor observas y aprendes es estudiando a nuestras nuevas generaciones. Yo, lo confieso, he sentido alborozo.

—¿De qué, concretamente?

—Su pregunta es harto amplia. Puedo equivocarme, pero me parece que encuentro más clara mirada, por decirlo así; más crítica, más sentido práctico...

—Eso es verdad —dijo con indiferencia Zosímov.

—Mientes, no hay tal sentido práctico —saltó Razumijin—. El sentido práctico es difícil de crear, y del cielo no baja volando graciosamente. Y nosotros, por espacio de casi doscientos años, hemos tenido vuelta la espalda a todo lo práctico... Ideas, sí bullen —y se encaró con Piotr Petróvich—; el deseo de lo bueno existe, aunque en forma pueril, y honradez también se encuentra, a pesar de que, visibles o encubiertos, abundan los pícaros; pero lo que es sentido práctico, no existe en absoluto. El sentido práctico anda con zapatos.

—No estoy de acuerdo con usted —objetó con visible placer Piotr Petróvich—; sin duda que hay exageración, irregularidades; pero es preciso ser indulgente. Las exageraciones dan fe del entusiasmo por la empresa y del anormal ambiente exterior en que se realiza. Si lo hecho todavía es poco, tenga presente que también hemos tenido poco tiempo. De los medios no hablo. Mi criterio personal, si usted no se enoja, es que algo se ha hecho; se han difundido pensamientos nuevos, útiles; se han publicado obras nuevas, útiles, en vez de esas antiguas soñadoras y novelescas; la literatura presenta un carácter más maduro; se han desarraigado y ridiculizado muchos prejuicios... En una palabra: nos hemos apartado sin regreso del pasado, y esto me parece que ya es algo.

—¡Lo traía ya embotellado! Así se luce —exclamó, de pronto, Raskólnikov.

—¿Qué? —inquirió Piotr Petróvich, que no había oído bien, pero sin obtener respuesta.

—Todo eso es muy justo —se apresuró a observar Zosímov.

—¿No es verdad que sí? —prosiguió Piotr Petróvich, dirigiendo una amistosa mirada a Zosímov—. Usted mismo reconocerá —continuó, dirigiéndose a Razumijin, pero ya con ribetes de cierta arrogancia y preeminencia; y por poco si añade: «joven»— que hay un adelanto, o, como se dice ahora, progreso, aunque solo fuere en el terreno de la ciencia y el Derecho económico...

—¡Eso es un lugar común!

—¡No, no es un lugar común! Si a mí, por ejemplo, en otro tiempo me hubieran dicho: «Ama a tu prójimo», y yo lo hubiera amado, ¿qué habría resultado de eso? —siguió diciendo Piotr Petróvich, quizá con demasiada premura—. Habría resultado que yo habría rasgado mi caftán en dos, lo habría partido con el prójimo, y ambos a dos nos habríamos quedado a media miel, según dice el refrán ruso: «Sigue varias liebres a la par y te quedarás sin ninguna». Pero la ciencia dice: «Ámate, ante todo, a ti mismo, porque todo en el mundo está basado en el interés personal. Amándote a ti mismo harás tus negocios como es debido, y tu caftán se mantendrá entero». El Derecho económico establece que cuantos más negocios particulares existen en la sociedad, y, por decirlo así, más caftanes enteros, tanto mejor para la firmeza de sus cimientos y tanto mejor para la gestión del negocio colectivo. Así que, mirando única y exclusivamente por mí, es como precisamente miro también por todos los demás y hago que mi prójimo reciba algo más que un caftán partido en dos, y no tampoco en virtud de particulares y únicas mercedes, sino como consecuencia del general progreso. Idea sencillísima, pero que, por desdicha, se ha tardado excesivamente en concebirla, habiendo sido suplantada por los entusiasmos y ensueños; y eso que, al parecer, no se requiere mucho ingenio para comprender...

—Perdone usted, pero yo no soy tampoco nada listo —le atajó bruscamente Razumijin—: así que no siga. Yo, mire usted, empecé a hablar con un fin concreto; pero a mí toda esa facundia narcisista, todos esos hueros, interminables lugares comunes, y todo ese hablar por hablar, me han hartado de tal modo en el espacio de tres años, que por Dios que me avergüenzo cuando los demás, no yo, se ponen a discutir así estando yo delante. Usted, naturalmente, siente prisa por lucirse por sus conocimientos, lo que es muy honroso, y yo no lo censuro. Pero yo ahora no quería más sino saber quién era usted; porque, mire usted: en la cosa pública se ha metido últimamente tanto caballero de industria, y hasta tal punto se dan a la busca de cuanto se les antoja en su propio interés, que, decididamente, lo han echado a perder todo. Pero bueno, ¡basta!

—Señor mío —empezó a decir el señor Luzhin, dándose por ofendido con extraordinaria dignidad—. No querrá usted, tan de buenas a primeras, dar a entender que también yo...

—Por favor, por favor... ¡Cómo iba yo a ser capaz!... ¡Bueno; pues basta! —replicó Razumijin, y bruscamente se puso a reanudar su anterior diálogo con Zosímov.

Piotr Petróvich parecía tener suficiente talento para aceptar como buena aquella explicación. Por lo demás, ya hacía dos minutos que tenía formada intención de retirarse.

—Espero que esta nuestra naciente amistad —dijo encarándose con Raskólnikov—, luego que ya esté del todo restablecido, y en virtud de circunstancias que le son conocidas, se robustecerá más todavía... Particularmente le deseo a usted salud...

Raskólnikov ni siquiera movió la cabeza. Piotr Petróvich empezó a levantarse de su asiento.

—¡La mató, indudablemente, uno de sus clientes! —afirmó, con energía, Zosímov.

—¡No tuvo más remedio que ser un cliente suyo! —asintió Razumijin—. A Porfirii no hay quien lo apee de su idea; pero, no obstante, ha interrogado a los clientes de la vieja...

—¿Que ha interrogado a los clientes? —preguntó Raskólnikov en voz alta.

—Sí; ¿por qué lo preguntas?

—Por nada.

—Pero ¿cómo pudo dar con ellos? —inquirió Zosímov.

—Unos se los indicó Koch; otros tenían sus nombres anotados en las envolturas de las prendas, y otros también se presentaron espontáneamente al enterarse.

—¡Bueno; pero debía de ser un canalla astuto y avezado! ¡Hay que ver qué resolución!

—¡Pues para que veas, no hay tal cosa! —le interrumpió Razumijin—. Eso es lo que a vosotros todos os despista. Pero yo digo que... se trata de un individuo torpe, inexperto, y que seguramente este ha sido su primer golpe. Suponed que es un canalla astuto, y todo os resultará inverosímil. Pero suponed, por el contrario, que se trata de un individuo inexperto, y veréis claro cómo fue solamente la casualidad quien lo sacó con bien del aprieto; y ¿qué no puede la casualidad? Hasta es muy posible que no hubiese previsto él lo que iba a hacer. Porque ¿cómo lo hizo?... Coge prendas que pueden valer diez, veinte rublos; se las guarda en los bolsillos y se pone a rebuscar en el cofre de la vieja, entre trapos..., siendo así que en la cómoda, en el gavetín, en una cajita, había mil quinientos rublos en dinero contante y sonante, ¡sin contar los billetes! ¡Y ni siquiera supo robar; solamente acertó a matar! ¡Era su primer golpe, te lo repito; su primer golpe; se aturrulló! ¡Y no el cálculo, sino la casualidad lo sacó del atolladero!

—Por lo visto están ustedes hablando del reciente asesinato de la vieja usurera —intervino, dirigiéndose a Zosímov, Piotr Petróvich, que ya estaba en pie con el sombrero y los guantes en la mano, pero que antes de irse deseaba soltar algunas frases ingeniosas. Por lo visto se afanaba por producir una gran impresión, y la vanidad le trastornaba el raciocinio.

—Sí; ¿ha oído usted hablar de ello?

—¡Claro que sí! Entre los vecinos...

—¿Y está usted enterado de todos los detalles?

—No puedo precisar; pero a mí me interesa en todo esto otra circunstancia y, por decirlo así, todo un problema. No hablo ya de que la delincuencia, entre la clase baja, en los últimos cinco años, ha experimentado un incremento; no hablo tampoco de los generales y continuos robos e incendios; lo más raro de todo, para mí, es que también en la clase alta de la sociedad haya aumentado en el mismo modo la criminalidad y, por decirlo así, paralelamente. Aquí es un antiguo estudiante que asalta un coche correo en plena carretera; allá individuos de ideas avanzadas y que ocupan una buena posición social..., se ponen a fabricar moneda falsa; acullá, en Moscú, detienen a toda una banda de falsarios que operaban en la lotería del último empréstito..., y uno de los principales comprometidos resulta ser un catedrático de Historia universal; en otra parte asesinan a uno de nuestros secretarios en el extranjero para robarle, y también por alguna otra razón oscura... Y si ahora esa vieja prestamista resulta asesinada por algún individuo perteneciente a la clase alta, ya que los campesinos no tienen objetos de oro que empeñar, ¿cómo explicar este desenfreno de una buena parte de nuestra sociedad civilizada?

—El cambio de las condiciones económicas contribuye así grandemente —adujo Zosímov.

—¿Que cómo explicarlo? —saltó Razumijin—. Pues precisamente puede explicarse por nuestra excesiva carencia de sentido práctico.

—¿Qué es lo que quiere usted decir con eso?

—¿Pues qué respondió en Moscú ese catedrático que dice, a la pregunta de por qué había falsificado billetes? «Todo el mundo se enriquece por diferentes medios, y por eso yo también quise enriquecerme». Las palabras exactas no las recuerdo, pero la idea era esa: enriquecerse fácil y rápidamente, ¡a poca costa! ¡Están hechos a vivir con todo arreglo, apelan a la ayuda ajena, comen cosas ya mascadas! Bueno; después, cuando suena la hora grande, cada cual se muestra en su verdadero aspecto...

—Pero, sin embargo, ¿y la moral? Y por así decirlo, las leyes...

—Pero ¿por qué se apura usted? —saltó, inesperadamente, Raskólnikov—. ¡Todo eso se deriva de sus propias teorías!

—¡Cómo de mis teorías!

—Desarrolle usted hasta sus consecuencias lo que acaba de despotricar, y verá cómo se puede matar a la gente...

—¡Por favor! —exclamó Luzhin.

—¡No, no es eso! —observó Zosímov.

Raskólnikov estaba tendido, pálido, trémulo el labio superior, y la respiración afanosa.

—Pero en todo hay una medida —prosiguió Luzhin altivamente—: la idea económica no es todavía una invitación al asesinato, y suponiendo únicamente...

—Pero ¿es verdad o no? —volvió a atajarle Raskólnikov, con voz trémula de cólera y que dejaba traslucir cierta ofensiva alegría—. ¿Es verdad que usted le dijo a su novia..., en el mismo instante de obtener su consentimiento, que lo que más le gustaba a usted de todo era... el que ella fuese pobre..., porque es preferible casarse con mujer pobre para poder tener dominio sobre ella... y poder echarle en cara que es nuestra protegida?

—¡Señor mío! —exclamó Luzhin, colérico e irritado, todo colorado y aturrullado—. ¡Señor mío!... ¡Desfigurar así mi pensamiento! Perdone usted, pero yo estoy obligado a demostrarle que los rumores que hasta usted han llegado, o, por mejor decir, que a usted le han traído, no tienen el menor fundamento, y yo... ya me figuro quién... En una palabra... Que ese tiro... En resumidas cuentas: su mamá... Ya sin necesidad de eso me ha demostrado ella, juntamente con sus otras, desde luego buenas cualidades, algo de entusiasmos noveleros en su modo de pensar... Pero yo, a pesar de todo, distaba mil verstas de suponer que pudiera ver e imaginarse las cosas con ese aspecto deformado por la fantasía... Y, finalmente..., finalmente...

—¿Sabe usted una cosa? —exclamó Raskólnikov, incorporándose en la almohada y lanzándole una mirada fija, penetrante y centelleante—. ¿Sabe usted una cosa?

—¿El qué?... —Luzhin se detuvo y aguardó con expresión

ofendida y retadora. Durante unos segundos se hizo el silencio.

—¡Pues que si otra vez... vuelve usted a tener la osadía de decir siquiera una palabra... respecto a mi madre..., va usted de cabeza por la escalera!...

—Pero ¿qué te pasa? —exclamó Razumijin.

—¡Ah, esas tenemos! —Luzhin palideció y se mordió el labio—. Escuche usted, señor mío —empezó después de una pausa y haciendo acopio de energías para contenerse, pero respirando, sin embargo, afanoso—: yo, hace un momento, desde el primer paso, adiviné su antipatía, aunque con toda intención me quedé aquí para calarle mejor. Mucho puedo perdonarle a un enfermo y a un pariente, pero ahora ya..., a usted..., a usted..., ¡nunca!...

—¡Yo no soy un enfermo! —exclamó Raskólnikov.

—Peor que peor.

—¡Váyase al diablo!

Pero ya se iba Luzhin él solo, sin terminar su frase, volviendo a abrirse paso penosamente por entre la mesa y la silla; Razumijin aquella vez se levantó para abrirle camino. Sin mirar a nadie y sin siquiera hacerle una inclinación de cabeza a Zosímov, el cual le hacía señas de que dejara en paz al enfermo, Luzhin se retiró, levantando por precaución a la altura del hombro su sombrero, cuando, agachándose, transpuso la puerta. Y hasta en el modo de doblar la espalda se delataba el terrible resentimiento de que iba animado.

—Pero ¿es posible, pero es posible que seas así? —dijo Razumijin, perplejo, moviendo la cabeza.

—¡Dejadme, dejadme todos! —clamó Raskólnikov con iracundia—. ¡Dejadme por fin de una vez, verdugos! ¡Yo no os temo! ¡Yo ahora a nadie temo! ¡Largo de aquí! ¡Quiero estar solo, solo, solo!

—¡Vámonos! —dijo Zosímov, haciéndole una seña a Razumijin.

—Pero ¿es que lo podemos dejar así?

—¡Vámonos! —insistió Zosímov, y salió. Razumijin recapacitó y corrió a alcanzarlo.

—Peor habría sido si no le hubiéramos hecho caso —dijo Zosímov, ya en la escalera—. No conviene irritarlo...

—Pero ¿qué es lo que le pasa?

—¡Si siquiera pudiese recibir alguna impresión agradable!... Hace un momento estaba fuerte... ¡Mira, sin duda trae algo en el magín! Algo fijo, penoso... ¡Me temo mucho que así sea: no tiene más remedio!

—¡Pues ahí está ese señor, Piotr Petróvich! De sus palabras se infiere que va a casarse con su hermana y que Rodia, a propósito de esto, hubo de recibir una carta antes de caer enfermo...

—Sí; el diablo fue quien nos lo trajo ahora; puede que lo haya echado todo a perder. Pero ¿te has fijado en que él se muestra indiferente a todo, y a todo calla, menos cuando se toca un solo punto, el cual lo saca de sus casillas: ese crimen?...

—¡Sí, sí! —asintió Razumijin—. ¡Yo también lo he notado! Se interesa, se asusta. Ya el primer día de su enfermedad le produjo ese susto, estando en la comisaría, donde se desmayó.

—Esta noche me contarás eso más detalladamente, y yo también te contaré luego una cosa. ¡Me interesa mucho! Dentro de media hora vendré a ver... Por lo demás, no es de temer la congestión...

—¡Gracias a ti! ¡Yo te aguardaré entre tanto con Páschenka, y estaré al corriente de todo por Nastasia!...

Raskólnikov, al quedarse solo, con impaciencia y enojo miró a Nastasia; pero esta tardó aún en retirarse.

—¿Quieres té? —le preguntó.

—¡Luego! ¡Ahora lo que quiero es dormir! Déjame...

Convulsivamente se volvió de cara a la pared; Nastasia salió.

VI

Apenas hubo ella salido cuando él se levantó, echó el cerrojo a la puerta, deslió el paquete con las ropas que había traído Razumijin, y que este de nuevo atara, y procedió a vestirse. Cosa extraña: parecía como que de pronto le había entrado una tranquilidad absoluta; no se encontraba en un estado de semidelirio como antes, ni de temor pánico, como en todos los últimos tiempos. Era aquel su primer instante de cierta, rara, repentina serenidad. Sus movimientos eran precisos y claros, y en ellos se traslucía una intención firme: «¡Hoy mismo, hoy mismo!...», murmuraba para sus adentros. Comprendía, sin embargo, que aún estaba débil, pero una excitación espiritual, violentísima, rayana en la tranquilidad, en la idea fija, le infundía fuerzas y aplomo; por lo demás, esperaba no caerse en la calle. Después de vestirse completamente de nuevo, fijó la vista en el dinero que había encima de la mesa, reflexionó un momento y se lo guardó en el bolsillo. Eran veinticinco rublos. Cogió también toda la calderilla de cobre, que constituía la vuelta de los diez rublos invertidos por Razumijin en la compra de las prendas. Luego, despacito, descorrió el cerrojo, salió del cuarto, se aventuró escaleras abajo y echó una mirada a la puerta de la cocina, abierta de par en par; Nastasia estaba de espaldas a él y soplaba sobre el samovar de la patrona. Ella no lo sintió. ¿Ni quién podía figurarse que él fuese a salir? Un momento después ya estaba en la calle.

Eran las ocho. El sol se ponía. El sofoco seguía siendo el de antes, pero con avidez aspiró él aquella atmósfera maloliente, polvorienta, emanada de la ciudad. La cabeza empezó al principio a darle vueltas levemente, pero cierta salvaje energía refulgió de pronto en sus congestionados ojos y en su demacrado semblante, de una lividez amarilla. No sabía, ni siquiera se preocupaba, adónde iría; solo sabía una cosa: que era menester acabar con todo aquello hoy mismo de una vez, ahora mismo; que a su casa no había de volver, pues *no quiero vivir así*. ¿Cómo acabar? ¿Mediante qué acabar? De esto no tenía la menor idea, y ni siquiera pensar en ello. Ahuyentaba esa idea: esa idea le atormentaba. Solamente sentía y sabía que era menester que todo cambiase de un modo o de otro, «fuera como fuese», repetía con desolada, imperturbable seguridad.

Siguiendo una antigua costumbre, por el camino habitual de sus paseos de antaño, se encaminó derechamente al Heno. Antes de llegar al Heno, en la acera, ante una tienda de mercería, estaba parado un joven organillero de negro pelaje, el cual tocaba una canción muy sentimental. Le acompañaba una niña plantada en la acera, como de unos quince años, vestida como una señorita, con crinolina, mantilla, guantes y un sombrerito de paja, con una pluma color de fuego, todo viejo y usado. Con voz cascada y temblona, aunque bastante agradable y potente, la muchacha entonaba su canción, en espera de que en la tienda le dieran dos copeicas. Raskólnikov, que se había detenido, formando corro con dos o tres oyentes, sacó una moneda de cinco copeicas y la puso en la mano de la muchacha. Esta, de repente, interrumpió su canto en la nota más impresionante y aguda, exactamente como si la degollasen; con tono seco le gritó al del organillo: «¡Basta!», y ambos siguieron adelante, hasta la tienda próxima.

—¿Le gustan a usted las coplas callejeras? —inquirió Raskólnikov de pronto, dirigiéndose a un transeúnte, ya de cierta edad, que se había parado junto a él a escuchar el organillo y que tenía aspecto de ser un eterno paseante. Aquel lo miró asustado y asombrado—. A mí me gustan —prosiguió Raskólnikov, pero de un modo que no parecía referirse a las canciones callejeras—, a mí me gustan cuando las cantan al son del organillo, en una fría, lóbrega y húmeda tarde de otoño; tiene que ser infaliblemente húmeda, cuando todos los transeúntes llevan las caras de un verde pálido y enfermizo, o, mejor dicho, cuando cae la nieve derretida, completamente recta, sin viento, ¿entiende usted?, y al través de ella refulgen las farolas del gas...

—No entiendo... Dispénseme... —murmuró el interpelado, asustado tanto por la pregunta como por el raro aspecto de Raskólnikov, y se pasó a la otra acera de la calle.

Raskólnikov siguió adelante, recto, y fue a salir a aquel rincón del Heno donde tenía su puesto aquel matrimonio que la vez de marras estaba hablando con Lizaveta; pero ahora no se le veía. Reconociendo el lugar se detuvo Raskólnikov, esparció un vistazo por allí y se encaró con un joven de camisa roja que bostezaba a la entrada de un almacén de granos.

—Oiga: ¿y ese comerciante que tiene ahí su puesto con una mujer, su esposa?

—Aquí todos son comerciantes —respondió el mozo, mirando por encima del hombro a Raskólnikov.

—¿Cómo se llama?

—Pues como le pusieron en la pila del bautismo.

—¿No eres tú de Zaraisk? ¿De qué gobierno?

El muchacho volvió a medir con la vista a Raskólnikov.

—El nuestro, monseñor, no es gobierno, sino distrito; pero era mi hermano quien iba y venía, mientras que yo no salía de casa; así que no sé nada. Perdone magnánimamente, monseñor.

—¿Es una taberna aquella de allá arriba?

—Es un figón, y tiene sala de billar, y van allí princesas..., ¡liuli!

Raskólnikov cruzó la plaza. Allí, en un rincón, se veía un denso gentío: todos hombres. Se abrió camino por lo más apretado, examinando las caras. Sin saber por qué, sentía ganas de hablar con todo el mundo. Pero los campesinos no reparaban en modo alguno en él y hablaban unos con otros, diseminados en grupos. Él se detuvo, recapacitó y torció a la derecha, a la acera, en dirección a la avenida de V***. Abandonando la plaza, se metió por una callejuela.

Ya de antes era frecuentador asiduo de aquella corta calleja, que hacía un recodo y conducía de la plaza al Sadóvaya. En los últimos tiempos, hasta le gustaba merodear por todos aquellos lugares, cuando le entraba tedio, *para entediarse aún más*. Ahora pasaba por allí sin pensar en nada. Hay allí una gran casa, toda ocupada por tabernas y demás establecimientos de comidas y bebidas; de ellas, a cada paso, salían mujeres vestidas como cuando van de «vecindonas»[*]: a pelo y en enaguas. En dos o tres sitios se reunían en la acera, en grupos, sobre todo a la puerta de los pisos bajos, por donde, descendiendo dos poyetes, se podía pasar a distintos establecimientos sumamente alegres. De uno de ellos, en aquel instante, salía un ruido de alboroto y rebullicio que se oía en toda la calle; sonaban guitarras, vibraban canciones y estaban todos muy alegres. Denso grupo de hembras se agolpaban a la puerta: unas estaban sentadas en los escalones; otras, en la acera; estotras se tenían en pie y conversaban. Allí al lado, en la acera, se tambaleaba, lanzando insultos en voz alta, un soldado borracho, con el cigarrillo en la boca, y parecía como si quisiera entrar en alguna parte, solo que se le había olvidado. Un desharrapado cambiaba injurias con otro desharrapado, y un borracho que no podía tenerse daba traspiés en medio de la calle. Raskólnikov se detuvo ante un gran corro de mujeres. Estaban hablando con voces recias; llevaban todas enaguas de indiana, calzaban zapatos de piel de cabra y no llevaban nada a la cabeza. Algunas pasaban ya de los cuarenta, pero las había también de diecisiete, casi todas con los ojos amoratados.

Sin saber por qué, le atrajeron el cante y todo aquel alboroto y zalagarda de allá abajo... Desde allí se oía cómo, entre risas y gritos, bajo una fina voz de caña hueca y al son de la guitarra, alguien bailaba desesperadamente, marcando el compás con los tacones. Él, atento, lúgubre y pensativo, se estuvo es-

---

[*] «... cuando van de "vecindonas"». En el original ruso dice literalmente: «*pa sasiedstvu*».

cuchando, agachado junto a la puerta y atisbando, curioso, desde la acera al interior.

Tú, mi lindo soldadito
no me pegues sin motivo,

decía la fina voz del cantador. Raskólnikov sentía unas ganas terribles de escuchar lo que cantaban, cual si todo se cifrase en eso.

«¿Por qué no entrar? —pensó—. Ríen. De borrachos que están. ¿Por qué no beber yo también hasta emborracharme?».

—¿No pasa usted, caballerito? —le preguntó una de las mujeres, con una voz bastante clara y aún no del todo bronca. Era joven, y no tenía nada de repulsiva... La única de todo el corro.

—¡Anda, qué guapa! —repuso él, incorporándose y contemplándola.

Ella se sonrió; aquel requiebro la había halagado sobre manera.

—Usted también lo es —dijo.

—Pero ¡qué flaco está! —observó otra, con voz de bajo—. ¿Es que acaba usted de salir del hospital?

—Parecen hijas de generales, pero todas son chatas —saltó de pronto un campesino que se había acercado al grupo, algo alegrillo, con la chaqueta desabrochada y una mueca ladinamente zumbona en el semblante—. ¡Y qué buen humor tienen!

—Entra, ya que estás aquí.

—¡Entraré, qué diantre!

Y se coló dentro.

Raskólnikov se dispuso a continuar su camino.

—¡Escuche, señor! —gritó a su zaga la mujer.

—¿Qué?

Ella se aturrulló.

—Yo, señorito, siempre tendría mucho gusto en pasar un

rato con usted, pero ahora parece como que me da reparo. Ande usted, caballero simpático, seis copeicas para un vasito.

Raskólnikov sacó cuanto halló en su bolsillo: tres monedas de cinco copeicas.

—¡Ah, qué señorito tan bueno!

—¿Cómo te llamas?

—Pregunte usted por Duklida.

—¡Hay que ver! —observó de pronto otra del grupo, moviendo la cabeza—. ¡No sé cómo hay quien pueda pedir así, de ese modo! ¡Yo, francamente, me moriría de vergüenza!

Raskólnikov miró con curiosidad a la que había hablado. Era una hembra picada de viruelas, de unos treinta años, toda cubierta de verdugones, con el labio superior hinchado. Había hablado y censurado a la otra con mucha calma y seriedad.

«¿Dónde —pensó Raskólnikov, prosiguiendo su camino—, dónde leí aquello de un condenado a muerte, que, en una hora antes de morir, decía o pensaba que, si le concedieran vivir en un alto, en una roca y en un espacio tan reducido que apenas si pudiera posar en él los dos pies —y todo alrededor no hubiera más que el abismo, el mar, tiniebla eterna, eterna soledad y tempestad perenne—, y hubiera de estarse así, en todo aquel trecho de una *arschina*, su vida toda, mil años, toda la eternidad..., preferiría vivir así a morir enseguida? ¡La cosa es vivir, vivir, vivir! ¡Vivir, sea como fuere, pero vivir!... ¡Qué verdad tan grande! ¡Señor, qué verdad! ¡El hombre es cobarde!... Y cobarde quien por eso le llama cobarde», añadió al cabo de un minuto.

Fue a salir a otra calle. «¡Bah! El Palacio de Cristal!». No hacía mucho que había hablado Razumijin del Palacio de Cristal. «Pero ¿para qué quería yo?... ¡Ah, sí; para leer!... Zosímov dijo que lo había leído en los periódicos».

—¿Hay periódicos? —preguntó al entrar en una taberna muy espaciosa y hasta de agradable apariencia, compuesta de algunos camarotes, por cierto bastante vacíos.

Dos o tres clientes tomaban té, y en una saleta más al fondo había un grupo de cuatro individuos, que bebían champaña. A Raskólnikov le pareció que entre ellos se hallaba Zamiótov. Aunque, desde lejos, no era posible distinguirlo bien. «¿Qué más da?», pensó.

—¿Quiere vodka? —le preguntó el mozo.

—Tráeme té. Y tráeme también periódicos atrasados, de hace cinco días hasta la fecha, y te daré para vodka.

—Obedezco. Aquí tiene usted los de hoy. Y aguardiente, ¿quiere usted también?

Le sirvieron los periódicos atrasados y el té. Raskólnikov se sentó a sus anchas y procedió a buscar. «Isler... Isler... ¡Los aztecas!... Isler... Bartola... Massimo... Los aztecas... Isler... ¡Diantre! Pero aquí están ya los sucesos: Caída por la escalera... Un comerciante carbonizado por el abuso del alcohol... Un incendio en Peskí... Un incendio en Petersburgo... Otro incendio en Petersburgo... Otro incendio en Petersburgo... Isler... Isler... Isler... Isler... Massimo... ¡Vamos, aquí está!».

Encontró, finalmente, lo que buscaba y se puso a leer; los renglones bailaban ante sus ojos, y, sin embargo, se leyó toda la «noticia», y ávidamente se puso a buscar en los últimos números las informaciones más recientes. Las manos le temblaban, al repasar las hojas, de una convulsiva impaciencia. De pronto vino alguien a sentarse junto a él, al otro lado de la mesa. Alzó la vista... y se encontró cón Zamiótov, el mismo Zamiótov y con su mismo aspecto de siempre: con sus sortijas y sus cadenillas, su raya en sus negros y alisados cabellos untados de cosmético, su elegante chaleco, su sobretodo algo raído y una camisa un tanto sucilla. Estaba de buen humor, o por lo menos con mucha jovialidad y bonachonería se sonrió. Su cara morena se mostraba algo encendida por efecto de las libaciones de champaña.

—¡Cómo! ¿Usted aquí? —empezó con asombro y en un tono que no parecía sino que eran antiguos amigos—. Pero ¡si ayer mismo me dijo Razumijin que aún no había usted recobrado del todo el conocimiento! ¡Qué raro! Pero mire: yo estuve en su casa...

Raskólnikov sabía muy bien que había de acercársele. Dejó a un lado los periódicos y se volvió hacia Zamiótov. En sus labios había una sonrisita, y cierta nueva irritante impaciencia se traslucía en ella.

—Ya sé que estuvo usted allí —respondió—. Me lo dijeron. Estuvo usted buscando un calcetín... Pero ¿sabe usted una cosa? Pues que Razumijin, que lo aprecia a usted mucho, dice que usted estuvo con él en casa de Lavisa Ivánovna, aquella que usted trataba de defender haciéndole señas al teniente Polvorilla, que no las comprendía, ¿se acuerda usted?... Y, sin embargo, ¿cómo, no comprende?... El asunto estaba claro, ¿eh?

—¡Oh, qué ciclón!

—¿Quién? ¿Polvorilla?

—No; su amigo de usted, Razumijin...

—Pero ¡qué buena vida se da usted, señor Zamiótov! ¡Tiene usted entrada libre en los lugares más agradables! ¿Quién le ha convidado a champaña?

—Es que... hemos bebido un poquito... Pero ¿por qué se cree usted que me han convidado?

—Esos son los gajes. ¡Todo se aprovecha! —se rió Raskólnikov—. Eso no es nada, excelente chico, nada —añadió, dándole a Zamiótov una palmadita en el hombro—. Mire: no crea que se lo critico, sino que «se lo decía por afecto, en tono de broma», como decía su obrero cuando le pegaba a Mitka, ese del asunto de la vieja.

—¡Ah! Pero ¿usted sabe?...

—Puede que sepa mucho más que usted.

—¡Qué raro es usted! De fijo que aún sigue enfermo. Hizo usted mal en salir.

—¿De modo que le parezco extraño?

—Sí. ¿Estaba usted leyendo periódicos?

—Sí, periódicos.

—Mucho escriben referente a incendios.

—No; yo no leo lo de los incendios... —Y miró ambiguamente a Zamiótov; una sonrisilla sarcástica volvió a asomar a sus labios—. No, yo no leo lo de los incendios —prosiguió, haciéndole un guiño a Zamiótov—. Pero confiese usted, joven simpático, que tiene unas ganas horribles de saber lo que leo.

—Ni pizca; se lo pregunté por preguntar. ¿Es que no se puede preguntar?... ¿Por qué es usted tan?...

—Escuche usted. Usted es hombre culto, letrado, ¿no?

—Y de la sexta clase del Gimnasio —repuso Zamiótov con cierta dignidad.

—¡De la clase sexta! ¡Ah, qué mirlo blanco! Peinado con raya, con sortijas... ¡Un hombre rico! ¡Oh, y qué chico tan guapito!

Al llegar aquí, le entró a Raskólnikov una risa nerviosa, que desahogó en las propias barbas de Zamiótov. Este se echó un poco hacia atrás y no se dio por ofendido, pero mostró asombrarse mucho.

—¡Oh, qué raro! —repitió Zamiótov muy serio—. Apostaría cualquier cosa a que está usted todavía con la fiebre.

—¿Con la fiebre? ¡Mientes, mirlo blanco!... ¿Conque tan raro te parezco? Bueno; que excito su curiosidad, ¿no? ¿Curioso?

—Curioso.

—Bueno; ¿conque quiere usted que le diga lo que estaba leyendo? Mire cuántos números mandé traer. Sospechoso, ¿no?

—Diga.

—¿Tiene las orejas de punta?

—¿Cómo había de tenerlas?

—Bueno; luego le explicaré eso de las orejas; pero ahora diré, rico mío... No, mejor dicho: «confieso»... No, no es eso; «declaro formalmente y usted anotará»... ¡Esa es la fórmula! Así, pues, le declaro formalmente que estaba leyendo, me interesaba y buscaba... buscaba —Raskólnikov guiñó un ojo y aguardó—, buscaba, y para eso vine aquí, noticias del asesinato de la vieja viuda del funcionario —dijo, finalmente, casi a media voz, arrimando extraordinariamente su cara a la de Zamiótov.

Este se quedó mirándolo de hito en hito, sin moverse y sin apartar su cara de la de él. Lo que más raro le pareció luego a Zamiótov fue que, por espacio de todo un minuto, reinase entre ellos el silencio y ese minuto justo se estuvieran mirando el uno al otro a la cara.

—Bueno; ¿y qué que estuviera leyendo eso? —exclamó, de pronto, perplejo e impaciente—. ¿A mí eso qué me importa? ¿Qué tiene de particular?

—Es que se trata de esa misma vieja —prosiguió Raskólnikov, con el mismo tono quedo de voz y sin apartarse ante la exclamación de Zamiótov—, esa misma de la cual, recuérdelo usted, estaban hablando cuando me desmayé en la comisaría. ¿Comprende usted ahora?

—Bueno, ¿y qué? ¿Qué quiere decir eso de «¿comprende usted?» —exclamó Zamiótov, casi alarmado.

La cara imperturbable y seria de Raskólnikov cambió de expresión en un momento, y de pronto prorrumpió otra vez en aquella risa nerviosa de hacía poco, cual si le faltaran fuerzas para dominarse. Y en un instante se le representó también, con extraordinaria vehemencia, aquella sensación reciente de cuando estaba él detrás de la puerta, hacha en ristre, y temblaba el cerrojo, y los otros, al lado de él, proferían insultos y zarandeaban las maderas, y de pronto le entraron a él ganas de ponerse a gritar y a insultarse con ellos, y sacarles la lengua, y reñir, y burlarse, y reír, reír, reír, reír a carcajadas.

—Pero ¿es que se ha vuelto usted loco o...? —dijo Zamiótov, y se detuvo, cual acometido de súbita idea que impensadamente hubiera cruzado por su cerebro.

—O... ¿qué? ¡Vamos, dígalo!

—¡Nada! —respondió Zamiótov iracundo—. ¡Eso es un desatino!

Callaron ambos. Después de ese repentino y espasmódico acceso de risa, Raskólnikov se quedó, de pronto, pensativo y mustio. Se puso de codos sobre la mesa y apoyó en las manos la frente. Parecía haberse olvidado por completo de la presencia de Zamiótov. El silencio se prolongó bastante rato.

—Pero ¿no bebe usted el té? ¡Se le va a enfriar! —dijo Zamiótov.

—¡Ah! ¿El qué? ¿El té? ¡Bueno!

Raskólnikov se bebió un trago del vaso, se llevó a la boca un cachito de pan y miró a Zamiótov cual si se percatara de todo y tratase de sacudir su abatimiento; su semblante volvió a adoptar en aquel momento la misma expresión sarcástica del principio. Continuó ingiriendo el té.

—Ahora ocurren muchas fechorías de esas —dijo Zamiótov—. Mire usted; no hace mucho leí yo en las *Noticias de Moscú* que allá, en Moskvá, habían detenido a toda una partida de monederos falsos. Componían una verdadera sociedad. Falsificaban billetes.

—¡Oh! De eso hace ya mucho tiempo. Hará ya un mes que lo leí —respondió plácidamente Raskólnikov—. ¿De modo que, para usted, se trata de bandidos? —añadió sonriendo.

—¿Cómo no habrán de serlo?

—¿Por qué? Se trata de niños bobos, y no de bandidos. ¡Haberse reunido para eso nada menos que cincuenta individuos! ¿Es posible tal cosa? Para una empresa así, tres son ya muchos, y para eso es preciso que cada cual esté más seguro del otro que de él mismo. Bastaría que uno de ellos, estando bebido, se fuese de la lengua, para que todo se lo llevara la trampa. ¡Bobos! Encomiendan la misión de cambiar los billetes en los comercios a gente indigna de confianza; ¿es que para una cosa así puede uno fiarse de cualquiera? Pero supongamos que sale bien, incluso tratándose de unos incautos; supongamos que cada uno de ellos logra pasar un millón. Bueno; ¿y después?... ¡Para toda la vida! Cada cual dependerá del otro durante toda su vida. ¡Preferible es ahorcarse! Pero esos de marras ni siquiera supieron pasar los billetes. Fue uno a pasarlos en una taquilla; le dieron cinco mil rublos, y las manos le temblaban. Cuatro mil los contó, pero el quinto millar lo tomó sin contarlo, a la buena de Dios, pareciéndole mentira que se los iba a meter en el bolsillo y a echar a correr. Así que despertó sospechas. De suerte que un solo imbécil lo echó a rodar todo. Pero ¿quiere usted decirme si es eso posible?

—¿El qué? ¿El que le temblaran las manos? —respondió Zamiótov—. ¡Y tan posible! Sí, estoy absolutamente convencido de que lo es. A veces no puede uno dominarse.

—¡Cómo!

—¿Es que usted acaso habría podido dominarse? Pues lo que es yo, no. ¡Por cien rublos de ganancia, exponerse a semejante horror! Presentarse con billetes falsos..., ¿y dónde?... A la ventanilla de un banco, donde comen de esos perros... No, yo me aturrullaría. ¿Es que no se aturrullaría usted?

A Raskólnikov volvieron a entrarle, de pronto, unas ganas horribles de «sacar la lengua». Por momentos le corría por la espalda un escalofrío.

—Yo habría procedido de otro modo —empezó con un aire lejano—. Mire usted cómo habría pasado los billetes: habría contado el primer millar tres o cuatro veces, una después de otra, mirando muy bien cada billete, y luego habría empezado a contar el segundo; habría empezado a contarlo, y luego, al llegar a la mitad, habría entresacado un billete de cincuenta rublos y me habría puesto a mirarlo al trasluz, y lo habría vuelto del otro lado y otra vez lo habría mirado al trasluz... ¿No será falso? Diría: «Yo, diantre, estoy muy escamado; no hace mucho que una parienta mía perdió por esa causa veinticinco rublos». Y me habría puesto a contar esa historia. Y así, hasta llegar al tercer millar. «Pero no, perdone usted; me parece que en el segundo millar he contado mal la séptima centena y tengo mis dudas». Y así, dejaría el tercer millar y volvería otra vez al segundo...; y lo mismo habría hecho con toda la cantidad, hasta el millar quinto. Y luego que hubiera concluido, del quinto y del segundo millar habría entresacado a bulto un billete y lo habría examinado al trasluz, y, otra vez dudoso: «¿Quiere usted hacer el favor de cambiármelo por otro?». Y con todo eso, le habría hecho sudar tanto al de la ventanilla, que no sabría el hombre qué hacer para verse libre de mí. Después de terminar del todo, me iría, abriría la puerta... No, «perdone»; volvería allá de nuevo, preguntaría cualquier cosa, me darían cualquier explicación... ¡Ahí tiene usted cómo yo procedería!

—¡Oh, y qué cosas tan tremendas dice usted! —exclamó, sonriendo, Zamiótov—. Todo eso es hablar por hablar; pero, llegada la ocasión, ya sería otra cosa. En ese momento, se lo aseguro a usted, no solo yo y usted, sino hasta el hombre más empedernido y desesperado, es incapaz de dominarse. ¿A qué ir más lejos?... Ahí tiene usted, por ejemplo, el asesinato de la vieja que ha ocurrido en nuestro distrito. Según parece, se trata de un mozo atrevido que, en pleno día, se expuso a todos los peligros, y solo se salvó por un milagro, y al que, no obstante, le debieron de temblar las manos, pues no atinó a robar, no pudo dominarse; la cosa misma lo está diciendo...

Raskólnikov pareció darse por ofendido.

—¡Que lo está diciendo! ¡Pues ande usted, échele el guante ahora! —exclamó Raskólnikov, mirando por encima del hombro a Zamiótov.

—¡Qué! Ya lo cogerán.

—¿Quién? ¿Ustedes? ¿Ustedes cogerlo? ¡Sí, sí! Para ustedes, lo principal es eso de si un hombre gasta o no gasta dinero. Antes no tenía dinero y, de pronto, ha empezado a tirarlo...: no tiene más remedio que haber sido él. Por eso a ustedes los engañan como a chicos siempre que quieren.

—Pero es que siempre pasa eso —replicó Zamiótov—. Asesinan con astucia, escurren el bulto; pero, luego, enseguida se van a la taberna, y allí caen en el cepo. Por el gasto los

detienen. No todos son tan listos como usted. Usted, naturalmente, no se iría a la taberna, ¿verdad?

Raskólnikov frunció el ceño y miró de hito en hito a Zamiótov.

—Usted, por lo visto, siente dentera y querría saber cómo
me conduciría en caso semejante —inquirió con enojo.

—Sí que lo desearía —repuso aquel con voz firme y seria.

Empezaba a haber harta seriedad en sus palabras y miradas.

—¿Mucho?

—Mucho.

—Bien. Pues vea usted lo que yo haría —repuso Raskólnikov, volviendo a arrimar su cara a la de Zamiótov, a mirarle
de hito en hito y hablar de nuevo en voz baja, de suerte que
aquel hubo esta vez de estremecerse—. Vea usted lo que yo
haría: cogería los dineros y los objetos, y al salir de allí, inmediatamente, y sin entrar en parte alguna, me iría derecho a un
lugar desierto, donde no hubiera más que solares y por donde
apenas pasase gente...: algún jardín o cosa por el estilo. Habría tenido antes cuidado de fijarme en alguna piedra de algún patio, de *pud* o *pud* y medio de peso, allá en algún rincón,
junto a la valla, puesta allí quizá desde que hicieron la casa;
levantaría esa piedra —debajo de la cual tendría que haber un
hoyo—, y dentro de ese hoyo echaría todo el dinero y los
objetos. Los echaría allí y volvería a colocar en su sitio la piedra, del mismo modo que estaba antes, apisonaría luego la
tierra con el pie y me largaría de allí inmediatamente. Durante
un año, durante dos, no la levantaría; pasarían tres, y tampoco... Bueno, que buscasen. ¡Ahí estaba, pero ya no está!

—Usted ha perdido el juicio —declaró Zamiótov, también con un hilo de voz, sin saber por qué, y sin saber por qué
tampoco, apartándose súbitamente de Raskólnikov.

A este, de pronto, empezaron a echarle chispas los ojos,
se puso terriblemente pálido, y el labio superior le temblaba
sin proferir sonido. Se acercó todo lo que pudo a Zamiótov

y empezó a mover los labios sin articular palabra alguna; así permaneció medio minuto. Sabía lo que se hacía, pero no podía contenerse. Una palabra feroz, como cuando estaba allí tras de la puerta, afloraba a sus labios, casi se le escapaba; ya no faltaba más que soltarla, decirla.

—¿Y si hubiese asesinado yo a la vieja y a Lizaveta? —exclamó de pronto, y... recobró su lucidez.

Zamiótov lo miró asustado y se puso blanco como el mantel. Su cara simuló una sonrisa.

—Pero ¿es posible? —exclamó con voz apenas perceptible.

Raskólnikov le lanzó una mirada de ira.

—Confiese usted que lo creería —dijo, por fin, fría e irónicamente—. ¡A que sí! ¡A que sí!

—¡En absoluto, no! ¡Ahora lo creo menos que nunca! —declaró Zamiótov atropelladamente.

—¡Cayó, por fin, en la trampa! ¡Cogido el mirlo blanco! Según eso, cuando ahora «lo cree menos que nunca», es que antes lo creía.

—Pero ¡si no hay tal cosa! —exclamó Zamiótov, visiblemente azorado—. Ha sido usted quien me ha asustado para traerme a ese terreno.

—Entonces ¿no lo cree usted? Pero ¿de qué se pusieron ustedes a hablar en mi ausencia, al irme yo de la comisaría? ¿Y por qué el teniente Polvorilla me hizo aquellas preguntas después que volví en mí del desmayo? ¡Ah, tú! —llamó al mozo, levantándose y cogiendo la gorra—. ¿Cuánto debo?

—Treinta copeicas en total —repuso aquel, que acudió enseguida.

—Pues toma, además, veinte copeicas para vodka. ¡Mire, cuánto dinero! —le tendió a Zamiótov su mano, que temblaba, llena de billetes—. Rojos, azules: veinticinco rublos. ¿De dónde todo eso? ¿De dónde habrá salido también el traje nuevo? ¡Porque usted sabe muy bien que yo no tenía ni una copeica! Puede que ya se lo haya usted preguntado a la patrona... Pero bueno; ¡basta!... *Assez causé!*[*] ¡Hasta la vista, que tendré mucho gusto!

Salió todo temblón, por efecto de una violenta conmoción histérica, a la que se mezclaba, no obstante, algo de placer, y, de otra parte, mohíno, rendido del horrible cansancio. Hacía muecas con la cara, como después de un ataque. Su abatimiento se agravó rápidamente. Sus energías se despertaban, y surgían, de pronto, ahora, al primer choque, a la primera sensación irritante, pero con la misma rapidez flaqueaban a medida que se debilitaba la emoción.

Cuanto a Zamiótov, después de quedarse solo, continuó largo rato sentado en su sitio, dándole vueltas a la imaginación. Raskólnikov, desde el principio, había dado al traste con todas sus ideas respecto al punto consabido y fijado definitivamente en su opinión.

—¡Iliá Petróvich... es un zote! —decidió definitivamente.

No había hecho Raskólnikov más que abrir la puerta de la calle, cuando, de pronto, en los mismos umbrales, se dio de manos a boca con Razumijin, que entraba. Un momento se estuvieron ambos midiendo mutuamente con la mirada. Razumijin era presa del mayor asombro; pero, de pronto, ira, ira verdadera asomó a sus ojos, que centellearon.

—¡Tú aquí!... —exclamó a gritos—. ¡Conque te escapaste de la cama! ¡Y yo que te estuve buscando allí hasta debajo del diván! ¡Incluso al desván he subido! ¡Y pensar que por poco si le pego a Nastasia por tu culpa!... ¡Y él, en tanto, hay que ver dónde andaba! Rodia, ¿qué quiere decir esto? ¡Dímelo francamente! ¡Habla! ¿No oyes?

—Esto quiere decir que, entre todos vosotros, me habéis empachado mortalmente y que quiero estar solo —respondió Raskólnikov muy tranquilo.

—¿Solo, cuando todavía apenas puedes tenerte en pie, cuando tienes la cara blanca como un pañuelo y respiras afa-

[*] *«Assez causé!»*: ¡Basta de charla! (En francés en el original).

nosamente? ¡Idiota! ¿Qué tenías tú que hacer en el Palacio de Cristal? ¡Dímelo inmediatamente!

—¡Déjame paso! —dijo Raskólnikov, y se dispuso a seguir adelante. Pero esto exasperó ya a Razumijin, el cual lo sujetó fuertemente por el hombro.

—¿Que te deje paso? ¿Te atreves a decirme: «¡Déjame paso!», después de lo que has hecho? ¿No sabes lo que yo voy a hacer ahora mismo contigo? ¡Pues cogerte a brazadas, atarte como un fardo y llevarte a cuestas a casa y dejarte allí encerrado!

—Oye, Razumijin —exclamó muy bajito y, al parecer, con absoluta serenidad, Raskólnikov—: ¿no comprendes que yo no quiero de ti ningún beneficio? ¿Qué gusto el tuyo de hacer favores a quien... escupe en ellos, a quien, en fin de cuentas, los encuentra seriamente enojosos? Vamos a ver: ¿por qué fuiste a buscarme al principio de mi enfermedad? ¿No podía yo tener muchas ganas de morirme? ¿Y no te he dado a entender hoy claramente que me estás atormentando, que me tienes harto? ¡Vaya un gusto ese de torturar a la gente! Te juro que todo esto es un obstáculo serio para mi curación, por las continuas irritaciones que me produce. ¿No viste cómo antes se fue Zosímov por no irritarme? ¡Pues déjame en paz, por amor de Dios, tú también! Y, después de todo, ¿qué derecho tienes tú para retenerme? ¿No ves que ahora te estoy hablando en mi pleno juicio? ¿Cómo, cómo, dímelo, he de rogarte que me dejes en paz y no me hagas más beneficios?... Paso, desde luego, porque sea yo un ingrato y un ruin; pero ¡dejadme todos; por el amor de Dios, dejadme en paz! ¡Dejadme! ¡Dejadme!

Había empezado a hablar tranquilamente, gozando de antemano con todo el disgusto que iba a causar; pero terminó agitado y respirando afanoso, como antes con Luzhin.

Razumijin permaneció un instante inmóvil, pensativo, y soltó su mano.

—¡Que el diablo cargue contigo!... —dijo tranquilamente

y hasta preocupado—. Pero ¡para!... —exclamó de pronto, cuando ya Raskólnikov había echado a andar—. ¡Escúchame! Te digo que todos vosotros sois, desde el primero hasta el último, unos charlatanes y unos fanfarrones. En cuanto tenéis un dolorcillo, ya..., ya estáis dando vueltas con él de acá para allá, como gallina que va a poner un huevo. Hasta en esto plagiáis a los autores extranjeros. No dejáis ver un solo indicio de vida independiente. Estáis hechos de ungüento de esperma, y, en vez de sangre, es cuajada lo que por vuestras venas circula. ¡En ninguno de vosotros tengo fe! Lo primero, para vosotros, cualesquiera que sean las circunstancias, es no parecer hombres. ¡Pa...ra! —gritó con doble rabia, al ver que Raskólnikov volvía a ponerse en marcha—. Escúchame hasta el fin. Ya sabes que hoy se reúnen en mi nuevo domicilio, y es posible que ya estén allí, algunos amigos, para recibir a los cuales he dejado a mi tío, pues yo me vine corriendo. Bueno; pues si tú no fueras un imbécil, un necio rematado, un tonto de marca mayor, una copia del extranjero... Mira, Rodia: yo reconozco que tienes talento; pero eres tonto... Bueno; como iba diciendo, si tú no fueras idiota, te vendrías conmigo a pasar allí la velada, en vez de gastar suelas en balde. ¡Ya saliste; la cosa no tiene remedio! Yo te haría llevar allí un sillón muy blando, que así lo tiene el patrón... Una tacita de té, compañía. Y si no, pues te tenderías en el sofá..., y, sea como fuere, estarías con nosotros... También será de los nuestros Zosímov. Conque ¿vienes o no vienes?

—No.

—¡Mi...i...en...tes! —gritó, impaciente, Razumijin—. Porque ¿qué sabes tú? Tú no puedes responder de ti mismo. Y, además, no comprendes nada de esto... Mil veces me ha ocurrido a mí mismo renegar de la gente, lo mismo que tú, y luego correr tras ella. Te avergüenzas... y vuelves al hombre. Así que no lo olvides: casa de Pochinkov, en el tercer piso...

—Según veo, usted, señor Razumijin, sería capaz de dejar que le pegasen con tal de favorecer a alguien.

—¿A quién? ¿A mí? Por solo pensarlo, soy capaz de arrancarle a quien sea la nariz. Conque ya lo sabes: casa de Pochinkov, número cuarenta y siete, en el piso del funcionario Bábuschkin...

—¡No he de ir, Razumijin! —Raskólnikov dio media vuelta y se alejó.

—¡Apostaría algo a que vas! —le gritó, desde lejos, Razumijin—. En caso contrario, en caso contrario, no quiero saber más de ti. ¡Para, aguarda! ¿Está ahí dentro Zamiótov?

—Está.

—¿Te ha visto?

—Me ha visto.

—¿Y te ha hablado?

—Me ha hablado.

—¿De qué? ¡Bueno; vete al diablo, no me lo digas! Pochinkov, cuarenta y siete, Bábuschkin; no lo olvides.

Raskólnikov continuó andando hasta la calle Sadóvaya y volvió la esquina. Razumijin lo vio perderse de vista, pensativo. Finalmente, hizo un gesto con la mano, entró en el establecimiento, pero se detuvo en medio de la escalera.

«¡Que el diablo me lleve! —siguió diciendo casi en voz alta—. Habla con lucidez, y, sin embargo, parece... ¿Seré yo también un idiota? ¿Acaso los locos no hablan con lucidez? Y Zosímov, según creo, le tenía su poquito de miedo. —Se dio con un dedo en la frente—. Bueno; y, si es así, ¿cómo dejarlo ahora solo? Podría darle por ir a tirarse al río... ¡Ah! ¡He cometido una tontería! ¡No es posible!». Y echó a correr en persecución de Raskólnikov; pero ya se había perdido su huella. Escupió, y, a paso rápido, se tornó al Palacio de Cristal con objeto de interrogar cuanto antes a Zamiótov.

Raskólnikov siguió andando directamente hacia el puente de ***. Se detuvo en su promedio, junto al pretil; apoyó en él ambos codos y se quedó mirando la lejanía. Al separarse de Razumijin le acometió tal debilidad, que a duras penas pudo llegar hasta allí. Sentía ansias de sentarse o tenderse en plena calle. Inclinado sobre el agua, contemplaba los últimos reflejos rosados del sol poniente; la hilera de casas, entenebrecida por la invasora oscuridad; una ventanita lejana, allá en no se sabía qué guardilla, en la orilla izquierda, que refulgía precisamente en la flama del postrer rayo de sol, que daba en ella un instante; el agua del canal, que se iba oscureciendo; y, al parecer, miraba ese agua con la mayor atención. Finalmente, le dieron vueltas ante los ojos algunos circulillos encarnados; las casas se fueron a la deriva; los transeúntes, las orillas, los coches..., todo aquello se puso a dar vueltas y a bailar en torno suyo. De pronto, dio un respingo, salvado quizá otra vez del vahído por un espectáculo salvaje y horrible. Sentía como si alguien estuviese a su lado, a su derecha, hombro con hombro; volvió la cara, y se encontró con una mujer alta, con pañuelo a la cabeza, el rostro amarillento, alargado, demacrado, y los ojos ribeteados, hundidos. Lo miraba a los ojos; pero era evidente que no veía nada ni a nadie distinguía. De pronto, apoyó la mano derecha en el pretil, levantó el pie derecho y se montó sobre el herraje, después de lo cual hizo otro tanto con el izquierdo y se lanzó al canal. El agua, sucia, chapoteó, se engulló en un instante a la víctima; pero, al cabo de un minuto, tornó a la superficie a la ahogada, la fue llevando suavemente hacia abajo, a favor de la corriente, con la cabeza y los pies hundidos y el torso hacia arriba, hinchadas y flotantes las faldas como un edredón.

—¡Se ahoga! ¡Se ahoga! —gritaron decenas de voces; acudió gente, se llenaron ambas orillas de espectadores; en el puente, en torno a Raskólnikov, se apiñó un gran grupo de personas que lo bloqueaba y empujaba por detrás.

—¡Padrecitos, pero si es nuestra Afrosíniuschka! —Se dejó oír, no lejos, un plañidero grito de mujer—. ¡Padrecitos, salvadla! ¡Padrecitos míos, salvadla!

—¡Una barca! ¡Una barca! —gritaron entre el gentío.

Pero no eran ya menester barcas: un guardia bajaba aprisa la escalera del canal, y, quitándose el capote y las botas, se lanzó al agua. No tuvo mucho que hacer; a la ahogada la había conducido el agua a dos pasos de la escalerilla, y él la asió por la ropa con la mano derecha, y con la izquierda logró asirse a un bichero que le había echado un compañero, e inmediatamente la extrajeron. La depositaron en las losas de granito del malecón. No tardó ella en recobrar el conocimiento, se incorporó, se sentó y rompió a estornudar y resoplar, restregándose inconscientemente sus ropas caladas. No decía palabra.

—¡Borracha perdida estaba, padrecitos; borracha perdida!... —Aquella voz de mujer sonaba ya junto a Afrosíniuschka—. Ya había querido ahorcarse, y la descolgaron de la cuerda. Salí yo ahora a la tienda, encargándole a la muchacha que no la perdiera de vista..., y vean por dónde ocurrió la desgracia... Es vecina nuestra, padrecitos, vecina nuestra; vive junto a nosotros, en la segunda casa, al final, allí...

La gente se dispersó; los dos guardias se quedaron atendiendo a la suicida; alguien mentó la comisaría... Raskólnikov asistía a todo aquello con una extraña impresión de indiferencia y despego. Le resultaba desagrable. «No; es bárbaro..., el agua..., no vale la pena —refunfuñó para sus adentros—. No pasará nada —añadió—. ¿A qué aguardar? Por lo que se refiere a la comisaría... Pero ¿por qué Zamiótov no estaría allí? La comisaría, a las diez, está abierta». Se volvió de espaldas al pretil y esparció la mirada en torno suyo.

«Bueno; ¿qué?... ¡Vámonos!», exclamó resuelto, se alejó del puente y se encaminó al otro lado, donde radicaba la comisaría. Tenía el corazón huero y sordo. No quería pensar. Hasta se le había pasado el enojo: ni rastro siquiera de la energía de hacía un momento, cuando saliera de su casa, decidido «a acabar de una vez con todo». Una plena apatía había venido a ocupar su puesto.

«También esto puede ser una salida —pensó, en tanto caminaba despacio y tambaleándose por la orilla del canal—. De todos modos, pondré remate, porque quiero... Pero ¿será esa una salida? Al fin y al cabo, todo, todo da lo mismo. La distancia de una *arschina* hay... ¡Je! Pero ¡qué final! ¿Y si no fuera tal final? ¿Les diré eso o no se lo diré? ¡Ah..., diablo! Pero ¡qué rendido estoy! ¡Necesito tenderme o sentarme en cualquier parte, pero enseguida! Lo más bochornoso de todo es que es muy estúpido. Pero yo escupo también en esto. ¡Oh, y qué sandez se me ha metido en la cabeza!...».

Para ir a la comisaría había que seguir el camino derecho y, a la segunda bocacalle, tomar la izquierda; de allí estaba ya a dos pasos. Pero, al llegar a la primera bocacalle, se detuvo, recapacitó, se metió por aquella callejuela y dio un rodeo por dos calles, puede que sin ningún objeto y puede también que para dar largas a la cosa, aunque solo fuese por un minuto, y ganar tiempo. Andaba fija la vista en el suelo. De pronto, le pareció como que alguien le murmuraba algo al oído. Alzó la cabeza y vio que se encontraba junto a *aquella* casa, en la mismísima puerta cochera. Desde *aquella* tarde no había estado ni pasado por allí.

Invencible e inexplicable antojo se apoderó de él. Penetró en la casa, atravesó el portal, y luego la primera entrada a la derecha, y procedió a subir la conocida escalera que conducía al cuarto piso. En aquella escalera, angosta y pina, había mucha oscuridad. Se detenía en cada rellano y lo examinaba todo, curioso. En el rellano del primer piso, en una ventana, faltaba el marco. «Esto no estaba así entonces —pensó—. Este es el cuarto del segundo piso, donde estaban trabajando Nikolachka y Mitka. Cerrado, y la puerta recién pintada; por consiguiente, se alquila. Ya estamos en el tercer piso... y en el cuarto... ¡Aquí!». Se apoderó de él la indecisión; la puerta de aquel piso estaba abierta de par en par; dentro había gente, se oían voces; nunca se habría esperado esto. Después de vacilar un poco, subió los últimos peldaños de la escalera y entró en el piso.

También este lo estaban restaurando: había allí obreros, lo cual también le chocó mucho. Se había figurado, sin saber por qué, que iba a encontrar todo aquello exactamente igual que como él lo dejó entonces, quizá hasta con los cadáveres en su mismo sitio, en el suelo. Mientras que, ahora, las paredes desnudas, ni un solo mueble. ¡Qué raro! Se adelantó hacia la ventana y se sentó en el poyo.

Eran, en total, dos obreros, dos mocetones: uno, ya mayorcito, y el otro, sumamente joven. Se ocupaban en tapizar las paredes con nuevo papel blanco con flores de lis, en vez del antiguo, amarillo, deslucido y estropeado. A Raskólnikov, sin saber por qué, le sentó aquello horriblemente; miraba al papel nuevo con ojos hostiles, y le dolía —esta es la palabra— que le hubiesen cambiado todo aquello.

Los trabajadores, por lo visto, se habían demorado, y procedían a enrollar aprisa sus tiras de papel para marcharse a sus casas. La aparición de Raskólnikov apenas si les llamó la atención. Estaban hablando de alguna cosa. Raskólnikov cruzó las manos y se puso a escuchar.

—Me vino de mañana —decía el de más edad al más joven—, temprano, tempranito, toda emperifollada. «¿Por qué —digo— te presentas ante mí tan acicalada?... ¿Por qué, di, para venir a verme, te pones tan maja?». «Yo quiero —dice—, Tit Vasílioh, de hoy en adelante, hacer en todo su voluntad». Como lo oyes. ¡Y cómo iba vestida! ¡Un figurín; sencillamente, un figurín!

—Pero ¿qué es un figurín, tito?... —preguntó el joven. Por lo visto, le instruía su compañero.

—Pues un figurín, hermanito mío, es un cuadrito, una pintura que reciben los sastres de aquí todos los sábados, por correo, de extranjis, y en el que pone cómo ha de vestirse, así para el sexo masculino como para el femenino. Quiere decir que son estampas. A los hombres los pintan siempre con chaqueta larga, y a las señoras las ponen tan bonitas, que darías por ellas cuanto tienes y sería poco.

—¿Y qué no habrá en este *Piter**? —exclamó el jovencito

* «*Piter*»: Petersburgo.

con admiración—. Quitando padre y madre, se puede tener en él de todo.

—Sí; quitando eso, hermanito mío, de todo se encuentra —resolvió el de más edad con tono decisivo.

Raskólnikov se levantó y pasó al otro cuarto, donde antes estaban la hucha, la cama y la cómoda; la habitación se le antojó terriblemente chica sin muebles. El papel de las paredes era el mismo de entonces; en un rincón, sobre el papel, había quedado muy marcada la señal del sitio que antaño ocupara el armarito con las imágenes. Pasó revista a todo, y luego se volvió a su ventana. El obrero más viejo le miró de soslayo.

—¿Qué busca usted aquí? —inquirió de pronto, encarándose con él.

En vez de contestarle, Raskólnikov se levantó, se salió al recibimiento, asió del cordón de la campanilla y tiró. ¡La misma campanilla, el mismo timbre cascado! Tiró por segunda y por tercera vez; oía y recordaba. La anterior sensación, lacerante y monstruosa, empezó a acudir a su memoria, cada vez más clara y viva; se estremecía a cada campanillazo, y cada vez sentía mayor deleite.

—Pero ¿qué desea usted? ¿Quién es usted? —gritó el obrero, saliendo en su busca.

Raskólnikov entró de nuevo en el cuarto.

—Deseo alquilar un piso —dijo—, y miraba este.

—De noche no se alquilan pisos, y, además, que, para eso, tendría usted que hablar con el portero.

—¿Han limpiado ustedes el suelo? ¿Van a pintarlo también? —siguió diciendo Raskólnikov—. ¿No había en él sangre?

—¿Sangre? ¿Por qué?

—Porque aquí fue donde mataron a la vieja y a su hermana. Todo un charco había.

—Pero ¿usted quién es? —exclamó, inquieto, el obrero.

—¿Yo?

—Sí.

—¿Es que quieres saberlo?... Pues vamos a la comisaría, y allí lo diré.

El obrero le miró estupefacto.

—Bueno; nosotros tenemos ya que irnos, que nos hemos retrasado. Anda, Alioshka. Tenemos que cerrar —dijo el obrero menos joven.

—Pues vamos allá —respondió Raskólnikov, y se dirigió el primero, tambaleándose, hacia la escalera—. ¡Eh, portero! —gritó al llegar al zaguán.

Había algunas personas junto a la misma puerta de la casa, en la calle, viendo pasar la gente: los dos porteros, una mujer, un artesano en bata y algunos individuos más. Raskólnikov se fue derecho a ellos.

—¿Qué desea usted?... —le preguntó uno de los porteros.

—¿Has estado en la comisaría?

—Hace un momento estuve. ¿Qué desea?

—¿Están allí todavía?

—Están.

—Y el teniente, ¿está allí?

—Allí estaba hace un momento. Pero ¿qué se le ofrece a usted?

Raskólnikov no respondió, y se quedó a su lado pensativo.

—Vino a ver el piso —dijo, acercándose, el obrero de más edad.

—¿Qué piso?

—Pues donde estamos trabajando. «¿Por qué, ¡diantre!, habéis limpiado la sangre? Aquí —dijo— se cometió un asesinato, y yo he venido para alquilar el piso». Y se puso a tirar de la campanilla, que por poco la arranca. «Vámonos —dijo luego— a la comisaría, que allí lo diré todo», insistía.

El portero, estupefacto y enarcadas las cejas, miraba a Raskólnikov.

—Pero ¿quién es usted?... —exclamó malhumorado.

—Yo soy Rodión Románovich Raskólnikov, antiguo estudiante, y vivo en la calle Shil, aquí, en esta travesía, cerca, en el número catorce. Pregúntenle al portero: él me conoce.

Raskólnikov dijo todo esto como ensimismado, sin volverse y fijos los ojos en la calle, que se iba quedando oscura.

—Pero ¿a qué subió usted al piso?

—A ver.

—Pero ¿qué tenía usted que ver allí?

—¿Lo cogemos y lo llevamos a la comisaría? —se entremetió, de pronto, el hombre del batín, y luego se calló.

Raskólnikov le lanzó una mirada por encima del hombro, lo contempló atentamente, y dijo luego despacio y con indolencia:

—¡Vamos allá!

—¡Sí, llevadlo! —encareció el artesano animándose—. ¿Por qué vino a *eso*? ¿Qué era lo que se proponía?

—¡Borracho o no borracho, Dios lo sabrá! —refunfuñó el obrero.

—Pero bueno; ¿qué es lo que deseas? —volvió a gritar el portero, que ya empezaba a amoscarse—. ¿Qué es lo que aquí buscas?

—¿Te asusta la comisaría? —inquirió Raskólnikov sarcásticamente.

—¿Por qué habría de asustarme?... Pero ¿qué buscas aquí?

—¡Es un maleante! —gritó la mujer.

—Pero ¿para qué darle conversación? —exclamó el otro portero, un campesino enorme, con el capote desabrochado y un manojo de llaves a la cintura—. ¡Largo de aquí! ¡Es, no cabe duda, un maleante! ¡Largo!

Y cogiendo por un hombro a Raskólnikov, lo plantó en mitad de la calle. Aquel dio un traspiés; pero no llegó a caerse, se enderezó, miró en silencio a todos los espectadores y siguió camino adelante.

—¡Qué tío tan raro! —dijo el obrero.

—¡Es que hoy todo el mundo se ha vuelto muy raro! —dijo la mujer.

—¿Por qué no lo llevaríamos a la comisaría? —añadió el del batín.

—No vale la pena tener trato con un tipo así —decidió el portero grandón—. Es un maleante, él mismo, de por sí, trata de provocar; eso es viejo; pero, si te coge, no te puedes deshacer de él..., ¡es sabido!

«¿Voy o no voy?», pensó Raskólnikov, deteniéndose en mitad de la calle, en una encrucijada, y esparciendo la vista en torno suyo, cual si esperase de alguien la palabra decisiva. Pero nadie le contestó: todo estaba sordo y muerto como las piedras que pisaba, muerto para él, para él solo... De pronto, a lo lejos, a unos doscientos pasos de distancia, al final de la calle, en la oscuridad, cada vez más densa, divisó un grupo de gente, voces, gritos... Entre el gentío estaba parado un carruaje... En medio de la calle brillaba una lucecita. «¿Qué será eso?». Raskólnikov dio media vuelta a la derecha y se dirigió hacia el corro de gente. Parecía, en verdad, como si quisiera asirse a todo; y fríamente se reía al pensar en ello, porque ya era cosa firmemente resuelta lo de la comisaría y le constaba que, de allí a un instante, había de acabar todo.

VII

En mitad de la calle estaba parado un coche, elegante y señorial, tirado por un tronco de fogosos caballos grises; no llevaba nadie dentro, y el auriga, que se había apeado del pescante, estaba allí, junto al vehículo; tenía a los caballos cogidos del bocado. Alrededor se había formado un denso corro de gente, figurando en primera fila dos guardias, uno de los cuales tenía en la mano un farolillo, con el que, agachado, alumbraba algo en el arroyo[*],

---

[*] «... en el arroyo»: numerosos ejemplos de esta acepción («parte de la calle por donde suelen correr las aguas») en Galdós, Pardo Bazán, etcétera. El traductor recurre ocasionalmente a vocabulario del siglo XIX para acercarnos más al tiempo del autor. (N. del E.).

junto al coche mismo. Todos hablaban, gritaban, lanzaban ¡ohes!; el cochero parecía perplejo, y, de cuando en cuando, repetía:

—¡Qué dolor! ¡Señor, qué pena!

Raskólnikov se abrió paso como pudo por entre aquellas apreturas, y alcanzó a ver, finalmente, el objeto de todo aquel revuelo y curiosidad. En tierra yacía un hombre, al que acababan de atropellar los caballos, sin conocimiento, muy mal vestido, pero de un modo «respetable», todo empapado en sangre. De la cara, de los cabellos, le chorreaba la sangre; la cara la tenía toda magullada, desfigurada, informe. A la vista estaba que el atropello había sido cosa seria.

—¡Padrecitos —clamaba el cochero—, cómo podía yo figurarme!... Si yo hubiera llevado los caballos al galope o no hubiera gritado, bueno; ¡pero si iba, como quien dice, al paso, sin prisa! Todos lo habéis visto; si todos mienten, yo también. Un borracho no ve la luz, eso es sabido... Yo le vi que atravesaba la calle dando tumbos, que por poco no rodaba, y fui y le grité por una, dos y hasta tres veces, y le tiré de las riendas a los caballos; pero él vino derechito a meterse entre sus patas y cayó al suelo. No parece sino que lo hizo adrede o que estaba muy borracho... Los caballos son jóvenes, espantadizos... Tiraron del freno. Y él dio un grito, ellos se espantaron más todavía, y así ocurrió la desgracia.

—¡Así, así ha sido, desde luego!... —exclamó algún testigo del suceso entre el gentío.

—¡Él le gritó, es verdad, por tres veces le gritó, avisándole!... —exclamó una segunda voz.

—¡Justamente por tres veces, pues todos lo hemos oído! —gritó una tercera.

Por lo demás, el cochero no estaba muy afligido ni asustado. Saltaba a la vista que el coche pertenecía a algún potentado rico y conocido, que estaría esperándole en alguna casa amiga; y los guardias, sin duda alguna, se preocupaban no poco del modo de arreglar esta última circunstancia. No faltaba ya más que transportar al hospital a la víctima. Nadie sabía su nombre.

Entre tanto, Raskólnikov se abrió paso y se agachó a mirar más de cerca. De pronto, alumbró de lleno el farolillo el rostro del infeliz: lo reconoció.

—¡Yo lo conozco, yo lo conozco!... —exclamó, adelantándose hasta la primera fila—. Es un funcionario cesante: el consejero titular Marmeládov. Vive aquí cerca, en la casa Kosel... ¡Un médico enseguida! ¡Yo pago! ¡Aquí tienen!

Sacó dinero del bolsillo y se lo enseñó al guardia. Estaba emocionado de asombro.

Los guardias quedaron muy satisfechos al saber el nombre del atropellado; Raskólnikov les dijo también el suyo, les dio su dirección, y con todo empeño, cual si se tratase de su padre, gestionó la inmediata traslación del desvanecido Mamerládov a su domicilio.

—Es ahí, tres casas más allá —decía—: la casa de Kosel, un alemán rico... Ahora, de fijo, vendría borracho, camino ya de su casa. Lo conozco..., es un aficionado a la bebida... Tiene familia, hijos, una hija. De aquí hasta que le lleven al hospital...; mientras que allí, en su casa, seguramente habrá un médico. ¡Yo pago, yo pago! De todos modos, aquella es su casa, y habrá quien lo asista enseguida, mientras que de aquí al hospital va a dar tiempo a que se muera...

Hasta se dio traza de ponerle una moneda en la mano a uno de los guardias, aunque la cosa era clara y lícita, y, en último caso, allí cerca podrían prestarle ayuda. Cogieron al herido y lo transportaron. Hubo quienes se prestaron a ello. La casa Kosel solo distaba de allí treinta pasos. Raskólnikov iba a la zaga, sosteniéndole con mucho cuidado la cabeza e indicando el camino.

—¡Por aquí! ¡Por aquí! Al subir la escalera, es menester ponerle la cabeza a la parte de delante. Volvedlo... ¡Así! Yo lo pagaré todo, y seré agradecido —murmuraba.

Katerina Ivánovna, como siempre, no bien hubo encontrado un momento libre, se había puesto a dar vueltas arriba y abajo por la habitación mezquina, de la ventana a la estufa y viceversa, muy cruzados los brazos al pecho, hablando sola y tosiendo. En los últimos tiempos se había acostumbrado a conversar más a menudo con su hijita mayor, Pólenka, que tenía diez años, y que, aunque todavía no entendía muchas cosas, comprendía, en cambio, harto bien que le era necesaria a la madre, y por eso siempre la seguía a todos lados con sus grandes ojos inteligentes, y con todas sus fuerzas se afanaba por hacer creer que todo lo entendía. Aquella vez Pólenka había desnudado a su hermanito, que todo el día había estado malucho, con objeto de acostarlo. En tanto le quitaba la camisa, que se proponía dejarle lavada aquella noche, el niño permanecía sentado en la silla en silencio, con grave gesto, erguido e inmóvil, con los piececitos echados adelante, los talones juntos y las puntas hacia arriba. Escuchaba lo que hablaban su mamá y su hermanita con los labios entornados, ojos tamaños y sin moverse lo más mínimo, como, por lo general, suelen hacer todos los niños buenos cuando los desnudan para acostarlos. La otra hermanita, todavía más pequeña, toda desharrapada, estaba en pie junto al biombo, esperando su turno. Habían abierto la puerta que daba al rellano, para librarse, aunque solo fuese un poco, de aquella atmósfera a tabacazo que venía de los otros cuartos y que a cada instante hacía toser de un modo largo y doloroso a la pobre tísica. Katerina Ivánovna parecía haberse quedado todavía más delgada en aquella semana, y las chapetas rojas de sus mejillas brillaban todavía más que antes.

—Tú no puedes creer, tú no puedes imaginarte, Pólenka —decía, yendo y viniendo por la habitación—, qué vida tan feliz y brillante la nuestra en casa de papá, y cómo ese borracho ha sido mi ruina y va a ser la de todos vosotros. Papá era funcionario civil, y casi como un gobernador; para eso no le faltaba ya más que un paso. De suerte que todos iban a verlo y le decían: «Nosotros ya le consideramos a usted, Iván Mijái-lovich, como a nuestro gobernador». Cuando yo..., ¡ejem!... Cuando yo..., ¡ejem, ejem, ejem!... ¡Oh, maldita vida!... —exclamó, expectorando y llevándose las manos al pecho—. Cuando yo..., ¡ah!, cuando en el último baile..., en casa del mariscal de la nobleza..., me vio la princesa Besemélnaya..., la que luego me dio su bendición cuando me casé con tu padre, Polia..., preguntó enseguida: «¿No es esa linda señorita la que bailó con el chal a su salida del colegio?». (Es preciso coser ese roto; si cogieras tú ahora mismo la aguja y lo arreglases, como yo te he enseñado...; si no, mañana..., ¡ejem..., mañana..., ejem, ejem..., ejem!..., se habrá hecho más gran...de) —exclamó, ahogándose—. Por aquel tiempo estaba recién llegado de Petersburgo el gentilhombre de cámara, príncipe Tshchegols-kii, el cual bailó conmigo una mazurca y al otro día mismo se empeñó en venir a verme con intención de pedir mi mano; pero yo le di las gracias por sus lisonjeras frases y le dije que mi corazón pertenecía ya a otro hombre hacía mucho tiempo. Aquel otro hombre era tu padre, Polia; papá se puso muy en-fadado... ¿Está el agua lista? Bueno; dame acá la camisilla y las medias... Lida —y se dirigía a la hija menor—, tú, esta noche, vas a dormir sin camisa, y las medias ponlas a un lado... Lo lavaremos todo junto... Pero ¿cuándo irá a venir ese desastra-do? ¡Borracho!... Lleva la camisa puesta quién sabe cuánto tiempo y toda hecha jirones... Yo quisiera lavarlo todo junto, para no pasar dos malas noches seguidas. ¡Señor..., ejem, ejem, ejem!... ¡Otra vez!... ¿Qué será eso? —exclamó, al ver un co-rro de gente en el rellano y a unos individuos que se adelantaban con un bulto en dirección a su cuarto—. ¿Qué es esto? ¿Qué me traen aquí? ¡Señor!

—¿Dónde lo ponemos? —preguntó el guardia, mirando en torno suyo, luego que ya habían introducido en la habita-ción a Marmeládov, ensangrentado y desvanecido.

—¡En el diván! ¡Ponedlo enseguida en el diván, con la ca-beza hacia este lado! —indicó Raskólnikov.

—¡Lo han atropellado en la calle, borracho! —gritó alguien desde el rellano.

Katerina Ivánovna estaba toda pálida y respiraba difícilmente. Los chicos estaban asustados. La pequeña Lídochka gritaba, se apretaba contra Pólenka y se abrazaba a ella estrechamente, temblando toda.

Después de acomodar a Marmeládov, Raskólnikov se encaró con Katerina Ivánovna.

—¡Por el amor de Dios, tranquilícese usted, no se asuste! —se apresuró a decirle—. Iba a cruzar la calle y lo atropelló un coche; pero no se apure usted: ya verá cómo vuelve en sí. Yo mandé que lo trajeran acá; yo estuve ya otra vez en su casa, ¿no se acuerda?... ¡Verá cómo vuelve en sí! ¡Yo lo pagaré todo!

—¡Ya se le logró! —clamó, desolada, Katerina Ivánovna, y se abalanzó al marido.

Raskólnikov advirtió enseguida que aquella mujer no era de las que al punto se desmayan. En un momento colocó una almohada bajo la cabeza del cuitado, cosa que a nadie se le había ocurrido; Katerina Ivánovna procedió luego a desnudarlo, y se puso a examinarlo bien, con mucha diligencia y sin perder la serenidad, olvidada de sí misma, mordiéndose los trémulos labios y conteniendo los gritos que pugnaban por brotarle del pecho.

Raskólnikov, entre tanto, encargó a alguno de los presentes que fuera corriendo en busca del doctor. Este, según parecía, tenía su domicilio una calle más allá.

—He mandado por un médico —le dijo a Katerina Ivánovna—. No se apure usted: yo le pagaré. ¿No tiene usted agua?... Deme usted también una toalla, un trapo cualquiera, enseguida; todavía no sabemos dónde tendrá las heridas. Porque está herido, no muerto, tenga usted la seguridad... Ya veremos lo que dice el médico.

Katerina Ivánovna se fue ligera a la ventana; allí, en una silla derrengada, en un rincón, había un gran barreño de barro lleno de agua, preparado para el lavado nocturno de la ropa de los niños y de su marido. Este lavado nocturno lo realizaba la misma Katerina Ivánovna, con sus propias manos, dos veces, cuando menos, por semana, y en ocasiones con más frecuencia, pues se encontraba en tal situación, que casi no tenían ropa blanca para mudarse y cada miembro de la familia contaba únicamente con una prenda. Katerina Ivánovna no podía soportar la suciedad, y prefería darse un mal rato, superior a sus fuerzas, por las noches, cuando todos dormían, para poder quitarla luego, por la mañana, del tendedero y entregársela limpia, antes que ver suciedad en la casa. Cogió el barreño, atendiendo a la indicación de Raskólnikov, y apenas si se rinde a su peso. Aquel, entre tanto, había encontrado por allí una toalla, y, empapándola en agua, se puso a lavarle a Marmeládov el rostro, tinto en sangre. Katerina Ivánovna permanecía en pie, respirando afanosamente y sosteniéndose con las manos el pecho. También ella necesitaba asistencia. Raskólnikov empezó a comprender que acaso hubiese hecho mal en mandar llevar allí al herido. También el guardia se mostraba perplejo.

—¡Polia —exclamó Katerina Ivánovna—, corre a buscar a Sonia enseguida! Si no la encuentras en casa, es igual; deja dicho allí que a su padre lo ha atropellado un coche, y que venga acá enseguida que vuelva. ¡Corre, Polia! ¡Toma, cúbrete con este pañuelo!

—¡Corre ligera! —le gritó, de pronto, el niño desde su silla, y después de decir eso, volvió a sumirse en su anterior mutismo, y siguió sentado muy derecho en su silla, con los ojos de par en par, con los talones de los pies juntos y las puntas hacia fuera.

A todo esto, el cuarto se había llenado de gente hasta tal punto, que no habría habido sitio para un alfiler[*]. Los guardias se fueron, dejando por el momento a uno, el cual pugna-

---

[*] «... sitio para un alfiler». En el original ruso dice literalmente: «para una manzana».

ba por dispersar al público, que se había apiñado en el rellano, y hacerlo retroceder hasta la escalera. Luego, de las habitaciones interiores empezaron a salir casi todos los huéspedes de la señora Lippevechsel, los cuales se apretujaban al principio en la puerta, acabando por irrumpir en tropel en la habitación. Katerina Ivánovna se quedó estupefacta.

—Pero ¡dejad siquiera a la gente morir en paz! —exclamó, encarándose con aquella tropa—. ¡Vaya espectáculo que se encuentran! ¡Y con los cigarros! ¡Ejem, ejem, ejem, ejem!... ¡No les faltaba más que venir con los sombreros puestos! Y miren: ¡ahí hay uno con la cabeza cubierta!... ¡Fuera! ¡Un cadáver merece respeto!...

Le dio un ataque de tos; pero la amonestación surtió su efecto. Era evidente que a Katerina Ivánovna la temían; los inquilinos, unos detrás de otros, retrocedieron, empujándose, hacia la puerta con esa emoción íntima de satisfacción que siempre se observa, hasta en las personas más allegadas, a vista de la imprevista desgracia del prójimo, y de la que no se libra hombre alguno, sin excepción, no obstante el más sincero sentimiento de piedad y simpatía.

Por lo demás, al otro lado de la puerta se oía hablar de hospital y de que no estaba bien eso de turbar en balde la tranquilidad de una casa.

—¡Cómo! ¿No está bien eso de morir? —gritó Katerina Ivánovna, y ya iba a precipitarse a abrir la puerta para echar sobre aquella gente todo un temporal, cuando hubo de tropezarse con la señora Lippevechsel en persona, que acababa de enterarse de la desdicha y acudía a restablecer el orden. Era una alemana la mar de absurda y desordenada.

—¡Ah, Dios mío! —exclamó, alzando los brazos—. ¡A su marido, borracho, lo atropellaron los caballos! ¡Pues al hospital! ¡Yo soy la patrona!

—¡Amalia Liudvígovna! Le ruego se fije en lo que dice —la amonestó altivamente Katerina Ivánovna (a la patrona siempre le hablaba con altivez, para que «comprendas el lugar que ocupas»), y ni ahora acertó a privarse de esa satisfacción—. ¡Amalia Liudvígona!...

—Ya le he dicho a usted más de una vez que no me llame Amalia Liudvígovna, sino Amal-Iván!

—Usted no es Amal-Iván, sino Amalia Liudvígovna, y como yo no pertenezco a esa partida de viles aduladores que usted tiene, como el señor Lebeziátnikov, que tiene el descaro de estar ahí detrás de la puerta en este instante —efectivamente, detrás de la puerta se oyeron risas y una voz de: «¡Se van a arrancar el moño!»—, yo siempre he de llamarla a usted Amalia Liudvígovna, aunque nunca lograré explicarme por qué a usted no le gusta que la llamen así. Usted misma está viendo lo que le ha sucedido a Semión Zajárovich, que se está muriendo. Le suplico a usted que cierre inmediatamente esa puerta y no deje entrar aquí a nadie. ¡Déjelo siquiera morir tranquilo! De lo contrario, le prevengo a usted que mañana mismo pondré su conducta en conocimiento del propio general-gobernador. El príncipe me conoce desde antes de casarme, y se acuerda muy bien de Semión Zajárovich, al que algunas veces otorgó sus mercedes. Nadie ignora que Semión Zajárovich tenía muchos amigos y protectores, de los que él mismo se apartó por un sentimiento de noble orgullo, comprendiendo su desdichado flaco; pero ahora —y señaló a Raskólnikov— a nosotros nos ayuda un generoso y joven caballero, que tiene medios y relaciones, y al cual Semión Zajárovich conoció de niño; y puede usted estar segura, Amalia Liudvígovna...

Todo aquello lo dijo con extraordinaria celeridad, que iba aumentando según hablaba, hasta que un nuevo ataque de tos vino a interrumpir la elocuencia de Katerina Ivánovna. En aquel instante, el moribundo volvió en sí y lanzó un quejido, y ella corrió a su lado. El paciente abrió los ojos y, todavía sin reconocer ni entender, se quedó mirando a Raskólnikov, que estaba en pie a su cabecera. Respiraba penosamente, con un alentar profundo y espasmódico; en las comisuras de los labios tenía un poco de sangre. No habiendo reconocido a Raskólnikov, empezó a fijar en él miradas inquietas. Katerina Ivánovna lo miró con tristes pero severos ojos, de los que corrían lágrimas.

—¡Dios mío! ¡Tiene partido todo el pecho! ¡Cuánta sangre, cuánta sangre! —exclamó desolada—. ¡Hay que quitarle toda la ropa de arriba! Incorpórate un poco, Semión Zajárovich, si puedes —le gritó.

Marmeládov la reconoció.

—¡Un cura! —exclamó con voz ronca.

Katerina Ivánovna se dirigió a la ventana, puso la frente contra el cristal y exclamó:

—¡Oh, vida tres veces maldita!

—¡Un cura! —volvió a clamar el moribundo, tras un minuto de silencio.

—¡Ya han ido a buscarlo! —le gritó Katerina Ivánovna.

Él oyó aquella exclamación y se calló. Con tímida y triste mirada, se puso a buscar a su mujer con los ojos; ella volvió a su lado y se colocó en pie a su cabecera. Él se serenó un poco, mas no por mucho rato. No tardaron sus ojos en posarse en la pequeña Lídochka (su favorita), que estaba temblando en un rincón, cual presa de un ataque, y lo contemplaba con sus ojos atónitos, infantilmente fijos.

—A..., a... —Y señaló a la niña con inquietud.

Quería decir alguna cosa.

—¿Qué? —gritó Katerina Ivánovna.

—¡Descalza! ¡Descalza! —murmuró, señalando con una mirada casi desvaída a los descalzos pies de la nena.

—¡Calla...a...a! —le gritó, enojada, Katerina Ivánovna—. ¡De sobra sabes tú por qué va descalza la nena!

—¡Loado sea Dios! ¡El médico! —exclamó con alborozo Raskólnikov.

Entró el doctor, un pulcro viejecito, un alemán, que miraba con ojos recelosos; se acercó al herido, le tomó el pulso, le examinó con mucha atención la cabeza y, con ayuda de Katerina Ivánovna, le desabrochó la camisa, toda empapada en sangre, y dejó al descubierto el pecho. Estaba todo él horriblemente hundido, magullado, desgarrado; algunas costillas del lado derecho aparecían rotas. En el costado izquierdo, junto al mismo corazón, se veía una gran mancha, amarillenta y negra: la terrible señal de la coz del caballo. El doctor frunció el ceño. El guardia le refirió que al herido lo había cogido una rueda y lo había llevado arrastrando unos treinta pasos por la calle.

—Es asombroso que haya podido recobrar el conocimiento —murmuró quedo el doctor, dirigiéndose a Raskólnikov.

—¿Qué dice usted? —le preguntó aquel.

—Pues que está para expirar de un momento a otro.

—¿Y no queda ninguna esperanza?

—Ni la más remota. Está expirando. Además, que tiene la cabeza gravemente herida... ¡Hum! Quizá se le pudiera practicar una sangría..., pero resultaría inútil. Solo le quedan de vida cinco a diez minutos.

—Sángrelo usted.

—Bueno; pero le prevengo a usted que será completamente inútil.

En aquel momento se oyeron pasos, se abrió el corro de curiosos del rellano y en los umbrales se dejó ver un sacerdote con las santas especies, un viejecito de blancos cabellos. Detrás de él venía un guardia, que le daba escolta desde la calle. El médico le cedió enseguida su puesto y cambió con él una significativa mirada. Raskólnikov le rogó al doctor que aguardase un poco. Aquel se encogió de hombros y se quedó.

Todos se apartaron. La confesión duró brevísimo rato. El moribundo apenas se enteraría bien de nada; solo podía proferir sonidos entrecortados, indistintos. Katerina Ivánovna cogió a Lídochka, levantó de la silla al niño, y retirándose con ellos a un rincón, junto a la estufa, se postró de rodillas e hizo que los niños se arrodillasen también delante de ella. Lídochka no hacía más que temblar; también el niño, que estaba sobre el suelo con sus rodillas descalzas, levantó maquinalmente su manecita, se santiguó y se dobló hasta tocar el suelo con la frente, lo que parecía causarle particular satisfacción. Katerina Ivánovna se mordía los labios y reprimía las lágrimas; también ella oraba, arreglándole de cuando en cuando la camisilla al niño y dándose traza de coger un chal que había encima de la cómoda y echárselo a la niña sobre sus hombros, demasiado desnudos, sin levantarse ni dejar de rezar. A todo esto, volvió a abrirse la puerta de las habitaciones interiores, empujada por los curiosos. En el rellano se agolpaban tropeles cada vez más densos de mirones: inquilinos de todos los pisos, que, desde luego, no traspasaban los umbrales. Solo una lamparilla alumbraba la escena.

En aquel momento, desde el rellano, por entre el gentío, se abrió rápidamente paso Pólenka, que venía corriendo de avisar a su hermana. Entró sin cobrar apenas aliento de la veloz carrera, se quitó el pañuelo, buscó con los ojos a su madre, se acercó a ella y le dijo: «¡Vendrá! ¡Me la encontré en la calle!». La madre hizo que se arrodillara, y la retuvo a su lado. Por entre el gentío, sin sentir y tímidamente, se deslizó una jovencita; y extraña parecía su presencia inopinada en aquel cuarto, entre miseria, harapos, muerte y desolación. También ella vestía modesta; su traje era barato, pero arregladito según el estilo de la calle, el gusto y las reglas que regían en su mundillo especial, consagrado a un fin declarado y vergonzoso. Sonia se detuvo en el rellano, junto a la misma puerta, pero no traspasó el umbral, y desde allí miraba como una demente, sin darse cuenta, al parecer, de nada, olvidada incluso de su traje de colorines, comprado de cuarta mano, de seda, indecorosa en tal lugar, y con una cola ridícula, y de la enorme crinolina, que cogía todo el hueco de la puerta, y de sus botinas de color, de su sombrillita, innecesaria de noche, pero que llevaba consigo, y de su grotesco sombrerillo de paja, con una brillante pluma de color de fuego. Por debajo de aquel sombrerillo, ladeado a lo chico, asomaba una carita fría, pálida y asustada, con la boquita abierta, y unos ojos inmóviles de espanto. Sonia era de pequeña estatura, de unos dieciocho años, delgadita; pero resultaba una rubita bastante guapa, con unos ojos azules que llamaban la atención. De hito en hito miraba al diván, al sacerdote; también respiraba afanosa, por efecto de la carrera que había dado. Finalmente, un cuchicheo, algunas palabras salidas de entre el gentío, debieron de llegar hasta ella. Bajó la cabeza, dio un paso más allá del umbral y se encontró en la habitación, pero también pegadita a la puerta.

La confesión y la comunión habían terminado. Katerina Ivánovna volvió a acercarse al lecho del marido. El sacerdote se apartó, y al retirarse, volvió para decirle dos palabras de viático y consuelo a Katerina Ivánovna.

—¿Y adónde voy yo ahora con estos niños? —le dijo aquella, con voz tajante e irritada, mostrándole los pequeños.

—¡Dios es misericordioso; confíe en la ayuda del Altísimo! —empezó el sacerdote.

—¡Ah! ¡Misericordioso, sí; pero no para nosotros!

—¡Eso es un pecado, eso es un pecado, señora! —observó el clérigo, moviendo la cabeza.

—¿Y eso no es pecado? —exclamó Katerina Ivánovna, señalando al moribundo.

—Puede que quienes le causaron la muerte sin querer se avengan a indemnizarla a usted, aunque solo sea por la pérdida de sus ingresos...

—Pero ¡usted no me entiende! —exclamó irritada Katerina Ivánovna, agitando las manos—. ¿Por qué habían de indemnizarme, si él mismo, borracho, fue a meterse entre las patas de los caballos? ¿Qué ingresos? De él no percibía ninguno; solo tormentos me daba. ¡El muy borracho todo se lo bebía! Nos robaba para írselo a gastar en la taberna. Su vida y la mía se las gastaba en las tabernas. ¡Y gracias a Dios que, al fin, se muere! ¡Un gasto menos!

—Debe perdonarlo en la hora de la muerte; y eso es pecado, señora; ¡esos sentimientos son un gran pecado!

Katerina Ivánovna se desvivía en torno al enfermo: le daba de beber, le enjugaba el sudor y la sangre de la cabeza, le ponía derecha la almohada y discutía con el sacerdote, volviéndose de cuando en cuando a mirarle, sin dejar su tarea. Ahora, de pronto, se dirigió a él casi enajenada:

—¡Ah, padrecito! ¡Una palabra, solo una palabra! ¡Perdonar! Siempre venía borracho, ¿cómo no habían de atropellarlo? No tenía más que una camisa, toda rota, mejor dicho, hecha un guiñapo, y con ella se hubiese echado a dormir esta noche, mientras que yo me habría estado hasta ser de día con las manos metidas en el agua, lavando su ropa y las de los chicos, y luego la habría tendido en la ventana, y al amanecer me habría sentado a zurcirla...: ¡ahí tiene usted cuál habría sido mi noche!... ¡Y todavía habla usted de perdón! Aunque, después de todo, ya lo he perdonado...

Una tos profunda, terrible, cortó sus palabras. Tosió en su pañuelo y se lo mostró luego al sacerdote, comprimiéndose dolorosamente con la otra mano el pecho. El pañuelo estaba manchado de sangre...

El clérigo bajó en silencio la cabeza y nada dijo.

Marmeládov estaba en la agonía; no apartaba sus ojos de la cara de Katerina Ivánovna, que había vuelto a inclinarse sobre él. Quería decirle alguna cosa, y hasta empezó, haciendo un esfuerzo, a mover la lengua; pero Katerina Ivánovna, comprendiendo que lo que quería era pedirle perdón, inmediatamente le gritó con acento imperioso:

—¡Calla...a...a!... ¡No es preciso!... ¡Sé lo que quieres decir!...

Y el enfermo se calló; pero en aquel mismo instante, su errante mirada fue a posarse en la puerta, y vio a Sonia. Hasta entonces no había reparado en ella; estaba en un rincón, arrimada a la pared.

—¿Quién es esa? ¿Quién es esa? —exclamó él de pronto, con voz estertórea, todo inquieto, señalando con espanto a la puerta donde estaba su hija y pugnando por incorporarse.

—¡Acuéstate! ¡Acuéstate...e...e! —le gritó Katerina Ivánovna.

Pero él, con fuerzas sobrehumanas, logró apoyarse en una mano. Ansiosa y fijamente contempló algún rato a su hija, cual si no la reconociese. Nunca hasta entonces la había visto ni una vez vestida de aquel modo. De repente la reconoció, humillada, abatida, emperifollada y avergonzada, aguardando plácidamente le llegase la vez de despedirse del padre moribundo. Infinito dolor reflejaba su rostro.

—¡Sonia!... ¡Hija!... ¡Perdóname!... —exclamó él, y le tendió la mano; pero habiendo perdido apoyo, resbaló y se desplomó de sobre el diván, y rodó de cabeza al suelo; acudieron a levantarlo, le acostaron de nuevo, pero ya estaba expirando.

Sonia lanzó un débil grito, corrió a él, lo abrazó, y en aquel abrazo acabó de expirar.

—¡Terminó! —exclamó Katerina Ivánovna al ver el cadáver del marido—. Bueno, ¿qué hacer ya? ¿Con qué lo amortajaré? Y a estos, mañana, ¿qué voy a darles de comer?

Raskólnikov se acercó a Katerina Ivánovna.

—Katerina Ivánovna —empezó diciéndole—: la semana pasada, su difunto esposo me contó toda su vida y todas sus circunstancias... Tenga usted la seguridad de que me habló de usted con orgulloso respeto. Desde aquella tarde, en que pude ver hasta qué punto les quería él a todas ustedes, y en particular a usted, Katerina Ivánovna, la respetaba y amaba, no obstante su lamentable debilidad...; desde aquella tarde éramos amigos... Permítame usted ahora... contribuir... a cumplir el deber que tengo para con mi difunto amigo. Aquí tiene usted... veinte rublos, creo..., y si esto pudiera servirle a usted de algo, yo... En una palabra: volveré a pasar por aquí... Sí, sí; infaliblemente, pasaré. Quizá pase mañana mismo... ¡Adiós!

Y rápidamente se salió de la habitación, abriéndose paso como mejor pudo por entre el gentío, hasta la escalera; pero en el rellano hubo de tropezarse de pronto con Nikodim Fómich, que había tenido noticia de la desgracia y deseaba adoptar él personalmente las disposiciones oportunas. Desde aquella escena de marras en la comisaría, no había vuelto a verle; pero Nikodim Fómich lo reconoció al punto.

—¡Cómo! ¿Es usted? —le preguntó.

—Murió —le respondió Raskólnikov—. Vino el médico, vino el cura: todo se ha hecho como es debido. No apure usted mucho a la pobre viuda, que ya tiene bastante con estar tísica. Anímela usted, si puede, con algo... Usted es un hombre bueno, me consta... —añadió con una sonrisa irónica, mirándole recto a los ojos.

—Pero ¿cómo se ha manchado usted de sangre? —observó Nikodim Fómich, reparando, a la luz del farol, en unas manchas recientes que había en el chaleco de Raskólnikov.

—Sí, me he manchado... ¡Estoy todo salpicado de sangre! —confirmó, con cierto gesto singular, Raskólnikov, después de lo cual se sonrió, hizo una inclinación de cabeza y continuó escaleras abajo.

Bajaba despacio, sin atropellarse, todo febril y, sin percatarse de ello, henchido de una emoción nueva, desbordante, que, cual una ola de vida, de pronto, plena y poderosa, lo envolvía. Aquella emoción podría compararse con la que experimentara el condenado a muerte al que, de repente y del modo más inesperado, le notifican su indulto. Pero mediada la escalera le alcanzó el clérigo, que se volvía a su casa; Raskólnikov, en silencio, lo dejó pasar adelante, cambiando con él un tácito saludo. Pero al poner ya el pie en los últimos peldaños, hubo de sentir de pronto unos pasos presurosos a su espalda. Alguien trataba de alcanzarlo. Era Pólenka, la cual corría tras él y lo llamaba:

—¡Oiga usted! ¡Oiga usted!

Se volvió a ella. La niña bajó corriendo los últimos escalones y se quedó parada delante de él un escalón más arriba. Turbia luz llegaba del patio. Raskólnikov contempló la carita demacrada, pero linda, de la nena, que le sonreía jovial, infantilmente, y lo miraba. La habían enviado con un cometido que era evidente no le agradaba mucho.

—Oiga usted, ¿cómo se llama? Y, además, ¿dónde vive usted? —inquirió con voz jadeante.

Él le echó ambas manos sobre los hombros y la miró con cierta beatitud; ¡tan grato se le hacía mirarla, sin que él mismo supiera por qué!

—¿Y a ti quién te envió?

—Me envió mi hermana Sonia —contestó la niña, sonriéndole todavía con más agrado.

—Ya sabía yo que te había mandado tu hermana Sonia.

—También me mandó mi *mámascha*. Cuando mi hermana Sonia me estaba dando el encargo, llegó también mamá, y me dijo: «¡Corre cuanto puedas, Pólenka!».

—¿Quieres tú mucho a tu hermana Sonia?

—¡La quiero más que a nadie! —afirmó Pólenka con especial energía, y de pronto se tornó más seria su sonrisa.

—Y a mí, ¿vas a quererme?

Por toda contestación, ella le acercó su carita, con sus gruesos labios ingenuamente alargados en acto de besarle. De pronto, sus bracitos, delgados como pajuelas, se asieron de él fuerte, fuerte, su cabeza se dobló sobre su hombro y la niña rompió a llorar quedamente, apretando cada vez más contra él su carita.

—¡Pobre papá! —exclamó al cabo de un minuto, alzando su llorosa carita y enjugándose con la mano las lágrimas—. ¡Cuántas desgracias no han ocurrido hoy! —añadió de pronto, con ese gesto particularmente serio que adoptan los niños forzadamente cuando quieren hablar como «los mayores».

—¿Papá os quería?

—A quien más quería era a Lídochka —continuó ella muy seria y sin sonreírse en absoluto, enteramente como se expresan las personas mayores—, porque es la más chica y también porque está enfermita, y siempre le traía algún regalito; a nosotros nos enseñaba a leer, y a mí, la gramática y la ley de Dios

—añadió con dignidad—. Mamá no decía nada; pero nosotras sabíamos que eso le gustaba a ella, y también papá lo sabía; y mamá está ahora empeñada en que yo aprenda francés, porque ya es hora de que reciba educación.

—Y rezar, ¿sabes?

—¡Oh, ya lo creo que sabemos! Ya hace mucho; yo, como la mayor que soy, rezo solita; pero Polia y Lídochka rezan con mamá; primero la Salve, y luego una oración que dice: «Señor, perdona y bendice a nuestra hermana Sonia», y después, además: «Señor, perdona y bendice a nuestro papaíto»; porque nuestro papaíto antiguo ya murió, y este de ahora es otro, y nosotros rezamos también por él.

—Pólichka, yo me llamo Rodión. Pídele a Dios también alguna vez por mí, «por su siervo Rodión»... nada más.

—De aquí en adelante rezaré siempre por usted —dijo con vehemencia la niña, y de pronto volvió a reírse, se abalanzó a él y lo abrazó de nuevo fuertemente.

Raskólnikov le dijo su nombre, le dio su dirección y le prometió volver por allí al otro día sin falta. La niña se separó de él completamente entusiasmada. Eran las once cuando él salió a la calle. A los cinco minutos se encontraba en el puente, justamente en el mismo sitio desde donde se había arrojado al agua la mujer aquella.

«¡Basta! —exclamó con energía y entusiasmo—. ¡Fuera espejismos, fuera miedos absurdos, fuera visiones!... ¡Ah, la vida! ¿Acaso no he vivido yo hace un instante? ¡No murió aún mi vida al par que la vieja viuda! Su reino de ella es el Cielo, y... ¡basta, madrecita; ya es hora de descansar los demás! ¡Empiece ahora el imperio de la razón y de la luz, y de la voluntad y la fuerza, y ya veremos! ¡Nos mediremos los bríos! —añadió altanero, cual dirigiéndose a algún poder oscuro, en actitud de reto—. ¡Yo ya me resigné a vivir en una *arschina* de terreno!...

»Débil estoy, y mucho, en este instante; pero, al parecer, toda la enfermedad se me pasó. Ya sabía yo que había de ser así cuando salí antes. Y a propósito: la casa de Pochinkov está de aquí dos pasos. He de ir irremisiblemente a ver a Razumijin, y lo haría aunque no estuviera a dos pasos de distancia... ¡Que gane la apuesta! ¡Que se divierta a mi costa..., no hay más remedio!... Energía, energía es necesaria; sin energía nada consigues; y la energía se obtiene con la misma energía: he ahí lo que muchos no saben», añadió, ufano y convencido, y, sin poder apenas levantar un pie, se alejó del puente. La ufanía y el aplomo subían en él de punto a cada instante, de modo que al minuto siguiente ya no era el mismo hombre que el minuto antes. Pero ¿qué le ocurría tan de particular para que así hubiese cambiado? Ni él mismo lo sabía. Como quien se ase de una paja, le parecía de pronto que también él «podría vivir, que aún le quedaba vida, que no había muerto su vida juntamente con la de la vieja viuda». Puede que se diese mucha prisa a sacar aquella conclusión; pero no se paraba a pensarlo.

«Por el siervo Rodión le pedí, sin embargo, que rezara —le cruzó por la mente—. Bueno; eso..., por si acaso...», añadió y se sonrió de su infantil ocurrencia. Se hallaba en una disposición de ánimo excelente.

Fácil le fue dar con Razumijin: en la casa Pochinkov conocían ya al nuevo vecino, e inmediatamente el portero le enseñó el camino de su habitación. Ya desde la mitad de la escalera pudo oír el alboroto y la conversación animada de una reunión numerosa. La puerta del piso estaba abierta de par en par; se oían voces y rumor de discusiones. El cuarto de Razumijin era bastante espacioso, y en él había reunidas quince personas. Raskólnikov se detuvo en el recibimiento. Al otro lado del tabique, dos criadas del patrón andaban atareadas en torno a dos grandes samovares, y con botellas, bandejas y platos cargados de pastas y entremeses, llevados de la cocina de la patrona. Raskólnikov mandó llamar a Razumijin. Este acudió enseguida, alborozado. A simple vista podía comprenderse que había bebido algo de más; y aunque Razumijin jamás bebía hasta emborracharse, aquella vez se le notaba un poco.

—Oye —se apresuró a decirle Raskólnikov—: he venido solo a decirte que has ganado la apuesta y que, efectivamente, nadie puede saber lo que puede ocurrirle. Pero pasar, no paso; estoy tan débil, que voy a caerme redondo. Así que ¡salud y adiós! Pero mañana no dejes de ir a verme.

—Mira: te acompañaré a tu casa. Cuando tú mismo dices que estás débil...

—Pero ¿y los invitados? ¿Quién es ese individuo de los pelos rufos que ahora estaba mirando hacia acá?

—¿Ese? ¡El diablo lo sabrá! Debe de ser un amigo de mi tío, aunque puede que haya venido sin estar invitado... Con ellos se quedará mi tío, que es un hombre inapreciable; lástima que no te lo pueda presentar ahora. Aunque, después de todo, ¡que el diablo cargue con todos ellos! A mí, en este momento, me tienen todos ellos sin cuidado, y necesito, además, tomar un poco el aire, por lo que no has podido venir más a punto: dos minutos más, y habría reñido con todos, ¡por Dios te lo juro! Dicen unas mentiras... No puedes imaginarte hasta qué extremo puede mentir el hombre. Aunque, después de todo, ¿cómo no imaginárselo? ¿Acaso no mentimos también nosotros? Bueno; pues que mientan; en cambio, luego ya no mentirán... Aguarda un minuto, que voy por Zosímov.

Zosímov se abalanzó a Raskólnikov con cierta avidez; se le advertía una curiosidad especial: no tardó en iluminársele el rostro.

—A dormir enseguidita —decidió, después de examinar en cuanto pudo al paciente—. No estaría de más que tomase algo por las noches. ¿Lo hará así? Yo había preparado... unos papelillos.

—Aunque fueren más —respondió Raskólnikov.

Injirió allí mismo los papelillos.

—Haces muy bien en acompañarlo —observó Zosímov, dirigiéndose a Razumijin—. Ya veremos lo que pasa mañana; pero, por hoy, la cosa no va mal: hay un cambio notable de ayer a hoy. Un siglo de vida, un siglo de aprender...

—¿Sabes lo que hace un momento me decía Zosímov por lo bajo, al salir nosotros?... —le espetó Razumijin, luego que ya estuvieron en la calle—. Yo, hermanito, te lo diré todo francamente, puesto que ellos son todos unos asnos. Zosímov me mandó que te fuese hablando por el camino y te tirase de la lengua, y luego le contase a él todo, porque dice que tiene una idea...: que tú estás chiflado o poco menos. ¡Figúrate! En primer lugar, tú tienes triple talento que él; y, además, que, no estando tú loco, habías de escupirle a esa ocurrencia suya; y, en último término, que él es un pedazo de carne y, por su especialidad, cirujano, y le ha dado por entrometerse ahora en las enfermedades mentales, y, por lo que a ti respecta, le ha desconcertado definitivamente tu conversación de hoy con Zamiótov.

—¿Te lo contó todo Zamiótov?

—Todo, e hizo muy bien. Ahora comprendo yo todos los detalles del asunto, y lo mismo ocurre a Zamiótov... Bueno; sí. En resumidas cuentas, Rodia, en el fondo... Yo ahora estoy un poquito chispo... Pero no importa...; en el fondo, esa idea..., ¿comprendes?..., había, efectivamente, arraigado en ellos, ¿comprendes?... Desde luego que jamás se hubiesen atrevido a expresarla en alta voz, porque se trata de un desatino estupidísimo, y, sobre todo, cuando prendieron a ese pintor de brocha gorda, todo eso reventó como una burbuja y acabó para siempre. Pero ¿por qué serán tan idiotas? Yo entonces le zurré algo la badana a Zamiótov..., dicho sea entre nosotros, hermanito: tú cállatelo para ti y no te des por enterado para con él; he podido observar que es vanidosillo; fue eso en casa de Lavisa... Pero hoy, hoy, todo se ha puesto en claro. La culpa principal fue de ese Iliá Petróvich. Por aquellos días se aprovechó de tu desmayo en la comisaría; pero luego a él mismo le ha dado vergüenza: me consta...

Raskólnikov lo escuchaba con ansiedad. Razumijin, en su borrachera, hablaba por los codos.

—A mí me dio aquel desmayo por culpa de la pesada atmósfera y del tufo a pintura fresca que allí había —dijo Raskólnikov.

—¡Y todavía sales con explicaciones! Pero ¡no se trata únicamente de la pintura: la congestión llevaba todo un mes incubándose; Zosímov puede garantizarlo! Pero ¡no puedes figurarte lo abatido que está ahora el pobre! «¡No valgo lo que un zancajo de él!». ¡Ese él eres tú! A veces, hermanito, da muestras de buenos sentimientos. Pero la lección, la lección de hoy en el Palacio de Cristal fue el colmo de la perfección. Empezaste por meterle miedo, por hacer que le entraran hasta escalofríos. Poco menos que le obligaste a emperrarse de nuevo en todo ese monstruoso dislate, y luego, de pronto, fuiste y le sacaste la lengua. ¡Vamos, vamos, diantre, ya lo pesqué! ¡Perfecto! ¡Ahora está maltrecho, anonadado! ¡Eres todo un maestro; por Dios, así hay que proceder con esa gente!... ¡Oh, por qué no estaría yo delante!... Ahora te aguardaba con una impaciencia horrible. Porfirii también deseaba conocerte...

—¡Ah!... ¡Ese también!... Pero... ¿por qué se les ha metido en la cabeza que yo estoy loco?

—Verdaderamente, no dicen que estés loco. Yo, hermanito, según parece, me he ido contigo demasiado de la lengua... A él le chocó, para que lo sepas, el que hace poco mostraras tanto interés por solo ese asunto... Ahora ya está claro por qué te interesaba: conociendo todos los detalles..., y cómo esto te traía enervado entonces y qué relacionado estaba todo con la enfermedad... Yo, hermanito, estoy algo borracho; pero el diablo solo sabrá la idea que se traen en el magín... Yo te lo digo otra vez: a ese le ha dado por las enfermedades mentales. Pero ¡tú escúpele y en paz!...

Por medio minuto ambos guardaron silencio.

—Oye, Razumijin —exclamó Raskólnikov—: yo quiero hablarte con entera franqueza: hace un instante estuve en una casa mortuoria, donde había fallecido cierto funcionario... Allí también dejé dinero..., y, además de eso, a mí acaba de besarme allí una criatura que, aunque yo hubiese matado a alguien, aunque..., bueno, en una palabra: que he tenido ocasión de ver allí también a una criatura..., con una pluma color de fuego...; pero, por lo demás, me bato en retirada; estoy muy débil; sostenme... ¿No estamos ya en la escalera?

—Pero ¿qué te pasa? ¿Qué tienes? —le preguntó, alarmado, Razumijin.

—La cabeza me da vueltas un poco; pero no por eso, sino porque tengo una tristeza tan grande, ¡tan grande! ¡Ni más ni menos que una mujercilla!..., ¿verdad? Mira: ¿qué es esto? ¡Mira! ¡Mira!

—¿El qué dices?

—Pero ¿es que no lo ves?... La luz de mi cuarto, ¿no la ves?... Por la rendija...

Estaban ya delante del último rellano, al que daba la puerta del piso de la patrona, y, efectivamente, desde abajo se advertía que en el zaquizamí de Raskólnikov había luz encendida.

—¡Es raro! Nastasia, quizá —observó Razumijin.

—No; ella a esta hora no entra nunca en mi cuarto, y hasta debe de hacer mucho rato ya que duerme a pierna suelta; pero... ¡Me es igual! ¡Adiós!

—¿Qué te pasa? ¡Yo te acompañaré; entraremos juntos!

—Ya sé que entraremos juntos; pero es que yo quiero estrecharte aquí la mano y despedirme de ti. ¡Bueno; dame la mano!... ¡Adiós, y hasta otra!...

—Pero ¿qué te sucede, Rodia?

—Nada. Vamos dentro; tú serás testigo...

Volvieron a subir escaleras arriba, y Razumijin pensó por un momento si no estaría en lo cierto Zosímov. «¡Ah! ¡Lo he trastornado con mi charla!», refunfuñó para sus adentros. De pronto, al ir a transponer los umbrales, oyeron una voz dentro del cuarto.

—¿Quién será? —exclamó Razumijin.

Raskólnikov, el primero, tiró de la puerta y la abrió de par en par; la abrió y se quedó parado en el umbral, como clavado allí.

Su madre y su hermana estaban sentadas en el diván, y ya llevaban aguardándolo hora y media. ¿Por qué a ellas era a quienes menos esperaba y en quienes menos pensaba él, no obstante la reiterada noticia que aquel día tuviera de que venían de camino, de que no tardarían en llegar, de que de un momento al otro estarían allí? Toda aquella hora y media la habían ellas invertido en interrogar a Nastasia, que aún seguía allí con ellas, y que se había apresurado a contárselo todo con todos sus detalles. Ellas no acababan de entender de puro asustadas, cuando aquella les dijo que él se «había escapado» enfermo y, según se infería del relato, ¡irremisiblemente delirando!... «Dios, ¿qué le pasará?». Rompieron a llorar las dos, las dos sufrieron un suplicio de cruz en aquella hora y media de espera.

Jubiloso, triunfal clamor acogió la presencia de Raskólnikov. Ambas se abalanzaron a él. Pero él se quedó parado como un muerto; un insufrible, súbito pensamiento le hirió como un rayo. Ni siquiera alzó las manos para abrazarlas. ¡No podía! Madre e hija le apretujaron fuertemente con sus brazos, lo besaban, reían y lloraban... Él dio un paso, se tambaleó y rodó por el suelo, desmayado.

Alarma, gritos de horror, lamentos... Razumijin, que se había quedado en pie junto a la puerta de la habitación, entró volando, cogió al enfermo entre sus brazos vigorosos y en un santiamén le dejó en el diván.

—¡No es nada, no es nada! —exclamó, dirigiéndose a la madre y a la hija—. ¡Es un mareo, una cosa ligera! ¡Ahora mismo acaba de decir el médico que ya está mucho mejor, que está completamente bien!... ¡Agua! ¡Ea! ¡Vean ustedes cómo ya vuelve en sí, cómo recobra el sentido!

Y cogiendo de una mano a Dúnechka, de un modo que casi se la desarticuló, la hizo agacharse para que viera cómo «ya volvía en sí». Tanto la madre como la hija miraron a Razumijin como a un fantasma, con estupefacción y gratitud; ya ellas le habían oído a Nastasia lo que había sido para su Rodia en todo aquel tiempo de su enfermedad aquel «mozo expeditivo», como hubo de llamarle aquella misma noche, en íntimo coloquio con Dunia, la propia Puljeria Aleksándrovna Raskólnikova.

TERCERA PARTE

I

Raskólnikov se incorporó y se sentó en el diván.

Débilmente le hizo una seña a Razumijin para que pusiera fin a todo aquel torrente de incoherentes y fogosos consuelos que prodigaba a su madre y a su hermana, las cogió a ambas de las manos y permaneció dos minutos en silencio, contemplando, ya a la una, ya a la otra. A su madre la asustó su mirada. En ella se delataba un sentimiento enérgico, hasta ser doloroso; pero al mismo tiempo dejaba traslucir algo de fijo y hasta como de insensato. Puljeria Aleksándrovna rompió a llorar.

Avdotia Románovna estaba pálida; temblaba su mano en la mano fraterna.

—Volveos a casa... con él —exclamó con voz entrecortada, indicándolas a Razumijin— hasta mañana; para mañana todo... ¿Hace mucho que llegasteis?

—Esta noche, Rodia —respondió Puljeria Aleksándrovna—. El tren venía con retraso horrible. Pero, Rodia, ¡yo por nada del mundo me separo ahora de ti! Me quedaré a dormir aquí, junto a...

—¡No me atormentéis!... —exclamó él, moviendo con excitado gesto la mano.

—¡Yo me quedaré con él!... —dijo Razumijin—. ¡No le dejaré solo un momento, y el diablo cargue con toda mi gente de allá, que se suban por las paredes! Allí, en mi casa, hace mi tío de presidente.

—¡Cómo, cómo podría yo pagárselo! —empezó Puljeria Aleksándrovna, tornando a estrecharle la mano a Razumijin; pero Raskólnikov volvió a atajarla:

—¡No puedo, no puedo! —repitió excitado—. ¡No me atormentéis! ¡Basta ya, idos!... ¡No puedo!

—Vámonos, *mámenka*; salgámonos del cuarto, aunque solo sea por un minuto... —murmuró, asustada, Dunia—. Lo estamos matando, está a la vista.

—Pero ¿es que no voy a poder mirarlo un poco después de tres años sin verlo? —gimió Puljeria Aleksándrovna...

—¡Deteneos!... —volvió a gritarles él—. No hacéis más que interrumpir y embrollarme las ideas... ¿Habéis visto a Luzhin?

—No, Rodia; pero ya está enterado de nuestra llegada. Hemos oído decir, Rodia, que Piotr Petróvich tuvo la atención de hacerte hoy una visita —añadió Puljeria Aleksándrovna con cierta timidez.

—Sí... Tuvo la atención... Dunia, yo hace poco le dije a Luzhin que lo iba a tirar por las escaleras, y lo mandé al diablo...

—Rodia, ¿eso hiciste?... De veras que tú... No querrás decir... —empezó, asustada, Puljeria Aleksándrovna, pero se detuvo al mirar a Dunia.

Avdotia Románovna miraba de hito en hito al hermano, y aguardaba que siguiese. Las dos estaban ya enteradas de la reyerta por Nastasia, en cuanto a esta le fue dado entender y referir, y sufrían perplejidad y expectación.

—Dunia —prosiguió Raskólnikov con un esfuerzo—, yo no quiero esa boda; así que tú tendrás mañana mismo, a las primeras palabras, que desdecirte con Luzhin para que no se vuelva a oler su aliento.

—¡Dios mío!... —exclamó Puljeria Aleksándrovna.

—¡Hermano, haz el favor! ¡Qué es lo que estás diciendo! —saltó Avdotia Románovna con vivo tono, pero inmediatamente se contuvo—. Tú quizá ahora no estés en situación...; estás cansado... —añadió dulcemente.

—¿Que estoy delirando? No... Tú te casas con Luzhin por mi culpa. Y yo no quiero víctimas. Así que mañana le escribirás una cartita... mandándole a paseo... ¡Por la mañana me la das a leer, y sanseacabó!

—Pero ¡yo no puedo hacer eso!... —exclamó, ofendida, la joven—. Con qué derecho...

—Dúnechka, tú también estás nerviosa; vete ahora...; mañana... Quizá tú no veas... —dijo, inquieta, la madre, dirigiéndose a Dunia—. ¡Ah, lo mejor que podemos hacer es irnos!

—¡Está delirando! —exclamó, borracho, Razumijin—. ¡Si no, cómo se atrevería!... Pero mañana toda esa estupidez se le habrá pasado... Hoy, efectivamente, lo echó de aquí. Ni más ni menos. El otro, claro, se enfadó... Se puso a largar un discurso para poner de resalte su distinción, y acabó yéndose con las orejas gachas...

—Pero ¿puede ser eso verdad?... —clamó Puljeria Aleksándrovna.

—Hasta mañana, hermano... —le dijo Dunia, compasiva—. ¡Vámonos, mamá!... ¡Adiós, Rodia!

—Ya oíste, hermana —repitió él, haciendo acopio de sus últimas energías—. No estoy delirando; esa boda... es una vileza. Demos de barato que yo sea un vil; pero tú no estás obligada... Basta con uno..., y, aunque yo sea un vil, no quiero considerar también como tal a una hermana mía. ¡O yo, o Luzhin! ¡Retiraos!...

—Pero ¡tú has perdido el juicio! ¡Déspota!... —se encolerizó Razumijin, pero Raskólnikov no le contestó ya, y puede que le faltasen para ello las fuerzas. Se tendió en el diván y se volvió de cara a la pared, completamente extenuado. Avdotia Románovna miró curiosa a Razumijin; sus negros ojos centelleaban; Razumijin hasta dio un respingo bajo aquella mirada. Puljeria Aleksándrovna estaba como fuera de sí.

—¡Yo no me voy de aquí por nada del mundo!... —le murmuró, quedo, a Razumijin, poco menos que desesperada—. Yo me quedo aquí en cualquier sitio... Acompañe usted a Dunia.

—¡Mire que va usted a echarlo a perder todo! —le dijo, también por lo bajo, Razumijin, excitado—. Salgámonos de aquí, aunque sea al rellano. ¡Nastasia, una luz! ¡Les juro a ustedes —continuó en voz baja, ya en la escalera— que antes a mí y al doctor por poco nos pega! ¡Hágase usted cargo! ¡Al propio médico! Y este optó por no irritarlo y se fue. Y, mientras yo me quedaba abajo, ojo avizor, él se dio traza de vestirse y echarse a la calle. Ahora también se irá a la calle si usted lo exaspera, y hasta intentará quizá algo contra sí...

—¡Ah, qué dice usted!

—¡Y añada usted que tampoco está bien que Avdotia Románovna se vaya sola a la pensión sin usted! ¡Piense usted dónde se hospedan! Ese bellaco de Piotr Petróvich ya pudo buscarles a ustedes mejor alojamiento... Aunque, después de todo, yo, miren ustedes, estoy algo borracho, y por eso... le he insultado; no hagan ustedes caso...

—Bueno; pues hablaré con la patrona de aquí —insistió Puljeria Aleksándrovna—. Le suplicaré que nos proporcione a mí y a Dunia un rincón por esta noche. ¡Yo no puedo dejarlo así, no puedo!

Así hablando, se detuvieron en la escalera, en un rellano, delante de la misma puerta de la patrona. Nastasia les alumbraba desde un peldaño más abajo. Razumijin se hallaba poseído de inusitada agitación. Media hora antes, al acompañar a Raskólnikov a su casa, estaba un poquitín demasiado locuaz, lo que él mismo reconocía, pero muy animado y casi fresco, no obstante la tremenda cantidad de vino que aquella tarde había ingerido. Ahora su estado de ánimo se semejaba también al entusiasmo; pero, al mismo tiempo, parecía cual si otra vez el alcohol ingerido, de golpe y con doble energía, se le hubiese subido a la cabeza. Estaba parado, en compañía de las dos mujeres; las tenía cogidas a ambas de las manos, y les exponía sus razones, con una asombrosa franqueza, y seguramente para persuadirlas a cada una de sus palabras; fuerte, fuerte como en un torno, les apretaba a ambas las manos, hasta causarles dolor, y, al parecer, devoraba con los ojos a Avdotia Románovna sin el menor reparo. A causa del dolor, retiraban ellas de cuando en cuando sus manos de la enorme y huesuda manaza del amigo; pero este no solo no se daba cuenta de aquello, sino que iba y tiraba de ellas hacia sí con más fuerza. Si ellas le hubiesen mandado en aquel instante arrojarse, por servirlas, de cabeza escaleras abajo, inmediatamente lo habría hecho así, sin pararse a pensarlo ni dudar. Puljeria Aleksándrovna, toda alarmada ante el pensamiento de su Rodia, no obstante notar de sobra que aquel pollo era bastante raro y con harta libertad le apretaba la mano, como al mismo tiempo resultaba también su providencia, hacía por no reparar en todos esos extravagantes pormenores. Pero, a pesar de su alarma misma, Avdotia Románovna, con todo y no ser de carácter medroso, veía con asombro y hasta con cierto susto el centelleante bárbaro fuego de las miradas del amigo de su hermano, y solo la ilimitada confianza que le habían inspirado las referencias de Nastasia acerca de aquel hombre feroz la libraban de la tentación de echar a correr y llevarse detrás a su madre. Comprendía, además, que quizá no pudieran huir ya de él. Después de todo, al cabo de diez minutos, hubo de tranquilizarse de un modo notable. Razumijin tenía la condición de revelarse enteramente en un momento, cualquiera que fuese el estado de ánimo en que se encontrase; así que todos comprendían enseguida con quién tenían que habérselas.

—¡Con la patrona es imposible y, además, es un desatino espantoso!... —exclamaba, tratando de convencer a Puljeria Aleksándrovna—. ¡Aunque sea usted su madre, si se queda aquí, lo pondrá usted a rabiar, y el diablo sabe lo que puede ocurrir! Oiga usted lo que voy a hacer yo: ahora le diré a Nastasia que suba a verle, y yo las llevaré a ustedes dos a su casa, porque ustedes solas no podrían andar por las calles; aquí, en Petersburgo, respecto a esto... ¡Bueno, escupámosle!... Después de dejarlas a ustedes, me volveré aquí, y al cabo de un cuarto de hora, palabra de honor que les llevo a ustedes noticias de cómo está, si duerme o no, etcétera, etcétera. Luego, escuchen ustedes: luego, de casa de ustedes, en un brinco me planto en la mía; allí tengo invitados, borrachos todos; cogeré a Zosímov..., el médico que lo asiste, y que en este instante está en mi casa y no está borracho. ¡Ese no está borracho, no está nunca borracho!... Me lo traeré aquí a que vea a Rodia, y luego iré con él a verlas a ustedes, es decir, que dentro de una hora tendrán ustedes noticias de él... de labios del doctor, ¿comprenden?, del mismo doctor, ¡que ya no es lo mismo que de los míos! Si estuviera él mal, les juro que yo mismo las traigo aquí, y si está bien, pues se acuestan ustedes y a dormir. Yo me pasaré aquí toda la noche al cuidado en la escalera, de modo que él no tendrá que enterarse, y a Zosímov lo mandaré a pasar la noche en casa de la patrona, con objeto de tenerlo a mano. Ahora díganme qué es lo mejor para él: si el médico o ustedes. El médico le resulta más útil, mucho más útil. Así que nada; se van ustedes ahora a casita. Quedarse con la patrona es imposible; imposible para mí, imposible para ustedes; no insistan ustedes, porque ella... es una imbécil. Le dará celos de Avdotia Románovna, para que ustedes se enteren, y también de usted... De Avdotia Románovna desde luego. ¡Tiene un genio completamente raro! Aunque, después de todo, yo también soy idiota... ¡Escupamos! ¡Vamos allá! ¿Es que están ustedes convencidas? ¿Se han convencido o no?

—Vámonos, *mámenka* —dijo Avdotia Románovna—; seguramente lo hará según promete. Ya le debemos la resurrección de mi hermano, y si es verdad que el doctor va a quedarse aquí a pasar la noche, ¿qué más podemos desear?

—¡Vea cómo usted..., usted..., usted me comprende, porque usted... es un ángel! —exclamó Razumijin entusiasmado—. ¡Vamos! ¡Nastasia! Vete enseguida arriba y quédate aquí, velándolo, con lumbre; yo dentro de un cuarto de hora estoy de vuelta.

Puljeria Aleksándrovna, aunque no del todo convencida, desistió de seguir oponiéndose. Razumijin las cogió a ambas del brazo y las condujo escaleras abajo. Por lo demás, también él les inspiraba inquietud. «Aunque tan expeditivo y bueno, ¿estará en disposición de cumplir lo que promete? ¡Porque hay que ver cómo está!...».

—Yo comprendo que ustedes pensarán que en qué estado me encuentro —dijo Razumijin, cortándoles el hilo de sus pensamientos, que había adivinado, y hollando con sus zancadas enormes, de gigante, la acera, sin percatarse de que las dos mujeres apenas podían seguirle—. ¡Disparate! Es decir..., yo estoy borracho como un palurdo; pero no se trata de eso; estoy borracho, sí; pero no de alcohol. Es que al verlas a ustedes se me subió la sangre a la cabeza y me trastornó... Pero ¡escúpanme ustedes! No se fijen en eso; yo soy un embustero; no soy digno de ustedes... ¡Ni remotamente!... En cuanto las deje a ustedes, me voy derechito al canal, me doy dos chapuzones en el agua, y listo... ¡Si ustedes supieran cuánto las quiero ya a las dos!... ¡No se burlen ustedes ni se enfaden!... ¡Enfádense ustedes con todo el mundo menos conmigo! Yo soy amigo de él y también de ustedes. Eso deseo... Ya el corazón me lo decía... El año pasado hubo un momento... Por lo demás, no es cierto que me lo diera el corazón, porque ustedes se han presentado como llovidas del cielo. Toda esta noche me la voy a pasar en claro... Zosímov temía hace un rato que él perdiera el juicio... Así que no hay que irritarlo...

—¿Qué dice usted? —exclamó la madre.

—Pero ¿el mismo médico se expresó así? —inquirió Avdotia Románovna, asustada.

—No; no dijo eso, sino todo lo contrario. Y le dio también una medicina, unos papelillos, que yo lo vi, y entonces, pues resultó que habían venido ustedes... ¡Ah!... ¡Habría sido mejor que lo hubieran dejado para mañana! Hemos hecho muy bien en venirnos. Pero dentro de una hora el propio Zosímov las pondrá al tanto de todo. ¡Ese no está borracho! Y a mí ya se me habrá pasado la borrachera... Pero ¿por qué me habré emborrachado de este modo? ¿Y por qué me metería en discusiones con esos condenados? ¡Me he jurado no volver a discutir con ellos! Pero ¡es que dicen unos desatinos! ¡No hay forma de no reñir con ellos! Yo dejé allí al tío, como presidente... Bueno; no querrán ustedes creerlo; pero ellos exigen del individuo la más absoluta impersonalidad, ¡y en eso cifran la sal de la vida! ¡No ser uno uno mismo, parecerse lo menos posible a sí mismo! Esto es lo que ellos consideran como la cumbre del progreso. Y si siquiera procurasen mentir con gracia; pero...

—Oiga usted —le interrumpió tímidamente Puljeria Aleksándrovna, sin conseguir otra cosa que acalorarlo más.

—¿Qué le parece a ustedes? —exclamó Razumijin, alzando todavía más la voz—. ¿Se imaginan que yo me pongo así porque ellos mienten? ¡Disparate! ¡A mí me gusta que mientan! La mentira es el único privilegio del hombre sobre todos los demás organismos. Mientes..., ¡pues ya alcanzarás la verdad! Porque soy hombre es precisamente por lo que miento. Ni una sola verdad podrías alcanzar si antes no mintieses catorce veces, y hasta ciento catorce veces, lo cual representa un honor sui géneris. ¡Solo que nosotros ni siquiera sabemos mentir con talento! Tú me mientes a mí, pero miénteme por ti mismo, y yo voy y te abrazo. Mentir con gracia, de un modo personal, es casi mejor que decir verdad, al estilo ajeno; en el primer caso eres hombre, ¡en el segundo no pasas de ser un papagayo! La verdad no echa a correr, pero a la vida se la puede zarandear; ejemplos de ello hay. Vamos a ver: ¿qué somos ahora nosotros? Todos, todos, sin excepción, en el terreno de las ciencias, de la cultura, el ingenio, la invención, la experiencia, en todos los terrenos, en todos, en todos, en todos, no pasamos de la clase de primeras letras. ¡Gustamos de arreglarnos con el talento ajeno! ¡Comemos lo ya masticado! ¿No es así? ¿No tengo yo razón? —exclamó Razumijin, exaltándose y apretándoles sus manos a las dos mujeres—. ¿Acaso no es esto cierto?

—¡Oh, Dios mío, yo no sé! —declaró la pobre Puljeria Aleksándrovna.

—Sí, es cierto..., aunque yo no estoy del todo conforme con usted —añadió seriamente Avdotia Románovna, y estuvo a punto de lanzar un grito, de fuerte que Razumijin le apretó la mano.

—¿Así es? ¿Dice usted que así es? ¡Bueno, pues en vista de eso usted..., usted... —exclamó entusiasmado—, usted es una fuente de bondad, de pureza, de talento, y... una perfección! ¡Deme usted acá su mano, démela usted!... ¡Deme usted también la suya, que quiero besárselas aquí mismo, ahora mismo, de rodillas!

Y se puso de rodillas en mitad de la acera, por casualidad desierta.

—Pero ¿se da usted perfecta cuenta de lo que hace? —exclamó alarmada hasta más no poder Puljeria Aleksándrovna.

—¡Levántese usted, levántese usted! —exclamó Dunia, sonriente y asustada.

—¡Por nada del mundo lo haré si antes no me dan ustedes sus manos! Bueno; ya está bien; ahora me levanto y seguimos andando. Yo soy un tío la mar de infeliz, yo no soy digno de ustedes, y, además, estoy borracho, de lo cual me avergüenzo... Yo no soy digno de amarlas a ustedes, pero antes me postro..., ¡que es lo que todos deberían hacer, como no fueren imbéciles de remate! ¡Por eso me he postrado yo!... Bueno; ya está aquí su casa, ¡y qué razón tuvo Rodia para echar de la suya esta tarde a su Piotr Petróvich! ¿Cómo se ha atrevido a aposentarlas a ustedes en esta casa? ¡Es un escándalo! Pero ¿no saben ustedes la gente que aquí se alberga? ¡Y eso que es usted su prometida! ¿Es usted su prometida de veras? ¡Pues aunque así sea, yo no tengo reparo en decirle a usted, después de ver esto, que su futuro marido es un bellaco!

—Oiga usted, señor Razumijin: usted se olvida... —empezó Puljeria Aleksándrovna.

—¡Sí, sí; tiene usted razón; me olvidaba, bochorno siento por ello! —se refrenó Razumijin—. Pero..., pero... ¡ustedes no pueden enfadarse conmigo porque me exprese así! Porque yo hablo de este modo con toda sinceridad, y no porque..., ¡hum!, eso sería una vileza; en una palabra: no porque yo a usted..., ¡hum!... ¡Bueno, así es, aunque no diga la razón, no me atrevo!... Pero todos nosotros comprendimos esta tarde, enseguida que entró, que ese hombre no es de los nuestros. No porque llegara acabadito de salir con el pelo rizado de la peluquería, ni porque se diera aquella prisa a lucir su talento, sino porque es un espía y un especulador, porque es un judío y un charlatán, y todo eso salta enseguida a la vista. ¿Se figuran ustedes que tiene talento? ¡Pues no, que es un borrico, un asno! Vamos a ver, francamente: ¿es que forma buena pareja con usted? ¡Oh, Dios mío! Miren ustedes, señoras. —Y se detuvo de pronto, cuando ya iban subiendo la escalera de la pensión—. Aunque todos los que en este momento se hallan en mi casa estén borrachos, eso no quita para que sean todos ellos personas decentes y aunque nosotros mintamos, porque yo también miento, llegaremos mintiendo a alcanzar la verdad, porque vamos por el buen camino, mientras por Piotr Petróvich... no va por la senda recta. Y aunque yo hace un momento estuve despotricando contra ellos, han de saber ustedes que a todos ellos los respeto; y aun al propio Zamiótov, si bien no le tengo respeto, le tengo afecto, sin embargo, porque... es como un perro cachorro. Incluso a ese idiota de Zosímov, porque... es honrado y entiende en lo suyo... Pero, basta, ya está todo dicho y perdonado. ¿Perdonado? ¿Verdad que sí? ¡Ea!, entremos. No me es desconocido a mí este corredor; estuve aquí; miren ustedes, aquí, en el número tres, hubo una vez un escándalo... Pero ¿qué habitación es la suya? ¿Qué número? ¿El ocho? Bueno; enciérrense ustedes por dentro durante la noche y no le abran a nadie. Dentro de un cuarto de hora me tienen aquí otra vez con noticias, y pasada otra media hora con Zosímov, ¡ya verán ustedes! ¡Conque adiós, que me voy corriendo!

—¡Dios mío, Dúnechka!, ¿qué es lo que va a pasar? —exclamó Puljeria Aleksándrovna dirigiéndose a la hija, presa de susto e inquietud.

—Tranquilícese usted..., *mámenka* —respondió Dunia, quitándose el sombrero y la mantilla—. A nosotras nos envió el mismo Dios a ese caballerito, aunque esté un poco bebido. Se puede fiar en él, se lo aseguro. Eso sin contar todo lo que ya hizo por mi hermano...

—¡Ah, Dúnechka! ¡Dios sabe si volverá! Pero ¡cómo he podido yo decidirme a abandonar a Rodión!... ¡No me figuraba yo, ni por lo más remoto, encontrármelo así! ¡Qué serio se puso; no parecía sino que nuestra presencia le contrariaba!

Asomaron lágrimas a sus ojos.

—No; eso no es así, mamaíta. Usted no se fijó bien, no hacía usted sino llorar. ¡Es que él está muy alterado por efecto de la grave dolencia!... ¡Eso es todo!

—¡Ah, esa enfermedad! ¿Qué va a suceder, qué va a suceder? ¡Y cómo te habló a ti, Dunia! —dijo la madre, mirando con timidez a los ojos de su hija, a fin de leer en ellos todo su pensamiento, y ya medio contenta de ver que Dunia hasta salía a la defensa de Rodión y de fijo perdonaba—. Convencida estoy de que mañana ya habrá recapacitado —añadió, esforzándose por llegar hasta el fin del pensamiento de su hija.

—No menos convencida estoy yo de que mañana, incluso, nos hablará... de eso —interrumpió Avdotia Románovna, y sin duda fue aquel el cierre, pues habían tocado un punto del que Puljeria Aleksándrovna no se atrevía a hablar en tal momento. Dunia se llegó a su madre y la abrazó. Aquella la abrazó también fuerte, en silencio. Luego se sentó a esperar, intranquila, la vuelta de Razumijin, y con sus ojos tímidos seguía los movimientos de su hija, que con los brazos cruzados, y también llena de expectación, se había puesto a dar vueltas arriba y abajo por la estancia, pensativa. Ese ir y venir de un pico al otro, cavilando, era costumbre corriente en Avdotia Románovna, y siempre temía su madre interrumpir en tales momentos sus meditaciones.

Razumijin, naturalmente, resultaba ridículo con aquella súbita pasión que en medio de su borrachera le había entrado por Avdotia Románovna; pero al mirar a Avdotia Románovna, sobre todo ahora, dando vueltas por la sala con los brazos cruzados, entristecida y cavilosa, muchos lo habrían disculpado, sin insistir ya en lo extravagante de su situación. Avdotia Románovna era notablemente guapa, alta, maravillosamente bien hecha, fuerte, bien plantada, lo que se delataba en cada uno de sus gestos y lo que en modo alguno era, por lo demás, un obstáculo para que también tuviese movimientos ágiles y graciosos. Se parecía en la cara a su hermano, pero se la podía llamar hasta lo que se dice una belleza. Tenía los cabellos castaños, un poco más claros que los de su hermano; los ojos casi negros, centelleantes, altivos, y al mismo tiempo, a veces, por momentos, de una dulzura inusitada. Era pálida, pero no con palidez enfermiza; su rostro resplandecía fresco y sano. La boca la tenía un poco pequeñita; el labio inferior, fresco y rojo, sobresalía un ápice hacia afuera, juntamente con la barbilla..., única irregularidad en aquel bellísimo rostro, pero que le infundía un especial carácter, y entre otras cosas, cierta altivez. La expresión de su semblante era siempre más bien seria que alegre, preocupada; pero ¡qué bien le iba a aquel rostro la sonrisa, qué bien le sentaba el reír jovial, juvenil, desenfadado! Comprensible era, pues, que el fogoso, franco, sencillo, honrado y fuerte como un caballero antiguo, Razumijin, que jamás había visto en su vida nada semejante, perdiera el juicio a la primera mirada. Además, la casualidad, como con toda intención, hubo de mostrarle a Dunia en ese bellísimo instante de amor y alegría ante la presencia de su hermano. Pudo ver luego cómo respingaba ella, enfurruñada, el labio inferior en respuesta a las bruscas indicaciones, de una ingratitud feroz, de aquel..., y no fue ya dueño de sí mismo.

Por lo demás, razón tenía al decir, cuando hizo aquella pausa, borracho, en la escalera, que la extravagante patrona de Raskólnikov, Praskovia Pávlona, era capaz de sentir celos, no solo de Avdotia Románovna, sino también de la propia Puljeria Aleksándrovna. No obstante hallarse ya Puljeria Aleksándrovna en sus cuarenta y tres años, aún conservaba vestigios de su pasada hermosura, eso sin contar con que parecía de mucha menos edad de la que tenía, según suele acontecerles a esas mujeres que han conservado la limpidez del alma, la frescura de impresiones y el honrado y puro ardor del corazón hasta las cercanías de la vejez. Digamos de pasada que conservar todo esto es el único medio de no perder la hermosura ni en la vejez misma. Sus cabellos empezaban ya a encanecer y escasear; menudas patas de gallo hacía ya tiempo se le marcaban en torno a los ojos; las mejillas las tenía mustias y demacradas por efecto de las preocupaciones y pesares, y, no obstante todo eso, resultaba su cara muy hermosa. Era el vivo retrato de la de Dúnechka, solo que con veinte años más, y salvo también la expresión de su labio inferior, que no lo tenía prominente, como su hija. Puljeria Aleksándrovna era sensible, aunque no hasta la afectación; tímida y condescendiente, pero hasta cierto límite; era capaz de hacer muchas concesiones, a mucho podía acomodarse, incluso tocante a aquellas cosas que eran opuestas a sus convicciones, pero siempre había una barrera de honor, moralidad y convicciones íntimas que ninguna circunstancia era bastante fuerte para obligarle a saltarla.

A los veinte minutos justos de haberse ido Razumijin, sonaron dos golpes, no muy recios, pero sí apremiantes, en la puerta: era él que regresaba.

—¡No puedo entrar, no tengo tiempo! —dijo atropelladamente cuando le abrieron la puerta—. Está durmiendo como un bendito, con sueño plácido, tranquilo, y quiera Dios que así se esté durmiendo diez horas. Está velándole Nastasia; le mandé que no se apartase de allí hasta que yo volviera. Ahora voy por Zosímov, él las pondrá al corriente de todo, y luego a dormir ustedes; están rendidas, harto lo veo...

Y retirándose de allí, se alejó por el corredor.

—¡Que expeditivo y... fiel! —exclamó sumamente contenta Puljeria Aleksándrovna.

—¡Parece una bonísima persona! —respondió, con cierta

vehemencia, Avdotia Románovna, que volvió nuevamente a sus paseos arriba y abajo por la habitación.

A la hora corta de eso se oyeron pasos en el corredor, y otros golpecitos a la puerta. Ambas mujeres habían aguardado, completamente seguras esta vez, la vuelta de Razumijin, y, efectivamente, este había conseguido llevarles a Zosímov. Este había consentido enseguida en dejar el festín e ir a ver cómo seguía Raskólnikov, pero a ver a las señoras fue de mala gana y con gran recelo, desconfiando del borracho Razumijin. Pero inmediatamente quedó tranquilizado, y hasta lisonjeado, su amor propio; se dio cuenta de que lo estaban aguardando como a un oráculo. Permaneció allí diez minutos justos, y consiguió convencer y tranquilizar del todo a Puljeria Aleksándrovna. Les habló con simpatía desusada, pero enérgicamente y como hasta con cierta afectada seriedad, como un doctor de veintisiete años llamado a consulta para un caso grave, y sin apartarse ni una línea del asunto ni mostrar el menor deseo de entrar en relaciones más personales y frecuentes con las dos señoras. Habiendo notado desde que entró lo deslumbradoramente guapa que era Avdotia Románovna, se esforzó luego, desde el primer momento, por no reparar en ella en todo el rato que duró la visita, dirigiéndose exclusivamente a Puljeria Aleksándrovna, todo lo cual hubo de proporcionarle una extraordinaria satisfacción interior. Refiriéndose especialmente al enfermo, dijo que acababa de encontrarlo en un estado muy satisfactorio. A juzgar por sus observaciones, su enfermedad, aparte de las pésimas condiciones en que durante los últimos meses había vivido, obedecía también a ciertas causas morales, «siendo, por así decirlo, producto de muchas y complejas influencias, morales y materiales, alarmas, inquietudes, preocupaciones, ciertas ideas, etcétera». Como observase de soslayo que Avdotia Románovna lo escuchaba con particular atención, se extendió algo más sobre ese tema. A la inquieta y tímida pregunta de Puljeria Aleksándrovna sobre si «tenía algunas sospechas de enajenación mental», respondió con sonrisa plácida y sincera que habían exagerado mucho sus palabras; que era cierto que al enfermo se le advertía algo así como una idea fija, algo que parecía delatar una monomanía —tanto más cuanto que él seguía ahora con extraordinario interés ese sector de la medicina sumamente intrigante—, pero que era menester tener presente que hasta casi hoy mismo el enfermo había estado delirando; y... sin duda la llegada de sus familiares había de tonificarlo, animarlo y surtir en él un salvador efecto, «siempre que se le eviten nuevas emociones», añadió de un modo significativo. Luego se levantó, hizo una reverencia seria al par que jovial, acompañado por las bendiciones, la vehemente gratitud, las súplicas e incluso por la manecita de Avdotia Románovna, que se la tendía espontánea, y se retiró sumamente satisfecho de su visita y, sobre todo, de sí mismo.

—¡Ya hablaremos mañana; ahora a acostarse enseguida! —insistió Razumijin al irse en compañía de Zosímov—. Mañana, lo más temprano que pueda, volveré por aquí con noticias.

—Pero ¡qué encantadora es esa señorita Avdotia Románovna! —observó Zosímov, poco menos que enfadado, cuando salieron a la calle.

—¿Encantadora? ¿Has dicho encantadora? —exclamó con rabia Razumijin, y, de pronto, abalanzándose a Zosímov, lo cogió del pescuezo—. Como te atrevas lo más mínimo... ¿Comprendes? ¿Comprendes? —exclamó, sacudiéndole por la tirilla y arrinconándole contra la pared—. ¿Has oído?

—¡Suéltame, diablo de borracho! —gritó Zosímov, pugnando por zafarse, y luego, cuando ya el otro lo hubo soltado, se quedó mirándolo fijamente, y de pronto rompió a reír. Razumijin, en pie ante él, dejó caer las manos y se quedó sombría y seriamente pensativo.

—Naturalmente que soy un burro —dijo, sombrío como una nube—; pero mira... Tú también lo eres.

—Nada de eso, hermanito; nada de eso. Yo no sueño con desatinos.

Siguieron caminando silenciosos, y solo cerca ya de la casa de Raskólnikov, muy preocupado Razumijin, cortó aquel silencio.

—Oye —le dijo a Zosímov—: tú eres un buen chico, pero entre otras condiciones malas eres un calavera, sí, y de los puercos. Eres un verdadero marrano, nervioso, débil de carácter, alfeñicado, cebón, y no puedes privarte de nada; yo a esto le llamo marranería, porque puede conducir directamente a ella. Hasta tal punto eres blandengue, que, lo confieso, no acabo de comprender cómo con todo eso puedes ser un médico bueno y hasta abnegado. Duermes en lecho de plumas (¡tú, un médico!) y te levantas de la cama por las noches para ver a un enfermo... Dentro de tres años, ya no te levantarás... Pero en fin, ¡qué diablo!, no se trata ahora de eso, sino de esto otro: tú, esta noche, vas a quedarte a dormir en el cuarto de la patrona (la he convencido, no sin trabajo) y yo me quedaré en la cocina; ¡así, de ese modo, intimaréis antes! ¡No es lo que tú te figuras! Mira, hermanito: no hay ni sombra de eso...

—Pero ¡si yo no me figuro nada!

—Mira, hermanito: gazmoñería, taciturnidad, timidez, una castidad feroz, y con todo eso..., suspira y se derrite como cera, ¡literalmente se derrite! ¡Líbrame de ella, por todos los diablos del Universo! ¡Es la mar de complaciente!... ¡Y te serviré, de cabeza te serviré!

Zosímov se echó a reír con más ganas que antes.

—¡Estás completamente desquiciado! Pero ¿qué voy a hacer yo con ella?

—Te aseguro que no te tendrás que tomar mucho trabajo; bastará con que le endilgues todas las simplezas que se te ocurran; bastará con que te sientes a su lado y le des conversación. Además, eres médico, así que puedes dedicarte a curarla de cualquier cosa. Tiene un clavicordio; yo ya sabes que tecleo un poquillo; toco una cancioncilla rusa, auténtica: *Vertiendo estoy ardientes lágrimas*... Ella se despepita por esas canciones... Por ahí empecé yo; pero tú para el piano eres un virtuoso, un maestro, un Rubinstein... Te juro que no te pesará...

—Pero ¿es que tú le has dado palabra de algo? ¿Algún compromiso por escrito? Puede que le hayas dado palabra de casamiento...

—¡Nada de eso, nada de eso; absolutamente nada! Ella no es tampoco de esas; tras de ella anda Chebárov...

—¡Pues entonces, déjala!

—Pero ¿cómo puedo dejarla así, sin más ni más?

—Pero ¿por qué es imposible?

—¡Pues porque lo es, y basta! Mira, hermanito: algo hay que me sujeta.

—Pero ¿es quizá que la sedujiste?

—Ni remotamente la seduje, y hasta podría suceder que fuera yo el seducido, por mi torpeza; pero a ella seguramente le dará lo mismo tú que yo; que lo que sencillamente quiere es tener a su lado alguien a quien lanzarle suspirillos. Mira, hermanito..., no puedo expresártelo bien. Mira...: bueno; tú estás muy fuerte en matemáticas, y aún sigues ocupándote en ellas: lo sé...; pues dedícate a enseñarle cálculo integral. Por Dios, que no lo digo en broma, que hablo en serio. A ella le dará lo mismo; se pondrá a mirarte y a lanzar suspiros, y así por espacio de un año. Yo, entre otras cosas, le estuve hablando largo y tendido, y durante dos días consecutivos, de la Cámara Alta prusiana, porque ¿de qué le ibas a hablar?; y ella, en todo el tiempo, no hacía más que suspirar y derretirse. ¡Ah!, pero no vayas a hablarle de amor; es gazmoña hasta la arisquez; pero, eso sí, dale a entender que no puedes separarte de su lado; con eso es suficiente. Es terriblemente comodona; en su casa está uno como en la suya propia; lee, siéntate, túmbate, escribe... Hasta puedes besarla con precaución...

—Pero ¿qué tengo yo que ver con ella?

—¡Ah, no podré explicártelo nunca! Mira: es que tú y ella tenéis un parecido perfecto. Yo había ya pensado en ti... ¡Ea, tú has de poner remate a esto! ¿No te da a ti lo mismo que sea más temprano o más tarde? Aquí, hermanito, tienes algo así como un lecho de plumas..., sí, y no solo de plumas, ¡ah! Aquí lo miman a uno, aquí está el fin del mundo, el áncora de salvación, el puerto tranquilo, el ombligo de la tierra, la base del mundo formada por tres peces, la esencia de las tartas de crema, de las empanadas de pescado, del samovar vespertino, de los suspirillos plácidos y de las mantas calientes, de las mofetas para la cama; en fin, nada, como si te hubieras muerto y al mismo tiempo siguieras vivo y gozases de las ventajas de ambos estados a la vez. Pero, bueno, hermanito; estoy hecho un charlatán, ¡qué diablo!, y ya es hora de irse a dormir. Oye: yo, durante la noche, suelo desvelarme, así que iré a ver cómo sigue. No pasa nada, es un dislate, todo va bien. No te alarmes sobre todo tú; pero, si quieres, sube también a dar un vistazo por allí. Por si notas lo más mínimo, delirio, por ejemplo, o calentura, o algo, sea lo que fuere, vienes enseguida y me despiertas. Aunque, después de todo, no es posible.

II

Preocupado y serio, se despertó al otro día Razumijin pasadas las siete. Muchas e imprevisibles perplejidades hubieron de acometerle de pronto aquella mañana. Ni siquiera habría podido figurarse la víspera que hubiera de despertarse así. Recordaba, hasta en sus más mínimos pormenores, todo lo de la noche anterior, y comprendía que le había sucedido algo insólito, que había recibido una impresión completamente nueva para él y no comparable con ninguna de las anteriores. Al mismo tiempo reconocía con toda claridad que aquello era un ensueño que se había caldeado en su cabeza, en sumo grado carente de realidad, hasta tal extremo irreal, que hasta se avergonzaba de él, y se dio prisa a trocarlo por otras preocupaciones y cuidados más positivos que le había dejado en herencia «aquel tres veces maldito día anterior».

La reminiscencia más terrible de todas era la de que se

había portado el día antes como «un bellaco y un salvaje», no solo por el hecho de estar borracho, sino por haberse puesto a mofarse delante de aquella señorita aprovechándose de su situación, por unos celos estúpidos, de su prometido, sin saber en modo alguno de las relaciones y compromisos que entre ellos pudieran mediar, y sin siquiera conocer tampoco a fondo al sujeto. Esto es: ¿qué derecho tenía él a ponerse a juzgar tan de ligero y temerariamente? ¿Ni quién le obligaba a formular juicio alguno? ¿Acaso una criatura como Avdotia Románovna podía ser capaz de entregarse a un hombre indigno por dinero? Y siendo así, seguramente no habría en él tal indignidad. ¿Lo de la pensión? Pero ¿por qué había el hombre de estar enterado de antemano de lo que la tal casa de huéspedes era? Ya les estaba preparando otro alojamiento. ¡Uf, y qué ruin era todo aquello! ¿Y qué disculpa era esa de que estaba borracho? ¡Disculpa estúpida, que todavía lo humillaba más! En el vino, la verdad,* y efectivamente la verdad entera, había salido a luz, «es decir, que había aflorado a la superficie toda la ruindad de su corazón, groseramente envidioso». ¿Y acaso le era lícito tampoco, en modo alguno, acariciar tales ensueños a un hombre como él, Razumijin? ¿Qué venía a ser él, en comparación con aquella señorita..., él, el borracho procaz y fanfarrón del día antes? «Pero ¿es que se puede quizá establecer un parangón tan cínico y grotesco?». Razumijin se puso como la grana, desesperado ante tal pensamiento, y de pronto, como adrede, en aquel mismo instante recordó con toda claridad cómo les había hablado la noche anterior, en pie en la escalera, diciéndoles que la patrona iba a sentir celos de Avdotia Románovna. ¡Eso ya resultaba insufrible! Con todo el brazo descargó un golpe en la estufa de la cocina, lastimándose la mano y rompiendo uno de los ladrillos.

«Sin duda —refunfuñó para sus adentros, pasado un minuto, con cierto sentimiento de autohumillación—, sin duda

---

* «En el vino, la verdad»: proverbio latino, *in vino veritas*.

que ya no hay forma de enmendar ni suprimir todas esas estupideces...; así que no hay que pensar más en ello. Y lo que haré será presentarme allí sin decir nada y... cumplir con mi obligación... también sin chistar, y..., y no ofrecer disculpas ni hablar una palabra del asunto; y..., y sin duda también, que ya todo es cosa perdida».

Y, sin embargo, al vestirse, se preocupó de su traje más minuciosamente que de costumbre. Otro traje no tenía; pero, aunque lo hubiese tenido, es posible que no se lo hubiese puesto tampoco; «así, con toda intención, no me lo hubiera puesto». Pero, sea como fuere, no podía quedar como un cínico y un puerco: no tenía derecho a herir los sentimientos de sus prójimos, tanto más cuanto que esos prójimos necesitaban de él y lo llamaban. Su traje lo limpió cuidadosamente con el cepillo. La ropa interior siempre la tenía pasable; en este particular era especialmente primoroso.

Se lavó aquella mañana con todo esmero —en el cuarto de Nastasia había encontrado jabón—; se lavó la cabeza, el cuello y, particularmente, las manos. Al formularse la pregunta de si se afeitaría o no (Praskovia Pávlovna poseía unas navajas magníficas, que aún conservaba de su difunto esposo, Zarnitsin), la resolvió, hasta con cierta crueldad, en sentido negativo: se quedaría como estaba. «No sea que vayan a pensar que me he afeitado para... que, irremisiblemente, se lo figurarán. ¡Pues por nada en el mundo!».

Y... lo principal: era tan grosero, tan cochino; tenía un modo de conducirse tan tabernario...; y supongamos que él sabe que también, aunque en poca dosis, es un hombre decente... «Bueno: ¿es que hay motivo para enorgullecerse de ser hombre decente? Todo el mundo viene obligado a serlo, y algo más; pero, a pesar de todo (lo recuerda), tiene sobre su conciencia algunas cosillas..., no que sean deshonrosas, pero, sin embargo... ¡Y qué intenciones había tenido a veces! ¡Hum! ¡Y poner todo eso en parangón con Avdotia Románovna! Pero bueno; ¡qué diablo! ¡Sea! ¡Seguiré siendo adrede tan puerco, sucio y tabernario, y a escupir! ¡Todavía he de ser peor!...».

En medio de tales monólogos, vino a encontrarlo Zosímov, que había pasado la noche en la sala de Praskovia Pávlovna.

Se retiraba a su casa, y al salir había ido de paso a echar un vistazo al enfermo. Razumijin le notificó que aquel había pasado la noche durmiendo como una marmota. Zosímov dispuso que no le molestasen hasta que él, de por sí, se despertase. Prometió volver por allí hacia las once.

—Suponiendo que lo encuentre en casa —añadió—. ¡Uf, diablo! No siendo dueño del enfermo, ¿cómo curarle? ¿No sabes si *él* irá a verlas, o si *ellas* vendrán a verlo a él?

—Ellas —respondió Razumijin, comprendiendo la intención de la pregunta— creo que vendrán, sin duda, a tratar de sus asuntos de familia. Yo me retiraré. Tú, como médico, naturalmente, tienes más derecho que yo.

—Yo no soy tampoco ningún director espiritual; vendré y me iré enseguida: ya tengo bastante que hacer sin contar con eso...

—Solo me inquieta una cosa —añadió, frunciendo el ceño, Razumijin—: anoche yo, borracho como estaba, me puse a hablarles por los codos, durante el camino, la mar de estupideces..., la mar de ellas... Entre otras cosas, les dije que tú temías que él estuviera... propenso a la locura...

—También a las señoras les hablaste de eso anoche.

—Fue una estupidez, lo reconozco. ¡Pégame, si quieres! Pero dime: ¿verdaderamente habías tú pensado en esa posibilidad con alguna fuerza?

—Eso es un absurdo, te digo. ¡Una idea firme! Tú fuiste quien me lo describiste como un monomaníaco cuando me trajiste a que lo viera... Pero anoche nosotros; es decir, tú, con esos infundios... del pintor, le diste pábulo: ¡buen tema de conversación, cuando es posible que fuera eso lo que le sacó de quicio! Si hubiera yo sabido a punto fijo lo que le había ocurrido en la comisaría y que allí algún canalla, con esas sospechas..., lo había ofendido..., ¡hum!, no habría tolerado anoche que le hablasen de eso. Porque has de saber que esos monomaníacos hacen de una gota de agua un océano, ven despiertos las cosas más fantásticas... Según yo recuerdo, anoche, de ese relato de Zamiótov, inferí con toda claridad, a mitad del asunto. ¡Cómo es esto! Un caso conozco yo de un hipocondríaco, cuarentón, incapaz de aguantar diariamente las burlas que un chico de ocho años le gastaba en la mesa, y que fue y lo asesinó. Y, fíjate: ¡todo mal vestido, un policía brutal, una enfermedad incipiente, y semejante sospecha! ¡De un hipocondríaco enajenado! ¡Con esa vanidad rabiosa, ese amor propio! Ahí puede ser que se cifre toda la clave de la enfermedad. ¡Sí, diantre! Ese Zamiótov es, en el fondo, un buen muchacho, solo que..., ¡hum!..., que hizo mal en hablar ayer de eso. ¡Es un hablador horrible!

—Pero ¿a quién les habló? ¡A mí y a ti!

—Y también a Porfirii.

—¿Y qué importa que se lo haya contado también a Porfirii?

—Dime, sinceramente: ¿tienes tú alguna influencia con esas mujeres, con la madre y la hermana? Pues que sean con él hoy muy circunspectas...

—Lo serán —respondió Razumijin involuntariamente.

—¿Y por qué él trató de aquel modo a ese Luzhin? Un hombre con dinero y que, según parece, no le desagrada a ella, cuando, después de todo, entre las dos no poseen ni un comino, ¿verdad?

—¿A quién se lo preguntas? —exclamó, irritado, Razumijin—. ¿Qué voy a saber yo si poseen o no un comino? Pregúntalo por ahí, y puede que te enteres...

—¡Uf, y qué estúpido te pones a veces! Te dura todavía la jumera de anoche... Hasta la vista. Dale de mi parte las gracias a Praskovia Pávlovna por su hospitalidad. Tenía cerrada la puerta de su cuarto, y al decirle yo buenos días desde fuera, no me respondió; pero a las siete se levantó y le llevaron el samovar de la cocina por el corredor. Yo no he tenido el honor de verla...

A las nueve en punto se presentó Razumijin en la pensión de Bakaléyev. Las dos mujeres llevaban ya larguísimo rato aguardándolo con impaciencia histérica. Estaban levantadas desde las siete, si no desde más temprano. Él entró sombrío como la noche y les hizo un saludo desgarbado, por lo que enseguida, naturalmente, se enojó consigo mismo. No había contado con la huéspeda*: Puljeria Aleksándrovna se fue derecha a él, le cogió de ambas manos y por poco si se las besa. Él lanzó una tímida mirada a Avdotia Románovna; pero hasta en aquel altivo rostro había en aquel instante tal expresión de reconocimiento y amistad, tal cumplido e inesperado respeto a su persona (en vez de miradillas burlonas y desdén harto mal encubierto), que, en verdad, se habría sentido más a sus anchas de haberlas encontrado enfurruñadas, y ahora estaba harto desconcertado. Suerte que había tema de conversación preparado, y él enseguida se asió a ese cable.

Al oír que su hijo «aún no se había despertado», pero que «todo iba bien», Puljeria Aleksándrovna manifestó que lo celebraba mucho, «porque tenía mucha, pero mucha, retemucha necesidad de hablar antes con Razumijin». Vinieron a renglón seguido la pregunta relativa al té y la invitación a tomarlo juntos: ellas no lo habían tomado todavía, esperándole. Avdotia Románovna llamó; acudió un mozo sucio y desharrapado, y a él le pidieron el té, que les sirvieron por fin, pero de un modo tan sucio e indecoroso, que a las señoras les mortificó. Razumijin de buena gana se habría puesto a despotricar enérgicamente contra la pensión; pero acordándose de Luzhin, guardó silencio, se aturrulló, y se alegró lo indecible cuando las preguntas de Puljeria Aleksándrovna empezaron a llover sobre él, finalmente, unas detrás de otras, sin interrupción.

---

* «... con la huéspeda». En el original ruso dice literalmente: «con la patrona» (*raschitat bez josiaina*).

Al contestar a ellas, se estuvo hablando tres cuartos de hora, a cada paso interrumpido y vuelto a preguntar, y se dio traza de participarles los hechos más principales e indispensables, los que conocía del año anterior, de la vida de Rodión Románovich, incluyendo una detallada exposición de su enfermedad. Muchas cosas, desde luego, pasó por alto: entre otras cosas, la escena de la comisaría, con todas sus consecuencias. Su relato lo escucharon ellas ávidamente; pero cuando él pensaba que ya había terminado y satisfecho a sus oyentes, parecía como si para estas no hubiera aún empezado.

—Dígame, dígame usted lo que piensa... ¡Ah, discúlpeme usted; pero todavía ignoro su nombre! —le dijo atropelladamente Puljeria Aleksándrovna.

—Dmitrii Prokófich.

—Bueno; pues mire usted, Dmitrii Prokófich, yo tengo muchos, pero muchos deseos de saber..., así, en general..., cómo considera él ahora las cosas; es decir, entiéndame usted: no sé como expresarme..., mejor dicho: ¿qué es lo que ahora le agrada y qué lo que le disgusta? ¿Está siempre tan excitado? ¿Qué deseos son los suyos, y, por decirlo así, qué ilusiones abriga? ¿Quién ejerce personalmente sobre él personal influencia? En una palabra, yo quisiera...

—¡Ah, *mámenka*! Pero ¿cómo es posible contestar así, de sopetón, a todo esto? —observó Dunia.

—¡Ah, Dios mío, es que yo no me esperaba ni remotamente encontrármelo así, Dmitrii Prokófich!

—Todo eso es muy natural —respondió Dmitrii Prokófich—. Yo soy huérfano de madre; pero mi tío viene a verme todos los años, y no acaba nunca de entenderme, ni siquiera superficialmente, y eso que es hombre listo; además, en los tres años que han estado ustedes separados, ha corrido mucha agua. ¿Qué decirles a ustedes? Hace año y medio que trato a Rodión: hosco, adusto, altivo y orgulloso; en los últimos tiempos (y puede que mucho antes), se ha vuelto quisquilloso e hipocondríaco. Generoso y bueno es. No gusta de exteriorizar sus sentimientos, y antes prefiere proceder con dureza a revelar, por medio de palabras, lo que guarda en su corazón. A veces, por lo demás, no es nada hipocondríaco, sino sencillamente frío y de una insensibilidad que raya en antihumana; así, ni más ni menos, como si alternaran en él dos caracteres encontrados que por turno se manifestasen. A veces, es terriblemente taciturno. Para nada tiene tiempo, todo el mundo le estorba, y él se está tendido, sin hacer cosa alguna. No escucha lo que los demás hablan. Jamás se interesa por aquello que en determinado momento interesa a los demás. Terriblemente orgulloso, se estima a sí mismo, y, al parecer, no sin cierto derecho para ello. Bueno; ¿qué más?... Yo creo que la venida de ustedes ha de ejercer sobre él una influencia salvadora...

—¡Ah, Dios lo quiera! —exclamó Puljeria Aleksándrovna, mortificada por las referencias de Razumijin acerca de su Rodión.

Cuanto a Razumijin, había acabado ya por mirar con más atrevimiento a Avdotia Románovna. La estuvo mirando con bastante frecuencia en tanto hablaba, aunque de un modo fugaz, por un momento, y apartando enseguida los ojos. Avdotia Románovna estaba sentada a la mesa, y atenta escuchaba; luego se levantó y se puso de nuevo a pasear, según su costumbre, por la habitación, de un extremo a otro, cruzada de brazos, fruncidos los labios, formulando de cuando en cuando alguna pregunta, sin interrumpir sus paseos, pensativa. También tenía la costumbre de no escuchar lo que los otros hablaban. Vestía un traje de color oscuro, de tela ligera, y llevaba liado al cuello un pañuelo blanco de tisú. Por varios indicios, advirtió enseguida Razumijin que la situación de las dos mujeres no podía ser más miserable. De haber estado Avdotia Románovna ataviada como una reina, pensaba él que no le habría inspirado ningún temor, mientras que ahora, quizá precisamente por eso de encontrarla pobremente vestida y notar él toda aquella desamparada miseria, aumentaba en su corazón el espanto y temía cualquiera de sus palabras o gestos, lo que indudablemente resultaba cohibidor para un hombre que no había menester de aquello para dudar de sí mismo.

—Nos ha contado usted muchas cosas curiosas acerca del carácter de mi hermano, y... se ha expresado imparcialmente. Eso está bien; yo pensaba que usted sentía por él admiración —observó Avdotia Románovna sonriendo—. Yo he pensado, y de fijo será así, que debe de haber por medio una mujer... —añadió, pensativa.

—Yo no he dicho tal cosa, aunque, después de todo, puede que tenga usted razón, solo que...

—¿Qué?

—Pues que él no ama a nadie, y es posible que nunca llegue a amar —falló Razumijin.

—¿Eso quiere decir que es incapaz de amar?

—¿Sabe usted una cosa, Avdotia Románovna? Pues que es usted muy parecida a su hermano, casi en todo —le espetó él de pronto, de un modo para él mismo inesperado; pero inmediatamente, recordando lo que de su hermano acababa de decir, se puso rojo como un cangrejo y se aturrulló terriblemente. Avdotia Románovna no pudo menos de sonreírse al mirarlo.

—Respecto a Rodia, podría ser que os equivocaseis los dos —terció, un tanto picada, Puljeria Aleksándrovna—. Yo no hablo del presente, Dúnechka. Lo que escribe Piotr Petróvich en esta carta... y lo que yo y tú suponíamos... pudiera ser falso; pero usted no puede imaginarse, Dmitrii Prokófich, lo fantástico que él es y, por decirlo así, lo voluntarioso. Jamás pude fiar en su carácter, ni aun cuando tenía quince años. Convencida estoy de que ahora podría salir haciendo, de pronto, algo que hombre alguno nunca pensara hacer... Y, sin ir más lejos, ¿no sabe usted que, hará año y medio, hubo de sorprenderme, disgustarme y ponerme poco menos que a morir, cuando se le ocurrió casarse con aquella..., sí, con la hija de esa Zarnitsina, su patrona?

—Pero ¿conoce usted al pormenor esa historia? —preguntó Avdotia Románovna.

—¿Usted se figura —prosiguió Puljeria Aleksándrovna con vehemencia— que en aquella ocasión le hubieran detenido mis lágrimas, mis súplicas, mi enfermedad y acaso mi muerte, por efecto de la pesadumbre, nuestra miseria? Con la mayor tranquilidad habría salvado todos los obstáculos. ¿Si será, si será que no nos quiere?

—Él nunca, en absoluto, me habló palabra de esa historia —respondió, circunspecto, Razumijin—; pero algo he sabido de ello de labios de la propia señora de Zarnitsin, la cual, en su clase, no es de las más chismosas, y lo que a ella le oí resultaba algo extraño...

—¿Y qué fue lo que usted oyó? —preguntaron al mismo tiempo ambas mujeres.

—No; desde luego, nada de particular. Solo me dijo que esa boda, que ya estaba ultimada y que si no se celebró fue por el fallecimiento de la novia, no era muy del agrado de la propia señora de Zarnitsin. Dicen, además, que la tal novia no tenía nada de guapa, y hasta afirman que era fea, y muy endeblucha, y..., y rara..., aunque, según parece, no carecía enteramente de buenas cualidades. Indudablemente, algunas de ellas debía de tener, pues de otro modo es imposible explicarse... Dote tampoco tenía, de suerte que él no podía haberse hecho ilusiones sobre ese particular... En general, en tales asuntos es difícil formar juicio.

—Segura estoy de que sería una muchacha digna —observó lacónicamente Avdotia Románovna.

—¡Dios me perdone; pero en aquella ocasión me alegré tanto de su muerte, aunque no sé, a punto fijo, cuál de los dos habría salido perdiendo en esa boda: si él o ella! —concluyó Puljeria Aleksándrovna, después de lo cual, con discreción, con reticencias y continuas miradas a Dunia, cosa que a todas luces le resultaba a aquella enojoso, volvió a preguntar detalles de la escena del día antes entre Rodión y Luzhin. Aquel incidente, por lo visto, la inquietaba más que todo, infundiéndole hasta miedo y sobresalto. Razumijin tornó a contárselo todo de nuevo, con toda clase de pormenores; pero aquella vez añadió también su propia conclusión: francamente culpó a Raskólnikov por su deliberado insulto a Piotr Petróvich, sin insistir tanto en la excusa de su enfermedad.

—Lo tenía ya pensado antes de caer enfermo —añadió.

—Eso mismo digo yo —exclamó Puljeria Aleksándrovna con gesto decaído. Pero hubo de chocarle mucho que Razumijin se expresara a propósito de Piotr Petróvich con aquella discreción y hasta con cierto respeto. Le chocó también a Avdotia Románovna.

—¿Qué opinión le merece a usted Piotr Petróvich? —inquirió, sin poderse contener, Puljeria Aleksándrovna.

—Del futuro de su hija no puedo yo tener sino una buena opinión —le respondió, con firmeza y ardor, Razumijin—, y no lo digo únicamente por motivos de ruin cortesía, sino porque..., porque..., aunque solo fuese porque la propia Avdotia Románovna, por su libre voluntad, se dignó elegirlo. Si yo me expresé ayer acerca de él de esa manera, fue simplemente porque ayer estaba yo indecorosamente borracho y hasta... había perdido el juicio; sí, atontado, mareado, loco enteramente..., y hoy me avergüenzo de ello...

Se puso encarnado y se calló. Avdotia Románovna se ruborizó también, mas no interrumpió el silencio. No había proferido palabra alguna en tanto se habló de Luzhin.

A todo esto, Puljeria Aleksándrovna, sin poderse reprimir, daba muestras visibles de impaciencia. Finalmente, titubeando y sin apartar la vista de su hija, declaró que en la actualidad la preocupaba mucho una circunstancia.

—Mire usted, Dmitrii Prokófich —empezó—: y voy a ser enteramente franca con Dmitrii Prokófich, ¿verdad, Dúnechka?

—¡Oh, desde luego, *mámenka*! —observó Avdotia Románovna muy sugestivamente.

—He aquí de lo que se trata —dijo precipitadamente Puljeria Aleksándrovna, cual si le quitaran una montaña de encima al autorizarle para que contase sus penas—. Hoy, muy temprano, hemos recibido una carta de Piotr Petróvich, en respuesta a la que nosotros le escribimos anoche, anunciándole nuestra llegada. Mire usted: anoche debió él salir a recibirnos, como nos había prometido, a la estación. En vez de eso, nos encontramos con que había enviado a la estación a recibirnos a un criado, con las señas de la pensión y el encargo de indicarnos el camino y participarnos que él, Piotr Petróvich, acudiría a visitarnos aquí hoy, por la mañana. Pero, en vez de eso, esta mañana hemos recibido esta carta suya... Lo mejor será que la lea usted mismo: hay en ella un punto que a mí me trae muy desazonada... Usted verá enseguida qué punto es ese, y me dará usted su opinión sincera, Dmitrii Prokófich. Usted mejor que nosotras conoce el carácter de Rodia, y es el más indicado para aconsejarnos. Le prevengo a usted que Dúnechka ya ha tomado su determinación desde el primer instante, siendo yo la que no sé qué hacer, y tenía puesta en usted toda mi esperanza.

Razumijin desdobló la carta, que llevaba fecha del día anterior, y leyó lo siguiente:

«Muy señora mía Puljeria Aleksándrovna: Tengo el honor de comunicarle que, debido a obstáculos imprevistos que surgieron, no pude salir a recibir a ustedes a la estación, enviando con ese objeto a persona sumamente capacitada. Asimismo me veré también mañana privado del honor de verla, con motivo de un asunto inaplazable en el Senado, y a fin de no ser un obstáculo para la entrevista de usted con su hijo y Avdotia Románovna con su hermano. No podré tener el honor de visitarlas a ustedes y presentarles mis respetos en su domicilio hasta mañana a las ocho en punto de la tarde, a propósito de lo cual me permito dirigirle mi ruego encarecido, y añadiré terminante, de que a nuestra común entrevista no se halle presente Rodión Románovich, pues de una manera sin ejemplo e insolente me insultó ayer, con ocasión de la visita que le hice por estar enfermo, y, además, porque hemos de tener personalmente una explicación indispensable y circunstanciada tocante al punto consabido, respecto al cual deseo conocer su personal opinión. Tengo al mismo tiempo el honor de notificarles que, si no obstante mi ruego, me encontrase ahí con Rodión Románovich, me vería precisado en tal caso a retirarme en el acto, y entonces no tendrían ustedes a quién culpar sino a ustedes mismas. Escribo esto suponiendo que Rodión Románovich, que cuando yo lo visité parecía tan enfermo, podría ponerse bueno en el espacio de dos horas y echarse a la calle e ir a visitarlas a ustedes. He podido convencerme de ello por mis propios ojos, en el domicilio de cierto borracho atropellado por un coche y muerto a consecuencia del accidente, y a cuya hija, una muchacha de mala nota, entregó anoche nada menos que veinticinco rublos, con el pretexto de ayudar a los gastos del sepelio, cosa que me sorprendió grandemente, sabiendo cuánto trabajo le habría costado reunir esa cantidad. Sin más, con el testimonio de mi particular estimación a la honorable Avdotia Románovna, le ruego se digne aceptar la expresión de los sentimientos de respetuoso afecto de su humilde servidor,

P. Luzhin».

—¿Qué hacer ahora, Dmitrii Prokófich? —exclamó Puljeria Aleksándrovna poco menos que con lágrimas en los ojos—. ¿Cómo voy yo a avisarle a Rodia que no venga? ¡Tan altivamente como exigió anoche la ruptura con Piotr Petróvich, y salir este ahora mandándole que no venga! Pues con toda intención vendrá como llegue a enterarse. Y ¿qué va a suceder entonces?

—Haga usted lo que haya decidido Avdotia Románovna —repuso tranquila e inmediatamente Razumijin.

—¡Ay, Dios mío! Ella dice... ¡Dios sabe lo que dice ella,

sin explicarme lo que se propone! Dice ella que lo mejor es decir, lo mejor, no, sino lo que irremisiblemente tiene que ser, es que Rodia esté aquí con toda intención a las ocho y que ambos no tengan más remedio que encontrarse... Yo, en cambio, estaba dispuesta a no enseñarle a él esta carta y poner por obra, contando con su ayuda, alguna estratagema para que él no viniese, porque ¡es tan irritable!... Y tampoco entiendo lo más mínimo eso del borracho que murió y de esa hija, y cómo pudo él entregarle a la tal hija sus últimos dineros, que...

—Que tan caros le costaron a usted, *mámenka* —añadió Avdotia Románovna.

—Anoche no estaba en su juicio —declaró, pensativo, Razumijin—. Si ustedes supiesen lo que hizo anoche en cierto figón, aunque con talento, eso sí, ¡hum! Por cierto que me habló anoche de algo de un difunto y una muchacha, efectivamente, cuando veníamos para casa, solo que yo tampoco entendí jota... Aunque, por otra parte, también yo anoche...

—Lo mejor será, *mámenka*, que vaya usted misma a verlo; y le aseguro a usted que de ese modo podremos decidir, sin ambages, lo que se haya de hacer. Sí, y ya es hora... ¡Señor, las diez pasadas! —exclamó, consultando su magnífico reloj de oro y esmalte, que llevaba colgado del cuello mediante una fina cadenilla veneciana, y que desentonaba horriblemente del resto de su tocado. «Regalo del novio», pensó Razumijin.

—¡Ah, sí; ya es hora! ¡Anda, Dúnechka, anda! —la apremió, alarmada, Puljeria Aleksándrovna—. Podrá pensar que estamos todavía enfadadas por lo de anoche cuando tanto tardamos en ir a verlo. ¡Ay, Dios mío!

Así diciendo, se echaba encima el chal a toda prisa y se ponía el sombrero. También Dúnechka acabó de arreglarse. Sus guantes eran no solo viejos, sino hasta rotos, según observó Razumijin, y, sin embargo, aquella pobreza patente en el vestir confería a ambas mujeres ese aspecto de especial dignidad que siempre se encuentra en aquellas personas que saben llevar un traje pobre. Razumijin miró con admiración a Dúnechka, y se sintió orgulloso de conducirla. «Aquella reina —pensó para sus adentros— que lavaba sus medias en la cárcel, parecía en tal momento, sin duda alguna, una verdadera reina, y más todavía que en el de sus más brillantes fiestas y solemnidades».

—¡Dios mío! —exclamó Puljeria Aleksándrovna—. ¿Cómo habría podido figurarme yo que iba a temerle a una entrevista con mi hijo, con mi queridísimo Rodia?... ¡Pues le temo, Dmitrii Prokófich!

—No tema usted, *mámenka* —dijo Dunia, besándola—. Mejor será que confíe usted en él. Yo confío.

—¡Ay, Dios mío! ¡También confío yo, y en toda la noche he podido dormir! —exclamó la pobre mujer.

Salieron a la calle.

—Mira, Dúnechka: ¿sabes una cosa? Pues que esta mañana, al quedarme un poco transpuesta, fue y se me apareció en sueños la difunta Marfa Petrovna..., toda de blanco..., y se me acercó, me cogió de una mano, inclinó hacia mí la cabeza, y tan seria, tan seria, como si me reprochase... ¿Será un buen agüero? ¡Ay, Dios mío! Dmitrii Prokófich, usted todavía no lo sabe: Marfa Petrovna murió.

—No, no lo sabía; ¿quién era Marfa Petrovna?

—¡Murió de repente! Y figúrese usted...

—Después, *mámenka* —intervino Dunia—. Ten en cuenta que aún no sabe de qué Marfa se trata.

—¡Ah! ¿No lo sabe usted? Y yo que creía que usted ya estaba al tanto de todo... Usted me perdone, Dmitrii Prokófich; desde hace unos días tengo trastornado el juicio. Verdaderamente, yo a usted lo considero como a nuestra providencia; así que estoy convencida de que usted está enterado de todo. Yo lo considero a usted como de la familia... No tome usted a mal que así me exprese. ¡Ay, Dios mío!, ¿qué es eso que tiene usted en la mano derecha! ¿Se hizo daño?

—Me lo hice... —refunfuñó Razumijin completamente dichoso.

—Yo, a veces, me dejo llevar demasiado de mis impulsos, tanto, que Dunia me corrige... Pero, ¡Dios mío!, ¿en qué camarote vive? Pero ¿se habrá despertado ya? ¿Y esa mujer, su patrona, cree que eso es una habitación? Oiga usted: usted dijo que a él no le gusta mostrar al descubierto su corazón; así que quizá yo vaya a aburrirle con mis... flaquezas... ¿No querrá usted aleccionarme, Dmitrii Prokófich? ¿Cómo debo conducirme con él? Yo, usted lo sabe, voy allá como enajenada.

—No le pregunte usted mucho de nada si ve que frunce el ceño; sobre todo, no le pregunte usted mucho acerca de la salud: le contraría.

—¡Ah, Dmitrii Prokófich, qué duro es ser madre!... Pero aquí está la escalera... ¡Qué escalera tan horrible!

—Mamá, está usted hasta pálida; serénese, paloma mía —dijo Dunia, acariciándola—. Él debe tener a dicha el verla a usted, ¡y usted, martirizándose de ese modo! —añadió, echando fuego por los ojos.

—Espérense, que voy a ver yo primero si se ha despertado o no.

Las dos mujeres echaron a andar despacito detrás de Razumijin, que ya iba escaleras arriba, y al llegar al cuarto piso y pasar por delante de la puerta de la patrona, pudieron observar que aquella estaba entornada hasta dejar una rendija por la que atisbaban dos ojos, negros y penetrantes, desde la oscuridad. Al encontrarse las miradas, se volvió a cerrar, de pronto, la puerta, y con tal estrépito, que Puljeria Aleksándrovna estuvo a punto de lanzar un grito de susto.

III

—¡Restablecido!... ¡Restablecido!... —exclamó Zosímov alegremente, saliendo a recibir a los que llegaban.

Diez minutos hacía que había subido y sentádose en su rincón de la víspera, en el diván. Raskólnikov estaba sentado en el pico opuesto, vestido del todo y hasta cuidadosamente lavado y peinado, cosa que hacía tiempo no le ocurría. El cuarto se llenó de una vez; pero Nastasia pudo, fuera como fuese, colarse dentro, a la zaga de los visitantes, y quedarse a escuchar.

Efectivamente, Raskólnikov estaba casi restablecido del todo, principalmente comparado con la noche anterior, salvo que estaba muy pálido, ensimismado y adusto. Por su aspecto exterior, semejaba un hombre herido o aquejado de algún fuerte dolor físico: tenía fruncido el ceño, apretados los labios y los ojos encandilados; hablaba poco y de mala gana, como a la fuerza o por cumplir una obligación, y de cuando en cuando manifestaba cierta inquietud en sus gestos.

No le faltaban más que una venda en el brazo o un parche de tafetán en un dedo para que fuera completa su semejanza con un individuo que, por ejemplo, tuviera un panadizo o se hubiese herido en una mano, o cualquier otra cosa por el estilo.

Por lo demás, aquel rostro pálido y sombrío se iluminó en un instante, como por efecto de una luz, cuando entraron su madre y su hermana; pero aquello no sirvió más que para añadir a su expresión, en vez de su antigua adustez ensimismada, algo de dolor concentrado. Aquella vislumbre no tardó en desaparecer; pero el dolor persistió, y Zosímov, que observaba y atendía a su enfermo con todo el ardor juvenil de un médico que está en los comienzos de su actuación, comprobó en él, con el consiguiente asombro, a vista de sus parientes, en vez de alegría, algo así como la resolución penosa y secreta de aguantar el mal rato..., otra contrariedad que no podía eludir. Pudo notar luego cómo casi cada palabra del diálogo subsiguiente parecía irritar y enconar alguna llaga del enfermo, aunque, al mismo tiempo, se asombraba de verlo aquel día animado del poder de dominarse a sí mismo y ocultar sus sentimientos de monomaníaco, pronto a estallar, a la menor palabra, en un arrebato de furia.

—Sí; yo mismo veo ahora que ya estoy casi bien del todo —dijo Raskólnikov, besando afectuosamente a su madre y a su hermana, lo que en el acto puso radiante de alborozo a Puljeria Aleksándrovna—, y no lo digo *como ayer* —agregó, dirigiéndose a Razumijin y tendiéndole amistosamente la mano.

—Hoy hasta me ha causado asombro encontrarlo así —empezó Zosímov, muy contento de ver llegar a los que entraban, porque en diez minutos ya había tenido tiempo de perder el hilo de la conversación con su paciente—. De aquí a tres... o cuatro días, siguiendo esto así, estará otra vez como antes, es decir, como hace un mes o dos, o hasta tres. Porque esto venía incubándose desde muy atrás... Confiese usted ahora que hasta es posible tuviera usted mismo la culpa —añadió con discreta sonrisa, como temiendo todavía irritarlo.

—Muy bien pudiera ser así —repuso fríamente Raskólnikov.

—Digo eso —continuó Zosímov con tono confidencial— porque su completo restablecimiento depende ahora únicamente de usted mismo. Ahora que ya se puede hablar con usted, deseaba yo indicarle que es menester investigar las causas primordiales, radicales, por decirlo así, que han influido en la determinación de su estado morboso, y entonces será cuando se cure del todo, pues de lo contrario quizá sea todavía peor. Esas causas primordiales las ignoro; pero usted no tiene más remedio que conocerlas. Usted es un hombre de talento, y, sin duda alguna, se observará a sí mismo. A mí me parece que el comienzo de su dolencia coincidió, en parte, con su salida de la universidad. A usted le es imposible estarse sin hacer nada, y además, opino que el trabajo y la persecución de un fin concreto habrían de serle muy beneficiosos.

—Sí, sí; tiene usted absoluta razón... Voy a ver si ingreso lo antes posible en la universidad, y entonces todo marchará solo... como sobre ruedas.

Zosímov, que había dado principio a sus acertados consejos, en parte, para hacer impresión en las señoras, se quedó algo desconcertado cuando, al terminar su arenga y pasear la mirada por su interlocutor, advirtió en su semblante un decidido sarcasmo. Por lo demás, aquello solo duró un momento. Puljeria Aleksándrovna inmediatamente se puso a expresarle a Zosímov su especial gratitud por su visita de la noche anterior a la casa de huéspedes.

—Pero ¡cómo!, ¿fue a verlas a ustedes de noche?... —inquirió Raskólnikov un tanto inquieto—. Entonces ¿no han descansado ustedes del viaje?

—¡Ah, Rodia, si eso fue a las dos! Nosotras, en casa, tanto yo como Dunia, nunca nos acostamos antes de las dos.

—Tampoco yo sé cómo darle las gracias —siguió diciendo Raskólnikov, que de repente frunció el ceño y bajó la cabeza—. Descartando la cuestión de dinero (perdone usted que yo haga mención de esto) —dirigiéndose a Zosímov—, ignoro qué habré yo hecho para merecer de usted tan particular atención. Sencillamente, no comprendo..., y... hasta me resulta enojoso por incomprensible; con toda franqueza se lo digo.

—No se excite usted —sonrió forzadamente Zosímov—. Tenga usted en cuenta que es mi primer cliente, y cuando uno de nosotros empieza a practicar su profesión, se encariña con su primer enfermo como si fuera hijo suyo, y algunos casi se enamoran. Y yo, ya lo sabe usted, no ando sobrado de clientes.

—Y no digo nada de ese —añadió Raskólnikov, señalando a Razumijin—, que solo ha recibido de mí insultos y molestias.

—¡No mientas! ¿Es que estás hoy sentimental? —gritó Razumijin.

De haber sido más perspicaz, hubiera podido ver que no había tal sentimentalismo en absoluto, sino algo totalmente distinto. Pero Avdotia Románovna lo comprendió así. Atenta y alarmada, no perdía de vista a su hermano.

—De usted tampoco, *mámenka*, me atrevo a hablar —prosiguió, como si hubiese aprendido aquella mañana una lección—; solo hoy he podido figurarme aproximadamente cuánto debió usted de sufrir aquí ayer esperando mi vuelta.

Después de proferir esas palabras, de pronto, en silencio, y sonriendo, tendió la mano a su hermana. Pero en aquella sonrisa se dejó traslucir aquella vez un sentimiento real, auténtico. Dunia cogió y estrechó enseguida, con vehemencia, la mano que se le tendía, alborozada y agradecida. Era la primera vez que él se dirigía a ella después del disgusto del día antes. El rostro de la madre se iluminó de entusiasmo y felicidad, a la vista de aquella definitiva y tácita reconciliación de ambos hermanos.

—¡Ea! Por eso es por lo que yo le quiero —murmuró Razumijin, que todo lo ponderaba, retrepándose con fuerza en su silla—. ¡Tiene unos arranques!

«¡Y qué bien sale todo con él! —pensó para sí la madre—. ¡Qué prontos tiene tan nobles, y, sencillamente, con qué delicadeza ha puesto fin a toda aquella desavenencia suya de anoche con su hermana: con solo tenderle la mano en un momento y mirarla con cariño!... ¡Y qué ojos tan hermosos los suyos, y qué guapísimo es de cara!... Es todavía más guapo que Dúnechka... Pero, Dios mío, ¡hay que ver qué traje tiene puesto, qué horriblemente vestido está!... ¡Mejor vestido va Vasia, el dependiente de la tienda de Afanasii Ivánovich! ¡Con qué ganas, con qué ganas me abalanzaría ahora a él, y lo abrazaría, y... me echaría a llorar!... Pero ¡no me atrevo, no me atrevo!... ¡Cómo es así, Señor! ¡Aunque hable con cariño, le temo! Pero ¿por qué le temo?».

—¡Ah, Rodia, no querrás creerlo —encareció ella de pronto, apresurándose a responder a su observación—: qué mal rato pasamos ayer yo y Dúnechka!... Ahora que ya todo pasó y se acabó y todos volvemos a ser felices..., se puede decir. Figúrate que vinimos corriendo aquí a abrazarte, casi derechitas desde el vagón, y esa mujer..., ¡sí, esa!... ¡Buenos días, Nastasia!... Va y nos dice que tú estabas en cama con fiebre blanca y que acababas de levantarte sin permiso del médico y te habías lanzado a la calle delirando y que habían salido a buscarte. ¡No podrás figurarte lo que eso fue para nosotras! A mí enseguida se me vino a la imaginación el trágico fin del teniente Potánchikov, nuestro conocido, amigo que era de tu padre..., ¿no te acuerdas de él, Rodia?..., que también con fiebre, y de un modo análogo, se escapó de la casa y fue a caerse en el patio, en un pozo, de donde no lo pudieron sacar hasta el otro día. Pero nosotras, sin duda, exagerábamos más aún. Queríamos lanzarnos en busca de Piotr Petróvich para recabar su ayuda..., porque es el caso que nosotras estábamos solas, completamente solas —agregó con voz lastimera, y de pronto se detuvo, dándose cuenta de que había mentado a Piotr Petróvich, y que eso era aún harto peligroso, no obstante «ser ahora ya todos de nuevo muy felices».

—Sí, sí...; todo eso, sin duda alguna, es lamentable... —refunfuñó, por toda respuesta, Raskólnikov, pero con cara tan distraída y poco atenta, que Dúnechka hubo de mirarlo atónita—. No sé qué era lo que yo quería... —prosiguió él, haciendo esfuerzos por recordar—. Sí, mira: *mámenka* y tú, Dúnechka, no vayáis a pensar que yo no tenía intención de ir hoy a veros el primero y que aguardaba a que vosotras vinierais.

—¿Por qué dices eso, Rodia? —exclamó Puljeria Aleksándrovna, también estupefacta.

«¿Es que nos contesta por obligación —pensó Dúnechka— y hace las paces y pide perdón como quien cumple una tarea o recita una lección?».

—Yo, en cuanto me desperté, hice intención de ir a veros, solo que me lo impidió la ropa; olvidé anoche decírselo... Nastasia..., lava esta sangre... Ahora mismo acabo de vestirme.

—¡Sangre! ¿Qué sangre? —exclamó, alarmada, Puljeria Aleksándrovna.

—Esta... No se inquiete usted, *mámenka*. Es sangre de anoche, de cuando me fui de aquí con fiebre y hube de encontrarme con un hombre atropellado por un coche... Un funcionario...

—¿Con fiebre? Pero ¡si tú te acuerdas de todo! —le interrumpió Razumijin.

—Es verdad —asintió Raskólnikov como con cierta preocupación—: de todo me acuerdo, hasta del más nimio detalle; pero aguarda: ¿por qué hice yo aquello, adónde iba, qué decía? He ahí lo que no acierto a explicarme.

—Es un fenómeno harto conocido —intervino Zosímov—. La ejecución del acto suele resultar magistral, sumamente bien; pero la reconstitución de los trámites se encuentra alterada y depende de distintas impresiones morbosas. Algo parecido a lo que ocurre en el sueño.

«Después de todo, caramba, está bien eso de que me tengan poco menos que por un loco», pensó Raskólnikov.

—Pero eso les sucede también a las personas sanas —observó Dúnechka, mirando inquieta a Zosímov.

—Es una observación harto exacta —respondió este—. En este sentido, efectivamente, todos nosotros, y con mucha frecuencia, resultamos casi dementes, con la sola diferencia de que los «enfermos» están algo más locos que nosotros, porque, mire usted, hay que distinguir. Pero es una verdad que no existe el hombre armónico, casi en absoluto; acaso entre decenas, y puede que entre centenas de millares, solo se encuentre uno, y, aun así, en ejemplares bastante débiles...

Al oír la palabra «locos», que Zosímov, preocupado con su tema favorito, había soltado indiscretamente, todos fruncieron el ceño. Raskólnikov continuó pensativo, cual si no se hubiese enterado, y con una sonrisa extraña en los pálidos labios. Seguía imaginando alguna cosa.

—Bueno; ¿y qué fue de ese hombre atropellado?... ¡Te interrumpí!... —exclamó Razumijin.

—¿Qué? —repuso aquel, como si despertase—. ¡Ah, sí, bueno!... Pues que chorreaba sangre al ayudar yo a conducirlo a su casa... Verdaderamente, *mámenka*, que hice anoche una cosa imperdonable; en realidad, estaba anoche atontado. ¡Pues no fui, y todos los dineros que usted me había enviado se los di... a la viuda... para el entierro! Claro que se trata de una pobre mujer, tísica...; tres huerfanitos pequeños, muertos de hambre...; y la casa vacía..., y ponga usted, además, una hija... Quizá usted también se los habría dado si llega a verlos... Yo, por lo demás, no tenía ningún derecho, lo reconozco, sobre todo sabiendo el trabajo que a usted le había costado reunir ese dinero. Para socorrer al prójimo es preciso empezar por tener derecho a hacerlo; si no: *Crevez, chiens, si vous n'êtes pas contents!** —Y se echó a reír—. ¿No es así, Dunia?

—No, no es así —respondió Dunia con firmeza.

—¡Bah! ¡También tú... con buenas intenciones!... —refunfuñó él, mirándola poco menos que con odio y sonriendo sarcásticamente—. Yo estaba obligado a tener eso en cuenta... Bueno; sea como fuere, es loable; para ti, será mejor..., y, si llegas a un límite del cual no puedas pasar..., serás desdichada; pero, si lo transpones..., quizá más desdichada todavía... ¡Aunque, al fin y al cabo, todo esto es absurdo! —añadió irritado, de mal humor por su involuntaria franqueza—. Yo solo quería decir que le pido a usted perdón, *mámenka* —terminó de un modo tajante y brusco.

—Basta, Rodia; yo estoy segura de que todo lo que tú haces está bien —exclamó la madre, alborozada.

—Pues no esté usted tan segura —replicó él, y frunció los labios en una sonrisa. Siguió un silencio. Algo había de molesto para todos en aquel diálogo, en aquel silencio, y en aquella reconciliación, y en aquella demanda de perdón, y todos lo sentían así.

«Parece como que me tienen miedo», pensó para sí Raskólnikov, mirando de soslayo a la madre y a la hermana. Efec-

---

* *Crevez, chiens, si vous n'êtes pas contents!»*: ¡Reventad, perros, si no estáis contentos! (En francés en el original).

tivamente, Puljeria Aleksándrovna, cuanto más duraba el silencio tanto más se inquietaba.

«¡Desde lejos parecía que las amaba!», cruzó la mente de él.

—Oye, Rodia: ¿sabes que Marfa Petrovna murió? —exclamó, de pronto, Puljeria Aleksándrovna.

—¿Qué Marfa Petrovna era esa?

—¡Oh, Dios mío! ¡Pues Marfa Petrovna, la Svidrigáilova! ¡Te escribí de ella tantas cosas!...

—¡A...a...ah! Ya recuerdo... ¿Y de qué murió? ¡Ah!... ¿De veras? —Y de pronto se estremeció, cual si acabara de despabilarse—. ¿Conque murió?... ¿Y de qué?

—¡Figúrate, de repente! —saltó deprisa Puljeria Aleksándrovna, alentada por la curiosidad—. ¡Pues cuando yo te estaba escribiendo aquella carta..., aquel mismo día se murió!... ¡Dicen que ese hombre horrible ha sido la causa de su muerte! ¡Cuentan que le había dado una paliza enorme!

—Pero ¿así se llevaban?... —inquirió él, dirigiéndose a su hermana.

—No, al contrario; con ella era él siempre muy sufrido, hasta cariñoso. En muchas ocasiones, hasta demasiado condescendiente con su genio, y así durante siete años... Ahora que, de pronto, se le acabó la paciencia.

—Según eso, ¡no sería tan terrible cuando aguantó siete años! Pero tú, Dúnechka, pareces defenderlo.

—¡No, no; era un hombre terrible!... Yo no puedo imaginar nada más terrible —repuso Dunia casi con un temblor, frunció el ceño y se quedó pensativa.

—Ocurrió eso en su casa, de mañana —siguió diciendo atropelladamente Puljeria Aleksándrovna—. Después, ella mandó enseguida que enganchasen los caballos para, no bien hubiera comido, dirigirse a la ciudad, porque en esos casos ella se iba siempre a la ciudad; se sentó a la mesa y comió, según dicen, con mucho apetito...

—¿Después de la paliza?

—... Ella, por lo demás, siempre tenía esa costumbre; e

inmediatamente después de comer, para que no se retrasase su partida, se fue derecha al baño... Has de saber que se curaba con baños; en su casa tenían un manantial frío, y se zampaba en él regularmente todos los días; y no había hecho más que zambullirse en el agua, ¡cuando le dio el ataque!

—¡Naturalmente! —dijo Zosímov.

—Y él, ¿le pegaba hasta hacerle daño?

—Eso es igual —replicó Dunia.

—¡Hum!... Por lo demás, hay que ver, *mámenka*, las cosas de que le gusta hablar —declaró de pronto, malhumorado y como afligido, Raskólnikov.

—¡Ay, amigo mío, es que yo no sabía ya de qué hablar! —le interrumpió Puljeria Aleksándrovna.

—Pero ¿es que me teme usted, que me teméis todos? —exclamó él con forzada sonrisa.

—En eso tiene razón —dijo Dunia, mirando franca y severamente al hermano—. *Mámenka*, al subir las escaleras, venía ya santiguándose de miedo...

A él se le demudó el rostro como por efecto de una convulsión.

—¡Ah! Pero ¡qué dijiste, Dunia!... No te enfades, por favor, Rodia... ¿Por qué dijiste eso, Dunia? —gritó, fuera de sí, Puljeria Aleksándrovna—. Yo, la verdad, al venir hacia aquí, en el coche del tren, no hacía más que pensar en cuando nos viéramos y pudiéramos comunicarnos todas nuestras cosas... ¡Y tan dichosa me sentía, que no veía el camino! ¡Así venía yo!... Y ahora también me siento dichosa... No sé por qué has hablado así, Dunia. Yo soy feliz con solo verte, Rodia...

—¡Basta, mamá —murmuró él confuso, y, sin mirarla, le estrechó la mano—; ya tendremos tiempo de hablar de eso!

Después de pronunciar esas palabras volvió a quedarse perplejo y se puso pálido; de nuevo una reciente y terrible sensación de frío mortal le corrió por el alma; de pronto se le hizo completamente claro y comprensible que acababa de proferir una horrible mentira, que no solo nunca ya tendría ocasión de conversar con nadie, sino que ya jamás tendría de qué ni con quién *hablar*. La impresión de aquella dolorosa idea fue tan violenta, que en un momento se olvidó casi por completo de todo, se levantó de su sitio, y, sin mirar a nadie, poco menos que se salió del cuarto.

—¿Qué te pasa? —gritó Razumijin, cogiéndole del brazo.

Volvió a sentarse y se puso a esparcir silencioso la vista en torno suyo: todos lo contemplaban atónitos.

—Pero ¿por qué estáis todos tan mustios? —exclamó de pronto, de un modo totalmente inopinado—. ¡Decidme algo! ¿Por qué estáis así, en realidad? ¡Ea, hablad! Vamos a enredarnos de conversación... Nos hemos reunido aquí y no decimos ni pío... ¡Vaya, hablad algo!

—¡Loado sea Dios! Y yo que pensaba que volvía a darle lo de anoche... —dijo, santiguándose, Puljeria Aleksándrovna.

—¿Qué es lo que tienes, Rodia?... —inquirió Avdotia Románovna con desconfianza.

—Nada, sino que me acordaba de una cosa —respondió él, y de pronto se echó a reír.

—Bueno; si se trata de eso, no está mal. Yo también estaba ya pensando... —rezongó Zosímov, levantándose del diván—. Yo, sin embargo, tengo que retirarme; quizá vuelva por aquí luego..., si puedo...

Hizo un saludo y se fue.

—¡Qué hombre tan bueno! —observó Puljeria Aleksándrovna.

—Sí, bonísimo, excelente, culto, con talento... —dijo de pronto Raskólnikov con cierta ligereza inesperada y una animación que hasta entonces no había manifestado—. Ya no recuerdo dónde le conocí, antes aún de caer enfermo... Creo que le conocí en algún sitio... Pero ¡también este es un excelente sujeto! —dijo señalando a Razumijin—. ¿Te es simpático a ti, Dunia? —inquirió, y de pronto, sin saber por qué, se echó a reír.

—Mucho —respondió Dunia.

—¡Uf, hay que ver tú!... ¡Ordinario! —exclamó, terriblemente azorado y colorado, Razumijin, y se levantó de la silla. Puljeria Aleksándrovna se sonrió levemente, y Raskólnikov prorrumpió en una carcajada ruidosa.

—Pero ¿adónde vas?

—Es que también... yo tengo que hacer.

—¡No tienes nada que hacer en absoluto! ¡Quédate! Zosímov se fue, y tú también quieres irte. No te vayas... Pero ¿qué hora es? ¿Las doce? ¡Qué relojito tan mono tienes, Dunia! Pero ¿por qué habéis vuelto a quedaros todos callados? ¡Yo soy quien me lo digo todo!

—Es regalo de Marfa Petrovna —respondió Dunia.

—Y de mucho precio —añadió Puljeria Aleksándrovna.

—¡A...a...ah! Pero ¡qué grande, casi no parece de señora!

—A mí me gusta así —declaró Dunia.

«Por lo visto, no es el regalo del novio», pensó para sus adentros Razumijin, y, sin saber por qué, se alborozó.

—Y yo que creía que era regalo de Luzhin... —observó Raskólnikov.

—No; todavía no le ha regalado nada a Dúnechka.

—¡A...a...ah! ¿Recuerda usted, *mámenka*, que yo estuve enamorado y con intención de casarme?... —dijo él de pronto, mirando a su madre, impresionada por el giro que de modo tan inesperado daba a la conversación y por el tono con que había proferido aquellas palabras.

—¡Ah, sí, es verdad, hijo mío! —Puljeria Aleksándrovna miró alternativamente a Dúnechka y a Razumijin.

—¡Hum! ¡Sí! Pero ¿qué era lo que iba a contarles? Apenas si me acuerdo. Era una muchacha enferma —prosiguió, como volviendo a ensimismarse y con la vista baja, completamente perdida—; gustaba de socorrer a los pobres, y soñaba con entrar en un monasterio, y una vez se echó a llorar al hablarme de eso; sí, sí..., recuerdo...; lo recuerdo muy bien. Feúcha... de cara. Verdaderamente, no sé por qué me comprometería yo con ella; probablemente, porque estaba siempre

enferma... Si hubiera sido tullida o jorobada, la habría querido aún más... —Sonrió pensativo—. Aquello fue... una fiebre
de primavera.

—No, no fue una fiebre de primavera —dijo Dúnechka
con emoción.

Él miró a su hermana, atento y confuso; pero o no oyó, o
no entendió sus palabras. Luego, con honda cavilosidad, se
levantó, se llegó a su madre, la abrazó, volvió a su sitio y tornó a sentarse.

—¡Todavía la sigues queriendo!... —exclamó, conmovida, Puljeria Aleksándrovna.

—¿A ella? ¿Ahora? ¡Ah, sí..., se refiere usted a ella!... Pues
no. Todo eso ahora como si fuera cosa de otro mundo..., y tan
remoto. ¡Y todo cuanto me rodea parece como si no sucedie-
se aquí!...

Los contempló atentamente a todos.

—A ustedes, por ejemplo..., parece como si les viera a miles de verstas de distancia... Pero ¡el diablo sabrá por qué digo
estas cosas! ¿A quién preguntárselo? —añadió con disgusto,
y guardó silencio, poniéndose a morderse las uñas y sumido
en su cavilosidad anterior.

—¡Qué feo es este cuarto, Rodia; parece una tumba! —exclamó de pronto Puljeria Aleksándrovna, interrumpiendo el
penoso silencio—. Segura estoy de que la mitad de tu melancolía se debe a este cuarto.

—¿Cuarto?... —respondió él, ensimismado—. Sí; el cuarto contribuye mucho... En eso pensaba yo también... Pero ¡si
usted supiese qué extraño pensamiento acaba de expresar, mámenka! —añadió de pronto, sonriéndose de un modo raro.

Un poco más, y aquella reunión, aquellos parientes, que
volvía a ver al cabo de tres años de separación; aquel tono familiar del diálogo, en plena imposibilidad de hablar de nada...,
se le habrían hecho ya probablemente de todo punto insufri-
bles. Pero había un asunto inaplazable, que irremisiblemente
había de quedar resuelto en el día; así lo había él decidido,

hacía poco, al despertarse. Ahora se alegraba de que el tal *asunto* sirviera para salir de aquella situación insoportable.

—¿Sabes una cosa, Dunia? —empezó, seria y secamente—. Yo, desde luego, te pido perdón por lo de anoche; pero considero mi deber advertir que, tocante a lo principal, no cedo ni un ápice. O yo o Luzhin. Supongamos que sea yo una mala persona; pero tú no lo debes ser. Con uno de los dos basta. Si tú te casas con Luzhin, dejaré en el acto de mirarte como a hermana.

—¡Rodia, Rodia! Pero ¿entonces es que insistes en lo mismo de anoche? —exclamó Puljeria Aleksándrovna con amargura—. ¿Por qué tú te has de poner de mala persona? ¡No puedo tolerarlo! Anoche decías lo mismo...

—Hermano —respondió Dunia con entereza y también con sequedad—, en todo esto hay un error de tu parte. Yo me he pasado la noche cavilando y buscando ese error. Todo consiste en que tú, por lo visto, supones que a mí me entregan a alguien, y con algún objeto, en calidad de víctima. En absoluto; no es así. Yo me caso, sencillamente, siguiendo mi inclinación, porque se me hace desagradable seguir soltera; aparte de que, sin duda alguna, me consideraré dichosa si puedo después serles útil a los míos, solo que esto no es el principal motivo de mi resolución...

«¡Miente! —pensó él para sus adentros, mordiéndose las uñas casi con rabia—. ¡Orgullosa! ¡No quiere confesar que está ansiosa por podérselas dar de bienhechora! ¡Oh, y qué caracteres tan ruines! ¡Aman como si odiasen!... ¡Oh, y cómo yo... los odio a todos ellos!».

—En resumen: que me casaré con Piotr Petróvich —prosiguió Dúnechka—, porque, de dos males, elijo el menor. Tengo la honrada intención de hacer todo lo que él espera de mí, y así que no lo engaño. ¿Por qué te sonríes de ese modo?

También ella se había puesto encarnada, y por sus ojos pasó un relámpago de cólera.

—¿A hacerlo todo?... —preguntó él, sonriendo con encono.

—Hasta cierto punto. Tanto el modo como la forma con que Piotr Petróvich se ha comprometido conmigo me han demostrado enseguida lo que él necesita. Sin duda que él se estima quizá demasiado alto; pero yo espero que también habrá de apreciarme a mí... ¿Por qué vuelves a sonreírte?

—Y tú, ¿por qué vuelves a ponerte encarnada?... Tú mientes, hermana; mientes a sabiendas, por simple tozudez femenina, por poner a tu gusto las cosas delante de mí... Tú no puedes sentir respeto por Luzhin; yo lo he visto y he hablado con él. Seguramente te vendes por dinero, y seguramente, en todo caso, te conduces bajamente; y yo celebro que, por lo menos, ¡puedas aún ruborizarte!

—¡No es verdad, no miento!... —exclamó Dúnechka, perdiendo toda su serenidad—. No me casaría con él de no estar convencida de que él sabe apreciarme y estimarme. Felizmente, puedo cerciorarme de esto, sin género de dudas, hoy mismo. Y esta boda no es ninguna ruindad, como tú dices. Pero, aun concediendo que tuvieras razón y que yo, efectivamente, estuviera decidida a cometer una bajeza... ¿no sería, de todos modos, una crueldad el que tú me hablases como me hablas? ¿Por qué tú me exiges a mí ese heroísmo que tú, quizá, no tengas? Eso se llama despotismo, coacción. ¡Si de alguien causo yo la ruina, será únicamente de mí misma! ¡Todavía no he matado yo a nadie! ¿Por qué me miras de ese modo, Rodia? ¿Qué tienes? ¿Por qué te has puesto tan pálido? Rodia, ¿qué te dio? ¡Rodia, querido!...

—¡Señor! ¡Lo puso en trance de desmayarse! —exclamó Puljeria Aleksándrovna.

—¡No, no!... ¡Es una tontería!... ¡No es nada!... ¡Un ligero mareo!... Pero no un desmayo... ¡La tenéis tomada con los desmayos!... ¡Hum!... Sí... ¿Qué era lo que yo iba a decir? ¡Ah, esto era! ¿De qué modo piensas cerciorarte hoy de que puedes profesarle respeto y de que él... te aprecia o no, según dijiste? ¡Creo que dijiste que hoy mismo!... ¿He oído bien?

—*Mámenka*, dele usted a mi hermano la carta de Piotr Petróvich —dijo Dúnechka.

Puljeria Aleksándrovna, con trémula mano, le entregó la carta. Con gran curiosidad la tomó él. Pero, antes de abrirla, de pronto, y con cierta admiración, miró a Dúnechka.

—Extraño —exclamó, acto seguido, cual si de pronto acabara de asaltarle una nueva idea—. ¿Por qué me tomaré yo tantos calores?... ¿A qué vienen esos gritos? ¡Anda y cásate con quien quieras!

Dijo aquello como para él solo, pero en voz alta, y un rato se quedó mirando fijo a la hermana, como preocupado.

Abrió, finalmente, la carta, conservando todavía el gesto de cierto extraño asombro; luego, despacio y atentamente, procedió a su lectura, que repitió dos veces. Puljeria Aleksándrovna era presa de especial inquietud, aunque todos aguardaban también algo especial.

—Lo que a mí me resulta asombroso —empezó él, luego de alguna reflexión y devolviendo la carta a su madre, pero sin encararse con nadie en particular— es que sea abogado, hombre de negocios, y se exprese en la conversación hasta de un modo... amanerado..., y, sin embargo, escriba como persona sin instrucción.

Hubo un movimiento general; no se habían esperado en absoluto aquella salida.

—Es que toda esa gente escribe así —observó, bruscamente, Razumijin.

—Pero ¿leíste la carta?

—Sí.

—Nosotras se la dimos a leer, Rodia... Le pedimos consejo... —empezó, aturrullada, Puljeria Aleksándrovna.

—Es un estilo procesal —atajó Razumijin—. Así redactan todavía los pliegos sumariales.

—¿Sumariales? Sí, eso es: procesal, de abogado... ¡Ni demasiado vulgar, ni demasiado literario: abogadil!

—Piotr Petróvich no oculta que ha recibido una educación de calderilla*, y hasta se jacta de haberse abierto camino él solo —observó Avdotia Románovna, un tanto resentida por el nuevo tono del hermano.

—Pues si se jacta, motivo tendrá para ello; no digo lo contrario. Tú, hermana, por lo visto te ofendiste por haber yo tomado pie de esta carta para una observación frívola, y piensas que con toda intención me he puesto a hablar de esas minucias por molestarte. Pues es todo lo contrario. A mí, a propósito del estilo, hubo de ocurrírseme una observación, nada superflua en el caso presente. Hay ahí una frase: «no tendrían ustedes a quién culpar sino a ustedes mismas», que no puede ser más rotunda y clara, sin contar la amenaza de irse inmediatamente si yo acudo. Esa amenaza de retirarse... viene a ser como la amenaza de abandonaros a vosotras si no sois obedientes, y de abandonaros ahora que os hizo venir a Petersburgo. Bueno; vamos a ver, qué dices: ¿puede uno darse por ofendido ante esa frase de Luzhin, como si la hubiera escrito ese —y señaló a Razumijin—, o Zosímov, o alguno cualquiera de nosotros?

—¡No..., no! —respondió Dúnechka exaltándose—. Yo comprendo muy bien que se trata de una expresión enteramente ingenua y que puede que todo se reduzca a que él no sabe escribir... En eso has juzgado bien, hermano. Yo ni siquiera me lo esperaba...

—Eso está escrito con estilo abogadil, y en estilo abogadil no era posible escribirlo de otro modo, aunque acaso le salió más burdo de lo que él quisiera. Por lo demás, yo estoy obligado a abrirte algo los ojos; en esta carta hay además otra frase, una calumnia a cuenta mía y bastante ruin. Yo di anoche aquel dinero para una viuda, tísica y rendida de trabajar, y no «con pretexto de ayudar al entierro», sino con toda claridad, para el entierro y no por mediación de la hija..., una chica,

* «... una educación de calderilla». En el original ruso dice literalmente: «*uchilsia na miednia dengui*».

como él escribe, «de mala nota» (y a la que no había visto yo hasta anoche en mi vida), pero sobre todo, a una viuda. En todo esto veo yo de sobra el aturdido deseo de ofenderme y promover la discordia entre nosotros. Expresión esa también procesal; es decir, encaminada a un fin manifiesto y con un celo de los más ingenuos. Él es hombre de algún talento, pero para proceder con talento... hace falta algo más. Todo eso pinta al hombre, y... no creo que a ti te estime mucho. Te hablo así, hermana, únicamente para tu gobierno, pues sinceramente deseo tu bien...

Dúnechka no contestó; tenía ya tomada de antes su resolución, y solo aguardaba a la noche.

—Bueno; ¿y qué es lo que tú has resuelto, Rodia? —preguntó Puljeria Aleksándrovna, aún más alarmada que la víspera por el súbito nuevo tono *práctico* de su discurso.

—¿Qué es eso de «resolver»?

—Es que, mira: Piotr Petróvich nos escribe que tú no has de estar con nosotras esta noche y que, de lo contrario, él se retirará. Así que tú..., ¿piensas venir?

—Eso, sin duda alguna, no me toca a mí resolverlo, sino, en primer término, a usted, si es que esa exigencia de Piotr Petróvich no la ofende, y luego a Dunia, si no la ofende tampoco. Cuanto a mí, haré lo que ustedes crean mejor —añadió secamente.

—Dúnechka ya tomó su resolución, y yo estoy completamente de acuerdo con ella —se apresuró a afirmar Puljeria Aleksándrovna.

—Yo había resuelto rogarte, Rodia; así, como suena: rogarte, que estuvieses presente, sin falta, a esa entrevista —dijo Dunia—. ¿Vendrás?

—Iré.

—Y también a usted le ruego que venga a vernos a las ocho —añadió, dirigiéndose a Razumijin—. *Mámenka*, también a él quiero invitarlo.

—Haces muy bien, Dúnechka. ¡Ea, lo que habéis decidido

—agregó Puljeria Aleksándrovna—, eso habrá de ser! También para mí es eso un alivio; no me gustan fingimientos y mentiras; lo mejor de todo será hablar con absoluta franqueza... ¡Y enfádate o no te enfades ahora, Piotr Petróvich!

IV

En aquel instante se abrió despacito la puerta, y en la estancia, mirando tímidamente en torno suyo, penetró una jovencita. Todos se volvieron a mirarla con asombro y curiosidad. Raskólnikov no la reconoció al principio. Era Sonia Semiónovna Marmeládova. La noche anterior la había él visto por vez primera, pero en un momento, en un ambiente y con un traje tal, que en su memoria se le había quedado la imagen de una criatura totalmente distinta. Esta de ahora era una jovencita modesta, y hasta pobremente vestida, muy joven aún, casi una niña, modesta y modosa, con una carita ingenua, pero como algo azorada. Vestía una ropita muy sencilla, casera; a la cabeza, un sombrerito viejo, pasado de moda; solo que llevaba en la mano, cual la noche antes, su sombrilla. Al ver, contra lo que esperaba, lleno el cuarto de gente, no fue que se aturrulló, sino que perdió completamente el tino, se puso colorada como una niña pequeña y hasta hizo ademán de retirarse.

—¡Ah!..., pero ¿es usted? —dijo Raskólnikov con profundo asombro, y de pronto él también se aturdió.

Inmediatamente se le representó en la imaginación que su madre y su hermana estaban ya al tanto, gracias a la carta de Luzhin, de la existencia de cierta chica «de mala nota». Hacía solo un momento que protestara contra la calumnia de Luzhin, haciendo constar que hasta la noche antes no había visto nunca a la referida muchacha, y he aquí que ella, de pronto, venía a buscarlo. Recordó también que no había desaprobado lo de «de mala nota». Todo esto, vagamente y por el espacio de un segundo, cruzó por su imaginación. Pero reparando más atentamente, hubo de ver que era aquella una criatura humilde, hasta tal punto humillada, que de pronto le inspiró piedad. Al hacer la joven aquel movimiento para retirarse, asustada..., algo se le revolvió a él.

—Me cogió usted desprevenido —dijo atropelladamente, deteniéndola con la mirada—. ¡Haga usted el favor, siéntese! Usted, seguramente, vendrá de parte de Katerina Ivánovna. Permítame usted, ahí no, aquí...

A la llegada de Sonia, Razumijin, que estaba sentado en una de las tres sillas de Raskólnikov, junto a la misma puerta, se levantó para que aquella pudiera entrar. Al principio, Raskólnikov le indicó un pico del diván, donde había estado sentado Zosímov, pero recapacitando luego que el diván era un sitio harto *familiar*, pues le servía a él de lecho, se apresuró a asignarle la silla de Razumijin.

—Siéntate tú aquí —le dijo a Razumijin, acomodándolo en el mismo pico del diván que había ocupado Zosímov.

Sonia se sentó poco menos que temblando de susto, y tímidamente miró a las dos señoras. Saltaba a la vista que no comprendía ella misma cómo podía estar sentada allí, con ellas. Al pensar en eso, le entró tal miedo que de pronto volvió a levantarse, y completamente aturrullada, exclamó, dirigiéndose a Raskólnikov:

—Yo..., yo..., vine solo por un momento, perdone usted el que haya venido a molestarle —balbució—. Me mandó Katerina Ivánovna, la cual no tenía ninguna otra persona de quien echar mano... Katerina Ivánovna me encargó le rogase a usted que no faltara mañana al funeral, por la mañana..., después de la misa..., en San Mitrófano, y luego a casa..., a su casa..., a tomar un bocado... Le hará usted mucho honor... Me mandó que se lo rogase a usted con mucho encarecimiento.

Sonia acabó de aturrullarse y no siguió.

—Haré todo lo posible, sin duda alguna..., sin duda alguna —respondió Raskólnikov, levantándose también, y muy turbado, no continuó—. Pero hágame usted el favor de sentarse —dijo de pronto—, necesito hablar con usted. Hágame ese favor... Quizá tenga usted prisa..., pero hágame ese favor, concédame dos minutos.

Y le ofreció una silla. Sonia volvió a sentarse y a mirar tímidamente, de soslayo y toda confusa, a aquellas dos señoras, terminando por bajar la vista...

El lívido semblante de Raskólnikov se sonrojó; parecía el joven completamente trastornado; los ojos le echaban fuego.

—*Mámenka* —dijo con tono firme y resuelto—, es Sonia Semiónovna Marmeládova, la hija de ese mismo desgraciado señor Marmeládov, al que anoche, en mi presencia, atropelló un coche y del que ya hablé a usted...

Puljeria Aleksándrovna lanzó una mirada a Sonia y guiñó ligeramente los ojos. No obstante toda su confusión, ante la firme y retadora mirada de Rodia, no pudo privarse de ese gusto. Dúnechka, seria, atentamente, miró a la cara a la pobre muchacha, y se quedó contemplándola con perplejidad. Sonia, al oírse presentar, volvió a alzar de nuevo los ojos, pero se aturrulló todavía más que antes.

—Deseaba preguntarle a usted —dijo Raskólnikov, dirigiéndose con rapidez a ella—, cómo lo han pasado ustedes hoy. ¿No las han molestado?... Digo la policía.

—No, todo ha ido bien... ¿No ve usted que se veía bien claro de qué había muerto? No nos han molestado; los que se han quejado han sido los vecinos.

—¿Por qué?

—Pues porque ha estado allí mucho tiempo el cadáver... Ya ve usted, como ahora hace tanto calor, este sofoco... Así que esta misma tarde se lo llevan ya al cementerio, donde estará hasta mañana, en la capilla. Katerina Ivánovna no quería a lo primero, pero al cabo ha comprendido ella misma que otra cosa era imposible...

—¿De modo que hoy?...

—Así que le ruega a usted le conceda el honor de asistir

mañana al funeral, en la iglesia, y de pasar luego por su casa para tomar parte en el convite fúnebre.

—Pero ¿ha preparado convite?

—Sí, un bocadillo; me encargó con mucha insistencia le expresase a usted su agradecimiento por el donativo de anoche... A no haber sido por usted, no tendría ahora con qué enterrarlo. —Y de pronto le temblaron los labios y la barbilla, pero se dominó, se hizo fuerte, y otra vez se apresuró a fijar la vista en el suelo.

Durante el diálogo, Raskólnikov la observaba atento. Era una personita delgada, muy delgada y pálida, bastante irregular de facciones, con algo de agudo en todo el rostro, con una naricilla y un mentón picudos. No se la podía llamar, en rigor, guapa; pero, en cambio, tenía unos ojos azules tan claros, y cuando se animaban, la expresión de su semblante asumía tal bondad y candor, que involuntariamente cautivaban. Había en su cara y en toda su persona un rasgo predominante, característico; no obstante sus dieciocho años, parecía todavía más joven, casi una niña, lo cual se traslucía, de un modo hasta cómico, en algunos de sus gestos.

—Pero ¿cómo contando con tan pocos recursos puede pensar Katerina Ivánovna en convites?... —inquirió Raskólnikov, prolongando con insistencia el diálogo.

—Verá usted: la sepultura va a ser muy sencilla..., y todo será sencillo, de suerte que no resultará caro... Yo, con Katerina Ivánovna, acabo de hacer la cuenta y nos queda de sobra para la merienda..., y Katerina Ivánovna tenía mucho empeño en hacerlo así. Está la pobre... que no tiene consuelo... Como es así... Ya usted la conoce...

—Lo comprendo, lo comprendo... Claro... Pero ¿qué es lo que mira usted tanto en la habitación? Oiga usted: *mámenka* acaba de decir que parece una tumba.

—¡Usted nos lo dio anoche todo! —exclamó, de pronto, a modo de respuesta, Sonia, con un susurro forzado y rápido, volviendo a hincar la vista en el suelo. Le temblaban de nuevo los labios y el mentón. Rato hacía que estaba desconcertada ante la pobre habitación de Raskólnikov, y ahora aquellas palabras se le habían escapado espontáneamente. Siguió un silencio. Se iluminaron un poco los ojos de Dúnechka, y Puljeria Aleksándrovna miró a Sonia hasta con afectuosidad.

—Rodia —dijo levantándose—, ni que decir tiene que comeremos juntos. Dúnechka, vamos... Tú, Rodia, podías salir, pasear un poco, después te echabas, descansabas e ibas a buscarnos cuanto antes... Temo que te hayamos fatigado...

—Sí, sí; iré —dijo levantándose, y con cierta premura.

—Pero ¡supongo que no iréis a almorzar cada uno por su lado! —exclamó Razumijin, mirando con asombro a Raskólnikov—. ¿Qué dices?

—Que sí, que iré, claro, claro... Pero estate aún aquí un momento. Usted no lo necesita ahora, ¿verdad, *mámenka*? ¿O es que yo lo acaparo?

—¡Oh, no, no! Pero usted, Dmitrii Prokófich, ¡podría tener la bondad de venir a almorzar con nosotros!

—Sí; háganos el favor de aceptar —rogó Dúnechka.

Razumijin les hizo un saludo, y todo él irradió alborozo. Por un momento todos dieron súbitas muestras de confusión extraña.

—¡Bueno; entonces, adiós, Rodia; es decir, hasta luego! No me gusta decir «adiós». ¡Adiós, Nastasia! ¡Ah, otra vez dije «adiós»!...

Puljeria Aleksándrovna hizo también intención de saludar a Sonia; pero no le salió bien, y, atropelladamente, se salió del cuarto.

Pero Avdotia Románovna, como si aguardara su turno, al pasar a la zaga de su madre por delante de Sonia, le hizo a esta un saludo atento, cortés, cumplido. Sónechka se avergonzó, correspondió al saludo con otro rápido y azorado, y una emoción como enfermiza se reflejó en su rostro, cual si la deferencia y cortesía de Avdotia Románovna le hubiesen resultado penosas y mortificantes.

—¡Dunia, adiós tú también! —exclamó Raskólnikov desde el rellano—. ¡Dame la mano siquiera!

—Pero si ya te la di, ¿no te acuerdas? —repuso Dunia, dirigiéndose a él con gesto afectuoso y cohibido.

—¡Bueno, pues qué importa! ¡Dámela otra vez!

Y con fuerza estrechó sus deditos. Dúnechka le sonrió, se puso colorada, se apresuró a retirar su mano y se fue en seguimiento de su madre, toda alborozada, sin saber por qué.

—¡Oh, y qué bien está esto! —le dijo él a Sonia al volver a su lado, y la miró claramente—. ¡Dios tenga en su paz a los muertos, pero que deje vivir a los vivos! ¿No es esto? ¿No es eso? ¿Verdad que sí?

Sonia contemplaba hasta con asombro su rostro, súbitamente iluminado; él permaneció un instante mirándola de hito en hito, en silencio; de repente acudió a su memoria toda la historia que su padre le había contado de ella...

... ...*

—¡Señor, Dúnechka! —exclamó Puljeria Alesksándrovna no bien estuvieron en la calle—. Mira: me siento como contenta de haber salido de allí; más a mis anchas. ¡Cómo habría yo podido figurarme ayer, en el tren, que incluso esto había de alegrarme!...

—De nuevo le repito, *mámenka*, que él está todavía enfermo. Pero ¿no lo ha visto usted? Muy bien pudiera ser que sufriera por nosotras y se atormentase. Hay que ser comprensivos, y mucho, mucho es lo que se puede perdonar.

—¡Pues tú no diste muestras de comprensiva! —la interrumpió Puljeria Aleksándrovna con vehemencia y enojo—. ¿Sabes una cosa, Dunia? Pues que os he estado mirando a los dos y eres su vivo retrato, no tanto en la cara cuanto en el alma; los dos sois melancólicos, los dos huraños y arrebata-

---

* Ponemos aquí esta línea de puntos, que falta en el original ruso, para marcar la interrupción del relato.

dos, los dos altivos y los dos generosos... Porque no es posible que él sea un egoísta, ¿verdad, Dúnechka?... ¡Y cuando pienso que ha de ir a vernos esta noche, el corazón me da un vuelco!

—No tenga usted cuidado, *mámenka*; será lo que haya de ser.

—¡Dúnechka! Pero ¡fíjate un momento solamente en cuál es nuestra situación! ¿Y si Piotr Petróvich se volviese atrás? —exclamó, de pronto, indiscreta, la pobre de Puljeria Aleksándrovna.

—¡Poco valer demostraría si es capaz de eso! —replicó Dúnechka con tono tajante y despectivo.

—Hicimos muy bien en retirarnos ahora —la interrumpió atropelladamente Puljeria Aleksándrovna—; él tiene que salir a algún asunto; pon que nada más que a tomar el aire... Allí, en aquel tabuco, se ahoga una..., aunque ¿dónde tomar el aire aquí? Aquí, en las calles, se está como en habitaciones sin ventanas. ¡Señor, qué ciudad!... ¡Aguarda, échate a un lado! ¡Que te van a aplastar; mira que traen por acá no sé qué! Pero si es un piano, verdaderamente... Cómo la empujan a una... Mira: también me inquieta un poco esa chica...

—¿Qué chica, *mámenka*?

—Pues esa Sonia Semiónovna, la que acaba de entrar allí...

—¿Y por qué?

—Pues porque me lo da el corazón, Dunia. Bueno; querrás creerlo o no; pero lo mismo fue entrar ella que ocurrírseme pensar que es la clave de todo...

—¡Nada de eso!... —exclamó Dunia con disgusto—. ¡Hay que ver con sus corazonadas, *mámascha*! Él no la conoce más que de anoche; tanto, que al entrar ella no la reconoció.

—¡Bueno; pero ya lo verás!... ¡Me ha dado mala espina; ya verás, ya verás! Como que me entró miedo; me miraba y remiraba con unos ojos, que yo apenas podía estarme quieta en la silla cuando él hizo su presentación, ¿recuerdas? ¡Y lo más raro para mí es que Piotr Petróvich nos la pinta de ese modo, y él va y me la presenta a mí y a ti también!... ¡Nada; por lo visto, la quiere mucho!

—¡Si fuéramos a hacer caso de todo lo que escribe Piotr Petróvich! De mí también han hablado y escrito. ¿Lo ha olvidado usted ya? Pero yo estoy segura de que ella... es muy buena y de que todo eso son... ¡patrañas!

—¡Así lo quiera Dios!

—Piotr Petróvich es un vil calumniador —falló Dúnechka inopinadamente.

Puljeria Aleksándrovna agachó la cabeza. El diálogo quedó interrumpido.

... ...*

—Mira: voy a exponerte el asunto de que quería hablarte... —dijo Raskólnikov, llevándose a Razumijin junto al ventanuco.

—Entonces le digo a Katerina Ivánovna que irá usted... —balbució Sonia, haciendo un saludo de despedida.

—Ahora soy con usted, Sonia Semiónovna; nosotros no tenemos secretos, usted no estorba... Tengo que decirle a usted todavía dos palabras... Mira —dijo encarándose de pronto, sin terminar, y como interrumpiéndose, con Razumijin—. Tú conoces a ese...; bueno...; ya sabes quién digo..., ¿verdad?... ¿Cómo se llama?... ¿Porfirii Petróvich?

—Eso es. Es pariente mío. ¿Y de qué se trata? —añadió aquel con ciertos visos de curiosidad.

—Pues de ese asunto... Bueno; de aquel crimen... del que anoche estuvimos hablando..., y cuyo sumario está instruyendo, ¿no?

—Sí...; pero... —Y Razumijin abrió pronto unos ojos tamaños.

—Pues verás; él anda inquiriendo los nombres de los clien-

---

* Ponemos aquí esta línea de puntos, que falta en el original ruso, para marcar la interrupción del relato.

tes de la prestamista, y yo tengo también allí prendas, poca cosa, desde luego: una sortija que mi hermana me regaló como recuerdo al venirme yo aquí, y un reloj de plata, que era de mi padre. Todo ello valdrá por junto unos cinco o seis rublos; pero yo lo tengo en mucha estima por tratarse de recuerdos. ¿Qué debo hacer ahora? No querría que me vendieran esos objetos, sobre todo el reloj. Yo me eché a temblar hace poco, temiendo que mi madre mostrase deseos de verlo, cuando salió la conversación acerca del reloj de Dúnechka. Es lo único que nos queda de mi padre. ¡Enferma se pondría ella si se lo vendieran! ¡Cosas de mujeres! ¡Así que dime qué he de hacer! Ya sé que habrá que hacer alguna declaración. Pero ¿no sería mejor decírselo al propio Porfirii? ¿Qué te parece? La cosa es urgente. ¡Ya ves: es muy posible que *mámenka* me haga alguna pregunta en la mesa!

—¡No es menester declaración alguna, sino irse derecho a Porfirii! —exclamó Razumijin con cierta emoción desusada—. ¡Ah, y qué alegría experimento! ¡Anda, vamos allá enseguida, que está de aquí a dos pasos; seguramente lo encontraremos!

—¡Bien; vamos allá!...

—Él se va a alegrar mucho, muchísimo, retemucho, retemuchísimo de conocerte. Yo le he hablado mucho de ti en distintas ocasiones... Anoche mismo estuvimos hablando de ti. ¡Vamos allá!... ¡De modo que conocías a la vieja! ¡Vaya, vaya! ¡Mira cómo todo se encadena mag...ní...fi...ca...mente!... ¡Ah, sí!... Sonia Ivánovna...

—Sonia Semiónovna —rectificó Raskólnikov—. Sonia Semiónovna, este es mi amigo Razumijin, un hombre bonísimo...

—Si tiene usted que salir ahora... —empezó Sonia, sin mirar en modo alguno a Razumijin, y aún más avergonzadilla por eso mismo.

—¡Anda, vamos! —resolvió Raskólnikov—. Yo pasaré por su casa hoy mismo, Sonia Semiónovna; pero dígame dónde vive.

No parecía desconcertado; pero dijo aquello deprisa y evasivamente y rehuyendo las miradas de la joven. Sonia les dio sus señas, y al hacerlo así, se puso colorada. Salieron todos juntos.

—Pero ¿no echas la llave? —preguntó Razumijin al salir al rellano detrás de él.

—¡Nunca!... Por lo demás, hace ya dos años que ando pensando en comprar una cerradura —añadió, despreocupadamente—. ¡Felices aquellos que no tienen nada que guardar! —añadió, dirigiéndose a Sonia.

Ya en la calle, se detuvieron en la puerta.

—Usted va hacia la derecha, ¿no es verdad, Sonia Semiónovna? Y a propósito: ¿cómo dio usted conmigo? —preguntó, como queriendo decirle algo totalmente distinto.

Sentía ansias de mirar sus ojos plácidos, diáfanos, y no lo lograba del todo...

—Pero ¡si usted le dio anoche sus señas a Pólechka!

—¿A Polia? ¡Ah, sí..., Poléchka!... ¿Es su hermanita... menor? ¿De modo que le di mis señas?

—Pero ¿es que se le ha olvidado?

—No... me acuerdo...

—Yo ya tenía referencias de usted, pues el difunto lo mentaba... Solo que no sabía su apellido..., y hoy vine..., y como ya sabía desde anoche su apellido, pregunté: «¿Dónde vive el señor Raskólnikov?». Yo ignoraba que usted viviese también como realquilado... Pero, ¡adiós! Ya le diré a Katerina Ivánovna...

Estaba la mar de contenta de poderse retirar finalmente; se fue dando traspiés, corriendo, a fin de que ellos la perdieran cuanto antes de vista, poder salvar aprisa los veinte pasos de distancia que había de allí a la primera bocacalle, a la derecha, y encontrarse, por último, sola, y entonces, andando ligera, sin mirar a nadie ni reparar en nada, ponerse a pensar, a recordar, a representarse en la imaginación cada palabra dicha, cada circunstancia. Jamás, jamás había sentido ella nada parecido. Todo un mundo nuevo, desconocido e insospechado, había surgido en su alma. Recordó de pronto que Raskólnikov tenía propósito de ir a verla a ella aquel mismo día, quizá aquella misma mañana, ¡quién sabe si ahora mismo!

«¡Ojalá no sea hoy, que no sea hoy! —murmuraba, con el corazón encogido, cual implorándole a alguien, al modo de un niño asustado—. ¡Señor! A mi casa... A aquel cuarto... Y verá... ¡Oh, Señor!».

Y, sin duda alguna, por ello no pudo reparar en un caballero, completamente desconocido para ella, que la venía siguiendo de cerca y le cortaba el paso. La venía siguiendo desde la misma puerta de la casa. En el preciso instante en que los tres, Razumijin, Raskólnikov y ella, se detuvieron para cambiar todavía dos palabras, ya en la acera, aquel transeúnte, al rodear por donde ellos estaban, dio un respingo, pues acababa de coger al vuelo las palabras de Sonia: «Y pregunté: ¿dónde vive el señor Raskólnikov?». Rápida, pero atentamente, miró el hombre a los tres, sobre todo a Raskólnikov, al cual se dirigía Sonia; luego miró a la casa y se fijó bien en ella. Todo esto fue cosa de un segundo, sin dejar de andar, y el transeúnte, procurando no llamar la atención, pasó de largo, amortiguando el paso, cual si esperase a alguien. Aguardaba a Sonia; veía que ya se estaban despidiendo y que Sonia iba a seguir otra dirección, hacia su casa.

«Pero ¿dónde vivirá? Yo creo que esta cara no me es desconocida —pensó el desconocido, recordando la cara de Sonia—. Tengo que enterarme».

Llegado que hubo a la bocacalle, se cambió de acera, se volvió a mirar y vio que ya Sonia venía detrás de él, siguiendo el mismo camino y sin fijarse en nada. Al llegar a la esquina, también ella se metió por la bocacalle. Él echó tras ella, sin quitarle ojo, desde la otra acera; andado que hubo cincuenta pasos, se cruzó a la misma acera por donde iba Sonia, le dio alcance y fue escoltándola a una distancia de cinco pasos.

Era un hombre de unos cincuenta años, de estatura más

que mediana, de hombros anchos y altos, que lo hacían parecer encorvado. Vestido con elegancia y seriedad, semejaba a un señorón encopetado. En la mano llevaba un lindo bastón, con el que hería a cada paso el suelo, y calzaba sus manos en unos guantes flamantes. Su rostro, ancho, mofletudo, era bastante simpático, y el color de su tez, fresco, nada petersburgués. Sus cabellos, muy espesos aún, eran completamente rubios, y apenas si empezaban a encanecer, y su barba ancha, tupida, que le colgaba como una pala, era todavía más clara de color que el pelo de la cabeza. Tenía los ojos azules y el mirar frío, insistente y escrutador; los labios, muy rojos. En general, era un hombre muy bien conservado y parecía mucho más joven de lo que era.

Al salir Sonia al canal se encontraron los dos a la misma altura de la acera. Reparando en ella, pudo él advertir su ensimismamiento y abstracción. Al llegar a su casa, Sonia se entró puertas adentro, y él hizo otro tanto a su zaga y como con cierta extrañeza. Ya en el patio, torció ella hacia la derecha, hacia un rincón, de donde arrancaba la escalera para su piso. «¡Bah!», murmuró el incógnito caballero, y procedió a subir detrás de ella los peldaños. Entonces fue únicamente cuando reparó Sonia en él. La joven subió al tercer piso, se entró luego por un corredor y llamó en el número nueve, en cuya puerta había escrito con tiza: KAPERNAÚMOV, SASTRE. «¡Bah!», volvió a repetir el desconocido, maravillado de la rara coincidencia, y llamó también en el número ocho. Las dos puertas estaban a unos seis pasos una de otra.

—¡Vive usted en casa de Kapernaúmov! —dijo él, mirando a Sonia, y sonriendo—. Ayer me repasó a mí un chaleco. Yo vengo a esta otra puerta, a casa de madame Resslich, Gertruda Kárlovna. ¡Lo que son las cosas!

Sonia lo miró atentamente.

—Vecinos —siguió diciendo él con particular buen humor—. Yo solo llevo en la ciudad tres días. ¡Bueno; hasta la vista!

Sonia no le contestó; abrió la puerta y se metió en su casa. Sentía vergüenza, no sabía de qué, y como temor.

... ...*

Razumijin, camino de Porfirii, iba en una disposición de ánimo particularmente jovial.

—¡Esto, hermanito, es famoso! —repitió varias veces—. ¡Y qué contento estoy! ¡Qué contento estoy!

«¿Por qué estará tan contento?», pensaba en silencio Raskólnikov.

—Para que veas: yo no sabía que tú también figurases entre los prestatarios de la vieja. Y..., y... ¿hace mucho que estuviste la última vez en su casa?

«¡Hay que ver, qué burro tan ingenuo!».

—¿Cuándo?... —Y Raskólnikov se detuvo para reflexionar—. Unos tres días antes de su muerte, creo que fue. Por lo demás, no voy a rescatar ahora mismo las prendas —encareció con cierta premura y como muy preocupado con aquellas—, porque vuelvo a encontrarme con solo un rublo en plata..., por culpa de ese tres veces maldito delirio de anoche...

Lo del «delirio» lo dijo de un modo particularmente sugestivo.

—Bueno; sí, sí, sí —asintió Razumijin apresuradamente y sin saber por qué—. He ahí por qué en aquella ocasión... a mí me chocó en parte... ¿Sabes una cosa? También, en medio del delirio, hablabas tú de unas cadenas y sortijas. ¡Eso es, eso es!... ¡Ahora todo está claro, clarísimo!

«¡Hola! ¡Conque ya se le había ocurrido esa idea! ¡Este es un hombre que se haría crucificar por mí, y, sin embargo, mírenlo tan contento porque *se explica* ahora el que yo, en mi desvarío, hablase de cadenillas! ¡Esa idea ha debido de arraigar en todos ellos!...».

---

*Ponemos aquí esta línea de puntos, que falta en el original ruso, para marcar la interrupción del relato.

—Pero ¿lo encontraremos? —inquirió en voz alta.

—Lo encontraremos, lo encontraremos —contestó presuroso Razumijin—. Es, hermanito, un hombre famoso; ya lo verás. Un poco tonto; quiero decir, es hombre de mundo y todo; pero yo lo llamo tonto en otro sentido. Un chico inteligente, nada lerdo, solo que con un modo de pensar algo estrafalario... Desconfiado, escéptico, cínico... Le gusta engañar, es decir, engañar no, embromar a la gente... Y apegado al viejo método de las pruebas materiales... Aunque sabe lo que trae entre manos, lo sabe... Él fue quien el año pasado descubrió al autor de aquel crimen cuya pista se había perdido por completo. Mucho, mucho, muchísimo deseo tenía de conocerte.

—Pero ¿por qué lo desea tanto?

—No es porque...; mira: en los últimos tiempos, cuando tú caíste enfermo, yo estaba mentándote a cada instante... Bueno; pues él me oía..., y como sabía que tú no habías podido terminar tu curso de Derecho, en virtud de determinadas circunstancias, fue y dijo: «¡Qué lástima!». De lo cual inferí yo..., bueno..., todo esto junto, y no eso solo. Ayer, Zamiótov... Mira, Rodia: yo, anoche, me puse a decirte no sé qué historias estando borracho, cuando íbamos a tu casa, y temo, hermanito, no sea que tú exageres las cosas, ¿oyes?

—Pero ¿qué es eso? ¿Acaso me tienen por loco? Sí, y es posible que tengan razón.

Y soltó una risa forzada.

—Sí, sí..., es decir, ¡uf!, no... Bueno; todo eso que acabo de hablar... y también lo demás, eran desatinos y efectos de la bebida.

—Pero ¿por qué te disculpas? ¡Qué harto estoy ya de todo esto!... —exclamó Raskólnikov con exagerado enojo. Aunque, por lo demás, en parte, fingía.

—Lo sé, lo sé, lo comprendo. Ten la seguridad de que lo comprendo. Hasta vergüenza da hablar de eso...

—¡Pues, si te da vergüenza, no hables!

Ambos guardaron silencio. Razumijin estaba más que entusiasmado, y Raskólnikov lo advertía así con repulsión. Acabó de inquietarlo lo que el otro le dijera de Porfirii.

«A este es preciso cantarle también la cartilla —pensó, palideciendo y con el corazón acelerado—, y cantársela con toda naturalidad. Lo más natural de todo sería no cantársela, hacerme fuerza para no cantársela. No; lo de *hacerse fuerza* ya no sería natural... Bueno; ya veremos qué cariz toman allí las cosas... ¿Haré bien o mal en ir allá?... La mariposa, ella misma vuela hacia la llama. El corazón me palpita: señal de que no hago bien».

—Es en esa casa gris —indicó Razumijin.

«Lo principal de todo es si sabe o no Porfirii eso de que yo estuviera ayer en el piso de esa bruja y preguntara lo de la sangre. En un momento es menester adivinarlo, desde la primera mirada; en cuanto entre, leérselo en la cara; de lo contrario... ¡Me enteraré, aunque me pierda!...».

—¿Sabes una cosa? —dijo encarándose de pronto con Razumijin y sonriendo cucamente—. Yo, hermanito, he podido notar desde esta mañana que te encuentras en un estado de emoción desusada. ¿Es así?

—¿Qué emoción?... En absoluto te equivocas —rebatió Razumijin.

—No, hermanito; es verdad, se te nota. Estabas antes sentado en la silla como nunca te sientas, casi en el mismo filo, y te entraban como convulsiones. Te rebullías a un lado y a otro. Tan pronto te enfadabas como, sin saber por qué, ponías una cara muy acaramelada. Hasta te ruborizabas, sobre todo, cuando te invitaron a comer, te pusiste terriblemente colorado.

—No hay tal cosa. ¡Todo eso es mentira!... ¿Por qué me dices eso?

—¡Vaya, eres tímido como un colegial! ¡Pues no acabas de ponerte colorado ahora mismo!

—Eres un marrano.

—Pero ¿por qué te aturrullas así? ¡Romeo! Aguarda, que

no dejaré de decirlo hoy en algún sitio. ¡Ja, ja, ja! Voy a darle motivo de risa a *mámenka*, y también a alguien más...

—Oye, oye, oye: mira que eso es muy serio, mira que... ¡Qué va a pasar, diablo!... —clamó definitivamente Razumijin, helado de espanto—. ¿Qué es lo que vas a contarles? Yo, hermanito... ¡Hay que ver qué marrano eres!

—Sencillamente, una rosita temprana. ¡Y qué bien te va eso, si supieses!... ¡Un Romeo de diez verstas de alto! Y como te has aseado hoy, estás hecho un primor. Hasta las uñas te has limpiado. ¡Cuándo se vio tal cosa! Pero ¡si hasta te has untado cosmético! ¡A ver, baja la cabeza!

—¡Marrano!

Raskólnikov se rió con tal gana que parecía no poder tenerse, y así riendo, penetraron ambos en el cuarto de Porfirii Petróvich. Eso necesitaba Raskólnikov: que desde el cuarto pudieran oírlos entrar riendo, con risa que se prolongase todavía en el portal.

—¡Ni una palabra allí, o te... descrismo! —le dijo por lo bajo, lleno de rabia, Razumijin a Raskólnikov, tirándole del hombro.

V

Penetraron en la habitación. Lo hizo él con el aspecto de quien se esfuerza con todos sus bríos por reprimir la risa. Detrás de él, con cara enteramente contraída de furor, colorado como una amapola, alto y desgarbado, iba Razumijin todo avergonzado. Tanto su rostro como toda su persona resultaban en aquel instante efectivamente grotescos y justificaban las risas de Raskólnikov. Este, antes que lo presentaran, hizo una reverencia, deteniéndose en mitad de la sala, y se quedó mirando inquisitivamente a su dueño, de paso que le tendía una mano, pugnando todavía, en apariencia, por contener su hilaridad y poder decir, cuando menos, las dos o tres palabras de presentación. Pero apenas había tenido tiempo de poner cara seria y murmurar unos sonidos, cuando, de pronto, como involuntariamente, volvió a fijar la mirada en Razumijin y no pudo reprimirse: la risa contenida brotó tanto más irrefrenable cuanto más violencia se había hecho hasta entonces para dominarla. La extraordinaria rabia que a Razumijin le infundía aquella risa *cordial* confería a la escena un carácter de franca alegría y, sobre todo, de naturalidad. Razumijin, como con toda intención, secundaba la cosa.

—¡Uf, diablo! —exclamó iracundo, manoteando y dándole un golpe a un veladorcito, encima del cual había un vasito de té. Todo vino a tierra ruidosamente.

—Pero ¿por qué rompéis las sillas, caballeros? Eso implica una pérdida para el Estado —exclamó jovialmente Porfirii Petróvich.

La escena se desarrollaba de esta suerte: Raskólnikov, con sus risas, había olvidado su mano en la del dueño de la casa; pero, consciente de la medida, aguardaba el momento de poner remate al saludo del modo más rápido y natural; Razumijin, que había acabado de aturrullarse del todo con la caída del velador y la rotura del vaso, contempló con torvo gesto los pedazos, escupió y se alejó luego en dirección a la ventana, donde se quedó de espaldas a sus amigos y con el ceño ferozmente fruncido, mirando hacia fuera y sin ver nada. Porfirii Petróvich se echó a reír, y reía con ganas, aunque saltaba a la vista que echaba de menos una explicación. En un rincón, sentado a su mesa, estaba Zamiótov, que se había incorporado a medias al ver entrar a los visitantes y aguardaba, entornada la boca en una sonrisa, pero contemplando perplejo y hasta receloso la escena, y a Raskólnikov con una curiosidad marcada. La inesperada presencia de Zamiótov hizo en aquel desagradable impresión.

«He aquí una cosa para ser tomada en cuenta», pensó.

—Usted perdone —empezó, fingiendo aturrullamiento, Raskólnikov.

—Nada de eso; he tenido mucho gusto, y ustedes han hecho una entrada muy graciosa. Pero, ¡cómo!..., ¿ni siquiera nos quiere dar los buenos días? —Y Porfirii Petróvich señaló con un gesto a Razumijin.

—¡Por Dios, que no sé por qué se habrá puesto así conmigo! Yo no hice más que decirle, durante el trayecto, que se parecía a Romeo..., demostrárselo, y nada más ha pasado, que yo sepa.

—¡Guarro!... —replicó, sin volverse, Razumijin.

—Eso quiere decir que tiene razones muy serias, cuando se enfada así por una palabrilla —observó, riendo, Porfirii.

—Bueno, tú también, juez... ¡El diablo que os lleve a todos! —exclamó Razumijin, y, de pronto, echándose también a reír, con la cara más alegre del mundo, cual si nada hubiera pasado, se acercó a Porfirii Petróvich.

—¡Guasón! Todos sois unos imbéciles. Al grano: aquí tienes a mi amigo Rodión Románovich Raskólnikov, el cual, ante todo, me ha oído hablar de ti y tenía muchos deseos de conocerte, y, además, tiene que hablarte de un asuntillo. ¡Hola, Zamiótov! ¿Cómo es que estás aquí? Pero, entonces, ¿os conocéis? ¿Desde cuándo sois amigos?

«¡Qué es esto!», pensó Raskólnikov inquieto.

Zamiótov pareció aturrullarse, pero no mucho.

—Nos conocimos ayer en tu casa —dijo con despreocupación.

—Eso quiere decir que Dios me ha ahorrado la molestia: desde la semana pasada no hace más que porfiarme para que te lo presentara, Porfirii, y no habéis necesitado de mí para conoceros... ¿Dónde tienes el tabaco?

Porfirii Petróvich estaba allí en traje de casa: en batín, camisa muy limpia y en chancleta. Era hombre de unos treinta y cinco años, de estatura menos que mediana, metido en carnes y hasta con abdomen, todo afeitado, sin bigote ni patillas, con el pelo cortado al rape en su cabeza grande y redonda, que formaba una protuberancia especialmente rotunda en el cogote. Su cara, llena, redonda y un poco chata, era de un color enfermizo, amarillo oscuro, pero bastante vivaracha y hasta risueña. Hubiérasela calificado de bonachona, a no ser por la expresión de los ojos, de cierto brillo aguanoso, cubiertos por unas pestañas casi blancas, siempre inquietas, cual si se guiñase con alguien. El mirar de aquellos ojos formaba un contraste extraño con toda la figura, que de por sí mostraba algo de femenino, y le comunicaba una seriedad mayor de la que a primera vista se habría podido esperar.

Porfirii Petróvich, no bien hubo oído que el visitante traía un «asuntillo» para él, le rogó inmediatamente que tomase asiento en el diván, en cuyo otro pico lo hizo él, y se quedó mirándolo, en la inmediata espera de la exposición del asunto, con esa atención forzada y ya demasiado seria, que hasta resulta enojosa y desconcierta la primera vez, sobre todo a un desconocido, y principalmente si aquello que tenéis que decir dista mucho, a juicio vuestro, de ser proporcionado a esa atención inusitadamente grave que os muestran. Pero Raskólnikov, en frases breves y desenfadadas, con toda claridad y precisión, le expuso su asunto, y tan satisfecho quedó de sí mismo, que hasta tuvo tiempo para fijarse muy bien en Porfirii. Porfirii Petróvich tampoco apartó de él la vista ni una sola vez en todo el tiempo. Razumijin, que se había colocado frente a ellos en la misma mesa, seguía con ardor e impaciencia la exposición del asunto, paseando alternativamente la mirada del uno al otro, lo que, en cierto modo, resultaba excesivo.

«Imbécil», murmuró para sí Raskólnikov.

—Debe usted dar parte a la policía —contestó Porfirii con el aire más objetivo del mundo —comunicándole que, habiéndose enterado de tal suceso, o sea de ese crimen..., ruega usted, a su vez, le sea comunicado al juez de instrucción encargado del sumario que tales y cuales objetos son de su propiedad de usted y que los desea rescatar..., o bien...; pero ya le escribirán a usted.

—La cosa es que yo ahora, en este momento —objetó Raskólnikov haciendo todo lo posible por parecer azorado—, ando muy mal de dinero..., y ni siquiera esa menudencia podría. Yo, mire usted, únicamente deseaba ahora hacer constar que esos objetos son míos, y cuando tenga dinero...

—Eso es igual —respondió Porfirii Petróvich, acogiendo con toda frialdad aquella declaración financiera—; por lo demás, puede usted, si así lo desea, escribirme a mí directamente en ese mismo sentido, diciendo que, habiéndose enterado usted de tal cosa, y como los tales objetos son de su propiedad, solicita...

—¿En papel corriente? —se apresuró a interrumpirle Raskólnikov, volviendo a mostrar interés por el aspecto financiero del asunto.

—¡Oh, en el más sencillo! —Y, de pronto, Porfirii Petróvich se quedó mirándolo con cierto sarcasmo, pestañeó y pareció guiñarle los ojos. Aunque bien pudiera ser que se lo pareciera así a Raskólnikov, porque aquello fue cosa de un segundo. Pero, por lo menos, algo de ello hubo. Raskólnikov hubiera jurado que le había hecho un guiño, el diablo sabría por qué.

«¡Está enterado!», le cruzó por la mente como un relámpago.

—Perdone usted que haya venido a importunarle por una nimiedad así —prosiguió, algo corrido—. Los referidos objetos valdrán, a lo sumo, cinco rublos; pero yo los tengo en especial estima, porque son recuerdos de quienes me los regalaron, y, francamente, al enterarme de aquello, temí mucho...

—¡Ah!... ¡Por eso te impresionaste tanto cuando yo le dije ayer a Zosímov que Porfirii andaba inquiriendo a los prestatarios! —saltó Razumijin con visible intención.

Aquello resultaba ya insoportable. Raskólnikov no pudo contenerse y le asestó sus ojos, encendidos en cólera. Pero enseguida se dominó.

—Tú, hermanito, por lo visto, quieres burlarte de mí —dijo

encarándose con él con una excitación hábilmente fingida—. Convengo en que quizá haya yo demostrado excesiva inquietud ante ti a cuenta de esos pingos viejos; pero no se me puede tildar por ello ni de egoísta ni de codicioso, pues esos pingos pueden muy bien no serlo en absoluto a mis ojos. Ya te dije hace un momento que ese reloj de plata, del valor de un *grosch*, es lo único que conservo de mi padre. Podrás reírte de mí; pero ha venido mi madre —y se encaró, de pronto, con Porfirii—, y si supiese —se dio prisa a dirigirse a Razumijin, esforzándose, sobre todo, por hacer que le temblase la voz— que había enajenado ese reloj, te aseguro que se llevaría un disgusto enorme. ¡Las mujeres!

—Pero ¡si no es eso! ¡Si yo no tuve esa intención, sino todo lo contrario!... —clamó con amargura Razumijin.

«¿Me salió bien, con naturalidad? ¿No habré exagerado? —se dijo Raskólnikov a sí mismo—. ¿Por qué dije eso de "las mujeres"?...».

—¿De modo que ha venido su madre a verlo? —inquirió, por alguna razón, Porfirii Petróvich.

—Sí.

—¿Y desde cuándo está aquí?

—Desde anoche.

Porfirii guardó silencio, cual reflexionando.

—Sus objetos de usted no habrían podido perderse en ningún caso —siguió diciendo, tranquila y fríamente—. Hacía ya mucho tiempo que yo le aguardaba a usted aquí.

Y cual si nada hubiese dicho, le acercó con cuidado el cenicero a Razumijin, que dejaba caer sin consideración alguna, en la alfombra, la ceniza de su cigarro. Raskólnikov se estremeció; pero Porfirii afectaba no mirarle siquiera, todavía preocupado con el cigarro de Razumijin.

—¡Cómo!... ¿Que le aguardabas?... ¿Acaso sabías tú que él tenía *allí* objetos empeñados?... —exclamó Razumijin.

Porfirii Petróvich se encaró directamente con Raskólnikov.

—Los dos objetos de su propiedad, la sortija y el reloj, los tenía *ella* envueltos en un papelito, y en este papelito estaba escrito su nombre, muy claro, con lápiz, lo mismo que el día del mes en que se los había empeñado...

—¡Hay que ver cómo se fija usted en todo! —dijo Raskólnikov, sonriendo torpemente y pugnando, sobre todo, por mirarle derecho a los ojos; pero no pudo contenerse, y enseguida añadió—: Y yo, que me figuraba hace un momento que seguramente serían muchos los prestatarios..., y le iba a ser a usted muy difícil acordarse de todos... Usted, en cambio, los tenía a todos con precisión en el pensamiento, y... y... —se interrumpió. «¡Estúpido! ¡No vale! ¿Por qué habré añadido esto?», pensó.

—Casi todos los prestatarios nos son ya conocidos, de suerte que es usted el único que aún no ha presentado su reclamación —respondió Porfirii, con sus asomos casi imperceptibles de zumba.

—Yo no estaba del todo bien.

—Sí; eso oí decir. Me dijeron también que estaba usted muy excitado por no sé qué motivo. Ahora mismo lo encuentro algo pálido.

—No hay nada de eso; por el contrario, estoy completamente restablecido —falló Raskólnikov grosera y hostilmente, cambiando súbitamente de tono. Bullía en cólera y no podía contenerse. «¡Voy a delatarme con esta ira! —volvió a pensar—. Pero ¿por qué me mortifican?».

—Del todo bien no está —contradijo Razumijin—. Es un decir. Hasta ayer mismo estuvo casi sin conocimiento, delirando... Pero..., ¿querrás creerlo, Porfirii?..., apenas pudo tenerse en pie, y no habíamos hecho más que irnos de allí yo y Zosímov anoche, se vistió y se escurrió despacito, y se fue no sé adónde, y allá se estuvo hasta casi la madrugada, y eso en el más perfecto estado de delirio, te lo aseguro. Conque ya puedes figurarte. ¡Caso notable!

—Pero ¿dices que en el *más perfecto estado de delirio*? Haz el favor de hablar. —Y Porfirii movió la cabeza con gesto algo femenil.

—¡Oh, es un disparate!... ¡No lo crea usted! Aunque no hace falta que yo se lo diga para que no lo crea. — Y Raskólnikov dejó ya traslucir iracundia excesiva. Pero Porfirii Petróvich hizo cual si no hubiese oído aquellas extrañas palabras.

—Pero ¿cómo hubieras tú podido salir de casa, de no haber estado delirando? —insistió Razumijin—. ¿Por qué saliste? ¿Para qué?... Y, sobre todo, ¿por qué furtivamente? Vamos a ver: ¿es que estabas entonces en tu sano juicio? Ahora que ya pasó todo peligro, puedo hablarte francamente.

—Es que anoche me aburrieron entre todos —dijo Raskólnikov, dirigiéndose a Porfirii con una sonrisilla insolente y retadora—, y yo salí de casa con intención de buscar otro cuarto adonde no pudieran encontrarme, y me llevé conmigo un puñado de dinero. Ahí está el señor Zamiótov, que vio el dinero. A ver, señor Zamiótov: ¿estaba yo ayer en todo mi juicio o estaba delirando? ¡Vaya, decida usted la cuestión!

En aquel instante habría estrangulado, al parecer, a Zamiótov de buena gana. Su mirada y su silencio no le gustaron en absoluto.

—A mi juicio, hablaba usted muy cuerdamente y hasta con astucia, solo que estaba usted muy excitado —opinó secamente Zamiótov.

—Pero hoy me manifestó Nikodim Fómich —intervino Porfirii Petróvich— que se lo encontró a usted anoche, ya bastante tarde, en casa de cierto funcionario atropellado por unos caballos...

—¡Ya salió a relucir el funcionario!... —saltó Razumijin—. ¡Pues eso bastaría! ¿No te condujiste allí como un chiflado? Le diste a su viuda, para el entierro, todo cuanto encima llevabas. Porque, bueno, si querías socorrerla..., haberle dado quince rublos, haberle dado veinte, pero quedándote, por lo menos, con tres para ti, y no que fuiste y le entregaste veinticinco rublos nada menos.

—Pero ¿tú no sabes que yo es posible que me haya encontrado un tesoro? Por eso anoche me mostré tan liberal... Mira: el señor Zamiótov sabe que me he encontrado un tesoro... Pero dispense usted —encarándose, trémulos los labios, con Porfirii—: llevamos ya media hora entreteniéndolo con tonterías. Lo estaremos aburriendo, ¿verdad?

—Nada de eso: al contrario. ¡Si usted supiese cuánto me interesa! Es curioso verlo y oírlo..., y, se lo confieso, celebro muchísimo que haya usted tenido a bien, finalmente, presentarse a reclamar...

—Pero ¡danos siquiera un poco de té! ¡Que se nos seca el gañote! —exclamó Razumijin.

—¡Magnífica idea! Todos te haremos compañía. Pero ¿no querrás también... algo más sustancioso antes del té?...

—¡Quita, no!

Porfirii Petróvich salió a encargar el té.

Las ideas se arremolinaban como un torbellino en el cerebro de Raskólnikov, con aire irritado.

«Lo principal es que no tratan de ocultarse y no andan con cumplidos. ¿Y a santo de qué, si no me conocías, hablaste de mí con Nikodim Fómich? Por lo visto, ni siquiera pretenden ocultar que me seguían la pista, cual sabuesos. ¡Con qué franqueza me escupen a la cara! —Y temblaba de rabia—. Pues bien: pegad de una vez y no andéis jugando como el gato con el ratón. Eso no es cortés. ¡Porfirii Petróvich, mira que puede ser que yo no consienta!... Me levantaré y les diré a todos, en sus caras, toda la verdad, ¡y veréis cómo os desprecio a todos!... —Respiraba afanoso—. Pero ¿y si fuese que todo esto me lo parece a mí, si todo esto fuese un simple espejismo, y yo estuviese equivocado, y me enfureciese por mi inexperiencia, y no supiera seguir desempeñando mi innoble papel? ¡Puede que todo eso carezca de intención! Todas sus palabras son vulgares, pero encierran algo... Todo eso puede decirse siempre; pero, no obstante, algo tienen. ¿Por qué dijo directamente *ella*? ¿Por qué Zamiótov agregó que yo había hablado *con astucia*? ¿Por qué hablan en ese tono? Eso es: el tono... Ahí está Razumijin, ¿por qué él no encuentra chocante nada de esto? ¡A ese simplón nunca le choca nada! ¡Otra vez la fiebre!... ¿Fue realidad o no el guiño que antes me hizo Porfirii? Verdaderamente es absurdo, ¿por qué había de hacerme ningún guiño? ¿Serán los nervios o quieren irritarme, exasperarme? ¿Será todo un espejismo o que realmente *saben*? Hasta Zamiótov se muestra insolente... ¿Se muestra insolente Zamiótov? Zamiótov se ha pasado la noche cavilando. ¡Ya me lo figuraba yo que había de cambiar de opinión! Él está aquí como en su casa, y yo es la primera vez que vengo. Porfirii no lo considera como a un visitante: se sienta volviéndole la espalda. ¡Se entienden! ¡Irremisiblemente se entienden *tocante a mí*! Sin duda estaban hablando de mí cuando nosotros llegamos. Deben de saber que visité el piso. ¡Ah, cuánto daría por saberlo ahora mismo!... Al decir yo que había salido de casa con intención de buscar cuarto, ellos lo dejaron pasar sin decir nada... Yo estuve muy listo al mentar el cuarto; luego me será útil. ¡Delirando, diantre! ¡Ja, ja, ja! Este tío está enterado de todo lo de anoche. De la llegada de mi madre no tenía noticia... ¡Conque esa bruja había apuntado la fecha con lápiz!... ¡Mentira, no me la das! Nada de eso tampoco es realidad, sino puro espejismo. No, vosotros los dais como hechos. Pero lo del piso no es hecho: es delirio. Yo sé lo que he de decirles. ¿Sabrán algo de lo del piso? No me iré de aquí sin precisarlo. Pero ¿por qué vine? Vamos a ver: el que yo esté ahora enfadado, ¿es también un hecho? ¡Oh, y qué excitación tengo! Aunque puede que no me esté mal: hago el papel de enfermo... Va a hostigarme. Me hará perder la cabeza. ¿Por qué vendría yo?».

Todo esto, como un relámpago[*], cruzó por su mente.

***

[*] «... como un relámpago». En el original ruso dice literalmente: «como el rayo» («*molnia*»).

Porfirii Petróvich volvió al cabo de un segundo. De pronto pareció alborozarse.

—Mira, hermanito: desde tu fiesta de anoche, tengo la cabeza... y el cuerpo desmadejado —empezó en un tono totalmente distinto, dirigiéndose a Razumijin.

—¿Qué? ¿Te interesó? Dio la casualidad que tuve que dejaros en el punto más culminante... ¿Quién quedó encima?...

—Nadie, naturalmente. Agitaban las eternas cuestiones, se remontaban a las alturas.

—Figúrate, Rodia, lo que llegamos a discutir: si hay o no crimen. ¡Se hartaron de despotricar!

—¿Qué tiene eso de asombroso? Es una cuestión social corriente —contestó Raskólnikov con aire distraído.

—Es que la cuestión no la plantearon así —observó Porfirii.

—Es verdad —asintió enseguida Razumijin, atropellándose y exaltándose, según su costumbre—. Mira, Rodión: escucha primero y di luego tu opinión. Lo deseo. Yo estaba anoche que me salía de mi pellejo aguardándote: les había anunciado que irías... Empezó la cosa desde el punto de vista de los socialistas. Sabido es el tal punto de vista: el crimen es una protesta contra la anormalidad del régimen social...: eso y nada más que eso, y no hay que buscarle otras causas... ¡Se acabó!...

—¡Mientes! —exclamó Porfirii Petróvich. Se animaba visiblemente, y a cada paso sonreía, mirando a Razumijin.

—¡No se admite nada más! —le interrumpió Razumijin acalorado—. ¡Yo no miento!... Ya te mostraré libros; todo, según ellos, se debe al «ambiente deletéreo», y nada más. ¡Magnífica frase! De donde se deduce directamente que si la sociedad estuviese constituida normalmente, entonces acabarían de un golpe todos los crímenes, puesto que ya no habría contra qué protestar, y todos, en un momento, pasarían a ser inocentes. La Naturaleza no la toman en consideración, la han puesto en el arroyo; no toleran a la Naturaleza. Para ellos no será la Naturaleza la que, desarrollándose de un modo histórico, *vivo*, hasta el fin, acabará por convertirse ella misma en una sociedad normal, sino que, por el contrario, el sistema social, brotando de alguna cabeza matemática, procederá enseguida a estructurar la Humanidad toda, y en un santiamén la volverá justa e inocente, más pronto que ningún proceso vivo, sin seguir ninguna senda histórica y viva. Por eso ellos, instintivamente, sienten aversión por la Historia: «solo se encuentran en ella monstruosidades y estupideces»; ellos todo se lo achacan a la estupidez. Y por eso tampoco gustan del proceso *vital* de la vida; no quieren nada con el *alma viva*. El alma viva de la vida tiene exigencias; el alma viva no obedece mecánicamente; el alma viva es suspicaz; el alma viva es retrógrada. Y, aunque huela a muerto, ellos pueden construir un alma de caucho..., que no será viva, ni tendrá voluntad, y será una esclava y no se insurreccionará... Y llegan al resultado de idear un simple amasijo de ladrillos, sí, a la distribución de corredores y habitaciones del falansterio. El falansterio está listo; pero vuestra Naturaleza no lo está aún para el falansterio: ansía la vida, el proceso vital no ha terminado aún, es todavía temprano para la huesa. Con la lógica sola es imposible saltar por encima de la Naturaleza. La lógica presupone tres casos, mientras que hay millones de ellos. ¡Pues haced tabla rasa de esos millones y reducidlo todo al simple problema de la comodidad! Esa es la solución más fácil del enigma. ¡Da una claridad seductora y evita la molestia de pensar! Porque lo esencial es eso: ¡no tener que pensar! ¡Todos los misterios de la vida pueden compendiarse en dos hojas de papel impreso!

—¡Ea, ya se desfogó el tamborilero! ¡Hay que tirarle de la mano! —bromeó Porfirii—. Figúrese usted —y se dirigió a Raskólnikov—: anoche, seis personas metidas en un cuarto y, además, cargadas de ponche previamente... ¡Ya puede usted imaginarse!... No, hermanito, tú mientes; el «medio» significa mucho en la criminalidad; eso te lo afirmo yo.

—También yo sé que influye mucho; pero dime: un cuarentón viola a una niña de diez años. ¿Fue el medio el que a ello le indujo?

—Pues sí: en el estricto sentido de la palabra, puede decirse que fue el medio —con grave firmeza observó Porfiirii—; puede explicarse el crimen, en gran parte, por la niña, y, en gran parte también, por el «medio».

Razumijin se puso furioso.

—Bueno; pues, si quieres, yo te *demostraré* —dijo, acalorándose— que, si tú tienes las pestañas blancas, es sencillamente porque Iván el Grande tenía treinta y cinco sazhen de estatura, y te lo demostraré de un modo claro, exacto, progresivo, y hasta con sus ribetes de liberalismo. ¡Anda! ¿Te apuestas algo?

—¡Me lo apuesto! ¡Vamos a ver cómo nos lo demuestras!

—¡Vaya, no hace más que jugar con las palabras, diablo! —exclamó, fuera de sí, Razumijin, y saltó de la silla, manoteando—. ¿Vale la pena hablar contigo? Todo esto lo hace con intención; tú aún no le conoces, Rodia. Anoche se puso de parte de esos solo por embromarlos. ¡Y hay que ver las cosas que dijo anoche, Señor! ¡Y todos tan contentos de oírle!... Y es capaz de seguir la broma durante dos semanas. El año pasado nos convenció a todos de que, por ciertas razones, iba a meterse a fraile; ¡dos meses nos tuvo engañados así! Hace poco se le ocurrió echar a volar la especie de que iba a casarse y que todo estaba ya listo para la boda. Hasta se mandó hacer un traje nuevo. Nosotros ya habíamos empezado a felicitarle. Pues bien, no había nada de eso; por no haber, ni novia; todo guasa.

—¡Mientes! El traje me lo había mandado hacer antes. Precisamente el traje nuevo fue el que me sugirió la broma.

—Pero, después de todo, ¿por qué es usted tan guasón? —preguntó Raskólnikov con desenfado.

—Pero ¿usted pensaba que no lo era? Aguarde usted, que también caerá en mis redes... ¡Ja, ja, ja!... No; mire usted: voy a decirle toda la verdad. A propósito de todas esas cuestiones del crimen, el medio, la niña, me viene ahora a la memoria, por lo demás, siempre me interesó un artículo suyo: «Del crimen...», o algo por el estilo; no recuerdo bien el título. Hace dos meses tuve la satisfacción de leerlo en *La Palabra Periódica*.

—¿Un artículo mío en *La Palabra Periódica*?... —inquirió Raskólnikov asombrado—. Yo, efectivamente, hará cosa de medio año, al dejar la universidad, escribí un artículo a propósito de un libro; pero lo llevé a *La Palabra Semanal*, y no a *La Periódica*.

—Pues fue a parar a *La Periódica*.

—Pero ¡si *La Palabra Semanal* había dejado de publicarse, por lo que quedó inédito mi artículo!...

—Es verdad; pero al dejar de publicarse *La Palabra Semanal*, se fundió con *La Palabra Periódica*; así que su artículo de usted se publicó, hará cosa de dos meses, en *La Palabra Periódica*. Pero ¿no se había usted enterado?

Raskólnikov, efectivamente, no sabía nada.

—Pero ¡si podía usted reclamarles el importe del artículo! ¡Hay que ver qué carácter el suyo! Hace usted una vida tan solitaria, que no ve usted ni las cosas que más directamente le afectan. Es un hecho positivo.

—¡Bravo, Rodia!... ¡Tampoco yo lo sabía! —exclamó Razumijin—. Hoy mismo he de pasar por un gabinete de lecturas, para pedir un número. ¿De hace dos meses? Pero ¿qué número? Es igual; lo buscaré. ¡Vaya bromita! ¡Y no decía una palabra!

—Pero ¿cómo supo usted que el artículo era mío? Yo firmaba solo con una inicial.

—¡Ah! Por casualidad, y hará unos días solamente. Por el director: es amigo mío. Me interesó mucho...

—Yo analizaba, recuerdo, el estado psicológico del criminal en el acto de cometer un crimen.

—Eso es, y sostenía usted que el acto de cometer el delito iba siempre acompañado de un estado morboso. Muy..., muy original; pero..., aunque a mí no fue esta parte de su artículo la que especialmente me interesó, sino algunas ideas que exponía al final de aquel, pero que exponía usted, y es de lamentar, de un modo poco claro, en forma de alusiones... En una palabra: si usted se acuerda, había allí cierta alusión al hecho de haber en el mundo algunos individuos que podrían...; es decir, no que podrían, sino que tienen perfecto derecho a cometer toda suerte de actos deshonrosos y de crímenes, y para los cuales es como si no se hubiese escrito la ley.

Raskólnikov se sonrió ante aquella forzada y laboriosa explicación de su idea.

—¡Cómo! ¿Qué es eso? ¿El derecho al crimen? Pero ¡no será por culpa del «deletéreo» ambiente! —inquirió Razumijin con cierto susto.

—No, no; no es nada de eso —le replicó Porfirii—. Todo el quid está en que en su artículo divide usted a los hombres en «ordinarios» y «extraordinarios». Los hombres vulgares deben vivir en la obediencia y no tienen derecho a infringir las leyes, por el hecho mismo de ser vulgares. Pero los extraordinarios tienen derecho a cometer toda suerte de crímenes y a infringir de todas las maneras las leyes, por el hecho mismo de ser extraordinarios. Así me parece que decía usted, si no estoy equivocado.

—Pero ¿qué es eso? ¡Eso no puede ser! —gruñó Razumijin perplejo.

Raskólnikov volvió a sonreírse. Comprendía, al fin, de qué se trataba y por qué le querían hacer hablar: recordaba su artículo. Se decidió a aceptar el reto.

—No es eso enteramente lo que yo decía —declaró sencillamente y en voz alta—, aunque, lo reconozco, usted ha expuesto mi idea casi fielmente y, si usted se empeña, con absoluta fidelidad... —Parecía como que le agradaba reconocer esa fidelidad absoluta—. La diferencia consiste tan solo en que yo no sostenía ni remotamente que los hombres extraordinarios estuviesen obligados y hubiesen, sin remisión, de cometer siempre toda suerte de actos deshonrosos, según usted dice.

Me parece incluso que la censura no lo hubiera dejado pasar. Yo me limitaba sencillamente a insinuar que los individuos «extraordinarios» tenían derecho (claro que no un derecho oficial) a autorizar a su conciencia a saltar por encima de... ciertos obstáculos, y únicamente en el caso en que la ejecución de su designio (salvador, a veces, acaso para la Humanidad toda) así lo exigiere. Usted ha tenido a bien decir que mi artículo no estaba claro; yo estoy dispuesto a explicárselo a usted hasta donde pueda. Es posible que no me equivoque si supongo que usted así lo desea; pues dígalo. A juicio mío, si los descubrimientos de Kepler y Newton, por consecuencia de ciertos enredos, no hubiesen podido llegar a conocimiento de los humanos de otro modo que mediante el sacrificio de la vida de uno, diez, cien o más hombres, que se opusiesen a ese descubrimiento o se atravesasen en su camino como obstáculos, Newton, entonces, hubiese tenido derecho, y hasta el deber..., de eliminar a esos diez o a esos cien hombres, a fin de que sus descubrimientos llegasen a noticia de la Humanidad toda. De lo cual, sin embargo, no se sigue en modo alguno que Newton tuviera ningún derecho a asesinar a quien se le antojase, sin ton ni son, ni a ir todos los días a robar a la plaza. Recuerdo, además, que yo, en mi artículo, desarrollaba la idea de que todos..., digamos, por ejemplo, los legisladores y fundadores de la Humanidad, empezando por los más antiguos y continuando por Licurgo, Solón, Mahoma, Napoleón, etcétera, etcétera, todos, desde el primero hasta el último, habían sido criminales aunque no fuese más que porque, al promulgar leyes nuevas, abolían las antiguas, tenidas por sagradas para la sociedad y los antepasados, y seguramente no habrían de detenerse ante la sangre, siempre que esta (vertida a veces, con toda inocencia y virtud, en defensa de las viejas leyes) pudiera servirles. Es también significativo que la mayor parte de esos bienhechores y fundadores de la Humanidad fueran unos sanguinarios, especialmente feroces. En resumen: yo concluía de ahí que todos los individuos, no ya los grandes, sino aun aquellos que se apartasen un poco de la vulgaridad, esto es, aun los capaces de decir algo nuevo, vienen obligados, por su propia naturaleza, a ser criminales sin remisión..., en mayor o menor grado, naturalmente. De otra suerte, difícil les sería salir de la vulgaridad, y ellos no pueden avenirse a quedarse en ella, hasta por razón de su misma naturaleza, y, en mi opinión, están incluso obligados a no avenirse a ello. En resumen: que, como usted ve, esto, hasta ahora, apenas tiene nada de particularmente nuevo. Esto se ha impreso y se ha leído miles de veces. Por lo que hace a mi distinción entre ordinarios y extraordinarios, estoy de acuerdo en que es algo arbitraria; pero yo no citaba cifras exactas. Yo solo tengo fe en mi idea esencial: la que consiste concretamente en decir que los individuos, por ley de Naturaleza, se dividen, *en términos generales*, en dos categorías: la inferior (la de los vulgares), es decir, si se me permite la frase, la material, únicamente provechosa para la procreación de semejantes, y aquella otra de los individuos que poseen el don o el talento de decir en su ambiente una *palabra nueva*. Las subdivisiones, naturalmente, serán infinitas, pero los rasgos diferenciales de ambas categorías son harto acusados: la primera categoría, o sea la materia, hablando en términos generales, la forman individuos por su naturaleza conservadores, disciplinados, que viven en la obediencia y gustan de vivir en ella. A juicio mío, están obligados a ser obedientes, por ser ese su destino y no tener, en modo alguno, para ellos nada de humillante. La segunda categoría la componen cuantos infringen las leyes, los destructores o propensos a serlo, a juzgar por sus facultades. Los crímenes de estos tales son, naturalmente, relativos y muy diferentes; en su mayor parte exigen, según los más diversos métodos, la destrucción de lo presente en nombre de algo mejor. Pero si necesitan, en el bien de su idea, saltar aunque sea por encima de un cadáver, por encima de la sangre, entonces ellos, en su interior, en su conciencia, pueden, a juicio mío, concederse a sí propios la autorización para saltar por encima de la sangre, mirando únicamente a la idea y su contenido, fíjese usted bien. Solo en este sentido hablo yo en mi artículo de su derecho al crimen. (Usted recordará que hemos partido de una cuestión jurídica). Aunque, después de todo, no hay razón alguna para alarmarse con exceso: casi nunca la masa les reconoce este derecho, sino que los castiga o los manda ahorcar (más o menos); y así, con absoluta justicia, cumple su destino conservador, lo cual no es óbice para que, en las generaciones siguientes, esa misma masa erija a los castigados sobre pedestales y se incline ante ellos (más o menos). La primera categoría siempre es la verdadera señora; la segunda es... la señora venidera. Los primeros conservan el mundo y lo multiplican matemáticamente; los segundos lo mueven y lo conducen a su fin. Tanto los unos como los otros tienen su perfecto derecho a existir. En resumidas cuentas: para mí, todos tienen el mismo derecho, y... *vive la guerre éternelle!**..., hasta la Nueva Jerusalén, naturalmente...

—Pero usted, a pesar de todo, ¿cree en la Nueva Jerusalén?

—Creo en ella —repuso firmemente Raskólnikov; al decir esto, y durante toda su larga perorata, tuvo la vista fija en el suelo, después de elegir un punto de la alfombra.

—Y..., y..., y... ¿cree usted en Dios? Perdone la curiosidad.

—Creo —respondió Raskólnikov, alzando los ojos hacia Porfirii.

—Y..., y ¿en la resurrección de Lázaro cree usted?

—Creo. Pero ¿a qué viene todo esto?

—¿Literalmente cree usted?

—Literalmente.

—Entonces... Era solo curiosidad. Perdone usted. Pero permítame, y volviendo a lo de antes: no siempre los castigan; a algunos, por el contrario...

---

* «... *vive la guerre éternelle!*»: ¡viva la guerra eterna! (En francés en el original).

—¿Los festejan en vida? Sí, es verdad: algunos llegan a triunfar en vida, y entonces...

—¿Empiezan ellos también a atormentar a los otros?

—Si les hace falta, sí; y mire usted: así ocurre las más de las veces. Su observación general es bastante aguda.

—Muchas gracias. Pero dígame una cosa: ¿en qué se diferencian esos hombres extraordinarios de los vulgares? ¿En el nacimiento tienen algún signo especial? Yo soy de opinión que sería menester más exactitud, por decirlo así, más distinción en lo externo; disculpe usted en mí la natural inquietud de un hombre práctico y bienintencionado, pero ¿no sería posible que llevasen, por ejemplo, un traje especial, algún distintivo, alguna insignia, algo, en fin, que los diese a conocer?... Porque convenga usted en que, caso de producirse un error y creerse algún individuo de cualquiera de esas categorías que pertenecía a la otra, y ponerse a «eliminar toda suerte de obstáculos», como tan felizmente ha dicho usted, ¿qué pasaría entonces?

—¡Oh, eso sucede con harta frecuencia! La observación que acaba de formular usted es todavía más aguda que la anterior...

—Gracias...

—No hay de qué; pero tenga usted en cuenta que esa equivocación solo es posible en sujetos de la primera categoría; es decir, en los individuos «vulgares» (según, quizá muy impropiamente, los designo yo). No obstante su propensión innata a la obediencia, por alguna travesura de la Naturaleza, de que ni la vaca misma está libre, muchos de ellos se imaginan seres avanzados, «destructores», y corren tras la «palabra nueva», y esto con sinceridad absoluta. En realidad, con harta frecuencia, no saben distinguir a los *nuevos* y hasta los miran con desdén, como a gentes atrasadas y que piensan bajamente. Pero, a mi juicio, no hay en eso motivo serio de inquietud, y usted, verdaderamente, no debe sentir la menor alarma, pues nunca esos individuos van lejos. Por su engreimiento, sin duda, se les podría azotar alguna vez, a fin de recordarles cuál es su puesto, pero para eso nada más; pero ni siquiera es preciso el verdugo; ellos mismos se flagelan, porque son muy morales; algunos se prestan mutuamente este servicio, y otros se azotan por su propia mano... Se imponen, además, diversas penitencias públicas..., lo que resulta hermoso y edificante, y en suma: que no debe usted sentir la menor inquietud... Esa es la ley.

—Vaya, por lo menos en este respecto, me tranquiliza usted un tanto; pero vea usted otra cosa: ¿quiere usted hacer el favor de decirme si son muchas esas personas que tienen derecho a asesinar a sus semejantes, esos hombres «extraordinarios»? ¡Yo, desde luego, estoy dispuesto a inclinarme ante ellos; pero convenga usted conmigo en que da un poco de repeluco el pensar que puedan ser muy numerosos!

—¡Oh, no se alarme usted tampoco por eso! —siguió Raskólnikov en el mismo tono—. En general, individuos con ideas nuevas, incluso en algún modo capacitados para decir algo *nuevo*, nacen poquísimos, son de una escasez verdaderamente rara. Lo único cierto es que el orden de generación de los individuos de todas esas categorías y divisiones debe de estar fijamente marcado y definido por alguna ley natural. Esta ley, claro, nos es hasta ahora desconocida; pero yo creo que existe y que, por tanto, podemos llegar a conocerla. La enorme masa de los individuos, la material, viene al mundo tan solo para, finalmente, por medio de algún esfuerzo, en virtud de algún proceso ignorado hasta ahora y merced a algún cruzamiento de razas y especies, engendrar y traer al mundo, aunque solo sea en la proporción de uno por mil, un hombre verdaderamente independiente. Con una independencia superior todavía, solo nace quizá en este mundo un individuo por cada diez mil (hablo, naturalmente, a ojo). Y con una independencia todavía mayor, solo uno por cada cien mil. Los hombres geniales se dan uno entre millones, y los grandes genios, los fundadores de la Humanidad, quizá en el transcurso de muchos miles de millones de seres sobre la Tierra. En resumen: que yo no he podido ver la retorta en que todo esto se prepara. Pero no tiene más remedio que haber determinada ley; eso no puede ser obra de la casualidad.

—Pero ¿es que estáis de broma los dos, o qué? —exclamó, por fin, Razumijin—. ¿Es que os estáis tomando el pelo mutuamente? ¿Se han sentado ahí y se están burlando lindamente uno de otro? ¿Es que hablas en serio, Rodia?

Raskólnikov, en silencio, alzó hacia él su pálido rostro, casi lúgubre, y no respondió nada. Y a Razumijin le pareció extraña, frente a aquella cara tranquila y triste, la cara franca, provocativa, irritada y *descortés* de Porfirii.

—Bueno, hermanito; si eso va en serio, entonces... Tú, sin duda alguna, tienes razón al decir que nada de eso es nuevo y que se parece a lo que mil veces hemos leído y escuchado; pero lo que, efectivamente, resulta *original* en todo eso..., y positivamente te pertenece a ti, con horror de mi parte, es que tú vienes a decidir que se puede, *en conciencia*, derramar sangre, y perdóname, pero hasta con cierto fanatismo... En esto es posible que se compendie la idea principal de tu artículo. Pero esa autorización a derramar sangre *en conciencia*, eso..., eso, a juicio mío, resulta más feroz que la decisión oficial, legal, de verter sangre...

—Perfectamente justo..., más feroz —asintió Porfirii.

—¡No, tú en esto vas demasiado lejos! Eso es un error. Yo te leeré... ¡Tú exageras! No es posible que tú pienses así... Leeré...

—En el artículo no hay nada de eso; allí solo hay insinuaciones —declaró Raskólnikov.

—Así es, así es —asintió Porfirii—; yo veo claro ahora cómo considera usted el crimen, pero..., perdóneme usted mi insistencia... (¡lo estoy importunando mucho; me remuerde la conciencia!); vea usted una cosa: me tranquilizó usted antes mucho respecto a los casos erróneos de confusión entre las dos categorías, pero ahora vuelven a inspirarme inquietud algunos casos prácticos. ¿Y si alguna vez a un hombre hecho y derecho o a un jovencito les diese por creerse un Licurgo o un Mahoma..., futuro, naturalmente, y se lanzase a eliminar todos los obstáculos que se les opusiesen?... «Tengo que emprender, ¡diantre!, un viaje largo, y para un viaje así hace falta dinero...». Bueno, y empezase a agenciárselo para el viaje... ¿Comprende usted?

Zamiótov, de pronto, estornudó en su rincón. Raskólnikov ni siquiera alzó hasta él la mirada.

—No tengo más remedio que convenir —replicó muy tranquilo— en que, efectivamente, se han de dar casos de esos. Los imbéciles y vanidosos suelen incurrir especialmente en ese error, sobre todo los jóvenes...

—¡Ea!, ya lo está usted viendo. ¿Y entonces?

—Aunque así fuere —dijo, sonriendo, Raskólnikov—, yo no tengo de eso la culpa. Así es y así será siempre. Ahí tiene usted a ese —señalando a Razumijin—, que acaba de decir que yo autorizo la efusión de sangre. ¿Y qué? Para eso está la sociedad harto defendida mediante las deportaciones, las cárceles, los jueces, los presidios... ¿Por qué inquietarse? ¡Corran tras el ladrón!

—¡Bien, y si lo cogemos!...

—¡Lo tendrá merecido!

—Por lo menos es usted lógico. Pero ¿y tocante a su conciencia?

—¿Qué le interesa a usted eso?

—Sí; me interesa por humanidad.

—Quien la tiene sufre al reconocer su yerro. Esa es su expiación..., sin contar el presidio.

—Vaya, los verdaderamente geniales —exclamó, frunciendo el ceño, Razumijin—. Pero aquellos a los que se les confiere el derecho a asesinar, ¿no deberán sufrir en modo alguno, incluso por la sangre vertida?

—¿A qué viene eso de *deberán*? En este terreno no hay ni permiso ni prohibición. Sufrirán si sienten piedad de la víctima... El sufrimiento y el dolor son inherentes a una amplia conciencia y a un corazón profundo. Verdaderamente los hombres grandes, a mi juicio, tienen que padecer en el mundo un gran pesar —añadió, de pronto, pensativo, casi en otro tono que el del diálogo.

Alzó los ojos, los miró a todos caviloso, sonrió, y cogió su gorra. Se sentía muy tranquilo, en comparación a como estaba hacía poco, cuando entró, y no se le ocultaba. Todos se levantaron.

—Bueno, me increpe usted o no, se enoje o no conmigo; pero es lo cierto que yo no puedo contenerme —dedujo nuevamente Porfirii Petróvich—. Permítame usted le haga aún una pregunta (¡ya le he molestado bastante!), una sola preguntita, únicamente para no olvidar...

—Bien, expóngame usted su idea. —Y Raskólnikov, serio y pálido, se paró ante él a la expectativa.

—Pues verá usted... En verdad, no sé cómo expresarme menos torpemente... Se trata de una idea demasiado chistosa..., psicológica... ¡Ea!, voy a decírselo: al escribir usted ese artículo..., seguramente es que..., ¡je..., je..., je!..., se consideraba usted a sí mismo..., aunque solo fuere un poquitín..., como un ser «extraordinario» y que dice una *palabra nueva*... Vamos, en el sentido que usted da a esta frase... ¿No es así?

—Es muy posible que así fuera —respondió despectivamente Raskólnikov.

Razumijin hizo un gesto.

—Pero si así es, entonces ¿es que usted también se cree con derecho..., en caso de contratiempo y apuros en la vida o para acelerar el progreso de la Humanidad..., a saltar por encima de todos los obstáculos..., como, por ejemplo, a matar y a robar?

Y otra vez volvió, de pronto, a guiñarle el ojo izquierdo y a reírse de un modo imperceptible, exactamente como hacía un momento.

—Si yo me saltase los obstáculos, sin duda no había de

decírselo a usted —respondió Raskólnikov con desdén, provocativo y altanero.

—No, desde luego... Yo solo se lo preguntaba con la mira de entender mejor su artículo, en un sentido pura y exclusivamente literario...

«¡Oh, qué burdo y claro es todo esto!», pensó Raskólnikov con repugnancia.

—Permítame usted haga constar —replicó secamente— que yo no me tengo por ningún Mahoma ni Napoleón..., ni por ninguno de esos personajes, por lo cual no podría, no siendo uno de ellos, darle a usted una explicación satisfactoria de cómo habría de conducirme...

—¡Bah!, ¿quién ahora, entre nosotros, aquí en Rusia, no se tiene por un Napoleón? —dijo Porfirii con una familiaridad terrible; hasta en la entonación de su voz había aquella vez algo especialmente claro.

—¿No habrá sido algún futuro Napoleón el que la semana pasada mató a nuestra Aliona Ivánovna a hachazos? —espetó, inopinadamente, Zamiótov desde su rincón.

Raskólnikov guardó silencio y fijó una mirada atenta, firme, en Porfirii. Razumijin frunció lúgubremente el ceño. Hacía ya rato que empezaba a sospechar alguna cosa. Miró enfurruñado en torno suyo. Transcurrió un minuto de huraño silencio. Raskólnikov dio media vuelta para retirarse.

—¿Ya se va usted? —inquirió, afectuosamente, Porfirii tendiéndole la mano con extraordinaria amabilidad—. Celebro mucho, mucho, haberle conocido. Y respecto a su reclamación, no tenga usted el menor cuidado. Pero escriba usted en la forma que le he dicho. Y lo mejor será que venga usted a entregarme en persona el escrito... un día de estos..., aunque sea mañana mismo. Yo estaré aquí sin falta a eso de las once. Y todo lo arreglaremos... Usted, como uno de los que últimamente estuvieron *allí*, podría decirnos quizá algo... —añadió con el aire más bonachón.

—¿Es que desea usted interrogarme oficialmente con todas las formalidades de rúbrica? —le preguntó Raskólnikov con brusquedad.

—¿Para qué? Hasta ahora no es preciso. Usted no ha entendido bien. Yo, mire usted: no desperdicio la ocasión y..., y ya he hablado con todos los prestatarios..., a alguno he tomado declaración, y usted, como el último... ¡Mire usted: a propósito! —exclamó súbitamente alborozado por no se sabía qué—. ¡A propósito: ahora me acuerdo de una cosa; vea usted lo que soy yo!... —dijo, volviéndose a Razumijin—. Tú me atronaste entonces los oídos a cuenta de ese Nikolascha... Bueno, pues yo también sé, me consta —encarándose con Raskólnikov—, que el pobre chico es inocente, ¿solo que qué hacer? También a Mitka ha habido que darle un susto... Todo se reduce a esto: al subir en aquel momento la escalera..., permítame usted una pregunta: ¿estuvo usted allí pasadas las siete?

—En efecto —respondió Raskólnikov sintiendo desagradablemente en aquel mismo segundo que podía no haberlo dicho.

—Y al subir la escalera, a las siete y pico, ¿no vio usted en el segundo piso, en el que estaba abierto, ¿recuerda?, a unos obreros o a uno de ellos por lo menos? Estaban pintando, ¿no se fijó usted? Esto es muy importante, ¡importantísimo para ellos!...

—¿Pintores decoradores? No, no vi ninguno... —respondió Raskólnikov lentamente y como evocando sus recuerdos, en tanto ponía en tensión todo su ser y palpitaba en el ansia de descubrir cuanto antes en qué se cifraba la trampa y no caer en ella—. No; no los vi, ni tampoco reparé en que hubiera ningún piso abierto...; pero mire usted: en el cuarto piso —ya él se había dado cuenta de la trampa y celebraba su triunfo—, recuerdo bien que un funcionario salió del cuarto... frontero al de Aliona Ivánovna..., lo recuerdo..., lo recuerdo muy bien...: unos soldados transportaban un diván y a mí me obligaron a arrimarme a la pared...; pero pintores, no recuerdo haber visto a ninguno..., no; ni tampoco había allí ningún piso abierto, que yo recuerde. No; no había...

—Pero ¿qué dices tú? —exclamó, de pronto, Razumijin, como haciendo memoria y recapacitando—. ¡Si los pintores estuvieron trabajando allí el día del crimen y él había estado tres días antes! ¿Cómo le preguntas eso?

—¡Ah! ¡Me he confundido! —dijo Porfirii, dándose una palmada en la frente—. ¡El diablo que me lleve, pues lo que es con este sumario voy a perder la razón! —exclamó, dirigiéndose a Raskólnikov, con aire de disculparse—. Mire usted: sería de tanta importancia para mí comprobar si no los vio alguien a las siete y pico en el piso, que se me ocurrió pensar si no podría usted decirme algo a ese respecto... ¡Estaba completamente confundido!

—¡Pues hay que tener más cabeza! —observó, malhumorado, Razumijin.

Las últimas palabras fueron dichas ya en la antesala. Porfirii Petróvich los acompañó a ambos hasta la puerta misma con mucha amabilidad. Ambos salieron, enfurruñados y mohínos, y durante un trecho no dijeron palabra. Raskólnikov lanzó un hondo suspiro...

VI

—¡No lo creo! ¡No puedo creerlo! —repetía, preocupado, Razumijin, esforzándose con todas sus energías por refutar los argumentos de Raskólnikov. Estaban llegando ya a la pensión de Bakaléyev, donde se alojaban Puljeria Aleksándrovna y Dunia; llevaban ya largo rato aguardándolos. Razumijin se detenía a cada momento durante el camino, en el calor de la discusión, confuso y emocionado por el hecho de ser aquella la primera vez que ambos hablaban de *aquello* con claridad.

—¡No lo creas! —repuso Raskólnikov con una sonrisita

fría e indiferente—. Tú, según tu costumbre, no observaste nada, pero yo iba sopesando cada una de sus palabras.

—Tú eres quisquilloso, y por eso las pesabas... ¡Hum!... Efectivamente, te concedo que el tono de Porfirii era bastante extraño, y, sobre todo, ese pillo de Zamiótov. Tienes razón, parecía como si se trajese algo..., pero ¿por qué, por qué?

—Se pasaría la noche pensando en eso.

—¡Al contrario, al contrario! Si ellos tuvieran esa estúpida idea, entonces tratarían con todas sus fuerzas de disimularla y ocultar su juego, para luego pescarte... Pero eso ahora..., ¡es burdo e imprudente!

—Si ellos dispusiesen de hechos; es decir, de hechos positivos, o sus sospechas tuvieran el menor fundamento, en ese caso se esforzarían, efectivamente, por ocultar su juego, con la esperanza de salir luego más gananciosos. Aunque, después de todo, ya haría tiempo que hubiesen practicado un registro. Pero como ellos no cuentan con un hecho, ni con uno solo, sino que todos son espejismos, todo resulta ambiguo y solo tienen una vaga idea. Por eso tratan de cogerme descaradamente en un renuncio. Puede que él mismo esté furioso al ver que no hay pruebas y se deje llevar del despecho. Puede también que abrigue alguna intención... A lo que parece, es hombre listo... Quizá quiera meterme miedo dejando traslucir que sabe... ¡Ahí tienes, hermanito, su psicología!... Pero, después de todo, ¡es una vulgaridad explicar esto! ¡Déjalo!

—¡Y, además, es ofensivo, ofensivo! ¡Te comprendo! Pero... ya que estamos hablando con toda claridad, lo que principalmente me satisface es que, al fin, estemos hablando claro de esto; voy a decirte, francamente, que hace tiempo vengo notándoles eso, esa idea, todo este tiempo, naturalmente, solo en forma apenas perceptible, como una insinuación; pero ¿por qué, ni como insinuación siquiera? ¿Cómo tienen ese atrevimiento? ¿Dónde, dónde se esconden sus raíces? ¡Si tú supieras qué furioso me ponen! ¡Cómo!, simplemente porque un pobre estudiante, aquejado de miseria e hipocondría, en vísperas de una cruel enfermedad, con fiebre, ya quizá incipiente (¡fíjate bien!), irritable, con amor propio, imbuido de la propia estimación, y después de llevarse siete meses en su tabuco sin ver a nadie, con un traje harapiento y unas botas sin suela... comparece ante unos policías y aguanta sus vejaciones, y de pronto le meten por las narices una deuda inopinada, una letra de cambio protestada, del consejero de la Corte, Chebárov, y eso, unido al olor de la pintura fresca, a una temperatura de treinta grados, a la atmósfera enrarecida, a la mucha gente, al relato de un crimen ocurrido el día antes, y todo eso... ¡con el vientre vacío!... ¡Cómo no había de desmayarse! ¿Y en eso es en lo que únicamente se fundan? ¡Que el diablo cargue con ellos! Yo comprendo que esto es desagradable, pero en tu lugar, Rodia, yo me echaría a reír delante de todos ellos, en sus ojos, o, mejor todavía, los escupiría a todos en la cara y, no contento con eso, me pondría a lanzar dos docenas de escupitajos a los cuatro costados, que así es como hay que tratarlos, y con eso se acababa todo. ¡Escúpelos! ¡Ten ánimos! ¡Da vergüenza!

«En esto está acertado», pensó Raskólnikov.

—¡Que los escupa! ¡Y mañana otra vez interrogatorio! —exclamó con vehemencia—. ¿Será menester que yo tenga una explicación con ellos? ¡Ya me pesa el haberme rebajado con Zamiótov la otra noche, en la taberna!...

—¡Que el diablo se los lleve! ¡Iré yo mismo a ver a Porfirii! ¡Y le trataré, no tengas cuidado, como *a pariente*; se lo sacaré todo, hasta lo último! Cuanto a Zamiótov...

«¡Por fin adivinó!», pensó Raskólnikov.

—¡Espera! —exclamó Razumijin cogiéndole de pronto por un hombro—. ¡Para! ¡Tú desvarías! ¡He recapacitado; desvarías! Vamos a ver: ¿dónde está esa insidia? ¡Tú dices que la pregunta referente a los trabajadores era una insidia! Reflexiona; si tú hubieras hecho *aquello*, ¿ibas a decir que habías visto que estaban pintando el piso... ni a los pintores? Al contrario; nada habrías visto, ¡aunque lo hubieses visto! ¿Quién es el que declara en contra de sí mismo?

—Si yo hubiera hecho *la cosa*, infaliblemente habría dicho que sí, que había visto pintar el cuarto y a los trabajadores —contestó Raskólnikov de mala gana y con repugnancia visible.

—Pero ¿por qué ibas a declarar en contra tuya?

—Pues porque únicamente los campesinos y los más inexpertos novatos, en los interrogatorios, mienten descarada y tercamente. En cambio, cualquier hombre que sea un poco inteligente y experto, infaliblemente se esforzará en todo lo posible por reconocer todos los hechos exteriores que es imposible descartar; solo que los achacará a otras causas, les asignará algún rasgo particular e inesperado, que les confiera otra significación y los muestre a otra luz. Porfirii podía, desde luego, contar con que yo había de responderle así y de decirle, sin duda alguna, lo que hubiese visto en gracia a la verosimilitud, aunque introduciendo también algún detalle a guisa de explicación...

—Pero él enseguida te hubiera dicho que dos días antes no podían estar allí los pintores y, por tanto, no tenías más remedio que haber estado allí el día del crimen, a las siete y pico. ¡Con una futesa te hubiera cogido!

—Pero él contaba también con que yo no tendría tiempo de pararme a reflexionar y me apresuraría a responder del modo más verosímil y olvidaría el detalle de que los obreros no podían haber estado allí dos días atrás...

—Pero ¿cómo olvidar eso?

—¡Es facilísimo! ¡Con esas cosas insignificantes es como mejor se coge a los individuos más listos! Cuanto más astuto el individuo, menos recela que lo vayan a coger en esas nimiedades. Precisamente al hombre más listo hay que cogerlo con la cosa más sencilla. Porfirii no es ni remotamente tan necio como tú imaginas.

—¡En ese caso es un tunante!

Raskólnikov no pudo menos de reírse. En aquel instante se le antojaron extrañas la delectación y gusto con que había expuesto la anterior explicación, siendo así que todo el diálogo había ido llevándolo hasta allí con visible aversión, solo en atención al fin propuesto, por ser indispensable.

«¿Iré a tomarles gusto a estas cuestiones?», se dijo.

Pero casi en aquel mismo instante se vio asaltado de súbita inquietud, pues se le había ocurrido una idea inopinada y alarmante. Su inquietud iba en aumento. Estaban ya para entrar en la pensión Bakaléyev.

—Entra tú solo —le dijo, de pronto, Raskólnikov—; enseguida vuelvo.

—Pero ¿adónde vas? ¡Si ya hemos llegado!

—No tengo más remedio, no tengo más remedio; un asunto..., dentro de media hora estoy de vuelta... Díselo a ellas.

—¡Haz lo que quieras, yo te seguiré!...

—Pero ¿por qué te empeñas en mortificarme? —exclamó él con tan amarga irritación, con tal desolación en la mirada, que Razumijin dejó caer los brazos. Algún rato permaneció en el umbral, y tristemente vio cómo el otro se dirigía rápidamente a su calleja. Por último, rechinando los dientes y apretando los puños, jurándose a sí propio que aquel mismo día había de exprimir a todo Porfirii como a un limón, subió al cuarto con objeto de tranquilizar a la ya alarmada por su larga ausencia Puljeria Aleksándrovna...

Llegado que hubo Raskólnikov a su casa..., tenía las sienes bañadas en sudor y respiraba afanoso. A toda prisa subió las escaleras, penetró en el cuarto, que estaba abierto, e inmediatamente echó el cerrojo. Luego, asustado y como loco, se fue derecho a un rincón, a aquel agujero de debajo del empapelado, donde había tenido guardados los objetos, metió en él la mano y estuvo un rato explorando minuciosamente, sondeando todas las hendiduras y todos los repliegues del papel. No habiendo encontrado nada, se levantó y lanzó un hondo respiro. Al llegar hacía un momento al zaguán de Bakaléyev, hubo de ocurrírsele de pronto que algún objeto, alguna cadenilla, algún botón o hasta el papel en que habían estado envueltos con la anotación correspondiente, de puño y letra de la vieja, podía haberse escurrido y quedádose en lo hondo de alguna grieta, y luego aparecer delante de él, de pronto, cual inopinada e irrecusable pieza de convicción.

Permanecía como sumido en meditación, y una sonrisa rara, humilde y casi inconsciente vagaba por sus labios. Cogió la gorra y salió del cuarto sin hacer ruido. Se le embrollaban las ideas. Ensimismado atravesó la puerta de la calle.

—¡Miren: aquí está! —gritó una voz recia; él alzó la cabeza.

El portero estaba plantado delante de su cuchitril y le señalaba, mostrándole a un individuo, desconocido para él, bajito de estatura, con facha como de artesano, que vestía algo así como una bata, con chaleco, y muy parecido de lejos a una mujer. Su cabeza, cubierta por una grasienta gorra, le colgaba hacia abajo, y todo él parecía jorobado. Su cara, decrépita, arrugada, indicaba más de los cincuenta; sus ojillos, pequeñines, hundidos, tenían un mirar enfurruñado, severo y descontento.

—¿Qué hay? —inquirió Raskólnikov acercándose al portero.

El artesano lo miró de reojo y se lo quedó contemplando de hito en hito, sin darse prisa, después de lo cual dio media vuelta despacito, y sin proferir palabra se salió del zaguán de la casa a la calle.

—Pero ¿qué era eso? —exclamó Raskólnikov.

—Pues que ese individuo preguntaba si vivía aquí un estudiante de su nombre y apellido de usted, y que en casa de quién se hospedaba. En ese mismo instante salió usted, yo se lo indiqué, y él se largó. ¡Eso es todo!

También el portero estaba algo indeciso, aunque su perplejidad duró poco, pues después de haber pensado en lo ocurrido un poquito más, dio media vuelta y se entró de nuevo en su chiscón.

Raskólnikov echó a andar en seguimiento del artesano, e

inmediatamente pudo ver cómo aquel se cruzaba a la otra acera, con el mismo andar acompasado y lento de antes, fijos los ojos en el suelo y como recapacitando en algo. No tardó en alcanzarlo; pero algún rato le fue siguiendo, hasta que, finalmente, emparejó con él y lo miró de soslayo a la cara. Aquel lo notó enseguida y le lanzó una mirada rápida, pero inmediatamente volvió a fijar la vista en el suelo, y así anduvieron por espacio de un minuto, uno al lado del otro y sin hablar palabra.

—¿Le había usted preguntado por mí... al portero? —dijo, finalmente, Raskólnikov, pero en voz no muy alta.

El hombre no le contestó nada y ni siquiera le miró. De nuevo continuaron en silencio.

—De modo que usted... va a preguntar de mí... y ahora se calla..., ¿qué quiere decir esto? —La voz de Raskólnikov sonaba entrecortada, y se habría dicho que las palabras no querían salir claras de su boca.

El hombre, aquella vez, alzó la vista y fijó en Raskólnikov la mirada más sombría y colérica.

—¡Asesino! —exclamó de pronto, con voz queda, pero clara y distinta.

Raskólnikov iba andando a su lado. Las piernas le flaquearon de pronto horriblemente, le corrió el frío por la espalda, y el corazón le pareció írsele a desmayar en un momento, cual si se le desprendiesen de su sitio. Así anduvieron unos cien pasos, uno junto a otro, y de nuevo en silencio.

El hombre no lo miraba.

—Pero ¿qué dice usted..., qué...? ¿Quién es el asesino? —murmuró Raskólnikov con voz apenas perceptible.

—¡*Tú* eres el asesino! —dijo aquel con voz todavía más clara y enérgica, y como con cierta sonrisita de triunfante odio, y volvió a mirar la pálida cara de Raskólnikov y sus mortecinos ojos.

Ambos llegaban a la sazón a una encrucijada. El hombre se entró por la calle de la izquierda y no volvió la vista. Raskólnikov se quedó parado en su sitio y largo rato le siguió con los ojos. Pudo ver cómo el otro, después de andar unos cincuenta pasos, daba media vuelta y se le quedaba mirando a él, que aún seguía inmóvil en el mismo sitio. Distinguirlo bien habría sido imposible, pero a Raskólnikov le pareció que el otro se sonreía también aquella vez con su sonrisa de frío encono y de triunfo.

Con paso lento, inseguro, trémulas las rodillas y temblando todo él de espanto, se volvió atrás Raskólnikov y se subió a su tabuco. Se quitó la gorra, la colocó sobre la mesa, y por espacio de diez minutos permaneció en pie, inmóvil. Luego, sin fuerzas, se echó en el diván y, como enfermo, con débil quejido, se tendió en él; los ojos se le cerraron. Así estaría acostado media hora.

No pensaba en cosa alguna. Eran aquellas ideas, o fragmentos de ideas, visiones sin orden ni coherencia... Caras de personas que había visto de niño o encontrado en algún sitio una sola vez y que nunca hubiera recordado; el campanario de la iglesia de V***; el billar de cierta taberna y cierto oficial junto al billar, olor a tabaco de alguna expendiduría en un sótano, la negra escalera de algún establecimiento de bebidas, enteramente oscura, toda manchada de aguas sucias y sembrada de cascarones de huevos, mientras que allá lejos se dejaba oír el tañido de las campanas dominicales... Los objetos cambiaban y se sucedían como en un torbellino. Algunos le eran gratos y se aferraba a ellos, pero ellos se extinguían y, en general, algo le oprimía por dentro, aunque no mucho. A veces hasta se sentía bien... Aquel ligero temblor no lo dejaba y hasta esa sensación le resultaba gustosa.

Oyó pasos presurosos de Razumijin y su voz; cerró los ojos y fingió dormir. Razumijin entreabrió la puerta y permaneció un rato en el umbral, como indeciso. Luego penetró despacito en el cuarto, y con mucho cuidado se acercó al diván. Se dejó oír el murmullo de Nastasia:

—No lo despiertes; déjalo dormir; luego comerá.

—Tienes razón —replicó Razumijin.

Ambos salieron con mucho tiento y cerraron la puerta. Transcurrió otra media hora. Raskólnikov abrió los ojos y se dejó caer otra vez sobre el diván, cogiéndose con ambas manos, por detrás, la cabeza.

«¿Quién sería? ¿Quién sería ese hombre salido de debajo de la tierra? ¿Dónde estaba ni qué vio? Lo vio todo, de eso no hay duda. Pero ¿dónde estaba entonces y desde dónde miraba? ¿Y por qué hasta ahora no salió de debajo de la tierra? ¿Y qué pudo ver..., acaso era posible ver nada?... ¡Hum!... —prosiguió Raskólnikov, tiritando y dando respingos—, y el estuche que encontró Nikolai detrás de la puerta, ¿quizá eso era posible? ¿Piezas de convicción? ¡Te olvidas de una milésima... y la prueba se convierte en una pirámide egipcia! ¡Una mosca que volara pudo verlo! ¡Es posible que así sea!».

Y con disgusto sintió de pronto que desfallecía, de un desfallecimiento físico.

«Debía yo haberlo sabido —pensó con amarga sonrisa—; ¿y cómo me atreví, conociéndome, *presintiéndome*, a esgrimir el hacha y derramar sangre? Yo estaba obligado a saber con anterioridad... ¡Ah! Pero ¡si de antemano lo sabía!», balbució desolado.

Por un momento se quedó inmóvil ante cierta idea.

«No, esos individuos no están hechos de esta pasta; el verdadero *dominador*, al que todo le está permitido, bombardea Tolón, asuela París, *olvida* a su ejército en Egipto, *derrocha* medio millón de soldados en la retirada de Moscú y sale del paso con un retruécano en Vilna; y todavía, después de muerto, le levantan estatuas... Según parece, *todo* le estaba permitido. ¡No; esos seres, por lo visto, no son de carne y hueso, sino de bronce!».

Una idea súbita y secundaria casi le hizo sonreír de pronto.

«Napoleón, las Pirámides, Waterloo..., y una puerca y estúpida viuda de asesor, una viejecilla, prestamista, con un cofre viejo debajo de su cama... ¿Cómo hacerle tragar esto ni a un

Porfirii Petróvich?... ¿Cómo podrían tragarlo? La estética lo impide. ¿Se iba a meter todo un Napoleón debajo de la cama de una viejuca? ¡Ah, quita allá, puerco!».

Había instantes en que le parecía estar delirando: caía en una disposición de ánimo febrilmente triunfal.

«¡Eso de la vieja es un absurdo! —pensaba con vehemencia, por arrechuchos—. Eso de la vieja es un error, no puede tratarse de ella. La vieja estaba simplemente enferma... Yo no quería más que saltar cuanto antes el obstáculo... Yo no maté a ninguna persona humana; solo maté un principio. Un principio fue lo que maté; pero salvar el obstáculo no lo salvé; me quedé del lado de acá... No supe más que matar. Y ni aun eso lo supe hacer, según parece. ¿Un principio? ¿Por qué hace poco ese imbécil de Razumijin recriminaba a los socialistas? Son gente amante del trabajo y comerciantes: se ocupan "en la felicidad universal"... No; a mí me dan una sola vida, y nunca tendré más; yo no quiero aguardar a la "felicidad universal". Yo quiero vivir yo, y si no, más vale no vivir. ¡Cómo! Yo no quería pasar frente a una madre famélica, apretando en mi bolsillo mi rublo, en expectación de la "felicidad universal". "Aportaré —dicen—, un ladrillo para la felicidad universal, y así gustaré la paz del corazón". ¡Ja, ja! ¿Por qué me habéis olvidado? Pues ved que solo tengo una vida y que quiero vivirla... ¡Ah, yo soy un piojo estético, y nada más! —añadió, echándose a reír como un demente—. Sí, yo soy, efectivamente, un piojo —prosiguió, asiéndose con maligna alegría a esa idea, escudriñándola, jugando y divirtiéndose con ella—: en primer lugar, por el solo hecho de estar discurriendo ahora a propósito de eso de que soy un piojo, y en segundo término, porque durante un mes entero he estado molestando a la Providencia, infinitamente buena, tomándola por testigo de que yo no urdía tramas y planes para mi provecho, ¡qué diantre!, sino con la mira puesta en un fin magnífico y simpático... ¡Ja, ja! Además, en tercer término, porque con toda la justicia posible, me propuse guardar en la ejecución peso y medida y número: de todos los piojos elegí el menos útil, y al darle muerte, solo le cogí exactamente lo que me hacía falta para dar el primer paso, ni más ni menos. Lo demás habría ido a parar al monasterio, conforme a su testamento... ¡Ja, ja, ja! Luego, porque soy un piojo de remate —añadió, rechinando los dientes—, porque quizá yo mismo sea un piojo todavía más repulsivo e innoble que el piojo asesinado y de antemano *presentía* que había de decirme a mí mismo todo esto *después* de haber asesinado. Pero ¿es que puede compararse algo con este horror? ¡Oh, vulgaridad! ¡Oh, bajeza! ¡Oh, y cómo comprendo yo al "profeta", con su sable, a caballo: lo manda Alá, y se doblega la "trémula" criatura! Razón tiene, razón tiene el *profeta* cuando planta en medio de la calle una bue...na batería y dispara contra el inocente y el culpable, sin dignarse siquiera dar explicaciones. ¡Inclínate, trémula criatura, y... guárdate de *querer*..., que eso no es cosa tuya!... ¡Oh, por nada del mundo, por nada del mundo perdonaré a la viejuca!».

Tenía los cabellos empapados en sudor, secos los temblorosos labios y la mirada fija, apuntando al techo.

«¡Madre, hermana, cuánto las he querido! ¿Por qué ahora les tengo odio? Sí, les tengo odio, un odio físico; no puedo sufrirlas a mi lado... Hace poco me acerqué y besé a mi madre, lo recuerdo... Abrazarla, y pensar que si ella supiese... podía yo decírselo entonces. Sería muy propio de mí... ¡Hum!... *Ella* tiene que ser como yo —añadió, pensando con esfuerzo, cual si luchase contra el delirio que se iba apoderando de él—. ¡Oh, y qué odio le tengo ahora a la viejuca! Creo que si resucitase, volvería otra vez a matarla. ¡Pobre Lizaveta! ¿Por qué se presentó allí?... Pero es raro que apenas me acuerde de ella, como si no la hubiese asesinado... ¡Lizaveta! ¡Sonia! ¡Pobres, ingenuas, con unos ojillos tan mansos!... ¡Simpáticas! ¿Por qué no lloran? ¿Por qué no se quejan? Lo dan todo..., miran mansa y dulcemente... ¡Sonia, Sonia! ¡Dulce Sonia!...».

Perdió el conocimiento; le pareció extraño no comprender cómo había podido encontrarse en la calle. Era ya tarde avanzada. Las sombras se adensaban, la luna llena resplandecía cada vez más radiante; pero en el ambiente había algo de sofocante bochorno. La gente iba en grupos por las calles; artesanos y hombres atareados volvían a sus casas, otros paseaban, olía a cal, a polvo, a agua estancada. Raskólnikov iba triste y ensimismado; recordaba muy bien que había salido de casa con alguna intención, que tenía que hacer alguna cosa y darse prisa, solo que qué fuera concretamente... se le había olvidado. De pronto, se detuvo, y pudo ver que al otro lado de la calle, en la acera, estaba parado un hombre y le hacía señas con la mano. Se dirigió a él atravesando el arroyo; pero, de pronto, el individuo fue, dio media vuelta y se alejó, como si tal cosa, baja la cabeza, sin volver la vista y sin dar la menor señal de haberlo llamado. «Pero, vamos a ver: ¿no me había llamado?», pensó Raskólnikov, y, no obstante, se lanzó a sus alcances. No habría andado diez pasos, cuando, de pronto, lo reconoció y le entró susto: era el mismo artesano de marras, con el mismo batín y la misma corcova. Raskólnikov lo seguía a distancia: le palpitaba el corazón; llegaron a una callejuela... El hombre no se volvió. «Se habrá dado o no cuenta de que le voy siguiendo», pensaba Raskólnikov. El hombre franqueó el portal de una gran casa. Raskólnikov se apresuró a llegar a la puerta y se quedó mirando; ¿no se volvería a mirarlo y no lo llamaría? Efectivamente, después de haber atravesado el portal y penetrado en el patio, el hombre se volvió, y otra vez pareció llamarlo con la mano. Raskólnikov inmediatamente atravesó el portal; pero ya el hombre no estaba en el patio. Seguramente se había entrado enseguida y empezado a subir el primer tramo de escalera. Raskólnikov se lanzó tras él. Efectivamente, dos tramos de escalera más arriba se oían aún los pasos lentos, acompasados, de alguien. Cosa rara: aquella escalera le parecía conocida. Esa es la ventana del primer piso: triste y misteriosa, se filtra por los cristales la luz de la luna; ya están en el segundo piso. ¡Ah! Este es el mismo piso donde estaban trabajando los pintores... ¿Cómo no lo reconoció enseguida? Los pasos del hombre que iba delante se apagaron. «Probablemente se habrá detenido o se habrá escondido en algún sitio. He aquí el tercer piso: seguiremos adelante. Pero qué silencio... Es hasta espantoso...». Pero él siguió adelante. El ruido de sus propios pasos le asustaba y le alarmaba. «¡Dios, qué oscuridad! El hombre se ha escondido, de fijo, por ahí en algún rincón. ¡Ah! El cuarto tiene abierta de par en par la puerta». Recapacitó un poco y entró. En la antesala estaba muy oscuro y desierto; ni un alma, cual si todo se lo hubiesen llevado; despacito, de puntillas, penetró en la sala; la habitación toda estaba iluminada por el fulgor de la luna; todo seguía como antes: las sillas, el espejo, el diván amarillo y los cuadros en sus marcos. Una luna enorme, redonda, de un rojo cobrizo, miraba por la ventana directamente. «Por la luna es todo este silencio —pensó Raskólnikov—; sin duda, estará ella descifrando algún enigma». Se detuvo y esperó, esperó largo rato; y cuanto más silenciosa estaba la luna tanto más recio le palpitaba a él el corazón, y hasta el punto de hacerle daño. Y todo en silencio. De pronto, se dejó oír un ruidillo seco, instantáneo, cual si hubiese saltado una astilla, y otra vez volvió todo a sumirse en el silencio. Una mosca despabilada chocó, de pronto, en su vuelo con el espejo y bordoneó lastimera. En aquel mismo instante, en un rincón, entre el armario y la ventana, distinguió como una capa de mujer colgada del muro. «¿Qué hará aquí esta capa? —pensó—. Antes no estaba». Se acercó despacito y adivinó que detrás de aquella capa se ocultaba alguien. Cautamente apartó con la mano la capa, y vio que había allí una silla, y en la silla, en un rinconcito, estaba sentada una viejecita, toda hecha un ovillo y con la cabeza baja, de suerte que no podía él verle la cara; pero era la misma. Él se quedó parado delante de ella. «Tiene miedo», pensó. Sacó despacito del nudo corredizo el hacha y la descargó sobre la vieja, en la sombra, una y otra vez. Pero, cosa rara: ella no se estremecía siquiera bajo los golpes, ni más ni menos que si hubiera sido de palo. Él se asustó, se agachó más y se puso a mirarla; pero ella también fue y agachó más la cabeza. Él se puso entonces completamente en cuclillas en el suelo y la miró desde abajo a la cara: la miró y se quedó tieso de espanto; la viejecilla seguía sentada y se reía..., se retorcía en una risa queda, inaudible, esforzándose por todos los medios para que no se la oyera. De pronto, le pareció a él que la puerta de la alcoba se entreabría suavemente y que también allí dentro sonaban risas y murmullos. La rabia se apoderó de él: con todas sus fuerzas se puso a golpear a la viejuca en la cabeza; pero, a cada hachazo, sonaban más y más fuertes las risas y los cuchicheos en la alcoba, y la viejecilla seguía retorciéndose toda de risa. Echó a correr; pero todo el recibimiento estaba ya lleno de gente; la puerta del piso, abierta de par en par, y, en el rellano, en la escalera y allá abajo, todo lleno de gente, cabeza con cabeza, mirando todos, pero todos escondidos y aguardando en silencio... El corazón se le encogió, los pies se le paralizaron, echaron raíces en el suelo... Quiso lanzar un grito, y... se despertó.

Respiró afanosamente; pero, cosa extraña, parecía como si continuase el ensueño: la puerta del cuarto estaba abierta de par en par, y en su quicio se hallaba parado un hombre, enteramente desconocido para él, y que de hito en hito lo miraba.

Raskólnikov apenas había tenido tiempo para abrir del todo los ojos; pero volvió a cerrarlos. Estaba tendido boca arriba, y no se movió. «¿Es que continúa el sueño?», se dijo, y poco a poco, con mucho cuidadito, fue alzando otra vez las pestañas para mirar: el desconocido seguía en el mismo sitio y continuaba mirándola. De pronto, transpuso discretamente el umbral, cerró con mucho cuidado tras de sí la puerta, se acercó a la mesa, aguardó un minuto, sin quitarle ojo en todo ese tiempo, y despacito, sin ruido, se sentó en una silla, junto al diván: dejó el sombrero a un lado, en el suelo, y puso sus dos manos en el pomo del bastón, apoyando luego en las manos la barba. Saltaba a la vista que se proponía aguardar largo rato. En cuanto se alcanzaba a ver por entre los párpados entornados, aquel hombre era ya no joven, recio y con barba espesa, rubia, casi blanca...

Pasaron diez minutos. Había luz todavía; pero ya iba anocheciendo. En el cuarto reinaba silencio absoluto. Ni en la escalera se sentía tampoco el menor ruido. Solo bordoneaba y zumbaba por allí un moscardón, que en sus voletíos chocaba con el espejo. A lo último se hizo aquello insoportable. Raskólnikov, de pronto, se incorporó y se sentó en el diván.

—Bueno; diga usted: ¿qué es lo que desea?

—Ya sabía yo que usted no dormía, sino que se hacía el dormido —respondió el desconocido de un modo extraño, sonriendo plácidamente—. Arkadii Ivánovich Svidrigáilov, permítame usted que me presente...

CUARTA PARTE

I

«¿Será que continúa el sueño?», volvió a pensar Raskólnikov. Cauto y receloso, miraba al visitante inesperado.

—¿Svidrigáilov? ¡Qué absurdo! ¡No puede ser! —exclamó, finalmente, en voz alta, perplejo.

Al parecer, aquella exclamación no sorprendió al visitante.

—En virtud de dos razones he venido a ver a usted: primero, porque deseaba conocerlo personalmente, pues hace ya tiempo que he oído referir de usted cosas muy curiosas e interesantes, y segundo, porque me hago la ilusión de que no se negará a prestarme su concurso en una empresa que afecta directamente a su hermana Avdotia Románovna. A mí solo, sin nadie que me presente, podría ahora ponerme de patitas en la calle, a consecuencia de ciertos prejuicios, mientras que, gracias a su ayuda de usted, cuento, por el contrario, con que...

—Cuenta usted mal —le atajó Raskólnikov.

—Ellas llegaron anoche mismo, dispense la pregunta..., ¿verdad?

Raskólnikov no contestó.

—Anoche, lo sé. Mire usted: yo también no llevo aquí más que dos días. Bueno; mire usted lo que yo tengo que decirle a ese respecto, Rodión Románovich; no considero necesario justificarme, pero permítame usted que le pregunte: ¿qué hay de particularmente criminal, por mi parte, en todo esto, quiero decir, juzgando sin prejuicios, con arreglo a la sana razón?

Raskólnikov siguió contemplándole en silencio.

—Yo soy el que en su propia casa persiguió a una joven indefensa y «la ofendió con sus feas proposiciones»..., ¿es así? Yo mismo me anticipo a las acusaciones. Pero bastará que tenga usted en cuenta que soy hombre et *nihil humanum**...; en una palabra: que yo también soy capaz de enamorarme y amar (lo que no ocurre, sin duda, porque lo mandemos nosotros), de suerte que todo se explica así de un modo naturalísimo. Aquí tiene usted toda la cuestión: ¿soy el sayón o soy la víctima? Vaya, ¿y qué víctima? Fíjese usted en que, al proponerle a mi adorada que se fugase conmigo a América o a Suiza, es posible que lo hiciese animado de los sentimientos más respetuosos y hasta pensase que así hacía la felicidad de los dos. La razón, ya lo ve usted, está al servicio de la pasión; tenga la bondad de pensar que es posible que yo saliese perdiendo más...

—No se trata en absoluto de eso —le atajó Raskólnikov con repugnancia—, sino, sencillamente, de que es usted antipático, tenga o no tenga razón, y que no quiero trato con usted, y que voy a echarlo ahora mismo; así que váyase...

Svidrigáilov rompió, de pronto, en una carcajada.

—¡Lo que es a usted, lo que es a usted no hay quien se la dé! —exclamó, echándose a reír del modo más franco—. Yo pensaba valerme de una astucia entre sí y no; pero usted, de un golpe, dio en el verdadero blanco.

—Pero usted sigue empleando la astucia en este mismo instante.

—¿Cómo? ¿Qué dice usted? —replicó Svidrigáilov, rien-

---

* «... soy hombre et *nihil humanum*»: *Homo sum et nihil humanum a me alienum puto.* Hombre soy; nada humano me es ajeno. (En latín en el original).

do hasta desabrocharse—. Mire usted: esta es *bonne guerre*[*], lo que se llama la astucia más lícita... Pero es el caso que usted me ha interrumpido. Y de insistir de nuevo en que nada enojoso habría ocurrido de no haber sucedido lo del jardín. Marfa Petrovna...

—También a Marfa Petrovna, según dicen, la mató usted —le atajó, malhumorado, Raskólnikov.

—Pero ¿ha oído usted decir eso?... Aunque, después de todo, ¿cómo no oírlo? Bueno; a esa pregunta suya, francamente, no sé qué contestarle, aunque tengo la conciencia sumamente tranquila sobre el particular. Es decir, que no vaya usted a pensar que corro ningún peligro por ese asunto; todo se hizo con perfecto orden y con absoluta exactitud: la investigación del forense puso de manifiesto una apoplejía, consecutiva a un baño frío, tomado en la sobremesa de una comida copiosa, en la que se había echado al cuerpo casi una botella entera de vino; eso, y solo eso, pudo demostrar... No; mire usted lo que yo me decía durante algún tiempo, particularmente en el camino, sentado en el coche del tren: «¿No habría contribuido yo a toda esa... desgracia moralmente, con algún disgusto o con alguna otra cosa por el estilo?». Pero vine a parar a la conclusión de que tampoco podía en absoluto tratarse de tal cosa.

Raskólnikov se echó a reír.

—¿Ganas de apurarse?

—¿Por qué se ríe usted de ese modo? Y figúrese usted que yo la golpeé solo dos veces con un látigo, de suerte que no le quedaron señales... Haga usted el favor de no tomarme por un cínico: yo sé de sobra qué mal estuvo eso, y más todavía; pero también sé a punto fijo que Marfa Petrovna estaba muy contenta de esa diversión mía, llamémosla así. La historia aquella referente a su hermana de usted la divulgó por toda la ciudad. Al tercer día, ya Marfa Petrovna tuvo que quedarse

---

[*] «... esta es *bonne guerre*»: buena guerra. (En francés en el original).

en casa: no tenía con qué presentarse en la ciudad, y, además, los había empachado a todos con aquella cartita suya. (¿No ha oído usted hablar de la lectura de la carta?) ¡Y, de pronto, esos dos latigazos cayeron como llovidos del cielo! ¡Lo primero que hizo fue mandar enganchar el coche!... Y hago caso omiso de que a la mujer hay ocasiones en que le gusta mucho, pero mucho, que la ofendan, pese a todo su aparente enojo. Todas ellas pasan por trances semejantes; al ser humano, en general, le gusta mucho, mucho que le ofendan; ¿no lo ha notado usted? Bueno; pero, particularmente, les gusta a las mujeres. Hasta se puede decir que solo así matan el tiempo.

Hubo un momento en que Raskólnikov pensó en levantarse, echar a correr y dar de ese modo por terminada la entrevista. Pero la curiosidad y hasta algo de cálculo le retuvieron.

—¿Le gusta a usted reñir? —preguntó con aire distraído.

—No, no mucho —respondió Svidrigáilov tranquilamente—. Con Marfa Petrovna apenas si me peleaba. Nos llevábamos muy bien, y siempre estaba satisfecha de mí. En nuestros siete años de casados solo le aplicaría el látigo un par de veces (prescindiendo de un tercer caso, por lo demás, bastante ambiguo): la primera vez, a los dos meses de habernos casado, inmediatamente que llegamos al pueblo, y la otra, esta última, la de ahora... Pero ¿se figuraba usted que yo era un monstruo, un retrógrado, un partidario de la esclavitud? ¡Ja, ja! Y a propósito: ¿no recuerda usted, Rodión Románovich, que hace unos años, todavía en los tiempos de la bendita libertad de prensa, difamaron pública y literariamente a un noble (cuyo apellido he olvidado) por haberle sentado la mano a una alemana en un coche del tren? ¿No recuerda? Por entonces, por el mismo año, se registró «el acto más escandaloso del siglo» (bueno; las *Noches egipcias*, lectura pública, ¿recuerda?... ¡Ojos negros! ¡Oh! ¿Dónde estás, áureo tiempo de nuestra juventud?). Bueno; pues oiga usted mi opinión: a ese caballero que le zurró a una alemana no le tengo la menor simpatía, porque, realmente, en el fondo, ¿por qué tenérsela? Pero, aun así, no puedo menos de hacer constar que a veces se ven unas «alemanas» tan incitantes, que yo opino que no habría un solo progresista que pudiera considerarse seguro. Desde este punto de vista, nadie miraba entonces las cosas; pero, no obstante, es el verdadero punto de vista humano, ¿no es verdad?

Después de hablar así, Svidrigáilov, de pronto, volvió a prorrumpir en una carcajada. Raskólnikov comprendió claramente que aquel hombre estaba firmemente decidido a alguna cosa y sabría lograrla.

—Usted seguramente debe de llevar algunos días seguidos sin hablar con nadie, ¿verdad? —le preguntó.

—Poco menos. Pero ¿de veras le asombra que yo sea tan flexible?

—No; me asombra el que lo sea usted en demasía.

—¿Porque no me he dado por ofendido ante la grosería de sus preguntas? ¿Por eso lo dice? Sí; pero ¿por qué ofenderse? Según usted me preguntó, así le respondí —añadió con sorprendente expresión de bonachonería—. Mire usted: a mí, personalmente, apenas me interesa nada, se lo juro por Dios —prosiguió, como caviloso—. Particularmente, ahora apenas me ocupo en nada... Por lo demás, usted está en su derecho al pensar que yo trato de halagarlo a usted, tanto más cuanto que he empezado por decirle que traigo un asunto referente a su hermana... Pero se lo confesaré a usted francamente: me aburro la mar. Sobre todo, estos tres días, por lo que celebré mucho encontrarle... No se enfade usted, Rodión Raskólnikov; pero usted, no sé por qué, se me antoja terriblemente raro. Usted dirá lo que quiera; pero algo le pasa, y, concretamente, ahora, es decir, no precisamente en este instante, sino, en general, ahora... Bueno, bueno; no seguiré, no seguiré, no frunza el ceño. Mire que yo no soy ningún oso, como se figura.

Raskólnikov lo miró sombríamente.

—Puede que en absoluto no sea usted un oso —dijo—. A mí hasta me parece que es usted un hombre de muy buena sociedad o que, por lo menos, sabría usted, llegado el caso, portarse como persona distinguida.

—Tenga en cuenta que no me interesa la opinión de nadie —respondió Svidrigáilov, secamente y hasta con dejos de altanería—. ¿Y por qué no ser vulgar, cuando este traje resulta tan conveniente a nuestro país y..., sobre todo, cuando, por inclinación natural, propendes a ponértelo?... —añadió, echándose otra vez a reír.

—Pero yo había oído decir que tenía usted aquí muchas amistades. Usted es una persona de esas de las que se dice: «no carece de relaciones». ¿Por qué siendo así viene usted a buscarme, como no sea con un objeto?

—En eso tiene usted razón: yo tengo mis amigos —asintió Svidrigáilov, dejando por contestar el punto más importante—. Ya me los he encontrado; tres días llevo paseándome por las calles; reconozco a los otros, y ellos, por lo visto, también me reconocen. Voy, sin duda, bien vestido, y paso por hombre adinerado; mire usted: a mí me respetó la reforma agraria; me quedan bosques y prados, y no se pierde en la renta; pero... no he de reanudar antiguas relaciones; ya antes me tenían harto; estoy ya en el tercer día, y no me he dado a conocer a nadie... ¡Para eso sirve esta ciudad! ¿Quiere usted decirme cómo surgió? ¿Ciudad de empleados y seminaristas de toda índole? A decir verdad, yo no me fijé mucho cuando venía aquí a andulear hará ocho años... Pero ahora cifro todas mis esperanzas tan solamente en la anatomía; por Dios.

—¿En qué anatomía?

—Me refiero a esos clubes, a esos restaurantes tipo Dussot y, además, al progreso... Bueno; eso será cuando nos hayamos muerto —continuó, haciendo otra vez caso omiso de la pregunta—. Pero, después de todo, ¡a qué hacer fullerías en el juego!

—Pero ¿es usted también fullero?

—¿Cómo no? Formábamos toda una pandilla distinguidísima, hará ocho años; pasábamos el tiempo, y todos, oiga usted, gentes finas: poetas, capitalistas. Generalmente, entre nosotros, los rusos, los modales más finos los tienen aquellos a los cuales les han zurrado... ¿Se ha fijado usted en ello? Mire usted: yo he descendido ahora algo en el pueblo. Pero en aquel tiempo quiso meterme en la cárcel, por tramposo, cierto griego de Nezhin. Cuando hubo de surgir Marfa Petrovna, la cual anduvo regateando y me rescató en treinta mil rublos en plata (yo debía sesenta mil por junto). Me uní a ella en legítimo matrimonio, y ella me llevó inmediatamente consigo a la aldea, como si fuera algún tesoro. Ha de saber usted que me llevaba cinco años. Me quería mucho. En siete años no falté de la aldea. Y fíjese usted: toda su vida guardó el documento contra mí, a otro nombre, por valor de treinta mil rublos, por si acaso se me ocurría plantarme alguna vez, echarme mano enseguida. ¡Y lo habría hecho! En las mujeres se dan todas estas cosas juntas.

—Pero, si no hubiera sido por ese documento, ¿se habría usted escapado?

—No sé qué decirle a usted. A mí aquel documento no me preocupaba gran cosa. Yo no tenía ganas de irme a ninguna parte, y eso que la misma Marfa Petrovna me brindó por dos veces un viaje al extranjero, viendo que me aburría. Pero ¡qué! Yo ya había estado en el extranjero, y siempre me aburrí allí de lo lindo. No es que me aburriera propiamente, sino que, después que has visto la salida del sol, el golfo napolitano, el mar, te entra cierta tristeza. Y lo más desagradable es que, efectivamente, ¿por qué te pones triste? No; en el terruño se está mejor; allí, por lo menos, les echas a los demás la culpa de todo, y tú te justificas. Yo, ahora, de buena gana me iría al Polo Norte, porque *j'ai le vin mauvais*[*] y no me gusta

[*] «...porque *j'ai le vin mauvais*»: tener mal vino, mal humor, agresividad. (En francés en el original).

la bebida, y, en quitando la bebida, ninguna otra cosa me queda. He probado. Y a propósito: dicen que Berg remontará el vuelo el domingo en un globo enorme, en el jardín de Yusupov, y admitirá pasajeros por una cantidad determinada. ¿Será cierto?

—¡Cómo! ¿Estaría usted dispuesto a elevarse?

—¿Yo?... No..., sí... —murmuró Svidrigáilov, como sumido, efectivamente, en cavilaciones.

«Pero ¿qué será lo que se propondrá en el fondo?», pensó Raskólnikov.

—No; ese documento a mí no me apuraba —continuó Svidrigáilov, pensativo—. Era que yo no quería abandonar el pueblo. Además, hará cosa de un año, Marfa Petrovna, con motivo de mi cumpleaños, fue y me devolvió el documento, acompañado de una buena suma de dinero. Porque ha de saber usted que ella tenía caudales. «Para que veas la confianza que en ti tengo, Arkadii Ivánovich», me dijo exactamente. ¿Duda usted que se expresase así? Pues tenga en cuenta que yo era un propietario honrado en el pueblo; en los contornos me conocían. También encargaba algunos libros. Marfa Petrovna, a lo primero, lo aprobaba; pero luego llegó a temer que me enfrascase demasiado en el estudio.

—Pero, según parece, la pérdida de Marfa Petrovna lo ha dejado a usted muy aburrido.

—¿A mí? Quizá. Verdaderamente, podría ser que así fuera. Y a propósito: ¿cree usted en las apariciones?

—¿En qué apariciones?

—¡En las apariciones! ¿Cuáles habrían de ser?

—Y usted, ¿cree en ellas?

—Quizá no crea, *pour vous plaire**... Es decir, no digo que no...

—¿Ha tenido usted alguna?

Svidrigáilov se quedó mirándolo de una manera extraña.

---

* «... *pour vous plaire*»: por complacerle. (En francés en el original).

—Marfa Petrovna se digna visitarme —declaró, frunciendo la boca en una sonrisa extraña.

—¿Cómo que se digna visitarlo?

—Sí; ya se me ha aparecido tres veces. La primera fue el día mismo de su entierro, una hora después de volver del campo santo. Era la víspera de mi venida acá. La segunda vez fue hace tres días, en el camino, al clarear el alba, en la posada de Málaya Vishera, y la tercera vez, hace cosa de dos horas, en el cuarto donde paro; estaba solo.

—¿Despierto?

—Enteramente. Las tres veces estaba despierto. Llega, me habla un momento y se va por la puerta, siempre por la puerta. Parece hasta que se la siente.

—¡Por algo pensaba yo que debían de ocurrirle cosas por el estilo! —exclamó Raskólnikov de pronto, y en el mismo instante se maravilló de haberlo dicho. Estaba muy emocionado.

—¡Cómo! ¿Que pensaba usted eso? —inquirió Svidrigáilov con asombro—. ¿De veras? ¿No le dije a usted antes que nosotros teníamos algún rasgo común?

—¡Usted no ha dicho tal cosa!... —replicó Raskólnikov con brusquedad y vehemencia.

—¿Que no lo dije?

—No.

—Pues a mí me parecía haberlo dicho. Antes, cuando entré, al verlo a usted tendido, con los ojos cerrados y fingiendo dormir..., enseguida me dije: «¡Es el mismo!».

—¿Qué es eso de es el mismo? ¿A qué se refería usted? —exclamó Raskólnikov.

—¿A qué? En verdad que lo ignoro... —respondió Svidrigáilov con franqueza y como aturrullado.

Por un minuto guardaron silencio. Se miraban el uno al otro con tamaños ojos.

—¡Todo eso es un absurdo! —exclamó Raskólnikov malhumorado—. Y ¿qué es lo que ella le dice cuando se le aparece?

—¿Ella? Pues figúrese usted: las cosas más triviales, y admire usted a la criatura; a mí eso me pone de mal humor. La primera vez (yo, ¿sabe usted?, estaba rendido: los funerales, la misa de réquiem, el sepelio, la comida fúnebre...; finalmente, me dejaron solo en mi gabinete, encendí un cigarrillo y me puse a reflexionar) entró por la puerta. «Mire usted —me dice—, Arkadii Ivánovich: hoy, con tanto quehacer, se olvidó de darle cuerda al reloj del comedor». Efectivamente, por espacio de siete años yo fui el encargado de darle cuerda a ese reloj, y, cuando me olvidaba, siempre me lo recordaba ella. Al otro día me pongo en camino para venir acá. Entro, al clarear el alba, en la posada; estaba rendido de la noche, molido; los ojos se me cerraban; tomo un poco de café, miro... y veo a Marfa Petrovna sentada junto a mí, con una baraja en la mano. «¿No quieres que te eche las cartas, Arkadii Ivánovich, para el viaje?». Era maestra en eso de echar las cartas. Bueno; ¡no me perdonaré el no haberle dicho que sí! Eché a correr, asustado, y, además, verdaderamente, ya estaba sonando la campana. Estaba hoy sentado, descansando, después de una pésima comida en un figón, con el estómago pesado...; estoy sentado, fumando..., y, de pronto, otra vez se me presenta Marfa Petrovna, toda emperifollada, con un traje nuevo de seda verde y una cola larguísima: «Buenas tardes, Arkadii Ivánovich. ¿Cómo encuentras, para tu gusto, mi traje? Aniska no sabía hacerlo así». (Aniska era su modista allá en el pueblo; procedía de los antiguos siervos, y había aprendido su oficio en Moscú; una chica bastante guapa). Se para, da una vuelta delante de mí. Yo examino el traje, luego la miro a ella atentamente a la cara. «¡Vaya una gana que tiene —digo—, Marfa Petrovna, de venir a importunarme con esas nimiedades!». «¡Ah, Dios mío, padrecito, ni siquiera se le puede hacer una pregunta!». Yo voy y le digo por molestarla: «Marfa Petrovna, yo quiero casarme». «Eso allá usted, Arkadii Ivánovich; no le hace mucho honor el que, recién enterrada su esposa, vuelva enseguida a casarse. Y aunque eligiese con acierto, yo sé que... ni a ella ni a usted les irá bien: siempre será usted el hazmerreír de la gente». Dijo, y se fue, y a mí me pareció sentir el rumor de su cola. Qué absurdo, ¿verdad?

—Pero ¿no podría suceder que todo eso fuera mentira? —insinuó Raskólnikov.

—Pocas veces miento... —respondió Svidrigáilov, pensativo, y cual si no hubiera reparado absolutamente en la grosería de la pregunta.

—Y, antes de ahora, ¿no tuvo usted nunca apariciones?

—También...; no, solo una vez en mi vida, hará de eso seis años. Filka, un siervo nuestro; no había hecho más que enterrarlo, cuando grité, en un momento de olvido: «¡Filka, la pipa!»; entró y se fue derecho al armario donde yo guardaba las pipas. Yo seguí sentado, y me dije: «Eso es que quiere vengarse», porque poco antes de su muerte habíamos tenido una riña seria. «¿Cómo te atreves —le digo— a presentarte delante de mí con los codos rotos?... ¡Largo de aquí!». Dio media vuelta, se fue y no volvió más. Yo no le dije nada a Marfa Petrovna. Tuve intención de mandarle decir una misa; pero cambié de acuerdo.

—Vaya a ver a un médico.

—Sin que usted tenga que decírmelo, ya comprendo yo que esto es morboso, aunque, a decir verdad, no sé por qué; en mi opinión, tengo cinco veces más salud que usted. Yo no le preguntaba si creía o no que se aparecen los espíritus.

—¡No, ni por lo más remoto! —exclamó Raskólnikov hasta con cierta cólera.

—¿Qué dicen, por lo general? —murmuró Svidrigáilov, como para sí mismo, mirando de soslayo y bajando un poco la cabeza—. La gente dice: «Tú, sin duda alguna, estás enfermo; eso que tú te figuras ver es, sencillamente, un desvarío fantástico». Pero, fijándose bien, eso no es rigurosamente lógico. Estoy de acuerdo con que los fantasmas solo se les aparecen a los enfermos; pero eso solo demuestra que los fantasmas no pueden aparecérseles sino a los enfermos, pero no que no existan.

—¡Sin duda que no existen! —insistió Raskólnikov excitado.

—¿Que no? ¿Opina usted así? —prosiguió Svidrigáilov, examinándolo lentamente—. Bueno; pero ¿y si razonásemos de este modo? (¡Vamos, ayúdeme usted!): «Las apariciones son, por decirlo así, trozos y fragmentos de otros mundos, su principio. El hombre sano, naturalmente, no tiene por qué verlas, porque el hombre sano es el hombre más terrenal, y debe vivir una vida terrestre, con arreglo a la armonía y el orden. Pero, en cuanto enferma, en cuanto se altera el natural orden terreno en el organismo, inmediatamente empieza a mostrarse la posibilidad de otro mundo, y, cuanto más enfermo, tanto más en contacto se encuentra con ese otro mundo, de suerte que, al morir del todo, el hombre parte a ese otro mundo en derechura». Yo hace mucho que vengo meditando en ello. Si usted cree en la otra vida, puede usted creer también en ese razonamiento.

—Yo no creo en la otra vida —dijo Raskólnikov.

Svidrigáilov parecía pensativo.

—¿Y si no hubiera allí más que arañas u otra cosa por el estilo nada más? —dijo de pronto.

«¡Está chiflado!», pensó Raskólnikov.

—A mí la eternidad se me aparece como una idea imposible de comprender, algo enorme, inmenso. Pero ¿por qué precisamente enorme? Y de pronto, en vez de eso, imagínese usted que solo hubiera allí una habitación, como por el estilo de una sala de baño en la campiña, negra de humo, y en todos los rincones arañas, y que esa fuera toda la eternidad. Yo, mire usted, muchas veces me la represento como algo así.

—Y dígame, dígame: ¿no puede usted imaginarse nada más consolador y justo? —exclamó Raskólnikov con un sentimiento morboso.

—¿Más justo? ¿Quién sabe, quizá, si esto es lo justo? Mire usted: yo así lo habría hecho, con toda intención, infaliblemente —respondió Svidrigáilov con una vaga sonrisa.

Cierto frío se apoderó de pronto de Raskólnikov ante aquella monstruosa réplica. Svidrigáilov alzó la cabeza, se quedó mirándolo de hito en hito, y de pronto soltó una carcajada.

—No; he aquí lo que piensa usted —exclamó—: hace media hora no nos habíamos visto el uno al otro, nos teníamos por enemigos, entre nosotros media un asunto no resuelto, y le hemos dado a este de lado y metídonos a hablar de literatura. Bueno; vamos a ver: ¿no tenía razón al decirle que éramos frutos del mismo suelo?...

—Hágame usted el favor —continuó Raskólnikov irritado—. Permítame usted le ruegue que cuanto antes me explique y participe a qué debo el honor de su visita..., y..., y... haga cuenta que tengo prisa, que no dispongo de tiempo, que tengo que salir...

—Muy bien, muy bien. Su hermana de usted, Avdotia Románovna, ¿va a contraer matrimonio con el señor Luzhin, con Piotr Petróvich?

—¿Es que no puede usted omitir pregunta referente a mi hermana y no pronunciar su nombre? ¡Yo mismo no comprendo cómo se atreve usted a mentarla delante de mí, si es usted efectivamente el señor Svidrigáilov!

—Pero si vine precisamente a hablarle de ella, ¿cómo no pronunciar su nombre?

—Bueno; hable, pero abrevie.

—Estoy seguro de que usted ya tiene formada su opinión acerca de ese señor Luzhin, pariente mío por parte de mi mujer, con tal que lo haya visto media hora o tenga referencias seguras y exactas de su persona. Avdotia Románovna no hace buena pareja con él. A mi juicio, Avdotia Románovna, en este asunto, se sacrifica muy generosa y desinteresada por... por su familia. A mí me pareció, después de todo lo que de usted me dijeron, que usted, por su parte, se consideraría muy dichoso siempre que pudiera deshacerse esa boda sin detrimento de los intereses. Ahora que ya lo conozco a usted personalmente, estoy seguro de ello.

—Todo esto resulta muy ingenuo de su parte; dispense usted; quise decir: insolente —dijo Raskólnikov.

—Eso quiere decir que yo miro por mi bolsillo. No se apure usted, Rodión Románovich: aunque yo atendiese a mi provecho, no iba a dejarlo traslucir así, de buenas a primeras, que no tengo nada de lerdo. En este respecto, le expondré a usted una singularidad psicológica. Antes, justificando mi amor a Avdotia Románovna, dije que yo mismo resultaba una víctima. Bueno; pues ha de saber usted que ahora no siento ni pizca de amor, hasta el punto de que a mí mismo se me hace extraño, ya que, efectivamente, había llegado a sentir alguno...

—Eso se debe a libertinaje y corrupción —le atajó Raskólnikov.

—Efectivamente, soy un pervertido y un calavera. Pero, después de todo, su hermana de usted atesora tales preeminencias, que no puede menos de hacerme alguna impresión. Pero todo esto es un desatino, como yo mismo veo ahora.

—¿Hace mucho que lo vio así?

—Lo había notado ya antes, pero quedé definitivamente convencido anteayer, casi en el momento mismo de mi llegada a Petersburgo... Por lo demás, todavía en Moscú, imaginaba que iba a alcanzar la mano de Avdotia Románovna y rivalizar con el señor Luzhin.

—Dispense usted que le interrumpa, pero hágame un favor; ¿no podría usted abreviar e ir derecho al objeto de su visita? Tengo prisa, debo salir de casa.

—Con el mayor placer. Ya aquí, y habiendo resuelto emprender cierto... viaje, quisiera adoptar las disposiciones previas indispensables. A mis hijos los dejé con la tita: son ricos y no necesitan de mí. Además, ¡hay que ver qué padre hago yo! Para mí solo tomé lo que hace un año me regaló Marfa Petrovna. Con ello tengo suficiente. Perdone usted, pero ahora mismo voy al grano. Antes del viaje, que es posible no se realice, quiero yo terminar con el señor Luzhin. No es que yo no tenga mucho aguante para soportarlo, sino que, por su culpa, tuve aquel disgusto con Marfa Petrovna, al enterarme de que ella era la que había urdido esa boda. Yo desearía ahora obtener una entrevista con Avdotia Románovna por mediación de usted, y si usted a bien lo tiene, en su presencia, explicarle que del señor Luzhin no solo no puede esperar ni la utilidad más pequeña, sino que, en cambio, seguramente le han de redundar amargos sinsabores. Eso primero; luego, pedirle perdón por todas las recientes contrariedades, y, finalmente, solicitar su venia para ofrecerle diez mil rublos y de este modo endulzar la ruptura con el señor Luzhin, ruptura que ella misma estoy seguro provocaría con gusto, a ser posible.

—Pero ¿no estará usted verdaderamente, verdaderamente loco? —exclamó Raskólnikov, no tan indignado como sorprendido—. ¿Cómo tiene usted el descaro de hablar de ese modo?

—Ya sabía yo que usted había de poner el grito en el cielo; pero, en primer lugar, aunque yo no sea rico, dispongo con toda libertad de esos diez mil rublos; es decir, que me son en absoluto innecesarios. De no aceptarlos Avdotia Románovna, quizá me los gaste todavía más neciamente. Esto en primer lugar. En segundo, tengo mi conciencia completamente tranquila; se los ofrezco sin ninguna mira particular. Créalo usted o no; pero luego sabrán ustedes, tanto usted como Avdotia Románovna, que así era. Todo se reduce a que yo hube de proporcionarle algún disgusto, algún sinsabor a su respetabilísima hermana; quizá movido de sincero arrepentimiento, deseo cordialmente..., no compensar, no pagarle esos sinsabores, sino sencillamente hacer en su obsequio algo provechoso, fundándome en que, en el fondo, no tengo el privilegio de practicar solamente el mal. Aunque en mi ofrecimiento hubiese una millonésima de interés, no iría a ofrecerle ahora diez mil, cuando hace a lo sumo cinco semanas le ofrecí más. Aparte de que es muy posible que en breve, brevísimo plazo, contraiga yo matrimonio con una señorita, con lo que toda sospecha de intentar seducir a Avdotia Románovna quedará destruida. Para terminar, diré a usted que al casarse con el señor Luzhin, Avdotia Románovna percibirá esa misma suma, solo que por otro conducto... Pero no se enfade usted, Rodión Románovich; juzgue con serenidad y sangre fría.

Al decir aquello, el señor Svidrigáilov estaba sumamente tranquilo y frío.

—Le ruego a usted que acabe —dijo Raskólnikov—. En todo caso, esto resulta de una insolencia imperdonable.

—No hay tal. ¿Es que el hombre solo daño podrá hacerle al hombre en este mundo y no ni una pizca de bien por culpa de unas cuantas formalidades inútiles convenidas? Eso es absurdo. Fíjese usted: si yo, por ejemplo, me muriese dejándole a su hermana de usted esa cantidad en mi testamento, ¿se negaría ella entonces a aceptarla?

—Muy bien pudiera ser.

—No lo creo. Pero después de todo, ¡aunque así fuere! Solo que diez mil rublos... no son grano de anís. En todo caso, le ruego a usted transmita lo dicho a Avdotia Románovna.

—No pienso transmitírselo.

—Entonces, Rodión Románovich, me veré obligado a procurarme una entrevista personal con ella, y probablemente a molestarla.

—Y si yo me prestase a comunicarle sus palabras, ¿desistiría usted de esa entrevista personal?

—No sé verdaderamente qué decirle. Desearía mucho verla siquiera una vez.

—Pues no lo espere.

—Lo siento. Por lo demás, usted no me conoce. Mire, mire: quizá podamos tratarnos más a fondo.

—¿Piensa usted que hemos de tratarnos más a fondo?

—¿Y por qué no? —Y el señor Svidrigáilov sonrió, levantándose, y cogió su sombrero—. Mire usted: no es que tratase yo de molestarle, y al venir aquí no me hacía muchas ilusiones, aunque después de todo, su cara esta mañana hubo de hacerme impresión...

—¿Dónde me vio usted esta mañana? —inquirió Raskól-nikov inquieto.

—Pues casualmente... A mí me parece que usted tiene al-gún parecido conmigo... Además, no se apure usted, yo no tengo nada de molesto; he andado entre pícaros y al príncipe Svirbei, pariente mío lejano y todo un gran señor, no le resul-taba aburrido, y en el álbum de la señora Prilúkova puse unos versitos dedicados a la *Madonna* de Rafael, y con Marfa Pe-trovna he vivido siete años sin intentar escaparme, y en la casa Viázemskii, junto al mercado del Heno, he dormido allá en tiempos, y es posible que suba en el globo de Berg.

—Bueno; permítame una pregunta: ¿piensa usted poner-se pronto en camino?

—¿En qué camino?

—Me refería a ese «viaje»... Usted fue quien lo dijo.

—¿Viaje? ¡Ah, sí!... En efecto, le hablé a usted de un via-je... Pero esa es una cuestión magna... ¡Si usted supiera por lo que me pregunta! —añadió, y de pronto prorrumpió en una risa ruidosa y breve—. Podría ser que en vez de viajar me ca-sase; me ha salido una novia.

—¿Aquí?

—Sí.

—Pero ¿ha tenido tiempo para eso?

—Deseo, sin embargo, ardientemente ver a Avdotia Ro-mánovna. Seriamente se lo suplico. ¡Bueno; hasta la vista!... ¡Ah, sí! ¡Ya se me olvidaba! Dígale usted, Rodión Románo-vich, a su hermana que Marfa Petrovna le ha dejado en su tes-tamento un legado de tres mil rublos. Esto es categóricamente exacto. Marfa Petrovna hizo testamento una semana antes de su muerte y estando yo delante. De aquí a dos o tres semanas puede Avdotia Románovna percibir esa cantidad.

—¿Habla usted en serio?

—En serio. Dígaselo. Vaya, a sus órdenes. Mire: yo paro no lejos de aquí.

Al irse, Svidrigáilov se tropezó en la puerta con Razumijin.

Eran ya cerca de las ocho; los dos se encaminaron aprisa a la pensión Bakaléyev con objeto de llegar allí antes que Luzhin.

—Bueno; pero ¿quién era ese tío? —inquirió Razumijin, no bien se encontraron en la calle.

—Pues Svidrigáilov, ese mismo burgués en cuya casa ofendieron de aquel modo a mi hermana cuando prestaba allí servicios como institutriz. Por culpa de sus amorosos asedios tuvo que salirse de la casa, echada de allí por su mujer, Marfa Petrovna. La tal Marfa Petrovna le pidió luego perdón a Dunia, y ahora resulta que ha muerto de repente. Eso dijeron antes, refiriéndose a ella. No sé por qué, pero me inspira mucho temor ese hombre. Se vino acá inmediatamente después del sepelio de su mujer. Es un hombre muy raro, y seguramente abriga algún designio... Parece como si supiese algo... Es necesario defender de él a Dunia... Mira: quería decirte esto a ti, ¿oyes?

—¡Defender! Pero ¿qué puede él hacer contra Avdotia Románovna? Bueno; te agradezco, Rodia, que me hables de ese modo... ¡La defenderemos, la defenderemos!... ¿Dónde vive él?

—Lo ignoro.

—¿Por qué no se lo preguntaste? ¡Oh, qué lástima! ¡Aunque, por lo demás, me enteraré!

—¿Lo viste tú a él? —inquirió Raskólnikov tras breve silencio.

—Claro que sí; me fijé en él; me fijé bien.

—¿Lo viste bien? ¿Lo viste con toda claridad? —insistió Raskólnikov.

—Claro que sí, lo recuerdo con toda claridad; entre mil lo reconocería, yo soy buen fisonomista.

Otra vez guardaron silencio.

—¡Hum!... Es que... —balbució Raskólnikov—. ¿Sabes

una cosa?... Pues que se me ha ocurrido..., me parece..., que todo esto pudiera ser solo una fantasía.

—¿Qué dices? No te entiendo bien.

—Mira: todos vosotros —prosiguió Raskólnikov, frunciendo los labios en una sonrisa —andáis diciendo que yo estoy loco; pues a mí también me parece ahora que pudiera ser que estuviera loco y solo hubiese visto un fantasma.

—Pero ¿qué estás diciendo?

—¡Sí, quién sabe! Pudiera suceder que yo estuviese declaradamente loco y que todo cuanto ha ocurrido estos días, todo, fuese únicamente obra de la imaginación...

—¡Ah, Rodia! ¡Otra vez te han trastornado!... ¿Qué fue lo que él te dijo, a qué venía?

Raskólnikov no respondió; Razumijin permaneció pensativo un momento.

—Bueno; escucha mi relato —empezó—. Estuve en tu casa; dormías. Luego comimos, y después me fui a ver a Porfirii. Zamiótov está siempre en su casa. Yo quería empezar y no me salía nada. No puedo hablar nunca de una manera positiva. Ellos parece como si no me entendieran y no pueden comprender, pero no se aturrullan en modo alguno. Me llevé a Porfirii junto a la ventana y empecé a hablarle, pero tampoco atinaba con las palabras justas; él miraba a un lado y yo a otro. Hasta que, finalmente, le puse el puño en la misma cara y le dije que iba a partírsela, a fuer de pariente. Él se me quedó mirando, y nada más. Yo lancé un escupitajo y me vine, y no pasó más. Una estupidez de marca mayor. A Zamiótov no le dije palabra. Pero mira: yo pensaba que lo había echado a perder todo, cuando ya en la escalera se me ocurrió una idea, que fue para mí un bálsamo: ¿por qué yo y tú hemos de tomarnos estos trabajos? Si tú corrieras algún peligro o mediase algo por el estilo, entonces sí, desde luego. Pero ¿a ti qué te importa todo esto? Tú, en este asunto, no tienes que hacer más que escupirles a todos ellos; y luego divertirnos ambos a su costa; yo, en tu lugar, gozaría embromándolos. ¡La vergüenza que luego les daría! ¡Escupe, que luego les podremos pegar fuerte, y, por lo pronto, riámonos!

—¡Claro que sí! —respondió Raskólnikov. «¿Qué dirás mañana?», se dijo para sus adentros. Cosa extraña: hasta allí, ni una vez siquiera le cruzó por las mientes esta idea. «¿Qué dirá Razumijin cuando se entere?». Después de pensar eso se quedó mirándolo de hito en hito. El relato que Razumijin acababa de hacerle de su visita a Porfirii le interesaba muy poco; ¡tantas cosas habían pasado y estaban pasando ahora!...

En el pasillo se dio de manos a boca con Luzhin; este se presentó a las ocho en punto y anduvo buscando el número, de suerte que entraron los tres al mismo tiempo, pero sin mirarse unos a otros ni saludarse. Los jóvenes pasaron delante, y Piotr Petróvich, para distinguirse de ellos, se entretuvo algo en el recibimiento quitándose el paletó. Puljeria Aleksándrovna se precipitó enseguida a su encuentro. Dunia cambiaba saludos con el hermano.

Piotr Petróvich entró, y con bastante amabilidad, aunque con gravedad doble, se inclinó ante las señoras. Por lo demás, parecía como algo desconcertado y como si aún no se hubiera repuesto del todo. Puljeria Aleksándrovna, un poco aturdida también, se apresuró a hacerlos sentar a todos en torno al velador en que se hervía el samovar. Dunia y Luzhin se acomodaron el uno enfrente de la otra, en los dos picos de la mesa. Razumijin y Raskólnikov vinieron a quedar enfrente de Puljeria Aleksándrovna. Razumijin, junto a Luzhin, y Raskólnikov, junto a su hermana.

Hubo un silencio momentáneo. Piotr Petróvich, sin darse prisa, sacó su pañolito de batista, que exhaló una vaharada de perfume, y se sonó con aspecto de hombre bonachón, aunque ofendido en su dignidad, que está firmemente resuelto a demandar explicaciones. En la antesala se le había ocurrido una idea: no quitarse el paletó e irse, y de este modo castigar severa y eficazmente a ambas mujeres, y de una vez dárselo a entender todo. Pero no se decidió. Además, que era hombre al que no le gustaban las incógnitas y requería una explicación; cuando de modo tan patente desatendían sus órdenes, sin duda habría algo por medio; así que era preferible salir de dudas cuanto antes; para el castigo, siempre habría tiempo y lo tenía en su mano.

—Espero que habrán tenido ustedes un feliz viaje —dijo, dirigiéndose oficialmente a Puljeria Aleksándrovna.

—Gracias a Dios, Piotr Petróvich.

—Lo celebro mucho. Y Avdotia Románovna, ¿no estará cansada?

—Soy joven y fuerte, no me canso. Mamá es la que se ha resentido del viaje —respondió Dúnechka.

—¡Qué vamos a hacerle! Nuestros caminos nacionales son larguísimos. Es grande nuestra «madrecita Rusia»..., como dice la gente. Yo, contra todo mi deseo, no tuve tiempo anoche para venir a recibirlas. ¡Espero, sin embargo, que no habrán tenido particular contratiempo!

—¡Ah, no, Piotr Petróvich! Nos hemos visto muy apuradas —se apresuró a manifestar Puljeria Aleksándrovna con una entonación especial—, y si Dios mismo, según parece, no nos hubiese enviado anoche a Dmitrii Prokófich, sencillamente no habríamos sabido cómo salir del paso. Aquí tiene usted a Dmitrii Prokófich Razumijin —añadió, presentándoselo a Luzhin.

—Ya tuve el gusto... ayer —murmuró Luzhin, mirando hostil de reojo a Razumijin; después de lo cual frunció el ceño y se calló. En general, Piotr Petróvich pertenecía a esa clase de individuos que se muestran extraordinariamente amables en sociedad y tienen grandes pretensiones de serlo, pero que en cuanto una cosa no les atraviesa pierden enseguida todos sus recursos y se quedan más parecidos a sacos de harina que a caballeros desenvueltos que amenizan una reunión. Todos volvieron a guardar silencio: Raskólnikov guardaba un silencio obstinado; Avdotia Románovna no se decidía a romperlo extemporáneamente; Razumijin no tenía nada que decir, y todo eso volvió a inquietar a Puljeria Aleksándrovna.

—Marfa Petrovna murió, ¿lo sabía usted? —empezó, acudiendo a su recurso capital.

—Sí, lo sabía. Me informaron los primeros rumores, y, además, tenía ahora que comunicarles a ustedes que Arkadii Ivánovich Svidrigáilov, inmediatamente después de dar sepultura a su esposa, tomó a toda prisa el camino de Petersburgo. Así, por lo menos, se infiere de las noticias exactísimas que he recibido.

—¿De Petersburgo? ¿Viene hacia acá? —preguntó Dúnechka, inquieta, y cambió una mirada con su madre.

—Así parece; y, naturalmente, ni que decir tiene que con su cuenta y razón, atendidas la precipitación del viaje y, en general, las precedentes circunstancias.

—¡Señor! Pero ¡es que no va a dejar en paz a Dúnechka! —exclamó Puljeria Aleksándrovna.

—A mí me parece que ni usted ni Avdotia Románovna tienen motivo para alarmarse demasiado, como no tengan deseo de entablar con él alguna suerte de relaciones. Por lo que a mí se refiere, le ando siguiendo la pista y trato de inquirir dónde se hospeda...

—¡Ah, Piotr Petróvich, no podrá usted creer hasta qué punto acaba usted de asustarme! —prosiguió Puljeria Aleksándrovna—. ¡Yo a ese hombre solo lo habré visto un par de veces, y me pareció horrible, horrible! Estoy convencida de que ha tenido la culpa de la muerte de Marfa Petrovna.

—Respecto a ese particular, no es posible concluir nada. Estoy en posesión de informes exactos. No discuto el que haya podido contribuir a acelerar el curso de los acontecimientos, por decirlo así, con el influjo moral de la ofensa; pero en lo que concierne a la conducta, y, en general, a las características morales del sujeto, soy en un todo de su misma opinión... Ignoro si será rico actualmente ni lo que a punto fijo le haya dejado Marfa Petrovna; de esto me informarán en un plazo brevísimo; pero ya, sin duda, aquí, en Petersburgo, y disponiendo aunque sea de algún dinero, inmediatamente volverá a las andadas. Es el hombre más pervertido y vicioso de todos los individuos de esa laya. Tengo fundamentos notables para suponer que Marfa Petrovna, que tuvo la desgracia de enamorarse de él y pagarle sus deudas, hace siete años, le prestó además otro gran servicio en otro respecto: gracias únicamente a sus esfuerzos y sacrificios quedó cortado en sus principios un proceso criminal de bestial carácter y, por así decirlo, de una crueldad fantástica, que muy bien, pero que muy bien, pudo haberlo llevado derechito a Siberia. Ahí tienen ustedes quién es ese hombre, si deseaban conocerlo.

—¡Ah, Señor! —exclamó Puljeria Aleksándrovna.

Raskólnikov escuchaba atento.

—¿De veras dice usted que tiene acerca de eso informes exactos? —inquirió seria y enfática Dunia.

—Yo digo únicamente lo que a mí me contó en secreto la difunta Marfa Petrovna. Es preciso advertir que desde el punto de vista jurídico, ese asunto resulta muy oscuro. Vivía aquí y sigue viviendo todavía, según parece, una tal Resslich, extranjera y, además de eso, usurera en pequeño, que también entendía en otros asuntos. Con esta tal Resslich andaba hace tiempo el señor Svidrigáilov liado en relaciones muy íntimas y secretas. Con ella vivía una parienta lejana, una sobrinita, según parece, sordomuda; una chica de unos quince años, y puede que no pasara de los catorce, a la cual la tal Resslich tenía un odio infinito, echándole en cara hasta el último mendrugo; incluso le pegaba de forma inhumana. Un día se la encontraron ahorcada en la guardilla. Juzgaron que se trataba de un suicidio. Después de las diligencias propias del caso, se dio por terminado el asunto; pero luego, no obstante, se recibió una denuncia, según la cual la chica había sido objeto de... un ultraje cruel por parte de Svidrigáilov. Verdaderamente, todo esto resultaba algo turbio; la denuncia procedía de otra alemana, una mujer de mala nota que no merecía fe alguna;

finalmente, en realidad, no hubo tampoco denuncia; gracias a los desvelos y a los dineros de Marfa Petrovna, todo quedó reducido a un rumor. Pero, sin embargo, el tal rumor era bastante significativo. Usted, sin duda, Avdotia Románovna, habrá oído hablar en casa de ellos de esa historia referente al tío Filipp, que murió a consecuencia de malos tratos hará seis años, todavía en los tiempos de la esclavitud.

—He oído decir, por el contrario, que el tal Filipp se ahorcó.

—Así fue en verdad, solo que lo obligó, o, mejor dicho, lo impulsó a darse la muerte el constante sistema de persecución y vejamen puesto en práctica por el señor Svidrigáilov.

—No sabía eso —respondió secamente Dunia—; solo había oído cierta extraña historia respecto a que el tal Filipp era un hipocondríaco, una suerte de filósofo de andar por casa, del cual decían las gentes que «había leído demasiado» y que se había ahorcado más bien por efectos de las burlas que de los golpes del señor Svidrigáilov. Pero este, el tiempo que yo estuve allí, trataba muy bien a todo el mundo, y todo el mundo le tenía hasta afecto, aunque, efectivamente, le echaban la culpa de la muerte de Filipp.

—Veo que usted, Avdotia Románovna, se siente de pronto inclinada a justificarlo —observó Luzhin, frunciendo la boca en ambigua sonrisa—. Él es, con efecto, hombre listo y seductor tocante a las señoras, de lo que podría dar lamentable testimonio Marfa Petrovna, que acaba de morir de un modo tan extraño. Yo únicamente deseaba hacerles un favor a usted y a su mamá con mi consejo, con miras a sus nuevas y sin duda inminentes fechorías. Por lo que a mí concierne, tengo la firme convicción de que ese hombre ha de ir a parar irremisiblemente otra vez a la cárcel por sus trampas. Marfa Petrovna no tuvo nunca la menor intención de dejarle nada de su caudal, teniendo en cuenta a los hijos; y suponiendo que algo le haya dejado, habrá sido lo más indispensable, poca cosa, algo efímero, que apenas si le bastará para un año a hombre de sus costumbres.

—Piotr Petróvich, le ruego a usted —dijo Dunia— deje el tema del señor Svidrigáilov. Me da pena.

—Hace un rato estuvo a verme a mí —dijo de pronto Raskólnikov, interrumpiendo por vez primera el silencio.

De todos lados se dejaron oír exclamaciones; todos se volvieron hacia él. Hasta Piotr Petróvich dio muestras de emoción.

—Hará hora y media, estando yo durmiendo, penetró en mi cuarto, me despertó y se me presentó —prosiguió Raskólnikov—. Se mostraba bastante despreocupado y alegre, y está muy confiado en que hemos de ser íntimos amigos. Entre otras cosas, solicita y busca una entrevista contigo, Dunia, y me rogó que actuase yo de medianero para dicha entrevista. Tiene que hacerte una proposición, que a mí ya me expuso. Aparte eso, me comunicó terminantemente que Marfa Petrovna, una semana antes de su muerte, tuvo tiempo de dejarte a ti, Dunia, en su testamento, tres mil rublos, cantidad que podrás percibir en brevísimo plazo.

—¡Loado sea Dios! —exclamó Puljeria Aleksándrovna, y se santiguó—: ¡Reza por ella, Dunia, rézale!

—Es, efectivamente, cierto —se le escapó a Luzhin.

—Bueno, bueno. ¿Y qué más? —dijo apresuradamente Dúnechka.

—Luego me dijo que él no es rico, y que todos los bienes se los deja a sus hijos, los cuales se hallan actualmente con su tía. Después, que está parando no lejos de mí, solo que dónde... no lo sé, no me lo preguntéis...

—Pero ¿qué es eso, qué es eso que le quiere proponer a Dúnechka?... —inquirió, asustada, Puljeria Aleksándrovna—. ¿Te lo dijo?

—Sí; me lo dijo.

—¿Y qué es?

—Luego lo diré. —Raskólnikov guardó silencio y se aplicó a su té.

Piotr Petróvich sacó el reloj y lo consultó.

—No tengo más remedio que dirigirme a un asunto; así que no me detengo —dijo con cierto aire ofendido, y se levantó del asiento.

—Quédese usted, Piotr Petróvich —dijo Dunia—. Dijo que tenía la intención de pasar la tarde en nuestra compañía. Además, que usted mismo nos escribió que deseaba tener una explicación con *mámenka* acerca de no sé qué.

—Así es, justamente, Avdotia Románovna —declaró Piotr Petróvich con énfasis, volviendo a tomar asiento, pero sin soltar de la mano el sombrero—. Yo, efectivamente, deseaba tener una explicación, tanto con usted como con su respetabilísima mamá, y acerca de puntos principalísimos. Pero, visto que su hermano de usted no puede ser más explícito en mi presencia respecto a las proposiciones del señor Svidrigáilov, tampoco quiero ni puedo yo ser más explícito..., delante de otras personas, tocante a ciertos puntos principalísimos. Además, que no se ha tenido en cuenta aquella petición mía, tan capital y categórica...

Luzhin puso un gesto amargo, y solemnemente guardó silencio.

—Su petición respecto a que mi hermano no estuviese presente a nuestra entrevista no ha sido atendida únicamente por mi insistencia —dijo Dunia—. Usted escribía que mi hermano lo había ofendido; yo pienso que es necesario aclarar inmediatamente ese punto y que ustedes deben hacer las paces. Y si Rodia, efectivamente, lo ofendió a usted, entonces está *obligado* a pedirle y *le pedirá* a usted perdón.

Piotr Petróvich cobró enseguida su aplomo.

—Hay ofensas, Avdotia Románovna, que con toda la buena voluntad del mundo no es posible olvidar. En todo hay un límite que es peligroso transponer, porque, luego de transpuesto, ya no hay medio de volverse atrás.

—No le hablaba precisamente de eso, Piotr Petróvich —le interrumpió Dunia con alguna impaciencia—. Usted comprenderá perfectamente que todo nuestro porvenir depende ahora de que se aclare y se arregle todo cuanto antes, o al revés. Yo, francamente, desde el primer momento se lo digo: no puedo ver las cosas de otro modo, y si en algo, por poco que fuere, me estima usted, aunque le cueste trabajo, toda esa historia ha de quedar terminada hoy mismo. Le repito a usted que si mi hermano es culpable, le pedirá a usted perdón.

—Me asombra que usted plantee la cuestión en esos términos, Avdotia Románovna. —Luzhin estaba cada vez más excitado—. Estimándola y, por así decirlo, adorándola, yo puedo muy bien, al mismo tiempo, no sentir el menor aprecio por alguno de sus familiares. Aspirando a la dicha de su mano, puedo, al mismo tiempo, no cargar con obligaciones incompatibles...

—¡Ah! ¡Déjese usted de toda esa quisquillosidad, Piotr Petróvich! —le atajó con sentimiento Dunia—, y sea usted el hombre inteligente y noble por quien siempre le tuve y quiero seguir teniéndolo. Yo le he hecho a usted una gran promesa: soy su novia; tenga usted fe en mí en este asunto y crea que he de esforzarme por juzgar imparcialmente. Que yo hubiera de asumir el papel de árbitro, ha sido una sorpresa, tanto para mi hermano como para usted. Al invitarlo yo a él hoy, después de su carta de usted, para que asistiera sin falta a nuestra entrevista, no le dije nada de mis intenciones. Comprenda usted que, si ustedes no se reconcilian, entonces me veré yo obligada a elegir entre ustedes: o usted o él. Así está planteada la cuestión por parte de usted y por la suya. Yo no quiero ni debo equivocarme en la elección. Por usted tengo que romper con mi hermano; por mi hermano tengo que romper con usted. Yo quiero y puedo saber ahora a qué atenerme: ¿es o no él mi hermano? Cuanto a usted, ¿me tiene usted afecto, me aprecia usted, es usted mi marido?

—Avdotia Románovna —profirió Luzhin con tono de resentimiento—, sus palabras son muy dignas de meditación para

431

mí; diré más: hasta ofensivas, atendida la posición que tengo el honor de ocupar en mis relaciones con usted. Por no decir nada de esa insultante idea de ponerme en un mismo plano con..., con un joven despreocupado, pues sus palabras dejan traslucir la posibilidad de una ruptura de la promesa que hecha me tiene. Usted dice: «O usted o él», con lo que ya está usted demostrando lo poco que yo significo para usted... Yo no puedo tolerar eso, atendidas las relaciones y... compromisos que entre nosotros median.

—¡Cómo! —Y Dunia se puso colorada—. ¡Conque pongo su interés de usted en el mismo plano que todo cuanto hasta ahora fue para mí más preciado en la vida, que lo que hasta ahora constituyó mi vida *entera*, y de pronto me ofende usted diciendo que le tengo *poca* estima!

Raskólnikov, en silencio, sonreía sarcástico; Razumijin se encogía en su asiento; pero Piotr Petróvich no admitía réplica; por el contrario, a cada palabra se volvía más arrogante e irritado, cual si se encontrase a sus anchas.

—El amor al futuro compañero de toda la vida, al marido, debe anteponerse al amor fraternal —dijo sentenciosamente—, y, en todo caso, yo no puedo ponerme en el mismo plano... Aunque hice constar antes que en presencia de su hermano de usted no podía explicar todo aquello que a aclarar vine, no obstante, tengo intención ahora de dirigirme a su respetabilísima mamá en demanda de explicación respecto a un punto principalísimo y para mí ofensivo. Su hijo de usted —dijo, encarándose con Puljeria Aleksándrovna—, ayer, en presencia del señor Rassudkin... (¿es así?...; dispense, he olvidado su nombre) —le hizo una amable reverencia a Razumijin—, me ofendió al censurar una idea mía que yo le había manifestado a usted, tiempo atrás, en conversación privada, después de tomar café, o sea: que contraer matrimonio con una señorita pobre que ya hubiese pasado por las amarguras de la vida resultaba, a juicio mío, más conveniente para las relaciones conyugales que no casarse con una señorita que lo hubiese pasado bien, por ser más útil tocante a la moral. Su hijo, intencionadamente, exageró el sentido de mis palabras hasta el absurdo, ofendiéndome con malignos designios, y, en mi opinión, apoyándose en la correspondencia personal de usted. Feliz me consideraría si usted, Puljeria Aleksándrovna, pudiera convencerme de lo contrario, con lo que quedaría notablemente tranquilo. ¡Dígame usted en qué términos exactos reproducía usted mis palabras en su carta a Rodión Románovich!

—No recuerdo —repuso, azarada, Puljeria Aleksándrovna—. Yo se lo decía según mi entender. No sé cómo se lo habrá repetido a usted Rodia... Quizá haya exagerado algo.

—A no mediar su sugestión, no hubiera podido exagerar nada.

—Piotr Petróvich —protestó con dignidad Puljeria Aleksándrovna—, la prueba de que ni yo ni Dunia hemos echado a mala parte sus palabras es que nos tiene usted *aquí*.

—¡Muy bien, *mámenka*! —dijo Dunia, alentándola.

—¡De modo y manera que yo soy el culpable! —dijo Luzhin, resentido.

—Mire usted, Piotr Petróvich: usted le echa la culpa de todo a Rodia, y usted mismo no hace mucho nos decía cosas injustas de él en su carta —añadió Puljeria Aleksándrovna, cobrando ánimos.

—No recuerdo qué escribiría en ella de injusto para él.

—Pues escribía usted —declaró bruscamente Raskólnikov, sin dirigirse a Luzhin— que yo anoche le había dado una cantidad, no a la viuda de un funcionario atropellado, como así había sido, efectivamente, sino a su hija (a la que hasta anoche no había visto en mi vida). Y escribía usted eso con objeto de indisponerme con mi familia, y a este fin añadía usted aún algunas manifestaciones groseras acerca de la reputación de esa señorita, a la que no conoce. Todo esto es calumnia y ruindad.

—Discúlpeme usted, señor —replicó Luzhin temblando

de cólera—; yo en mi carta me extendía acerca de sus cualidades y defectos únicamente por satisfacer las preguntas que sus propias madre y hermana me habían hecho en la suya; que cómo lo había encontrado y qué impresión me había hecho. Por lo que se refiere a lo expresado en mi carta, demuéstreme usted que hay en ella una sola línea injusta, o sea que no es verdad que usted dio allí dinero y que en esa familia, por muy desgraciada que sea, no hay una persona de conducta indigna.

—En mi concepto, usted, con todas sus dignidades, no vale lo que el dedo meñique de esa desdichada muchacha a la que lanza piedras.

—Vamos, ¿es que ha resuelto usted, por casualidad, introducirla en el trato de su madre y su hermana?

—Eso ya lo hice, si le interesa saberlo. Yo la he hecho hoy sentarse con *mámenka* y con Dunia.

—¡Rodia! —exclamó Puljeria Aleksándrovna.

Dúnechka se puso encarnada; Razumijin frunció el ceño. Luzhin se sonrió sarcástico y altanero.

—Haga usted misma el favor de decirme, Avdotia Románovna —dijo—, ¡si es posible una avenencia! Espero que ahora ya este asunto quedará ventilado y concluso de una vez para siempre. Voy a retirarme para no estorbar el curso ulterior de una conferencia y comunicación de secretos familiares. —Se levantó de la silla y cogió el sombrero—. Pero antes me permito hacer notar que en lo sucesivo espero poder considerarme a cubierto de semejantes encuentros y, por decirlo así, compromisos. A usted, particularmente, respetabilísima Puljeria Aleksándrovna, le dirijo este ruego, tanto más cuanto que a usted y no a ninguna otra persona iba dirigida mi carta.

Puljeria Aleksándrovna se mostró algo resentida.

—Pero ¿es que quiere usted tenernos ya completamente en su poder, Piotr Petróvich? Dunia le expuso a usted la razón de no haber atendido su deseo; procedió en eso con buena intención. Pero usted me escribía como dándome órdenes.

¿Es que usted considera como órdenes cada uno de sus deseos? Pues entonces le diré que usted, por el contrario, debía portarse ahora, con nosotras particularmente, delicado y benévolo, ya que nosotras lo hemos dejado todo y por hacerle caso a usted nos hemos plantado aquí, y ya prescindiendo de todo, casi estamos a merced suya.

—Eso no es enteramente justo, Puljeria Aleksándrovna, y, sobre todo, en el momento presente, en que acaban de anunciarle que Marfa Petrovna les deja tres mil rublos en su testamento, que al parecer no pueden venir más oportunos, a juzgar por el nuevo tono que emplean para hablarme —añadió Luzhin, sarcástico.

—A juzgar por esa observación, no hay más remedio que suponer, efectivamente, que usted contaba con nuestro desvalimiento —observó Dunia, irritada.

—Pero ahora, por lo menos, no puedo hacerme esa cuenta, y, sobre todo, no deseo ser un estorbo para la comunicación de las secretas proposiciones de Arkadii Ivánovich Svidrigáilov, tocante a las cuales dio plenos poderes a su hermano, y que, según veo, tienen para usted una importancia capital y acaso muy grata.

—¡Ah, Dios mío! —exclamó Puljeria Aleksándrovna.

Razumijin no podía estarse quieto en su silla.

—¿Y no te da ahora vergüenza, hermana? —preguntó Raskólnikov.

—Vergüenza me da, sí, Rodia —dijo Dunia—. ¡Piotr Petróvich, largo de aquí! —le intimó, pálida de ira.

Piotr Petróvich no se esperaba, por lo visto, semejante desenlace. Confiaba demasiado en sí mismo, en su poder y en la indefensión de sus víctimas. No pasaba a creerlo todavía. Se puso lívido y contrajo los labios.

—¡Avdotia Románovna, como yo transponga ahora esa puerta con tal despedida..., cuente usted... que será para no volver nunca!... ¡Piénselo bien! Mi palabra es firme.

—¡Qué descaro!... —exclamó Dunia, levantándose rápidamente de su asiento—. Pero ¡si es que no quiero que vuelva en la vida!

—¡Cómo! ¿Có...mo es eso? —exclamó Luzhin, resistiéndose a creer hasta el último momento en ese desenlace y, además, enteramente fuera de sí—. ¿Cómo es eso? ¡Sepa usted, Avdotia Románovna, que yo podría contestar!

—¿Qué derecho tiene usted para hablarle de ese modo? —exclamó con vehemencia Puljeria Aleksándrovna—. ¿De qué es de lo que va usted a protestar? ¿Y qué derecho es el suyo? ¿El de que le demos a usted, a un hombre como usted, mi Dunia? ¡Vaya, márchese y déjenos en paz! ¡Nosotras somos las que tenemos la culpa por habernos metido en una historia como esta, y yo la primera!...

—Sin embargo, Puljeria Aleksándrovna —dijo Luzhin furioso—, usted me había dado su palabra, y ahora se retracta de ella..., y, finalmente..., finalmente, yo me había lanzado, por decirlo así, a gastos...

Esa última alegación encajaba tan bien en el carácter de Luzhin, que Raskólnikov, pálido de cólera e incapaz de contenerse, no pudo más, y, de pronto... soltó la carcajada. Pero Puljeria Aleksándrovna se puso como enajenada.

—¿A gastos? Pero ¿qué gastos han sido esos? ¿Se refiere usted acaso a nuestro baúl? Pero si el conductor nos lo admitió gratis... ¡Señor, que nosotras lo habíamos comprometido!... ¡Recapacite usted, Piotr Petróvich, y verá que no hemos sido nosotras, sino usted, quien nos tenía atadas de pies y manos!

—¡Basta, *mámenka*...; por favor, basta!... —rogó Avdotia Románovna—. ¡Piotr Petróvich, tenga usted la bondad: váyase!

—¡Me iré, sí; pero una última palabra! —dijo, habiendo perdido ya casi por completo el dominio de sí mismo—. Su mamá, por lo visto, olvida enteramente que yo había decidido tomarla a usted por esposa después del rumor público que se había extendido por toda la comarca a cuenta de su reputación.

Al desafiar por usted la opinión pública y rehabilitar su buena fama, podía yo, sin duda alguna, prometerme una indemnización y hasta exigir su gratitud... ¡Hasta ahora no he abierto los ojos! Ahora veo bien que acaso cometiera yo un error de bulto al desafiar la voz del pueblo...

—Pero ¿es que se ha empeñado en que le partan en dos la cabeza? —exclamó Razumijin, saltando del asiento y disponiéndose ya a embestirle.

—¡Es usted un hombre malo y ruin! —dijo Dunia.

—¡Ni una palabra! ¡Ni un gesto! —gritó Raskólnikov, conteniendo a Razumijin; luego, acercándose a Luzhin, que estaba ya casi en el umbral—: ¡Haga el favor de largarse de una vez! —le intimó con voz sorda, pero perceptible—, y ni una palabra más; de lo contrario...

Piotr Petróvich se quedó mirándolo unos segundos con la cara lívida y contraída de cólera; después dio media vuelta, se fue, y sin duda que sería raro encontrar quien llevase en su corazón tanto odio sañudo como el de aquel hombre hacia Raskólnikov. A él y solo a él le echaba la culpa de todo. Es de advertir que al bajar la escalera Luzhin aún seguía imaginándose que quizá pudiera arreglarse todavía la cosa y que, tocante a las dos mujeres, era «todo aún muy reparable».

III

Lo principal era que hasta el último momento no pudo sospechar tal desenlace. Se envalentonó hasta el último extremo, sin suponer siquiera la posibilidad de que dos mujeres pobres y desvalidas pudieran sacudirse su dominio. A tal convicción contribuyeron no poco su vanidad y esa confianza en sí mismo que mejor sería denominar amor propio. Piotr Petróvich, salido de la nada, se amaba morbosamente a sí mismo, tenía en gran estima su talento y aptitudes, y hasta a veces, a sus solas, se enamoraba de su cara en el espejo. Pero más que a nada en el mundo amaba y estimaba su dinero, reunido con trabajo y por todos los medios: ese dinero lo ponía al mismo nivel de cuanto estimaba superior.

Al recordarle ahora con amargura a Dunia que había decidido casarse con ella, no obstante los rumores lesivos para su reputación, Piotr Petróvich hablaba con absoluta sinceridad y hasta sentía profunda indignación ante «tan negra ingratitud». Y, sin embargo, al ponerse entonces en relaciones con Dunia, estaba en un todo convencido de la estupidez de aquellas calumnias, desmentidas públicamente por la propia Marfa Petrovna, y que hacía mucho tiempo ya no tenían curso en el pueblo, donde todos sentían viva estimación por Dunia. Pero no hubiera por nada del mundo reconocido ahora que todo eso ya lo sabía él entonces. Todo lo contrario: ponía muy por lo alto su resolución de levantar a Dunia hasta su altura, y lo consideraba una hazaña. Al hablarle de eso hacía un instante a Dunia declaraba un pensamiento secreto que venía ya de atrás asediándolo, en el que más de una vez se había ya complacido y no podía comprender cómo los demás podían no recrearse en aquella proeza suya. Al visitar aquella vez a Raskólnikov, entró en su casa poseído del sentimiento del protector que se dispone a recoger los frutos de su buen proceder y escuchar los más lisonjeros cumplidos. Y ahora también, sin duda, al bajar la escalera, se consideraba sumamente agraviado e incomprendido.

Dunia le era imprescindible; renunciar a ella no podía, no podía ni pensarlo. Tiempo hacía ya, algunos años, que con delicia venía pensando en casarse, en tanto iba ahorrando dinero y aguardaba. Con embriaguez soñaba, en el más profundo secreto, con una muchachita decente y pobre (no tenía más remedio que ser pobre), muy joven, muy guapa, buena e instruida, muy pazguatita, que hubiera pasado grandes apuros en la vida y se hallase enteramente desvalida ante él, de suerte que toda su vida hubiera de considerarlo como su salvador y demostrársele sumisa, dócil y llena de admiración para él y para él solo. ¡Cuántas escenas, cuántos dulces episodios se representaban en su imaginación acerca de este tema seductor y gracioso, cuando descansaba de sus ocupaciones!... Y he aquí que el ensueño de tantos años había ya casi tomado cuerpo; la hermosura e ilustración de Avdotia Románovna hubieron de impresionarle; su situación desamparada le enardeció en sumo grado. Hasta se le ofrecía algo más de lo que soñara: se le presentaba una joven digna, enérgica, virtuosa, con más experiencia y cultura que él mismo (así lo comprendía él), y una criatura así habría de estarle servilmente agradecida su vida entera en atención a su heroico rasgo y de humillarse dócilmente ante él, y él podría dominarla ilimitada y plenamente... Como adrede, poco tiempo antes de eso, tras largas ensoñaciones y expectaciones, había decidido, por último, cambiar definitivamente de rumbo y entrar en un círculo de actividad más amplio y, al mismo tiempo, poco a poco, irse abriendo camino en una sociedad más elevada, en la que tiempo hacía soñaba con deleite... En una palabra: que decidió tentar fortuna en Petersburgo. Sabía que por medio de las mujeres pueden lograrse mucho. El prestigio que irradia una mujer honrada y culta podía allanarle prodigiosamente el camino, granjearle simpatías, prestarle una aureola..., y ¡mire usted por dónde ahora todo eso se venía abajo! Aquella ruptura, imprevista, brutal, le produjo el mismo efecto que un rayo. ¡Aquella era una farsa absurda, una estupidez! Él no había hecho más que mostrar una puntita de impertinencia; apenas si había tenido tiempo de expresarse. ¡No había hecho más que bromear; se distrajo un momento, y qué seriamente había terminado todo!... Finalmente, amaba él a su manera a Dunia, ya la tenía dominada en sus sueños..., y, ¡de pronto!... ¡No! Mañana mismo, mañana mismo es menester plantear de nuevo la cuestión, poner remedio, enmendar, y, lo más importante, aniquilar a ese insolente pollo, que de todo ha tenido la culpa. Con una sensación morbosa recordaba también involuntariamente a Razumijin..., aunque, por lo demás, no tardaba en tranquilizarse a este respecto: «¡No faltaba más que ponerlo a su mismo nivel!». Pero a quien en su interior temía seriamente era a Svidrigáilov. En resumen: que le aguardaban muchos contratiempos...

... ...*

—¡No! ¡Yo soy la más culpable! —decía Dúnechka, abrazándose a su madre y besándola—. Me dejé seducir por su dinero; pero te juro, hermano... ¡No podía figurarme que fuese un hombre tan indigno! ¡De haberlo comprendido antes, por nada del mundo le hubiera hecho caso!... ¡No me culpes, hermano!

—¡Dios me libre de ello! ¡Dios me libre! —murmuró Puljeria Aleksándrovna, algo inconscientemente, cual si aún no se diera cuenta cumplida de lo sucedido.

Todos se alegraron, y a los cinco minutos ya estaban hasta riéndose. Solo de cuando en cuando Dúnechka palidecía y fruncía el ceño, recordando lo ocurrido. Puljeria Aleksándrovna ni siquiera podía imaginarse que también hubiera de alegrarse ella; la ruptura con Luzhin se le representaba aquella mañana misma como una desgracia terrible. Pero Razumijin estaba contentísimo. No se atrevía a manifestar todo su alborozo; pero temblaba todo él, como tomado de fiebre, cual si le hubieran quitado de encima del corazón un peso de un quintal. Ahora ya tenía derecho a consagrarles toda su vida, a servirlas... ¡Qué importaba lo demás! Pero, en el fondo, rechazaba aún con más temor ulteriores pensamientos y les temía a sus figuraciones. Raskólnikov era el único que continuaba en su mismo sitio, casi de mal humor y hasta ensimismado. Él, que era quien más había insistido en alejar a Luzhin, parecía el que menos se interesaba de todos por lo sucedido. Dunia, involuntariamente, pensaba que seguía muy enfadado

---

* Ponemos aquí esta línea de puntos, que falta en el original ruso, para marcar la interrupción del relato.

con ella, y Puljeria Aleksándrovna lo miraba tímidamente, de soslayo.

—¿Qué fue lo que te dijo Svidrigáilov?... —le preguntó, acercándose, Dunia.

—¡Ah, sí, sí!... —exclamó Puljeria Aleksándrovna.

Raskólnikov alzó la frente.

—Pues que está empeñado en regalarte diez mil rublos, expresando, al mismo tiempo, su deseo de celebrar contigo una entrevista en mi presencia.

—¡Una entrevista!... Pero ¿para qué? —exclamó Puljeria Aleksándrovna—. ¡Y cómo se atreve a ofrecerle dinero!

Luego Raskólnikov les refirió (bastante secamente) su conversación con Svidrigáilov, pasando por alto las apariciones de Marfa Petrovna, a fin de no extenderse demasiado, y sintiendo repugnancia a repetir de su diálogo lo que no fuera absolutamente indispensable.

—Y tú ¿qué le contestaste? —inquirió Dunia.

—Primero le dije que no te iba a decir a ti nada. A lo que él me hizo presente que en ese caso, procuraría, por todos los medios, tener una entrevista contigo. Estaba convencido de que la pasión que tú le inspiraste en otro tiempo fue un desvarío, y que en la actualidad nada siente por ti... No quiere que te cases con Luzhin... En general, se expresaba en términos vagos...

—¿Qué idea tienes tú formada de ese hombre, Rodia? ¿Qué te ha parecido a ti?

—Confieso que no lo entiendo bien. Ofrece diez mil rublos, y dice que no es rico. Dice que tiene intención de irse no sé adónde, y a los diez minutos se olvida de haberlo dicho. De pronto, sale también diciendo que quiere casarse y que ya tiene novia... Sin duda que persigue algún fin y, seguramente..., malo. Pero, entonces, es también raro que se conduzca tan estúpidamente, si abriga contra ti malas intenciones. Yo, naturalmente, rehusé, en tu nombre, ese dinero de una vez para siempre. En general, me pareció extraño y... hasta con ciertos indicios de enajenación mental. Pero pudiera equivocarme: quizá solo se trate de una artimaña suya. La muerte de Marfa Petrovna, al parecer, le ha afectado...

—¡Que el Señor tenga en paz su alma!... —exclamó Puljeria Aleksándrovna—. ¡Mientras viva, mientras viva, he de rogar a Dios por ella! ¿Qué sería ahora de nosotras sin esos tres mil rublos? ¡Señor, como llovidos del cielo nos vienen! ¡Ah, Rodia!... ¡Esta mañana solo teníamos tres rublos en plata por junto, y yo y Dunia ya estábamos pensando en empeñar el reloj, a fin de no pedirle nada a ese, ya que no adivinaba él mismo nuestra situación!

A Dunia parecía haberle hecho mucha impresión el ofrecimiento de Svidrigáilov. Se había quedado pensativa.

—¡Algo terrible se trae entre manos! —declaró, casi en un hilo de voz, para sí misma, poco menos que temblando.

Raskólnikov advirtió aquel miedo exagerado.

—Probablemente, tendré nuevas ocasiones de verlo —le dijo a Dunia.

—Le seguiremos la pista. ¡Yo se la seguiré! —exclamó Razumijin—. ¡No lo perderé de vista! Rodia no se opondrá a ello. No hace mucho me decía: «¡Mira por mi hermana!». Usted también me lo permitirá, ¿verdad, Avdotia Románovna?

Dunia se sonrió y le tendió la mano; pero de su rostro no se borraba la preocupación. Puljeria Aleksándrovna la miraba con timidez; por lo demás, aquellos tres mil rublos parecían haberla tranquilizado.

Durante un cuarto de hora sostuvieron todos un diálogo animadísimo. Incluso Raskólnikov, aunque sin tomar parte en la conversación, la siguió con interés algún rato. Razumijin hacía derroches de elocuencia.

—¿Y por qué, por qué habían de irse ustedes? —decía con exaltación en su vehemencia oratoria—. ¿Qué iban ustedes a hacer en ese poblado? Lo principal es que estamos todos aquí reunidos, y todos nos necesitamos mutuamente..., ¡y hasta qué punto nos necesitamos!, entiéndanme ustedes. Bueno; aunque sea por algún tiempo... A mí pueden considerarme como su compañero, como su amigo, y seguro estoy de que vamos a montar un gran negocio. Escúchenme, que voy a explicarles todo detalladamente..., todos mis proyectos. Esta mañana, cuando todavía nada había pasado, hubo de ocurrírseme una idea... He aquí de lo que se trata: yo tengo un tío (ya se lo presentaré a ustedes: un viejecito la mar de bueno y respetable), y este tío mío tiene un capital de mil rublos, y además vive de una pensión; de suerte que no necesita ese dinero. Hace más de un año que viene porfiándome para que yo le acepte esos mil rublos y se los pague luego al seis por ciento. Yo veo el juego: lo que él quiere es, sencillamente, ayudarme; el año pasado no me hicieron falta; pero este año estaba aguardando únicamente que viniese para pedírselos. Así, con que ustedes pongan luego otros mil rublos de sus tres mil, ya tendríamos bastante para empezar, y podríamos asociarnos. ¿Qué es lo que podríamos emprender?

Aquí Razumijin empezó a desarrollar su proyecto, y habló largo y tendido de nuestros libreros y editores, casi ninguno de los cuales conoce su oficio, y, además, suelen ser malos editores, mientras que el negocio editorial, bien conducido, puede producir un interés a veces considerable. Con el negocio editorial soñaba Razumijin, que llevaba ya dos años trabajando para otros y conocía bastante bien tres lenguas europeas, no obstante haberle dicho seis días antes a Raskólnikov que en alemán estaba *flojo*, con el fin de convencerlo para que aceptara la mitad de su trabajo de traducción y se ganase así tres rublos; en aquella ocasión mentía, y Raskólnikov lo sabía de sobra.

—¿Por qué, por qué habríamos de perder la ocasión, teniendo, como tenemos, uno de los principales elementos: dinero propio? —decía, entusiasmado, Razumijin—. Cierto que hace falta trabajar de firme; pero trabajaremos, usted, Avdotia Románovna, yo, Rodión... Hay ediciones que producen ahora un interés famoso. Pero la base principal de la empresa estriba en que sabremos lo que hace falta traducir. Y traduciremos, y editaremos, y estudiaremos al mismo tiempo. Ahora puedo yo ser útil, porque tengo experiencia. Vean ustedes: ya va a hacer dos años que ando entre editores y conozco al dedillo el negocio; no es cosa del otro jueves, créanme.* ¿Y por qué, por qué habríamos de no hincarle el diente al bocado? Conozco, y me cuido de divulgarlo, dos o tres obras que, por la sola idea de traducirlas y editarlas, pueden producir cien rublos por ejemplar, y una de ellas no la daría yo en quinientos. ¿Y qué se creen ustedes? Si yo se lo propusiera a alguno de ellos, todavía dirían que no, que así son de imbéciles. Y por lo que hace al trabajo de la imprenta, al papel, a la venta, déjenmelo todo eso a mí. Conozco todos los recovecos. Poco a poco empezaremos, iremos ensanchando el negocio; por lo menos, nos ganaremos la vida, y, en todo caso, no perderemos.

A Dunia le refulgían los ojos.

—Todo eso que usted dice es muy de mi agrado, Dmitrii Prokófich —dijo.

—Yo, mire usted, claro que no entiendo nada —asintió Puljeria Aleksándrovna—. Puede que todo eso esté muy bien; pero, desde luego, Dios sabe. Es algo nuevo, desconocido. Indudablemente que tendremos que estar aquí, aunque solo sea por algún tiempo...

Lanzó una mirada a Rodia.

—¿Qué piensas tú, hermano? —dijo Dunia.

—Pienso que ha tenido una excelente idea —repuso—. Con una casa editorial en grande no hay, naturalmente, que soñar; pero cinco o seis libros, efectivamente, pueden editarse con indudable éxito. Yo también conozco una obra que infaliblemente lo tendría. Por lo que toca a su capacidad para dirigir el negocio, no cabe la menor duda: conoce el asunto...

---

* «... no es cosa del otro jueves, créanme». En el original ruso dice literalmente: «los santos no hacen los pucheros» («*ne sviati gorschki liepat*»).

Por lo demás, ya tendremos ocasión de seguir hablando de esto.

—¡Hurra! —gritó Razumijin—. Ahora aguarden ustedes; aquí hay un piso, en esta misma casa, de los mismos patronos. Es un piso independiente, separado, que no se comunica con estos números, y lo dan amueblado, a un precio módico: tres habitaciones. En él pueden ustedes instalarse, por lo pronto. Yo iré mañana a empeñarles a ustedes el reloj, les traeré el dinero y todo se arreglará. Lo principal es que puedan ustedes vivir los tres juntos, contando con Rodia... Pero, Rodia, ¿adónde vas?

—Pero ¿cómo es eso, Rodia? ¿Ya te vas? —inquirió también, inquieta, Puljeria Aleksándrovna.

—¡En este preciso instante! —exclamó Razumijin.

Dunia miró a su hermano con receloso asombro. Tenía en sus manos la gorra; se disponía a irse.

—No parece sino que vais a darme sepultura o a despediros de mí para toda una eternidad —dijo de un modo algo extraño.

Pareció sonreírse; pero aquello no era una sonrisa.

—Pero, después de todo, ¡quién sabe si será la última vez que nos veamos! —añadió con tono desolado.

Lo pensó para sus adentros; pero se le escapó en voz alta.

—Pero ¿qué tienes?... —exclamó su madre.

—¿Adónde vas, Rodia?... —inquirió Dunia de un modo algo singular.

—Es que no tengo más remedio —respondió él con aire vago, como titubeando respecto a lo que deseaba decir. Pero en su pálido rostro se advertía una resolución enérgica.

—Quería decir... al venir acá... Yo quería decirle a usted, *mámenka*..., y a ti también, Dunia, que será lo mejor que no nos veamos por algún tiempo. No me siento bien, no estoy tranquilo... Yo mismo vendré luego, yo mismo vendré cuando... sea posible. Yo a vosotras os recuerdo y os quiero... ¡Dejadme en paz! ¡Dejadme solo! Así lo tenía yo resuelto desde antes... De veras que lo tenía decidido... Sea de mí lo que fuere, me pierda o no, quiero estar solo. Olvidadme enteramente. Será lo mejor... No hagáis por saber de mí. Cuando sea preciso, yo mismo vendré... u os mandaré llamar. ¡Puede ser que todo resucite!... Pero ahora, si me queréis bien, dejadme, dejadme... De otra suerte, os cobraré odio, lo comprendo... ¡Adiós!

—¡Señor! —exclamó Puljeria Aleksándrovna.

Madre e hija sentían un miedo horrible; también Razumijin.

—¡Rodia! ¡Rodia!... ¡Reconcilíate con nosotros, seamos lo que antes!... —exclamó la pobre madre.

Lentamente se dirigió él a la puerta y lentamente se salió del cuarto. Dunia corrió tras él y lo alcanzó.

—¡Hermano! ¿Qué es lo que haces con nuestra madre? —le murmuró con una mirada encendida de indignación.

Él la miró largamente.

—¡Nada, ya vendré, ya vendré!... —murmuró él en voz baja, cual si no se diese cuenta cabal de lo que quería decir, y se salió del cuarto.

—¡Egoísta, insensible, malo!... —exclamó Dunia.

—¡Loco, y no insensible! ¡Loco!... Pero ¿no lo están ustedes viendo?... ¡Usted es la insensible! —murmuró ardientemente Razumijin en sus mismos oídos, al mismo tiempo que le estrechaba con fuerza la mano.

—¡Enseguida vuelvo!... —exclamó, dirigiéndose a la victimada Puljeria Aleksándrovna, y salió corriendo de la habitación.

Raskólnikov lo aguardaba al final del pasillo.

—Ya sabía yo que tú habías de venir corriendo —dijo—. Vuelve allá y estate con ellas... Estate también con ellas mañana... y siempre. Yo... quizá venga... si puedo. ¡Adiós!

Y se alejó de él, sin tenderle la mano.

—Pero ¿adónde vas? ¿Qué es lo que te pasa? ¿Es que es posible hacer esto? —murmuró Razumijin, completamente atónito.

Raskólnikov volvió a detenerse.

—De una vez para siempre, no me preguntes nada ni por nada. Nunca te he de responder nada... No vayas a verme. Quizá yo venga por aquí... Déjame a mí y *no las dejes* a ellas. ¿Me entiendes?

El corredor estaba en sombras; ellos se habían detenido junto a una luz. Por un momento, ambos se miraron uno a otro en silencio. Razumijin recordó después aquel momento toda su vida. El encendido y fijo mirar de Raskólnikov parecía hacerse más fuerte a cada instante, penetrar en su alma, en su conciencia. De pronto, Razumijin dio un respingo. Parecía como si algo extraño hubiese pasado entre ellos... Una idea, algo así como una insinuación, había cruzado por su mente: algo horrible, monstruoso y súbitamente comprensible para ambos... Razumijin palideció como un muerto.

—¿Comprendes ahora?... —dijo, de pronto, Raskólnikov, con rostro morbosamente crispado—. Vuélvete, estate con ellas —añadió de pronto, y, girando rápidamente los talones, se salió de la casa...

No me detendré a describir lo que pasó aquella noche en casa de Puljeria Aleksándrovna, cuando Razumijin volvió al lado de ambas mujeres; cómo hizo por tranquilizarlas; cómo les juró que era preciso dejar respirar a Raskólnikov, enfermo como estaba, y que indefectiblemente iría a verlas, iría a verlas todos los días; que él estaba muy, pero muy quebrantado, y no había que irritarlo; cómo él, Razumijin, no había de perderle la pista, y le buscaría un buen médico, el mejor, toda una consulta... En resumen: que desde aquella noche fue Razumijin para ellas hijo y hermano.

IV

Cuanto a Raskólnikov, se encaminó directamente a la casa del canal, donde vivía Sonia Semiónovna. Era una casa de tres pi-

447

sos, vieja y de color verde. Buscó y preguntó al portero, y este le dio vagas indicaciones de dónde vivía Kapernaúmov, el sastre. Después de encontrar en un rincón del patio el acceso a la angosta y oscura escalera, subió finalmente al segundo piso, y fue a salir a una galería que la rodeaba por el lado del patio. En tanto buscaba en la sombra, y lleno de perplejidad, dónde podría estar la entrada del piso de Kapernaúmov, de pronto, a tres pasos de distancia de él, se abrió una puerta, y a ella se asió maquinalmente.

—¿Quién es?... —preguntó, inquieta, una voz de mujer.

—Soy yo... que venía a verla —respondió Raskólnikov, y se entró por el reducido pasillo. Allí, en una mesa derrengada, en un candelero de cobre abollado, ardía una vela.

—Pero ¿es usted, señor? —exclamó débilmente Sonia, y se quedó como herida del rayo.

—¿Por dónde se va? ¿Por aquí?

Y Raskólnikov, esforzándose por no mirarla, pasó a la habitación.

Un minuto después entraba también Sonia con la vela; la dejó y se quedó muy plantada delante de él, toda estupefacta, toda poseída de indescriptible emoción y visiblemente asustada de aquella inopinada visita. De pronto, afluyó el color a su pálido rostro, y hasta brotaron de sus ojos lágrimas... Sintió sofoco, y vergüenza, y dulzura... Raskólnikov se apartó bruscamente y se sentó en una silla, junto a la mesa. En un instante había podido abarcar con la mirada todo el cuarto.

Era una habitación espaciosa, pero extraordinariamente baja de techo, la única que alquilaban los Kapernaúmoves, cuya puerta, cerrada, se encontraba en el testero izquierdo. En el lado de enfrente, en el testero de la derecha, había otra puerta, siempre herméticamente cerrada. También había allí otra habitación, contigua, que llevaba otro número. La habitación de Sonia semejaba, en cierto modo, un cobertizo; tenía la forma de un cuadrángulo bastante irregular, lo que la hacía parecer bastante fea. La pared, con tres ventanas que daban al canal, venía a cortar el cuarto como al sesgo, por lo que uno de los ángulos, terriblemente agudo, se hundía allá en el fondo, de suerte que, en habiendo poca luz, no se le podía ver bien el fin; el otro ángulo, en cambio, era excesivamente obtuso. En toda aquella espaciosa habitación casi no había muebles. En un rincón, a la derecha, se veía una cama; junto a ella, cerca de la puerta, una silla. En el mismo testero donde estaba la cama, junto a la misma puerta que daba a la otra habitación, había una sencilla mesa de pino blanca, cubierta con un tapete azul; junto a la mesa, dos sillas de paja. Luego, en el testero opuesto, en las proximidades del ángulo agudo, había una sencilla cómoda de pino, como abandonada en un desierto. He ahí todo cuanto había en el cuarto. El empapelado amarillento, ahumado y gastado, ennegrecía en todos los rincones; por fuerza tenía que haber allí humedad y tufo a carbón en invierno. La miseria saltaba a la vista: la cama no tenía siquiera cortinas.

Sonia, en silencio, contemplaba a su visitante, que tan atenta y despreocupadamente pasaba revista a su habitación, y hasta empezó a lo último a temblar de susto, cual si se encontrara delante de un juez que fuese a decidir de su suerte.

—Vengo tarde... ¿Son ya las once? —preguntó él, sin alzar todavía hacia ella los ojos.

—Son —balbució Sonia—. ¡Ah, sí, son! —dijo atropelladamente, de pronto, cual si aquello le pareciera una salida—. Ahora mismo acaban de dar en el reloj del patrón... Yo misma las oí... Han dado.

—Vengo a verla por última vez —continuó Raskólnikov, adusto, no obstante ser aquella la primera—. Es posible que no vuelva a verla más...

—¿Usted... se va?

—No lo sé..., mañana...

—Entonces ¿no va usted a ir mañana a ver a Katerina Ivánovna? —Y a Sonia le temblaba la voz.

—No sé. Todo depende de mañana... Pero no se trata de eso: yo he venido para decirle a usted una cosa...

Alzó hacia ella su cavilosa mirada, y de pronto advirtió que, mientras él estaba sentado, ella seguía en pie ante él.

—Pero ¿por qué está usted en pie? Siéntese —le dijo con voz que, de pronto, se había vuelto suave y afectuosa.

Ella se sentó. Él, afable y casi compasivamente, la contempló un momento.

—¡Qué delgadita está! ¡Qué manecitas tiene! Transparentes del todo. Los deditos parecen los de una muerta.

Le había cogido una mano. Sonia sonrió débilmente.

—Siempre he estado así —dijo.

—¿También cuando vivía en su casa?

—Sí.

—¡Claro, desde luego! —dijo él con rudeza, y la expresión de su semblante y el timbre de su voz cambiaron de repente. Otra vez volvió a esparcir la vista en torno suyo.

—¿Son los Kapernaúmoves los que le tienen alquilado esto?

—Sí.

—¿Ellos viven ahí, detrás de esa puerta?

—Sí... También ellos tienen una habitación como esta.

—¿Todo en una pieza?

—En una sola.

—Yo, en su cuarto de usted, por las noches, tendría miedo —observó él con aire sombrío.

—Los patronos son muy buenos, muy amables —respondió Sonia, todavía como recapacitando y sin acabar de darse cuenta—, y todos los muebles, y todo..., todo es de los patronos. Son muy buenos, y también los niños vienen aquí con frecuencia.

—¿Son tartamudos?

—Sí. Él es tartamudo, y tuerto además. Y su mujer, también... No es que sea declaradamente tartamuda, sino que le cuesta trabajo pronunciar las palabras. Es también muy buena. Él ha sido siervo. Y tiene siete hijos varones... y solo el mayorcito es tartamudo, que los otros están sencillamente enfermos, pero no tienen ese defecto... Pero usted ¿por dónde está enterado de ellos? —añadió algo maravillada.

—Me lo contó todo su padre de usted... También de usted me habló... Y me refirió cómo había usted salido una noche a las seis y vuelto a casa a las nueve y cómo Katerina Ivánovna se echó de rodillas a los pies de su cama.

Sonia se desconcertó.

—Yo lo he visto a él hoy mismo —murmuró indecisa.

—¿A quién?

—A mi padre. Había salido a la calle, ahí al lado, a la esquina, a las diez, y me pareció enteramente como si él pasara por delante de mí. Ni más ni menos que si fuera él. Ya quería yo hasta ir a casa de Katerina Ivánovna...

—¿Iba usted dando un paseo?

—Sí —balbució Sonia rápida, tornando a desconcertarse y bajando la cabeza.

—Dígame: ¿Katerina Ivánovna no le pegaba a usted allí, en casa de su padre?

—¡Ah, no! ¿Qué dice usted? ¿Cómo puede usted pensar eso? ¡No! —Y Sonia le miró con cierto azoramiento.

—¿Usted la quiere mucho?

—¿A ella? ¡Sí, mucho! —exclamó lastimera Sonia, y en un impulso de piedad juntó de pronto sus manos—. ¡Ah! Si usted, si usted la conociese... Mire, es enteramente una niña... Tiene como trastornado el juicio... por el dolor. ¡Y qué inteligente ha sido! ¡Qué generosa! ¡Qué buena! Usted no la conoce, usted no la conoce, no la conoce en absoluto... ¡Ah!

Sonia dijo aquello como desesperada, conmovida y apiadada, y juntando las manos. Sus pálidas mejillas se tiñeron de rubor, sus ojos expresaron sufrimiento. Saltaba a la vista que estaba terriblemente emocionada, que sentía unas ganas terribles de expresar, de decir algo, de salir a la defensa de su madrastra. Una compasión *insaciable*, si es lícito expresarse así, se dejó traslucir súbitamente en todas sus facciones.

—Me pegaba. Pero ¡qué dice usted! ¡Señor, que me pegaba! Y aunque me pegara, ¿qué? Usted no sabe nada, usted no sabe nada... ¡Es tan desgraciada, ah, tan desgraciada! Y enferma... Siempre busca en todo la justicia. Es pura. Cree que en todo debe reinar la justicia, y la reclama... Y aunque la pinche usted, no comete injusticia. Ella no comprende que no es posible que todo el mundo, y siempre, sea justo, y se irrita... ¡Como una niña, como una niña pequeña! ¡Ella es justa, justa!

—Pero ¿qué va a ser de usted?

Sonia le interrogó con la mirada.

—Usted es lo único que les queda. Cierto que lo mismo era también antes: que todos pesaban sobre usted, y hasta el difunto, cuando se emborrachaba, iba a pedirle. Pero ahora, ¿qué va a pasar?

—No sé —profirió tristemente Sonia.

—¿Van a continuar allí?

—No sé. Están entrampados con la patrona; esta les ha dicho hoy mismo que tienen que desalojar el cuarto, y Katerina Ivánovna le contestó que tampoco ella quería permanecer allí ni un minuto más.

—Pero ¿cómo se muestra tan valiente? ¿Confía acaso en usted?

—¡Ah, no, no hable usted así!... Nosotras vivimos como si fuéramos una. —Y otra vez volvió Sonia a agitarse e incluso a irritarse, exactamente igual que un canario o cualquier otro pajarillo que se enfada—. Pero ¿cómo habría de ser ella? ¿Cómo habría de ser de otro modo? —preguntó, exaltándose y emocionándose—. Pero ¡cuánto, cuánto ha llorado hoy! Tiene trastornado el juicio, ¿no se lo ha notado usted? Está trastornada: tan pronto se inquieta como una niña porque mañana haya de todo, hasta entremeses, como se retuerce las manos, expectora sangre, se echa a llorar y, de pronto, se pone a darse de cabezadas contra la pared, desesperada. Y luego se consuela, pone toda su confianza en usted; dice que usted, ahora, es su sostén, y que ya tomará ella prestada en alguna parte una cantidad buena de dinero y se volverá a su pueblo conmigo, y allí abrirá una pensión para señoritas y me pondrá a mí de inspectora, y empezará para nosotras una nueva, hermosa vida, y me besa, y me abraza, y me consuela, y vea usted; todo eso se lo cree. ¡Cómo se cree esas fantasías! ¿Acaso es posible contradecirla? Todo el día se lo ha pasado hoy fregando los suelos, lavando, repasando la ropa; tan débil como está, ha movido de sitio la tina, ahogándose, hasta que se dejó caer rendida en la cama; y además de eso, por la mañana salimos las dos juntas a comprarle zapatitos a Pólenchka y a Lenia, porque los que tenían estaban todos rotos, y no nos alcanzaba el dinero, que nos faltaba mucho, y ella escogió unos zapatitos muy majos, porque es mujer de gusto, usted no sabe... Mire: allí mismo, en la tienda, se echó a llorar delante del comerciante, porque no nos alcanzaba el dinero... ¡Ah, qué lástima daba verla!

—Sí; después de eso, se comprende que usted... viva así —dijo Raskólnikov con amarga sonrisa.

—Pero ¿es que a usted no le da pena? ¿No le inspira compasión? —exclamó otra vez Sonia—. Pero ¡si yo sé que usted le dio lo último que le quedaba, y eso que nada había visto! Pues ¿y si hubiera usted visto, señor? ¡Oh, cuántas veces le he hecho yo llorar! La semana pasada, sin ir más lejos. La semana antes de su muerte. Me porté con crueldad. ¡Y cuántas, cuántas veces lo hice así! ¡Ah, qué doloroso me es ahora recordarlo todo el día!

Sonia juntó las manos ante esa evocación.

—¿Que se portó usted cruelmente con él?

—¡Sí, yo, yo! Fui un día —continuó ella, llorando— y mi padre me dijo: «Léeme un poco, Sonia, que me duele algo la cabeza...; léeme algo...; mira: aquí tienes el libro». Era un librito que le habían prestado, entre otros, Andrei Semiónich Lebeziátnikov, que vive allí, y le prestaba esos librillos chistosos. Y yo voy y le digo: «Tengo que irme ya». No quería leerle, porque había ido allí, más que nada, por enseñarle unos cuellos a Katerina Ivánovna; porque Lizaveta, la marchanta,

me llevaba a mí cuellos y puños muy baratos, lindos, nueveci-
tos y con dibujos. A Katerina Ivánovna le gustaron mucho
los cuellos, y fue y se los puso y se miró al espejo con ellos:
nada, que le habían gustado muchísimo. «¿Por qué no me los
regalas, Sonia? Hazme ese favor», decía; me los pidió por *favor* porque se le habían antojado de veras. Pero ¿con qué traje ponérselos? Así es: siempre tiene presente el buen tiempo
de antes. Se mira al espejo, se admira, y no tiene, pero lo que
se dice no tiene ropa que ponerse, ni prenda alguna hace ya
tantos años... Y por nada del mundo le pide nunca nada a nadie: orgullosa, antes daría ella lo último que le quedase; pero
en aquella ocasión sí pedía: ¡tanto le habían gustado! Pero a
mí me dolía dárselos. «¿Para qué los quiere usted —le digo—,
Katerina Ivánovna?». Así se lo dije, ¡y no debía habérselo dicho! Me miró de un modo y sintió aquello tanto, tanto, que
daba lástima mirarla... Y no era por los cuellos, sino porque yo
se lo hubiera negado, harto lo veía yo. ¡Ah, si yo pudiera ahora cambiar todo eso, volverlo del revés, borrar aquellas palabras! ¡Oh, yo!..., pero ¿para qué?... A usted todo esto le será
indiferente.

—¿Conocía usted a Lizaveta, la marchanta?

—Sí... ¿También usted la conocía? —le interrogó Sonia a
su vez con cierto asombro.

—Katerina Ivánovna está tísica en último grado, no tardará en morir —dijo Raskólnikov, después de una pausa y sin
contestar a la pregunta.

—¡Oh, no, no, no! —Y Sonia, inconscientemente, le cogió las manos, como implorándole que no fuera así.

—Pero si, después de todo, ¡es preferible que se muera!

—¡No, no es mejor, no es mejor! —exclamó ella, asustada
e inconsciente.

—¿Y los hijos? ¿Qué hará usted con ellos, si no los puede
tener consigo?

—¡Oh, no sé! —exclamó Sonia casi desesperada, y se llevó las manos a la frente. Era evidente que aquella idea le había

cruzado ya muchas veces por la imaginación y que él no había hecho más que despertársela.

—Además, y si usted, viviendo todavía Katerina Ivánovna, cae enferma y la llevan a un hospital, vamos a ver, ¿qué pasará entonces? —insistió él inexorable.

—¡Ah! ¿Qué dice usted, qué dice usted? ¡Eso no es posible! —Y el rostro de Sonia se contrajo en una mueca de espanto horrible.

—¿Cómo que no puede ser? —prosiguió Raskólnikov con cruel sonrisa—. ¿Está usted asegurada contra la enfermedad? ¿Qué será entonces de ellos? Al arroyo irán a parar todos en pandilla, y ella se pondrá a toser, y a rogar, y a darse de cabezadas contra la pared, como hizo hoy, y los niños, a llorar... Pero terminará rodando por el suelo, y la cogerán y la llevarán a la comisaría, a un hospital, donde morirá; y los hijos...

—¡Oh, no! ¡Dios no consentirá que así sea! —brotó, finalmente, del encogido pecho de Sonia.

Le había escuchado en silencio, fija en él la vista y juntas en muda plegaria las manos, cual si de él dependiese todo.

Raskólnikov se levantó y empezó a dar paseos por la habitación. Transcurrió un minuto. Sonia seguía en pie, bajas las manos y la frente, presa de horrible pesar.

—¿Y no hay medio de ahorrar, de guardar para los días negros? —preguntó él, deteniéndose, de pronto, ante ella.

—No —balbució Sonia.

—¡Claro que no! Pero ¿lo ha intentado? —añadió él casi con sarcasmo.

—Lo he intentado, sí.

—¡Y no le dio resultado, naturalmente! ¿A qué preguntar?

Y otra vez se puso a dar paseos por la habitación. Transcurrió otro minuto.

—¿No gana usted algo todos los días?

Sonia se desconcertó aún más que antes, y de nuevo subiéronle los colores a la cara.

—No —murmuró, haciendo un doloroso esfuerzo.

—A Pólechka seguramente le pasará lo mismo —dijo de pronto.

—¡No! ¡No! ¡No es posible, no! —exclamó, en voz alta, Sonia, como desesperada, cual si de pronto la hubiesen traspasado con un puñal—. ¡Dios, Dios no permitirá tamaño horror!

—Para otras lo ha consentido.

—¡No, no! ¡A ella Dios la protegerá, sí, Dios!... —repitió Sonia fuera de sí...

—Sí; pero es posible hasta que no haya Dios —replicó Raskólnikov con una suerte de maligna alegría; se echó a reír y se quedó mirándola.

La cara de Sonia cambió de repente de un modo terrible: corriéronle por ella convulsiones. Con inexpresable reproche, fijó en él la vista; quiso decir algo, pero no acertó a decir nada, y lo único que hizo fue romper en sollozos, cubriéndose la cara con las manos.

—Dice usted que Katerina Ivánovna está perdiendo el juicio; pues a usted también le está pasando otro tanto —dijo, después de algún silencio.

Transcurrieron cinco minutos. Él seguía dando valsones arriba y abajo, en silencio y sin mirarla a ella. Finalmente, se le acercó; le centelleaban las pupilas. Le puso ambas manos en los hombros y la miró rectamente a sus ojos asustados. Era la suya una mirada seca, sanguinolenta, aguda, y los labios le temblequeaban con fuerza... De pronto, se agachó rápido, y arrodillándose en el suelo, le besó el pie. Sonia, asustada, se apartó de él como de un demente. Y, con efecto, todo el aspecto de un demente tenía.

—¿Qué hace usted, qué hace usted delante de mí? —balbució ella, después de empalidecer, y de pronto se le encogió dolorosamente el corazón.

Él inmediatamente se levantó.

—Yo no me he prosternado ante ti, sino ante todo el dolor

humano —dijo él, con tono extraño, y se retiró junto a la ventana—. Escucha —añadió, volviendo a su lado al cabo de un minuto—: yo hace poco le dije a un malhablado que no valía lo que tu dedo meñique... y que yo a mi hermana le había hecho hoy un honor al sentarla a tu lado.

—¡Ah! Pero ¿eso le dijo usted? ¿Y delante de ella? —exclamó, asustada, Sonia—. ¿Sentarse a mi lado? ¡Un honor! Pero si yo..., mire usted..., estoy deshonrada... ¡Ah, eso le dijo usted!

—No por deshonra ni pecado dije yo eso de ti, sino por tu gran sufrimiento. Que eres una gran pecadora es cierto —añadió casi con solemnidad—; pero lo peor de todo, aquello en que más pecaste, fue por haberte sacrificado y entregádote *en vano*. ¿No es un horror, no es un horror que tú vivas en este fango, que tanto odio, y al mismo tiempo sepas tú misma (no tienes más que abrir los ojos) que a nadie le eres útil con esto ni a nadie salvas de nada? Pero dime finalmente —continuó, como en un paroxismo—: ¿cómo es posible que en ti alternen tanta bajeza y ruindad con otros sentimientos opuestos y sagrados? ¡Mucho más justo, mil veces más justo, habría sido arrojarse de cabeza al agua y acabar de una vez!

—Y de ellos, ¿qué sería? —inquirió Sonia débilmente, mirándolo dolorosamente; pero, al mismo tiempo, cual si no le causara demasiado asombro la proposición.

Raskólnikov la miraba de un modo extraño.

Lo leyó todo en aquella única mirada suya. De fijo ya antes se le había ocurrido a ella esa idea. Quizá muchas veces, y con toda seriedad, hubiese pensado, en su desesperación, acabar de una vez, y con tal perfecta seriedad, que ahora ya casi no le asombraban sus palabras. Ni siquiera advertía la crueldad de su lenguaje (el sentido de sus reproches y su modo especial de considerar su deshonra no los había, sin duda, advertido, y así pudo él notarlo). Pero Raskólnikov comprendía plenamente hasta qué extremo de monstruoso suplicio la torturaba a ella, y ya hacía tiempo, la idea de lo deshonroso y vergonzoso de su situación. «¿Qué será, qué será —pensaba él— lo que ha podido contener hasta ahora su resolución de acabar de una vez?». Y solo entonces se dio cuenta cabal de lo que para ella significaban aquellos pobres huerfanitos y aquella lamentable Katerina Ivánovna, medio chiflada con su tisis y sus cabezadas contra las paredes.

Pero también, al mismo tiempo, hubo de ver claro que Sonia, con su carácter y la educación que había recibido, en modo alguno podía continuar así. Sea como fuere, ante él surgía el problema: ¿cómo había podido ella perseverar tanto tiempo en aquella situación y no perder el juicio, puesto que le hubiese faltado valor para arrojarse al agua? Sin duda comprendía él que la situación de Sonia representaba un fenómeno accidental en la sociedad, aunque, por desgracia, distase mucho de ser único y exclusivo. Pero esa misma accidentalidad, esa vaga educación suya y toda la honradez de su vida habrían podido matarla de un golpe al primer paso de aquel repugnante camino. ¿Qué era lo que la sostenía? ¿No sería el gusto al libertinaje? Toda aquella vergüenza saltaba a la vista, solo la rozaba a ella de un modo maquinal; de la verdadera corrupción, aún no había llegado a su corazón ni una gota de ella: ella estaba ante él patente.

«Tres caminos hay —pensaba Rodión—: arrojarse al canal, ir a parar a un manicomio o..., o, por último, lanzarse al vicio, embruteciendo el alma y petrificando el corazón». Este último pensamiento le resultó el más repugnante de todos; pero él era ya escéptico, era joven, indiferente y quizá cruel, y no podía creer que ese último recurso, es decir, el vicio, fuese el más probable.

«Pero ¿y si fuere cierto —murmuró para sí—; si incluso esta criatura, que todavía conserva su pureza de alma, se lanzase conscientemente a esa terrible hedionda cloaca? ¿Y si ya hubiere empezado esa caída, si únicamente hubiera ella podido aguantar, hasta ahora, esta vida, porque el vicio no le pareciese tan repugnante? ¡No, no; eso no puede ser! —exclamaba él como poco antes Sonia—. No; del canal le ha apartado hasta ahora la idea del pecado y también por *ellos*... Si hasta ahora no perdió tampoco la razón... Pero ¿quién ha dicho que no haya perdido ya la razón? ¿Acaso está en su cabal juicio? ¿Es posible quizá hablar como ella habla? ¿Es posible estar sentado así, al borde de un abismo, precisamente encima de una hedionda cloaca, en la que ya empieza a hundirse y a agitar las manos y taparse los oídos, cuando le hablan a uno del peligro? ¿Qué milagro es el que aguarda? Seguramente alguno. ¿Y no son todos estos otros tantos indicios de locura?».

Con terquedad, se aferraba a esa idea. Aquella salida le era grata incluso más que las otras. Se puso a considerarla con mayor atención.

—¿Le rezas tú mucho a Dios, Sonia? —le preguntó.

Sonia guardaba silencio; él estaba en pie a su lado y esperaba la respuesta.

—¿Qué sería de mí sin Dios? —balbució, rápida, enérgicamente, ella; fijó en él un instante sus centelleantes ojos y, cogiéndole la mano, se la estrechó fuerte entre las suyas.

«¡Vaya, eso es!», pensó él.

—Pero ¿qué es lo que hace Dios por ti? —inquirió, llevando más adelante su experiencia.

Sonia guardó largo rato silencio, cual si no pudiera contestar. Su débil pechito temblaba de emoción.

—¡Calle usted! ¡No me pregunte! ¡Usted no es digno!... —gritó, de pronto, lanzándole una mirada adusta y colérica.

«¡Eso es! ¡Eso es!», repetía él, contumaz, para sus adentros.

—¡Lo hace todo! —murmuró ella rápidamente, tornando a bajar la cabeza.

«¡He ahí el recurso! ¡Ahí está la explicación del recurso!», decidió él mentalmente, mirándola con ávida curiosidad.

Con un sentimiento nuevo, casi morboso, contemplaba aquella carita, pálida, demacrada y de facciones irregulares y angulosas, con aquellos ojines chiquitos, azules, capaces de lanzar tales destellos, de brillar con una expresión tan austera y enérgica; aquel frágil cuerpecillo, trémulo todavía de indignación y cólera, y todo aquello le parecía cada vez más extraño, casi imposible. «¡Loca! ¡Loca!», confirmó en su interior.

Encima de la cómoda había un libro. Cada vez que en sus paseos arriba y abajo pasaba por delante, fijaba en él la vista; ahora lo cogió y lo examinó. Era el Nuevo Testamento, en su versión rusa. Era un libro viejo y mugriento, encuadernado en piel.

—¿De dónde procede esto? —le gritó a través del cuarto. Ella seguía en pie, inmóvil en el mismo sitio, a tres pasos de la mesa.

—Me lo trajeron —respondió ella como de mala gana y sin mirarle.

—¿Quién te lo trajo?

—Lizaveta me lo trajo, a instancias mías.

«¿Lizaveta? ¡Es raro!», pensó él. Todo lo de Sonia le resultaba cada vez más extraño y asombroso. Acercó el libro a la luz y se puso a hojearlo.

—¿Dónde está lo de Lázaro? —inquirió de pronto.

Sonia miraba obstinadamente al suelo, y no respondió. Estaba un poco retirada de la mesa.

—¿Dónde habla de la resurrección de Lázaro? Búscamelo, Sonia.

Ella le miró de soslayo.

—No busque usted ahí..., en el cuarto Evangelio... —murmuró con dureza, sin dar un paso hacia él.

—Búscamelo y léemelo —dijo.

Raskólnikov se sentó, se echó de codos sobre la mesa, se cogió la cabeza con las manos y se ladeó un poco para escuchar.

«¡Dentro de tres semanas, al manicomio! También yo, probablemente, iré a parar allí, ¡si no a otro sitio peor!», murmuró para sus adentros.

Sonia se acercó indecisa a la mesa, escuchando recelosa el deseo de Raskólnikov. Pero cogió el libro.

—Pero ¿no lo ha leído usted? —inquirió, mirándole desde el otro lado de la mesa. Su voz sonaba cada vez más dura.

—Hace mucho tiempo... En la escuela... ¡Lee!

—Y en la iglesia, ¿no lo oyó?

—Yo... no voy a la iglesia. Y tú, ¿vas muy a menudo?

—¡No! —balbució Sonia.

Raskólnikov se echó a reír.

—Lo comprendo... Y mañana, ¿no vas a ir al entierro de tu padre?

—Iré. Ya estuve allí la semana pasada... Mandé decir un responso.

—¿Por quién?

—Por Lizaveta. La mataron a hachazos.

Él tenía cada vez más crispados los nervios. Empezó a darle vueltas la cabeza.

—¿Eras tú amiga de Lizaveta?

—Sí... Era muy buena... Venía a verme... de cuando en cuando... No podía. Las dos leíamos y... hablábamos. Ella verá a Dios.

Extrañas sonaban en los oídos de él aquellas palabras librescas; y otra vez la novedad: aquella misteriosa entrevista con Lizaveta y las dos... chifladas.

«También yo acabaré así. ¡Es contagioso!», pensó.

—¡Lee! —exclamó, de pronto, imperativo y excitado.

Sonia seguía indecisa. El corazón le daba vuelcos. No se atrevía a leerle. Casi con pena contemplaba él a aquella «pobre loca».

—¿Para qué voy a leerle a usted nada? ¡Si usted no cree! —balbució en voz queda y anhelante.

—¡Lee! ¡Así lo quiero! —insistió él—. ¿No le leías a Lizaveta?

Sonia abrió el libro y buscó el paso. Sus manos le temblaban, no le salía la voz. Por dos veces empezó la lectura, y no llegó a articular claramente ni la primera palabra.

—«Estaba entonces enfermo uno llamado Lázaro, de Betania...» —profirió finalmente, haciendo un esfuerzo; pero súbitamente, a las tres palabras, su voz vibró aguda y se cortó, como una cuerda demasiado tensa. Le faltaba la respiración y se le encogía el pecho.

Raskólnikov comprendía, en parte, por qué Sonia no se decidía a leerle, y cuanto mejor lo comprendía tanto más grosera y nerviosamente insistía para que leyese. Sobrado bien comprendía que aquellos sentimientos constituían, efectivamente, en cierto modo, su *secreto*, quizá desde su adolescencia, cuando aún vivía con su familia, junto a su desdichado padre y su madrastra, enloquecida de amargura, entre unas criaturitas hambrientas, gritos e imprecaciones monstruosas. Pero al mismo tiempo reconocía, y reconocía fijamente, que, aunque estuviese ella ahora afligida y le tuviese un miedo horrible, por algún motivo, a empezar la lectura, sentía, no obstante, también unas ansias dolorosas de hacerlo, a pesar de toda su tristeza e inquietud, y sobre todo para *él*, para que escuchara e irremisiblemente *ahora*..., «pasase luego lo que pasase»... Leía él esto en sus ojos, inferíalo de su solemne emoción... Se hizo fuerza ella, reprimió el espasmo de su garganta, que al principio de los versículos le cortara la voz, y continuó leyendo el capítulo XI del Evangelio de Juan. Así llegó al versículo XIX:

—«Y muchos de los judíos habían venido a Marta y María, a consolarlas de su hermano. Entonces, Marta, como oyó que Jesús venía, salió a encontrarlo; mas María se estuvo en casa. Y Marta dijo a Jesús: "Señor, si hubieses estado aquí, mi hermano no fuera muerto. Mas también sé ahora que todo lo que pidieres a Dios te dará Dios"...».

Entonces volvió a detenerse, presintiendo, abochornada, que volvía a temblarle y entrecortársele la voz...

—«... Dícele Jesús: "Resucitará tu hermano". Marta le

dice: "Yo sé que resucitará en la resurrección, en el día postrero". Dícele Jesús: "Yo soy la resurrección y la vida; el que cree en Mí, aunque esté muerto, vivirá. Y todo aquel que vive y cree en Mí, no morirá eternamente. ¿Crees esto?". Dícele...».

Y como si dolorosamente le faltara el aliento, Sonia leyó distintamente y con energía, cual si estuviese haciendo su profesión de fe:

—«... Sí, Señor; yo he creído que Tú eres el Cristo, el Hijo de Dios, que ha venido al mundo...».

Hizo una pausa, le lanzó una rápida mirada a los ojos de *él*, pero enseguida se dominó y prosiguió la lectura. Raskólnikov la escuchaba sin hacer un movimiento, sin volverse, de codos sobre la mesa y mirando a Sonia de soslayo. Ella llegó al versículo XXXII:

—«... Mas María, como vino donde estaba Jesús, viéndole, derribóse a sus pies, diciéndole: "Señor, si hubieras estado aquí, no fuera muerto mi hermano". Jesús entonces, como la vio llorando, y a los judíos que habían venido juntamente con ella llorando, se conmovió en espíritu y se turbó. Y dijo: "¿Dónde lo pusisteis?". Dícenle: "Señor, ven y ve". Y lloró Jesús. Dijeron entonces los judíos: "Mirad cómo le amaba". Y algunos de ellos dijeron: "¿No podía Este, que abrió los ojos del ciego, hacer que este no muriera?"...».

Raskólnikov se volvió a ella y la contempló emocionado. «Sí, eso es». Estaba toda ella temblando efectivamente, como tomada de verdadera fiebre. Él se lo esperaba. Se aproximaba ya ella al relato del más grande e inaudito milagro, y un sentimiento de magna solemnidad la poseía. Su voz se hizo vibrante, como el metal; entusiasmo y júbilo resonaban en su voz y se la corroboraban. Los renglones se confundían ante sus ojos, porque estos se le nublaban; pero ella se sabía de memoria lo que estaba leyendo. Al llegar al último versículo: «¿No podía Este, que abrió los ojos del ciego?...», ella, bajando la voz, ardorosa y apasionadamente, expresó la duda, el reproche, y la maldad de los incrédulos, torpes judíos, que enseguida, un minuto después, no más, como heridos del rayo, se desploman en tierra, rompen en sollozos y creen... «Y *él, él* también, enceguecido e incrédulo, también él oirá enseguida y también creerá, sí, sí. ¡Ahora mismo!», soñaba ella, y temblaba de jubilosa expectación.

—«Y Jesús, conmoviéndose otra vez en sí mismo, vino al sepulcro. Era una cueva, la cual tenía una piedra encima. Dice Jesús: "Quitad la piedra". Marta, la hermana del que se había muerto, le dice: "Señor, hiede ya, que es de *cuatro* días"...».

Enfáticamente recalcó lo de *cuatro*.

—«... Jesús le dice: "¿No te dije yo que si creyeras verás la gloria de Dios?". Entonces quitaron la piedra de donde el muerto había sido puesto. Y Jesús, alzando los ojos arriba, dijo: "Padre, gracias te doy que me has oído. Que yo sabía que siempre me oyes, mas por causa de la compañía que está alrededor, lo dije, para que crean que Tú me has enviado". Y habiendo dicho estas cosas, clamó a gran voz: "¡Lázaro, ven fuera..." Y el que había estado muerto, salió...».

Con voz recia y solemne leía ella, temblando y transida de frío, cual si todo aquello lo hubiera visto con sus propios ojos.

—«... atadas las manos y los pies con vendas, y su rostro estaba envuelto en un sudario. Díceles Jesús: "Desatadle y dejadle ir". Entonces muchos de los judíos que habían venido a María y habían visto lo que había hecho Jesús, creyeron en él».

No pasó de allí su lectura, que no podía seguir, y cerrando el libro se levantó rápidamente de la silla.

—Esto es todo lo que dice de la resurrección de Lázaro —murmuró con voz cortante y dura y se quedó inmóvil, medio vuelta de espaldas, sin atreverse a alzar hasta él sus ojos, como abochornada. Aún seguía agitándola un temblor febril. La lucecilla que hacía rato empezara a consumirse en el candelero alumbraba vagamente en aquella mísera habitación a un asesino y una prostituta, extrañamente reunidos para leer el libro eterno. Transcurrieron cinco o más minutos.

—Vine a decirte una cosa —declaró, de pronto, Raskólnikov con voz bronca y frunciendo el ceño; se levantó y se llegó a Sonia. Esta, en silencio, alzó hasta él la mirada. La de él era especialmente adusta y delataba algo así como una resolución salvaje.

—Yo dejé hoy a mi familia —dijo—, a mi madre y a mi hermana. No volveré yo a su lado. He roto con ellas.

—¿Por qué? —inquirió toda asombrada Sonia. Su reciente encuentro con su madre y su hermana le había dejado extraordinaria impresión, aunque confusa para ella misma. La noticia de la ruptura la escuchó casi con espanto.

—Yo ahora no tengo a nadie más que a ti —añadió él—. Vivamos juntos... Yo he venido a buscarte. ¡Los dos estamos malditos, pues unámonos!

Los ojos le centelleaban: «¡Parece un loco!», pensó Sonia a su vez.

—¿Adónde ir? —preguntó ella asustada, e involuntariamente retrocedió.

—¿Lo sé yo? Solo sé que hemos de seguir un mismo camino, eso es lo que sí sé... ¡Nada más que eso! ¡Un mismo fin!

Ella le miraba y no le comprendía. Comprendía únicamente que él era terrible, infinitamente desgraciado.

—Ninguno de ellos te comprenderá nunca si les hablas —continuó—, pero yo te comprendo. Tú me eres necesaria, por eso vine a buscarte.

—No comprendo... —balbució Sonia.

—Luego me comprenderás. ¿Acaso no has hecho tú lo mismo que yo? Tú también has infringido la norma... Has podido infringirla. Tú has levantado la mano contra ti misma, has perdido para siempre tu vida... *La tuya* (¡es igual!). Tú pudiste haber vivido por el espíritu y la razón y has venido a parar en el mercado del Heno... Pero tú no puedes sostenerte, y si te quedas *sola*, acabarás perdiendo el juicio, como yo. Ya estás como loca; nosotros debemos marchar juntos por el mismo camino. ¡Vamos!

—¿Por qué? ¿Por qué dice usted eso? —exclamó Sonia, rara y violentamente conmovida por aquellas palabras.

—¿Por qué? Pues porque es imposible quedarse así... ¡Por eso! ¡Es menester, por fin, juzgar las cosas rectas y seriamente y no llorar y gritar como niños, que Dios no lo consentirá! Porque vamos a ver, en resumidas cuentas; ¿qué será de ti si mañana te llevan a un hospital? La otra está trastornada y tísica y no tardará en morir. ¿Y los niños? ¿Es que Pólechka no se va a perder? ¿Es que tú no ves aquí por las calles niños a los que sus madres mandan a pedir limosna? Yo sé muy bien dónde viven esas madres y en qué tugurios. Allí no es posible que los niños se conserven niños. Allí hay prostitutas y ladrones de siete años. Y ya sabes, los niños... son la imagen de Cristo; «de estos es el reino de Dios». Mandó que se les honrase y amase; ellos son la Humanidad futura...

—Pero ¿qué?, ¿qué hacer?... —repetía Sonia con un llanto histérico y retorciéndose las manos.

—¿Qué hacer? Pues romper de una vez para siempre y nada más, y cargar con el dolor. ¿Qué? ¿No me comprendes? Después me comprenderás... Libertad y poder, ¡sobre todo poder! ¡Sobre toda criatura que tiembla y sobre todo el hormiguero!... ¡Ese es el objetivo! ¡Compréndelo! ¡Ese es el viático que te doy! Quizá esté hablando contigo por última vez. Si no vengo a verte mañana, tú lo sabrás todo por ti misma, y entonces acuérdate de las palabras que ahora te digo. Y acaso alguna vez, al cabo de los años, en la vida, llegues a comprender lo que ellas significaban. Si vengo mañana te diré quién mató a Lizaveta. ¡Adiós!

Sonia estaba temblando de miedo.

—Pero ¿es que sabe usted quién la mató? —preguntó, transida de espanto y mirándole extraviada.

—Lo sé, y te lo diré... ¡A ti, a ti sola! Te he elegido a ti. No vendré a pedirte perdón, sino simplemente a decírtelo. Hace tiempo que te elegí a ti para decírtelo, desde que de ti me habló tu padre, y cuando todavía vivía Lizaveta ya lo tenía pensado. ¡Adiós! No me des la mano. ¡Mañana!

Salió. Sonia lo siguió con la vista como a un loco; pero ella también estaba como loca y lo sentía. La cabeza le daba vueltas.

«¡Señor! ¿Cómo puede saber quién mató a Lizaveta? ¿Qué querrán decir esas palabras? ¡Qué horrible es todo esto!». Pero, sin embargo, aquella *idea* no le pasaba por las mientes. «¡Nunca!... ¡Nunca!... ¡Oh, y qué espantosamente desgraciado debe de ser!... Ha abandonado a su madre y a su hermana. ¿Por qué? ¿Qué habrá pasado? ¿Y qué intenciones serán las suyas? ¿Qué fue lo que le dijo? Le besó el pie y le dijo..., le dijo —sí, eso se lo dijo bien claro— que no podía vivir sin ella... ¡Oh, Señor!».

Con fiebre y delirio pasó la noche entera. Se sobresaltaba a veces, lloraba, se retorcía las manos; luego volvía a amodorrarse en un sopor febril y soñaba con Pólechka, con Katerina Ivánovna, con Lizaveta, con la lectura del Evangelio y con él... Con él, con su pálido rostro y sus ojos de fuego... Le besaba los pies, lloraba... ¡Oh, Señor!

Al otro lado de la puerta de la derecha, de aquella misma puerta que separaba la habitación de Sonia de la de Gertrude Kárlovna Resslich, había un cuarto contiguo que llevaba mucho tiempo vacío, perteneciente al piso de la señora Resslich y que esta alquilaba, habiendo puesto un cartelito en la puerta de la casa y albaranes* en las ventanas que daban al canal. Sonia hacía tiempo que se había acostumbrado a considerar dicho cuarto como deshabitado. Y, sin embargo, durante todo ese tiempo, detrás de la puerta del aposento vacío, había estado fisgando y escuchando el señor Svidrigáilov. Al irse

---

* «... y albaranes». «Albarán: papel que se pone en las puertas, balcones o ventanas de alguna casa, como señal de que se alquila». *Diccionario de la RAE* de 1884. *(N. del E.).*

Raskólnikov siguió él en su puesto, cavilando, y después se volvió de puntillas a su habitación, contigua a aquella desalquilada, cogió una silla, y sin armar ruido, la arrimó a la puerta que daba acceso al cuarto de Sonia. El diálogo le había parecido interesante y significativo, y resultádole muy de su gusto; tan de su gusto, que hasta llevó allí la silla para, en lo sucesivo, al otro día, por ejemplo, no tener que aguantar otra vez la incomodidad de estarse en pie una hora entera e instalarse cómodamente, con objeto de estar a gusto, en todos sentidos.

V

Cuando a la siguiente mañana, a las once en punto, entró Raskólnikov en la comisaría, en la sección del juez de Instrucción, y pidió anunciasen su visita a Porfirii Petróvich, hubo él mismo de asombrarse de que tardasen tanto en recibirlo; transcurrieron por lo menos diez minutos hasta que lo mandaron pasar. Según sus cálculos, hubieran debido hacerlo entrar inmediatamente. Y, sin embargo, allí estaba él en la antesala, y por delante de él iban y venían individuos que, evidentemente, no se fijaban en su presencia. En el cuarto contiguo, que tenía traza de oficina, había, pluma en ristre, algunos escribientes y saltaba a la vista que ninguno de ellos tenía la menor idea acerca de quién fuese un tal Raskólnikov. Con ojos inquietos y suspicaces seguía él cuanto pasaba en torno suyo, inspeccionando: «¿No habría por allí cerca algún guardia, alguna mirada secreta encargada de espiarlo para que no se escapase?». Pero nada por el estilo había; solo veía él las caras de los empleados, muy atentos a su labor, y algún que otro individuo, ninguno de los cuales reparaba en él absolutamente; podía largarse cuando le viniese en gana. Cada vez con más fuerza arraigaba en él la idea de que si, efectivamente, aquel hombre enigmático del día antes, aquel fantasma, salido de debajo de la tierra, todo lo supiese y todo lo hubiese visto, ¿había de dejarlo a él, a Raskólnikov, permanecer allí ahora y aguardar tranquilamente? ¿Ni le habrían aguardado tampoco aquí tranquilamente hasta las once a que le diese la gana de ir a presentar su declaración? Se infería que o aquel hombre no lo había delatado aún, o…, sencillamente, que no sabía nada él tampoco ni nada había visto por sus propios ojos (¿y cómo podía haberlo visto?), y todo lo que el día antes le había sucedido a él, a Raskólnikov, no había sido más que una aparición, abultada por su imaginación excitada y enferma. Aquel hallazgo ya el mismo día antes, en el momento de sus más vivas alarmas y desolación, empezó a echar raíces en él. Después de pensar en todo eso ahora, y apercibiéndose para una nueva lucha, sintió de pronto que estaba temblando, y hasta hirvió de indignación a la sola idea de que pudiera temblar de miedo ante aquel odioso Porfirii Petróvich. Lo más terrible de todo para él era tener que verse de nuevo frente a aquel hombre; sentía por él una aversión sin límites, infinita, y hasta temía que aquel odio le hiciese traicionarse en algún modo. Y tan vehemente era su indignación, que su temblor cesó en el acto; se preparó a entrar con aspecto sereno y arrogante, y se dio a sí mismo palabra de limitarse en todo lo posible a callar, mirar, y aquella vez, por lo menos, pasara lo que pasase, dominar su temperamento, morbosamente irritable. En aquel preciso instante lo llamaron de parte de Porfirii Petróvich.

Ocurrió que en aquel momento Porfirii Petróvich se encontraba solo en su despacho. Era este una habitación ni grande ni chica, en la cual había una gran mesa-escritorio delante de un diván, forrado de tela encerada, un buró, un armario en un rincón y unas cuantas sillas: todos muebles del Estado, de madera amarilla barnizada. En un rincón, en el testero posterior o, mejor dicho, en el tabique, había una puerta cerrada; allí, al otro lado del tabique, debía de haber, probablemente, otras habitaciones. Al entrar Raskólnikov, cerró

Porfirii Petróvich inmediatamente la puerta por donde aquel había penetrado, quedando los dos absolutamente solos. Acogió a su visitante, al parecer, del modo más jovial y amable, y solo al cabo de algunos minutos Raskólnikov, en virtud de ciertos indicios, le notó cierto azoramiento..., cual si de pronto le hubiesen venido a distraer o lo hubieran cogido en algo muy íntimo y secreto.

—¡Hola, estimadísimo! Ya le tenemos a usted aquí..., en nuestro terreno... —empezó Porfirii, tendiéndole ambas manos—. ¡Bueno, siéntese usted, padrecito! O es quizá que no quiere usted que le llame estimadísimo y... padrecito..., así *tout court**. No lo tome usted a familiaridad... Aquí, venga aquí, al diván.

Raskólnikov tomó asiento sin quitarle ojo.

«En nuestro terreno», aquella disculpa por su familiaridad, aquella frasecita francesa, «*tout court*», etcétera, etcétera, todo aquello eran señales características. «Pero, a pesar de todo, me ha tendido las dos manos y no ha llegado a darme ninguna, pues las ha retirado a tiempo», pensó suspicaz. Los dos se vigilaban mutuamente, pero cuando se cruzaban sus miradas, ambos, con la rapidez del rayo, las apartaban.

—Le traigo a usted un documento referente al reloj... Aquí tiene. ¿Está bien redactado o habrá que hacerlo de nuevo?

—¿Cómo? ¿El documento? Sí, sí...; no se preocupe, así está bien —dijo Porfirii Petróvich, cual si tuviese prisa por algo, y así diciendo, tomó el papel y lo repasó—. Sí, así es, justamente. No hace falta nada más —afirmó con la misma precipitación al hablar, y dejó el papel encima de la mesa. Luego, al cabo de un minuto, hablando ya de otra cosa, volvió a recogerlo de allí y lo colocó en su buró.

—Usted, según creo, me dijo ayer que deseaba interrogarme... oficialmente... acerca de mi conocimiento con esa...

---

* «... así *tout court*»: así sin más. (En francés en el original).

mujer asesinada —dijo Raskólnikov, reanudando el diálogo. «Pero vamos a ver: ¿a qué ha venido eso de *según creo?*...», le cruzó por la mente como un rayo. «Pero ¿por qué inquietarme tanto tampoco por ese *según creo?*...», volvió a cruzarle por la imaginación este otro pensamiento como un rayo.

Y de pronto sintió que su irritabilidad, al solo contacto con Porfirii, ante aquellas dos palabras y dos miradas solamente, ya se había desarrollado en un momento en proporciones asombrosas..., y que aquello era terriblemente peligroso; los nervios se le crispaban y su agitación iba en aumento. «¡Malo! ¡Malo!, malo! ¡Otra vez voy a irme de la lengua!».

—¡Sí..., sí..., sí! ¡No se preocupe! Hay tiempo, hay tiempo —murmuró Porfirii Petróvich dando vueltas en torno a la mesa, pero sin objeto alguno, dirigiéndose ya hacia la ventana, ya hacia el *buró*, para tornar otra vez a la mesa, rehuyendo la suspicaz mirada de Raskólnikov y quedándose otras veces plantado y mirándolo tenazmente a la cara. Sumamente rara resultaba en todo esto su figurilla chiquita, gordiflona y redonda como una bola, que parecía rodar en distintas direcciones y rebotar enseguida contra las paredes y rincones—. ¡Tenemos tiempo, tenemos tiempo! ¿Fuma usted? ¿Tiene cigarrillos?... Pues aquí tiene uno —prosiguió, ofreciéndole un cigarrillo a su huésped—. Mire: lo recibo a usted aquí, pero mis habitaciones particulares las tengo allá, al otro lado del tabique... Vivienda del Estado; pero ahora, de momento, tengo un domicilio en otra parte. Había que hacer unas reparaciones. Ahora ya casi están terminadas... Vivienda a costa del Estado, ¿sabe usted? ¡Es una gran cosa!, ¿verdad? ¿Qué opina usted?

—Que sí, que es una gran cosa —replicó Raskólnikov, mirándole casi con sarcasmo.

—Una gran cosa, una gran cosa... —repetía Porfirii Petróvich, cual si de pronto se hubiera puesto a pensar en algo totalmente distinto—. ¡Sí, una gran cosa! —exclamó, casi a gritos, para terminar, fijando de pronto la mirada en Raskólnikov y deteniéndose a dos pasos de él. Aquella monótona y estúpida reiteración de que la vivienda a costa del Estado era una gran cosa, contrastaba demasiado por su vulgaridad con la mirada seria, preocupada y enigmática con que fulminaba ahora a su huésped.

Pero aquello vino a agravar más todavía la cólera de Raskólnikov, el cual no pudo reprimirse, y profirió un reto sarcástico y bastante imprudente:

—¿Sabe usted una cosa? —preguntó de pronto, mirándole casi con insolencia y cual si encontrara en aquella insolencia un deleite—. Según parece, hay una regla jurídica, un procedimiento jurídico aplicable a todos los sumarios posibles, y es la de empezar de lejos, por minucias o por algo serio, pero enteramente secundario, con objeto de, por así decirlo, alentar; o, mejor dicho, distraer al interrogado, adormecer su vigilancia, y, luego, de pronto, del modo más inesperado, asestarle en la misma mollera alguna fatal y peligrosa pregunta. ¿No es así? Este precepto parece que se sigue mencionando religiosamente en todos los manuales y textos, ¿no es verdad?

—Así es, así es... Pero qué, ¿cree usted que yo le hablé de la vivienda del Estado para...?, ¿eh? —Y después de decir aquello, Porfirii Petróvich hizo una mueca, guiñó el ojo; algo alegre y pícaro pasó por su rostro; se hicieron visibles las menudas arrugas de su frente, se borraron, se le achicaron aún más los ojillos, dilatáronsele las facciones y, de pronto, prorrumpió en una risa nerviosa, larga, al par que retorcía todo el cuerpo y miraba de frente a los ojos de Raskólnikov. Este fue a reírse también un poco, haciéndose violencia; pero cuando Porfirii, al ver que él también se reía, fue presa de un arrechucho de risa tal, que casi se puso todo encarnado; entonces la repugnancia de Raskólnikov sobrepasó repentinamente toda prudencia, dejó de reírse, frunció el ceño y se quedó mirando larga y rencorosamente a Porfirii, sin quitarle ojo, en tanto le duraba a aquel su prolongada risa, que con toda intención parecía no hacer nada por contener. La imprudencia, por lo demás, era visible en entrambos; parecía como que Porfirii Petróvich se reía en la propia cara de su huésped, al cual aquella risa le sentaba tan mal y no se aturrullaba en modo alguno por semejante circunstancia. Esto último era muy significativo para Raskólnikov; comprendía este que Porfirii Petróvich tampoco antes se había aturrullado, sino que, por el contrario, era él, Raskólnikov, quien se había dejado coger en la trampa; que indudablemente había de por medio allí algo que él ignoraba, alguna intención; que acaso estaría todo preparado, y enseguida, en aquel mismo instante, fuese a declararse y quedar de manifiesto...

Inmediatamente se fue derecho al asunto, se levantó de su asiento y cogió su gorra:

—Porfirii Petróvich —dijo resueltamente, pero con bastante excitación—. Usted expresó ayer su deseo de que viniese aquí para hacerme no sé qué interrogatorio. —Recalcó especialmente la palabra *interrogatorio*—. He venido, y si usted quiere interrogarme, ya puede empezar; de lo contrario, permítame usted que me retire. No tengo tiempo que perder, tengo que ir a un asunto... Tengo que asistir al entierro de ese funcionario atropellado por un coche, que usted... ya conoce... —añadió, e inmediatamente se enojó consigo mismo por aquella declaración, excitándose luego todavía más—. A mí todo esto ya me empacha, ¿sabe usted?, y hace ya mucho tiempo..., puede que en parte todo esto tenga la culpa de mi enfermedad...; en una palabra —dijo casi gritando al darse cuenta que la referencia a su enfermedad estaba fuera de lugar—, en una palabra: sírvase usted interrogarme o deje que me vaya... ahora mismo...; pero si ha de interrogarme, que sea conforme a la ley. De otro modo no he de prestarme a ello, y, entre tanto, adiós, pues ahora no tenemos nada que hacer los dos.

—¡Señor!... Pero ¿qué le pasa a usted? ¿Acerca de qué

voy a interrogarle? —exclamó Porfirii, cambiando enseguida de tono y de aspecto y suspendiendo en un santiamén su risa—. Pero no se preocupe usted, por favor —encareció, solícito, volviendo a agitarse de acá para allá y deteniéndose de pronto para hacer sentar a Raskólnikov—. ¡Hay tiempo de sobra, hay tiempo de sobra, y todo esto son simplemente minucias! Yo, por el contrario, estoy tan contento de que por fin haya venido a verme... Yo lo considero a usted como a huésped. Y por esa condenada risa, usted, padrecito, Rodión Románovich, perdóneme... ¿Rodión Románovich? ¿No es este su nombre?... Soy muy nervioso y usted me hizo reír con la agudeza de su observación; a veces, es verdad, me pongo a rebotar como una pelota de goma, y así me estoy media hora larga... Soy dado a la risa. Por mi temperamento hasta le temo a una parálisis. Pero siéntese usted, ¿qué le pasa?... Hágame el favor, padrecito; si no, voy a pensar que está usted enojado...

Raskólnikov guardaba silencio, escuchaba y observaba, cada vez más airadamente ceñudo. Por lo demás, se sentó, sin soltar de las manos la gorra.

—Le diré a usted una cosa, padrecito Rodión Románovich, respecto a mí, para explicarle, por decirlo así, mi carácter —continuó, dando vueltas por la estancia, Porfirii Petróvich, y pareciendo, como antes, evitar que se encontrasen sus miradas con las de su huésped—. Yo, mire usted: soy soltero, así que soy desconocido y no conozco tampoco a nadie, y, además, soy un hombre acabado, un hombre osificado, que se ha quedado en su simiente y..., y..., y no se ha fijado usted, Rodión Románovich, que entre nosotros, aquí, en Rusia, y sobre todo en nuestro ambiente petersburgués, cuando se encuentran dos hombres inteligentes, que aún no se conocen bastante, pero que, por así decirlo, se respetan mutuamente, como en este caso nosotros, se llevan toda una media hora sin acertar con un tema de conversación, y se quedan muy tiesos el uno frente al otro, los dos desconcertados. Todo el mundo tiene tema de conversación; a las señoras, por ejemplo..., y a las personas del gran mundo, nunca les falta de qué hablar, *c'est de rigueur**; pero los individuos de la clase media, como nosotros, se aturrullan y no aciertan a decir nada... Son tímidos, quiero decir. ¿A qué se deberá esto, padrecito? ¿Será que no existe interés por los asuntos sociales o que somos muy honrados y no nos queremos engañar unos a otros? Yo no sé. A usted, ¿qué le parece? Pero deje usted el gorro, que parece que está dispuesto a largarse enseguida; verdaderamente me apena verle así... Yo, en cambio, estoy tan contento...

Raskólnikov dejó la gorra y continuó guardando silencio y escuchando serio y hosco el huero e incoherente parloteo de Porfirii. «¿Será que en el fondo se propone distraer mi atención con su estúpida locuacidad?».

—Café no le ofrezco, no es este el lugar; pero ¿por qué no ha de pasar usted cinco minutos con un amigo para distraerse? —continuó, sin interrumpirse, Porfirii—. Y ya sabe usted: todos esos deberes de cortesía... Mire, padrecito; no se ofenda usted porque yo no haga más que dar valsones de acá para allá; dispénseme, *bátiuschka*; temo mucho ofenderle, pero es que a mí me es imprescindible ese ejercicio. Siempre estoy sentado, y es para mí una alegría poder estar cinco minutos moviéndome... Las almorranas... Me dispongo a tratármelas por la gimnasia; dicen que altos funcionarios, verdaderos consejeros de Estado, y hasta consejeros privados, no dejan de saltar a la comba, regularmente; vea usted: así lo quiere la ciencia en nuestro tiempo..., eso es... Pero tocante a esos deberes de aquí, interrogatorios y demás requisitos..., mire usted, padrecito; ha sido usted quien hace un momento los mentó; usted fue, efectivamente, quien habló de eso..., y mire usted una cosa: en realidad, esos interrogatorios a veces más aturden al que interroga que al interrogado... Ya usted hace un instante hizo a este respecto, padrecito, una observación tan

_____

* «... *c'est de rigueur*»: es de rigor. (En francés en el original).

justa como aguda (Raskólnikov no había hecho tal observación). ¡Te embrollas! ¡Verdaderamente, te embrollas! ¡Y todo viene a ser uno y lo mismo, todo uno y lo mismo, como redoble de tambor! Pero ya nos viene de camino la reforma y, por lo menos, nos llamarán de otro modo, ¡je..., je..., je! Pero por lo que se refiere a nuestras costumbres jurídicas, como usted agudamente tuvo a bien expresarse, estoy enteramente de acuerdo con usted. Pero vamos a ver, dígame usted: ¿cuál de nuestros encartados, incluso el más lerdo patán, no sabe que al principio habrán de interrogarle acerca de cosas secundarias (según su feliz expresión de usted), para luego, de pronto, asestarle en plena mollera un hachazo, ¡je, je, je!, según su acertado símil? ¡Je..., je! Tanto, que por eso usted, en el fondo, hubo de pensar que yo le hablaba de la vivienda por cuenta del Estado... ¡Je, je! Es usted un irónico. Bueno, ¡no haré nada! ¡Ah, sí; efectivamente, una palabra trae otra, un pensamiento sugiere otro!... Así también dijo usted antes refiriéndose a la forma, sabe usted, de los interrogatorios... Pero ¡qué importa la forma! La forma, sépalo usted, en muchos casos representa un absurdo. A veces te resulta más provechoso conversar amistosamente. La forma no desaparecerá nunca; lo que es de esto puedo responderle; pero ¿qué es, en realidad, la forma, le pregunto a usted? No es posible acorralar al juez de Instrucción a cada paso por culpa de la forma. El cometido del juez de Instrucción es, por así decirlo, un arte libre, en su género, o algo por ese estilo... ¡Je..., je..., je!

Porfirii Petróvich se detuvo un instante para tomar aliento. Hablaba sin parar, endilgando aturdidamente frases hueras, y de pronto soltaba algunas palabrillas enigmáticas para, acto seguido, volver a seguir despotricando atolondradamente. Ahora ya eran verdaderas carreras las que daba por el despacho, moviendo cada vez más aprisa sus piernas gordiflonas, fija en el suelo la vista, con la mano derecha engarabitada a la espalda y agitando sin cesar la izquierda en diversidad de gestos que por modo asombroso nunca respondían a sus palabras. Raskólnikov observó de pronto que en tanto correteaba así por la habitación se detuvo dos veces junto a la puerta, pero un momento tan solo y como con intención de escuchar... «¿Estará esperando a alguien?».

—Mire usted: usted tiene, efectivamente, razón —encareció de nuevo Porfirii, jovialmente, mirando a Raskólnikov con extraordinaria bonachonería, por lo que aquel se estremeció y en un momento se apercibió—. Usted tiene, efectivamente, razón al reírse de las fórmulas jurídicas con tanto chiste, ¡je, je! Porque nuestras fórmulas, algunas de ellas, sin duda, con tantas pretensiones de hondura psicológica, son sumamente risibles, sí, señor, y, además, inútiles en el caso de que nos cohíban demasiado. Eso es..., volviendo nuevamente a las fórmulas; vamos a ver: supongamos que yo reconozco o, por mejor decir, sospecho de este, aquel o el otro individuo como culpable de un crimen en cuyo sumario entiendo... ¿Usted estudiaba Derecho, no es verdad, Rodión Románovich?

—Sí, estudiaba...

—Bueno; pues aquí tiene usted un ejemplito que podrá serle útil en lo futuro... Es decir, no vaya usted a figurarse que yo me propaso a darle lecciones; ¡a usted, que escribió aquel artículo sobre los crímenes! No, no se trata de tal cosa, sino de presentarle a usted, a título de hecho, un ejemplillo... Quedamos en que yo he sospechado de este, de aquel o de estotro, pareciéndome que es el autor de un crimen; vamos a ver: ¿por qué, pregunto yo, voy a molestarle antes de tiempo, aunque posea piezas de convicción contra él? Unas veces me veo obligado, por ejemplo, a mandar detener a un individuo con urgencia; pero otras, el sujeto en cuestión es de otro carácter, y, verdaderamente, ¿por qué no había yo de dejarle tiempo para que se pasease todavía un poco por la ciudad? ¡Je..., je! No; usted, bien lo veo, no acaba de comprender lo que le digo, por lo que voy a explicárselo con mayor claridad: si le mando yo prender demasiado pronto, le presto, por así decirlo, una ayuda moral. ¡Je..., je!... Se ríe usted. —Raskólnikov no pensaba ni remotamente en reírse; al contrario, rechinaba los dientes, no apartando su inflamada mirada de los ojos de Porfirii Petróvich—. Y, sin embargo, así es, sobre todo tratándose de algunos individuos, porque son gente muy distinta y con ellos solo vale la práctica. Usted me dirá: las pruebas; supongamos que existan las pruebas; pero mire usted, *bátiuschka*: las pruebas son, en su mayor parte, armas de dos filos, y yo soy juez de Instrucción, un hombre débil, lo reconozco; uno querría establecer los resultados de su sumario con una exactitud, por decirlo así, matemática; desearía encontrar una prueba de tal naturaleza, que fuera algo así como dos y dos son cuatro. ¡Querría uno una prueba clara e incontestable! Y vea usted, si le detengo antes de tiempo, aunque yo esté convencido de que es *él*, vengo a privarme yo mismo del medio de desenmascararlo más ampliamente; ¿y cómo? Pues porque de ese modo le asigno a él una posición, por así decirlo, definida; lo defino psicológicamente y lo tranquilizo, y él se me escurre y se mete en su concha; comprende, finalmente, que está detenido. Dicen que en Sebastopol, a raíz del asunto de Alma, algunas personas inteligentes temían que el enemigo atacase la población con fuerza descubierta y la tomase de un golpe; pero visto que el enemigo iniciaba un asedio en toda regla y abría su primera trinchera, las tales personas inteligentes se alborozaron y tranquilizaron; por lo menos durante dos meses la cosa se dilataría, ¡hasta que la tomasen por un asedio en regla! ¿Otra vez se ríe usted, otra vez duda? Sí, claro; tiene usted razón también en esto. ¡Tiene usted razón, tiene usted razón! Todos estos son casos particulares, estoy de acuerdo con usted; el caso que le he propuesto es, efectivamente, un caso particular. Pero mire usted, mi excelentísimo Rodión Románovich: hay que tener presente una cosa; el caso general, ese mismo que tienen en cuenta todas las fórmulas y reglas jurídicas, el que consideran y describen los libros, no existe en realidad, por la sencilla razón de que cada asunto, cada crimen, por ejemplo, no bien ha ocurrido en la realidad, inmediatamente pasa a convertirse en un caso particular; a veces en un caso tal, que no se parece en nada a todo lo anterior. En ocasiones ocurren casos muy cómicos, por ese estilo. Bien; yo dejo al hombre enteramente solo; no lo detengo ni lo molesto, pero para que sepa a cada hora y a cada minuto, o por lo menos sospeche que yo lo sé todo, que todo lo sé al dedillo y día y noche le sigo la pista, y desbanco su cautela, y viva en eterna sospecha y susto de mí, y de tal modo lo envuelvo, por Dios, que él mismo vendrá a mis manos o hará algo todavía semejante ya a dos y dos son cuatro; es decir, que tenga una apariencia, por decirlo así, matemática... Eso es lo agradable. Esto puede darse con un tío palurdo, pero también se da con nuestro hermano, con un hombre perfectamente inteligente y hasta culto en lo suyo, ¡es algo que no falla! Porque, querido amigo, es una cosa muy importante saber en qué es culto un sujeto. ¡Y luego los nervios, los nervios, que usted olvida! ¡Porque todos ellos andan hoy enfermos, débiles, excitados! Y la bilis: ¡tienen todos ellos tanta bilis!... Y, mire usted, yo soy quien se lo digo: ¡llegado el caso, puede ser ese el filón! ¿Y qué inquietud puede inspirarme a mí el que ande por las calles suelto? ¡Que se pasee todo lo que quiera; yo, sin necesidad de nada más, ya sé que es mi pequeña víctima y que no ha de escapárseme! Porque, ¿adónde podría huir? ¡Je, je! ¿Al extranjero? Al extranjero podrá fugarse un polaco, pero no *él*, tanto menos cuanto que yo le sigo la pista y tengo mis medidas tomadas. ¿Al fondo del país irá a fugarse? Pero allí viven los campesinos, verdaderos, auténticos rusos, y un hombre imbuido de cultura contemporánea preferirá siempre ir a presidio antes que aguantar el trato con gente tan extraña como nuestros campesinos, ¡je..., je..., je!... Pero ¡todo esto son absurdos y superficialidades! ¿Qué es eso de huir? Eso es pura fórmula; lo esencial no es eso; no solo no se me escapa él por no tener adónde fugarse; no se me escapa tampoco por *razones psicológicas*, ¡je..., je! ¡Qué frasecita!, ¿eh? No se me escapa por ley de naturaleza, aunque tuviera adónde fugarse.

¿Vio usted la mariposa en torno a la luz? Bueno; pues lo mismo se pondrá él a dar vueltas y más vueltas en derredor mío, cual en torno a una bujía; dejará de serle grata la libertad, empezará a cavilar, a hacerse un lío, a enredarse en sus propias redes y a sufrir angustias mortales... Y eso no es todo: él mismo, espontáneamente, me preparará alguna pieza matemática por el estilo de dos y dos son cuatro..., apenas le deje yo un entreacto más largo... Y no hará más que trazar círculos y más círculos en torno mío, estrechando más y más sus radios, hasta que..., ¡zas! Se me meterá volando en la boca y yo me lo tragaré, lo cual da mucho gusto, ¡je..., je! ¿No lo cree usted así?

Raskólnikov no respondió: seguía sentado, pálido e inmóvil, contemplando con la misma tensa atención el rostro de Porfirii.

«¡Buena lección! —pensaba, transido de frío—. Esto ya no es siquiera el juego del gato con el ratón, como ayer; y no iba inútilmente a demostrarme su fuerza, y... sugerirme; es demasiado listo para ello... Sin duda persigue otro fin, pero ¿cuál? ¡Ah, es absurdo, hermano, que tú quieras asustarme y valerte de tretas conmigo! ¡Tú no tienes pruebas y el hombre de ayer no existe! ¡Tú lo que quieres únicamente es aturrullarme, lo que quieres es irritarme por adelantado, y ya en esa disposición, echarme la zarpa; pero te equivocas, te equivocas; no te saldrás con la tuya!... Pero ¿por qué, por qué me sonsacará hasta ese extremo?... ¿Será que cuenta con mis nervios enfermos?... No, hermanito, no; te equivocas, te llevarás chasco, aunque algo hayas urdido. ¡Bueno; vamos a ver qué es lo que tenías tramado!».

E hizo acopio de todas sus energías, apercibiéndose para una terrible e imprevista catástrofe. A veces le entraban ganas de dar un salto y allí mismo estrangular a Porfirii. Ya al entrar le había tenido miedo a esos arranques. Sentía que se le secaban los labios, que le palpitaba el corazón y le subían espumarajos a la boca. Pero, no obstante, decidió callar y no pronunciar palabra hasta llegado el momento. Comprendía que aquella era la mejor táctica, atendida su situación, porque así no solo no se comprometía él, sino que, al contrario, hostigaba con su silencio al adversario, y quizá este soltase prenda. Por lo menos, tal esperaba él.

—No; usted, ya lo veo, no cree, piensa que todo lo que yo le digo son bromas inocentes —insistió Porfirii, riéndose cada vez más alegre y continuadamente de satisfacción, y empezando de nuevo a dar vueltas por su despacho—. Usted, sin duda, tiene razón, desde su punto de vista; a mí hasta me ha dado Dios una figura que solo les inspira a los demás ideas cómicas; resulto un bufón; pero le digo a usted, y le repito, que usted, Rodión Románovich, debe perdonarme; un joven como usted, en la primera juventud, por así decirlo, a mí, que soy un viejo, y además porque aprecia usted más que nada el talento humano, a ejemplo de todos los jóvenes. La traviesa agudeza del ingenio y las abstractas deducciones de la razón le seducen. Y vea usted cómo es igual, sin quitar ni poner tilde, a lo del antiguo *Hofskriegsrat** austríaco, por ejemplo, en cuanto yo puedo juzgar de las cosas de la guerra; en el papel eran ellos los que batían a Napoleón y lo cogían prisionero, y allí, en su despacho, de la manera más sutil, se entregaban a sus cálculos, cuando hete aquí que su general Mack se rinde con todo su ejército, ¡je..., je..., je! Ya veo, ya veo, padrecito Rodión Románovich, que se está usted riendo de mí, porque, siendo paisano, saque ejemplillos de la crónica militar. Pero ¿qué hacerle? Es mi flaco: me perezco por las cosas marciales y me despepito por leer relatos de guerras... Decididamente, he fallado mi carrera. Yo hubiera debido servir en el Ejército, es verdad. Puede que no hubiera sido ningún Napoleón; pero comandante sí lo hubiera sido, ¡je..., je..., je! Bueno; pues ahora, hijo mío, voy a decirle con todos sus pormenores toda la verdad acerca de eso, es decir, del *caso particular*; la realidad,

* «*Hofskriegsrat*»: Alto Estado Mayor.

y también la Naturaleza, señor mío, son cosas importantes, y cómo a veces marran los cálculos más sagaces por su culpa. ¡Ah! Escuche usted a un viejo, que en serio le hablo, Rodión Románovich. —Al decir eso, Porfirii Petróvich, de treinta y cinco años apenas, parecía envejecer todo él de repente; hasta su voz había cambiado, y todo él pareció encorvarse—. Además, soy un hombre franco... ¿Soy franco o no lo soy? ¿Qué le parece a usted? No tiene más remedio que pensar que sí; le estoy a usted confiando tantas cosas desinteresadamente y sin pedir por ello recompensa alguna, ¡je..., je..., je! Bueno; pues continúo: el ingenio, a juicio mío, es una cosa magnífica; es, por decirlo así, una hermosura de la Naturaleza y un consuelo en la vida; con él pueden hacerse muchas travesuras y alguna vez desorientar a un pobre juez de Instrucción, que, además, se ha dejado llevar de su fantasía, cual siempre suele suceder, porque, y eso es lo malo, ¡es hombre! Pero ¡la Naturaleza viene en ayuda del pobre juez, eso es lo malo! Y eso es lo que comprende el joven, deslumbrado por su sagacidad, «que salta todos los obstáculos» (según usted, con frase agudísima y sutilísima, dijo ayer). Supongamos que miente, me refiero a ese individuo, a ese *caso particular*, al incógnito, y que miente del modo más astuto y sabio; cualquiera diría que ya triunfó y se regodea con los frutos de su listeza, cuando, de pronto, ¡paf!, en el lugar más interesante, más escandaloso, va y se desmaya. Concedamos que está enfermo, que a veces hay un aire irrespirable en las habitaciones... Pero, a pesar de todo, a pesar de todo, ¡eso da que pensar! ¡Supo fingir de un modo sin precedentes; pero no contó, sin embargo, con la Naturaleza! ¡En eso viene a parar toda su astucia! Otra vez, seducido por la travesura de su ingenio, se pone a embromar al hombre que sospecha de él; palidece como ex profeso, como por juego; pero palidece *demasiado naturalmente*, demasiado de veras, y otra vez da que pensar. ¡Aunque engañe la primera vez, durante la noche recapacita y se pregunta si no habrá cometido alguna torpeza! ¡A cada paso le ocurre lo mismo!

¿Qué digo? Él mismo toma la delantera, empieza a meterse donde no le llaman, se pone a hablar por los codos de aquello de que, por el contrario, no debería hablar; se lanza a formular hipótesis..., ¡je..., je! Él mismo se presenta y empieza a preguntar: «¿Por qué tardan tanto en prenderme?». ¡Je..., je..., je! Y esto, fíjese usted bien, puede ocurrirle al hombre más listo, con sus ribetes de psicólogo y literato. ¡Un espejo de la Naturaleza, un espejo, y el más transparente! ¡Mírelo usted y admírese, eso es!... Pero ¿por qué se ha puesto usted tan pálido, Rodión Románovich? ¿Le falta el aire, quiere que abra la ventana?

—¡Oh, no se preocupe usted, por favor!... —exclamó Raskólnikov, y de pronto se echó a reír—. ¡No se moleste usted!

Porfirii se detuvo delante de él, aguardó un instante y, de repente, él también prorrumpió, a imitación suya, en una carcajada. Raskólnikov se levantó del diván, y de pronto reprimió bruscamente aquella risa, perfectamente convulsiva.

—¡Porfirii Petróvich! —dijo con voz recia y rotunda, aunque apenas se sostenía sobre sus trémulas piernas—. Por fin veo claro que usted, categóricamente, sospecha de mí como autor del doble asesinato de esa vieja y de Lizaveta. Por mi parte, le advierto que hace mucho tiempo ya que estoy harto de todo esto. Si usted cree que tiene derecho a perseguirme legalmente, hágalo; si a detenerme, deténgame. Pero no he de consentirle ni un momento más que se me ría en mi cara.

De pronto, le temblaron los labios, los ojos le centellearon de rabia y la voz, que hasta allí mantuvo firme, se le quebró.

—¡No se lo consiento! —exclamó, de pronto, dando con todos sus bríos un puñetazo en la mesa—. ¿Lo ha oído usted bien, Porfirii Petróvich? ¡No se lo consiento!

—¡Ah, señor!... Pero ¿qué tiene usted de nuevo? —exclamó, con aparente susto, Porfirii Petróvich—. ¡Padrecito Rodión Románovich! ¡Padrecito! ¡Padre! ¿Qué le pasa a usted?

—¡No se lo consiento!... —volvió a clamar Raskólnikov.

—¡Padrecito, más bajo!... ¡Que le van a oír y acudirán! ¿Y

qué les va usted a decir? —murmuró con espanto Porfirii Petróvich, acercando su cara a la de Raskólnikov hasta rozarla.

—¡No se lo consiento, no se lo consiento! —repetía Raskólnikov maquinalmente, pero también, de pronto, en voz baja.

Porfirii dio rápidamente una media vuelta y corrió a abrir la ventana.

—¡Que entre aire fresco! ¡Y también le convendría beber un poco de agua, querido amigo; eso es un ataque! —Y se lanzó a la puerta en busca de agua, solo que allí mismo, en un rincón, había una botella con ella.

—*Bátiuschka*, beba un sorbo —murmuró, acercándose a él con la botella—; quizá le siente bien... —El susto y la compasión de Porfirii Petróvich eran tan naturales, que Raskólnikov guardó silencio y con ávida curiosidad se quedó mirándolo. Aunque, por lo demás, no probó el agua.

—¡Rodión Románovich! ¡Amigo querido!... Pero ¡hay que ver: no parece sino que pierde el juicio, se lo aseguro a usted!... ¡Ay, ay! ¡Beba un sorbito de agua!... ¡Beba, aunque sea tan solo un sorbito!

Le obligó a coger en la mano el vaso de agua. Aquel se lo llevó maquinalmente a los labios; pero, dándose cuenta a tiempo, fue y con repugnancia lo dejó sobre la mesa.

—¡Eso es, nos ha vuelto a dar el ataque! Usted, amigo mío, vuelve a recaer en su enfermedad —ponderó con afectuosa simpatía Porfirii Petróvich, pero con aspecto todavía azorado—. ¡Señor!... Pero ¿es posible dejarse arrebatar de ese modo? Mire: también Dmitrii Prokófich estuvo a verme ayer... De acuerdo, de acuerdo en que tengo un carácter malo, antipático. Pero ¡hay que ver lo que él sacó de ahí!... ¡Señor! Vino a verme ayer, después que usted; estábamos comiendo, y se puso a hablar, dale que dale, y yo no podía hacer más que levantar los brazos; bueno, pero yo pienso... ¡Ah, Señor! ¿No vendría de parte suya? Pero ¡siéntese usted, padrecito, siéntese, por amor de Cristo!

—¡No; de mi parte, no! Pero sabía que iba a verlo a usted, y también el porqué —replicó Raskólnikov con brusquedad.

—¿Lo sabía usted?

—Lo sabía. ¿Qué tiene eso de particular?

—¡Vamos, padrecito Rodión Románovich: como si yo no conociese también todos sus pasos! ¡Estoy informado de todo! Para que usted vea: sé que fue a *alquilar un cuarto*, ya casi de noche, al oscurecer, y que se puso a tirar de la campanilla, y que preguntó por la sangre, y que sacó de quicio a los trabajadores y al portero. Mire usted: yo comprendo su disposición de espíritu en aquel momento... Pero, a pesar de todo, ¡usted se expone, sencillamente, a perder el juicio, por Dios! ¡Le entrará vértigo! La indignación arde con demasiada violencia en su interior noble, por efecto de las ofensas recibidas, primero del Destino y luego de los policías, y usted sueña acá y allá, para cuanto antes obligarles a todos a hablar, y de ese modo acabar de una vez, porque está usted ya harto de todas estas sandeces y de todas estas suspicacias. ¿No es así? ¿He adivinado su estado de espíritu?... Solo que con ello, no solo se expone usted a que le dé el vértigo, sino que nos expone a lo mismo a Razumijin y a mí; harto *bueno* es ya de por si él para que no le suceda así; usted mismo lo sabe. Usted está enfermo; pero él es bueno, y esa enfermedad podría contagiársele... Mire usted, padrecito: cuando usted se tranquilice, le contaré... Pero ¡siéntese usted, padrecito, por amor de Cristo! Haga el favor: descanse un poco; está usted demudado; siéntese.

Raskólnikov se sentó; le entró un escalofrío que le corrió por todo el cuerpo. Con honda estupefacción, atónito, oía a Porfirii Petróvich, que, asustado y solícito, le obligaba a sentarse. Pero no daba crédito a ninguna de sus palabras, aunque sintiese una extraña inclinación a creer en ellas. La inesperada alusión de Porfirii al alquiler del cuarto le sobresaltó: «¿Cómo es posible que sepa lo del cuarto?... —pensó de pronto—. ¡Él mismo me lo ha dicho!».

—Sí, señor; he tenido ocasión de tropezar con un caso idéntico, psicológico, en mi práctica judicial, un caso así morboso —prosiguió, hablando atropelladamente, Porfirii—. También se trataba de un individuo que se había acusado de un crimen. Pero ¡cómo se había acusado!... Describió todo un estado alucinatorio, estableció los hechos, refirió todos los pormenores, los despistó y los desconcertó a todos. ¿Y qué? Pues que si había sido, de un modo enteramente involuntario, causa en parte del crimen, pero solo en parte, y al saber que había dado pie a los asesinos, se impresionó, dio en cavilar, se embrolló y vino a creer que él había sido el verdadero criminal. Hasta que el Tribunal de Casación entendió en el asunto y absolvió al desdichado, sometiéndolo a observación. ¡Gracias al Tribunal de Casación! ¿Y qué..., que..., e... e..., qué dice usted a esto, padrecito? ¡Es que se puede hasta coger una fiebre cuando se tienen los nervios delicados y empiezan a excitarse e ir de noche a tirar de las campanillas y preguntar por la sangre! Yo, mire usted: toda esta psicología la he ido aprendiendo en la práctica. A veces ocurre que a un individuo le entran tentaciones de tirarse por una ventana o desde lo alto de una torre, y esa sensación tiene algo de seductora... Pues lo mismo puede decirse de eso de zamarrear las campanillas... ¡Enfermedad, Rodión Románovich; enfermedad! Usted ha descuidado con exceso su enfermedad. ¡Debía usted haber consultado con un médico de experiencia y no con ese tío gordo!... ¡Está usted delirando!... ¡Todo lo que le pasa es, sencillamente, efecto del delirio!...

Por un momento, todo se puso a dar vueltas en torno a Raskólnikov.

«¿Y si, y si —cruzó por su mente— todo eso fuera fingido? ¡Es imposible, es imposible!», y rechazaba ese pensamiento, sintiendo de antemano hasta qué extremo la rabia y el furor podían conducirle, sintiendo que de pura rabia se puede hasta enloquecer.

—¡Yo no deliraba, yo estaba en mi juicio! —exclamó, empleando todas sus fuerzas de razón para ver claro en el juego de Porfirii—. ¡En mi juicio, en mi juicio! ¿Lo oye usted?

—Sí; comprendo y oigo. ¡También decía usted ayer que no estaba delirando, y especialmente insistió usted en ese punto, que no deliraba! Todo cuanto usted pueda decir, lo comprendo. ¡Ah!... Pero escuche usted también, Rodión Románovich, bienhechor mío, aunque solo sea un detalle. Supongamos que fuera usted, efectivamente, en el fondo, culpable, o que en alguna forma hubiese usted intervenido en este condenado asunto. ¿Podría usted, haga el favor de decírmelo, asegurar que no había hecho todo eso en estado de delirio, sino, por el contrario, en su pleno juicio? Y más aún: afirmar especialmente, afirmar con esa especial tozudez..., ¿sería eso posible, sería eso posible, comprende usted? Pero vea usted: yo opino rotundamente lo contrario. Si usted se sintiese en algún modo culpable, entonces lo que le cuadraría afirmar precisamente sería que, sin duda alguna, ¡diantre!, estaba usted delirando. ¿No es eso? ¿No tengo razón?...

Algo de insidioso se dejaba traslucir en la pregunta. Raskólnikov se echó hacia atrás, hasta el respaldo mismo del diván, rehuyendo a Porfirii, que se inclinaba hacia él, y en silencio, con tenacidad, lo miraba perplejo.

—Ahora, a propósito del señor Razumijin, es decir, a propósito de poner en claro si vino él a verme ayer espontáneamente, de suyo o por encargo de usted, usted debería decir que había venido espontáneamente y no por encargo suyo. Pero ¡vea usted cómo no lo dice! Usted asegura precisamente que por encargo suyo.

Raskólnikov no había afirmado tal cosa. Frío le corrió por la espalda.

—Todo eso es mentira —declaró lenta y débilmente, con una sonrisa crispada y dolorosa en los labios—. Usted vuelve de nuevo a quererme demostrar que me tiene calado el juego, que conoce de antemano todas mis contestaciones —dijo, sintiendo él mismo que ya no le salía como él quisiera la palabra—. Usted quiere infundirme miedo..., y, sencillamente, se está burlando de mí...

Continuó mirándolo fijamente al decir aquello, y de pronto volvió a brillar en sus ojos una infinita cólera.

—¡Todo eso que dice es mentira! —exclamó—. Usted sabe de sobra que el mejor recurso para un delincuente es no ocultar en todo lo posible aquello que ocultar no se puede. ¡No le creo a usted!

—¡Qué cara pone! —Rió Porfirii—. Con usted, padrecito, no se pueden atar cabos: padece usted de monomanía. ¿Conque no me cree usted?... Pues yo le digo que ya me cree usted, que ya cree en mi cuarto de *arschina*, y yo haré que me crea usted una *arschina* entera, porque le tengo sincero afecto, y, en verdad, deseo su bien.

A Raskólnikov le temblaban los labios.

—Sí; eso es, lo quiero, se lo diré definitivamente —prosiguió, cogiendo ligera, amistosamente, un brazo de Raskólnikov un poco más arriba del codo—, definitivamente se lo diré: cuide usted su enfermedad. Además, para eso ha venido su familia; acuérdese usted de ella. Tranquilizar a sus familiares y tratarlos con todo cariño es lo que procede; pero usted no hace más que asustarlos...

—¿Y a usted eso qué le importa? ¿Cómo sabe usted eso? ¿Es que me sigue usted la pista y me lo quiere demostrar?

—¡Padrecito! Pero ¡si yo lo sé todo por usted, por usted mismo! Usted no se da cuenta de que, en medio de su emoción, va y lo echa todo por delante y lo hace público delante de mí y de los demás. Por el señor Razumijin, Dmitrii Prokófich, supe también ayer algunos pormenores interesantes. No; usted me interrumpe; pero yo he de decirle que, en virtud de su irritabilidad, pese a todo su ingenio, llega usted a perder hasta la sana noción de las cosas. Porque vamos a ver: aunque volvamos de nuevo al tema de tirar de las campanillas: una joya como esa, un hecho tamaño (porque es todo un hecho), se lo revelo a usted así, con las manos y los pies, yo, el juez de Instrucción. ¡Y usted no ve nada en eso! Si yo sospechase de usted absolutamente, ¿iba a conducirme con usted de ese modo? A mí, por el contrario, me tocaba empezar por adormecer sus suspicacias y no dar a entender que estaba al tanto de ese hecho; distraerlo a usted por el lado contrario, y, de pronto, como con el hacha en la cabeza (según su expresión), anonadarle: «¡Hola, señor mío! Vamos a ver: ¿qué era lo que tenía usted que hacer en el cuarto de la interfecta a las diez de la noche largas, casi a las once? ¿Y a qué vino aquello de ponerse a tocar la campanilla ni aquello otro de preguntar por la sangre? ¿Y por qué luego trató usted de embrollar a los porteros y dijo que lo llevasen a la comisaría, a presencia del teniente?». Ahí tiene usted cómo hubiera debido proceder yo, si hubiese abrigado contra usted la más leve sospecha. Habría debido someterlo a un interrogatorio en forma, practicar un registro en su casa y, además, mandarlo detener a usted... Cuando me conduzco de modo tan distinto, es señal de que no sospecho de usted en modo alguno. Pero es que usted ha perdido la sana noción de las cosas y no ve nada, se lo repito a usted.

Raskólnikov se estremeció con todo el cuerpo, de un modo que Porfirii lo notó claramente.

—¡Todo lo que dice es mentira!... —exclamó—. Ignoro con qué fin lo hará; pero no hace más que mentir... Antes no me hablaba usted en ese sentido, y yo no puedo engañarme... ¡Usted miente!

—¿Que yo miento? —insistió Porfirii, exaltándose, al parecer, pero sin perder su aspecto jovial y zumbón y sin preocuparse en nada de la opinión que pudiera merecerle al señor Raskólnikov—. ¿Que yo miento?... Vamos a ver cómo me he conducido con usted hace un instante (yo, el juez), indicándole y proporcionándole todos los medios para su defensa y aduciéndole todas esas demostraciones psicológicas: «enfermedad (he dicho), delirio, se sentía ofendido; melancolía, y luego los policías», y todo lo demás. ¿No? ¡Je, je, je! Aunque, después de todo —no se lo ocultaré—, todos esos medios psicológicos de defensa, pretextos y subterfugios son muy inconsistentes y semejan espadas de dos filos. «Enfermedad (podrá decir), delirio, ensueños..., tuve una alucinación, no comprendo...», todo eso está muy bien; pero vamos a ver: ¿por qué, padrecito, aun admitiendo la enfermedad y el delirio, hubo de tener precisamente esas alucinaciones y no otras? Porque, en resumidas cuentas, podía haber tenido otras. ¿No es así?... ¡Je, je, je!

Raskólnikov le lanzó una mirada orgullosa y despectiva.

—En una palabra —dijo altivo y en voz recia, levantándose y dándole, al hacerlo, un empujoncillo a Porfirii—, en una palabra, yo quiero saber: ¿me reconoce usted definitivamente libre de todo sospecha o *no*? ¡Hable usted, Porfirii Petróvich; hable rotunda y categóricamente, y enseguida, ahora mismo!

—¡Vaya tarea! ¡Vaya tarea la que tengo con usted!... —exclamó Porfirii con semblante perfectamente jovial, insidioso y sin pizca de azoramiento—. Pero ¿qué quiere usted saber, qué quiere usted saber con tanto empeño, si todavía no han empezado a molestarle? Mire usted: es usted como un niño; coge la candela por la mano. Pero ¿por qué se apura usted tanto? ¿Por qué me hace usted esa pregunta y con qué razón?... ¿Eh?... ¡Je, je, je!

—Le repito a usted —exclamó Raskólnikov con vehemencia— que no puedo aguantar más...

—Pero ¿el qué? ¿La incertidumbre? —le interrumpió Porfirii.

—¡No me exaspere usted!... ¡No quiero! ¡Le digo a usted que no quiero!... ¡Ni puedo ni quiero! ¡Óigalo bien! ¡Óigalo bien! —gritó, volviendo a descargar un puñetazo en la mesa.

—¡Más bajo, más bajo!... ¡Mire que van a oírle! Seriamente se lo prevengo. Domínese usted. ¡Yo no bromeo! —declaró en voz queda Porfirii; pero aquella vez no tenía su rostro aquella expresión afeminada, bonachona y azorada de antes, sino que, por el contrario, ahora *mandaba* severamente, frunciendo el ceño y como descubriendo de un golpe todos sus misterios y todas sus ambigüedades. Pero aquello duró solo un instante. El indignado Raskólnikov iba a entregarse a un verdadero acceso de furor; pero, cosa rara, otra vez volvió a obedecer la intimación de hablar bajo, no obstante encontrarse en pleno paroxismo de rabia.

—¡Yo no me dejo torturar! —murmuró de pronto, como antes, dándose inmediatamente cuenta, con dolor y cólera, de que no había podido menos de someterse a aquella orden, pensamiento que aumentaba su furia—. ¡Mande usted detenerme, practique un registro en mi casa; pero sírvase hacer todo eso en forma, en vez de jugar conmigo! No se atreve, va a...

—No se apure usted por la forma —le atajó Porfirii, con la misma sonrisa insidiosa de antes y como regodeándose en el estado de Raskólnikov—. Yo, padrecito, le he invitado a usted ahora completamente de un modo familiar, amistoso.

—Yo no quiero su amistad y le escupo. ¿Lo oye usted? Y mire usted: cojo la gorra y me voy. ¿Qué dice usted a eso, si tiene intención de detenerme?

Cogió el gorro y se dirigió a la puerta.

—Pero ¿no quiere usted acaso presenciar una sorpresa? —exclamó; riendo a carcajadas, Porfirii, volviendo a cogerle por un poco más arriba del codo y deteniéndose junto a la misma puerta. Se mantenía, al parecer, tan jovial y guasón como antes, lo que acabó de exasperar a Raskólnikov.

—¿Qué sorpresa? ¿De qué se trata? —inquirió, deteniéndose y mirando a Porfirii con miedo.

—Pues una sorpresa que tengo preparada ahí, al otro lado de la puerta. ¡Je, je, je! —señaló con el dedo a la puerta cerrada del tabique, que conducía a su vivienda oficial—. Hasta la encerré con llave para que no se escapara.

—Pero ¿qué es ello? ¿Dónde está? ¿De qué se trata?...

Raskólnikov se acercó a la puerta e intentó abrirla; pero estaba cerrada.

—Está cerrada; pero aquí tiene usted la llave.

Y, efectivamente, le enseñó una llave que se había sacado del bolsillo.

—¡Todo eso son patrañas!... —gritó Raskólnikov, sin poder ya contenerse—. ¡Mientes, polichinela maldito!

Y se abalanzó sobre Porfirii, que se batía en retirada hacia la puerta, pero sin dar la menor señal de susto.

—¡Ahora lo comprendo todo, todo! —le dijo aquel—. Tú mientes y me irritas para que me entregue...

—Pero ¡si ya no es posible entregarse más, padrecito Rodión Románovich! Mire: está usted exasperado. No grite, que, si no, tendré que llamar.

—¡Mientes, no habrá nada! ¡Llama y que vengan! Tú sabías que yo estaba enfermo y querías excitarme hasta la rabia para que yo me entregase: he aquí el fin que perseguías. Pero ¡no: a ver las pruebas! ¡Yo lo comprendo todo!... Tú no tienes pruebas: tú solo tienes conjeturas puercas, miserables, las que te ha sugerido Zamiótov... Tú conocías mi carácter; querías lanzarme a la exasperación y luego arrojarme en poder de los popes y delegados... ¿Los estás aguardando? ¡Eh! ¿Qué aguardas? ¿Dónde? ¡Venga!

—Pero ¿de qué delegados habla usted, padrecito? ¡Qué imaginación tiene el hombre! Pero si no es posible actuar con arreglo a las formas, como usted dice...; mire usted, padrecito: usted no sabe... Pero no faltarán las formas, ya lo verá usted... —murmuró Porfirii, escuchando a la puerta.

Efectivamente, en aquel momento, junto a la puerta del otro cuarto, se dejó oír algún ruido.

—¡Ya vienen! —exclamó Raskólnikov—. ¡Tú los mandaste llamar para mí!... ¡Los estabas aguardando! Contabas con que... Bueno; pues que vengan aquí todos: delegados, testigos, todo lo que tú quieras... Que vengan. ¡Pronto estoy! ¡Pronto!

Pero entonces sucedió una cosa extraña, algo hasta tal punto inopinado en el curso vulgar de los acontecimientos, que no hay duda alguna que ni Raskólnikov ni Porfirii Petróvich podían imaginar tal desenlace.

VI

Luego, al recordar aquel instante, Raskólnikov se lo representaba todo en esta forma.

Aquel rumor que se había dejado oír junto a la puerta creció rápidamente, y la puerta se entreabrió un poco.

—¿Quién va? —inquirió Porfirii Petróvich, contrariado—. Mire usted: ya se lo previne.

Por el momento, no hubo contestación; pero era evidente que al otro lado de la puerta se encontraban varios hombres y como que pugnaban por apartar a alguien.

—Pero ¿qué es eso? —repitió, alarmado, Porfirii Petróvich.

—Es que traemos al detenido, Nikolai —se le oyó decir a alguien.

—¡No hace falta! ¡Fuera! ¡Aguarden! ¿A qué ha tenido que venir aquí? ¡Qué falta de orden! —exclamó Porfirii, precipitándose hacia la puerta.

—Es que él... —tornó a decir la voz de antes; y luego se calló.

Por espacio de solo dos segundos se produjo una verdadera refriega; luego, de pronto, pareció como si lograsen retirar a alguien empleando la violencia, y después, finalmente, penetró en el gabinete de Porfirii un hombre muy pálido.

El aspecto de aquel individuo no podía ser más extraño a primera vista. Miraba hacia delante, pero sin ver a nadie. En sus ojos centelleaba la decisión; pero, al mismo tiempo, una mortal palidez cubría su rostro, cual si lo condujeran al suplicio. Le temblaban los labios, enteramente descoloridos.

Muy joven todavía, vestía como la gente del pueblo; era de estatura mediana, delgado, con el pelo cortado en redondo, de facciones finas y un tanto secas. El hombre del que se había zafado entró detrás de él en la habitación y logró asirle del hombro: era un guardia; pero Nikolai alargó el brazo y logró zafarse nuevamente.

A la puerta se agolparon curiosos. Algunos pugnaban por entrar. Todo lo que acabamos de referir sucedió en un momento.

—¡Fuera!... ¡Es pronto todavía!... ¡Aguarden a que los llamen!... ¿Por qué lo han traído tan pronto? —murmuraba, en el colmo de la contrariedad, y como fuera de sí, Porfirii Petróvich. Pero Nicolai fue y de pronto se postró de rodillas.

—¿Qué hace? —exclamó Porfirii, estupefacto.

—¡Soy culpable! ¡Fue mía la culpa! ¡Yo soy el asesino! —declaró inopinadamente Nikolai, como si le faltase el aliento, pero con voz bastante firme.

Durante diez segundos se prolongó el silencio, ni más ni menos que si a todos les hubiese dado un ataque de catalepsia; hasta el guardia dejó caer los brazos y se batió en retirada hacia la puerta, donde quedó inmóvil.

—Pero ¿qué dices? —exclamó Porfirii Petróvich, saliendo de su momentáneo estupor.

—Pues que yo... soy el asesino... —repitió Nikolai, tras un breve silencio.

—¡Cómo!... ¿Tú?... ¿A quién asesinaste?

Porfirii Petróvich estaba visiblemente desconcertado.

Nikolai volvió de nuevo a guardar silencio un instante.

—A Aliona Ivánovna y a su hermana, Lizaveta Ivánovna..., yo... fui quien las mató..., con el hacha. No estaba en mi juicio... —añadió de pronto, y otra vez volvió a callar. Seguía de rodillas.

Porfirii Petróvich permaneció parado unos segundos, como cavilando; pero de pronto se estremeció violentamente y manoteó, ahuyentando a los curiosos. Estos desaparecieron enseguida y volvió a cerrarse la puerta. Luego dirigió la vista hacia Raskólnikov, que permanecía en un rincón en pie, mirando ávidamente a Nikolai, y de pronto hizo ademán de abalanzarse a él, aunque se detuvo, se quedó mirándolo, posó luego la vista en Nikolai, tornó a posarla en Raskólnikov, y, de pronto, como cediendo a un arrebato, volvió a abalanzarse a Nikolai.

—¿Es que quieres buscarte de antemano una salida con eso de que no estabas en tu juicio? —le interpeló, casi colérico—. Yo no te he preguntado; estuvieras o no en tu juicio..., habla. ¿Tú eres el asesino?

—Yo soy el asesino... Declararé... —dijo Nikolai.

—¡Ah! ¿Con qué cometiste el crimen?

—Con el hacha. La había llevado.

—¡Ah, vas muy deprisa!... ¿Solo?

Nikolai no entendió la pregunta.

—¿Que si cometiste el crimen tú solo?

—Solo. Mitka es enteramente inocente, y no ha tomado parte en nada.

—Pero ¿a qué te precipitas a hablar de Mitka? ¿Eh?... Pero, vamos a ver, dime: ¿cómo te las arreglaste para huir por la escalera? ¿No os vieron a los dos los porteros?

—Lo hice así para despistar... Luego eché a correr detrás de Mitka —dijo Nikolai como atropellándose y dispuesto de antemano a todo.

—¡Eso es! —exclamó Porfirii colérico—. Habla por boca de ganso —murmuró Porfirii como para sus adentros, y de pronto volvió a fijar la vista en Raskólnikov.

Al parecer, se había entretenido tanto con Nikolai, que hasta llegó a olvidarse por un momento de Raskólnikov. Ahora, de pronto, volvía a acordarse de él y hasta parecía corrido.

—¡Rodión Románovich, padrecito! Dispense usted —le dijo—. Verdaderamente, no es posible... Tenga la bondad... Usted aquí no tiene nada que hacer... Yo mismo... ¡Vea usted qué sorpresa!... ¡Haga el favor!...

Y, cogiéndolo de un brazo, le indicó la puerta.

—¿Por lo visto, no se esperaba usted esto? —dijo Raskólnikov, indudablemente sin acabar de comprender todavía, pero dándose mucha prisa a cobrar ánimos.

—No; ni usted tampoco se lo esperaba, padrecito. ¡Mire cómo le tiembla el brazo! ¡Je..., je!

—Sí; y usted también está temblando, Porfirii Petróvich...

—Sí, también yo estoy temblando. ¡No me lo esperaba!...

Habían llegado ya a la puerta. Porfirii aguardaba impaciente a que Raskólnikov pasase.

—Pero y aquella sorpresa que decía, ¿no me la enseña? —inquirió, de pronto, Raskólnikov.

—¡Habla usted de los demás, y a usted mismo le están castañeando los dientes!... ¡Je..., je! ¡Es usted un ironista! Bueno; hasta más ver.

—¡Por mi parte, *adiós*!

—¡Dios dirá, Dios dirá! —murmuró Porfirii con crispada sonrisa.

Al pasar por las oficinas, Raskólnikov advirtió que muchos lo miraban curiosamente. En el recibimiento, entre la gente, acertó a ver a los dos porteros de *aquella casa*, a los que desafió a que lo llevasen a la comisaría la noche de marras. Estaban en pie y parecían aguardar algo. Pero, no bien hubo salido a la escalera, cuando hubo de oír otra vez a sus espaldas la voz de Porfirii Petróvich. Se volvió y comprobó que aquel corría para alcanzarle, casi desalado.

—Una palabrita, Rodión Románovich: respecto a lo pasado, será lo que Dios disponga; pero, no obstante, por fórmula, todavía tendré que interrogarle... ¡Así que volveremos a vernos sin falta!

Y Porfirii se detuvo delante de él, sonriendo.

—Sin falta —volvió a añadir.

Habría podido pensarse que aún tenía algo que decir, pero que no acertaba a expresarlo.

—Porfirii Petróvich, perdóneme usted por lo de antes... Me acaloré —empezó Raskólnikov, ya completamente reanimado, hasta sentir un irresistible impulso de fanfarronear.

—No hable de eso, no hable de eso —insistió Porfirii, casi alborozado—. Yo también... ¡Maldito carácter el mío; lo confieso, lo reconozco! Bueno; quedamos en que volveremos a vernos. ¡Si Dios quiere, nos hemos de volver a ver muchas veces!...

—Y nos conoceremos por fin del todo —encareció Raskólnikov.

—Y nos conoceremos por fin del todo —asintió Porfirii Petróvich, y, haciendo un guiño, se quedó luego mirando fijamente—. Y ahora, ¿va usted a un cumpleaños?

—A un entierro.

—¡Ah, es verdad, a un entierro!... ¡Cuídese usted, cuídese usted!...

—Yo, por mi parte, no sé qué desearle a usted —encareció Raskólnikov, que ya empezaba a bajar la escalera, y de pronto se volvió hacia Porfirii— ¡Yo le deseo muchos éxitos, pues ya ve usted qué cómica es su profesión!

—¿Por qué cómica?... —E inmediatamente Porfirii, que ya había dado también media vuelta para retirarse, aguzó las orejas.

—Porque ya ve usted: a ese pobre Mikolka habrá usted tenido que torturarlo y mortificarlo, psicológicamente, a su manera, hasta que confesó; día y noche habrá estado usted diciéndole: «Eres el asesino, eres el asesino...». Bueno; pero, ahora que ya ha confesado, volverá usted a roerle los huesos, diciéndole: «¡Mientes, diantre; tú no eres el asesino! ¡No es posible que lo seas! ¡Hablas por boca de ganso!». ¿Me dirá, después de esto, que su profesión no es ridícula?

—¡Je..., je..., je! Pero ¿se fijó usted en lo que yo le decía a Nikolai de que hablaba por boca de ganso?

—¿Cómo no había de fijarme?

—¡Je..., je! Chistoso, chistoso. ¡En todo se fija usted! ¡Un verdadero guasón! Y sabe usted tocar la cuerda más grotesca... ¡Je..., je! Oiga: dicen que Gógol, el escritor, poseía en alto grado esa cualidad.

—Sí, Gógol.

—Eso es, Gógol...; hasta la próxima gratísima entrevista.

—Hasta nuestra próxima gratísima entrevista...

Raskólnikov se fue derecho a su casa. Hasta tal punto estaba agotado y rendido, que luego que se vio allí se tendió en el diván, y así se estuvo un cuarto hora, simplemente descansando y esforzándose por coordinar en alguna forma sus ideas. Acerca de Nikolai, ni siquiera formaba juicio; sentía estupor; en la confesión de Nikolai había algo oscuro, asombroso, algo que en aquel momento no acertaba a explicarse. Pero la confesión de Nikolai era un hecho positivo. Las consecuencias de tal hecho inmediatamente se le aparecieron claras: la mentira no podría mantenerse, y entonces la emprenderían de nuevo contra él. Pero, por lo menos, hasta entonces estaba libre, y debía, sin duda alguna, hacer algo en su provecho, puesto que el peligro era inminente.

Pero, sin embargo, ¿hasta qué punto? La situación empezaba a aclararse. Al recordar, a posteriori, *a grandes rasgos*, la reciente escena con Porfirii, no podía menos de estremecerse de espanto. Cierto que aún ignoraba todas las intenciones de Porfirii, y ni podía adivinar todos sus recientes cálculos. Pero, en parte, el juego estaba descubierto, y ya sin duda, mejor que nadie, podía comprender cuán terrible era para él aquella «baza» en el juego de Porfirii. Un poco más, y podía entregarse él mismo por completo en el terreno de los hechos. Conociendo lo morboso de su carácter, y habiéndole calado desde la primera mirada, Porfirii procedía, si bien con demasiada resolución, de un modo certero. Raskólnikov acababa de comprometerse en demasía, si no hasta en el terreno de los *hechos*, poco menos: todo seguía siendo relativo. Pero, no obstante, ¿cómo, cómo comprendía él todo eso ahora? ¿No estaría equivocado? ¿A qué resultado tiraba hoy Porfirii? ¿Era que, efectivamente, había tenido preparado algo? ¿El qué, concretamente? ¿Es que aguardaba algo de veras? ¿Cómo se hubieran separado hoy los dos de no haber sobrevenido aquel inesperado desenlace provocado por Nikolai?

Porfirii había descubierto casi todo su juego, sin duda que se arriesgaba, pero lo había descubierto, y (todo esto le parecía a Raskólnikov) si, efectivamente, hubiera tenido algo más, también lo habría descubierto. ¿Qué «sorpresa» sería aquella? ¿Alguna burla? ¿Significaría algo o no? ¿Podría ocultarse debajo de ella algo parecido a un hecho, a una inculpación categórica? ¿El hombre de la víspera? ¿Dónde estaría hoy? Porque si Porfirii contaba con algo concreto, indudablemente había de guardar relación con el hombre de la víspera...

Se sentó en el diván, dejando colgar hacia abajo la cabeza, con los codos sobre las rodillas y ocultándose la cara con las manos. Un temblor nervioso seguía agitando aún todo su cuerpo. Finalmente, se levantó, cogió la gorra, se detuvo a reflexionar un momento, y luego se encaminó a la puerta.

Tenía el presentimiento de que, cuando menos, podía considerar seguramente exento de peligro para él aquel día. De pronto, en su corazón sintió algo como alborozo; deseaba trasladarse cuanto antes a casa de Katerina Ivánovna. Era ya tarde, desde luego, para el sepelio; pero llegaría a su tiempo para el banquete fúnebre, y allí, dentro de un instante, vería a Sonia.

Se detuvo, recapacitó, y una sonrisa morbosa asomó a sus labios.

«¡Hoy! ¡Hoy!... —repetía para sí—. ¡Sí, hoy mismo!... Debo hacerlo...».

Se disponía ya a abrir la puerta, cuando, de pronto, se abrió ella sola. Dio un respingo y retrocedió. La puerta se abrió lenta y suavemente, y de pronto se dejó ver la figura del hombre de la víspera, salido de *debajo de la tierra*.

El hombre se detuvo en el umbral, examinó en silencio a Raskólnikov y adelantó un paso en la habitación. Estaba igual, igual que la víspera; la misma figura, el mismo traje; pero en su rostro y en su mirada se advertía un gran cambio; parecía ahora como apenado, y, deteniéndose un poco, lanzó un hon do suspiro. Le faltó únicamente llevarse, al hacerlo, la palma de la mano a la mejilla y echar a un lado la cabeza para parecerse enteramente a una mujer.

—¿Qué quiere usted? —inquirió, medio muerto, Raskólnikov.

El hombre guardó silencio, y de pronto, profundamente, hasta casi tocar el suelo, se inclinó ante él. Por lo menos rozó el suelo con el anillo de la mano derecha.

—¿Qué hace usted? —exclamó Raskólnikov.

—Soy culpable —dijo el hombre en voz queda.

—¿De qué?

—De haber pensado mal.

Ambos se miraron el uno al otro.

—Resentido estaba. Cuando usted fue servido de ir allá, aquel día, quizá embriagado, y desafió a los porteros a que lo llevasen a la comisaría y preguntó por la sangre, me di por ofendido al ver que no hacían caso de usted y que lo tomaban a usted por un borracho. Tan molesto estaba, que no pude dormir aquella noche. Pero, como recordaba sus señas, ayer vine aquí y pregunté por usted...

—¿Quién vino? —le interrumpió Raskólnikov, que en aquel momento empezaba a recordar.

—Yo; quiero decir que le he ofendido.

—Entonces ¿usted procede de aquella casa?

—Y allí estaba también en la puerta con los otros, ¿no recuerda? Tengo allí mi taller desde hace tiempo. Peletero, establecido, trabajo en mi casa...; pero, de todo, lo que más me soliviantó...

Y de pronto recordó Raskólnikov toda la escena de tres días atrás en la puerta; se imaginaba que, además de los porteros, había allí también algunos hombres y mujeres. Recordaba una voz que había propuesto lo llevasen derechamente a la comisaría. La cara del que eso había dicho no la podía recordar, ni hubiera podido reconocerla ahora; pero sí recordaba haberle contestado algo entonces, encarándose con él...

Véase, pues, en qué venía a parar todo aquel terror de la víspera. Lo más terrible de todo era pensar que, efectivamente, había estado a punto de perderse, a punto de perderse por culpa de aquella *insignificante* circunstancia. Resultaba ahora que, quitando lo del alquiler del piso y la pregunta por la sangre, nada más podía contar aquel hombre. De donde se infería que tampoco Porfirii tenía nada en su poder más que aquel *delirio*, ningún hecho, salvo aquel psicológico, *de dos filos*, nada categórico. De suerte que, como no vinieran a manifestarse más hechos (y no debían ya producirse, ¡no debían, no debían!), ¿qué podían hacerle?... ¿Cómo podrían convencerle de culpabilidad, aunque lo detuviesen? Y, desde luego, Porfirii acababa de enterarse de lo del piso, cosa que hasta allí había ignorado.

—¿Es que le dijo usted hoy a Porfirii... eso de que yo había estado allí?... —exclamó, asaltado por súbita idea.

—¿A qué Porfirii?

—Pues al juez de Instrucción.

—Se lo dije. Los porteros no comparecieron; pero yo me presenté.

—¿Hoy?

—Un minuto antes que usted. Y escuché todo, todo lo que él le torturó...

—¿Dónde? ¿Qué? ¿Cuándo?

—Pues allí mismo, detrás del tabique, todo el tiempo estuve sentado.

—¡Cómo!... Entonces ¿esa era la sorpresa? Pero ¿es posible que haya sido así? ¡Por favor!

—Al ver yo —empezó diciendo— que los porteros no querían atender mis indicaciones de ir a la comisaría, alegando que era ya tarde y que, además, los recriminarían por no haber acudido antes, me enfadé y perdí el sueño y me puse a cavilar. Y, de acuerdo con lo que hube pensado, fui allá hoy. La primera vez... no estaba allí. Al cabo de una hora volví, no me recibieron; pero volví la tercera, y me hicieron pasar. Yo me puse a contarle todo lo que había ocurrido, y él empezó a dar carreras por la habitación y a darse puñadas en el pecho: «¿Qué hacéis conmigo, bandidos? —decía—. De haber yo sabido eso lo mando traer con un guardia». Luego salió corriendo, llamó no sé a quién, y se puso a hablar con él en un rincón, y luego, vuelta a emprenderla conmigo y a preguntarme y a insultarme. Me hacía la mar de recriminaciones; yo se lo conté todo, y le dije que a mis palabras del día antes no se había usted atrevido a replicar, y que usted no me había conocido. Y entonces empezó él otra vez con sus carrerillas y sus golpes de pecho, y vociferaba y corría, y en cuanto que lo anunciaron a usted... «Anda —dice—, métete detrás del tabique, siéntate allí y no te muevas, oigas lo que oigas»; y él mismo me llevó allí una silla y me encerró. «Puede —dijo— que te interrogue». Pero cuando llevaron a Nikolai, entonces, luego de irse usted, me sacó; todavía me dijo: «Te necesito, y te he de interrogar...».

—Y a Nikolai, ¿lo interrogó en tu presencia?

—Cuando lo hizo salir a usted, también me sacó a mí de allí y empezó a interrogar a Nikolai.

El hombre se detuvo, y de pronto volvió a hacer otra reverencia, rozando el suelo con el anillo.

—Perdóneme usted mi delación y el daño que le hice.

—Que Dios te perdone —le respondió Raskólnikov, y, no bien lo había dicho, cuando el hombre le hizo otra reverencia, no ya hasta el suelo, sino de medio cuerpo para arriba, dio lentamente media vuelta y se salió de la habitación. «Todo tiene dos filos, todo tiene ahora dos filos» —afirmó Raskólnikov, y, más animoso que nunca, salió de su aposento.

«Ahora podemos seguir luchando», dijo con maligna sonrisa, ya en la escalera. La malignidad aquella iba dirigida contra él mismo; con desprecio y bochorno recordaba su *pusilanimidad*.

QUINTA PARTE

I

La mañana siguiente a la explicación, para él fatal, de Piotr Petróvich con Dúnechka y Puljeria Aleksándrovna, produjo también en Piotr Petróvich su acción despejante. Aquel, con gran contrariedad, se vio obligado poco a poco a reconocer el hecho consumado e irrevocable, aquel mismo hecho que la noche anterior le había parecido un acontecimiento poco menos que fantástico, y, aunque desconcertante, algo imposible. La negra sierpe del amor propio herido estuvo toda la noche picándole en el corazón. Al levantarse de la cama, Piotr Petróvich fue inmediatamente a mirarse al espejo. Temía no fuese que durante la noche hubiese tenido un derrame de bilis. Pero, por ese lado, todo iba bien, por lo pronto, y al mirar su semblante noble, blanco y un poco abotagado en los últimos tiempos, Piotr Petróvich se consoló casi instantáneamente, con la plena convicción de encontrar novia en cualquier otro sitio, sí, y hasta mejor acaso; pero enseguida volvió en su juicio y escupió enérgicamente por el colmillo, con lo que provocó una silenciosa, pero sarcástica, sonrisa en su joven amigo y vecino de cuarto, Andrei Semiónovich Lebeziátnikov. La tal sonrisa hubo de notarla Piotr Petróvich, e inmediatamente se la apuntó enseguida en la cuenta a su joven amigo. Mucho había tenido ya que apuntarle en su cuenta en los últimos tiempos. Su cólera redobló al comprender de pronto que no debía haberle dicho nada el día antes de los resultados de aquella noche a Andrei Semiónovich. Aquella era la segunda torpeza que había cometido aquella noche en su acaloramiento por efecto de su excesiva efusividad, debida a su excitación... Luego toda aquella mañana, como ex profeso, no hizo más que sufrir contratiempo tras contratiempo. Hasta en el Senado le aguardaba cierto revés en un asunto por el cual se había tomado muchos desvelos. Particularmente hubo de irritarle el dueño de la casa, alquilada por él con miras a su próxima boda y reparada a sus expensas; el referido casero, un artesano alemán enriquecido, no se avenía en modo alguno a modificar el contrato, recién firmado, y exigía el cumplimiento de todo lo convenido en él en todas sus partes, a pesar de que Piotr Petróvich le devolvía el cuarto casi del todo renovado. Tampoco el almacén de muebles se prestaba por nada del mundo a devolver ni un solo rublo de los que había abonado en pago de los muebles, que aún no habían sido trasladados al piso: «¡No voy a casarme forzosamente por los muebles!», rugía para sus adentros Piotr Petróvich, y, al mismo tiempo, volvía a cruzarle por la imaginación una desesperada esperanza: «Pero ¿es posible que todo esto se hubiera venido abajo y terminado irrevocablemente? ¿No se podría intentar algo todavía?». El pensamiento de Dúnechka volvió a conmoverle el corazón con seductor hechizo. Con dolor resistió aquel instante, y, sin duda, si hubiera sido posible en aquel mismo momento, con solo la fuerza del deseo, suprimir del mundo de los vivos a Raskólnikov, inmediatamente Piotr Petróvich habría formulado ese voto.

«Cometí también otro error en lo de no haberle dado ni pizca de dinero —pensó, al volver tristemente al tugurio de Lebeziátnikov—. Pero ¿por qué, el diablo me lleve, me porté tan judío*? ¡Ni siquiera se trataba de una cuestión de interés! Yo quería mantenerlas en la miseria negra y luego cargar con

---

* «... me porté tan judío». Dostoievski emplea para designar este concepto un verbo: *ochidoviet*, literalmente: *judaizar*.

ellas y que me considerasen como a su Providencia, y ellas, en cambio... ¡Uf!... No; si yo les hubiera dado en todo este tiempo, por ejemplo, mil quinientos rublos para el equipo de novia, más algún regalito, distintas cajitas, neceseres, dijes de cornalina, bagatelas, todo adquirido en casa de Knop o en el almacén inglés, la cosa habría sido más clara y... ¡más seria! ¡No me habrían rechazado tan de ligero! Esa gente es de tal naturaleza, que se hubieran creído infaliblemente obligadas a devolver, en caso de ruptura, los regalos y el dinero, ¡y el devolver ambas cosas se les habría hecho muy duro y doloroso! Además, les habría remordido la conciencia. ¡Cómo, diantre, así, tan de buenas a primeras, mandar a paseo a un hombre que había sido hasta entonces con ellas tan generoso y tan delicado!... ¡Hum!... ¡He cometido una torpeza!». Y rechinando nuevamente los dientes, Piotr Petróvich se puso a sí mismo de imbécil..., en su interior, claro está.

Al llegar a esa conclusión, se tornó a casa más furioso e irritado que cuando saliera. Los preparativos para el festín fúnebre en casa de Katerina Ivánovna hubieron de despertar hasta cierto punto su curiosidad. Ya el día antes había oído algo del tal festín fúnebre; hasta creía recordar que lo habían invitado a él; solo que sus quehaceres particulares habían acaparado toda su atención. Apresurándose a informarse de labios de la señora Lippevechsel, que había cuidado, en ausencia de Katerina Ivánovna (a la sazón en el cementerio), de la mesa puesta, se enteró de que el tal festín había de ser solemne, que a él estaban invitados casi todos los inquilinos, incluso aquellos que no habían tenido trato con el difunto, estando invitado también hasta el propio Andrei Semiónovich Lebeziátnikov, no obstante el disgusto mayúsculo que había tenido con Katerina Ivánovna, y que, por último, él mismo, Piotr Petróvich, no solo estaba también invitado, sino que hasta lo aguardaban con viva impaciencia, como al huésped de más categoría. La propia Amalia Ivánovna estaba también invitada con mucho honor, no obstante los pasados disgus-

507

tos, y ahora hacía funciones de dueña de la casa y trajinaba, casi con placer, estando, además, muy emperifollada, aunque de luto, con un traje de seda todo nuevo del que se mostraba muy hueca. Todos aquellos detalles y los informes que recogió sugiriéronle a Piotr Petróvich cierta idea, y se dirigió a su cuarto, es decir, a la habitación de Andrei Semiónovich Lebeziátnikov, algo preocupado. Estribaba todo en que acababan de decirle que del número de invitados era también Raskólnikov.

Andrei Semiónovich no había salido de casa, fuere por lo que fuere, en toda la mañana. Con este caballero sostenía Piotr Petróvich unas relaciones algo extrañas, aunque, por lo demás, en cierto modo naturales; Piotr Petróvich lo despreciaba y aborrecía sobre toda ponderación, casi desde el mismo día que se instaló en su casa; pero, al mismo tiempo, le inspiraba aquel cierto temor. Fue a hospedarse en su casa al llegar a Petersburgo, no por simples motivos de economía, aunque esta fue la razón principal, sino porque mediaba también otra causa. Ya en la provincia había oído él hablar de Andrei Semiónovich, su antiguo pupilo, como uno de los jóvenes progresistas más avanzados, y que desempeñaba un papel importante en algunos círculos curiosos legendarios. Esto impresionó a Piotr Petróvich. Aquellos poderosos círculos, que todo lo sabían y a todo el mundo despreciaban y denunciaban, hacía tiempo traían a Piotr Petróvich poseído de cierto miedo, por lo demás enteramente vago. Desde luego, cuando estaba aún en la provincia, no había podido en modo alguno formarse una idea justa, aunque fuera aproximada, de nada de *aquella gente*. Había oído decir, como todo el mundo, que existían, sobre todo en Petersburgo, progresistas, nihilistas, enderezadores de entuertos, etcétera, etcétera.; pero, a semejanza de muchos, exageraba y desfiguraba la intención y significado de tales denominaciones hasta lo absurdo. Lo que más pavor le infundía desde hacía unos años era la *denuncia pública*, y tal era el principal fundamento de su constante, exagerada intranquilidad, sobre todo en lo referente a sus sueños de trasladar su actividad a Petersburgo. En ese respecto estaba como suele decirse, *acobardado*, como a veces suelen estarlo los niños pequeños. Algunos años antes en la provincia, en los comienzos mismos de su carrera, hubo de conocer dos casos de personajes importantes cruelmente tratados por los denunciadores, a cuya defensa salió él, recompensándole aquellos con su protección. Uno de esos casos terminó de un modo bastante escandaloso, y dio mucho que hacer; en el otro, poco faltó para que terminara en un alboroto. He aquí por qué Piotr Petróvich había decidido, a su llegada a Petersburgo, averiguar inmediatamente de qué se trataba a punto fijo, y, en caso necesario, tomar la delantera a los acontecimientos y correr a congraciarse con «nuestras jóvenes generaciones». A este fin, confiaba él en Andrei Semiónovich, y al visitar, por ejemplo, a Raskólnikov, ya sabía redondear, mal que bien, algunas frases ajenas aprendidas de memoria...

Naturalmente, no tardó en considerar a Andrei Semiónovich como a un hombre trivial y ordinario. Pero esto no disuadió ni envalentonó lo más mínimo a Piotr Petróvich. Aunque hubiera llegado a convencerse de que todos los progresistas eran unos imbéciles, no habría desaparecido por ello su inquietud. Personalmente, no le importaban en absoluto todas aquellas teorías, ideas y sistemas (con que Andrei Semiónovich le atronaba los oídos). A él lo único que le interesaba aclarar enseguida era: «¿Qué era lo que *allí* pasaba? ¿Tenían fuerza *aquellos individuos*, o no la tenían? ¿Había razón para temer él, sobre todo, o no la había? ¿Lo denunciarían a él si emprendía alguna cosa, o no lo denunciarían? Y si denunciaban, ¿por qué, concretamente, y por qué, en particular, denuncian ahora?». Pero eso era poco: «¿No habría modo de fingir con ellos y engañarlos, si eran fuertes? ¿Era preciso hacerlo así o no? ¿No podría, por ejemplo, valerse de ellos para prosperar bajo cuerda en su carrera?». En resumen: que se le planteaban cientos de cuestiones.

Aquel Andrei Semiónovich era un hombre enclenque y escrofuloso, bajito de estatura, que había servido no sé dónde, y era de un rubio raro, con patillas en forma de chuleta, de que estaba muy ufano. Además, casi siempre tenía los ojos malos. Tenía un corazón demasiado blando; pero hablaba con mucho aplomo y, a veces, hasta con suma altanería, lo que, por el contraste con su figurilla, casi siempre resultaba ridículo. En casa de Amalia Ivánovna se consideraba, por lo demás, en el número de los huéspedes más honorables, es decir, que no se emborrachaba y pagaba puntualmente. No obstante todas estas buenas cualidades, Andrei Semiónovich era, efectivamente, un imbécil. Se había adherido al progreso y a «nuestra joven generación» con apasionamiento. Pertenecía a esa innúmera y diversa legión de individuos sin sustancia, de fracasados vulgares que no han aprendido nada a fondo, que en un momento se adhieren a la idea que está de moda, para enseguida achabacanarla y en un santiamén poner en ridículo cuanto una vez sirviera, aunque fuere del modo más sincero.

Por lo demás, Lebeziátnikov, no obstante ser muy bonachón, empezaba ya también a no poder aguantar a su compañero de cuarto y antiguo tutor, Piotr Petróvich. Había sido, por ambas partes, algo inicial y recíproco. Por muy simplón que Andrei Semiónovich fuera, empezaba, no obstante, a ver que Piotr Petróvich lo estaba engañando y que en secreto lo despreciaba, y «no era en modo alguno aquel hombre». Intentó exponerle el sistema de Fourier y la teoría de Darwin; pero Piotr Petróvich, sobre todo de algún tiempo a aquella parte, solía escucharlo con gesto demasiado sarcástico, y, últimamente..., hasta había empezado a llevarle la contra. En el fondo era que él, instintivamente, había empezado a comprender que Lebeziátnikov no solo era un tío vulgar y torpe, sino quizá también un embusterillo, y que no tenía ni remotamente amistades de importancia ni siquiera en su mismo círculo, sino que había oído campanas y no sabía dónde; y, por si fuere poco, no comprendía, además, como es debido, su misión de *propagandista*, pues a veces desbarraba, por lo que... ¿cómo tomarlo por denunciador? A propósito: hagamos notar, de pasada, que Piotr Petróvich en aquella semana y media había aceptado con gusto (sobre todo al principio) de Andrei Semiónovich los más raros elogios, es decir, que no objetaba, por ejemplo, y se estaba callado cuando Andrei Semiónovich le atribuía capacidad para contribuir a la futura y rápida estructuración de la nueva comuna en algún sitio de la calle Meschánskaia, o, por ejemplo, de no ponerle impedimento alguno a Dúnechka, si al primer mes de casada le entraba el capricho de echarse un amante, o de no bautizar a sus futuros vástagos, etcétera, etcétera, todo por ese tenor. Piotr Petróvich, según su costumbre, no hacía objeción alguna a esas cualidades que le atribuían, y se dejaba halagar, incluso de ese modo. Hasta tal punto le resultaban gratas todas las lisonjas.

Piotr Petróvich, que había cambiado por alguna razón aquella mañana varios títulos del cinco por ciento, estaba sentado a la mesa y se ocupaba en recontar fajos de billetes y valores. Andrei Semiónovich, que a la sazón apenas si tenía dinero, iba y venía por la habitación y aparentaba mirar todos aquellos fajos con indiferencia y hasta con desdén. Piotr Petróvich por nada del mundo hubiera creído que Andrei Semiónovich fuese capaz de mirar con indiferencia tanto dinero junto; Andrei Semiónovich, por su parte, pensaba con amargura que, en el fondo, era muy capaz Piotr Petróvich de pensar eso de él y hasta de alegrarse quizá de poder dar dentera y humillar a su joven amigo con aquellos fajos de valores allí expuestos, recordándole su insignificancia y toda la distancia que entre uno y otro existía.

Hubo de encontrarlo aquella vez nervioso y desatento como nunca, no obstante haberse puesto él, Andrei Semiónovich, a desarrollar en su presencia su tema favorito: la estructuración de la nueva «comuna» especial. Bruscas objeciones y observaciones lanzadas por Piotr Petróvich en tanto movía las bolitas de su ábaco, respiraban el más sañudo y con toda intención grosero sarcasmo. Pero el «humanitario» Andrei Semiónovich achacaba la disposición de espíritu de Piotr Petróvich a la impresión que le dejara la ruptura de la noche anterior con Dúnechka, y ardía en deseos de tocar cuanto antes ese tema; tenía algo que decir a ese respecto, como progresivo y propagandista, que acaso pudiera servir de consuelo a su estimado amigo y redundar «infaliblemente» en provecho de su ulterior evolución.

—¿Qué preparativos de festín fúnebre están haciendo ahí... en el cuarto de la viuda? —inquirió, de pronto, Piotr Petróvich, interrumpiendo a Andrei Semiónovich en el paso más interesante.

—Pero ¡cómo!, ¿no lo sabe? ¿No le estuve hablando yo anoche de ese tema y exponiéndole mis ideas acerca de todas esas ceremonias?... Pues ella lo ha invitado a usted también: lo he oído decir. Usted mismo estuvo anoche conversando con ella...

—Nunca habría podido figurarme que esa pobretona imbécil gastase en esa comilona tanto dinero, que acaso le habrá dado ese otro necio... de Raskólnikov. Hasta me causó admiración, hace un instante, al pasar; ¡cuántos preparativos; hasta vinos de marca!... Han invitado a algunas personas... ¡El diablo sabrá quiénes son! —prosiguió Piotr Petróvich, que había hecho aquella pregunta y entablado este diálogo con algún designio—. ¿Qué? ¿Qué dice usted? ¿Que yo estoy invitado? —añadió, de pronto, alzando la cabeza—. ¿Cuándo ha sido eso? No recuerdo. Aunque, por lo demás, no iré. ¿Qué tengo yo que freír allí? Yo anoche hablé con ella, de pasada, de la posibilidad de que le diesen, en calidad de viuda pobre de un funcionario, un año de paga a título de gratificación única y definitiva. ¿Será quizá por eso por lo que me ha invitado? ¡Je..., je!

—Tampoco yo tengo intención de ir —dijo Lebeziátnikov.

—¡No faltaba más! ¡Después de haberle pegado con su propia mano! Se comprende que le dé reparo, ¡je, je..., je!...

—¿Quién le pegó? ¿A quién? —saltó, con vivacidad, Lebeziátnikov, y hasta se puso encarnado.

—¡Pues usted a Katerina Ivánovna, hará un mes! Yo me enteré ayer... ¡Para que se vea, con sus ideas!... Así arreglan ustedes la cuestión femenina. ¡Je..., je..., je!...

Y Piotr Petróvich, como consolado, se enredó de nuevo con sus cuentas.

—¡Todo eso es un desatino y una calumnia! —replicó, furioso, Lebeziátnikov, que le tenía siempre miedo a que le sacaran a relucir esa historia—. ¡Y no ha habido tal cosa! Fue algo distinto... Usted no ha entendido bien; ¡chismes! Lo que yo hice, sencillamente, fue salir en mi defensa. Ella fue la primera en lanzarse sobre mí con las uñas... Toda una patilla me arrancó... Creo que a todo hombre le estará permitido defender su físico. Además, que yo a nadie le permito que emplee conmigo la violencia... Es cuestión de principios. Porque eso viene a ser un despotismo. ¿Qué iba yo a hacer? ¿Iba a estarme quieto? Yo no hice más que repelerla...

—¡Je..., je..., je! —continuó Luzhin con maligna risita.

—Usted busca camorra de ese modo, porque está usted enfadado y de mal humor... Pero eso es un absurdo y en absoluto, en absoluto, no guarda la menor relación con el problema de la mujer. ¡Usted ha entendido mal: incluso pensaba yo que, si era cosa ya admitida que la mujer es igual al hombre en todo, hasta en la fuerza (según afirman), no hay entonces más remedio que aceptar también en ese terreno la igualdad. Claro que luego vine a caer en la cuenta de que, en realidad, no debe existir tal problema, porque no debe haber luchas, y en la sociedad futura no hay que pensar que las haya..., de donde resulta algo raro buscar la igualdad en la pelea. Yo no soy tan tonto..., aunque luchas, por lo demás, sí hay...; es decir, luego no las habrá, pero por ahora todavía las hay... ¡Uf! ¡Diablo! ¡Con usted se queda uno turulato! Yo no he de faltar al festín porque hubiera habido entre nosotros ese disgustillo. Sino que faltaré a él sencillamente por cuestión de principios, a fin de no tomar parte en ese innoble prejuicio de los festines fúnebres, ¡nada más! Aunque, después de todo, aún puede que vaya, aunque solo sea para reírme un poco. Pero es lástima que no vengan popes. En ese caso, irremisiblemente iría.

—Es decir, que iría a comer el pan y la sal ajenos y a escupir en ellos, y al mismo tiempo en quienes lo invitaron. ¿No es eso?

—No a escupir, nada de eso, sino a protestar. Yo persigo un fin útil. Yo puedo, de un modo indirecto, contribuir a la evolución y a la propaganda. Todos estamos obligados a fomentar la cultura y la propaganda, y quizá cuanto más rudamente, mejor. Yo puedo sembrar la idea, el grano... De este grano brotará el hecho. ¿A quién ofendo con eso? A lo primero se darán por ofendidos, pero luego ellos mismos verán que yo les aporto algo de provecho. Ya ve usted, entre nosotros acusaron a la Terebieva (la que ahora pertenece a la comuna) de que se había ido de su casa y... se sabía entregado a un hombre, y les había escrito a sus padres que no quería vivir entre prejuicios, y se casaba por lo libre, y de que esto era tratar con demasiada dureza a sus padres, y que podía haberlos tratado con más consideración escribiéndoles en términos más suaves. A juicio mío, todo eso son desatinos, y no había en absoluto por qué escribirles con más blandura, sino todo lo contrario, todo lo contrario, puesto que se trataba de protestar. Mire usted: la señora Varents vivió siete años con un hombre, abandonó a sus dos hijos, y de una vez terminó con su marido, escribiéndole: «Reconozco que con usted no puedo ser feliz. Jamás le perdonaré a usted el haberme engañado, ocultándome que existía otra estructura social: la comuna. Yo hace poco me enteré de esto por un hombre magnánimo, al cual me he entregado, y en unión del cual fundaré una comuna. Le hablo francamente, porque considero poco honrado engañarle. Arréglese usted como guste. No espere verme volver a su lado, pues es usted demasiado reaccionario. Le deseo felicidad». ¡Así se escriben esa clase de cartas!

—¿Esa Terebieva es la misma de que usted me contó una vez que había contraído tres uniones libres?

—No pasó de la segunda, si se juzgan las cosas como es debido. Pero aunque hubiese llegado a la cuarta, aunque hubiese llegado a la decimoquinta, ¡todo eso son desatinos! Y si alguna vez he echado de menos el que no me vivan mis padres, ha sido, indudablemente, ahora. Algunas veces sueño con que si me vivieran todavía les formularía una protesta. Con toda intención lo haría así... Hay ahí una «*lonja cortada*». ¡Uf! ¡Ya les demostraría! ¡Verdaderamente es lástima que no los tenga!

—¿Para dejarlos turulatos? ¡Je..., je! Bueno; usted es muy dueño de hacer lo que guste —añadió Piotr Petróvich—; pero oiga usted, dígame una cosa: ¿conoce usted a esa muchacha, la hija del difunto, esa flacucha? ¿Es verdad lo que dicen de ella?

—¿Y qué? Según mi personal opinión, su situación es la situación más normal que existe para la mujer. ¿Por qué no habría de serlo? Es decir, *distinguons*[*]. En la sociedad actual, sin duda alguna, no es enteramente normal, porque es una situación forzada, pero en la sociedad futura será de todo punto normal, porque será libre. Pero aun ahora estaba en su derecho; sufría, y ese es, por decirlo así, su fondo, su capital, del que tenía pleno derecho a disponer. Naturalmente que en la sociedad futura no existirá el capital; pero su profesión podrá designarse con otro nombre y se regulará de un modo racional y normal. Por lo que se refiere a Sofia[**] Semiónovna, personalmente, en los tiempos que corren, yo considero su modo de proceder como una enérgica y corporeizada protesta con-

---

[*] «Es decir, *distinguons*»: distingamos. (En francés en el original).
[**] Sofia Semiónovna ha venido apareciendo hasta ahora como Sonia o Sónechka. Sonia es el diminutivo de Sofia. *(N. del E.)*.

tra la estructura de la sociedad, y profundamente la respeto por ello; ¡hasta me entra alegría de mirarla!

—¡Pues a mí me han contado que usted en aquel tiempo hizo que la echasen de aquí!

Lebeziátnikov se puso todo encarnado de cólera.

—¡Eso es otro chismorreo! —clamó—. ¡En absoluto, en absoluto, no hay tal cosa! ¡Eso no fue así! ¡Todo eso fue obra de Katerina Ivánovna, porque no comprende nada! ¿Es que yo le he hecho alguna vez la corte a Sofia Semiónovna? Yo, sencillamente, he tratado de ilustrarla de un modo totalmente desinteresado, esforzándome por despertar en ella la protesta... Yo lo único que perseguía era la protesta, y Sofia Semiónovna se hizo cargo muy bien ella misma de que no podía continuar aquí.

—¿A la comuna, no es verdad, la destinaba usted?

—¡Usted todo lo toma a broma y muy a destiempo; permítame usted que se lo diga! ¡No comprende usted nada! En la comuna no existe esa profesión. La comuna se funda para que no haya esa profesión. En la comuna esa profesión pierde todo su ser actual, y lo que aquí resulta estúpido, allí resulta inteligente, y lo que aquí, en las circunstancias actuales, es antinatural, allí viene a ser algo naturalísimo. Todo depende del ambiente, del medio en que se encuentre el hombre. Todo consiste en el medio; el hombre, por sí mismo, no es nada. Con Sofia Semiónovna me llevo yo muy bien ahora, lo que le demostrará a usted que no me haya considerado nunca enemigo ni ofensor suyo. ¡Eso es! ¡Yo la atraigo ahora hacia la comuna, pero en absoluto, en absoluto con otro fundamento! ¿Por qué se ríe usted? Nosotros queremos establecer nuestra comuna especial, pero sobre bases más amplias que las anteriores. ¡Nosotros vamos más lejos! ¡Si Dobroliúbov se levantase de su tumba, ya le diríamos nosotros! Y también a Bielinskii le daríamos lo suyo. Pero, por el momento, yo sigo cultivando a Sofia Semiónovna. ¡Es una naturaleza hermosísima, hermosísima!

—Claro; y usted se aprovecha de esa naturaleza hermosísima..., ¿no? ¡Je..., je!...

—¡No, no! ¡Oh, no! ¡Al contrario!

—¡Bueno; al contrario! ¡Je..., je..., je! ¡Es él quien lo dice!

—¡Y puede usted creerme! ¿Por qué razón iba yo a andar con secretillos con usted, quiere hacer el favor de decírmelo? Al contrario, yo mismo encuentro extraño eso: conmigo se conduce ella de un modo algo forzado, se muestra como tímida y vergonzosilla.

—Y usted, naturalmente, la cultiva... ¡Je..., je! Trata de demostrarle que todos esos pudores son absurdos.

—¡No hay tal cosa! ¡En absoluto! ¡Oh, qué torpe, qué estúpidamente, y usted me perdone, entiende usted la palabra cultivar! ¡Nada entiende usted! ¡Oh, Dios, y qué poco... preparado está usted todavía! Nosotros buscamos la libertad de la mujer, y usted solo piensa en una cosa... Descartando la cuestión de la castidad y el pudor femeninos como cosas inútiles y hasta emprejuiciadas, yo, plenamente, plenamente, comprendo su reserva para conmigo, porque tal es su voluntad y su derecho. Claro que si ella misma me dijese: «¡Quiero que seas mío!», yo entonces lo consideraría como un gran triunfo, porque la chica me gusta extraordinariamente; pero hasta ahora, hasta ahora, por lo menos nadie la ha tratado nunca con más deferencia y respeto que yo, con más consideración a su dignidad... ¡Yo aguardo y espero!... ¡Eso es todo!

—¡Mejor haría usted en hacerle de cuando en cuando algún regalillo! Algo apuesto a que no se le ha ocurrido...

—¡Usted no se entera de nada, vuelvo a repetirle! ¡Claro que su situación es de tal índole, pero... esa es otra cuestión! ¡Completamente distinta! Usted, sencillamente, la desprecia. Al ver el hecho que erróneamente considera usted digno de desprecio, le niega usted a un ser humano una mirada humana. ¡Usted no sabe todavía qué naturaleza es la suya! Yo lo único que siento es que de algún tiempo a esta parte haya dejado ella de leer y ya no me pida más libros. Antes se los prestaba. También deploro que, pese a toda su energía y resolución para protestar (que ya puso de manifiesto una vez), todavía adolezca como de poca consistencia, por así decirlo, de poca decisión para romper de una vez con toda suerte de prejuicios... y estupideces. Pero, a pesar de eso, ella comprende muy bien algunas cuestiones. Magníficamente, por ejemplo, comprende la cuestión del besamanos; es decir, que el hombre ofende a una mujer moralmente al besarle la mano, pues ello pone de manifiesto desigualdad. Esta cuestión ha sido muy debatida entre nosotros, y yo inmediatamente se la expuse a ella. También me escuchó muy atentamente todo lo relativo a las asociaciones obreras de Francia. Ahora le estoy explicando la cuestión referente a la libre entrada en las habitaciones de la sociedad futura.

—¿Qué cuestión es esa?

—Pues una que ha sido muy discutida últimamente: la de si tiene derecho un miembro de la comuna a entrar en la habitación de otro miembro, hombre o mujer, a cualquier hora... Y por fin quedó decidido que sí lo tenía...

—Pero ¿aunque en aquel preciso instante estuvieran entregados a alguna necesidad imprescindible? ¡Je..., je!...

Andrei Semiónovich acabó por enfadarse.

—¡Usted está siempre con esas condenadas «necesidades»!... —exclamó, malhumorado—. ¡Uf, y qué rabia me da y cómo me contraría que al exponerle el sistema le mencionara anticipadamente esas malditas necesidades! ¡Que el diablo se lo lleve! Esa es la piedra de tropiezo para todos los que a usted se parecen, y lo peor de todo es que se ponen a hablar antes de haberse enterado a fondo del asunto. ¡Cualquiera diría que tienen razón! ¡Y como que se pavonean con motivo! ¡Uf! Yo he sostenido varias veces que toda esta cuestión no se les puede exponer a los novicios, sino a lo último de todo, cuando ya se han convertido en hombres enterados y convencidos. Además, ¿quiere usted decirme qué les encuentra de tan vergonzoso y despreciable a los retretes? Yo soy el primero que está dispuesto a limpiar cuantos retretes quiera usted. ¡En eso no hay el menor sacrificio! Ese es sencillamente un trabajo, una actividad honrada, útil a la sociedad, tan digna como cualquier otra, y todavía más elevada que la de un Rafael o un Puschkin, puesto que es más útil.

—Y más noble, más noble... ¡Je... je!...

—¿Qué es eso de más noble? Yo no comprendo tales expresiones aplicadas a una determinada labor del hombre. «Más noble», «más generoso»... ¡Todo eso son absurdos, necedades, viejas palabras emprejuiciadas de que yo abomino! Todo lo que es *útil* a la Humanidad es noble. Yo solo comprendo una palabra: ¡*Útil*! ¡Ríase usted cuanto quiera, pero así es!

Piotr Petróvich se reía de lo lindo. Había ya acabado de contar y guardar el dinero. Aunque, por lo demás, aún quedaba parte de él encima de la mesa. Aquella «cuestión de los retretes» había sido distintas veces causa, no obstante su trivialidad, de ruptura y discrepancia entre Piotr Petróvich y su joven amigo. Toda la estupidez consistía en que Andrei Semiónovich se enfadaba positivamente. Luzhin, en cambio, se aligeraba de ese modo el espíritu, y en el presente instante sentía unas ganas especiales de irritar a Lebeziátnikov.

—Está usted de tan mal humor por su fracaso de anoche —exclamó, finalmente, Lebeziátnikov, el cual, hablando en términos generales, no obstante toda su «independencia» y toda su «protesta», parecía no osar ponerse enfrente de Piotr Petróvich, y todavía le guardaba algo de aquel respeto que en otro tiempo le tuviera.

—Deje usted eso y dígame —le atajó altivamente y con mal gesto Piotr Petróvich— si podría usted... o, mejor dicho, si efectivamente tiene usted tanta amistad con la joven antes mencionada, como para rogarle que venga aquí un momento. Según parece, todos están ya de vuelta del cementerio... He oído ruido de pasos... Me convendría mucho ver a esa persona.

—¿A usted, por qué? —inquirió Lebeziátnikov con asombro.

—Sí; me es preciso. De hoy a mañana tendré que irme de aquí y desearía comunicarle... Por lo demás, puede estar usted presente a nuestra entrevista. Hasta será mejor. Pero Dios sabrá lo que usted se figura.

—Yo no me figuro absolutamente nada... Solamente le pregunto que si verdaderamente lo desea, porque en tal caso nada más fácil que traerla aquí. Enseguida vengo. Esté usted seguro, además, de que no habré de estorbarles.

Efectivamente, cinco minutos después ya estaba allí otra vez Lebeziátnikov con Sónechka. Esta entró sumamente asombrada y, según costumbre, llena de azoramiento. Siempre se azoraba mucho en casos semejantes y siempre les temía mucho a las caras nuevas y a los nuevos conocimientos; les había temido siempre, desde la niñez, y ahora más que nunca... Piotr Petróvich le dispensó una acogida «afectuosa y cortés», aunque, por lo demás, con ciertos asomos de familiaridad alegre, que, a juicio de Piotr Petróvich, le sentaba muy bien a un hombre tan respetable y serio como él en el trato con una persona tan joven y, en cierto sentido, tan *interesante* como aquella. Se apresuró a «animarla» y la hizo sentar junto a la mesa, enfrente de él. Sonia tomó asiento y esparció la vista en torno suyo, fijándola en Lebeziátnikov, en el dinero que había quedado encima de la mesa, y luego volvió otra vez a posarla en Piotr Petróvich, no apartando ya los ojos de él, como si algo se los uniese a su figura. Lebeziátnikov hizo ademán de dirigirse a la puerta. Piotr Petróvich se levantó, le hizo seña a Sonia de que siguiese sentada y detuvo a Lebeziátnikov, que ya estaba en los umbrales.

—¿Está ahí ese Raskólnikov? ¿Ha venido? —preguntó en voz baja.

—¿Raskólnikov? Sí, está ahí. ¿Por qué? Sí, allí lo tiene... Hace un momento solamente que vino; yo lo vi... ¿Por qué lo pregunta?

—Bueno; le ruego a usted que permanezca aquí con nosotros y no me deje a solas con esta... señorita. Se trata de un asunto sin importancia, pero sabe Dios lo que podrán decir. No quiero que Raskólnikov vaya *allá* con el cuento... ¿Comprende usted lo que le digo?

—¡Comprendo, comprendo! —Y de pronto adivinó Lebeziátnikov—. Sí, tiene usted razón... Usted, según mi opinión, va demasiado lejos en sus aprensiones, pero..., sin embargo, tiene usted razón. Me quedaré, con su permiso. Me estaré aquí, junto a la ventana, y no les serviré de estorbo... A juicio mío, tiene usted razón...

Piotr Petróvich se volvió al diván, se sentó enfrente de Sonia, la miró atentamente y, de pronto, asumió un aire sumamente serio y hasta algo adusto: «¡Diantre!, ¿qué pensarás tú de todo esto, muchacha?». Sonia acabó de azorarse.

—En primer lugar, ha de disculparme usted, Sonia Semiónovna, ante su respetabilísima mamá... Es así, ¿no? Katerina Ivánovna hace veces de madre con usted, ¿verdad? —empezó Piotr Petróvich, muy seriamente; pero, por lo demás, bastante afectuoso. Era evidente que estaba animado de las mejores intenciones.

—Así es, sí, señor; así es: viene a ser como mi madre —respondió Sonia aprisa y azorada.

—Bueno; pues ha de disculparme usted ante ella, ya que, por circunstancias que no están en mi mano, me veo obligado a no asistir a su ágape...; es decir, al festín fúnebre, no obstante la amable invitación de su mamá.

—Está muy bien; se lo diré; ahora mismo voy a decírselo. —Y Sonia se levantó presurosa de su asiento.

—*Aún* no le he dicho todo —dijo Piotr Petróvich, deteniéndola y sonriéndose de su sencillez y su ignorancia de las buenas formas—; poco me conoce usted, amabilísima Sonia Semiónovna, si cree que, por esa causa trivial, que solo a mí me concierne, iba yo a molestar y a hacer venir a una persona como usted. Mis intenciones son otras.

Sonia se dio prisa a sentarse. Los billetes de banco de diversos colores, que aún seguían sobre la mesa, volvieron a atraer su mirada, pero rápidamente apartó de ellos los ojos y los alzó hacia Piotr Petróvich; le pareció de pronto terriblemente indecoroso, sobre todo tratándose de *ella*, poner la vista en dinero ajeno. Posó, pues, la mirada en los impertinentes de oro de Piotr Petróvich, que este tenía en la mano izquierda, y, además, en el gran sortijón macizo, sumamente bello, con una piedra amarilla, que ostentaba en el dedo corazón de la misma mano; pero también súbitamente apartó de allí la vista, y no sabiendo ya dónde posarla, concluyó por volver a fijar de nuevo los ojos en el rostro de Piotr Petróvich. Después de una pausa, todavía más serio que antes, aquel continuó:

—Tuve ayer ocasión, de pasada, de cambiar un par de palabras con la desdichada Katerina Ivánovna. Dos palabras bastan para comprender que se encuentra en una situación... antinatural..., si es lícito expresarse así...

—Sí, sí..., antinatural... —se apresuró a asentir Sonia.

—Aunque sería más breve y claro decir... morbosa.

—Sí, sí..., más breve y cla...; eso es..., morbosa.

—Bueno; pues movido de un sentimiento de humanidad y..., y, por decirlo así, de compasión, yo desearía serle útil en algo por mi parte, previendo la suerte inevitablemente desgraciada que ha de corresponderle. Según parece, esta misérrima familia solo cuenta ahora con usted.

—Permítame una pregunta —saltó, de pronto, Sonia—: ¿fue usted quien anoche se dignó hablarle de la posibilidad de una pensión? Porque anoche mismo me dijo ella que usted se había ofrecido a gestionarle una pensión. ¿Es cierto?

—No lo es en absoluto, y hasta, en cierto sentido, es una necedad. Yo me limité a hablarle de la posibilidad de obtener un socorro, por una vez, para la viuda de un funcionario fallecido en el servicio, siempre que contase con influencias; pero, al parecer, su difunto padre no solo no sirvió el tiempo necesario, sino que últimamente había dejado en absoluto el servicio. En resumen: que, aunque pueda haber esperanzas, estas son muy livianas, porque, en realidad, no tiene ningún derecho a

socorro en el caso presente, sino más bien todo lo contrario...
Y ya estaba ella contando con la pensión, ¡je, je, je! ¡Es expe-
ditiva la señora!

—Sí, con la pensión... Porque es muy crédula y muy buena, y de puro buena que es se lo cree todo y..., y..., y... tiene ese
genio... Eso es... Y usted perdone —dijo Sonia, y otra vez se
dispuso a retirarse.

—Permítame usted: todavía no he terminado.

—Es verdad que no había terminado —balbució Sonia.

—Así que siéntese.

Sonia se azoró terriblemente y volvió a sentarse por tercera vez.

—Al ver la situación en que se encuentra, con hijitos pequeños, infelices, yo desearía, según ya le he dicho, serle en
algo útil, en la medida de mis fuerzas; es decir, en la medida
de mis fuerzas y nada más. Podría, por ejemplo, organizar en
su beneficio una suscripción o, por decirlo así, una lotería...
o alguna cosa por el estilo..., como siempre, en casos semejantes, suelen hacer las personas allegadas y aun las extrañas, de-
seosas de ayudar al prójimo. Acerca de eso deseaba yo precisamente hablar con usted. Eso podría hacerse.

—Eso es; está muy bien... Dios a usted por esto... —balbució Sonia, mirando fijamente a Piotr Petróvich.

—La cosa es hacedera, pero... luego hablaremos de ello...;
es decir, se podría empezar hoy mismo. Esta noche nos veremos, cambiaremos impresiones y pondremos, por decirlo así,
los cimientos. Venga usted aquí esta noche, a las siete. Andrei
Semiónovich, espero que usted estará también presente... Pero
hay una circunstancia de la cual hay que tratar antes y con
toda atención. Por eso justamente la molesté a usted, Sonia
Semiónovna, con mi ruego de que pasase aquí. Concretamente, es mi opinión... que el dinero es imposible y además peligroso entregárselo en su mano a Katerina Ivánovna; la prueba
de ello..., esa misma comida que hoy se celebra. No contando,
por decirlo así, con una corteza de pan para el día siguiente, y

ni tampoco con un par de medias, va y se compra hoy ron de Jamaica y, hasta según parece, vino de Madera y café. Lo he visto al pasar. Mañana otra vez volverá todo a pesar sobre usted, hasta el último pedazo de pan, lo cual es un absurdo. Por esa razón, a mi personal juicio, la suscripción deberá hacerse de forma que la pobre viuda, por decirlo así, no se entere del dinero, y sea usted, por ejemplo, quien lo sepa, usted únicamente. ¿Digo bien?

—Yo no sé. Eso solo lo ha hecho ella hoy... por una vez en la vida...: estaba muy deseosa de honrar al difunto, su memoria..., y es muy inteligente. Yo, por lo demás, haré lo que usted diga, y le quedaré a usted muy, muy, muy..., y todos le quedarán muy..., y también Dios... y los huerfanitos.

Sonia no acabó de hablar y rompió en llanto...

—Bueno... tenga usted presente lo hablado; y ahora dígnese tomar, por primera vez, para su pariente, esta cantidad, que representa mi aportación personal a la suscripción. Grandemente deseo que mi nombre no suene con este motivo. Aquí tiene usted...; teniendo yo también mis atenciones, no estoy en situación de dar más...

Piotr Petróvich le tendió a Sonia un billete de diez rublos, muy desdoblado. Sonia lo tomó, se puso encarnada, saltó del asiento, balbució unas palabras y se dio prisa a hacerle una reverencia. Piotr Petróvich, con toda solemnidad, la condujo a la puerta. Ella salió finalmente de la habitación, toda conmovida y asombrada, y volvió junto a Katerina Ivánovna presa de turbación extraordinaria.

Durante todo el tiempo que se prolongó esta escena, Andrei Semiónovich permaneció junto a la ventana o dando vueltas por la habitación, con objeto de no interrumpir el diálogo; luego que Sonia se hubo retirado, se llegó inmediatamente a Piotr Petróvich y solemnemente le tendió su mano.

—Todo lo he oído y todo lo *he visto* —dijo, recalcando de un modo especial la última palabra—. Eso es noble; es decir, humano. Usted quería rehuir la gratitud: lo he visto. Y aunque, se lo confieso a usted, no pueda yo, por principio, admitir la beneficencia privada, porque no solo no extirpa radicalmente el mal, sino que hasta lo fomenta, no puedo, sin embargo, menos de reconocer que he visto su proceder de usted con satisfacción... Sí, señor; me ha sido muy simpático.

—¡Todo eso es absurdo! —murmuró Piotr Petróvich, algo emocionado y como mirando con cierto recelo a Lebeziátnikov.

—No, no es absurdo. ¡Un hombre, ofendido y amargado, como usted, por el lance de ayer, y capaz, no obstante, de pensar en la desgracia ajena..., un hombre así, aunque con su conducta cometa una torpeza social..., no obstante..., es digno de respeto! Yo ni siquiera me lo esperaba eso de usted, Piotr Petróvich, tanto más cuanto que, teniendo en cuenta sus ideas, ¡oh, y cuánto le estorban a usted todavía sus ideas! ¡Qué impresión ha hecho en usted el fracaso de anoche! —exclamó el bonachón de Andrei Semiónovich, sintiendo de nuevo renacer su afecto a Piotr Petróvich—. ¿Y por qué, por qué tenía usted tanto empeño en ese matrimonio, en ese matrimonio *legal*, mi bonísimo Piotr Petróvich? ¿Por qué había usted de exigir irremisiblemente esa *legalidad* en el matrimonio? Bueno; si usted quiere, pégueme; pero ¡qué contento estoy, qué contento estoy de que no se le haya logrado, de que usted siga siendo libre, y no sea un hombre enteramente perdido para la Humanidad!... Ve usted: ¡ya me desahogué!

—Pues mire usted: por esto, porque no quiero que me pongan los cuernos con su amor libre ni mantener hijos ajenos, es por lo que exijo el matrimonio legal —dijo, por responder algo, Luzhin. Estaba particularmente preocupado y pensativo.

—¿Hijos? ¿Dijo usted los hijos? —exclamó, dando un respingo, Andrei Semiónovich, cual corcel de guerra que oye el clarín bélico—. ¡Hijos!... He ahí un problema social y un problema de capital importancia, estoy de acuerdo; pero ese problema de los hijos se resuelve de otro modo. Algunos hasta niegan los hijos, como toda alusión a la familia. Hablaremos de los hijos después; pero ahora emprendámosla con los cuernos. Le confieso a usted que este es mi punto flaco. Esa repugnante expresión, propia de húsares y peculiar a Puschkin, tampoco tendrá sentido alguno en el diccionario del porvenir. ¿Qué son los tales cuernos? ¡Oh, y qué extravío! ¿Qué es eso de los cuernos? ¿Por qué cuernos? ¡Qué absurdo! Al contrario, en el amor libre no los habrá. Los cuernos son la consecuencia simplemente natural de todo matrimonio con arreglo a la ley, su correctivo, por así decirlo, la protesta, de suerte que, en este sentido, incluso no tienen nada de humillantes... Y si yo alguna vez —suposición absurda— llego a casarme con arreglo a la ley, hasta tendré a gala esos condenados cuernos; yo, en ese caso, le diré a mi mujer: «Amiga mía, hasta ahora no hice más que amarte; ahora ya te respeto, porque has tenido valor para protestar». ¿Se ríe usted? Eso es porque le falta coraje para desprenderse de los prejuicios. ¡El diablo se lo lleve! Yo me explico en qué consiste precisamente lo desagradable de que lo engañen a uno en el casamiento legal; pero esa es simplemente la vil consecuencia de un acto ruin, en el que sufren humillación ambos. Cuando los cuernos se llevan a la luz del día, como en el amor libre, entonces no existen, carecen de todo sentido y pierden hasta el nombre de cuernos. Por el contrario, su mujer le demuestra a usted suficientemente cuánto le respeta al juzgarlo incapaz de oponerse a su felicidad, y lo bastante culto para no vengarse de ella porque haya tomado un nuevo esposo. Que el diablo me lleve; pero a veces sueño que, si me dieran una mujer, ¡uf!, si me casara (con arreglo al amor libre o legalmente, es igual), yo mismo le llevaría a mi mujer un amante, como tardase ella en buscárselo. «Amiga mía —le diría—, yo te amo; pero, además de eso, quiero que tú me estimes...». ¡Eso es! ¿Digo bien o digo mal?...

Piotr Petróvich se echó a reír al oírlo, pero sin especial delectación. Incluso apenas si lo había escuchado. Efectivamente, parecía estar pensando en otra cosa, y el propio Lebeziátnikov hubo, finalmente, de advertirlo. Todo eso se lo representó y lo recordó luego Andrei Semiónovich.

II

Difícil sería señalar con precisión las razones por efecto de las cuales en la alterada cabeza de Katerina Ivánovna hubo de arraigar la idea de aquel festín disparatado. Efectivamente, en él se le fueron casi diez rublos de los veinte que Raskólnikov le entregara precisamente para el sepelio de Marmeládov. Acaso Katerina Ivánovna se considerase obligada para con el difunto a honrar su memoria como «era debido», para que supiesen todos los vecinos, empezando por Amalia Ivánovna, que «el muerto no solo no era de peor clase que todos ellos, sino hasta de muy superior», y ninguno tuviera derecho a «respingarle la nariz». Puede también que, en su mayor parte, obedeciese todo a ese especial *orgullo del pobre*, que hace que en algunas ceremonias sociales, obligatorias en nuestro modo de vivir para todos, muchos pobres apuren sus últimas fuerzas y se gasten su última copeica con el solo objeto de «no quedar peor que los demás» y «que no formen mala opinión de ellos» los otros. Es muy probable también que Katerina Ivánovna anhelase en aquella ocasión, precisamente en aquella ocasión, en que, al parecer, se había quedado sola en el mundo, demostrarles a todos aquellos «insignificantes y antipáticos inquilinos» que ella no solo «sabía vivir y recibir a la gente», sino que no la habían educado para aquel género de vida, pues se había criado en una «casa noble, y hasta podía decirse que aristocrática, en casa de un coronel», de suerte que no había nacido para fregar los suelos y lavar por las noches los trapitos de sus hijos. Estos paroxismos de orgullo y vanidad suelen acometerles aun a las criaturas más pobres y abatidas, y a veces se les convierten en una necesidad irritante, irresistible. Pero Katerina Ivánovna no era de las que se dejan abatir: a ella la podían agobiar las circunstancias, pero *abatirla* moralmente, es decir, amedrentarla y rendirla al dolor, nunca. Además, Sónechka, con mucho fundamento, había dicho de ella que estaba como trastornada. Cierto que no podía afirmarse aún, de un modo rotundo y categórico, tal cosa; pero era verdad que, de algún tiempo a esta parte, su pobre cabeza había sufrido tanto, que no había tenido más remedio que resentirse hasta cierto punto. El violento desarrollo de la tisis, como decían los médicos, había contribuido también a la perturbación de sus facultades mentales.

Vino en abundancia y de marcas distintas, no había; *madeira*, tampoco: habían exagerado; pero sí había vino. Había también vodka, ron y oporto, todo de clase inferior, pero en cantidad suficiente. En cuanto a manjares, además de la *kutiá**, había tres o cuatro platos (entre otros, uno de fillos), todo aderezado en la cocina de Amalia Ivánovna, y, además, se veían allí, puestos en fila, dos samovares para servir después de la comida té y ponche. Las compras las había dispuesto la propia Katerina Ivánovna, secundada por uno de los huéspedes, cierto lamentable polaco, que Dios sabe por qué viviría en casa de la señora, de Lippevechsel, el cual inmediatamente se le ofreció para todo a Katerina Ivánovna, y se estuvo dando carreras todo el día anterior y toda aquella mañana, moviendo la cabeza y sacando la lengua y esforzándose, al parecer, especialmente, porque no pasara inadvertido ese último detalle. A propósito de cualquier minucia, iba enseguida a consultar a Katerina Ivánovna, corría incluso a buscarla al Gostini Dvor, y a cada paso la nombraba *pani jorunchina***, acabando, finalmente, por hartarla como pocas veces, aunque al princi-

---

* «... además de la *kutiá*»: papilla de miel o arroz con pasas que se toma cuando se celebran funerales. *(Nota tomada de A. V.).*
** «... la nombraba *pani jorunchina*»: señora tenienta; literalmente, señora oficiala. (En polaco en el original).

pio dijera que, a no ser por aquel hombre «servicial y bueno», no sabía cómo se las hubiera arreglado. Era propio del carácter de Katerina Ivánovna ponerse enseguida a pintar al primer conocido que le salía al paso con los colores más bellos y simpáticos, a elogiarlo con unos extremos que a veces hasta desconcertaban al interesado, a inventar en su loanza diversos detalles que en absoluto existían, creyendo de absoluta buena fe en su realidad, y luego, de pronto, desengañarse, desdecirse, escupirle y poner en la puerta a la misma persona que unas horas antes solamente le había inspirado verdadera adoración. Era por naturaleza una criatura de genio alegre, jovial y apacible; pero, por sus continuas desdichas y fracasos, hasta tal punto había dado en querer y exigir *ardientemente* que todo el mundo viviera en paz y alegría y no *acertaran* a vivir de otro modo, que la más leve disonancia en la vida, el más nimio contratiempo, al punto la sumían en la exasperación, y a renglón seguido, de las más brillantes ilusiones y fantasías empezaba a acusar al Destino, a romper y destrozar cuanto caía en sus manos y a darse de cabezadas contra las paredes. Amalia Ivánovna le había inspirado también, repentinamente, cierta idea de inusitado prestigio y cierta desusada estimación a Katerina Ivánovna, solamente quizá por celebrarse este festín y haberse brindado Amalia Ivánovna, de todo corazón, a tomar parte en los preparativos; ella se había encargado de poner la mesa, de suministrar la mantelería, la vajilla y demás, y aderezar en su cocina las vituallas. Katerina Ivánovna le dio toda clase de poderes y la dejó en casa, mientras ella se dirigía al cementerio. Efectivamente, todo quedó preparado de un modo famoso; se puso la mesa incluso con bastante primor; la vajilla, los tenedores, cuchillos, copas, vasos, tazas, todo eso era, sin duda, descabalado, de formas y tamaños distintos, procedentes de diversos vecinos, pero todo estaba a la hora convenida en su sitio; y Amalia Ivánovna, sintiendo que había desempeñado bien su cometido, salió a recibir a los que volvían del cementerio hasta con cierto orgullo, toda emperifollada, con una cofia con cintas negras y vestida de luto. Aquel orgullo, aunque merecido, le desagradó por alguna razón a Katerina Ivánovna: «En el fondo, no parecía sino que, a no ser por Amalia Ivánovna, no habría habido quien pusiese la mesa». No le hizo gracia tampoco la cofia con las cintas nuevas. «¿No estará tan orgullosa esta estúpida alemanota, que no sirve para nada, porque es la patrona y por misericordia se ha dignado prestar su ayuda a unos pobres huéspedes? ¡Por compasión! ¡Figúrese usted! Cuando en casa del papá de Katerina Ivánovna, que era coronel, por poco si no fue gobernador, se servía a veces la mesa para cuarenta personas, de tal modo que a una cualquiera Amalia Ivánovna, o, mejor dicho, Ludvígovna, ni siquiera la habrían admitido en la cocina...». Por lo demás, Katerina Ivánovna resolvió, por el momento, no dejar traslucir lo que sentía, aunque sí decidió también, en su fuero interno, que a Amalia Ivánovna no había más remedio que darle una lección aquel mismo día y recordarle su verdadero lugar; si no, sabe Dios lo que iría a figurarse; pero, por lo pronto, se limitaría a conducirse fríamente con ella. Otro contratiempo contribuyó también, en parte, a irritar a Katerina Ivánovna, y fue que en el cementerio, de los vecinos invitados al sepelio, aparte del polaco, que también se dio traza de ir allá corriendo, no estuvo casi nadie; al festín, es decir, a la comilona, solo se presentaron los más insignificantes y pobretones, algunos de ellos sin arreglarse siquiera, hechos unos harapientos. Los más antiguos y serios, todos, como de común acuerdo, se abstuvieron de ir. Piotr Petróvich Luzhin, por ejemplo, el más principal, podía decirse, de todos los vecinos, no se dejó ver, y, sin embargo, el mismo día antes, por la noche, se dio prisa la propia Katerina Ivánovna a hacerle saber a todo el mundo, es decir, a Amalia Ivánovna, a Pólechka, a Sonia y al polaco, que aquel era un hombre bonísimo, generosísimo, con relaciones valiosísimas, y de posición, que había sido amigo de su primer marido y frecuentado la casa de su padre, y que le había prometido poner cuanto de su parte estuviese para conseguirle una pensión de importancia. Notemos aquí que cuando Katerina Ivánovna ponderaba las relaciones y la posición de alguien, lo hacía sin interés alguno, sin ningún cálculo personal, de un modo completamente desinteresado, con el corazón rebosante, por decirlo así, por la mera satisfacción de alabar a la gente y encarecer todavía más los méritos del elogiado. Además de Luzhin, «movido por su ejemplo», probablemente, no había asistido tampoco aquel «antipático calavera» de Lebeziátnikov. «Pero ¿qué se habrá figurado ese individuo? Solo por caridad lo habíamos invitado y porque siendo, además, compañero de habitación de Piotr Petróvich y amigo suyo, habría estado muy mal no invitarlo». No asistió tampoco cierta dama distinguida, con una hija «solterona», que, aunque solo llevaba viviendo dos semanas en la casa de Amalia Ivánovna, se había ya quejado varias veces del alboroto y los gritos que se oían en el cuarto de los Marmeládoves, sobre todo cuando el difunto volvía borracho a casa, todo lo cual le constaba, sin duda, a Katerina Ivánovna, por conducto de la propia Amalia Ivánovna, cuando regañando con ella y amenazándola con echarla de su casa, gritaba a voz en cuello que molestaban «a unos huéspedes distinguidos, a los que no servían para descalzar». Katerina Ivánovna había resuelto ahora, con toda intención, invitar a aquella señora y a su hija, a las que «no servía para descalzar», tanto más cuanto que, hasta entonces, las veces que casualmente se encontraban, aquella le había vuelto altivamente la espalda…, para que supiesen también que ella «pensaba y sentía más noblemente, y la invitaba sin tener en cuenta el daño recibido», y para que también viesen que Katerina Ivánovna no estaba hecha a vivir en semejantes tugurios. Acerca de esto, había resuelto tener irremisiblemente con ella una explicación en la mesa y hablarle asimismo de su difunto padre el gobernador, y al mismo tiempo hacer notar de pasada que a nada conducía eso de volverle la espalda al encontrarse, sino que no pasaba de ser una simpleza. No acudió tampoco aquel obeso teniente coronel (en realidad, capitán retirado), aunque, según parecía, no podía, «la estaba durmiendo» desde el día antes por la mañana. En resumidas cuentas: que solamente comparecieron el polaquito, un empleadillo enclenque y pecoso, que no hablaba, con un frac grasiento, mugriento y maloliente, y un vejete sordo y casi ciego, que había servido en tiempos en Correos y al que alguien, desde tiempo inmemorial y sin que se supiera por qué, pagaba el hospedaje en casa de Amalia Ivánovna. Compareció también un teniente retirado, borracho (en realidad, simple empleadillo de administración militar), que no hacía más que reírse a carcajadas del modo más indecente y estrepitoso, y, «figúrense ustedes», ¡sin chaleco! Uno de los invitados fue a sentarse derechamente a la mesa, sin saludar siquiera a Katerina Ivánovna. Y, por último, se presentó otro en batín, por no tener traje que ponerse; pero aquello resultaba ya tan indecoroso, que Amalia Ivánovna y el polaquito unieron sus esfuerzos para echarlo de allí. El polaquito, por su parte, llevó consigo otros dos polacos, que jamás habían vivido en casa de Amalia Ivánovna, ni nadie había visto nunca en la pensión. Todo esto irritó extraordinariamente a Katerina Ivánovna: «¿Para quién, después de esto, hice yo tantos preparativos?». Incluso a los niños, con el fin de ahorrar espacio, no los sentaron a la mesa, que ya sin ellos cogía toda la habitación, sino que les sirvieron la suya en un rincón trasero, encima de un cofre, junto al cual los dos más pequeños se sentaron en un banquito, quedando Pólechka, como mayorcita, encargada de atenderlos, darles de comer y sonarles, como a «niños de buena casa», las naricillas. En una palabra: Katerina Ivánovna, quieras que no, tuvo que recibirlos a todos con redoblada gravedad y hasta con altivez. Con especial severidad miraba a algunos, y con arrogancia los invitó a sentarse a la mesa. Haciéndose la cuenta de que Amalia Ivánovna debía responder de los que no habían asistido, empezó de pronto a tratarla con sumo despego, hasta el punto de que aquella hubo inmediatamente de notarlo y se resintió grandemente de ello. Semejante comienzo no prometía un buen fin. Por último, se sentaron.

Raskólnikov entró casi en el mismo instante en que volvían del cementerio. Katerina Ivánovna se alegró enormemente de verlo, en primer lugar, por ser el único «comensal bien educado» de todos, y, además, porque, «como era sabido, de allí a dos años había de ocupar una cátedra de profesor en la universidad», y en segundo término, porque enseguida, y con el mayor respeto, se disculpó con ella de no haber podido, pese a toda su buena voluntad, hallarse presente en el sepelio. Ella lo cogió por su cuenta, le hizo sentarse en la mesa a su lado, a su izquierda (a su derecha se sentaba Amalia Ivánovna), y no obstante su continuo celo y cuidado para que los manjares se distribuyesen debidamente y para que a todos alcanzasen, no obstante la tos que la atormentaba y que a cada paso la obligaba a interrumpirse entre ahogos, y que, al parecer, se había agravado en los dos últimos días, constantemente se dirigía a Raskólnikov y, en voz baja, se apresuraba a desahogar con él todos los sentimientos que en aquel momento la poseían y toda su justa indignación por el fracaso del festín fúnebre, indignación que se trocaba enseguida en la risa más jovial e incontenible, provocada por los comensales allí reunidos, pero sobre todo por la patrona.

—De todo tiene la culpa esa tía. Ya comprenderá usted de quién hablo: ¡de ella, de ella! —Y Katerina Ivánovna le señalaba con un guiño a la patrona—. Mírela usted: abre unos ojos tamaños, se da cuenta de que estamos hablando de ella; pero no puede enterarse ¡y abre cada ojo!... ¡Uf! ¡Es una lechuza! ¡Ja..., ja..., ja! ¡Ejem..., ejem..., ejem! ¡Hay que ver lo que parece con su cofia! ¡Ejem..., ejem..., ejem! ¿Se ha fijado usted? Lo que ella quiere es que todos se crean que ella me protege y me hace un honor al sentarse a mi mesa. Yo le rogué, como es natural, que invitase a personas escogiditas y que hubieran sido amigos del difunto, y mire usted qué clase de gente me ha traído: ¡payasos, mangantes! ¡Mire usted a ese, que no se ha lavado la cara; parece un animalito en dos pies! Pues ¿y esos polaquitos? ¡Ja..., ja..., ja! ¡Ejem..., ejem..., ejem! Nadie, nadie los vio nunca por aquí, en la vida los vi yo! Vamos a ver: ¿para qué habrán venido, quiere usted decirme? Se sientan muy ceremoniosamente en fila. *Pan*;[*] oiga —exclamó, de pronto, dirigiéndose a uno de ellos—: ¿ha tomado usted fillos? ¡Sírvase más! ¡Cerveza, beba cerveza! ¿No quiere vodka? Mire usted; se ha levantado y saluda; ¡cualquiera diría que estaban muertos de hambre los pobres! No hacen más que tragar. No arman ruido, por lo menos; solo que..., solo que, si he de decir la verdad, temo por las cucharas de plata de la patrona... ¡Amalia Ivánovna —dijo, de pronto, encarándose con ella y casi en voz alta—, si por casualidad le roban las cucharas, conste que yo no le respondo a usted de ellas; se lo advierto con anticipación! ¡Ja..., ja..., ja! —Rió, dirigiéndose otra vez a Raskólnikov, haciéndole otro guiño para indicarle a la patrona y celebrando su agudeza—. No se ha enterado. Sigue sentada con la boca abierta; mire: una lechuza, un verdadero mochuelo, con su moño de cintas nuevas... ¡Ja..., ja..., ja!

Pero, de pronto, volvió aquella risa a convertirse en una tos irreprimible que duró cinco minutos. En su pañuelo quedó algo de sangre, por la frente le corrían goterones de sudor. En silencio, le enseñó la sangre a Raskólnikov, y, respirando apenas, volvió a hablarle al oído, con extraordinaria agitación y con chapetas rojas en las mejillas:

—Mire usted: yo le confié la misión, puede decirse más delicada, de invitar a esa señora y a su hija..., ¿comprende usted a quién me refiero? A ese fin, era preciso emplear las más finas maneras, proceder con el mayor arte; pero ella se condujo de tal modo, que esa burra de forastera, esa tía huesuda, esa insignificante provinciana, porque no es más que la viuda de un comandante y ha venido aquí a gestionar una pensión y barrer con su cola las antesalas, y que a los cincuenta y cinco

---

[*] «*Pan*»: Señor. (En polaco en el original).

años todavía se tiñe, se da polvos y colorete (eso todo el mundo lo sabe)...; esa tía, como le digo, no solo no se ha dignado venir, sino que ni siquiera me ha mandado excusas, si no podía venir, como en un caso semejante reclama la más vulgar cortesía. No acabo de comprender cómo no habrá venido tampoco Piotr Petróvich. ¿Que dónde anda Sonia? Pues allá dentro fue. Pero mírela: ya está aquí finalmente. ¿Qué fue eso, Sonia? ¿Dónde has estado? Es raro que tú también hayas sido tan poco puntual a los funerales de tu padre. Rodión Románovich, haga el favor de sentarla a su lado. Aquí tienes tu sitio, Sónechka. De lo que se te antoje, toma. Sírvete carne con gelatina; es lo mejor. Enseguida traerán fillos. Y a los niños, ¿les han dado? Pólechka, ¿tienes ahí de todo? ¡Ejem..., ejem..., ejem! Bueno, bueno. Sé juiciosa, Lenia, y tú, Kolia, no muevas así los pies; siéntate como debe sentarse un niño decente. ¿Qué dices, Sónechka?

Sonia se apresuró a expresarle las excusas de Piotr Petróvich, esforzándose por hablar alto, para que todos pudieran oír, y rebuscando las palabras más escogidas, las mismas que empleaba Piotr Petróvich, y que ella recalcaba más aún. Añadió que Piotr Petróvich le había encargado de un modo especial decir que, en cuanto le fuera posible, iría allí para hablar de *asuntos* a solas y tratar de lo que podía hacerse y emprender en lo futuro, etcétera, etcétera.

Sonia sabía que aquello aplacaría el mal humor y tranquilizaría a Katerina Ivánovna, la halagaría y, lo principal, dejaría satisfecho su orgullo. Estaba sentada junto a Raskólnikov, al que había hecho un ligero saludo y lanzado una leve y curiosa mirada. Por lo demás, durante todo el tiempo rehuyó mirarlo y hablarle. Estaba también como ensimismada, aunque miraba a la cara a Katerina Ivánovna para complacerla. Ni ella ni Katerina Ivánovna vestían de luto, por falta de traje; pero Sonia llevaba uno pardo oscuro, y Katerina Ivánovna, el único que tenía, de indiana, de color oscuro a rayas. La noticia de Piotr Petróvich corrió como sobre ruedas*. Después de escuchar gravemente a Sonia, Katerina Ivánovna, con la misma gravedad, le preguntó: «¿Cómo está de salud Piotr Petróvich?». Luego, despacio y casi en voz alta, *le susurró* a Raskólnikov que, efectivamente, habría parecido extraño en un caballero tan respetable y serio como Piotr Petróvich alternar con aquella «*gente tan rara*», no obstante toda su adhesión a su familia y su vieja amistad con su padre.

—Vea usted por qué yo le agradezco a usted muy especialmente, Rodión Románovich, el que no haya usted rehusado mi pan y mi sal, a pesar del ambiente —añadió, poco menos que en voz alta—, aunque, después de todo, estoy segura de que solo su particular amistad a mi pobre difunto le ha movido a cumplir su palabra.

Luego, una vez más, con arrogancia y dignidad, paseó la mirada por sus comensales, y de pronto, con especial preocupación, le preguntó en voz recia, y por encima de la mesa, al vejete sordo:

—¿No quiere usted más asado? ¿Le han dado oporto?

El vejete no respondió, y durante largo rato no acabó de comprender qué era lo que le preguntaban, aunque sus vecinos de mesa, por reírse, trataron de explicárselo. Se limitó a quedarse mirando, con la boca abierta de par en par, lo que acreció más todavía la general hilaridad.

—¡Hay que ver qué tronco! ¡Mire usted, mire usted! Pero ¿por qué le habrán traído? Por lo que se refiere a Piotr Petróvich, siempre estuve segura de él —continuó diciéndole Katerina Ivánovna a Raskólnikov—, y, sin duda alguna, no se parece... —con voz brusca y recia, y con cara sumamente severa se encaró con Amalia Ivánovna, de modo que esta se asustó—, no se parece a esas tías encopetadas, de larga cola, que en casa de papá no las habrían tomado ni de cocineras, y a las

* «... sobre ruedas». En el original ruso dice literalmente: «sobre manteca».

que mi difunto marido habría hecho un honor con recibirlas, y eso solo quizá por efecto de su bondad sin límites.

—Sí; le gustaba beber, era muy aficionado a la bebida —exclamó, de pronto, el oficial retirado, echándose al coleto su duodécima copa de vodka.

—Mi difunto marido, efectivamente, tenía ese flaco, y eso nadie lo ignora —replicó, de pronto, Katerina Ivánovna—; pero era un hombre bueno y noble, que quería y respetaba a su familia. Lo malo era que, en su bondad, confiaba demasiado en individuos de lo peor, y Dios sabe con quién se ponía a beber; con quienes no valían lo que la suela de su zapato. Figúrese usted, Rodión Románovich, que en el bolsillo le hemos encontrado un gallito de pan de especias; iba medio muerto con su borrachera; pero se acordaba de sus hijos.

—¿Un ga...llo? ¿Ha dicho usted un ga...llo? —exclamó el oficialete.

Katerina Ivánovna no se dignó contestarle. Se quedó, por alguna razón, pensativa, y suspiró.

—Usted seguramente pensará, como todos, que yo era con él demasiado severa —prosiguió, dirigiéndose a Raskólnikov—. Pero vea usted: no era así. Él me estimaba mucho, mucho me estimaba. ¡Era un alma buena!... ¡Y qué pena me daba algunas veces!... Se sentaba en un rincón, y empezaba a mirarme desde allí, y a mí me daba mucha pena de él y me entraban ganas de acariciarlo, y luego pensaba para mis adentros: «Le acariciarás, y él volverá a emborracharse». Solo con la severidad podía obtenerse algo de él.

—Sí; tirándole de los pelos, tirándole —volvió a intervenir el de antes, y se sirvió otro vaso de vodka.

—No solo tirarles de los pelos, sino también azotarlos con el palo de la escoba, les sería conveniente a algunos zopencos. ¡Conste que no me refiero al difunto!... —asintió Katerina Ivánovna.

Las chapetas rojas de sus mejillas se inflamaban cada vez más; jadeaba su pecho. Un minuto más, y estaría dispuesta a armar un escándalo. Muchos se echaron a reír, otros daban muestras de divertirles aquello. Empezaron a azuzar al oficial retirado y a susurrarle algo al oído. Por lo visto, querían excitarlo.

—¿Me permite usted preguntarle que por quién dice usted eso... —empezó el ex oficial—, es decir, a propósito de qué... acaba usted de decir?... Aunque, después de todo, no hace falta. ¡Eso es un absurdo! ¡Es una viuda! ¡Una pobre viuda! La perdono... ¡Pase! —Y volvió a echarse más vodka.

Raskólnikov seguía sentado y escuchaba en silencio y con repugnancia. Solo por cortesía fingía comer los manjares que a cada momento le ponía en su plato Katerina Ivánovna, y únicamente por no desairarla. Miraba con mucha atención a Sonia. Pero Sonia estaba toda azorada y preocupada; tenía el presentimiento de que el festín fúnebre no había de acabar bien, y con temor seguía la creciente nerviosidad de Katerina Ivánovna. Ella, entre otras cosas, sabía que la razón principal de que aquellas dos señoras forasteras hubiesen desatendido tan despectivamente la invitación de Katerina Ivánovna era ella, Sonia. Le había oído decir a la propia Amalia Ivánovna que la madre hasta se había ofendido por la invitación y formulado esta pregunta: «¿Cómo era posible que ella fuera a sentar a su hija al lado de *aquella señorita*?...». Presentía Sonia que Katerina Ivánovna tenía que estar más o menos enterada de aquello, y la ofensa que a ella, Sonia, le habían inferido significaba para Katerina Ivánovna más que si la hubiesen ofendido a ella personalmente, a sus hijos, a su papá; en una palabra: que aquel era un mortal agravio, y Sonia sabía bien que Katerina Ivánovna no estaría ya tranquila «hasta no haberles demostrado a aquellas colas largas que las dos eran»..., etcétera, etcétera. Como con toda intención, alguien hubo de enviarle desde el otro pico de la mesa a Sonia un plato, en el cual habían puesto dos corazones de pan bazo, atravesados por una flecha. Katerina Ivánovna se puso como la grana, e inmediatamente declaró en voz recia que el que había enviado aquello era, sin duda alguna, un «burro borracho». Amalia Ivánovna, que también presentía algo desagradable y, al mismo tiempo, estaba ofendida hasta en lo más profundo de su alma por la altanería de Katerina Ivánovna, con objeto de distraer la enojosa disposición de espíritu de los comensales, y también realzarse ante ellos, se puso a contar, de pronto, sin venir a cuento, que cierto amigo suyo, «Karl, el mancebo de botica», había tomado una noche un carruaje y que «el cochero había querido matarlo, y que Karl le había pedido mucho, mucho, que no lo matase, y [hablando con pronunciación defectuosa] se había echado a llorar, y se había asustado, y el corazón se le había saltado de miedo». Katerina Ivánovna no dejó de sonreírse; pero acto seguido hizo notar que Amalia Ivánovna no debía referir anécdotas en ruso. Aquella se ofendió todavía más, y le replicó que su «*Vater aus Berlín*[*] era un personaje de mucha importancia, y andaba siempre metiendo las manos en los bolsillos»... La guasona de Katerina Ivánovna no pudo contenerse y rompió en unas carcajadas tremendas, hasta el punto de que Amalia Ivánovna acabó de perder la paciencia y a duras penas pudo reprimirse.

—¡Mire usted qué mochuelo! —volvió a murmurar Katerina Ivánovna al oído de Raskólnikov, casi alegre—. Ella quería decir que su padre llevaba las manos metidas en los bolsillos y lo que ha dicho es que metía las manos en los bolsillos de los demás. ¡Ejem..., ejem..., ejem! ¿Ha notado usted, Rodión Románovich, de una vez para siempre, cómo todos esos extranjeros que hay aquí, en Petersburgo, principalmente los alemanes venidos quién sabe de dónde, son todos más torpes que nosotros? Porque convendrá usted conmigo en que no es posible ponerse a contar eso de que a «Karl [imitando otra vez su pronunciación defectuosa], el mancebo de la botica, se le saltó de susto el corazón», y que él (¡mamarracho!), en vez de pegarle al cochero, «juntó las manos y se echó a llorar y le rogó mucho...». ¡Ah, qué acémila! ¡Y todavía se figura que tiene mucha gracia, y no sospecha siquiera lo muy

[*] «*Vater aus Berlín*»: padre de Berlín. (En alemán en el original).

tonta que es! Yo creo, francamente, que ese oficialete retirado tiene más talento que ella; por lo menos, salta a la vista que es un calaverón que ha ahogado todo su ingenio en el vaso, mientras que esos otros... mírelos usted qué espetados y serios... ¡Mírela usted cómo abre los ojos! ¡Que se enfade! ¡Que se enfade! ¡Ja..., ja..., ja! ¡Ejem..., ejem..., ejem!

Ya de buen humor, Katerina Ivánovna pasó a enumerar un sinfín de detalles, y de pronto salió diciendo que, en cuanto percibiese aquella pensión que le estaban gestionando, fundaría irremisiblemente en su ciudad natal, T***, un internado para señoritas nobles. De esto no le había hablado todavía Katerina Ivánovna a Raskólnikov, e inmediatamente se puso a describirle su plan con los más seductores detalles. Sin saberse cómo, es lo cierto que hubo de aparecer en sus manos, de pronto, aquel «diploma laudatorio» del que le hablara ya a Raskólnikov el difunto Marmeládov en la taberna al explicarle que Katerina Ivánovna, su mujer, a su salida del instituto, había bailado, con un chal, «en presencia del gobernador y de otras personalidades». El tal diploma estaba llamado ahora, por lo visto, a dar fe del derecho de Katerina Ivánovna a fundar el referido colegio; pero, en el fondo, estaba destinado a otro fin: al de apabullar definitivamente a «aquellas dos colas largas», caso de que hubiesen asistido a la comida, demostrándoles con toda claridad que Katerina Ivánovna procedía de una casa nobilísima, «podía decirse que aristocrática; era hija de un coronel, y valía más, por tanto, que muchas buscadoras de aventuras que tanto abundan de algún tiempo a esta parte». El diploma circuló enseguida por las manos de los embriagados comensales, a lo que no se opuso Katerina Ivánovna, porque en él, efectivamente, estaba escrito, en *toutes lettres*[*], cómo ella era hija de un consejero de la Corte y de un caballero, lo que equivalía casi a ser la hija de un coronel. Animada, Katerina Ivánovna pasó enseguida a exponer todas las

---

[*] «... en *toutes lettres*»: en todas letras. (En francés en el original).

circunstancias de su futura plácida existencia en T***; de los profesores del Liceo, a los que invitaría a dar lecciones en su internado; de un respetable anciano, el francés Mangot, que le había enseñado el francés a la propia Katerina Ivánovna en el instituto, y que aún terminaba sus días en T***, y seguramente se avendría con ella al precio más módico. Le tocó a su vez el turno a Sonia, «la cual habría de trasladarse a T***, en unión de Katerina Ivánovna y la ayudaría allí en todo». Pero en aquel punto alguien hubo de soltar una risita contenida al otro pico de la mesa. Katerina Ivánovna, aunque esforzándose por aparentar no haber notado aquella risita sofocada al otro pico de la mesa, se dio prisa a alzar la voz, y se puso a hablar con emoción de las indudables aptitudes de Sonia Semiónovna para servirle de ayudanta, «de su mansedumbre, paciencia, abnegación, bondad e ilustración», al decir lo cual le dio a Sonia unas palmaditas en las mejillas, y, levantándose, la besó por dos veces. Sonia se puso colorada, y Katerina Ivánovna rompió de pronto a llorar, afirmando que era «una tonta, débil de nervios, y que ya estaba demasiado quebrantada y era tiempo de concluir, y puesto que ya se había acabado la comida, enseguida traerían el té». En aquel mismo instante, Amalia Ivánovna, definitivamente resentida por no haber podido meter baza en la conversación, y, además, porque no la hubiesen escuchado, se arrojó de pronto a una última tentativa, y, con secreto pesar, se permitió comunicar a Katerina Ivánovna una observación sumamente práctica y atinada: la de que en la futura pensión había de conceder atención especial a la limpieza de la ropa blanca (*die Wäsche*) de las señoritas, y que «irremisiblemente tendrían que designar a una buena señora (*gute Dame*) para que cuidase de la ropa blanca», y, además, «para que las señoritas jóvenes no leyesen por las noches novelas». Katerina Ivánovna, que, efectivamente, estaba cansada y nerviosa y harta ya del festín fúnebre, le cerró la boca enseguida a Amalia Ivánovna, diciéndole que «solo se le ocurrían absurdos» y que no entendía jota de nada; que lo de la *die Wäsche* era de la incumbencia de la ecónoma y no de la directora del internado, y que, por lo que se refería a la lectura de novelas, aquello era, sencillamente, una inconveniencia, y le rogaba se callase. Amalia Ivánovna se puso colorada y colérica, hizo notar que ella «solo miraba por su bien y que le deseaba toda suerte de bienes», y que «ya hacía tiempo no le daba el *Geld** por el cuarto». Katerina Ivánovna inmediatamente se «le echó encima», diciéndole que mentía al afirmar que «miraba por su bien», puesto que, sin ir más lejos, la noche antes, cuando todavía estaba el difunto encima de la mesa, la había venido a dar tormento con motivo del cuarto. A esto Amalia Ivánovna, muy oportunamente, hizo constar que ella «había invitado a aquellas señoras, sino que estas no habían ido porque aquellas señoras eran unas señoras de buena familia y no podían alternar con quienes no lo eran». Katerina Ivánovna «subrayó» enseguida que ella era una cualquier cosa y no podía juzgar de lo que fuese la verdadera distinción. Amalia Ivánovna no pudo sufrir aquello, e inmediatamente declaró que su *Vater aus Berlín* era un personaje muy principal y andaba con las manos en los bolsillos y haciendo siempre «¡puf!, ¡puf!», y para dar mejor idea de lo que era su padre, Amalia Ivánovna saltó de la silla, se metió las dos manos en los bolsillos, infló los carrillos y empezó a hacer unos vagos ruidos con la boca, semejantes a ¡puf!, ¡puf!, entre las carcajadas generales de todos los huéspedes, que con toda intención excitaban a Amalia Ivánovna con su aplauso, presintiendo que se iban a tirar del moño. Pero Katerina Ivánovna no lo pudo aguantar, e inmediatamente, de modo que todos la oyesen, «declaró» que Amalia Ivánovna no había tenido nunca padre, y que era, sencillamente, Amalia Ivánovna, una finesa de Petersburgo, una borracha, que había debido de ser antes cocinera en algún sitio, si no había sido algo peor. Amalia Ivánovna se puso colorada como un cangrejo, y levantó el grito, diciendo que eso

* «*Geld*»: dinero. (En alemán en el original).

se le podría aplicar, acaso, a ella, a Katerina Ivánovna, que «no había tenido *Vater* en absoluto; pero que ella había tenido un *Vater aus Berlín*, que llevaba unos gabanes muy largos y siempre estaba haciendo ¡puf!, ¡puf!, ¡puf!». Katerina Ivánovna, despectivamente, hizo notar que su origen era harto conocido de todos, y que en aquel diploma que acababan de ver constaba, en letra de molde, que su padre era coronel, mientras que el padre de Amalia Ivánovna (suponiendo que hubiera tenido padre) seguramente sería algún finés de Petersburgo, lechero de profesión, aunque lo más fijo de todo era que no lo había tenido, porque aún no se sabía cómo se llamaba Amalia Ivánovna por parte de padre; si Ivánovna o Liudvígovna. Al oír aquello, Amalia Ivánovna, fuera ya de sí y dando un puñetazo en la mesa, empezó a gritar que era Ivánovna y no Liudvígovna, que su *Vater* «se llamaba Johann y que era *Bürgermeister**», mientras que el *Vater* de Katerina Ivánovna «no había sido *Bürgermeister* en su vida». Katerina Ivánovna se levantó de su asiento y, con voz severa y al parecer tranquila (aunque se había puesto pálida y se le levantaba el pecho), le replicó que como otra vez se atreviese «a poner al mismo nivel a su puerco de *Vater* con su papá, entonces ella, Katerina Ivánovna, le quitaría la cofia de la cabeza y la pisotearía con sus pies». Al oír aquello, Amalia Ivánovna empezó a correr por el cuarto, gritando con todas sus fuerzas que ella era la patrona y que Katerina Ivánovna «en aquel mismo instante tendría que desalojar la casa»; luego se puso a quitar de encima de la mesa las cucharas de plata. Se armó un gran revuelo y algazara; los niños se echaron a llorar; Sonia se lanzó a sostener a Katerina Ivánovna; pero cuando Amalia Ivánovna salió diciendo algo referente al volante amarillo, Katerina Ivánovna le dio a Sonia un empujón y se abalanzó hacia Amalia Ivánovna para cumplir inmediatamente su amenaza de arrancarle la cofia. En aquel preciso instante se abrió la puer-

---

* «*Bürgermeister*»: burgomaestre, alcalde. (En alemán en el original.)

ta, y en los umbrales de la habitación apareció inopinadamente Piotr Petróvich Luzhin. Se detuvo allí y esparció una mirada severa, escrutadora, por toda la concurrencia. Katerina Ivánovna se dirigió hacia él.

III

—¡Piotr Petróvich!... —gritó—. ¡Defiéndame usted, por lo menos! Hágale ver a esa tía estúpida que no tiene derecho a tratar de este modo a una señora de buena familia que se encuentra en la desgracia; para eso están los jueces... Yo, al general gobernador... Tendrá que dar cuenta... En recuerdo del pan y la sal de mi padre, ¡defienda usted a estos huérfanos!

—¡Permítame usted, señora! ¡Permítame usted, permítame usted, señora! —apartándola Piotr Petróvich con un gesto de la mano—. A su papá, como usted no ignora, no tuve el gusto de conocerlo... ¡Permítame usted, señora! —Alguno se echó a reír en alto—. Y no es mi intención tomar parte en sus continuos altercados con Amalia Ivánovna... Yo he venido a un asunto necesario..., y deseo tener una explicación inmediatamente con su hijastra de usted, Sofia... Ivánovna... Creo que se llama así, ¿no? Haga usted el favor de dejarme pasar...

Y Piotr Petróvich, haciéndole un rodeo a Katerina Ivánovna, se dirigió al opuesto rincón, donde se encontraba Sonia.

Katerina Ivánovna se quedó en el mismo sitio en que estaba, cual herida del rayo. No podía comprender cómo Piotr Petróvich renegaba del pan y la sal de su *pápascha*. Después de haber inventado aquello de la hospitalidad, ella misma había acabado por creérselo. La impresionó también el tono práctico, seco y hasta con ribetes de desdén y amenaza de Piotr Petróvich. Y eso que todos, poco a poco, habían ido callándose al presentarse él. Además, que aquel «hombre práctico y serio» estaba en franca desarmonía con el resto de la concurrencia, además de que era evidente que había ido allí a algo importante, de que alguna razón extraordinaria le había inducido a mezclarse con semejante gente y de que de un momento a otro habría de suceder, de ocurrir algo. Raskólnikov, que estaba en pie al lado de Sonia, se echó a un lado para dejarle paso; Piotr Petróvich, al parecer, no reparó en él siquiera. Al cabo de un minuto se dejó ver también en los umbrales del cuarto Lebeziátnikov; no llegó a entrar; pero se detuvo allí con cierta especial curiosidad, casi con asombro, y, al parecer, largo rato estuvo sin poder darse cuenta de nada.

—Perdonen ustedes que acaso venga a interrumpirles; pero es que se trata de un asunto bastante importante —observó Piotr Petróvich, en general y sin dirigirse en particular a nadie—, y hasta celebro que se ventile en público. Amalia Ivánovna, le ruego encarecidamente que, como patrona del piso, preste especial atención a mi inmediato diálogo con Sofia Ivánovna. Sofia Ivánovna —continuó, dirigiéndose a Sonia, que no cabía en sí de asombro y de susto—, de encima de la mesa de la habitación de mi amigo, Andrei Semiónovich Lebeziátnikov, inmediatamente después de su visita de usted, ha desaparecido un billete de cien rublos, que me pertenecía. Si, fuera como fuese, supiera usted y quisiera decirnos dónde se encuentra en la actualidad, le doy a usted mi palabra de honor, y a todos los pongo por testigos, de que daremos por terminado el asunto. De otro modo, me veré en la precisión de adoptar medidas sumamente serias, y entonces... ¡solo a sí misma deberá quejarse!

Absoluto silencio imperaba en la habitación. Hasta los niños, que antes lloraban, se habían apaciguado. Sonia se había puesto mortalmente pálida, miraba a Luzhin y no acertaba a contestar. Parecía como si ella tampoco acabase de darse cuenta. Transcurrieron unos segundos.

—Bueno, vamos a ver: ¿qué dice usted a eso? —inquirió Luzhin, mirándola de hito en hito.

—Yo no sé... Yo no sé nada... —declaró Sonia, finalmente, con débil voz.

—¿Que no? ¿Que no sabe usted nada? —le replicó Luzhin, y guardó silencio todavía unos segundos—. Piense usted bien, *mademoiselle* —empezó severamente, pero aún como exhortándola—, haga memoria: de buen grado le concedo todavía algún tiempo para que recapacite. Haga el favor de fijarse en esto: si yo no estuviera tan cierto, entonces, naturalmente, atendida mi experiencia, no me habría arriesgado a acusarla directamente, porque de una acusación como esta, directa y terminante, pero falsa o simplemente errónea, tendría, en cierto sentido, que salir responsable. No lo ignoro. Esta mañana negocié, para mis necesidades, algunos títulos al cinco por ciento, por un valor nominal de tres mil rublos. Tengo la cuenta anotada en un cuaderno de bolsillo. Al volver a casa, y de ello es testigo Andrei Semiónovich, procedí a contar el dinero, y, apartando dos mil trescientos rublos, los guardé en una cartera, que puse en el bolsillo del costado de mi sobretodo. Encima de la mesa quedaron alrededor de quinientos rublos en billetes, y, entre ellos, tres de cien rublos. En aquel momento llegó usted (llamada por mí), y todo el tiempo que allí estuvo dio usted muestras de viva agitación; tanto que, por tres veces, en mitad del diálogo, se levantó usted y quiso, no sé por qué, retirarse, no obstante no haber terminado la conferencia. Andrei Semiónovich puede dar fe de cuanto digo. Seguramente, usted misma, *mademoiselle*, no se negará a confirmar y corroborar que yo la llamé a usted por conducto de Andrei Semiónovich única y exclusivamente para hablarle de la orfandad y desvalida situación de su madrastra, Katerina Ivánovna (a cuya comida no he podido asistir), y de cuán conveniente sería abrir a favor suyo una suscripción u organizar una lotería o algo por el estilo. Usted me dio las gracias y hasta derramó lágrimas (yo lo cuento todo tal y como pasó; en primer lugar, para ayudarle a usted a hacer memoria, y, además, para demostrarle que de la mía no se ha borrado ni el menor detalle). Luego cogí de sobre la mesa un billete de diez rublos y se lo di a usted para contribuir por mi parte a la suscripción por su madrastra, y con el carácter de primer socorro. Todo esto lo presenció Andrei Semiónovich. Luego la conduje a usted hasta la puerta; usted seguía tan azorada como antes, después de lo cual, habiéndome quedado a solas con Andrei Semiónovich y conversando unos diez minutos con él..., salió Andrei Semiónovich, y entonces yo me volví de nuevo a la mesa, y al dinero que en ella había quedado, con intención de contarlo y apartar luego una cantidad, según lo tenía decidido de antemano. Con gran asombro pude ver que de los demás billetes de cien rublos faltaba uno. Haga el favor de formarse una idea; sospechar de Andrei Semiónovich me sería imposible; hasta de pensarlo me avergüenzo. Que me haya equivocado en la cuenta, tampoco es posible, porque un minuto antes de usted haber llegado ya había acabado yo el recuento y comprobado que el total estaba exacto. Convendrá usted conmigo en que, al recordar su azoramiento, su prisa por irse, y que tuvo usted puestas algún rato las manos encima de la mesa, y habida cuenta, por último, de su situación en general, y las costumbres a ella inherentes, yo, por así decirlo, con horror y hasta contra mi voluntad, me he visto *obligado* a concebir una sospecha..., cruel, sin duda, pero... ¡justa! Añado y repito que, no obstante toda mi *aparente* seguridad, comprendo que, sin embargo, en esta inculpación mía hay cierto riesgo para mí. Pero, como usted ve, yo no he vacilado un minuto: me he sublevado, y le diré a usted por qué: ¡pues únicamente, señora, únicamente a causa de su negra ingratitud! ¿Cómo? ¡Conque voy y la llamo en interés de su pobre madrastra, le doy yo mismo mi cuota de diez rublos, y usted, usted, a renglón seguido, va y me paga con proceder semejante!... ¡No; eso no está bien! ¡Es necesario darle a usted una lección! ¡Fíjese usted bien: a pesar de todo, cual sincero amigo suyo (porque mejor amigo no puede usted tener en este instante), le ruego vuelva en sí! ¡De otro modo, seré inexorable! Conque vamos a ver: ¿qué dice?

—Yo no he cogido nada de su cuarto —balbució, horrorizada, Sonia—. Usted me dio diez rublos, aquí están, tómelos usted. —Sonia se sacó del bolsillo un pañuelo, buscó en él el nudo que había hecho, lo desató, sacó el billete de diez rublos y le tendió la mano a Luzhin.

—¿De modo que no reconoce usted lo de los otros cien rublos? —inquirió él con tono recriminativo e insistente, sin tomar el billete.

Sonia giró la vista en torno suyo. Todos la miraban con caras terribles, severas, sarcásticas. Lanzó una mirada a Raskólnikov..., que estaba en pie, junto a la pared, cruzado de brazos, y con ojos de fuego la contemplaba.

—¡Oh, Señor!... —dejó escapar Sonia.

—Amalia Ivánovna, será menester dar parte a la policía, y, entre tanto, encarecidamente le suplico vaya a buscar al portero —dijo Luzhin en voz baja y hasta afectuosa.

—*Gott der barmherzige!*[*] ¡Ya sabía yo que era una ladrona! —exclamó Amalia Ivánovna chascando las manos.

—¿Conque lo sabía usted? —encareció Luzhin—. Seguramente, ya antes de esto habrá tenido algún fundamento para pensar así. Pues le ruego a usted, respetabilísima Amalia Ivánovna, tenga presente las palabras que acaba de pronunciar, por cierto delante de testigos.

De todos lados se levantó un recio vocerío. Todos se rebullían.

—¡Có...o...mo! —clamó Katerina Ivánovna, dándose cuenta, de pronto, y cual si le hubieran dado a un resorte, abalanzándose a Luzhin—. ¡Cómo! ¿Conque la acusa usted de robo? ¿A Sonia? ¡Ah, ruines, ruines! —Y dirigiéndose a Sonia, como en un torno, la estrechó entre sus descarnados brazos—. ¡Sonia! ¿Cómo te atreviste a tomarle esos diez rublos? ¡Oh, tonta! ¡Dáselos enseguida! ¡Dale ahora mismo esos diez rublos!... ¡Tome!

[*] «*Gott der barmherzige!*»: ¡Dios misericordioso! (En alemán en el original).

Y, quitándole a Sonia el billete, Katerina Ivánovna, después de estrujarlo entre sus dedos, fue y se lo arrojó a Luzhin a la cara. La bolita le dio en un ojo y fue después rodando al suelo. Amalia Ivánovna se agachó a recoger el dinero. Piotr Petróvich se puso hecho una furia.

—¡Sujeten a esa loca! —gritó.

En aquel instante, en la puerta, al lado de Lebeziátnikov, se dejaron ver algunas personas, entre ellas las dos señoras forasteras.

—¡Cómo! ¿Qué es eso de loca?... ¡Conque yo estoy loca!... ¡Idiota!... —gritó Katerina Ivánovna—. ¡Tú sí que eres un idiota, picapleitos, villano! ¡Sonia, Sonia, quitarle a él ese dinero!... ¡Sonia, una ladrona... ella todavía tiene para darte a ti, imbécil! —Y Katerina Ivánovna prorrumpió en una risa histérica—. ¿Habrase visto idiota? —dijo, encarándose con todos y señalándoles a Luzhin—. ¡Cómo! ¿También tú! —dijo, viendo de pronto a la patrona—. ¡Tú también, calabaza, sostienes que es una «ladrona», vil prusiana, que pareces una gallina clueca con crinolina! ¡Ay de vosotros! ¡Ay de vosotros! ¡Cuando ella no ha salido del cuarto, y enseguida que vino de allá dentro, fue y se sentó al lado de Rodión Románovich!... ¡Regístrela usted! ¡Puesto que no ha salido a ninguna parte, por fuerza tiene que tener el dinero encima! ¡Busca, busca, busca! Pero ¡como no le encuentres nada, entonces, pajarito, tendrás que dar cuenta! Al soberano, al soberano, al zar mismo acudiré, que es misericordioso, y a sus pies me echaré, ahora mismo, hoy mismo! ¡Yo..., una huérfana! ¡A mí me dejarán entrar! ¿Crees tú que no me dejarán pasar? ¡Pues te equivocas, que sí entraré! ¡Entraré! ¿Es que contabas con su timidez? ¿En eso fundabas tus ilusiones? ¡Pues yo, en cambio, hermanito, soy arriscada!... ¡Tienes con quién habértelas! ¡Anda, busca, busca, busca!

Y Katerina Ivánovna, presa de furor, sacudía frenética a Luzhin y lo arrastraba hacia Sonia.

—¡Dispuesto estoy, yo responderé...; pero entre en razón,

entre en razón! ¡Ya veo de sobra que es usted arriscada!... ¡Es..., es..., esto —balbucía Luzhin— es cosa de la policía... Aunque, después de todo, hay bastantes testigos... Yo estoy dispuesto... Pero, en todo caso, es difícil a un hombre..., por cuestión del sexo... Si con ayuda de Amalia Ivánovna... Aunque, por lo demás, no es así como se hacen las cosas... ¿Qué hacer?

—¡Elija usted a quien quiera!... ¡Que quien quiera la registre! —gritó Katerina Ivánovna—. Sonia, enséñale del revés los bolsillos. ¡Eso es, eso es! ¡Mira, monstruo; vacío, aquí estaba el pañuelo, el bolsillo vacío! ¿Lo ves? ¡A ver el otro bolsillo: aquí está, aquí está! ¿Ves? ¿Ves?

Y Katerina Ivánovna no quedó satisfecha hasta que no hubo vuelto del revés los dos bolsillos. Pero del segundo, el de la derecha, voló, de pronto, un papelito, y describiendo en el aire una parábola, fue a caer a los pies de Luzhin. Todos pudieron verlo; muchos lanzaron una exclamación. Piotr Petróvich se agachó, recogió el papelito con dos dedos del suelo, lo levantó a la vista de todos y lo desdobló. Era el billete de cien rublos, plegado en ocho dobleces. Piotr Petróvich paseó su mano a la redonda para que todos viesen el billete.

—¡Ladronzuela! ¡Largo de esta casa! ¡La policía, la policía!... —gritó Amalia Ivánovna—. ¡Hay que mandarlas a Siberia! ¡Largo!

De todos lados se elevaron exclamaciones. Raskólnikov callaba, sin quitarle ojo a Sonia, y lanzando de cuando en cuando rápidas miradas a Luzhin. Sonia seguía en su mismo sitio, como enajenada. Casi ni siquiera daba muestras de admiración. De pronto, se le arreboló todo el rostro; dio un grito y se cubrió la cara con las manos.

—¡No, yo no soy eso! ¡Yo no he robado! ¡Yo no sé nada!... —exclamó con voz entrecortada por los sollozos, y se echó en brazos de Katerina Ivánovna. Esta la cogió y la estrechó fuerte, cual si con su pecho quisiera defenderla de todos.

—¡Sonia! ¡Sonia! ¡Yo no lo creo! ¡Mira: yo no lo creo! —gritaba, contra toda apariencia, Katerina Ivánovna, acunándola en sus brazos como a una niña pequeña, dándole innumerables besos, acariciándole las manos y besándoselas, cual si se las sorbiera—. ¡Que tú lo cogiste!... Pero ¡qué gente tán estúpida!... ¡Oh, Señor!... ¡Son ustedes, todos, unos imbéciles, unos necios! —gritaba, encarándose con todos—. ¡No saben ustedes todavía qué corazón este, qué muchacha esta!... ¡Ella, coger nada; ella!... Pero ¡si se desprende hasta de su último traje, lo vende y se queda descalza para dárselo todo a ustedes si lo necesitan!... ¡Así es ella!... Pero ¡si sacó el volante amarillo porque mis hijos se morían de hambre y por nosotros se vendió!... ¡Ah, difunto, difunto!... ¡Ah, difunto, difunto! ¿Lo ves? ¿Lo ves? ¡Vaya una comida fúnebre que tienes!... ¡Dios Santo! Pero ¡salid a su defensa! ¿Qué hacéis ahí todos tan quietos?... ¡Rodión Románovich!... ¿Por qué no sale usted en su defensa? ¿Es que usted también se ha creído esto? ¡Un dedo meñique de ella no valéis todos juntos, todos, todos, todos!... ¡Dios Santo! Pero ¡defendedla de una vez!...

El llanto de la pobre Katerina Ivánovna, tísica, desvalida, pareció producir, finalmente, una gran impresión en los circunstantes. Había tanta pena, tanto dolor en aquella cara contraída por el sufrimiento, demacrada por la tisis; en aquellos labios descarnados, inyectados en sangre; en aquella voz estertórea, en aquel llanto entrecortado de sollozos, semejante al lloro de un niño; en aquella imploración ingenua, infantil y, al mismo tiempo, desolada, de defensa, que todos parecieron dolerse de la desdichada. Piotr Petróvich se *compadeció* también enseguida.

—¡Señora! ¡Señora! —exclamó con voz enfática—. ¡Con usted no va nada! Nadie se ha atrevido a inculparla a usted ni de mala intención ni siquiera de convivencia, ya que ha sido usted misma la que puso de manifiesto la cosa al vaciarse los bolsillos. ¡Seguramente no se figuraba usted nada! Yo estoy dispuesto a apiadarme si, por así decirlo, la miseria ha sido la que ha impulsado a Sofia Ivánovna. Pero ¿por qué, *mademoi-*

selle, no quiso usted confesarlo desde el primer momento? ¿Es que temía usted a la deshonra? ¿Se trata del primer paso? ¿Quizá fue que perdió el juicio? La cosa es comprensible. Pero, sin embargo, ¿por qué hubo usted de verse en esta situación? ¡Señores! —Y se encaró con todos los presentes—. ¡Señores! ¡Compadecido, y, por decirlo así, condolido, estoy dispuesto a perdonar todavía y a pesar de la ofensa que personalmente he recibido! Pero, *mademoiselle*, que este bochorno le sirva a usted de lección para lo sucesivo —dirigiéndose a Sonia—, que yo consideraré terminado el asunto y no lo llevaré adelante. ¡Basta!

Piotr Petróvich lanzó una mirada de soslayo a Raskólnikov. Sus miradas se encontraron. La ardiente mirada de Raskólnikov estaba pronta a pulverizarlo. A todo esto, Katerina Ivánovna parecía no haber entendido nada; estaba abrazada a Sonia y la besaba como loca. También los niños se habían cogido a Sonia por todos lados con sus manecitas, y Pólechka —aunque sin comprender claramente qué era lo que pasaba— había roto a llorar, sacudido todo el cuerpo por los sollozos y escondido su linda carita, hinchada por el llanto, en los hombros de Sonia.

—¡Qué ruindad! —gritó, de pronto, una recia voz en la puerta.

Piotr Petróvich se volvió rápidamente a mirar.

—¡Qué bajeza! —repitió Labeziátnikov, mirándole de hito en hito a los ojos.

Piotr Petróvich dio un respingo. Lo cual no pasó inadvertido para ninguno de los presentes. Luego lo recordaron. Lebeziátnikov penetró en el aposento.

—¿Cómo se atreve usted a ponerme a mí de testigo? —dijo, acercándose a Piotr Petróvich.

—¿Qué quiere decir eso, Andrei Semiónovich? ¿A qué se refiere usted? —refunfuñó Luzhin.

—Pues quiere decir que usted... es un calumniador. ¡Ahí tiene usted lo que significan mis palabras! —declaró Lebeziátnikov con vehemencia, mirándolo severamente con sus ojillos cegatos.

Estaba horriblemente enfadado. Raskólnikov parecía beberse sus miradas, como ansioso de aprehender y pesar cada palabra suya. Piotr Petróvich estaba también como trastornado, principalmente en el primer momento.

—Si usted a mí... —empezó balbuciendo—. ¿Qué le importa a usted esto? ¿Es que ha perdido usted el juicio?

—No, que lo conservo íntegro. ¡Usted sí que es... un canalla! ¡Ah, y qué villano! Yo lo he estado oyendo todo, y con toda intención aguardaba a acabar de comprender, porque, lo confieso, hasta ahora mismo no he podido encontrarle lógica al asunto... Lo que no acabo todavía de explicarme es... por qué ha hecho usted eso...

—Pero ¿qué es lo que he hecho yo? ¡Deje usted de expresarse con esos absurdos enigmas! ¿O es por casualidad que ha bebido?

—¡Usted, so bellaco, será el que acaso haya bebido, que yo no! ¡Yo no pruebo jamás el vodka, que me lo vedan mis convicciones! Figúrense ustedes que fue él, él mismo, quien por su propia mano le dio ese billete de cien rublos a Sofia Semiónovna... Lo vi muy bien, soy testigo de ello, lo declararé así ante los jueces. Él, él —repetía Lebeziátnikov, dirigiéndose a todos en general y a cada uno en particular.

—Pero ¡usted se ha vuelto loco, so papanatas! —gritó Luzhin—. Pero si ella, aquí mismo, delante de usted, en su cara..., ella misma, aquí, hace un instante, en presencia de todos, ha declarado... que, fuera de esos diez rublos, ¡yo no le había dado nada! ¿Cómo entonces he podido yo dárselos?

—¡Yo lo vi, yo lo vi! —gritó y sostuvo Lebeziátnikov—. ¡Y aunque vaya en contra de mis convicciones, estoy dispuesto a declararlo ahora mismo ante el juez que usted quiera, porque vi muy bien cómo usted se lo entregaba a ella con disimulo! ¡Solo que yo, tonto de mí, creía que usted procedería así por nobleza de alma! En la puerta, al despedirse de ella, cuando ella se volvió, usted, mientras le estrechaba una mano, con la otra, con la izquierda, le metía con mucho disimulo el billete en el bolsillo. ¡Yo lo vi! ¡Lo vi!

Luzhin se puso pálido.

—¡Eso es mentira! —exclamó con voz tajante—. ¿Cómo es posible tampoco que usted, que estaba junto a la ventana, pudiese distinguir el billete? Usted se confundió... por culpa de sus ojos cegatos. ¡Usted desvaría!

—¡No, no me he confundido! Aunque estaba algo distante, todo, todo lo vi, y aunque desde la ventana es, en verdad, difícil, efectivamente, distinguir un billete, en eso tiene usted razón; yo, en este caso, pude saber muy bien que se trataba, sin duda alguna, de un billete de cien rublos, porque al darle usted a Sofia Semiónovna el otro billete de diez, lo vi claramente, cogió de encima de la mesa un billete de cien rublos (pude verlo porque estaba entonces cerca de la mesa, y enseguida, por cierto, se me ocurrió una idea; así que luego no pudo olvidársele que tenía usted aquel billete en la mano). Usted lo dobló y lo guardó, apretado en la mano, todo el tiempo. Luego olvidé ese detalle; pero cuando usted se levantó, fue y se lo pasó de la mano derecha a la izquierda, y por poco se le cae; y entonces volví a acordarme, porque otra vez volvía a ocurrírseme la idea de antes, o sea que usted quería darle a ella ese donativo sin que yo me enterase. Puede usted figurarse cómo no le quitaría ojo..., y nada, que vi muy bien cómo usted se lo deslizaba en el bolsillo. Lo vi, lo vi, y estoy dispuesto a declararlo.

Lebeziátnikov estaba casi jadeante. De todos lados empezaron a oírse diversas exclamaciones, expresivas, en su mayor parte, de asombro; pero también se dejaron oír algunas que afectaban tono de amenaza. Todos se agolparon en torno a Piotr Petróvich. Katerina Ivánovna se lanzó hacia Lebeziátnikov.

—¡Andrei Semiónovich! ¡Yo estaba equivocada con respecto a usted! ¡Defiéndala! ¡Usted es el único que la ampara!

¡Es una huérfana; Dios le ha enviado a usted! ¡Andrei Semió-novich, querido, padrecito!

Y Katerina Ivánovna, como trastornada, se echó de rodi-llas a sus pies.

—¡Sandeces! —exclamó, furioso, Luzhin—. Usted no dice más que sandeces, señor. «¡Se me olvidó, me acordé, se me volvió a olvidar»... ¿Qué quiere decir eso? ¿Acaso que yo le deslicé el billete con toda intención? ¿Con qué objeto? ¿A qué fin? ¿Qué hay de común entre mí y esa?...

—¿Que para qué? Eso es, precisamente, lo que no me ex-plico; pero lo que yo acabo de exponer es un hecho cierto, ¡irrefutable! Y hasta tal punto no estoy equivocado, hombre canalla y vil, que recuerdo muy bien cómo, al ver aquello, in-mediatamente hube de formularme esta pregunta, al mismo tiempo que lo felicitaba y estrechaba la mano: ¿Por qué preci-samente se lo habría usted metido a hurtadillas en el bolsillo? Es decir, ¿por qué precisamente a hurtadillas? Como no fue-se porque quería usted ocultarse de mí, sabiendo que yo pro-feso convicciones opuestas y soy enemigo de la beneficencia privada, que nada resuelve de un modo radical. Pues bien: yo decidí que a usted, efectivamente, delante de mí le daba repa-ro ofrecer un pico como ese, y, además, que acaso, pensé tam-bién, quiera darle a ella una sorpresa, asombrarla, cuando se encuentre en su bolsillo nada menos que cien rublos. (Porque a muchos que hacen beneficios les gusta practicar de ese modo sus buenas acciones; me consta). Luego pensé también que deseaba usted ponerla a prueba; es decir, ver si ella, al encon-trárselo, ¡le daba a usted las gracias! Después, todavía, que de-seaba usted evitar las gracias y, bueno, para hacer como dicen: que tu mano derecha... no sepa...; en una palabra: algo por ese estilo. Bueno; por mi mente me cruzaron entonces la mar de pensamientos, que yo resolví meditar después más despacio; pero el caso es que hubo de parecerme poco delicado darle a entender a usted que había sorprendido su secreto. Pero, no obstante, también se me planteó enseguida otra pregunta: «¿Y si Sofia Semiónovna, antes de advertirlo, llegase a perder ese dinero?». Esa fue la razón por que me decidí venir acá, llamarla y avisarla de que le habían metido en el bolsillo cien rublos. Pero antes pasé al cuarto de la señora Kobiliátnikova para llevarle el *Vistazo general al método positivo* y recomendarles particularmente un artículo de Piderit (y también, desde luego, el de Wagner); y, después, ya me vine aquí ¡y me encontré con toda esta historia! Bueno, vamos a ver: ¿hubiera yo podido tener, efectivamente, todas esas ideas y perplejidades, si no hubiese visto que usted le había introducido en el bolsillo los cien rublos?

Cuando Andrei Semiónovich hubo acabado sus locuaces razonamientos, conduciendo con tanta lógica su demostración hasta el final, se quedó muy rendido y hasta le corría el sudor por el rostro. Pero, ¡ay!, que él en ruso no sabía explicarse correctamente (no conociendo, por lo demás, ninguna otra lengua); así que todo lo soltó de un tirón, y hasta parecía haber enflaquecido al dar remate a aquella proeza de abogado. Mas no por ello dejó de causar su perorata extraordinaria impresión. Se había expresado con tanta propiedad, con tal convicción, que era evidente que todos le creían; Piotr Petróvich sentía que su asunto tomaba mal cariz.

—¿Qué tengo yo que ver con que a usted le cruzasen por la cabeza tan estúpidas preguntas? —exclamó—. ¡Eso no prueba nada absolutamente! ¡Todo eso podría usted haberlo soñado, y así habrá sido! ¡Yo le digo a usted que miente, *sudar*! ¡Miente y me calumnia movido de algún resentimiento contra mí; concretamente, de rabia al ver que yo no me adhiero a sus ideas socialistas, librepensadoras y ateas! ¡Eso es!

Pero aquella tergiversación no le fue de ninguna utilidad a Piotr Petróvich. Por el contrario, se oyeron por todas partes murmullos.

—¡Hay que ver adónde has ido a parar!... —exclamó Lebeziátnikov— ¡Mientes! ¡Llama a la policía, y yo declararé bajo juramento! ¡Solo una cosa no acabo de explicarme! ¿Por qué se habrá lanzado a tan ruin acción? ¡Oh, el miserable, el villano!

—¡Yo puedo explicarle a usted por qué se lanzó a semejante bajeza, y si es menester declararé también bajo juramento! —profirió, con firme acento, por fin, Raskólnikov, y dio un paso adelante.

Estaba, en apariencia, sereno y tranquilo. A todos se les hizo claro con solo mirarlo que, efectivamente, sabía de lo que se trataba y que era inminente el desenlace.

—Ahora me lo explico todo —prosiguió Raskólnikov, encarándose directamente con Lebeziátnikov—. Desde el principio del incidente ya me entró la sospecha de que debía de tratarse de algún enredo vil; me entró esa sospecha por efecto de ciertos detalles particulares, que solo yo conocía, y que ahora mismo voy a exponerles a ustedes, porque de ellos deriva la cuestión. ¡Usted, Andrei Semiónovich, con su inapreciable manifestación, me lo ha acabado de explicar todo! Les ruego a todos ustedes, a todos, que me escuchen. Este caballero —y señaló a Luzhin— entabló relaciones hace poco con una señorita, y para decirlo de una vez, con mi hermana, Avdotia Románovna Raskólnikova. Pero a su llegada a Petersburgo, hace tres días, en nuestra primera entrevista, hubo de reñir ya conmigo, y yo lo eché de mi casa, de lo que puedo presentar dos testigos. Este es un hombre malo... Tres días hace ignoraba yo que se hospedaba aquí, en esta pensión, en compañía de usted, Andrei Semiónovich, y que el mismo día que nosotros tuvimos ese altercado hubo de presenciar cómo yo le entregaba, en calidad de amigo del difunto señor Marmeládov, a su viuda, Katerina Ivánovna, una cantidad de dinero para el entierro. Inmediatamente fue él y le escribió una cartita a mi madre notificándole que yo le había dado dinero, no a Katerina Ivánovna, sino a Sofia Semiónovna, y al hacerlo así hablaba en los términos más ruines del... carácter de Sofia Semiónovna; es decir, que aludía a la índole de mis relaciones con Sofia Semiónovna. Todo esto, como ustedes comprenderán, Luzhin lo hacía con el solo fin de indisponerme con mi madre y mi hermana, dándoles a entender que yo derrochaba, con fines censurables, los últimos dineros con que ellas me ayudaban. Anoche, delante de mi madre y mi hermana, y en presencia suya, volví por los fueros de la verdad, demostrando que le había dado aquel dinero a Katerina Ivánovna para el entierro, y no a Sofia Semiónovna, y que a Sofia Semiónovna tres días antes de eso no la conocía ni la había visto nunca. A esto añadí que él, Piotr Petróvich Luzhin, con todas sus preeminencias, no valía lo que el dedo meñique de Sofia Semiónovna, acerca de la que tan mal se expresaba. Pero a su pregunta de si sería yo capaz de sentar a Sofia Semiónovna al lado de mi hermana, respondí que lo había hecho, y, por cierto, aquel mismo día. Furioso al ver que ni mi madre ni mi hermana querían indisponerse conmigo, a pesar de sus chismorreos, se puso a decirles groserías imperdonables. Sobrevino definitivamente la ruptura y lo echaron de la casa. Todo esto ocurrió anoche. Ahora les pido a ustedes especial atención: figúrense que si ahora hubiese logrado probar que Sofia Semiónovna... era una ladrona, en primer lugar les habría demostrado a mi madre y a mi hermana que había tenido razón en sus sospechas, que se había enojado justamente por haber puesto yo a un mismo nivel a mi hermana y a Sofia Semiónovna; que al arremeter contra mí no había hecho otra cosa que defender y velar por la honra de mi hermana, de su prometida. En una palabra: que con todo este enredo podía yo indisponerme ya con mi familia, y se hacía la ilusión de congraciarse así con ella. Sin contar con que también se vengaba de ese modo personalmente de mí, ya que tiene fundamento para suponer que la honra y la felicidad de Sofia Semiónovna me son muy caras. ¡Ahí tiene usted la cuenta que se hacía! ¡Así me explico yo todo este asunto! ¡Esa es toda la razón y no puede haber otra!

En estos o parecidos términos puso remate Raskólnikov a su discurso, interrumpido a cada paso por las exclamaciones de los circunstantes, que lo escuchaban atentos. Pero, no obstante todas esas interrupciones, él se había expresado con entereza y tranquilidad, en palabras exactas, claras y firmes. Su voz vibrante, su acento de convicción y su severo rostro produjeron en todos extraordinaria impresión.

—¡Eso es, eso es, eso es! —asintió Lebeziátnikov, entusiasmado—. No tenía más remedio que ser eso, porque apenas hubo entrado en nuestro cuarto Sofia Semiónovna, me preguntó que si estaba usted aquí, que si no lo había visto yo a usted entre los comensales de Katerina Ivánovna. Me llevó expresamente para esto a la ventana, y allí me hizo la pregunta por lo bajo. ¡Por lo visto le hacía muchísima falta que usted estuviese aquí! ¡Eso es, así se explica todo!

Luzhin, en silencio y despectivamente, sonreía. Por lo demás, estaba muy pálido. Parecía como si estuviese meditando el modo de salir del aprieto. Es posible que de buena gana lo hubiese dejado todo y echado a correr; solo que en aquel instante tal cosa habría sido casi imposible, pues habría equivalido a reconocerse culpable de la doble acusación y confesar que, efectivamente, había calumniado a Sofia Semiónovna. Además, que los presentes, que ya habían empinado el codo en la mesa, estaban muy excitados. El oficial retirado, aunque en el fondo no acababa de comprender del todo, gritaba más que ninguno y proponía la adopción de medidas muy desagradables para Luzhin. Pero había algunos que no estaban borrachos, sino que habían acudido y reunido de todas las habitaciones. Los tres polacos estaban terriblemente acalorados y le gritaban sin cesar: *Pane laidák!*[*], refunfuñando de paso algunas amenazas en polaco. Sonia había escuchado con esfuerzo, pero tampoco parecía haberlo comprendido todo, y se habría dicho que en sí salía de un desmayo. Lo único que hacía era no apartar sus ojos de Raskólnikov, sintiendo que en él se cifraba todo su amparo. Katerina Ivánovna alentaba con estertóreo jadear y daba muestras de terrible agotamiento. La

[*] *«Pane laidák!»*: ¡Señor rufián!

más torpe de todos era Amalia Ivánovna, que estaba allí con la boca abierta y sin entender nada. Solo veía que Piotr Petróvich había dado un mal paso. Raskólnikov volvió a pedir que lo dejaran hablar, pero no le dieron tiempo a terminar; todos gritaban y se agolpaban en torno de Luzhin con insultos y amenazas. Pero Piotr Petróvich no se intimidaba. Al ver que la partida de la inculpación a Sonia estaba definitivamente perdida, apeló al recurso del desparpajo:

—¡Hagan ustedes el favor, *gospodá*[*]; hagan ustedes el favor; no empujen de este modo y déjenme pasar! —dijo, abriéndose paso por entre la concurrencia—. Y hagan también el favor de no amenazar; les aseguro que no pasará nada, que nada haréis, pues yo no soy ningún tímido chico de diez años y, por el contrario, tendrán ustedes que responder de haber tratado por la violencia de encubrir un delito. El robo está más que probado, y yo llevaré adelante el asunto. Los jueces no son tan ciegos ni... borrachos, y no les darán fe a esos dos declarados ateos, rebeldes y librepensadores que me inculpan por motivos de personal venganza, lo que ellos mismos, de puro estúpidos que son, reconocen... ¡Conque vaya, permítanme ustedes!...

—Que inmediatamente quede libre mi cuarto de su aliento; ¡haga el favor de despejar el campo y desde este momento todo ha terminado entre nosotros! ¡Y pensar que yo me he desgañitado exponiéndole... dos semanas enteras!

—Tenga usted presente que yo mismo le dije a usted que me iba antes que usted me echase; ahora únicamente añadiré que es usted una acémila. ¡Le deseo que se cure el alma y sus ojillos cegatos! ¡Permitan ustedes, *gospodá*!

Se abrió paso por entre las apreturas; pero el oficial retirado no se avino a dejarlo escapar así como así, solo con insultos, y cogiendo de encima de la mesa un vaso, lo voleó y se lo arrojó a Piotr Petróvich; pero el vaso voló en derechura a

[*] «... ustedes el favor, *gospodá*»: señores.

Amalia Ivánovna. Esta lanzó un chillido y el oficialete, que en el envite había perdido el equilibrio, rodó y fue a parar debajo de la mesa. Piotr Petróvich se fue a su cuarto, y media hora después ya no estaba en la casa. Sonia era tímida por naturaleza, y sabía de antemano que a ella la podían perder más fácilmente que a nadie, y que cualquiera podía ofenderla sin exponerse a castigo. Pero, no obstante, hasta aquel mismo momento le había parecido que se podía conjurar la desgracia con prudencia, humildad y sumisión para con todos. Su desencanto le resultó muy duro. Cierto que con paciencia y casi sin rechistar había podido aguantarlo todo..., incluso eso. Pero en el primer instante se le hizo demasiado duro. A pesar de su triunfo y de su justificación, cuando se le pasó el susto y estupor primeros, cuando pudo comprender y verlo todo claro, un sentimiento de desamparo y afrenta le encogió dolorosamente el corazón. Le entró un ataque de histerismo. Finalmente no pudo ya más; se salió corriendo del cuarto y se encaminó a su casa. Fue aquello casi a renglón seguido de haberse retirado Luzhin. Amalia Ivánovna, cuando entre las sonoras risas de los circunstantes fue a darle a ella el vaso, tampoco pudo contenerse para no hacerle pagar a otro lo del borracho. Dando un alarido, como furiosa, se abalanzó a Katerina Ivánovna, considerándola la culpable de todo:

—¡Váyase de mi casa! ¡Ahora mismo! ¡Largo! —Y así diciendo, empezó a coger cuanto hallaba al alcance de su mano, propiedad de Katerina Ivánovna, y a arrojarlo al suelo. Katerina Ivánovna, que ya sin eso estaba extenuada y poco menos que desvanecida, alentaba penosamente y tenía el rostro lívido, saltó de la cama (en la que se había dejado caer rendida) y se lanzó hacia Amalia Ivánovna. Pero la lucha era harto desigual: aquella se la sacudió como una plumilla.

—¡Cómo! ¡Cual si fuera poco esa impía calumnia contra la otra..., ahora esta tía la emprende conmigo! ¡Cómo! ¡El mismo día del entierro de mi marido echarme del cuarto, después de mi comida, a la calle con mis huérfanos! Pero ¿adónde voy yo? —clamaba, sollozaba y jadeaba la pobre mujer—. ¡Señor! —gritó de pronto, echando fuego por los ojos—. ¿Es que no existe la justicia? ¿A quién defenderás Tú si no nos defiendes a nosotros, huérfanos? Pero ¡ya lo veremos! ¡Hay en el mundo jueces y justicia, a ellos iré! ¡Ahora mismo, aguarda, bruja, atea! Pólechka, quédate un momento al cuidado de los niños, que enseguida vuelvo. ¡Aguárdenme ustedes, aunque sea en la calle! ¡Vamos a ver si hay justicia en el mundo!

Y echándose a la cabeza aquel mismo pañuelo verde a cuadros, al que hiciera mención en su relato el difunto Marmeládov, Katerina Ivánovna se abrió paso por entre la revuelta y ebria pandilla de vecinos, que aún seguían apiñados en la habitación, y entre llantos y sollozos se echó a la calle, con la vaga intención de ir a cualquier parte, enseguida, y, fuera como fuese, a dar con la Justicia. Pólechka, asustada, se acurrucó con los chicos en un rincón, encima del cofre, donde, abrazándose a los dos hermanitos, toda temblona, se puso a aguardar la vuelta de la madre. Amalia Ivánovna iba de un lado para otro por la habitación; chillaba, alborotaba, lanzaba al suelo cuanto cogía a mano, y profería insolencias. Los vecinos hablaban a grito pelado y desatinadamente*. Algunos decían lo que habían entendido del incidente; otros discutían y se insultaban; algunos entonaban canciones...

«Ahora me toca a mí —pensó Raskólnikov—. Vamos a ver, Sofia Semiónovna: ¿qué tiene usted ahora que decir?».

Y se encaminó al domicilio de Sofia.

IV

Raskólnikov había hecho de activo y valiente abogado de Sonia contra Luzhin, no obstante albergar él mismo horror y

---

* «... hablaban a grito pelado y desatinadamente». En el original ruso dice literalmente: «gritaban los unos, del bosque; los otros, de la leña».

dolor especiales en su alma. Pero después de haber sufrido tanto aquella mañana, parecía como si acogiese con júbilo la ocasión de cambiar impresiones, que se le habían hecho insoportables, sin hablar de cuanto había de personal y cordial en su impulso para defender a Sonia. Además, tenía la mira puesta, y esto le atormentaba de un modo feroz, a veces, sobre todo, en su inminente entrevista con Sonia: *debía* explicarle quién había matado a Lizaveta, y presentía una terrible tortura para él, y parecía como si se le cayesen los brazos. Y por eso, cuando al salir de casa de Katerina Ivánovna lanzó aquella exclamación: «Bueno; ¿vamos a ver qué dice usted ahora, Sofia Semiónovna?», se encontraba todavía bajo el influjo del estado de animación interior de su valentía, reto y reciente victoria sobre Luzhin. Pero le ocurrió una cosa rara. Al llegar al piso de Kapernaúmov le entraron de pronto desánimo y susto. Pensativo, se detuvo ante la puerta, formulándose esta extraña pregunta: «¿Era de veras necesario revelar quién había asesinado a Lizaveta?». La pregunta era rara, porque él, de pronto, al mismo tiempo, sentía que no solo era imposible no revelarlo, sino que, además, era imposible también demorar ese instante, por poco que fuera. No sabía aún por qué fuese imposible; no hacía más que *sentirlo*, y esa penosa confesión de su cobardía ante lo imprescindible casi lo agobiaba. Para no perderse en cavilosidades y no torturarse, se dio prisa a abrir la puerta, y desde el umbral buscó con la vista a Sonia. Esta estaba sentada, de codos sobre el velador, y se ocultaba el rostro con las manos; pero al ver a Raskólnikov, se levantó enseguida y corrió a su encuentro, cual si hubiese estado aguardándolo.

—¿Qué habría sido de mí sin usted? —exclamó, presurosa, volviendo con él al centro de la estancia. Era evidente que era esto lo que le corría más prisa decirle. Luego se quedó aguardando.

Raskólnikov se acercó a la mesa y se sentó en una silla, la misma que ella acababa de dejar. Ella estaba en pie ante él, a dos pasos de distancia, lo mismo exactamente que el día antes.

—¿Y qué, Sonia? —dijo él, y de pronto sintió que la voz le temblaba—. Vea usted: todo ese enredo se basaba en su «posición social y costumbres a ella inherentes». ¿Lo ha comprendido usted así?

En el rostro de la joven se reflejaba el dolor.

—¡No vaya usted a hablarme como ayer! —le interrumpió—. Por favor, no empiece usted ya así. Ya he sufrido bastante...

Y enseguida sonrió, cual temerosa de que aquel reproche no fuese de su agrado.

—Como aturdida me vine de allí. ¿En qué quedó aquello? Hace un momento estuve tentada de volver, pero pensé que... usted vendría.

Él le refirió cómo Amalia Ivánovna los había echado del cuarto y cómo Katerina Ivánovna se había lanzado a la calle «en demanda de justicia».

—¡Ah, Dios mío! —exclamó Sonia—. Vamos allá enseguida...

Y cogió su chal.

—¡Siempre lo mismo! —exclamó Raskólnikov, malhumorado—. ¡Usted solo los tiene en el pensamiento a ellos! ¡Estese aquí un poco conmigo!

—Pero... ¿y Katerina Ivánovna?

—Katerina Ivánovna no puede pasar sin usted: ella misma vendrá a buscarla, ya que salió de la casa —añadió bruscamente—. Si viene y no la encuentra, usted tendrá la culpa...

Sonia, con penosa indecisión, se sentó en otra silla. Raskólnikov callaba, fija la vista en el suelo, y parecía reflexionar.

—Supongamos que Luzhin no lo deseara... —empezó, sin mirar a Sonia—. Pero si lo hubiese querido y hubiese entrado en sus cálculos..., habría podido recluirla a usted en una cárcel, de no ser por mí y por Lebeziátnikov, ¿verdad?

—¡Sí! —asintió ella con voz débil—. ¡Sí! —repitió ensimismada y alarmada.

—¡Pudiera haber ocurrido, efectivamente, que yo no me hubiese encontrado allí! Cuanto a Lebeziátnikov, fue una casualidad que volviera.

Sonia guardaba silencio.

—Bueno; y vamos a ver, si la hubieran recluido a usted en un penal, ¿qué habría pasado entonces? ¿Recuerda usted lo que anoche le dije?

Tampoco contestó ella. Él aguardó.

—Yo pensaba que usted iba a salir gritando enseguida: «¡Ah, no hable usted así, no siga!» —dijo, sarcástico, Raskólnikov, pero algo forzadamente—. ¿Cómo? ¿Continúa el silencio? —inquirió pasado un minuto—. Mire que de algo hay que hablar. Yo tendría especial interés en saber cómo resolvía usted esa «cuestión», como Lebeziátnikov dice. —Empezaba a enfurruñarse—. No; en el fondo, yo le hablo seriamente. Imagine usted, Sonia, que usted hubiese sabido todas las intenciones de Luzhin por anticipado, que hubiera usted sabido (es decir, fijamente) que ese tío iba a causar la perdición de Katerina Ivánovna y de sus hijos, y la de usted también de *rechazo* (ya sé que usted no se cuenta por nada; por eso digo de *rechazo*). Y también la de Pólechka..., porque también ella ha de seguir ese camino. Bueno; ahí está: si de pronto dependiese de usted resolver todo esto, si él o los otros habían de continuar en el mundo, es decir, si había de seguir viviendo Luzhin y cometiendo maldades, o de morir Katerina Ivánovna, ¿qué habría usted decidido, a cuál de ellos había destinado a perecer? Se lo pregunto.

Sonia, con inquietud, fijó en él la mirada; percibía algo especial en aquellas palabras inseguras y que de lejos parecían sugerir otra cuestión.

—Yo ya me figuraba que había usted de preguntarme algo por el estilo —dijo, mirándole curiosa.

—Está bien; pase; pero ¿qué resolvería usted?

—¿Por qué me pregunta usted lo que es imposible? —dijo Sonia con disgusto.

—Probablemente, optaría usted por dejar que Luzhin viviera y continuase haciendo canalladas. ¿Es que no se atreve usted a decirlo?

—Es que yo no puedo conocer los secretos de la Providencia divina... Pero ¿por qué me pregunta usted lo que no es posible preguntar? ¿Cómo podría suceder el que nada de eso dependiese de mi resolución, ni quién me ha puesto a mí de juez para que decida quién debe vivir y quién no?

—En mediando la divina Providencia, ya no harás nada —exclamó, malhumorado, Raskólnikov.

—¡Diga usted mejor, con toda franqueza, qué es lo que quiere! —exclamó, dolorida, Sonia—. Usted seguramente anda fraguando algo... ¿Será que solo ha venido a atormentarme?

No pudo contenerse, y, de pronto, se echó a llorar. Con sombría tristeza la miró él. Transcurrieron cinco minutos.

—Mira: tienes razón, Sonia —dijo él quedo, por último. Cambió súbitamente: aquel tono suyo de fingida insolencia y provocación impotente desapareció. Hasta la voz se le volvió más débil—. Ya te dije yo anoche que no había venido a pedirte perdón; pero con eso ya había empezado casi a pedírtelo... Eso de Luzhin y la Providencia lo decía yo para mí... ¡Por eso pedía yo perdón, Sonia!

Hizo por sonreír; pero había algo de desalentado y de incompleto en su pálida sonrisa. Bajó la cabeza y se cubrió el rostro con las manos.

Y, de pronto, un extraño e inopinado sentimiento como de odio acerbo a Sonia le cruzó por el corazón. Cual si se asombrase y asustase de ese sentimiento, levantó de pronto la cabeza y la miró a ella de hito en hito; pero hubo de encontrarse con la mirada de la joven, inquieta y preocupada hasta el tormento: allí había amor; su odio desapareció como un fantasma. No era lo que él pensaba: había tomado un sentimiento por otro. Eso solo significaba que el *momento* era llegado.

De nuevo se cubrió la cara con las manos y bajó la cabeza. De pronto se puso pálido, se levantó de la silla, se quedó mirando a Sonia y, sin decir nada, se sentó maquinalmente en su lecho.

Aquel minuto era terriblemente parecido a aquel otro en que él estaba detrás de la vieja, después de haber sacado ya del nudo corredizo el hacha, y sentía que ya no «había un momento que perder».

—¿Qué le pasa a usted? —inquirió Sonia, terriblemente asustada.

Nada pudo él decir. En modo alguno, en modo alguno se había propuesto *explicar así* aquello, y él mismo no habría podido decir lo que le pasaba. Ella, despacito, se llegó a él, se sentó en la cama a su lado y aguardó, sin quitarle ojo. El corazón le palpitaba y le daba vuelcos. Aquello era insoportable; él volvió hacia ella su rostro, mortalmente pálido; sus labios, sin fuerzas, se crispaban, pugnaban por decir algo. Pavor penetró en el corazón de Sonia.

—¿Qué le pasa a usted?... —repitió, apartándose de él un poco.

—Nada, Sonia. No te asustes. Desatinos. Verdaderamente, si se piensa en ello... —balbució con aspecto de hombre que no se da cuenta de que delira—. ¿Por qué habré yo venido a atormentarte? —añadió, de pronto, mirándola—. Verdaderamente, ¿por qué? Yo no hago más que hacerme esa pregunta, Sonia.

Es posible que se hubiese hecho ya esa pregunta un cuarto de hora antes; pero ahora hablaba con absoluto decaimiento, sin apenas darse cuenta de lo que decía, y experimentando un continuo temblor en todo el cuerpo.

—¡Oh, y cómo sufre usted! —dijo ella, compasiva, mirándolo.

—¡Todo eso es absurdo! Oye una cosa, Sonia —sonrió de pronto, por algún motivo, pálido y exánime, por espacio de dos segundos—: ¿recuerdas lo que anoche quería yo decirte?

Sonia, inquieta, aguardaba.

—Te dije, al irme, que quizá me despidiese de ti para siempre; pero que, si venía hoy, te diría... quién mató a Lizaveta.

Ella se echó a temblar, de pronto, con todo su cuerpo.

—Bueno; pues he venido a decírtelo.

—Efectivamente..., usted, anoche... —balbució ella con dificultad—. Pero ¿cómo lo sabe usted? —inquirió rápidamente, como dándose cuenta de pronto.

Sonia empezaba a respirar penosamente. Tenía el semblante cada vez más pálido.

—Lo sé.

Ella guardó silencio un minuto.

—¿Es que lo han encontrado?... —preguntó tímidamente.

—No; no lo han encontrado.

—Entonces ¿cómo es que usted *lo sabe*? —volvió a inquirir con voz apenas perceptible y también tras un minuto de silencio.

Él se volvió a ella, y fijo, fijo, se quedó mirándola.

—Adivínalo —dijo con la misma sonrisa crispada y sin fuerzas de antes.

Parecía como si una convulsión le corriese por todo el cuerpo.

—Pero ¿usted..., a mí..., por qué me... asusta de ese modo? —exclamó ella, sonriendo como una niña.

—Puede que yo sea muy amigo de él... cuando lo sé —prosiguió Raskólnikov, y continuó mirándola al rostro, cual si le faltasen los bríos para apartar ya la mirada—. Él a Lizaveta... no quería matarla... La mató de puro desesperado... A la vieja era a la que quería matar... cuando estaba sola..., y fue... Pero en aquel instante llegó Lizaveta... Él estaba allí... y la mató...

Transcurrió un minuto espantoso. Ambos se miraron el uno al otro.

—¿De modo que no puedes adivinar? —inquirió él de pronto, con la misma sensación que si se arrojase de cabeza desde lo alto de una torre.

—No..., no —balbució Sonia con voz apenas perceptible.

—Pues mira bien.

Y apenas había pronunciado esas palabras, cuando otra vez aquella sensación ya conocida le heló el alma de pronto; la miró a ella, y de repente, en su rostro, le pareció ver el rostro de Lizaveta. Recordaba con toda claridad la expresión de la cara de Lizaveta cuando él se acercó a ella con el hacha y ella se apartó retrocediendo hacia la pared, extendiendo la mano, con un susto totalmente pueril en el semblante, exactamente igual que un niño pequeño cuando, de pronto, empiezan a asustarlo con algo, y de un modo tenaz e inquieto fija los ojos en el objeto de su terror, retrocede y, tendiendo la manecita hacia delante, se dispone a llorar. Pues, poco más o menos, así le ocurría ahora a Sonia; con el mismo desvalimiento, con el mismo pavor, le estuvo mirando algún rato, y de pronto, extendiendo hacia delante la mano izquierda ligeramente, como apuntándole a él con los dedos al pecho, y poco a poco fue levantándose de la cama y apartándose cada vez más de él y con su mirada inmóvil, fija en sus ojos. Su pavor se le contagió a él de pronto, idéntico espanto se reflejó en su rostro; también se quedó mirándola fijo y casi también con aquella misma sonrisa *pueril*.

—¿Adivinaste? —balbució finalmente.

—¡Señor!

Y un terrible sollozo se le escapó a ella del pecho. Exánime se desplomó en el lecho, de bruces sobre la almohada. Pero, pasado un instante, se incorporó rápidamente, se volvió ligera hacia él, lo cogió de ambas manos y, apretándoselas fuerte, como en una tuerca, con sus finos deditos, se quedó nuevamente mirándolo de un modo fijo, como pegada a él. Con aquella postrera y desolada mirada ansiaba ella descubrir algún último motivo de esperanza. Pero no los había de esperanza alguna: dudar era imposible; todo había sido *así*. Incluso después, más adelante, cuando ella recordaba aquel momento, le parecía raro y singular, porque precisamente vio ella así, *de un golpe*, que no había duda alguna. ¿Podía ella decir que había presentido algo semejante? Y, sin embargo, ahora, no bien él le hubo dicho aquello, cuando de pronto le pareció a ella que ya antes lo había presentido.

—¡Basta, Sonia, basta!... ¡No me atormentes! —imploró él, dolorido.

En modo alguno, en modo alguno había pensado hacerle así la revelación; pero *así* fue.

Como enajenada, saltó del lecho ella, y, juntando las manos, se dirigió hasta el centro de la habitación; pero rápidamente se volvió luego y tornó a sentarse al lado de él, casi hombro con hombro. De pronto, como transfigurada, se estremeció, lanzó un grito y se arrojó, sin saber ella misma por qué, a sus pies, de rodillas.

—¿Qué ha hecho usted, qué ha hecho usted contra sí mismo? —clamó desolada, y se levantó de su postración, se abalanzó a su cuello, se abrazó a él fuerte, fuerte, lo ciñó con sus manos.

Raskólnikov retrocedió y la miró con triste sonrisa.

—¡Qué rara eres, Sonia! Me abrazas y me besas cuando acabo de decirte *eso*. Tú no me comprendes.

—No, no; es que tú eres ahora más desdichado que nadie en el mundo —exclamó ella, como fuera de sí, sin atender a sus observaciones. Y de pronto rompió a llorar de un modo entrecortado, como atacada de histerismo.

El ya de largo tiempo desconocido para él sentimiento del dolor penetró en su alma, y de una vez se la ablandó. No le opuso resistencia; dos lágrimas brotaron de sus ojos y quedaron colgando de sus pestañas.

—¿De modo que no me abandonarás, Sonia? —dijo, mirándola casi sin ninguna esperanza.

—¡No, no; nunca y en parte alguna! —clamó Sonia—. ¡Detrás de ti iré, a todas partes te seguiré! ¡Oh, Señor!... ¡Oh, y qué desdichada soy!... ¿Y por qué, por qué no te habré conocido antes? ¿Por qué no vendrías? ¡Oh, Señor!

—Pues ya vine.

—¡Ahora! ¡Oh, qué hacer ahora! ¡Juntos, juntos!... —repetía ella como enajenada y tornando a abrazarlo— ¡Al presidio iré contigo!

De pronto pareció él sentir una puntada, y la sonrisa odiosa y casi altanera de antes asomó a sus labios.

—Yo, Sonia, todavía es posible que no quiera ir al presidio —dijo.

Sonia le lanzó una mirada rápida.

Después de la primera compasión dolorosa y lacerante por el desdichado, otra vez la horrible idea del crimen volvía a espantarla. En el cambio de tono de voz de él había percibido, de pronto, al asesino. Lo miró estupefacta. Ella ignoraba todavía por qué, ni cómo, ni para qué habría sido ello. Ahora todas aquellas preguntas se agolparon de pronto a su conciencia. Y de nuevo se negó a creer: «¿Él, él asesino? Pero ¿es eso posible?».

—Pero ¡qué es esto! ¿Dónde estoy? —exclamó con honda perplejidad, cual si aún no hubiera vuelto en sí—. Pero ¿cómo usted, *siendo* como es, pudo decidirse a eso? ¿Por qué fue?

—¡Pues por robar! ¡No sigas, Sonia! —replicó él con cierto cansancio y cierto enojo.

Sonia estaba aterrada; pero, de pronto, exclamó:

—¡Tenías hambre! ¿Tú... para ayudar a tu madre?... ¿Sí?

—No, Sonia, no —murmuró él, volviéndose y dejando caer la cabeza—. No tenía tanta hambre... Yo, efectivamente, quería ayudar a mi madre; pero... tampoco eso es del todo verdad... ¡No me atormentes, Sonia!

Sonia chocó sus manos una contra otra.

—Pero ¿es posible que todo esto sea verdad?... ¡Señor, qué verdad!... ¿Quién podría darle fe?... ¿Y cómo, cómo usted mismo, que da lo último que le queda, ha matado para robar?... ¡Ah! —tornó a gritar de pronto—. Ese dinero que le dio usted a Katerina Ivánovna..., ese dinero... Señor, sí, esos dineros...

—No, Sonia —se apresuró él a atajarla—. Ese dinero no era aquel; estate tranquila. Ese dinero me lo había enviado a mí mi madre a través de un comerciante y lo recibí estando enfermo, el mismo día que lo di... Razumijin lo vio; él lo recibió en mi nombre. Ese dinero era mío, mío particularmente, verdaderamente mío.

Sonia lo escuchaba perpleja y hacía acopio de fuerzas para concentrar sus pensamientos.

—Cuanto a *aquel* dinero..., yo, después de todo, ni siquiera sé si allí había dinero —añadió él en voz queda y como para sí—. Yo me llevé de allí un portamonedas, que llevaba al cuello, de gamuza..., atestado, repleto el tal bolsito..., y no vi lo que tenía dentro: no tuve tiempo; así debió de ser... Bueno, y algunas prendas, casi todos gemelos, cadenillas... Todos esos objetos, en unión del bolso, los dejé en un patio de una casa desconocida, en el *próspekt* V***, enterrados debajo de una piedra, a la mañana siguiente... Todo estará allí todavía...

Sonia lo escuchaba con todas sus fuerzas.

—¿De modo que para..., usted mismo ha dicho que para robar, y no se llevó nada? —inquirió ella rápidamente, asiéndose a una arista.

—No sé... Todavía no he decidido si cogeré o no cogeré ese dinero... —Volvió a callar, como pensativo, y de pronto, percatándose, sonrió irónica y rápidamente—: ¡Ah, pero qué estupideces acabo de decir!

Por la mente de Sonia cruzó una idea: «¿No estará loco?». Pero inmediatamente la ahuyentó. No; aquello era otra cosa. ¡Vaya, que no acababa de comprender aquel enredo!

—Mira, Sonia —dijo él, de pronto, con una suerte de inspiración—; mira lo que voy a decirte: si yo solamente hubiese matado por estar pasando hambre —prosiguió, recalcando cada palabra y mirándola de un modo enigmático, pero sincero—, entonces, ahora... ¡sería *feliz*! Tenlo presente... Pero ¿a ti qué más te da, qué más te da? —exclamó él al cabo de un momento, mirándola con una suerte de desesperación—. ¿Qué más te da a ti el que yo acabe de reconocer que hice mal? ¿A qué viene ese estúpido triunfo sobre mí? ¡Ah, Sonia, por qué vendría ahora a verte!

Sonia otra vez quiso decir algo, pero guardó silencio.

—Yo anoche te invité a venir conmigo, porque eres lo único que me queda.

—¿Adónde querías llevarme?... —inquirió Sonia, tímida.

—Ni a robar ni a matar; no te apures, a nada de eso. —Sonrió acremente—. Nosotros somos dos seres distintos... Y mira, Sonia: hasta ahora mismo, hasta hace un instante no he comprendido *adónde* quería llevarte anoche. Anoche, cuando te invitaba a venir conmigo, no sabía yo mismo adónde. Solo para una cosa te llamaba, solo por una cosa había venido: para que no me abandonases. ¿No me abandonarás, Sonia?

Ella le apretó la mano.

—Pero ¿por qué, por qué le diría a ella, por qué le revelaría?... —exclamó él, desesperado, al cabo de un minuto, mirándola con tortura infinita—. Tú aguardas de mí una explicación, Sonia; estás ahí y aguardas, bien lo veo; pero ¿qué voy a decirte? Porque mira: tú no habrías de comprender nada, y no harías más que sufrir en todo tu ser por mi culpa. ¡Ea!, bueno; ya estás otra vez llorando y abrazándome... Vamos a ver: ¿por qué me abrazas? Porque yo mismo no pude aguantar más y vine a desahogarme con otro: «Sufre tú también, y a mí me será más leve». ¿Y puedes tú amar, di, a un hombre tan ruin?

—Pero ¿es que tú también no sufres? —exclamó Sonia.

Otra vez el sentimiento del dolor traspasó su alma y se la ablandó en un instante.

—Sonia, yo soy malo, tenlo presente: esto puede explicar muchas cosas. Por eso vine, porque soy malo. Más de uno no habría venido. Pero yo soy cobarde y ruin. Pero... ¡bueno!... Todo esto no es de lo que se trata... Ahora es preciso hablar, y no sé por dónde empezar...

Se detuvo y recapacitó:

—¡Ah, nosotros somos seres distintos! —exclamó de nuevo—. No hacemos buena pareja. ¿Y por qué, por qué vendría yo? ¡Nunca me lo perdonaré!

—No, no; eso de que vinieses estuvo bien —exclamó Sonia—. Era mejor que yo supiese. ¡Mucho mejor!

Él la miró dolorosamente.

—Así es, en verdad —dijo él, como pensativo—. Así tenía que ser. Oye una cosa: yo quería ser un Napoleón... Por eso maté... Vaya, ¿comprendes ahora?

—¡No..., no! —balbució Sonia, ingenua y tímida—. Pero ¡habla, habla! ¡Yo lo comprenderé, lo entenderé todo *dentro de mí*! —le rogó.

—¿Qué comprenderás?... Bueno; está bien; ya veremos.

Guardó silencio y se quedó pensativo.

—La cosa es esta: yo me hice una vez esta pregunta: «Si Napoleón, por ejemplo, se encontrase en mi lugar y no hubiese tenido, para empezar su carrera, ni Tolón, ni Egipto, ni el paso del Mont-Blanc, y en vez de todas esas cosas bellas y monumentales hubiese tenido sencillamente a una viejecilla ridícula viuda de un asesor, a la cual viuda fuera preciso matar para sacarle los dineros del arca (para hacer su carrera, ¿entiendes?), vamos a ver, ¿qué habría hecho él entonces, si no le quedaba otro recurso? ¿No le habría dado vergüenza de que aquello fuera demasiado poco monumental... y delictivo?». Bueno; yo te confieso que esa «cuestión» me estuvo atormentando largo tiempo horriblemente, y que sentí una vergüenza atroz, cuando, al fin, adiviné (como de pronto) que a él no solo no le hubiera dado vergüenza, sino que ni siquiera le había pasado por el pensamiento que aquello no era monumental..., y hasta no habría comprendido en absoluto por qué había de darle vergüenza. Y puesto que no tenía otro recurso, habría estrangulado sin el menor reparo, sin pararse a reflexionar... Bueno; pues yo ahuyenté mis reflexiones..., maté..., a ejemplo de la autoridad. Y esto fue exactamente como te digo. ¿Te parece grotesco? Sí, Sonia; puede que lo más grotesco de todo sea el que así precisamente haya sido...

Sonia no reía en absoluto.

—Mejor sería que me hablase usted francamente, sin ejemplos —rogó ella con mayor timidez y con voz apenas perceptible.

Él se volvió, la miró tristemente y le cogió una mano.

—También ahora tienes razón, Sonia. Todo esto es un absurdo, casi pura verbosidad. Mira: tú sabes que mi madre apenas cuenta con nada. Mi hermana ha recibido educación por casualidad, y se ve condenada a trabajar como institutriz. Todas sus esperanzas se cifraban únicamente en mí. Yo estudiaba, pero no podía seguir costeándome la universidad, y por algún tiempo tuve que dejarla. Aun suponiendo que hubiese seguido allí, al cabo de diez años, al cabo de doce (acaso, de habérseme dado bien las cosas), habría podido colocarme de profesor o de empleado con mil rublos de sueldo... —Hablaba como quien recita una lección—. Pero, entre tanto, mi madre se habría quedado en los huesos a fuerza de preocupaciones y penas, y yo no habría podido proporcionarle la tranquilidad; en cuanto a mi hermana..., bueno..., a mi hermana habría podido ocurrirle algo todavía peor. Vaya un gusto pasar de largo toda la vida ante todas las cosas y de todo privarse, abandonar a su madre y la afrenta de la hermana llevarla honrosamente. ¿Para qué? ¿Para, después de enterrarlas a ellas, poder fundar otro hogar..., mujer e hijos, y también luego dejarlos sin un *grosch* ni un pedazo de pan? ¡Vaya..., vaya! Así que yo decidí apoderarme de los dineros de la vieja, servirme de ellos en los primeros años de mi carrera, no hacer sufrir a mi madre con mi salida de la universidad... y hacerlo todo de un modo amplio, radical, de suerte que pudiera arreglarme de una nueva carrera y marchar por un camino nuevo, independiente... Bueno, bueno...; eso es todo... Desde luego, naturalmente que maté a la vieja... Hice mal; pero... ¡basta!

Con cierto decaimiento llegó al final de su relato y bajó la cabeza.

—¡Oh, no es eso, no es eso! —exclamó Sonia con pena—. Acaso podría ser así... ¡No, no es así, no lo es!

—Tú misma ves que no es así... Pero mira: yo te he contado sinceramente la verdad.

—Pero ¿qué verdad es esa?... ¡Oh, Señor!

—Pero mira: solo maté un piojo, Sonia; inútil, repugnante, dañino.

—¡Ese piojo era un ser humano!

—Ya sé yo que no era un piojo —respondió él, mirándola de un modo extraño—. Pero, por lo demás, miento. Sonia —añadió—; hace mucho tiempo que miento... No era eso; tú decías bien. Había otras razones totalmente, totalmente distintas... Yo llevaba mucho tiempo sin hablar con nadie, Sonia... La cabeza, ahora, me duele mucho.

Los ojos le centelleaban con un fuego febril. Empezaba casi a delirar; una inquieta sonrisa erraba por sus labios. Por entre su estado de excitación psíquica se traslucía una terrible extenuación. También a ella empezaba a darle vueltas la cabeza. Y hablaba él de un modo tan raro... Algo podía vislumbrarse; pero... «¿Qué sería?... ¿Qué sería aquello? ¡Oh, Señor!». Y, desolada, dejaba caer los brazos.

—¡No, Sonia; no es eso! —empezó él de nuevo, alzando la cabeza, cual si un nuevo giro de su pensamiento le sorprendiese y tornase a reanimarlo—. ¡No era eso! Más vale suponer... (¡así, más vale, efectivamente!), suponer que yo soy fatuo, envidioso, malo, ruin, vengativo, sí..., y, además, algo propenso también a la locura. (Concedámoslo todo de una vez. Por efecto de la locura hablé antes así. No me pasó inadvertido). Bueno; yo te dije antes que no podía continuar costeándome los estudios en la universidad. Pues mira: ¿sabes que quizá habría podido? Mi madre me mandaba, para que allí siguiera, lo que era menester, y para calzado, ropa y pan yo habría podido ganarlo seguramente. Me salían lecciones:

me ofrecían un *poltinnik**. También trabajaba Razumijin. Pero yo me enfurruñaba y no quería. Me *enfurruñaba* (esa es la palabra exacta). Y como una araña, iba y me acurrucaba en mi rincón. Tú ya has estado en mi tabuco, lo has visto... ¿Y sabes tú, Sonia, que los cuartuchos bajos de techo y angostos encogen el alma y el espíritu? ¡Oh, y qué odio le tenía yo a ese mechinal! Y, sin embargo, no quería salir de él. Me pasaba veinticuatro horas seguidas sin salir, y no quería trabajar ni comer. Solo deseaba estar tumbado. Si me llevaba algo Nastasia, comía; si no me traía nada, así me pasaba el día entero: de pura rabia, no le pedía nada. Por las noches no tenía lumbre: me estaba acostado en la oscuridad, y ni para alumbrarme quería trabajar. Necesitaba estudiar, y había vendido los libros, y encima de la mesa, sobre apuntes y sobre los cuadernos, había un dedo de polvo. Yo prefería estar tendido y pensar. Y no hacía más que cavilar... Y todo, para mí, se volvían sueños, extraños y distintos sueños. ¡Qué sueños, en una palabra!... Pero entonces fue cuando empezó a ocurrírseme que... No, no fue así. ¡Otra vez vuelvo a desfigurar las cosas! Mira: yo, por entonces, no hacía más que preguntarme: ¿Por qué soy tan estúpido que, siendo estúpidos los demás y sabiéndolo yo de fijo, no quiero ser más cuerdo? Porque yo sabía, Sonia, que si aguardaba a que todos se volviesen inteligentes, tendría para rato... Reconocía, además, que los hombres no cambian, ni hay quien pueda cambiarlos, y que no vale la pena molestarse en balde. ¡Sí, así es!... Esa es tu ley..., ¡la ley, Sonia! ¡Así es!... Y ahora sé también, Sonia, que quien es fuerte de alma e inteligencia señorea sobre ellos. Quien a mucho se arroja, ese es el que para ellos tiene razón. Quien puede escupir en muchas cosas, ese es para ellos el legislador, y quien a más se atreve de todos, ese es quien más razón tiene. ¡Así ha sido hasta ahora, y así será siempre! ¡Solo el ciego no lo ve!

Raskólnikov, al decir aquello, aunque seguía mirando a

---

* «... un *poltinnik*»: moneda que vale medio rublo, cincuenta copeicas.

Sonia, ya no se preocupaba de que ella pudiera o no entenderle. La fiebre se había apoderado por completo de él. Parecía poseído de un sombrío entusiasmo. (Efectivamente, llevaba mucho tiempo sin hablar con nadie). Sonia comprendía que aquella lúgubre catequesis era en él sincera y legítima.

—Adiviné entonces, Sonia —prosiguió con entusiasmo—, que el poder únicamente se le da a quien se atreve a inclinarse y cogerlo. Solo una cosa, una cosa: que se atreva. Entonces se me ocurrió un pensamiento, por primera vez en mi vida, que nunca antes se me había ocurrido. ¡Nunca! De pronto se me hizo claro como el sol, se me presentó con toda evidencia, que, hasta ahora, nadie se había atrevido, ni se atrevería, al pasar junto a toda esa estupidez, a cogerlo sencillamente todo por la cola y mandarlo al diablo. Yo..., yo quería *atreverme*, y maté...; solo quería atreverme, Sonia: ahí tienes toda la razón.

—¡Oh, calle usted, calle usted! —exclamó Sonia, juntando las manos—. ¡Usted se había apartado de Dios, y Dios lo hirió a usted, lo entregó en poder del diablo!

—Pero, dime, Sonia: cuando yo estaba allí, tumbado en la oscuridad, y se me representaba todo eso, ¿era que el diablo me tentaba? ¿Eh?...

—¡Calle! ¡No se ría, blasfemo; usted no entiende nada, nada! ¡Oh, Señor! ¡Nada, nada comprende en absoluto!

—Calla, Sonia; yo no me río en absoluto. Mira: yo mismo sé que el diablo fue quien me arrastró. ¡Calla, Sonia, calla! —repitió, sombrío y terco—. Yo lo sé todo. Todo eso ya lo he pensado, y me lo he dicho a mí mismo en voz baja cuando estaba tendido allí en lo oscuro... Todo eso lo discutía yo conmigo mismo, hasta en sus menores detalles, y todo lo sé, todo. ¡Y cómo me empachaba, cómo me empachaba a mí entonces toda esa verbosidad! Yo quería olvidarlo todo y empezar de nuevo, Sonia, y dejar de despotricar. ¿Es que te crees tú que yo fui allá como un imbécil, embistiendo con la cabeza? Yo fui allá como un razonador, y eso fue lo que me perdió. ¿Te figuras tú, acaso, que no sabía yo, por ejemplo, que si empezaba a preguntarme y a examinar: «Tengo derecho a poseer el poder», entonces, probablemente, no tendría ese derecho? ¿O que si me planteo la pregunta: «Es un piojo o un ser humano», entonces, seguramente, ya no sería un piojo el ser humano *para mí*, sino para aquel a quien eso no le hubiese pasado por la imaginación y que, sin plantearse esas cuestiones, se fue allá derecho?... Al llevarme yo tantos días atormentándome: «¿Lo haría Napoleón o no lo haría?», ya comprendía claramente que no era yo un Napoleón... Todo, todo el suplicio de esa garrulería lo he sufrido yo, Sonia, y todo eso me lo he querido sacudir de encima de los hombros; yo quería, Sonia, matar sin casuística, matar para mí, para mí solo. ¡Mentirme no quería en esto ni a mí mismo! No fue por ayudar a mi madre por lo que maté... ¡Absurdo! No maté tampoco para, contando ya con medios y poder, erigirme en bienhechor de la Humanidad. ¡Absurdo! Sencillamente, maté; para mí maté, para mí solo, y el que con eso hubiera yo sido en algún modo bienhechor, o toda la vida, como la araña, me la hubiese pasado atrapando víctimas en la tela y alimentándome de sus jugos vitales: para mí todo habría sido igual... Y tampoco necesitaba dinero, ni era eso lo principal, Sonia; cuando maté, no necesitaba tanto dinero como otra cosa... Y todo esto lo sé ahora... Compréndeme; puede que, al pasar por el mismo camino, no volviera ya nunca a repetir el crimen. Yo necesitaba conocer otra cosa, otra cosa empujaba mi brazo: yo necesitaba saber entonces, y saberlo cuanto antes, si yo era también un piojo, como todos, o un hombre. ¿Estaba facultado para transgredir la ley o no lo estaba? ¿Era osado a traspasar los límites y aprehender o no? ¿Era yo una criatura que tiembla, o tenía *derecho*?

—¿A matar? ¿Que tenía usted derecho a matar? —exclamó Sonia, juntando las manos.

—¡Ah, Sonia! —clamó él irritado, y pareció ir a objetarle algo, sino que se calló despectivamente—. No me interrumpas, Sonia. Yo solo quería demostrarte una cosa: que el diablo, entonces, me impulsó; pero, después de eso, me explicó que no tenía derecho a lanzarme a ello, porque yo era precisamente un piojo como todos, y nada más. Se rió de mí, y aquí me tienes, que vine a verte ahora. ¡Recibe al huésped! Si yo no fuera un piojo, ¿habría venido a buscarte? Escucha: al ir yo entonces a casa de la vieja, solo iba *por probar*.... ¡Sábelo!

—¡Y mató usted! ¡Y mató usted!

—Pero ¿qué es eso de matar? ¿Por ventura se mata así? ¿Es que se va a matar como fui yo?... Ya te contaré alguna vez cómo yo fui... ¿Es que yo maté a la vieja? ¡Yo me maté a mí mismo, y no maté a la vieja! ¡Allí, de una vez, me maté para siempre!... Pero a la vieja la mató el diablo, no yo... ¡Basta, basta, Sonia; basta! ¡Déjame! —exclamó, de pronto, con convulsivo enojo—. ¡Déjame!

Dejó caer la cabeza sobre las rodillas y, como con tenazas, se la cogió con ambas manos.

—¡Qué dolor! —dejó escapar, en un penoso sollozo, Sonia.

—Pero, vamos, di: ¿qué hacer ahora? —inquirió él, alzando de pronto la cabeza, y con monstruosa expresión de desolación la miró al rostro.

—¿Qué hacer? —exclamó ella, levantándose, de pronto, de su sitio, y sus ojos, anegados hasta allí en lágrimas, le centellearon—. ¡Levántate! —Lo cogió por un hombro; él se incorporó, mirándola como estupefacto—. ¡Ahora mismo, en este mismo instante, te irás a una encrucijada, te postrarás, besarás lo primero la tierra que mancillaste, y luego te postrarás ante todo el mundo, ante los cuatro costados, y después dirás a todos, en voz alta: «¡Yo maté!». Entonces Dios, de nuevo, te devolverá la vida. ¿Irás, irás? —le preguntó ella, toda temblando, como en un ataque; le cogió de ambas manos, lo estrechó fuerte entre las suyas y se quedó mirándolo con inflamados ojos.

Él se quedó atónito, hasta irritado, por su súbito ataque.

—¿Es que te refieres al presidio, Sonia? ¿Es que quieres que yo vaya a presentarme? —preguntó él sombrío.

—Aceptar el sufrimiento, y, con él, redimirse: he ahí lo que hay que hacer.

—¡No; no iré a presentarme, Sonia!

—Pero ¿cómo vivirás, cómo vivirás? ¿De qué vivirás? —exclamó Sonia—. ¿Acaso es eso ya posible? ¿Cómo le hablarás a tu madre? (¡Oh! De ellas, de ellas, ¿qué va a ser ahora?). Pero ¿qué digo yo? ¡Si ya has abandonado a tu madre y a tu hermana! ¡Oh, Señor! —clamó—. ¡Si ya todo esto lo sabe él mismo! Pero vamos a ver: ¿cómo es posible vivir sin nadie? ¿Qué va a ser de ti ahora?

—No seas niña, Sonia —dijo él en voz queda—. ¿De qué soy culpable ante ellos? ¿Para qué voy a ir allá? ¿Qué voy a decirles? Todo esto es tan solo una alucinación... Ellos mismos degüellan a millones de seres, y todavía se consideran virtuosos. ¡Pícaros y ruines que son, Sonia!... No iré. ¿Ni qué iría yo a decirles? ¿Que maté, que no me atreví a coger el dinero y lo escondí debajo de una piedra? —añadió con acre sonrisa—. Seguramente ellos mismos se reirían de mí y me dirían: «Imbécil, ¿por qué no lo cogiste? ¡Cobarde e idiota!...». Nada, nada comprenderían, Sonia; son hasta indignos de comprender. ¿Para qué he de ir? No iré. No seas niña, Sonia.

—¡Sufrirás, sufrirás!... —repetía ella en imploración desesperada, tendiéndole las manos.

—Es posible todavía que me haya yo calumniado —observó él sombríamente, cual recapacitando—. Quizá sea yo *todavía* un hombre, y no un piojo, y me haya juzgado con demasiada precipitación... *Todavía* lucharé...

Zumbona sonrisa asomó a sus labios.

—¡Qué tormento tan grande vas a sufrir! ¡Toda la vida, toda la vida!...

—¡Me acostumbraré!... —declaró él, adusto y pensativo—. Escucha —empezó, después de un minuto—; basta ya de llanto; es tiempo de obrar; yo vine a decirte que a mí, ahora, me andan buscando, me detendrán...

—¡Ah! —exclamó Sonia asustada.

—Bueno; ¿a qué vienen esas exclamaciones? ¿Tú misma querías que yo fuera a entregarme al presidio, y ahora te asustas? Solo que mira una cosa: yo no he de rendirme. Todavía he de luchar con ellos, y no podrán hacer nada. No tienen ninguna prueba terminante. Ayer corrí un gran peligro, y llegué a considerarme perdido; pero hoy se arregló la cosa. Todas las pruebas que tienen son espadas de dos filos, es decir, que sus inculpaciones puedo volverlas en provecho mío, ¿comprendes?, y las vuelvo, porque ahora ya lo tengo yo estudiado... Pero a la cárcel seguramente acabarán por enviarme. A no ser por una casualidad, es muy posible que hoy ya me hubiesen enviado, y *aún* puede que todavía me manden hoy... Solo que eso no importa, Sonia; entraré allí y me tendrán que soltar..., porque ellos no poseen ni una prueba verdadera ni la tendrán, ¡palabra!... Y con lo que ellos poseen no es posible encarcelar a un hombre. Pero ¡basta! Eso era solo para que supieses... Respecto a mi madre y mi hermana, trataré de hacer algo para convencerlas y no inquietarlas... Mi hermana, por lo demás, según parece, se encuentra ahora al amparo de la necesidad...; y por lo tanto, mi madre... Bueno; ya está todo. Por lo demás, sé cauta. ¿Querrás venirte conmigo al presidio si me mandan a él?

—¡Oh, sí, sí!

Estaban los dos sentados, uno junto al otro, tristes y extenuados, como lanzados, después de una borrasca, a una orilla desierta. Él miraba a Sonia y sentía cuánto amor había en ella, y, cosa rara, de pronto se le hizo pesado y doloroso el que tanto lo amase. ¡Sí; era un sentimiento extraño y espantoso! Al dirigirse a casa de Sonia, sentía que en ella se cifraban toda su esperanza y todo su amparo; pensaba descargarse, aunque solo fuera de parte de sus tormentos, y ahora, cuando el corazón de ella se había vuelto por entero hacia él, sentía y reconocía de pronto que era, sin comparación, más desgraciado que antes.

—¡Sonia —dijo—, será mejor que no me acompañes cuando yo vaya al presidio!

Sonia no respondió; lloraba. Pasaron unos minutos.

—¿Llevas encima alguna cruz? —inquirió ella inesperadamente, cual si de pronto se hubiese acordado.

Él, al principio, no entendió la pregunta.

—No, ¿verdad que no? Pues toma esta, de madera de ciprés. Yo tengo todavía otra, de cobre, de Lizaveta. Yo cambié una cruz con Lizaveta, y le di una imagencita. Yo llevaré, desde ahora, la de Lizaveta, y esta será para ti. Toma..., ¡que es mía! ¡Que es mía! —imploró ella—. ¡Juntos los dos sufriremos, juntos llevaremos la cruz!...

—¡Dámela! —dijo Raskólnikov. No quería disgustarla. Pero enseguida retiró la mano, que ya le tendía.

—Ahora no, Sonia. Mejor después —añadió para tranquilizarla.

—¡Sí, sí, mejor, mejor!... —asintió ella con admiración—. Cuando partamos para el sufrimiento, entonces te la pondrás. Vendrás a mí y yo te la pondré; haremos oración y partiremos.

En aquel momento hubo de llamar alguien, por tres veces, a la puerta.

—Sofia Semiónovna, ¿se puede entrar? —dijo una voz conocida y afectuosa.

Sonia se dirigió asustada a la puerta. La rubia cara del señor de Lebeziátnikov lanzó una mirada al aposento.

V

Lebeziátnikov mostraba aspecto alarmado.

—Vengo a verla a usted, Sofia Semiónovna. Perdone... Ya pensaba yo que había de encontrarlo aquí —dijo, dirigiéndose de pronto a Raskólnikov—. Es decir, no pensaba nada..., por ese estilo... Pero sí pensaba... Allí, en casa, Katerina Ivánovna está como loca —le dijo de pronto a Sonia, dejando a Raskólnikov.

Sonia lanzó un grito.

—Quiere decir que, por lo menos, así parece. Por lo demás... ¡Nosotros no sabemos qué hacer: esa es la cosa! Volvió... Según parece, la echaron no sé de dónde, y hasta es posible que le pegaran... Por lo menos, tal parece... fue a ver al jefe de Semión Zajárich, y no lo encontró en casa; estaba invitado a comer en la de no sé qué general... Figúrese usted, pues ella fue y se encaminó allá adonde estaba invitado... A casa de ese otro general, e imagínese... Porfió tanto para ver al jefe de Semión Zajárich, que, según parece, lo hizo levantar de la mesa. Puede usted imaginarse la que allí se armaría. Naturalmente, la echaron; pero ella dice que lo cubrió de insultos y hasta que le arrojó no sé qué a la cabeza. Es muy de admitir... Lo que no me explico... ¡es cómo no la prendieron! Ahora está allí contándolo todo a todo el mundo, incluso a Amalia Ivánovna, solo que cuesta trabajo entenderla, y grita y forcejea... ¡Ah, sí! Dice y clama que, puesto que todos la abandonan, cogerá a los niños y se echará a la calle y se agenciará un organillo, y los chicos cantarán y bailarán, y ella también, y así arbitrará dinero, y todos los días irá a cantar al pie de la ventana del general... «¡Para que vean —dice— cómo los honrados hijos de un difunto funcionario tienen que andar pidiendo limosna por las calles!». Les pega a sus niños, y estos lloran. A Lena le enseña a cantar *La alquería*, al chico, a bailar, y también a Pólina Mijáilovna, y les rasga a todos los vestiditos; les está haciendo gorros como a los cómicos; también ella cargará con una sartén para repiquetear en ella a modo de música... De nada hace caso... ¡Figúrese usted lo que será! ¡Eso ya es, sencillamente, imposible!

Lebeziátnikov habría seguido hablando todavía; pero Sonia, que casi sin alentar lo había escuchado, de pronto cogió el chal y el sombrero y salió corriendo de la habitación, vistiéndose en tanto corría. Raskólnikov salió detrás de ella, y Lebeziátnikov detrás de él.

—¡Irremisiblemente, se ha vuelto loca! —le decía a Raskólnikov al salir ambos a la calle—. Solo que yo no quería asustar a Sofia Semiónovna, y por eso dije: «Al parecer»; pero no hay duda. Dicen que a los tísicos se les suelen formar tubérculos así en la cabeza; lástima que no sepa yo de medicina. Por lo demás, he intentado disuadirla, solo que ella no hace caso.

—¿Le habló usted de los tubérculos?

—No le dije una palabra de eso. No me habría comprendido. Pero yo quiero decir: que si logramos convencer a una persona, mediante la lógica, que en realidad no tiene motivos para llorar, suspenderá su lloro. Eso es claro. ¿Es usted de opinión que no lo suspenderá?

—La vida entonces resultaría demasiado ligera —respondió Raskólnikov—. Permítame usted, permítame usted; sin duda que a Katerina Ivánovna le sería demasiado difícil comprender; pero ¿no sabe usted que en París se han realizado ya serias experiencias respecto a la posibilidad de curar a los locos, valiéndose únicamente de la persuasión lógica? Un profesor de allí, recientemente fallecido, un auténtico sabio, pensaba que así se les podía curar. Su idea fundamental era la de que en el organismo del loco no existe ningún trastorno especial, y que la locura es, por así decirlo, un error de lógica, error en el juicio, visión falsa de las cosas. Paulatinamente iba rebatiendo al enfermo, y, ¡figúrese usted!, dicen que obtenía resultados. Pero como, al efecto, se servía también de duchas, los resultados de ese tratamiento sugieren, indudablemente, dudas... Por lo menos, así parece...

Raskólnikov hacía rato ya que no lo escuchaba. Al llegar a la altura de su casa, le hizo una inclinación de cabeza a Lebeziátnikov y entró en el cuarto. Lebeziátnikov volvió en sí, lanzó una mirada en torno suyo y luego siguió adelante.

Raskólnikov subió a su cuchitril y se detuvo en medio de él: «¿A qué había vuelto?...». Paseó la vista por aquel empapelado amarillento y hecho trizas, por aquel polvo, por su camastro... Del patio subía un ruido seco, insistente; parecía como si en algún sitio estuviese alguien clavando clavos... Se asomó a la ventana, se empinó, y largo rato, con aire sumamente atento, estuvo contemplando el patio. Estaba este desierto, y no se veía quién daba los golpes. A la izquierda, en el departamento de ese lado, había unas ventanas abiertas; en el alféizar se veían macetas con unos geranios mustios. De las ventanas colgaba ropa tendida... Todo aquello se lo sabía de memoria. Dio media vuelta y fue a sentarse en el diván.

¡Nunca, nunca hasta entonces se había sentido tan espantosamente solo!...

Sí; sentía una vez más que podía suceder, efectivamente, que le cobrase odio a Sonia, y, sobre todo, ahora, que la había hecho más infortunada. «¿Por qué iría yo a verla, a implorar sus lágrimas? ¿Por qué irremisiblemente envenenar su vida? ¡Oh, qué ruindad!».

—¡Me quedaré solo! —dijo de pronto, resueltamente—. ¡Y no vendrá ella al presidio!

Cinco minutos después alzó la cabeza y sonrió de un modo extraño. Se le había ocurrido un raro pensamiento: «Puede que, efectivamente, se esté mejor en el presidio», hubo de pensar de pronto.

Perdió la noción del tiempo que llevaba en su tabuco con la cabeza alborotada de vagos pensamientos. De pronto, la puerta se abrió y entró Avdotia Románovna. Al principio se detuvo y se quedó mirándolo desde el umbral, cual poco antes hiciera él con Sonia; luego ya avanzó y se sentó enfrente de él, en una silla, en el mismo sitio del día antes. Él guardaba silencio y parecía mirarla sin pensamiento alguno.

—No te enojes, hermano; solo vine por un minuto —dijo Dunia.

La expresión de su rostro era pensativa, pero no severa. Su mirar, claro y tranquilo. Veía él que también se le acercaba con amor.

—Hermano, yo ahora lo sé *todo*, Dmitrii Prokófich me lo ha explicado y referido todo. A ti te persiguen y atormentan por efecto de una estúpida e innoble sospecha... Dmitrii Prokófich me ha dicho que no corres peligro alguno y que en vano tomas tú esto tan a pecho. Yo no pienso así, y *plenamente comprendo* cómo te tendrá todo esto de trastornado, y que esa indignación tuya puede dejarte huella para toda la vida. Eso es lo que yo temo. Respecto a la razón de que nos hayas abandonado, no te juzgo ni me atrevo a juzgarte, y perdóname que antes te reprochara. Yo misma siento por mí que, si me viese en trance tan amargo, también me apartaría de todo el mundo. A madre no le diré nada *de esto*, pero le hablaré constantemente de ti y le diré de tu parte que no tardarás en volver. No te inquietes por ella; yo la tranquilizaré, pero tú no la aflijas..., ven a vernos, aunque solo sea una vez, ¡ten presente que es tu madre! Yo vine ahora solo para decirte —Dunia se dispuso a levantarse— que si por casualidad me necesitas para algo o necesitas... toda mi vida, o lo que fuere..., no dejes de llamarme, que vendré. ¡Adiós!

Dio media vuelta bruscamente y se dirigió a la puerta.

—¡Dunia! —la detuvo Raskólnikov, y se levantó y fue a su alcance—. Ese Razumijin, Dmitrii Prokófich, es un chico muy bueno.

Dunia pareció ruborizarse.

—¿Y qué? —inquirió, después de aguardar un momento.

—Es hombre activo, laborioso, honrado y capaz de amar de veras... ¡Adiós, Dunia!

Dunia se puso toda encendida, y luego, de pronto, se alarmó:

—Pero ¿qué quieres decir con eso, hermano? ¿Es que vamos a estar ya separados siempre, cuando me... haces semejante testamento?

—Es lo mismo... ¡Adiós!...

Dio media vuelta y, apartándose de ella, se acercó a la ventana. Ella seguía en pie, mirándolo inquieta, y, por fin, alarmada, se fue.

No, no había estado frío con ella. Hubo un momento (el último) en que a él le entraron unas ganas terribles de abrazarla y *despedirse* de ella y *decírselo todo*; pero ni siquiera se atrevió a darle la mano:

«¡Quizá luego se estremeciese al recordar que yo la había abrazado ahora, y dijera que le robé un beso!».

«Pero ¿resistirá *esa otra*, o no? —añadió para sí, pasados unos instantes—. ¡No, no resistirá; *esas así* no resisten! ¡Esas no lo soportan nunca!...».

Y pensó en Sonia.

Por la ventana entraba fresco. En el patio ya no brillaba tanto la luz. De pronto cogió la gorra y salió.

Sin duda alguna no quería ni podía preocuparse de su estado morboso. Pero toda aquella incesante alarma y todo aquel terror espiritual no podían menos de tener consecuencias. Y si no estaba ya acostado con verdadera fiebre, puede que fuese porque aquella inquietud interior, continua, le mantenía en pie y con conocimiento todavía, pero de un modo artificial, por algún tiempo.

Vagabundeó sin rumbo fijo. El sol se ponía. Cierta especial tristeza se había apoderado de él en los últimos tiempos. No tenía nada de singularmente agudo, acre; pero de ella emanaba algo constante, eterno; hacía presentir años sin refugio, de esa pena fría, mortal; hacía presentir toda una eternidad en un «trecho de una *arschina*». En la hora vesperal esa sensación solía mortificarlo con más fuerza.

«¡Con estos estúpidos desmayos puramente físicos, dependientes de la puesta del sol, cómo abstenerse de cometer necedades! ¡No solo a ver a Sonia, sino a ver a Dunia irás!», murmuró malhumorado.

Le llamaron. Giró la vista en torno suyo; hacia él corría Andrei Semiónovich Lebeziátnikov.

—¡Figúrese usted, estuve en su casa, le buscaba! ¡Imagínese que ha cumplido lo que decía y se ha lanzado a la calle con sus niños! Yo y Sofia Semiónovna los hemos encontrado con mucho trabajo. Ella se ha puesto a golpear una sartén y obliga a los chicos a bailar. Los nenes lloran, los hace detenerse en las encrucijadas y a la puerta de las tiendas. Los va siguiendo una turba de papanatas. Vamos allá.

—¿Y Sonia? —inquirió Raskólnikov, alarmado, apretando el paso tras de él.

—Sencillamente trastornada. Es decir, la que está trastornada no es Sofia Semiónovna, sino Katerina Ivánovna, aunque, después de todo, también Sofia Semiónovna está trastornada. Le digo a usted que la otra ha perdido definitivamente el juicio. Los van a llevar a la comisaría. Puede usted calcular el efecto que eso ha de hacerle... Ahora los tiene usted junto al canal, en el puente de ***, muy cerca de donde vive Sofia Semiónovna. Aquí mismo.

En el canal, no muy lejos del puente, y dos casas apenas más allá de donde vivía Sonia, se había apiñado un corro de gente. Corrían allá, sobre todo, chicos y chicas. La voz ronca, entrecortada, de Katerina Ivánovna, se oía ya desde el puente. Y con efecto, era aquel un extraño espectáculo, digno de interesar al gentío callejero. Katerina Ivánovna, con su traje raído, con aquel chal a cuadros y con su maltrecho sombrerillo de paja, echado a un lado, estaba verdaderamente enajenada. Parecía rendida y alentaba con dificultad. Su demacrado rostro de tísica parecía aún más dolorido que nunca (que en la calle, al sol, siempre los tísicos parecen más enfermos y desfigurados que en la casa); pero su estado de excitación no había cedido nada y a cada minuto se mostraba más nerviosa. Se abalanzaba a los hijos, les daba gritos, les reñía, les enseñaba allí mismo, delante de la gente, cómo habían de bailar y cantar, y se ponía a explicarles por qué tenían que hacer eso, se desesperaba ante su incomprensión y se enredaba a golpes con ellos... Luego, sin terminar, se dirigía al público; en cuanto veía allí a algún caballero bien vestido, que se hubiese detenido a mirar, se iba a él enseguida y se ponía a explicarle que allí podía ver, ¡diantre!, hasta qué extremo habían llegado los hijos «de una familia distinguida y hasta aristocrática». ¿Se escuchaba entre el corro alguna risita o alguna palabra malsonante? Pues ya estaba encarándose con el gracioso y riñendo con él. Unos, efectivamente, se reían; otros meneaban la cabeza; a todos en general les resultaba curioso ver a aquella loca con sus asustados hijitos. La sartén, de que Lebeziátnikov hablara, no existía; por lo menos Raskólnikov no llegó a verla, pero a falta de sartén, Katerina Ivánovna se ponía a batir palmas con sus escuálidas manos cuando obligaba a Pólechka a cantar y a Lenia y Kolia a bailar, y, además, se ponía ella también a canturriar por lo bajo, aunque teniendo que interrumpirse enseguida a la segunda nota por culpa de la maldita tos, lo que la exasperaba de nuevo, haciéndola renegar de aquella tos suya hasta romper en llanto. Lo que más furiosa la ponía eran el llanto y el susto de Kolia y Lena. Efectivamente, había intentado vestir a los chicos con trajes parecidos a los que llevan los cantores y cantoras callejeros. Al chico le había puesto a la cabeza una suerte de turbante rojo y blanco, para que representara un turco. Para Lena no le había alcanzado la tela, y solo le había puesto a la cabeza un gorro encarnado, de pelo de camello (o, mejor dicho, el gorro de dormir del difunto Semión Zajárich), y en el referido gorro había prendido un resto de una pluma blanca y de avestruz, que había pertenecido a la abuela de Katerina Ivánovna y que esta había tenido guardada hasta allí en un arca como reliquia de familia. Pólechka llevaba puesto su trajecito de siempre. Miraba a la madre con ojos tímidos y enajenados, sorbiéndose sus lágrimas, adivinando la locura de la madre y mirando inquieta en torno suyo. La calle y el gentío le infundían un susto enorme. Sonia seguía de cerca a Katerina Ivánovna, llorando y suplicándole insistentemente que se volviese a casa. Pero Katerina Ivánovna era inexorable.

—¡Déjame, Sonia; déjame! —gritaba atropelladamente, aprisa, respirando afanosamente y tosiendo—. ¡Tú misma no sabes lo que pides, pareces una niña! Ya te he dicho que no he de volver allá con esa alemana borracha. Que vea todo el mundo, todo Petersburgo, cómo piden limosna los hijos de un padre honrado, que toda su vida sirvió lealmente y con fidelidad al Estado, y puede decirse que murió en el servicio. —Katerina Ivánovna se había apresurado a forjarse esa fantasía y a darle crédito—. Que lo vea, que lo vea ese antipático generalito. Pero ¿te has vuelto tonta además, Sonia? ¿Qué vamos a comer ahora, di? ¡Bastante te hemos esquilmado a ti ya, no quiero seguir así! ¡Ah, Rodión Románovich, es usted —exclamó al ver a Raskólnikov, y se dirigió a él—. ¡Pues haga el favor de hacerle ver a esta sandía cómo no es posible hacer nada más discreto! ¡Hasta los organilleros sacan alguna cosa, y a nosotros inmediatamente nos distinguirán, pues verán que yo soy una pobre huérfana, de buena familia, que se ve reducida a la miseria, y hasta ese generalito perderá su carrera, ya lo verá usted! Todos los días nos pondremos al pie de su ventana, y cuando pase el Señor[*], me postraré a sus pies, de rodillas, echaré a estos por delante, y le diré: «¡Protéjalos, padre!». Él es el padre de los huérfanos. Él es misericordioso y los protegerá, ya verá usted; pero a ese generalito... ¡Lenia! *Tenez-vous droite!*[**] Tú, Kolia, otra vez a bailar. ¿Por qué lloriqueas? ¿Otra vez los lloros? Pero vamos a ver: ¿qué es lo que te asusta, necio? ¡Señor! ¿Qué voy a hacer con ellos, Rodión Románovich? ¡Si usted supiera lo tontos que son! ¿Qué hacer con ellos?...

Y a dos dedos de llorar ella también (lo que no era óbice para su atropellada e incesante locuacidad), le señalaba a sus niños que gimoteaban, Raskólnikov probó a convencerla para que se volviese a su casa, y hasta le dijo, pensando herirla así en su amor propio, que no era nada decoroso eso de andar por las calles como organilleros, cuando se proponía ser la directora de una pensión para señoritas...

[*] «... el Señor»: el emperador («*Gosudar*»).
[**] «*Tenez-vous droite!*»: ¡Póngase derecha! (En francés en el original).

—La pensión, ¡ja, ja, ja! Castillos en el aire* —exclamó Katerina Ivánovna después de unas risotadas, que interrumpía la tos—. ¡No, Rodión Románovich; se desvanecieron los sueños! ¡Todos nos han abandonado!... Y ese generalito... Mire usted, Rodión Románovich: yo fui y le tiré un tintero a la cabeza... allí, en la antesala, estaba encima de la mesa, junto a un pliego de papel, en el que escribían su nombre los visitantes y donde yo también había escrito el mío, se lo tiré y eché a correr. ¡Oh, canallas, canallas! ¡Es para escupirles; ahora yo les daré de comer a estos de lo mío y no tendré que inclinarme ante nadie! ¡Bastante hemos abusado de ella! —Y señalaba a Sonia—. ¡Pólechka!, ¿cuánto has recogido? Dime: ¿cuánto? ¿Dos copeicas por junto? ¡Oh, y qué roñosos! ¡No nos dan nada, no hacen más que venir detrás de nosotros sacando la lengua! ¡Vaya, mire usted cómo se ríe ese estúpido! —Señalando a uno del corro—. ¡Este tonto de Kolia tiene la culpa de que se burlen de nosotros! ¿Qué te pasa, Pólechka? Háblame en francés: *Parlez-moi français*. ¡Mira: yo te lo he enseñado y sabes algunas palabras!... De otro modo, ¿cómo darles a entender que sois de buena familia, niños bien educados y no como esos organilleros? Ni tampoco salimos a la calle con títeres, sino con romanzas nuestras de buen tono. ¡Ah, sí! ¿Qué vamos a cantar? No hacéis más que interrumpirme, y yo..., mire usted, nos hemos detenido aquí, Rodión Románovich, con objeto de elegir lo que vamos a cantar. Algo a propósito para que Kolia lo cante, porque todo esto a nosotros, ya se lo puede usted figurar, nos ha cogido de improviso; es menester ponerse de acuerdo para ensayarlo todo perfectamente, después de lo cual nos iremos al Nevskii Próspekt, donde hay mucha concurrencia de gente gorda, y enseguida habrán de fijarse en nosotros. Lenia canta *La alquería*... ¡Solo que todo se le vuelve *alquería* y más *alquería*, y no sabe cantar

* «Castillos en el aire». En el original ruso dice literalmente: «Allende las montañas».

otra cosa. Nosotros tenemos que cantar algo más distinguido... Vamos a ver: ¿qué piensas, Polia? Si tú ayudases un poquito siquiera a tu madre... ¡Memoria, memoria es lo que yo no tengo, que si la tuviera!... ¿No podríamos cantar *El húsar apoyado en su sable*? ¡Ah, cantaremos en francés *Cinq sous**. Eso os lo he enseñado a vosotros, os lo he enseñado, sí. Y lo principal es que como está en francés no tendrán más remedio que comprender enseguida que somos nobles, y así se conmoverán más... ¡También podríamos cantar aquello de *Marlborough s'en va-t-en guerre***, que es una canción infantil y se canta en todas las casas aristocráticas para acunar a los niños:

> *Marlborough s'en va-t-en guerre,*
> *Ne sait quand reviendra...****

Empezó a canturriar ella.

—Pero no, es mejor los *Cinq sous*. ¡Vamos a ver, Kolia: ponte en jarras cuanto antes, y tú, Lenia, vuélvete al lado opuesto, y yo con Pólechka me pondré a tararear y a batir palmas!

> *Cinq sous, cinq sous,*
> *Pour monter notre ménage...*****

—¡Ejem..., ejem..., ejem!... —Y la tos le cortó la voz—. Arréglate la ropa, Pólechka, que se te resbala de los hombros —observó, entre sus ataques de tos, alentando penosamente—. Ahora debéis, más que nunca, hacer por conduciros con decoro y finura, para que todo el mundo vea que sois niños

---

* «*Cinq sous*»: Un real. (En francés en el original).
** «*Marlborough s'en va-t-en guerre*»: Mambrú se fue la guerra. (En francés en el original).
*** «*Marlborough s'en va-t-en guerre / Ne sait quand reviendra...*»: Mambrú se fue la guerra, / no sé cuándo vendrá... (En francés en el original).
**** «*Cinq sous, cinq sous, / Pour monter notre ménage...*»: Un real, un real, / para montar nuestro ajuar... (En francés en el original).

de la nobleza. Ya dije yo que esa blusa había que cortarla más larga y doble de ancha. Fuiste tú, Sonia, la que con tus consejos: «Más corta, más corta», así salió ella, has tenido la culpa de lo mal que ahora le sienta a esta niña... ¡Bueno; a empezar otra vez del todo! Pero ¿qué os pasa, tontos? Vamos a ver, Kolia; empieza enseguida, enseguidita... ¡Oh, qué niño más insoportable!

Cinq sous, cinq sous...

—¡Otra vez el guardia! Pero ¿es que te has creído que nos haces falta?...

Efectivamente, por entre el gentío se había abierto paso un guardia urbano. Pero al mismo tiempo, un señor con uniforme y capote, un respetable funcionario de unos cincuenta años, con una condecoración pendiente del cuello (esto último le fue muy grato a ella e influyó en el guardia), se acercó, y en silencio le entregó a Katerina Ivánovna un billetito verdoso de tres rublos. Su rostro expresaba sincera compasión. Katerina Ivánovna tomó el donativo y le hizo una reverencia cortés y hasta ceremoniosa.

—Muchas gracias, señor —empezó con aire de grandeza—: hay razones que nos obligan... Toma el dinero, Pólechka. Mira: hay todavía en el mundo personas nobles y generosas, dispuestas siempre a ayudar a una dama noble, venida a menos. Estos que ve usted, caballero, son unos huerfanitos de familia distinguida, y hasta podría decirse que entroncada con linajes muy aristocráticos... Pero aquel generalito estaba allí sentado, comiendo perdices... y pateando en el suelo; decía que yo había ido a molestarle... «Excelencia —le digo—, proteja a estos huérfanos, ya que conoció usted mucho al difunto Semión Zajárich y a su hija legítima; el más ruin de los ruines se ha permitido calumniarla en el mismo día de su muerte...». ¡Otra vez ese guardia! ¡Protéjanos! —exclamó, dirigiéndose al funcionario—. ¿Por qué ese empeño en llegar hasta mí? Ya tuvimos que huir de uno allá en Meschánskaia... Bueno; vamos a ver; ¿qué se te ha perdido aquí, so acémila?

—Es que en la calle está prohibido. ¡Haga el favor de no alborotar!

—¡Tú eres el que alborotas! Lo mismo que si yo trajera un organillo, ¿a ti qué te importa?

—Respecto al organillo, es preciso sacar licencia; pero ustedes, con esas cosas, sin más, atraen a la gente. ¿Quiere decirme su domicilio?

—Conque licencia —tronó Katerina Ivánovna—. ¡Yo he enterrado hoy mismo a mi marido; toma licencia!

—Señora, señora, señora, tranquilícese —empezó el funcionario—. Vamos, yo la llevaré a usted... Aquí, en medio de la gente, no está bien, no está bien... Usted está enferma...

—¡Señor, señor; usted no sabe nada! —exclamó Katerina Ivánovna—. ¡Nosotros vamos al Nevskii... ¡Sonia, Sonia! Pero ¿qué es lo que os pasa a todos?... Kolia, Lenia, ¿dónde estáis? —gritó de pronto, alarmada—. ¡Oh, qué niños más necios! Kolia, Lenia, ¿dónde os habéis metido?...

Sucedió que Kolia y Lenia, asustados hasta lo indecible por el gentío callejero y las salidas de la enloquecida madre, al ver, finalmente, a un guardia que quería cogerlos y llevárselos a no sabían dónde, de pronto, cual si se hubiesen puesto de acuerdo, se cogieron de las manecitas y echaron a correr. Con sollozos y llanto se lanzó la pobre Katerina Ivánovna en su persecución. Horrible y triste resultaba verla correr, llorando y ahogándose. Sonia y Pólechka salieron también corriendo detrás de ella.

—¡Tráetelos, Sonia; tráetelos!... ¡Oh, qué niños más necios y malos!... ¡Polia! ¡Cógelos!... ¡Ya os daré yo!...

Tropezó en su carrera y cayó.

—¡Está toda ensangrentada! ¡Oh, Señor! —exclamó Sonia inclinándose sobre ella.

Todos corrieron y se apiñaron en derredor. Raskólnikov y Lebeziátnikov acudieron de los primeros; también se dio prisa a llegar el funcionario, y detrás, el guardia, que rezongaba «¡Ah!» y agitaba los brazos, presintiendo que el incidente le iba a dar que hacer.

—¡Retírense!... ¡Retírense! —decía dispersando a la gente, que había formado corro.

—¡Se está muriendo! —gritó alguien.

—¡Se ha vuelto loca! —dijo otro.

—¡Señor, sálvala! —clamó una mujer, santiguándose—. ¿No han cogido a los chicos? Sí, allí los traen, la mayor les dio alcance... ¡Vaya picarones!

Pero luego que examinaron bien a Katerina Ivánovna vieron que no echaba sangre por efecto de la piedra en que tropezara, según había pensado Sonia, sino que la sangre que encharcaba el pavimento manaba a bocanadas de sus pulmones.

—Ya lo sabía yo, ya lo veía venir —murmuró el funcionario, dirigiéndose a Raskólnikov y a Lebeziátnikov—. Está tísica: brota así la sangre y la ahoga. Con una parienta mía fui no hace mucho testigo, y echó vaso y medio de sangre, y de pronto... Pero ¿qué hacer? ¡Si no tardará en expirar!

—¡Aquí, aquí, a mi casa! —gritó Sonia—. ¡Ahí es donde vivo!... Miren: en esa casa, la segunda de allá... ¡A mi casa, enseguida, enseguida! —les decía a todos—. Corran en busca de un médico... ¡Oh, Señor!

Merced a los esfuerzos del funcionario se arregló todo, y hasta el guardia ayudó a conducir a Katerina Ivánovna. La llevaron a casa de Sonia casi muerta y la tendieron en la cama. Continuaba la hemorragia, pero ella parecía ya volver en sí. En la habitación entraron de un golpe, además de Sonia, Raskólnikov y Lebeziátnikov, el funcionario y el guardia, después de haber dispersado previamente a los curiosos, algunos de los cuales fueron escoltándolos hasta la puerta misma de la casa. Pólechka entró, llevando de las manos a Kolia y Lenia, que temblaban y lloraban. Acudieron también de casa de los Kaperneúmoves: el cojo y tuerto, hombre de facha extraña, con los pelos de la cabeza y sus patillas, hirsutos y tiesos en forma de cepillo; su mujer, que tenía el aspecto de estar eternamente asustada, y algunos hijos, con las caras como de palo por el constante asombro y las bocas de par en par. Entre toda esa concurrencia se dejó ver también Svidrigáilov. Raskólnikov le contempló maravillado, sin explicarse de dónde salía, pues no recordaba haberlo visto entre el gentío.

Hablaron de un médico y un cura. El funcionario, no obstante haberle susurrado al oído a Raskólnikov que el médico estaba ya de más, mandó que fueran a buscarlo. Se encargó de ello el propio Kapernaúmov.

A todo esto Katerina Ivánovna estaba ahora más tranquila; la hemorragia había cesado. Tenía posada su enferma, pero fija y penetrante mirada, en la pálida y trémula Sonia, que le secaba con un pañolito gotas de sudor de la frente; por último, pidió que la incorporasen. La incorporaron en la cama, sostenida por entrambos lados.

—Y los niños, ¿dónde están? —preguntó con voz débil—. ¿Los trajiste, Polia? ¡Oh, y qué tontos!... Vamos a ver: ¿por qué corríais?... ¡Oh!

La sangre le salpicaba aún los resecos labios. Esparció en torno suyo la vista, inquisitiva.

—¿De modo que vives aquí? ¡Sonia! Ni una vez había estado en tu casa... Ahora es cuando...

La contempló, apiadada.

—¡Te hemos esquilmado, Sonia!... Polia, Lenia, Kolia, venid acá... Bueno; aquí los tienes a todos, Sonia: tómalos... De una mano a otra..., que para mí ya basta... ¡Se acabó el baile! ¡Ah!... Acostadme, dejadme siquiera morir en paz...

Volvieron a reclinarla en la almohada.

—¿Qué es esto? ¿Un cura?... No es preciso... ¿Dónde tiene usted un rublo de sobra?... ¡Yo no tengo ningún pecado!... Sin necesidad de eso está Dios obligado a perdonar... ¡Bien sabe él lo que he sufrido!... Pero ¡si no perdona, tan contentos!...

Un inquieto delirio hacía cada vez más presa en ella. De cuando en cuando se estremecía, giraba en torno suyo la vista, reconociéndolos a todos por un minuto; pero inmediatamente volvía a perder la conciencia con el delirio. Difícil y penosamente alentaba; parecía como si algo le hirviese en la garganta.

—Yo le digo: «¡Excelencia!». —exclamaba ella, deteniéndose para respirar cada palabra—. ¡Esa Amalia Ivánovna!... ¡Ah! ¡Lenia, Kolia! ¡En jarras enseguida, enseguida, enseguidita, *glissez, glissez, pas de basque!** Dad golpes con los pies... ¡Con gracia, niño!

*Du hast Diamanten und Perlen...***

—¿Cómo sigue? Vosotros debíais cantar...

Du hast die schönsten Augen,
*Mädchen, was willst du mehr?...****

¡Bueno; no es así! *Was willst du mehr...* ¡Eso se figura el imbécil!... ¡Ah!, sí; he aquí esto otro:

*¡En el ardor de la siesta!... ¡Del Dagestán en el valle!...*****

—¡Ah, y cuánto me gustaba a mí!... ¡Hasta la idolatría

* «... *glissez, glissez, pas de basque!*»: ¡deslizaos, deslizaos, paso vasco! [Pasos de baile]. (En francés en el original).
** «*Du hast Diamanten und Perlen*»: Tienes diamantes y perlas. (En alemán en el original).
*** «*Du hast die schönsten Augen, / Mädchen, was willst du mehr?*»: Tienes diamantes y perlas / tienes los más bellos ojos. / Muchacha, ¿qué quieres más? (En alemán en el original). Los versos pertenecen a un poema de Heinrich Heine.
**** Romanza con letra de la poesía «Un sueño», de Mijaíl Yurévich Lérmontov. *(N. del E., tomada de I. V.).*

amaba yo esta romanza, Pólechka!... Mira: tu padre..., cuando no era más que mi novio, la cantaba... ¡Oh, qué días aquellos!... ¡Eso es, eso es lo que debíamos cantar nosotros! Vamos a ver: ¡cómo!...; vamos a ver; ¡cómo!... ¡Ya se me olvidó!... ¿Os acordáis cómo era?

Estaba poseída de extraordinaria agitación y pugnaba por incorporarse. Finalmente, con una voz terrible, entrecortada de estertores, empezó, gritando y ahogándose a cada palabra, con semblante de creciente espanto:

¡En el ardor de la siesta!... ¡Del Dagestán en el valle!...
¡Con plomo dentro del pecho!...

—¡Excelencia! —clamó de pronto con un sollozo desgarrador y derramando lágrimas—. ¡Proteja a estos huérfanos! ¡En recuerdo de haber probado el pan y la sal en casa del difunto Semión Zajárich!... ¡Puede decirse que hasta aristocrática!... ¡Ah! —Se estremeció, recobrando de pronto la memoria, y los miró a todos con cierto terror, y reconociendo al punto a Sonia—. ¡Sonia, Sonia! —exclamó tímida y cariñosamente, como maravillada de verla allí delante—. Sonia, rica; ¿estás también tú aquí?

Volvieron a incorporarla.

—¡Basta!... ¡Ya es tiempo!... ¡Adiós, pobrecilla!... ¡Deslomaron a la jaca!... ¡Revienta! —gritó desesperadamente y con rabia, y dejó caer la cabeza en la almohada.

Otra vez volvió a amodorrarse, pero aquel último sopor no duró mucho. Su rostro, lívido y descarnado, se echó hacia atrás, se le abrió la boca, las piernas se le estiraron convulsivamente. Lanzó un hondo, hondo suspiro, y expiró.

Sonia se echó sobre su cadáver, se cogió a él con ambas manos y se quedó con la cabeza reclinada en el hundido pecho de la muerta. Pólechka se arrodilló a los pies de la madre y se puso a besárselos, sin dejar de llorar. Kolia y Lenia, que aún no acababan de comprender lo ocurrido, pero que presentían algo tremendo, se cogieron el uno al otro con ambas manos, ceñidas a los hombros, y se quedaron mirando mutuamente, hasta que, de pronto, los dos al mismo tiempo, de una vez, abrieron las bocas y rompieron a gritar. Conservaban aún los dos sus trajes cómicos: el uno, su turbante; la otra, el gorro con la pluma de avestruz.

¿Y de qué modo aquel «diploma de honor» se encontró de pronto en la cama, al lado de Katerina Ivánovna? Estaba allí, junto a la almohada; Raskólnikov lo vio.

Se acercó a la ventana. No tardó en acudir Lebeziátnikov.

—¡Expiró! —le dijo.

—Rodión Románovich, necesito decirle a usted dos palabras —le anunció Svidrigáilov, acercándose. Lebeziátnikov le cedió inmediatamente el puesto y discretamente se retiró. Svidrigáilov se llevó al asombrado Raskólnikov más aparte todavía, a un rincón de la estancia.

—Todo ese jaleo, quiero decir los funerales y demás, corren de mi cuenta. Usted sabe que todo esto ha de costar dinero, y ya le dije a usted que lo tengo de sobra. A esos dos pajarillos y a Pólechka ya los colocaremos en algún buen asilo de huérfanos y les impondré a cada uno, hasta su mayoría, mil quinientos rublos, a fin de que Sofia Semiónovna pueda estar tranquila. Y a ella también la sacaré del fango, puesto que es una buena chica, ¿verdad? Supongo que le podrá usted decir a Avdotia Románovna el modo como he empleado sus diez mil rublos.

—¿Con qué objeto se dedica usted a tales generosidades? —inquirió Raskólnikov.

—¡Ah!... ¡Hombre desconfiado!... —Se sonrió Svidrigáilov—. Ya le dije que ese dinero, para mí, está de más. Bueno; ¿de veras no cree usted que procedo humanamente? Mire usted: no era ningún *piojo* aquella —y señaló con el dedo al rincón, donde yacía la muerta—, como cualquier vejuca prestamista. Bueno; convenga usted conmigo: ¿será mejor que Luzhin siga viviendo y cometiendo canalladas o que ella muera? Y si yo no las ayudo, entonces Pólechka, por ejemplo, irá allá también por ese mismo camino...

Decía todo aquello con el aire de un pícaro de buen humor, que guiñaba el ojo sin apartar el suyo de Raskólnikov. Raskólnikov se puso pálido y frío al escuchar sus expresiones personales, las dichas por él a Sonia. Rápidamente retrocedió y miró ávido a Svidrigáilov.

—¿Cómo... sabe usted eso? —balbució, sin poder respirar apenas.

—Pues verá usted: porque yo paro aquí, pared por medio, en casa de *madame* Resslich. Aquí Kapernaúmov y allí madame Resslich, una amiga mía antigua y leal. Vecinos.

—¿Usted?

—Yo —continuó Svidrigáilov retorciéndose de risa—. Y puedo asegurarle a usted, bajo palabra de honor, querido Rodión Románovich, que me inspira usted mucho interés. Mire: ya le dije a usted que nos habíamos de tratar; se lo dije a usted de antemano..., y ya ve usted cómo es verdad. Y ya verá usted qué hombre tan dúctil soy. Ya verá usted cómo se puede tratar conmigo...

SEXTA PARTE

I

Para Raskólnikov empezó entonces una extraña época; parecía como si una bruma se hubiese levantado de pronto ante él, envolviéndolo en una soledad irrespirable y densa. Al evocar después aquel tiempo, mucho después, hubo de comprender que había tenido como obnubilada la conciencia, y que tal estado se prolongó, con leves intervalos, hasta que sobrevino la definitiva catástrofe. Estaba firmemente convencido de haberse equivocado en muchos puntos, por ejemplo, en la fecha y duración de ciertos acontecimientos. Por lo menos, al evocar después y hacer por explicarse lo evocado, se reconocía no pocas veces, guiándose por los testimonios ajenos. Confundía, por ejemplo, un suceso con otro; o los consideraba como consecuencia de acontecimientos que solo habían ocurrido en su febril imaginación. De cuando en cuando se apoderaba de él una grave y dolorosa inquietud, que llegaba a degenerar en terror pánico. Pero recordaba también que había habido minutos, horas y hasta días, quizá, llenos de una apatía, que se apoderaba de él como por reacción contra el pasado espanto; una apatía semejante a ese estado de alma de morbosa indiferencia de algunos moribundos. En general, en aquellos últimos días se había esforzado por convencerse de que comprendía clara y plenamente su situación; ciertos hechos corrientes que necesitaban dilucidación inmediata le causaban especial pesadumbre; pero cuánto se habría alegrado de poder libertarse y evitar algunas precauciones, cuyo olvido, por lo demás, constituía en su situación una amenaza de cumplida e irreparable rutina.

Particularmente le alarmaba Svidrigáilov; hasta podría decirse cómo se había quedado detenido en Svidrigáilov. Desde que Svidrigáilov le dijera aquellas palabras, harto amenazadoras para él y demasiadamente explícitas, en el cuarto de Sonia, en el instante de morir Katerina Ivánovna, parecía haberse interrumpido el curso habitual de sus ideas. Pero a pesar de que ese nuevo hecho le inquietaba enormemente, Raskólnikov no se daba la menor prisa a ventilar el asunto. A veces, encontrándose de pronto en algún barrio apartado y solitario de la población, en algún mísero tabernucho, solo, sentado a una mesa, ensimismado y sin apenas darse cuenta de cómo había ido a parar allí, se acordaba de repente de Svidrigáilov; de pronto, con harta claridad y alarma, reconocía que era menester, cuanto antes, hablar con aquel hombre y, a ser posible, poner remate al asunto. Una vez, paseando por las afueras, hasta llegó a imaginarse que le aguardaba allí Svidrigáilov, y que tenían convenida en aquel lugar una cita. Otra vez hubo de despertarse al clarear el día, tumbado en tierra, entre arbustos, y apenas acertaba a explicarse cómo se encontraba allí. Por lo demás, en los dos o tres días que siguieron a la muerte de Katerina Ivánovna, se tropezó un par de veces con Svidrigáilov, casi siempre en el cuarto de Sonia, adonde iba como sin objeto, pero a cada minuto. Cambiaban unas breves palabras y ni una vez siquiera tocaron el punto capital, cual si entre ellos existiese un tácito convenio para no hablar de aquello hasta más adelante. El cadáver de Katerina Ivánovna continuaba aún de cuerpo presente. Svidrigáilov se había encargado del sepelio y andaba muy atareado. Sonia también estaba muy ocupada. En su último encuentro con Svidrigáilov, le manifestó este a Raskólnikov que había arreglado, y arreglado bien, lo referente a los hijos de Katerina Ivánovna; que gracias a ciertas amistades había logrado llegar hasta personas con ayuda de las cuales se podría internar inmediatamente a los tres huerfanitos en una institución indicadísima a tal fin, a lo que habían contribuido también mucho los dineros que les había asignado, pues colocar a unos huérfanos que poseían algún capital era siempre más fácil que no a unos huérfanos pobres. Le habló también de Sonia; le prometió ir a verlo a su casa de allí a unos días, y le anticipó «que deseaba asesorarse con él; que era muy necesario que hablasen, que se trataba de un asunto tal...». Aquel diálogo lo tuvieron en el rellano, ya en la escalera. Svidrigáilov miró de hito en hito a Raskólnikov, y de pronto, después de una pausa y en voz baja, le preguntó:

—Pero ¿qué le pasa a usted, Rodión Románovich, que no parece el mismo? Usted oye y mira, pero parece como si no se enterara. Cobre ánimos. Mire: tenemos que hablar; lástima que tenga tantos asuntos ajenos que atender y los míos... ¡Ah, Rodión Románovich —añadió de pronto—, todo hombre necesita aire, aire, aire!... ¡Eso ante todo!

De pronto se echó a un lado para dejar pasar al cura y al sacristán, que subían la escalera. Iban a rezar un responso. Por disposición de Svidrigáilov le decían dos responsos cada día, con toda escrupulosidad. Svidrigáilov se fue por su camino. Raskólnikov se quedó caviloso y penetró detrás del cura en el cuarto de Sonia.

Se detuvo junto a la puerta. Había empezado el rito tranquilo, solemne, triste. La idea de la muerte y la emoción de la presencia de un difunto siempre le habían infundido una suerte de agobiante y místico espanto, desde la infancia misma, y hacía, además, mucho tiempo que no escuchaba un responso. Pero había aún algo, harto terrible e inquietante. Miraba a los niños: todos estaban de rodillas junto al féretro; Pólechka lloraba. Detrás de ellos, queda y como tímidamente llorosa, rezaba Sonia. «En todos estos días ni siquiera me ha mirado una vez, y ni una sola palabra me ha dicho», pensó Raskólnikov. El sol iluminaba claramente el aposento; la humareda del incensario se elevaba en remolinos; el sacerdote leía: «¡La paz,

Señor!». Raskólnikov asistió a todo el responso. Al echar la bendición y despedirse, el sacerdote miró en torno suyo con un gesto extraño. Terminado el rito, Raskólnikov se acercó a Sonia. Esta, de pronto, lo cogió con ambas manos y reclinó en su hombro la cabeza. Ese breve gesto afectuoso dejó perplejo a Raskólnikov; también tenía algo de extraño. ¿Cómo? ¡Ni la menor repulsión, ni el menor espanto hacia él, ni el más leve temblor en su mano! Aquello ya era el colmo de la abnegación personal. Tal, por lo menos, se le antojaba a él. Sonia no dijo nada. Raskólnikov le estrechó la mano y se fue. Sentía un abatimiento espantoso. De haberle sido posible irse en aquel momento a alguna parte y quedarse allí completamente solo, aunque hubiera sido para toda la vida, se habría considerado feliz. Pero era el caso que en los últimos tiempos, aunque casi siempre estaba solo, no podía nunca sentirse solo. Le sucedía salirse por las afueras, hasta la carretera, y en cierta ocasión hasta se metió por un arbolado; pero cuanto más desierto estaba el lugar, tanto más vivamente sentía él a su lado como una presencia inquietante, no la de ningún extraño, sino la de algo ya de muy atrás esperado; así que enseguida se volvía a la ciudad, se confundía entre la gente, entraba en algún figón o taberna, iba a Tolkuchii, al mercado del Heno. Allí se encontraba como más a sus anchas y más solo. En una tabernucha, al caer de la tarde, cantaban tonadillas; él se estuvo allí sentado una hora entera, oyendo, y recordaba que aquello le había gustado mucho. Pero a lo último se levantó de pronto desasosegado, parecía como si remordimientos de conciencia empezasen a atormentarlo. «Vaya, me estoy sentado, oyendo cantar; pero ¿es esto, quizá, lo que debo hacer? —Por lo demás, adivinaba que no era solo lo que le inquietaba, sino algo que reclamaba una resolución urgente, pero acerca de lo cual no era posible pensar ni decir una palabra. Todo giraba en torbellino—. No, mejor sería una riña franca. Mejor sería otra vez Porfirii... o Svidrigáilov... Cuanto antes un nuevo desafío, un nuevo ataque... ¡Sí, sí!», pensaba. Salió del tabernucho poco menos que corriendo. El recuerdo de Dunia y de su madre volvió de pronto a infundirle, sin saber por qué, un terror pánico. Aquella noche misma, antes de clarear el alba, se despertó, también entre la espesura; en la isla Krestóvskii, todo temblando, con fiebre; regresó a casa ya de mañana, muy temprano. Tras algunas horas de sueño, se le pasó la fiebre, pero se despertó ya tarde; eran las dos.

Se acordó de que para aquel día estaba señalado el entierro de Katerina Ivánovna, y celebró no hallarse presente en él. Nastasia le llevó de comer; comió y bebió con gran apetito, casi con ansia. Tenía más despejada la cabeza y se sentía más tranquilo que en los últimos tres días. Hasta se admiró un momento de su terror pánico anterior. La puerta se abrió y entró Razumijin.

—¡Ah! Comes, luego no estás enfermo —dijo Razumijin, cogiendo una silla y sentándose a la mesa frente a Raskólnikov; venía todo alarmado, y no se esforzaba por disimularlo; hablaba con visible disgusto, pero sin atropellarse ni levantar la voz de un modo especial. Habría podido pensarse que abrigaba alguna intención personal y casi exclusiva—. Oye —dijo resueltamente—: por mí, que te lleven todos los diablos; por lo que veo ahora, veo claro que soy incapaz de comprender nada; pero, por favor, no vayas a figurarte que te vengo a interrogar. ¡Escupo en ello! ¡Soy yo quien no quiere! Ahora ya puedes descubrírmelo todo, todos tus secretos, que yo quizá ni me detenga a escucharlos, escupa y me vaya. He venido con el solo objeto de saber de un modo terminante y definitivo si es verdad, en primer lugar, que tú estás demente. Respecto a ti, tú lo sabes, existe la convicción (bueno, allá, no sé dónde) de que o estás loco de remate o poco te falta. Te confieso que también yo me siento muy inclinado a aceptar esa opinión, en primer término, a juzgar por tu estúpida y hasta cierto punto sórdida conducta (en absoluto inexplicable), y, además, teniendo también en cuenta tu reciente modo de portarte con tu madre y tu hermana. Solo un hombre ruin y bajo, no tratándose de un loco, podría conducirse con ellas como tú te conduces; por consiguiente, tú estás loco...

—¿Hace mucho que las has visto?

—Ahora mismo. Pero ¿tú no las has vuelto a ver hasta ahora? ¿Por dónde andas? Dímelo, por favor, que ya he estado aquí tres veces sin encontrarte. Tu madre está desde ayer gravemente enferma. Quiso venir a verte; Avdotia Románovna la contiene; ella no se aviene a razones. «Si él —dice— está enfermo, si ha perdido el juicio, ¿quién podrá asistirle como su madre?». Así que vinimos aquí todos, por no dejarla a ella sola. Hasta llegar a la misma puerta estuvimos rogándole que se tranquilizara. Entramos; tú no estabas. Mira: aquí mismo estuvo sentada ella. Permaneció sentada diez minutos; yo estaba en pie, a su lado, sin hablar. Hasta que se levantó y dijo: «Cuando ha salido a la calle, es señal de que está bueno y se ha olvidado de su madre; así que es poco decoroso y hasta un bochorno el que una madre esté aquí, en su puerta, mendigando sus caricias como una limosna». A casa se volvió y se acostó; ahora está con calentura. «Por lo que se ve, *para ella* es para quien tiene tiempo». Supone que *ella* es Sofia Semiónovna, tu novia o amante, o qué sé yo. Yo me fui inmediatamente en busca de Sofia Semiónovna, porque, hermanito, quería poner las cosas en claro...; pero llego, miro, un féretro, unos niñitos llorando. Sofia Semiónovna les estaba probando unos trajecitos de luto. Tú no estabas. Di a aquello un vistazo, presenté mis excusas y me fui a referírselo todo a Avdotia Románovna. Todo aquello seguramente eran patrañas, y tú no tenías ninguna *ella*, siendo lo más probable de todo que estuvieses loco. Pero ahora vengo aquí y te encuentro sentadito, devorando tu asado, como si llevaras tres días sin comer. Desde luego, que también los locos comen; pero desde ahora mismo, sin que tú me digas nada, declaro que... tú no estás loco. ¡Lo juro! Ante todo, no estás loco. Así que el diablo os lleve a todos; aquí debe de haber algún misterio, algún secreto; y yo no tengo la menor gana de quebrarme la cabeza con tus enigmas. Solo vine a recriminarte —concluyó, levantándose—, a aligerarme el alma, y ahora ya sé lo que tengo que hacer.

—Y ¿qué es lo que vas a hacer ahora?...

—¿A ti qué te importa lo que yo vaya a hacer ahora?

—Mira: tú vas a beber de más.

—¿Cómo... cómo sacas eso?

—¡Está claro!...

Razumijin guardó silencio un instante.

—Tú siempre fuiste un chico muy juicioso, y nunca, nunca estuviste loco —observó, de pronto, con vehemencia—. Es la verdad: beberé. ¡Adiós! —Y se dispuso a irse.

—Hace tres días, creo, le hablé de ti a mi hermana, Razumijin.

—¿De mí?... ¿Dónde pudiste verla hace tres días?

Y Razumijin se detuvo de pronto, poniéndose hasta un poco colorado. Podía adivinarse que en el acto, y a consecuencia de aquello, le había dado un vuelco el corazón.

—Vino aquí ella sola; ahí estuvo sentada hablando conmigo.

—¿Sola?

—Sola, sí.

—Pero ¿qué fue lo que le dijiste..., quiero decir referente a mí?

—Pues le dije que tú eras un chico muy bueno, honrado y capaz de amar de veras. Que tú la quieres, eso no se lo dije, porque ya lo sabe.

—¿Que lo sabe?

—¡Claro! Adondequiera que yo vaya, me pase lo que me pase..., tú te quedarás con ellas, sirviéndoles de Providencia. Yo, por decirlo así, te las entrego, Razumijin. Hablo así porque sé de sobra cuánto la amas y estoy convencido de la pureza de tu corazón. Sé también que ella, por su parte, puede amarte a ti, y hasta es posible que ya te ame. Ahora ya puedes decidir, puesto que estás mejor enterado, de si debes o no debes beber.

—Rodia... Mira... ¡Vaya! ¡Ah, diablo! Pero ¿adónde piensas tú encaminarte? Mira: si es todo eso un secreto, que lo sea. Pero yo..., yo conozco el secreto... Y estoy convencido de que se trata irremisiblemente de algún absurdo y alguna nimiedad, y que tú lo exageras todo. Aunque, en el fondo, eres un chico excelente..., ¡un chico excelente!...

—Y yo quería decirte, además, cuando tú me interrumpiste, que pensabas muy bien antes, al decir que no querías conocer estos misterios y secretos. Déjame en paz por ahora, no me inquietes. Todo lo sabrás a su tiempo, sobre todo cuando sea menester. Ayer me dijo un individuo que el hombre necesita aire, ¡aire, aire! Yo quiero ir enseguida a buscarlo, para que me explique qué quiso decir con aquello.

Razumijin permanecía en pie, pensativo y emocionado, y algo se imaginaba.

«¡Ese es un conspirador político! ¡De seguro! Y el día antes habría dado algún paso decisivo, sin duda. No puede ser de otro modo..., y..., y Dunia sabe...», pensó para sí de pronto.

—¿De modo que estuvo aquí a verte Advotia Románovna —dijo, recalcando las palabras—, y tú quieres avistarte con un individuo que dice que el aire es necesario?... El aire, y..., y probablemente esa carta... debe de ser también del mismo —concluyó, como para sus adentros.

—¿Qué carta?

—Pues una que recibió hoy ella y que le ha producido gran alarma. Mucha. Hasta demasiada, quizá. Yo aludí a ti... Ella me rogó que callase. Luego..., luego me dijo que quizá tuviéramos que separarnos muy pronto. Después se puso a darme con mucho calor las gracias por no sé qué; finalmente, se metió en su cuarto y se encerró por dentro.

—¿Conque ha recibido una carta? —inquirió Raskólnikov pensativo.

—Sí, una carta; pero ¿no lo sabías? ¡Hum!...

Quedaron ambos silenciosos.

—¡Adiós, Rodión! Yo, hermanito..., hubo un tiempo...;

pero nada, adiós... Mira: hubo un tiempo... ¡Bueno; adiós! También yo debo irme. Pero no iré a beber. Ahora ya no hace falta..., te has equivocado...

Diose prisa a salir; pero después de haberse retirado y hasta cerrado casi la puerta, volvió otra vez y dijo, mirando de soslayo:

—A propósito: ¿te acuerdas de aquel crimen, bueno, de ese en que entiende Porfirii, el asesinato de aquella vieja? Pues bueno; has de saber que ya dieron con el criminal y que este confesó de plano y presentó toda clase de pruebas. Es uno de aquellos obreros pintores, figúrate, ¿te acuerdas? ¡Y con el calor que yo los defendía!... ¿Quieres creer que toda aquella escena de la riña y las risotadas por la escalera con sus compañeros, cuando llegaron aquellos individuos, el portero y los dos testigos, la urdieron para despistar? ¡Qué astucia, qué presencia de espíritu en semejante fregado! ¡Trabajo cuesta creerlo, pero así lo ha confesado él mismo y con toda clase de pormenores! ¿Qué te parece? A juicio mío, se trata sencillamente de un genio de la inventiva y el disimulo, un genio de la coartada jurídica..., aunque quizá no haya motivos para maravillarse. ¿Acaso no puede haber esos genios? Y que no sostuviera su carácter para resistir y declarar, es una razón más para que yo le crea. Resulta más verosímil... Pero ¡cómo, cómo me dejé engañar entonces! ¡Habría puesto la mano en el fuego por ellos!*

—Dime, te ruego: ¿por quién te enteraste y por qué te interesa eso tanto? —preguntó Raskólnikov con visible emoción.

—¡Vaya con la salida! ¿Que por qué me interesa? ¡Qué pregunta! Lo supe por Porfirii, entre otros. Aunque él fue quien me lo contó casi todo.

—¿Porfirii?

---

* «¡Habría puesto la mano en el fuego por ellos!». En el original ruso dice literalmente: «¡Habría trepado por la pared!» («*Za nij na stienu lies*»).

—Porfirii.

—¿Y qué... qué dice? —inquirió Raskólnikov con temor.

—Todo me lo ha explicado muy bien. Me lo ha explicado psicológicamente, con arreglo a su tema.

—¿Te lo ha explicado él? ¿Él mismo?

—¡Él mismo, él mismo! ¡Adiós! Luego te daré más detalles; pero ahora tengo que hacer. Allá... hubo un tiempo en que yo pensaba... Pero no; luego... ¿Para qué voy ahora a beber?... Tú, sin vino, me embriagaste. Borrachito estoy, Rodia. Sin vino, estoy ya borracho; pero, vaya, adiós. Ya vendré por aquí muy pronto.

Se fue.

«Este es un conspirador político, de seguro, de seguro —resolvió, para sí, Razumijin, definitivamente, en tanto bajaba despacio la escalera—. También ha complicado a su hermana, lo cual es muy posible, pero muy posible, con el carácter de Avdotia Románovna. Han tenido una entrevista... Ya ella me lo dio a entender. A juzgar por muchas de sus palabras... y palabritas... e indirectas..., no tiene más remedio que ser así. ¿Cómo, si no, podría explicarse todo este lío? ¡Hum! Y yo que me figuraba... ¡Oh, Señor, qué me había yo imaginado! Sí, fue una alucinación, y ahora resulto culpable para con él. Fue él, aquella noche, junto a la lámpara, en el corredor, quien esa alucinación provocó en mí. ¡Uf! ¡Qué repulsivo, estúpido y ruin pensamiento el mío! ¡Bravo por Mikolka, que confesó!... ¡Y cómo se explica ahora todo lo anterior! Aquella enfermedad suya de entonces, aquellas sus extrañas maneras de conducirse y hasta aquel su extraño carácter sombrío, adusto de siempre, de mucho antes, cuando aún estaba en la universidad... Pero ¿qué querrá decir ahora esa carta? Ahí debe de haber algo oculto. ¿De quién será? Me infunde sospechas... ¡Hum! No; todo esto lo he de poner en claro...».

No hacía más que acordarse de Dúnechka y pensar en ella, y el corazón le palpitaba. Logró arrancarse de allí y echó a correr.

Raskólnikov, no bien hubo salido Razumijin, se levantó, se acercó a la ventana, se puso a pasear de un pico al otro, como olvidado de la estrechez de su tabuco..., y luego volvió a sentarse en el diván. Parecía completamente renovado: de nuevo la lucha...: es decir, que había encontrado una salida.

«¡Sí, eso quiere decir que he encontrado una salida!».

Estaba ya todo demasiado cerrado, le agobiaba dolorosamente, había empezado a entrarle ya vértigo. Desde aquella escena de marras entre Mikolka y Porfirii venía ahogándose, falto de aire, en la estrechura. Después de Mikolka, aquel día mismo, había tenido aquella escena en casa de Sonia, que él condujo y terminó no enteramente como se imaginara antes...; flaqueó; es decir, mucho y radicalmente. ¡De una vez! Porque, en fin, había reconocido entonces, de acuerdo con Sonia, él mismo había reconocido, y reconocido de corazón, que no le era posible vivir solo con aquel peso sobre el alma. ¿Y Svidrigáilov? Svidrigáilov era un enigma... Svidrigáilov lo inquietaba, es cierto; pero no por ese lado. Con Svidrigáilov es posible que tuviera aún que sostener una lucha. Svidrigáilov quizá fuera también otra salida; pero lo de Porfirii era distinto.

«Efectivamente, Porfirii mismo y todo, le había explicado las cosas a Razumijin, se las había explicado *psicológicamente*. ¡Otra vez empezaba a hostigarle con su maldita psicología! Pero Porfirii, ¡que Porfirii pudiese creer ni por un instante que Mikolka era culpable, después de aquello que entre los dos había pasado, después de aquella escena, a solas los dos hasta la llegada de Mikolka, escena que solo podía tener una explicación racional, *una sola*!... (Raskólnikov, en todos aquellos días, había recordado más de una vez, a trozos, toda aquella escena con Porfirii, cuya evocación no podía resistirla por entero). Se habían cruzado entonces tales palabras entre ellos, operándose tales movimientos y gestos, cambiaron tales miradas, díchose algunas cosas con tal tono de voz y llegádose a tales extremos, que ya, después de aquello, no podía Mikolka (al que Porfirii había calado desde la primera palabra y el primer gesto), no podía Mikolka echar abajo los cimientos de su convicción.

»Pero ¡cómo! ¡También Razumijin había empezado a sospechar! La escena del corredor, junto a la lámpara, no había ocurrido en vano. Porque él se había precipitado a ver a Porfirii... Pero ¿por qué causa empezaba aquel a engañarle? ¿Con qué fin pretendía desviar hacia Mikolka la mirada de Razumijin? No; irremisiblemente, algo tramaba; en eso había alguna intención; pero ¿cuál? Verdaderamente, desde aquella mañana había pasado mucho tiempo..., demasiado, demasiado, y de Porfirii no había habido noticias ni rumor. Lo que, sin duda, era de peor agüero...».

Raskólnikov cogió la gorra y, después de recapacitar un instante, se salió del cuarto. Era el primer día, en todo aquel tiempo, en que se sentía, por lo menos, en un estado de sana lucidez. «Es preciso acabar con Svidrigáilov —pensó—, y sea como fuere, cuanto antes; él también parece como que aguarda a que yo vaya a verle». Y en aquel momento se levantó de pronto tal odio en su cansado corazón, que es posible que en tal instante hubiese matado a alguno de los dos: a Svidrigáilov o a Porfirii. Por lo menos sentía que, si no entonces, luego sí estaría en condiciones de hacerlo. «Veremos, veremos», repetía para sí.

Pero no había hecho más que abrir la puerta, cuando se dio de manos a boca con el propio Porfirii. Este se dirigía a su cuarto. Raskólnikov se quedó estupefacto un instante, pero un instante tan solo. Cosa rara: no se admiró mucho de ver allí a Porfirii y casi no sintió susto alguno. No hizo más que dar un ligero respingo, pero enseguida se repuso. «¡Quizá sea este el desenlace! Pero ¿cómo habrá venido tan despacito, como un gato, de modo que no lo he sentido? ¿Me habrá estado escuchando?».

—No aguardaba usted visita, Rodión Románovich —exclamó sonriendo Porfirii Petróvich—. Hace tiempo que tenía intención de venir a verle. «Pasaré por allá —pensaba—, ¿por qué no ir a estar con él unos cinco minutos?». Pero ¿adónde iba usted? No lo entretendré. Solo el tiempo de fumar un cigarrillo, si usted me lo permite.

—Pero siéntese usted, Porfirii Petróvich, siéntese usted —requirió Raskólnikov al huésped, con un aire tan satisfecho y amistoso, al parecer, que verdaderamente él mismo se habría maravillado si hubiera podido verse.

Sus anteriores impresiones se habían borrado. A veces ocurre que un hombre soporta media hora de susto mortal con un bandido, y cuando este le pone, por fin, el puñal en la garganta, se le pasa de pronto todo el miedo. Se sentó enfrente de Porfirii, y, sin pestañear, se quedó mirándolo. Porfirii entornó los ojos y se puso a encender lentamente un cigarrillo.

«¡Vamos, habla, habla! —le hubiera gritado Raskólnikov de buena gana desde el fondo de su corazón—. ¡Vamos! ¿Qué es eso? ¿Por qué no hablas?».

II

—¡Vaya con los cigarritos! —dijo, por fin, Porfirii, que había acabado de encender el suyo y lanzado una bocanada de humo—. Un veneno, un verdadero veneno, y, sin embargo, no puedo dejarlo. Toso, tengo carraspera en la garganta y empiezo a padecer asma. Yo, mire usted, soy muy aprensivo, y no hace mucho estuve a consultar con el doctor B***, que a cada enfermo tarda, por lo menos, media hora en reconocerlo; al verme, se rió: «A usted —me dijo, entre otras cosas— le conviene abstenerse del tabaco. Tiene usted una ligera dilatación de los pulmones». Pero vamos a ver: ¿cómo lo dejo? ¿Con qué reemplazar el tabaco? Como no bebo, esa es la lástima, ¡je..., je..., je!..., que no bebo, eso es lo malo... Mire usted: todo es relativo, Rodión Románovich; todo es relativo.

«Será que piensa volver a sus trapacerías», pensó Raskólnikov con aversión. Toda la reciente escena de su última entrevista se le vino a la memoria, y el sentimiento de ira de entonces volvió a sublevarle el corazón.

—Pero ¿no sabe usted que estuve a verlo anteanoche? —prosiguió Porfirii Petróvich, pasando revista al cuarto—. Aquí, aquí mismo estuve. También, lo mismo que hoy, pasaba por aquí..., y hube de decirme: «¿Por qué no hacerle una visitita?». Subí, encontré la habitación de par en par; miré..., aguardé y, sin decirle mi nombre a su criadita..., me fui. Pero ¿usted no cierra?

El rostro de Raskólnikov se ensombreció cada vez más. Porfirii pareció adivinar su pensamiento.

—Vine para darle una explicación, querido Rodión Románovich, para darle una explicación. Estoy obligado, tengo el deber de darle una explicación —prosiguió con una sonrisilla, y hasta le dio una leve palmadita a Raskólnikov en la rodilla; pero en el mismo instante, su rostro hizo una mueca seria y preocupada; hasta pareció transido de pena, con asombro de Raskólnikov. Nunca le había visto ni podido sospechar que pudiese poner semejante cara—. Extraña escena la que se desarrolló la última vez entre nosotros, Rodión Románovich. También la primera vez que nos vimos se produjo entre nosotros una escena extraña; pero entonces... Pero, en fin, es lo mismo. Mire usted; voy a decirle de qué se trata. Es el caso que yo me considero culpable para con usted; así lo siento. ¿Recuerda usted cómo nos separamos? Usted estaba atacado de los nervios, y le temblaban las piernas; yo también tenía los nervios crispados, y las piernas me temblaban. Y mire usted: hubo también algo de irregular entre nosotros, algo impropio entre caballeros. Y, sin embargo, nosotros somos caballeros, esto es, en todo caso y por encima de todo caballeros; no hay que olvidarlo. Bueno; usted recordará hasta dónde llegó la cosa...; completamente incorrecto.

«¿Qué es lo que fragua, por quién me habrá tomado?», se preguntó, estupefacto, Raskólnikov, el cual alzó la cabeza y se quedó mirando de hito en hito a Porfirii.

—Yo he recapacitado que a nosotros nos conviene más ahora proceder con franqueza —prosiguió Porfirii Petróvich, ladeando un poco la cabeza y apartando la vista, cual no queriendo cohibir más con la mirada a su víctima de antes y como desentendiéndose de sus anteriores máximas y tretas—. Eso es, porque esas sospechas y escenas semejantes no pueden prolongarse mucho tiempo. Vino a interrumpirnos en aquella ocasión Mikolka, que, si no, no sé hasta dónde habríamos llegado. Ese maldito artesano se había puesto a escuchar en mi casa al otro lado del tabique... ¿Puede usted figurárselo?... Usted, sin duda, ya lo sabe, sí; y yo tampoco ignoro que luego vino a verlo a usted; pero de aquello que usted supuso entonces no había nada; yo no había mandado llamar a nadie ni había dictado aún disposición alguna. Se preguntará usted que por qué no había dictado disposición alguna. Pero ¿qué decirle a usted? Todo eso, entonces, me tenía desconcertado. Y gracias que mandé llamar a los porteros (¿a los porteros los vería usted al entrar?). Una idea se me ocurrió entonces, rápida como el relámpago; mire usted: yo estaba entonces convencido, Rodión Románovich. Vaya... —pensaba yo—, aunque deje suelto, por lo pronto, al uno, al otro, en cambio, lo cogeré por la cola, y a este, lo que es a este, por lo menos, no lo soltaré. Es usted muy irritable, Rodión Románovich, por naturaleza, hasta con exceso, con todas las demás propiedades fundamentales de su carácter y su corazón, que yo me lisonjeo de haber comprendido en parte. Bueno; yo, sin duda, no podía aún entonces por menos de decirme que no todos los días ocurre eso de que venga un individuo y se ponga a contarle a uno todo lo que tiene sobre su alma. Aunque esto ocurre alguna vez, sobre todo cuando se le ha agotado al sujeto la paciencia, de todos modos no es frecuente. Esto no podía menos de comprenderlo yo. No —pienso—; a mí dadme aunque solo sea un puntito. Por pequeñito que fuese, uno solo, pero de tal naturaleza, que se le pueda coger con las manos, que sea una cosa y no simple psicología. Porque —me decía yo—, si el individuo es culpable, en ese caso, se puede ya, sin duda alguna, de todos modos, esperar de él algo real, y hasta es lícito contar con el resultado más imprevisto. Con su carácter contaba yo entonces, Rodión Románovich; más que nada, con su carácter. Me hacía entonces muchas ilusiones con usted.

—Pero... ¿a qué viene decirme todo eso? —refunfuñó, finalmente, Raskólnikov, hasta sin meditar bien la pregunta—. «¿A qué se referirá? —se decía, perdido en suposiciones—. ¿Sería que, en el fondo, me tiene por culpable?».

—¿Que por qué le digo todo esto? Es que he venido a darle una explicación que considero, por así decirlo, un sagrado deber. Quiero exponérselo a usted todo, hasta la zeda; cómo pasó toda, toda esta historia de ese, por decirlo así, espejismo de entonces. Mucho le hice a usted sufrir, Rodión Románovich. Yo no soy ningún monstruo. Sepa usted que comprendo también hasta qué punto puede sacar de quicio todo esto a un hombre, agobiado por la suerte, pero altivo, dominante e impaciente; sobre todo, impaciente. Yo a usted, en todo caso, le tengo por el hombre más excelente del mundo, y hasta con destellos de grandeza de alma, aunque no estoy conforme con usted en sus convicciones, lo que considero un deber hacer constar, ante todo, francamente y con sinceridad absoluta, porque, sobre todo, no quiero engañarle. Al conocerlo a usted, me inspiró usted gran simpatía. Usted puede que se eche a reír al oír estas mis palabras. Tiene usted razón para ello. Sé que a usted, desde el primer momento, le he sido antipático, porque, realmente, no tengo nada de simpático. Pero, piense usted lo que quiera, yo ahora, por mi parte, deseo borrar esa mala impresión por todos los medios y demostrarle que también yo soy hombre de corazón y de conciencia. Sinceramente le hablo.

Porfirii Petróvich hizo una pausa y adoptó un aire digno. Raskólnikov sintió que le acometía un nuevo espanto. La idea de que Porfirii le considerase culpable empezó, de pronto, a asustarle.

—Contarlo todo por su orden, según, de pronto, se produjo entonces, no lo creo necesario —prosiguió Porfirii Petróvich—, y hasta lo considero superfluo. Y, además, no veo cómo podría hacerlo. Porque ¿cómo explicárselo circunstanciadamente? En primer lugar, surgieron rumores. De dónde tomaran pie estos rumores, ni de quién, ni cuándo, y a propósito de qué hubo de pensarse en usted especialmente..., también estimo superfluo puntualizarlo. Por lo que a mí respecta, empezó la cosa por casualidad, por una casualidad enteramente casual, que en alto grado podía ser y podía no ser... ¿Cuál? ¡Hum! Creo que tampoco de esto debe hablarse. Todo esto, rumores y casualidad, se fundieron entonces, para mí, en una sola idea. Le confieso a usted francamente, ya que, puestos a confesarnos, es preciso hacer confesión general, que... el primero que entonces se fijó en usted fui yo. Aquellas anotaciones de la vieja en los objetos, etcétera, etcétera, todo eso es un absurdo. Detalles como esos pueden encontrarse a centenares. Tuve entonces ocasión también de conocer casualmente, con todos sus pormenores, la escena de la comisaría, por pura casualidad y no así de pasada, sino de labios de un testigo minucioso que, sin sospecharlo, había retenido maravillosamente esa escena. Mire usted: todo eso, todo eso se fue concatenando lo uno con lo otro, lo uno con lo otro, Rodión Románovich, querido. Bueno, ¿cómo, así las cosas, no inclinarse a cierto lado? De cien conejos no se hace nunca un caballo; de cien sospechas no se hace nunca una prueba, dice un proverbio inglés, y vea cuánta discreción encierra; pero las pasiones..., pruebe usted a luchar con las pasiones, porque también el juez es hombre. Hube de recordar también entonces su artículo de usted en aquel periódico, ¿recuerda?, del que ya me habló usted, con toda suerte de pormenores, en su primera visita. Yo me burlé entonces; pero fue para sonsacarle. Repito que es usted muy impaciente e irritable, Rodión Románovich. También tuve ocasión de comprobar que era usted temerario, arrebatado, serio, y que había sentido, sentido ya mucho, todo lo cual me constaba ya de mucho antes. A mí todas esas sensaciones me eran conocidas, y su artículo lo leí como algo familiar. En noches de insomnio y de exasperación había sido concebido, con palpitaciones y vuelcos del corazón, con reprimido entusiasmo. ¡Y qué peligroso resulta este entusiasmo reprimido, orgulloso, en la juventud! Yo, entonces, me burlaba; pero ahora le digo a usted que me gusta enormemente, en general —hablo como aficionado—, ese primer ensayo juvenil, fogoso, de su pluma. Vapores, brumas, la cuerda vibra entre nieblas. Su artículo es absurdo y fantástico; pero en él alienta sinceridad, en él hay orgullo juvenil insobornable, allí se respira la osadía de la desesperación; es sombrío su artículo; pero está bien. Lo leí y lo puse aparte, y... al ponerlo aparte, pensé: «¡Vaya! ¡Un hombre así no se queda en eso!». Así que dígame usted ahora: ¿cómo, después de tal premisa, no habría yo podido augurar la continuación? ¡Ah, Señor! Pero ¿es que yo digo algo? ¿Afirmo algo, quizá? Yo, entonces, me limitaba a observar. ¿Qué habrá en todo eso? —pensaba—. Pues en todo eso no hay nada, sencillamente nada, y es posible que, en sumo grado, nada. Y lanzarme a esas deducciones yo, un juez, era altamente indecoroso. Entonces cayó en mis manos Mikolka, y ya contaba con hechos...: ahí, dígase lo que se quiera, había hechos. Y también recurrí a la psicología; era menester preocuparse, pues se trataba de un asunto de vida o muerte. Pero ¿por qué le explico yo ahora a usted todo esto? Pues para que usted lo sepa y en su inteligencia y en su corazón no me culpe por mi mala conducta de marras. No procedía de mala fe, se lo digo a usted sinceramente, ¡je..., je! Usted, ¿qué pensaba? ¿Que no iba yo a practicar un registro en su domicilio? Pues sí; lo hubo, lo hubo..., ¡je, je!...; lo hubo, cuando usted estaba enfermo en la cama. No oficialmente y en su cara de usted; pero lo hubo. Hasta el último pelillo del cuarto examinamos por primera diligencia; pero..., pero... *umsonst**. Yo pienso:

---

* «... *umsonst*»: en vano. (En alemán en el original).

«Ahora ese individuo se presentará, él mismo se presentará, y muy pronto; como sea culpable, no dejará de presentarse. Otro no vendría: pero ese sí vendrá». ¿Y recuerda usted cómo el señor Razumijin se puso a reconvenirle a usted? Lo habíamos ideado así para soliviantarlo a usted, porque yo, con toda intención, hice correr el rumor, para que él le riñese a usted, porque el señor Razumijin es hombre incapaz de contener su indignación. Al señor Zamiótov hubieron de chocarle, ante todo, su cólera y su manifiesta osadía; vamos, aquello que le espetó usted de pronto en la taberna: «¡Yo maté!». ¡Demasiado audaz, demasiado brusco, y, si es culpable, pienso, es un campeón tremendo!... Tal me dije yo entonces: «¡Aguardaré!...». Yo le aguardaba a usted con todas mis fuerzas, mientras que a Zamiótov lo había usted, sencillamente, aterrado... Y mire usted: esta es la cosa; la culpa la tiene esa maldita psicología de dos caras. Bueno, yo quedo aguardándolo a usted; miro: Dios me lo entregó. ¡Vino! ¡Cómo me palpitaba el corazón! ¡Ah! Bueno, ¿por qué vino usted entonces?... Aquellas risotadas suyas, aquellas risotadas al entrar, ¿recuerda?; a través de ellas, como de un cristal, todo lo adiviné; pero si yo no hubiese estado aguardándolo a usted de aquel modo, nada habría notado. Vea usted lo que significa estar predispuesto. Pero el señor Razumijin, entonces, ¿recuerda usted?... ¡Ah, ah!... ¿Y aquella piedra, aquella piedra..., recuerda usted..., aquella verdadera piedra, bajo la que están enterrados los objetos? Bueno; yo la veo, allá, en el patio..., porque del patio le había hablado usted primero a Zamiótov, y luego me habló a mí por segunda vez. Pero cuando empezamos a discutir su artículo, cuando usted se puso a exponer..., cada una de sus palabras encerraba un doble sentido, cual si debajo de ella hubiera otra cosa. ¡Ea! Ahí tiene usted, Rodión Románovich, de qué modo llegué yo a los últimos postes, y, después de darme en ellos con la cabeza, volví en mí. No —digo—, ¿adónde voy? De querer —digo—, todo esto, hasta el último detalle, puede explicarse de otro modo, y hasta resultará más natural. ¡Qué suplicio! «No —pienso—; a mí me vendría mejor una prue-becita». Y al tener entonces noticia de aquellos campanillazos, estuve a punto de desmayarme, y hasta me entró un temblor. «¡Vamos!... —me dije—. ¡Ya tenemos aquí la pruebecita! ¡Ya hay una!...». Porque yo entonces no me paraba a reflexionar: no quería. Mil rublos, en aquel instante, habría dado de mi bolsillo particular solamente por haberle podido ver a usted *con mis propios ojos*, cuando anduvo aquellos cien pasos con el artesanillo, después de haberle puesto él de «asesino» en su cara, sin atreverse, en todos esos cien pasos que anduvo con él, a preguntarle por qué lo apostrofaba así... ¿Y ese temblor frío en la espalda?... ¡Aquellos campanillazos fueron obra de la enfermedad, del semidelirio!... Vamos a ver: dígame us-ted, Rodión Románovich, ¿por qué había de admirarle a usted, después de eso, que yo le gastara esas bromitas? ¿Y por qué usted se presentó espontáneamente en aquel preciso instante? Hubiérase dicho que alguien le había impulsado, y por Dios que, si no llegan a llevarme allí a Mikolka..., entonces ¿se acuerda usted de Mikolka aquel día? ¿Se acuerda usted bien? Aquello fue un verdadero rayo. Como un rayo caído de las nubes, una flecha de la tempestad. ¡Y qué acogida le hice! En aquel rayo no creía ni pizca, usted mismo pudo verlo. Y, ade-más, luego, cuando usted se retiró y él empezó a contestar más y más concretamente a algunos puntos, yo mismo hube de asombrarme, y ni por valor de un *grosch* le daba crédito. He ahí lo que significa endurecerse como el diamante. «No —me digo—, *morgen früh**. ¡Vaya con Mikolka!».

—A mí acaba de decirme Razumijin que usted ahora con-sideraba culpable a Nikolai, y hasta había convencido de ello al propio Razumijin...

Le faltó la respiración, y no acabó. Había oído, con inex-presable emoción, desdecirse al hombre que le había calado las intenciones. Tenía miedo de creerlo y no lo creía. A través

* «... *morgen früh*»: mañana por la mañana. (En alemán en el original).

de palabras aún ambiguas, buscaba ávidamente captar algo más preciso y terminante.

—¡El señor Razumijin!... —exclamó Porfirii Petróvich, como alegrándose de aquella pregunta de Raskólnikov, que había estado callado hasta entonces—. ¡Je, je, je! Al señor Razumijin era necesario quitarlo de en medio: dos da gusto; el tercero sobra. El señor Razumijin es otra cosa; es un hombre ajeno; vino a verme todo pálido... Bueno, Dios sea con él. ¿Por qué meterlo a él en esto? Cuanto a Mikolka, ¿quiere usted saber qué clase de sujeto es, en qué forma lo comprendo yo? En primer lugar, es jovencito, menor de edad, y nada cobarde, sino algo así por el estilo de un artista. Verdaderamente, no se ría usted si lo defino de ese modo. Inocente y que se impresiona con nada. Corazón tiene, y fantasía. Canta y baila, y cuenta cuentos de un modo que vienen de otros sitios a oírlo. Y cuando va a la escuela, le hacen reír hasta caerse cualquiera que le enseñaba un dedo, y bebe hasta perder el sentido, no por vicio, sino, a veces, cuando le hacen beber, puerilmente. Entonces robó; pero él no se da cuenta de ello, porque «¿recogerlo del suelo era robar?». ¿Y no sabe usted que es *raskolnik*[*]? Aunque no *raskolnik*, sino simplemente disidente: en su familia ha habido de esos que llaman Escapados, y él mismo, no hace mucho, se pasó dos años enteros en el campo, bajo la dirección espiritual de un *stárets*[**]. Todo esto lo sé por el propio Mikolka y por sus paisanos de Zaraisk. Pero hay más: quería irse a vivir al desierto. Estaba enfervorizado: por las noches imploraba a Dios, leía y releía libros viejos «verdaderos». Petersburgo hizo en él gran impresión, sobre todo el bello sexo...; bueno, y el alcohol. Se dejó llevar y se olvidó del *stárets* y de todo. Me consta que tenía aquí un artista que le había cobrado afecto y se interesaba por él, cuando, de pronto, sur-

---

[*] «... *raskolnik*»: escindido, cismático. El nombre de Raskólnikov se deriva de *raskolnik*, herético (*raskol*, cisma).
[**] «... *stárets*»: ermitaño, anacoreta.

ge este incidente. Bueno, se asustó y quiso ahorcarse. ¡Huir!...
Pero ¿qué hacer, atendida la idea que tiene la gente de nuestra
justicia? A algunos eso de la «justicia» les parece una palabra
tremenda. ¿Quién tiene de ello la culpa? Esperemos que la
nueva jurisprudencia lo arreglará. ¡Oh, Dios lo quiera! Bueno, verá usted: ahora, en la cárcel, se acordaría, probablemente, del *stárets*; también habrá mediado la Biblia. ¿Sabe usted,
Rodión Románovich, lo que para esa gente significa «sufrir»,
y no sufrir por algo determinado, sino sencillamente que es
«preciso sufrir»? Significa aceptar el sufrimiento, y si es de
parte del poder, tanto mejor. Hubo en mi tiempo un preso
sumamente pacífico, que se pasó un año entero en la cárcel, y
por las noches, tumbado junto a la estufa, leía y releía la Biblia, y no se hartaba de leerla, hasta que, ¿sabe usted?, un día,
sin venir a cuento, fue y cogió un ladrillo y se lo arrojó al director, sin haber recibido de este el menor agravio. ¿Y cómo
se lo lanzó? Pues, con toda intención, desde una *arschina* de
distancia, para no hacerle ningún daño. Bueno; ya sabe usted
el fin que le aguarda al preso que atenta con armas contra sus
superiores; pero era que aquel quería «aceptar el dolor»[*]. Pues
ahora yo sospecho también que Mikolka lo que quiere es
«aceptar el dolor» o algo por el estilo. Esto me consta fijamente, incluso sobre la base de hechos. Solo que él ignora que
yo lo sé. ¿Acaso no cree usted que de entre esa gente salen
individuos fantásticos? Pues es muy frecuente. El *stárets* ahora habrá empezado a influir en él, sobre todo al recordar que
quiso ahorcarse. Pero, por lo demás, él mismo acabará por
contármelo todo. ¿Imagina usted que resistirá? ¡Aguardemos
a ver quién se retracta! De hora en hora aguardo que venga a
desdecirse de su declaración. Yo a ese Mikolka le tengo simpatía y lo estudio a fondo. ¿Y qué cree usted? ¡Je, je! En algunos puntos me ha contestado muy concretamente, me ha
dado los detalles que hacían falta; por lo visto, estaba aperci-

[*] Este episodio lo ha mencionado ya Dostoievski en *La casa muerta*.

bido; pero, sobre otros particulares, sencillamente una laguna: no sabe absolutamente nada, no da detalle alguno, y ni siquiera sospecha que no los ha dado. ¡No, padrecito Rodión Románovich; no puede ser Mikolka! Aquí se trata de un asunto fantástico, lúgubre, de un asunto contemporáneo, de un episodio de nuestro tiempo, en que tan torturado está el corazón del hombre, en que se cita esa frase de que la sangre «remoza»; en que toda la vida se consume en la lucha por el bienestar. Aquí se trata de ensueños librescos, de algún corazón exasperado; aquí salta a la vista la resolución para dar el primer paso, pero una resolución de índole especial; se decidió, sí; pero como quien se despeña montaña abajo o se tira de cabeza de una torre, y puede literalmente decirse que no fue al crimen por sus propios pies. Se olvidó de cerrar la puerta detrás de sí, y mató, mató a dos personas, pero por practicar su teoría. Mató; pero no acertó a apoderarse del dinero, y lo que logró coger fue y lo escondió debajo de una piedra. Lo de menos sería para él el tormento que hubo de sufrir cuando estaba detrás de la puerta y empezaron a zarandear esta y a tirar de la campanilla. No; luego, ya en el cuarto vacío, medio delirando, al recordar aquella campanilla, debió de sentir otra vez frío por la espalda... Bueno, supongamos que esto fuera por efecto de la enfermedad; pero fíjese usted, además, en esto: mató; pero se tiene por un hombre honrado, desprecia a la gente y se las da de ángel pálido... ¡No, ese no ha sido Mikolka, querido amigo, Rodión Románovich; ese no ha sido Mikolka!

Estas últimas palabras, después de todo lo antedicho, tan semejantes a una retractación, resultaban harto inesperadas. Raskólnikov temblaba todo él como traspasado.

—Entonces..., ¿quién... es el asesino?... —inquirió, sin poder contenerse, con voz afanosa.

Porfirii Petróvich se echó hacia atrás en su silla, cual si también a él le cogiese de improviso la pregunta y lo dejase estupefacto.

—¿Que quién es el asesino? —repitió, como no dando crédito a sus oídos—. ¡Pues *usted* es el asesino, Rodión Románovich! ¡Usted es el asesino! —añadió, casi en voz baja, con acento de convicción absoluta.

Raskólnikov saltó del diván, permaneció en pie unos segundos y volvió a sentarse sin decir palabra. Una ligera convulsión le corrió, de pronto, por todo el semblante.

—Otra vez el labio que le tiembla como entonces —murmuró Porfirii Petróvich, casi compasivo—. Usted, Rodión Románovich, me parece que no me ha entendido —añadió, tras algún silencio—, y esa fue la causa de mi estupefacción. Yo vine precisamente para decirlo todo y ventilar el asunto a las claras.

—Yo no soy el asesino —balbució Raskólnikov, exactamente como un niño asustado cuando lo cogen con las manos en la masa.

—Sí, lo es usted, Rodión Románovich; lo es usted, y nadie más que usted —afirmó Porfirii con voz severa y convencida.

Ambos guardaron silencio, y aquel silencio fue de una duración extrañamente larga, pues se prolongó por espacio de diez minutos. Raskólnikov se apoyó de codos en la mesa, y con los dedos se alborotaba la cabellera. Porfirii Petróvich estaba sentado y aguardaba. De repente, Raskólnikov miró con desprecio a Porfirii.

—¡Otra vez vuelve usted a las andadas, Porfirii Petróvich! Todo esto se halla de acuerdo con sus máximas. ¿Cómo, en el fondo, no siente usted empacho?

—¡Eh, quite usted! ¿Qué tienen que ver ahora mis máximas? Otra cosa sería si hubiese testigos; pero fíjese en que estamos hablando los dos solos. Usted mismo ve que yo no vine a su casa para sacarlo a usted de su madriguera y cazarlo como a una liebre. Reconózcalo usted o no, a mí en este momento todo me es igual. Yo, para mí, estoy convencido, aunque usted lo niegue.

—Y si es así, ¿por qué vino usted?... —inquirió, nervioso, Raskólnikov—. Vuelvo a formularme la pregunta de antes: si me considera culpable, ¿por qué no me encarcela?

—¡Vaya una pregunta! Pero voy a contestarle, punto por punto; en primer lugar, porque no me conviene mandarlo prender a usted, así, de buenas a primeras.

—¡Que no le conviene! ¡Si está usted convencido, ese es su deber!...

—¡Ah, qué importa que yo esté convencido! Hasta ahora, todos esos son desvaríos míos. ¿Y por qué habría yo de enviarle a usted allá a *descansar*? Usted mismo lo sabe, puesto que lo pregunta. Si traigo yo, por ejemplo, a declarar contra usted al artesanillo de marras, usted podría decirle: «Pero ¿es que estás borracho? ¿Quién nos ha visto a los dos juntos? Yo me limitaré a tomarte por un borracho, sencillamente, y borracho estabas, en efecto». ¿Qué podría yo objetar a esto, tanto más cuanto que la réplica de usted resultaría más verosímil que la suya, pues sus declaraciones no tendrían más fundamento que la sola psicología, mientras que usted habría dado en el blanco, pues el individuo ese tiene un gaznate que nunca se ve harto, y todo el mundo sabe que el muy animal bebe como una zanja? ¿No le he confesado yo a usted mismo sinceramente más de una vez que esa psicología tiene dos filos y que el segundo ofrece más verosimilitud que el primero, y que, además, yo no dispongo, por el momento, de nada positivo que alegar contra usted? Yo lo mandaré detener, sin duda, y, aunque haya venido (en contra de todos los usos) a avisarle de ello, le declaro, no obstante (siempre contra los usos), que no me conviene hacerlo. En segundo lugar, he venido para...

—¿Por qué en segundo lugar? —Raskólnikov seguía oyéndole aún todo jadeante.

—¡Pues ya se lo he dicho a usted: porque le debo explicaciones; no quiero que usted me tome por un monstruo, tanto más cuanto que, créalo usted o no, estoy muy bien predispuesto hacia usted. De consiguiente, y este es el tercer punto, he venido a hacerle una proposición franca y sin segunda intención: le exhorto a que haga reventar el tumor, yendo usted mismo a denunciarse. Ha de serle a usted infinitamente más ventajoso, y también me lo será a mí, porque me veré libre de este peso. ¿Qué? ¿No soy bastante franco?

Raskólnikov reflexionó todavía un instante.

—Mire usted, Porfirii Petróvich: usted mismo lo ha dicho: no hay en todo eso más que psicología, y, sin embargo, usted invoca las matemáticas. ¿Y si usted estuviese equivocado en este instante?

—No, Rodión Románovich, no me equivoco. Tengo un pequeño dato..., ¡un pequeño dato que Dios me envió entonces!

—¿Qué dato?

—No, Rodión Románovich, no se lo diré. De otra parte, yo, desde este momento, no tengo ya derecho a contemporizar; debo detenerlo a usted, y lo detendré. Así que juzgue usted; *ahora* ya poco me importa su actitud, y solo le hablo mirando por su interés. ¡Dios es testigo, Rodión Románovich, que lo mejor es que usted mismo vaya y se delate!

Raskólnikov se rió maquinalmente.

—Verdaderamente que esto ya deja de ser ridículo para ser, sencillamente, insolente. Aunque yo fuese culpable (cosa que en modo alguno he declarado), ¿por qué habría yo de ir a entregarme, ya que usted mismo ha dicho que allá, en la cárcel, *descansaría*?

—¡Eh, Rodión Románovich, no tome usted al pie de la letra mis palabras! Eso distará bastante de ser un *descanso*. Se trata solamente de una teoría personal que yo sustento. ¿Y qué autoridad soy yo para usted?... Quizá yo en este instante le oculte a usted algo. ¡Usted no puede tener la pretensión de recoger de una vez todas mis confidencias y utilizarlas a su antojo! ¡Je, je! Cuanto al segundo punto, ¿qué ventaja le redundará a usted eso?... ¿Tiene usted idea de la conmutación de pena que así podría alcanzar? Piense usted en ello. ¡Cuando otro ha cargado con el asesinato y dado un nuevo giro a la causa! Tocante a mí, juro ante Dios que tales trazas sabré darme y de tal modo huronearé «allí», que usted saldrá lo mejor posible del paso, sin sospecharlo siquiera. Echaremos abajo todo el andamiaje psicológico. Reduciré a la nada las sospechas que se han levantado contra usted, de suerte que su crimen parecerá algo así como el resultado de una obcecación, ya que, después de todo, en el fondo, eso fue: una obcecación. Yo soy un hombre honrado, Rodión Románovich, y cumpliré mi palabra.

Triste y silencioso, Raskólnikov bajó la cabeza, reflexionó largamente y al fin sonrió de nuevo, pero con una sonrisa dulce y melancólica.

—No me hace falta —dijo, sin siquiera pensar en fingir ante Porfirii—. ¡No vale la pena, no me hace falta esa atenuación!

—¡Eso era, precisamente, lo que yo temía!... —exclamó Porfirii con vehemencia involuntaria—. Eso era lo que yo temía: que no quisiera usted aceptar esa atenuación de la condena.

Raskólnikov le lanzó una mirada triste y penetrante.

—¡No tenga usted esa desgana de vivir —continuó Porfirii—, que aún le queda mucho camino por delante!... ¿Cómo no ha de tener necesidad de esa atenuación, cómo no ha de tenerla? ¡Es usted muy exigente!

—¿Qué perspectiva me aguarda?...

—¡La vida! ¿Es usted profeta para saber tantas cosas? Busque y encontrará. Puede que Dios le esté aguardando allí. La condena no será eterna...

—Habrá rebaja de pena... —dijo Raskólnikov sonriendo.

—¿Cómo?... ¿Sería posible que le detuviese una falsa vergüenza burguesa? Puede que así sea, sin que usted lo comprenda, porque es joven. Pero usted no debería tener miedo ni sentir vergüenza de confesar el mal que le corroe.

—¡Yo escupo en todo eso! —exclamó con asco y desprecio Raskólnikov, que no parecía decidido a hablar. Hasta hizo ademán de levantarse, cual si pensara irse; pero volvió a sentarse, presa de visible desesperación.

—¡Que usted escupe en todo eso! Es usted desconfiado, y piensa que yo trato de engatusarlo de una manera burda. Pero ¿es posible que haya usted vivido tanto? ¿Qué sabe usted de todas esas cosas? ¡Se ha imaginado una teoría y está corrido al ver que se le viene abajo, que lo que de ella salió es harto poco original! ¡Algo ruin más bien es lo que dio de sí; pero usted, a pesar de todo, no es un tunante sin remedio! Usted no es un bribón así, en modo alguno lo es. Usted, por lo menos, no ha titubeado; desde el primer momento puso toda la carne en el asador. ¿Sabe usted lo que de usted pienso? Pues le considero como a uno de esos hombres que antes se dejarían hacer cuartos que abatirse, y mirarían sonriendo a sus verdugos con tal que estuviesen asistidos de una fe o de Dios. Pues bien: encuéntrelos usted y vivirá. En primer término, hace ya mucho tiempo que necesita usted cambiar de aire. El sufrimiento es también una buena cosa. Sufra usted. Quizá Mikolka no carezca de razón al querer sufrir. Yo sé que usted no cree en nada. Pero no quiera usted cortar de cuatro en cuatro los cabellos. Abandónese francamente al hilo de la vida, sin razonar; ahuyente las inquietudes, y ella misma le conducirá derechamente a la orilla y volverá a ponerse en pie. ¿Que cuál será esa orilla? ¡Cómo voy yo a saberlo! Yo creo únicamente que a usted le queda todavía mucho que vivir. Ya sé que todo esto que ahora le estoy diciendo suena en sus oídos como un sermón aprendido de memoria; pero quizá más adelante se repita usted estas palabras, que entonces podrán serle provechosas; por eso se las digo. Todavía es una suerte que no haya usted matado más que a una vieja mala. ¡Si se le hubiera ocurrido a usted otra teoría, habría cometido una acción mil veces peor!... Quizá deba usted todavía darle gracias a Dios... ¿Qué sabe usted? Puede que Dios le tenga reservado para algo. Eleve usted su corazón y no sea tan cobarde. ¿Es que se asusta usted de la gran tarea que le toca cumplir? ¡Lo vergonzoso sería tener ese miedo! Puesto que pasó usted la raya, guárdese de retroceder. Hay aquí una cuestión de justicia. Realice usted lo que la justicia exige. Ya sé que usted no me cree; pero a Dios pongo por testigo de que la vida podrá más. No tardará usted en tomarle apego. Hoy, lo que le falta a usted es aire solamente. ¡Necesita usted aire, aire, aire!

Raskólnikov se estremeció.

—Pero ¿quién es usted —exclamó— para adoptar ese tono de profeta?... ¿Desde lo alto de qué calma olímpica me está usted lanzando esas sabias profecías?

—¿Que quién soy yo? Soy un hombre acabado, nada más. Un hombre sensible, sencillamente, y que siente compasión; no enteramente falto de saber, pero completamente acabado. Cuanto a usted, es otra cosa. Dios le tiene reservada la vida (¿y quién sabe si todo esto no se le desvanecerá como una humareda, sin dejar rastro?). ¿Qué importa que usted forme parte ahora de otra categoría de gente? Con un corazón como el que tiene, ¿va usted a echar de menos las comodidades? ¿O será el estar recluido mucho tiempo, lejos de toda mirada? El tiempo, de por sí, no es nada; quien importa es usted mismo. Conviértase en un sol, y todo el mundo lo verá. El sol debe ser, ante todo, sol. ¿Por qué otra vez esa sonrisa? ¿Piensa usted que yo estoy recitando mi Schiller? ¡Algo apostaría a que se figura usted que yo pretendo engatusarle con lisonjas! A fe mía que es muy posible, ¡je, je, je! Pues bien, Rodión Románovich: no me crea usted por mi palabra ni crea en absoluto nada de cuanto le digo; yo cumplo con mi oficio, estoy de acuerdo; solo que añadiré una cosa: y es que a usted toca juzgar si soy un hombre honrado o un tunante.

—¿Cuándo piensa usted detenerme?

—Puedo dejarle todavía día y medio o dos días pasear libremente. Reflexione usted, amigo mío; pídale a Dios, que en ello saldrá ganando, se lo aseguro a usted, saldrá ganando.

—¿Y si me escapo? —preguntó Raskólnikov, sonriendo con aire extraño.

—No; usted no se escapará. Se escaparía un *muchik*, un partidario de las ideas en boga, lacayo del pensamiento ajeno, porque basta enseñarle la punta del dedo meñique para que, como el contramaestre Dirka[*], crea ya en cuanto uno quiera. Pero vamos a ver: ¿es que tampoco cree usted ya en sus teorías? ¿Cómo, pues, iba a escaparse? Y, fugitivo, ¿qué existencia llevaría? La vida del fugitivo es innoble y penosa, y usted necesita, ante todo, de una vida tranquila, ordenada, de una atmósfera que sea la suya, y allá, en el extranjero, no estaría usted en su ambiente. Si usted se fuese, volvería. *No podría usted pasarse sin nosotros.* Cuando yo lo meta a usted en la cárcel, al cabo de uno, de dos, pongamos de tres meses, se le vendrán a la memoria mis palabras, se confesará usted consigo mismo, y quizá en el instante que menos lo espere. Una hora antes no sabrá usted todavía que está maduro para esa confesión. Hasta estoy persuadido de que acabará usted deseando «aceptar el dolor». Usted no cree en este momento lo que le digo; pero ya le llegará su hora. El dolor, Rodión Románovich, es, con efecto, una gran cosa. No repare usted en mi tripa; no se fije en la circunstancia de no carecer yo de nada; ya sé de sobra que esto se presta a la sonrisa; pero hay una idea en el dolor, y Nikolai está en lo cierto. Usted no se escapará, Rodión Románovich.

Raskólnikov se levantó de su asiento y cogió la gorra. Porfirii Petróvich se levantó también.

—¿Tiene usted intención de dar un paseo? Va a hacer una tarde hermosa, con tal que no se levante tormenta. Aunque, después de todo, quizá fuera mejor, pues la atmósfera refrescaría.

Cogió también su gorra.

---

[*] Por error, llama Dirka al contramaestre Petujov, jocoso personaje de la comedia de Gógol *El casamiento.* (*N. del E., tomada de I. V.*).

—Porfirii Petróvich —insistió Raskólnikov en tono duro—, no se le vaya a poner a usted en la cabeza que yo le he hecho hoy confesiones. Es usted tan raro, que le he estado escuchando por pura curiosidad. Yo no le he confesado nada en absoluto. No lo olvide usted.

—Lo sé, lo sé, y no he de olvidarlo. Pero... ¡hay que ver cómo tiembla! No se apure usted, amigo mío: respetaremos su voluntad. Vaya a dar un paseíto; pero no se alargue mucho. De todos modos, tengo que hacerle un leve ruego —añadió, bajando la voz—: es algo delicado, pero tiene su importancia: caso de que tuviera intención, aunque no lo creo, y de ello le considero incapaz, por más que hay que preverlo todo; caso de que se le ocurriera, durante estas cuarenta y ocho horas, acabar con la existencia y atentar contra su vida (perdone usted esta suposición absurda), pues bien, deje una cartita lo bastante explícita. Nada más que dos renglones, dos simples rengloncitos, indicando dónde se encuentra aquella piedra; eso será más caballeresco. ¡Ea! Vaya..., hasta la vista... ¡Quiera Dios que se le ocurran buenos pensamientos y los ponga por obra!

Porfirii se retiró. Hubiérase dicho que su cuerpo se doblegaba, que evitaba mirar a Raskólnikov. Este se fue a la ventana, y, con febril impaciencia, aguardó el momento en que, según su cálculo, habría salido ya y alejádose lo bastante el juez de Instrucción. Luego salió él también a toda prisa de su cuarto.

III

Tenía prisa por ver a Svidrigáilov. Lo que pudiese prometerse de ese hombre, él mismo lo ignoraba. Pero aquel hombre ejercía sobre él un poder misterioso. Desde que Raskólnikov lo había comprendido así, no tenía ya sosiego, y, además, que era llegado ya el momento de ponerlo todo en claro.

Durante el trayecto le torturaba, sobre todo, una pregunta: ¿habría estado Svidrigáilov a ver a Porfirii? En cuanto él podía juzgar, no, no había estado Svidrigáilov. Raskólnikov habría puesto la mano en el fuego. Reflexionó todavía una vez y otra, evocó de nuevo la visita de Porfirii, y siempre iba a parar a esta conclusión: ¡no, Svidrigáilov no había ido a ver al juez de Instrucción, no había ido seguramente!

Pero si aún no había ido Svidrigáilov, ¿iría o no a ver a Porfirii?

Por el momento, cuando menos, le parecía que esa visita no se realizaría. ¿Por qué? No habría atinado a dar las razones; pero si hubiese estado en su poder explicarlo, tampoco se hubiera devanado los sesos por esa causa. Todo aquello lo torturaba, y, al mismo tiempo, era ese en algún modo el más pequeño de sus cuidados. Cosa rara y hasta difícil de creer: su suerte actual, inmediata, le preocupaba en muy débil medida y pensaba en ella distraídamente. Lo que le atormentaba era otra cosa, algo mucho más grave y excepcional, que le interesaba a él y no a otro, pero que era diferente y de capital importancia. Experimentaba, además, una enorme laxitud moral, por más que aquella mañana estuviese en mejores condiciones para razonar que los días anteriores.

Y, además, después de todo lo que acababa de ocurrir, ¿qué necesidad tenía ahora de tratar de vencer todas esas míseras dificultades que de nuevo surgían en su camino? ¿Valía la pena, por ejemplo, tratar de enredar con Svidrigáilov para que este no fuese a ver a Porfirii, perder el tiempo en desenmascarar y desarmar a un Svidrigáilov cualquiera?

¡Estaba ya harto de todo eso!

Y, no obstante, corría en busca de Svidrigáilov; ¿no sería que se prometía de él algo *nuevo*, alguna indicación, algún medio de poner remate a todo aquello? ¡Ocurre a veces que nos asimos a una brizna de hierba! ¿No sería que el Destino o el instinto los impulsaba el uno hacia el otro? Quizá en el caso de Raskólnikov se tratase simplemente de cansancio, de desesperación; quizá tuviese necesidad, no de Svidrigáilov, sino de algún otro; sino que echaba mano de este porque la casualidad lo había puesto allí. ¿Sonia? Pero ¿por qué había de ir en aquel momento a ver a Sonia? ¿Para mendigar de nuevo sus lágrimas? Además, que Sonia le inspiraba espanto. Sonia representaba la sentencia irrevocable, el fallo sin apelación. Ir a verla era abdicar. Escoger entre el camino de ella o el suyo. En aquel instante, sobre todo, no se sentía capaz de soportar su presencia. ¿No valía más, por consiguiente, probar fortuna con Svidrigáilov? ¿Por qué no, después de todo? No podía dejar de reconocer en el fondo de sí mismo que aquel hombre hacía mucho tiempo que le era necesario.

Pero ¿qué podía, no obstante, haber entre ellos de común? Incluso su maldad afectaba un cariz diferente. Aquel hombre tenía algo de extraordinariamente antipático; era, según toda evidencia, un libertino consumado, seguramente cauteloso y ladino; quizá un malvado de remate. Corrían acerca de él muchas historias de esa índole. Había tomado a su cargo a los hijos de Katerina Ivánovna, es cierto; pero ¿quién sabía con cuáles intenciones? Un hombre de su laya, por fuerza tenía que tramar algún proyecto.

Varios días llevaba de asaltar y obseder a Raskólnikov un pensamiento, que en vano pugnaba por ahuyentar de puro doloroso que le era. Se decía a veces que Svidrigáilov estaba siempre dando vueltas a su alrededor, y rondándole estaba en ese momento; Svidrigáilov había descubierto su secreto; Svidrigáilov había tenido intenciones sobre Dunia. ¿Y si las tuviera ahora también? Casi sin temor a equivocarse se puede asegurar que sí. Ahora que conocía su secreto y en cierto modo le tenía cogido, ¿iría a servirse de eso como de un arma contra Dunia?

Esa idea le turbaba a veces hasta en el sueño, pero por primera vez se le mostraba a la conciencia con tanta claridad, en el momento en que iba camino de casa de Svidrigáilov. Bastó tal pensamiento para ocasionarle un sordo acceso de rabia.

En primer lugar, la situación cambiaba por completo, aun en lo que personalmente le afectaba; no tenía más remedio que revelarle cuanto antes su secreto a Dunia. ¿No haría bien en ir a delatarse él mismo con objeto de poner a Dunia a cubierto de algún paso imprudente? ¿Y aquella carta? ¡Aquella misma mañana había recibido Dunia una carta! ¿Quién podía escribirle en Petersburgo? ¿Sería de Luzhin la carta? Cierto que Razumijin era un buen centinela, pero Razumijin no sabía nada. ¿No haría bien franqueándose con Razumijin? Pero ante esa idea, Raskólnikov experimentó una sensación de espanto.

«Sea como fuere, es preciso ir enseguida a ver a Svidrigáilov —decidió finalmente—. Gracias a Dios, los pormenores tienen aquí menos importancia que el fondo del asunto; pero como sea capaz de eso..., como Svidrigáilov intente la menor cosa contra Dunia, en ese caso...».

Estaba Raskólnikov tan rendido por aquel largo mes de luchas y emociones, que no se sentía capaz de resolver cuestiones semejantes sino con estas palabras de frío desespero: «En ese caso, lo mataré». Un doloroso sentimiento le oprimía el corazón; se detuvo en medio de la calle y giró la vista en torno suyo. ¿Qué camino había seguido, dónde se hallaba? Se encontraba en la avenida de X***, a treinta o cuarenta pasos del mercado del Heno, que había atravesado. El segundo piso de la casa de la izquierda lo ocupaba por entero una taberna. Todas las ventanas estaban abiertas de par en par. La taberna, a juzgar por las figuras que se asomaban a las ventanas, estaba de bote en bote. Rumor de canciones llegaba de la sala, donde estaban tocando el clarinete y el violín al compás de los redobles de un tambor. Se oían chillidos agudos de mujeres. Raskólnikov estaba a punto de volverse atrás, preguntándose por qué habría tomado el rumbo de la avenida X***, cuando, de pronto, en una de las últimas ventanas del establecimiento hubo de divisar a Svidrigáilov, la pipa en la boca, sentado a una mesa de té. Experimentó un asombro no exento de terror.

Svidrigáilov lo observaba y lo contemplaba en silencio, y lo que acabó de dejar estupefacto a Raskólnikov fue que le pareció notar como si Svidrigáilov quisiera levantarse y escurrirse suavemente antes que él lo viera. Raskólnikov aparentó no haberlo visto, y miró al otro lado con aire perplejo, aunque sin perderlo de vista con el rabillo del ojo. De angustia le palpitaba el corazón. Sin duda era eso; Svidrigáilov, evidentemente, quería pasar inadvertido. Se quitó la pipa de la boca y trató de esconderse, pero al levantarse y apartar su silla, hubo, probablemente, de notar que Raskólnikov lo había visto y le estaba contemplando. Ocurrió entre ambos algo análogo a la escena de su primera entrevista en casa de Raskólnikov en el momento en que este fingía dormir. Una sonrisa de picardía asomó al rostro de Svidrigáilov, que, además, se pavoneó. Uno y otro se sabían mutuamente espiados. Hasta que, por fin, Svidrigáilov rompió en una estrepitosa carcajada.

—¡Vaya, vaya! ¡Entre usted, si quiere, que aquí estoy! —gritó desde la ventana.

Raskólnikov subió a la taberna.

Encontró a Svidrigáilov en un cuartito trasero, contiguo a un salón, donde, ante unas veinte mesitas, muchedumbre de comerciantes, funcionarios y personas de toda laya tomaban té entre la horrible algazara de los cantadores, que rebuznaban en coro. De algún sitio llegaba un ruido de bolas de billar que chocaban entre sí. Svidrigáilov tenía delante de él, encima de la mesa, una botella de champaña y un vaso mediado. Había también en aquella salita un chico que tocaba un organillo, acompañando a una cantora, una mocetona de dieciocho años, mofletuda y colorada, receñida en una falda a listas, que se arremangaba, y tocada con un sombrero tirolés con cintas. Pese al coro ruidoso que se elevaba del salón vecino, cantaba, acompañada por el organillo, con una voz de contralto, bastante cascada, una vulgar copleta.

—¡Vamos! ¡Basta ya! —la interrumpió Svidrigáilov al entrar Raskólnikov.

La joven cortó en seco y quedó aguardando en actitud respetuosa. Antes también, cuando cantaba aquellas procacidades con música, conservaba en su rostro aquel mismo matiz de respeto y gravedad.

—¡Eh, Filipp: un vaso! —gritó Svidrigáilov.

—Yo no bebo vino —dijo Raskólnikov.

—Como usted guste; pero no llamaba para usted. ¡Anda, Katia; bebe y vete! Ya no te necesito.

Le sirvió un vaso y le puso en la mano un billetito. Katia se bebió el vino, como suelen beber las mujeres, sin despegar los labios del vaso, en veinte sorbitos; luego tomó el billete, le besó la mano a Svidrigáilov, que se la dejó besar con el aire más serio del mundo, y abandonó la sala, seguida del chico con el organillo. Ambos procedían del arroyo. Svidrigáilov llevaba apenas ocho días en Petersburgo y ya se encontraba allí tan a sus anchas como en el pueblo. El mozo de la sala, Filipp, era un «conocido» y se arrastraba de un modo servil. Una vuelta de llave a la puerta, y Svidrigáilov estaba allí como en su casa, y es posible que se pasase allí los días enteros. Aquella taberna, sucia, innoble, no podría clasificarse ni siquiera como de segunda categoría.

—¡Iba a su casa de usted y lo andaba buscando! —empezó Raskólnikov—. Pero ¡no sé por qué torcería de pronto hacia la avenida X***, al salir del mercado del Heno! Nunca paso ni vengo por aquí. Siempre tuerzo hacia la derecha del mercado. No es este tampoco el camino para ir a casa de usted. ¡Y no bien había dado la vuelta, cuando voy y le veo; es raro!

—¿Por qué no dice usted, sencillamente, que es un milagro?

—Porque puede que no pase de casualidad.

—¡Qué tíos tan notables! —dijo Svidrigáilov echándose a reír—. ¡Por más que estén íntimamente convencidos del milagro, no quieren reconocerlo! Usted mismo dice que «puede» que no sea más que una casualidad. ¡Y qué cobardes son ustedes tocante a sus opiniones; no podría usted formarse una idea, Rodión Románovich! Usted posee una opinión personal y no se ha asustado de tenerla. Precisamente por eso ha despertado usted mi curiosidad.

—¿Por eso solo?

—¡Ya es bastante!

Era visible que Svidrigáilov se encontraba en un estado de excitación, pero apenas acusado; no había bebido más que medio vaso de vino.

—Me parece que usted salió a mi encuentro aun antes de saber si yo tenía lo que usted llama una opinión personal —insinuó Raskólnikov.

—Entonces era distinto. Cada uno procede a su manera. Pero por lo que al milagro se refiere, le diré a usted que le encuentro un aire como de haberse llevado durmiendo estos dos o tres días últimos. Yo mismo le había indicado esta taberna, así que no hay que extrañar se viniera usted a ella todo derecho. Yo le había dicho el camino que tenía que seguir, el lugar en que está y a qué horas se me puede encontrar en ella. ¿No se acuerda usted?

—Se me había olvidado —respondió Raskólnikov sorprendido.

—Lo creo; se lo dije por dos veces. Las señas se le debieron de grabar a usted maquinalmente en la memoria y maquinalmente se habrá encaminado usted hacia aquí, sin recordar ya a punto fijo las señas. Por lo demás, en tanto yo le hablaba, no me hacía la menor ilusión de que me entendiera. Usted se abstrae demasiado, Rodión Románovich. Y, además, estoy convencido de que en Petersburgo son muchas las personas que van por la calle hablando solas. Es esta una población de gente medio chiflada. Si contásemos con alguna ciencia, médicos, juristas y filósofos, podrían hacer en Petersburgo las observaciones más preciosas en sus respectivas especialidades. Difícilmente se hallará una población donde actúen sobre el alma humana influjos tan tenebrosos, tan agudos y extraños como en Petersburgo. ¡Será, quizá, la acción del clima! Pero como es el centro administrativo del país, su carácter debe de reflejarse en Rusia entera. Pero no se trata de eso ahora: yo quería decirle a usted que más de una vez lo he visto con el rabillo del ojo; cuando sale usted de su casa, lleva la cabeza erguida. Pero apenas ha andado usted veinte pasos, cuando ya la baja usted y se cruza las manos a la espalda. Mira usted, y es evidente que no ve nada, ni por delante ni por los costados. Por último, se pone usted a mover los labios y a hablar consigo mismo; además, muchas veces gesticula usted mientras declama, y luego se detiene de pronto en medio de la calle, y allí se está parado largo rato. Eso no está bien. Podría observarlo a usted otro que yo, y, francamente, es mala cosa. En el fondo, a mí me da igual, y no he de ser yo quien pretenda curarlo de esa mala costumbre, pero espero que usted me entenderá.

—¿Sabe usted si me espían? —preguntó Raskólnikov mirándolo con curiosidad.

—No, no sé nada de eso —respondió Svidrigáilov con asombro.

—Bueno, bueno; no hablemos más de mí —refunfuñó Raskólnikov frunciendo el ceño.

—Muy bien; no hablemos más.

—Mejor será que me diga cómo viniendo aquí para beber y habiéndome indicado por dos veces este sitio para que viniera a buscarlo, por qué ahora, cuando desde la calle miraba yo a la ventana, se escondió usted y quiso escabullirse... Lo noté muy bien.

—¡Je, je! Pero usted, el otro día, cuando yo estaba en el umbral de su puerta, ¿no permanecía con los ojos cerrados en su diván, fingiendo dormir, aunque estuviese perfectamente despierto? No se me pasó por alto.

—Podía tener... mis razones... Usted mismo lo sabe.

—Pues también yo podía tener mis razones, que usted no conocerá.

Raskólnikov apoyó el codo derecho en la mesa, sostenién-

dose con la mano la barbilla, y miró de hito en hito a Svidrigáilov. Llevaba un minuto contemplando aquella cara, que
siempre le había chocado. Era una cara singular, que semejaba una máscara: blanca, roja, con los labios color de berme-
llón, una barba rubia y el pelo del mismo color, aún bastante
espeso. Tenía los ojos demasiado azules, y el mirar harto pesado y fijo. Había algo de terriblemente antipático en aquel
bello rostro, que se había conservado, a pesar de los años,
increíblemente joven. Svidrigáilov llevaba un traje de verano,
de una telilla ligera, y se distinguía sobre todo por su camisa
impecable. Una gran sortija, adornada de una piedra preciosa,
brillaba en uno de sus dedos.

—¿Va usted también a darme hilo que torcer? —preguntó
de pronto Raskólnikov, yendo derecho al grano con febril impaciencia—. Aunque quizá sea usted el más peligroso de los
hombres puesto a hacer daño, no trataré de disimular por más
tiempo y voy a demostrarle a usted ahora mismo que yo no
escurro el bulto. Sepa usted, pues, que he venido para decirle
que si persiste usted en los mismos propósitos respecto a mi
hermana y piensa en sacar partido del secreto que sorprendió
hace poco, le mataré a usted antes que haya tenido tiempo de
mandarme a la cárcel. Crea usted en mi palabra, y ya sabe que
soy capaz de cumplirla. Además, si tiene usted algo que con-
fiarme, y hace algún tiempo me parece que tiene usted algo
que decirme, dese usted prisa, porque el tiempo es precioso
y quizá muy pronto será demasiado tarde...

—Pero ¿qué prisa tiene usted? —preguntó Svidrigáilov mirándolo con curiosidad.

—Todos tenemos quehaceres —replicó impaciente Raskólnikov con aire sombrío.

—Acaba usted de invitarme a la franqueza y desde la primera pregunta rehúye contestar —observó Svidrigáilov, sonriendo—. Usted cree siempre que yo traigo entre manos ciertos
proyectos, y de ahí que me mire con ojos suspicaces. Después
de todo es perfectamente comprensible cuando se encuentra

uno en su caso. Pero, por más que yo desee vivir en buenas relaciones con usted, no me he de tomar el trabajo de sacarlo de su error. Dios mío, el fuego no vale la candela y, además, que no tenía intención de hablar con usted de un modo particular.

—¿Por qué entonces le era yo a usted tan indispensable? ¿Por qué usted no deja de rondarme?

—Pues, sencillamente, por curiosidad, como a sujeto de observación. A mí me interesa lo fantástico de su caso. Ahí tiene usted por qué. Además, es usted hermano de una persona que me ha interesado mucho y, finalmente, a la referida persona le oí en tiempos hablar mucho y a menudo de usted, de donde pude inferir que ejerce usted sobre ella gran influjo; ¿le parece poco todo esto? ¡Je, je, je! Por lo demás, le confieso que su pregunta me parece harto compleja, y me es muy difícil contestarla. Vamos a ver, por ejemplo: ¿no habrá venido usted a verme ahora menos para hablarme de ningún asunto que para comunicarme algo de nuevo? ¿No es así? ¿No es así? —insistió Svidrigáilov con ladina sonrisa—. Figúrese usted, después de esto, que yo mismo, cuando aún venía camino de aquí, en el tren, me hacía la ilusión de que usted había de revelarme algo *nuevo* y que yo había de lograr sacar de usted algún provecho. ¡Ya ve cómo somos de ricos!

—¿Sacar algún provecho? ¿En qué forma?

—¿Cómo explicárselo? ¿Quizá lo sé yo mismo? Mire usted: yo me paso la vida en las tabernas, y a esto le hallo un placer; es decir, no lo hago tanto por gusto como porque es preciso estar sentado en algún sitio. Aunque solo sea con esa pobre Katia... ¿La vio usted?... Bueno, si yo fuera, por ejemplo, un glotón, un gastrónomo de club, pero ¡mire usted lo que yo puedo comer! —Alargó el dedo hacia un rincón, donde encima de un veladorcito, en una fuente de latón, se veían los restos de un horrible bistec con patatas—. Y a propósito: ¿ha almorzado usted? Yo ya tomé un bocado y no quiero más. Vino, por ejemplo, no bebo tampoco, como no sea champaña, y eso un vaso en toda la tarde, que aun así me duele la cabeza. Si lo he encargado hoy ha sido por animarme, porque tengo que ir a un sitio y me coge en una especial disposición de espíritu. Hace poco me escondí como un colegial, porque creí que iba usted a estorbarme; pero por lo visto —sacó el reloj—, puedo dedicarle a usted una hora; son en este momento las cuatro y media. ¡Lo creerá usted! ¡Si siquiera fuera algo! Bueno, propietario o padre de familia, hulano, fotógrafo, periodista... Pero ¡nada, no tengo profesión determinada alguna! A veces me aburro. Verdaderamente, yo pensaba que usted habría de traerme novedades.

—Pero ¿quién es usted y por qué se vino aquí?

—¿Que quién soy yo? Ya lo sabe usted: un noble que sirvió dos años en la Caballería, y luego se vino aquí, a Petersburgo, a dar vueltas por las calles y, finalmente, se casó con Marfa Petrovna y se fue a vivir al campo. ¡Ahí tiene usted sintetizada mi biografía!

—Según parece, es usted jugador.

—No, ¿qué he de ser yo jugador? Un tahúr no es un jugador.

—Pero ¿es usted tahúr?

—Ya lo creo que sí.

—Y ¿qué?, ¿no le han pegado a usted nunca?

—Algunas veces. ¿Y qué?

—Pues que podrían provocarlo en desafío... y, en general, eso reanima.

—No le diré que no, y en este punto, no soy ducho en filosofías. Le confieso a usted que yo, más que nada, vine aquí por las mujeres.

—¿A raíz de enterrar a Marfa Petrovna?

—Claro. —Se sonrió Svidrigáilov con subyugadora franqueza—. ¿Qué tiene eso de particular? ¿Le parece a usted mal que yo hable así de las mujeres?

—¿Eso quiere decir que si encuentro yo mal el vicio?

—¡El vicio! ¡Quite usted allá! Pero voy a contestarle a usted por su orden respecto a las mujeres, primero en términos generales; mire usted: yo soy propenso a hablar. Dígame usted: ¿por qué volverles la espalda a las mujeres cuando le gustan a uno? Por lo menos, esa es una ocupación.

—¿De modo que entonces solo le atrajo aquí el vicio?

—Vaya, puesto que usted se empeña, diremos que el vicio. Se lo concederemos a usted. A mí me gusta, por lo menos, su pregunta franca. Es lo principal. En este vicio, cuando menos, hay algo positivo, incluso basado en la naturaleza, y no elaborado por la fantasía, algo que persiste como una brasa encendida en la sangre, siempre dispuesta a lanzar una lumbrada, y que ni aun bajo el peso de los años se extingue fácilmente. ¡Convenga usted conmigo en que esta es una ocupación a su modo!

—¡No hay que felicitarse por ello! Esa es una enfermedad, y peligrosa.

—Pero ¿qué dice usted? Yo estoy conforme con eso de que sea una enfermedad, como todo lo que rebasa la medida, y ahí irremisiblemente se ha de rebasar; pero mire usted: en primer término este tiene una medida, y aquel, otra, y, además, que en todo hay que guardar mesura, aunque este sea un cálculo ruin; pero ¿qué hacerle? De proceder de otro modo, no queda más recurso que pegarse un tiro. Estoy de acuerdo en que el hombre morigerado está en la obligación de aburrirse; pero, a pesar de todo...

—¿Y usted sería capaz de pegarse un tiro?

—¡Quia! —repuso Svidrigáilov con aversión—. Haga usted el favor de no hablar de esas cosas —se apresuró a añadir, y sin pizca de esa fanfarronería que dejaba traslucir en sus anteriores palabras; hasta cambió la expresión de su semblante—. Reconozco que se trata de una flaqueza imperdonable, pero ¿qué hacerle? Le tengo miedo a la muerte y no me gusta que me la mienten siquiera. ¿No sabe usted que tengo algo de místico?

—¡Ah, sí! ¡Las apariciones de Marfa Petrovna! Qué, ¿sigue apareciéndosele?

—¡Ah, no me la recuerde! En Petersburgo aún no las he tenido; ¡vayan al diablo! —exclamó con cierto aire irritado—. ¡No, no hablemos de eso..., pero por lo demás!... ¡Hum! ¡Me queda poco tiempo, no puedo seguir con usted, lo siento! Le habría contado algo.

—Pero ¿por qué tiene esa prisa?, ¿por alguna mujer?

—Sí, una mujer; un caso completamente inesperado... No, no me refiero a eso.

—Pero ¿no hace impresión en usted la vileza de todo este ambiente? ¿Es que no tiene ya fuerzas para dominarse?

—Pero ¿es que usted se las echa de fuerte? ¡Je, je, je! Me deja usted de una pieza, Rodión Románovich, aunque de antemano sabía que había de ser así. ¿Usted hablándome a mí de vicio y de estética? ¡Usted..., un Schiller! ¡Usted..., un idealista! Pero todo esto, sin duda, tiene su razón de ser, y motivo de asombro lo habría si así no fuere, aunque, a pesar de todo, resulta algo extraño en la realidad... ¡Ah, es lástima que no disponga yo de más tiempo, porque es usted un individuo la mar de curioso! Y a propósito: ¿le gusta a usted Schiller? Yo me perezco por él.

—Pero ¡qué fanfarrón es usted! —profirió Raskólnikov con cierta repugnancia.

—¡Por Dios que no lo soy! —repuso, riéndose, Svidrigáilov—. Aunque, después de todo, no discuto, demos de barato que sea un fanfarrón; pero ¿por qué no ha de fanfarronear uno cuando no ofende a nadie? Yo he vivido siete años en el pueblo con Marfa Petrovna, y luego, al encontrarme ahora con un hombre de talento, como usted..., de talento y en extremo curioso, sencillamente me he puesto a charlar de puro alegre, sin contar con que me he bebido, además, este medio vaso de champaña y ya se me ha subido un poquitín a la cabeza. Pero, lo principal, existe cierta circunstancia que me ha producido gran alborozo, pero de la cual... no le diré nada. ¿Hacia dónde va usted? —inquirió de pronto Svidrigáilov con temor.

Raskólnikov se puso en pie. Le pesaba y le parecía haber cometido una torpeza al ir allí. Se había convencido de que Svidrigáilov era el malvado más huero e insignificante del mundo.

—¡Ah! ¡Siéntese usted, siéntese!... —le rogó Svidrigáilov—. Pero diga usted que le traigan, por lo menos, el té. Vaya, siéntese, no crea que voy a contarle disparates, es decir, a seguir hablándole de mí. Le referiré alguna cosa. Vamos, acceda usted, que voy a contarle, cómo una mujer, empleando su lenguaje, me ha «salvado». Con ello contestaré también a su primera pregunta, ya que esa mujer es... su hermana. ¿Qué? ¿Se lo puedo contar? Ande, y mataremos el tiempo.

—Cuente usted; pero espero que...

—¡Oh, no se apure! Avdotia Románovna, aun al hombre más abyecto y depravado como yo, solo puede inspirar hondísimo respeto.

IV

—Es posible que usted sepa (y, además, yo mismo se lo he contado) —empezó Svidrigáilov— que yo estuve aquí en la cárcel por deudas, deudas enormes, y que no contaba con medio alguno de pagarlas. No necesito referirle a usted con todos sus pormenores cómo Marfa Petrovna vino a rescatarme. ¿Sabe hasta qué grado de locura pueden enamorarse a veces las mujeres? Esta era una mujer honrada, muy lista, aunque enteramente inculta. Pues figúrese usted que esa celosa y honesta mujer se decidió a suscribir, después de muchos aspavientos y reproches, un contrato conmigo, que cumplió escrupulosamente durante todo el tiempo que estuvimos casados. En el fondo, era ella mucho mayor que yo, y, además, siempre llevaba en la boca un clavo de especia. Yo era bastante puerco de alma; y, al mismo tiempo, harto honrado, a mi modo, para decirle con toda franqueza que no podía serle enteramente fiel. Esta confesión la dejó estupefacta; pero, según parece, mi ruda franqueza hubo de serle simpática en cierto sentido —«Señal, diantre, de que no quiere engañar, cuando empieza por declararlo»—, y, vamos, que, para una mujer celosa, eso es lo primero. Después de muchos lloros, quedó convenido entre nosotros un contrato verbal a este tenor: primero, que yo no abandonaría nunca a Marfa Petrovna y siempre sería su marido; segundo, que, sin su permiso, no me ausentaría nunca; tercero, que nunca tendría la misma amante; cuatro, que, a cambio de eso, Marfa Petrovna me autorizaba a retozar alguna que otra vez con las chicas de la servidumbre, pero siempre informándola a ella en secreto; quinto, que Dios me librase de enamorarme de mujer de nuestra clase; sexto, que si por acaso (Dios me librase de ello) llegara yo a concebir alguna pasión grande y seria, quedaría obligado a participárselo a Marfa Petrovna. Respecto a esta última cláusula, Marfa Petrovna estuvo siempre del todo tranquila; era una mujer inteligente, y, por tanto, no podía considerarme de otro modo que como a un corrompido, a un libertino incapaz de amar seriamente. Pero una mujer discreta y una mujer celosa son dos cosas distintas, y eso precisamente es lo malo. Por lo demás, para juzgar imparcialmente a algunas personas, es menester desprenderse antes de ciertos prejuicios y de ciertos hábitos cotidianos, de juzgar a los individuos y objetos que suelen rodearnos. Yo tengo razón al confiar en el juicio de usted más que en el de nadie. Es posible que le hayan pintado a usted a Marfa Petrovna como a una mujer ridícula y necia. Efectivamente, algunas costumbres tenía muy ridículas; pero le diré a usted francamente que yo, con toda sinceridad, deploro los innumerables disgustos que hube de darle. Y, vamos, creo que ya es bastante como decorosísima *oraison funèbre* del más tierno esposo para su ternísima esposa. En las ocasiones de nuestras reyertas, yo, por lo general, callaba y no me enfadaba, y esta conducta caballerosa casi siempre surtía efecto: influía en ella y hasta le agradaba; veces había que hasta se mostraba orgullosa de mí. Pero a su hermana de usted, a pesar de todo, no pudo tragarla. Pero ¡cómo pudo suceder que se atreviese a admitir en su casa a una beldad semejante como institutriz! Yo me lo explico teniendo en cuenta que Marfa Petrovna era mujer inflamable y sensible y que, sencillamente, se enamoró (esa es la palabra) de su hermana de usted. Además, fue Avdotia Románovna la que dio el primer paso. ¿Lo creerá usted? ¿Creerá usted también que Marfa Petrovna llegó hasta el extremo de enfadarse al principio conmigo por mi eterno silencio tocante a su hermana de usted y por mostrarme yo tan indiferente a sus continuos y apasionados elogios de Avdotia Románovna? Yo mismo no comprendo qué era lo que quería. Claro que Marfa Petrovna hubo de poner a Avdotia Románovna al corriente de todas mis cosas. Tenía ella una condición desdichada: la de irle a todos con el cuento de nuestros secretos conyugales y de estarse siempre quejándose de mí con todo el mundo. ¿Cómo no había de hacerlo con una nueva y tan hermosa amiga? Supongo que no tendrían las dos otro tema de conversación que yo, y, sin duda alguna, que a Avdotia Románovna llegaron a serle conocidos todos esos chismes lúgubres y misteriosos que corrían a mi cuenta... Apuesto cualquier cosa a que usted también habrá oído algo por el estilo.

—Lo oí. Luzhin lo acusaba a usted incluso de haber sido la causa de la muerte de una niña. ¿Es verdad?

—¡Haga el favor de dejar en paz todas esas vulgaridades —repuso Svidrigáilov con aversión y brusquedad—, si absolutamente tiene usted empeño en enterarse a fondo de todo ese desatino, quizá alguna vez se lo cuente; pero ahora!...

—Habló asimismo de cierto criado suyo del pueblo y de que también había usted tenido la culpa de no sé qué...

—¡Hágame el favor, basta ya! —le atajó Svidrigáilov con iracunda impaciencia.

—¿No es ese aquel criado que, después de muerto, fue a

buscarle a usted la pipa, según me contó usted mismo? —insistió Raskólnikov con irritación creciente.

Svidrigáilov miró de hito en hito a Raskólnikov, y a este le pareció que en aquella mirada refulgía por un momento una sonrisa fulminante, mala; pero Svidrigáilov se contuvo, y, con mucha cortesía, respondió:

—Sí, el mismo. Veo que a usted también le hace esto mucha impresión, y consideraré un deber, en la primera ocasión oportuna, satisfacer con toda suerte de pormenores su curiosidad. ¡Vayan al diablo! Veo que, efectivamente, puedo pasar por un personaje de novela romántica. Juzgue usted hasta qué punto, siendo así, estoy obligado a darle las gracias a Marfa Petrovna por haberle contado de mí a su hermana tantas cosas secretas y curiosas. No me atrevo a juzgar de la impresión; pero, en todo caso, fue eso para mí muy provechoso. A pesar de toda su natural aversión a mi persona, y a pesar de mi eterno aspecto sombrío y repelente, Avdotia Románovna hubo, al cabo, de sentir compasión por mí, compasión por el hombre enviciado. Y cuando el corazón de una muchacha empieza a *apiadarse*, eso es, naturalmente, lo más peligroso para ella. Entonces, infaliblemente, ha de sentir anhelos de «salvar» y regenerar, y resucitar, y enderezar a fines más altos, y llamar a nueva vida y nueva actividad...; bueno; ya sabe usted lo que se puede idear por ese estilo. Yo inmediatamente comprendí que la mariposuela andaba rondando la llama, y, a mi vez, me apercibí. Pero parece que frunce usted el ceño, Rodión Románovich. No hay por qué, porque, como usted sabe, la cosa no pasó a mayores. (¡Que el diablo me lleve, cuánto vino bebo!). Mire usted: ha de saber que yo siempre lamenté, desde el primer momento, que el Destino no hiciera nacer a su hermana en el segundo o tercer siglo de Nuestra Era, en cualquier sitio, hija de un poderoso príncipe o de algún gobernador o procónsul del Asia Menor. Sin duda alguna, habría sido una de aquellas mujeres que sufrían el martirio, y seguramente habría sonreído cuando le hubiesen desgarrado el pecho con tenazas al rojo vivo. Se habría ofrecido a ello espontáneamente, y en los siglos cuarto y quinto se habría retirado al desierto de Egipto, y allí habría vivido treinta años, alimentándose de raíces, de fervor y de visiones. Lo que ella anhela y pide únicamente es sufrir cuanto antes martirio por alguien, y, como no se lo hagan sufrir, es posible que se arroje de cabeza por la ventana. He oído hablar algo de cierto señor Razumijin. Es, según dicen, un chico juicioso (lo que ya está indicando su apellido*; probablemente, será un seminarista). Bueno; pues que vele por su hermana. En resumidas cuentas: yo creo haberla comprendido, lo que tengo a honra. Pero entonces, es decir, al principio de conocer a una persona, usted mismo sabe que siempre se incurre en aturdimientos y torpezas, ves mal, ves lo que no existe. ¡Voto al diablo!, ¿por qué será ella tan guapa? ¡Yo no tengo la culpa! En resumen: que desde el primer momento me inspiró la pasión más irresistible. Avdotia Románovna es terriblemente casta, de un modo inaudito y no visto. (Fíjese usted en que yo le digo esto de su hermana a título de hecho. Ella es casta, quizá hasta un grado morboso, no obstante toda su amplitud de espíritu, y eso la perjudica). Allí, en nuestra casa, había una chica, Parascha, la ojinegra Parascha, a la que acababan de enviar de otro pueblo como doncella, y a la que yo no había visto hasta entonces; una chica muy guapa, pero estúpida hasta lo inverosímil; muy llorona, llenaba de gritos toda la casa y dio lugar a un escándalo. Una vez, después de la comida, Avdotia Románovna, con toda intención, fue a buscarme a solas en una alameda del jardín, y con ojos centelleantes me *exigió* que dejase en paz a Parascha. Fue aquel nuestro primer palique a solas. Yo, naturalmente, estimé un honor acceder a su deseo, y me esforcé por parecer contrariado, mortificado; en una palabra: que desempeñé muy bien mi papel. Empezaron con ese motivo entre nosotros ciertas relaciones, diálogos secretos, lec-

---

* *«Rázum»* significa cordura, sensatez.

ciones de moral, amonestaciones, ruegos y hasta lágrimas...;
¡créalo usted: hasta lágrimas! ¡Vea usted hasta dónde conduce
a algunas jóvenes la pasión por la catequesis! Yo, claro, le eché
la culpa de todo a mi destino; me pinté como un hombre ávido de luz, eché mano del medio más poderoso e infalible para
apoderarse del corazón de una mujer, un medio que nunca
falla y que en todas ellas, desde la primera a la última, sin excepción, surte su efecto. Ese medio, como nadie ignora, es la
lisonja. No hay en el mundo cosa más difícil que la sinceridad, ni más fácil que la lisonja. Si a la sinceridad viene a mezclarse la más pequeña nota falsa, surge inmediatamente la disonancia, y, tras ella, el escándalo. Mientras que la adulación,
aunque hasta la última nota sea falsa, resulta simpática y se
oye con satisfacción: con satisfacción grosera, sí; pero con satisfacción. Y por burda que la lisonja sea, la mitad, cuando
menos, parece verdad. Y esto para todos los grados de cultura
y jerarquía social. A una vestal misma se la seduciría con la
lisonja. Y no hay que hablar de las personas vulgares. No
puedo menos de sonreírme cuando recuerdo cómo una vez
hube de seducir a una mujer casada, con hijos y virtudes, que,
además, quería mucho a su marido. ¡Qué divertido fue aquello y qué poco trabajo me costó! Pero la señora, efectivamente, era virtuosa hasta lo último a su modo. Toda mi táctica se
redujo a mostrarme siempre como apabullado por su castidad y lleno de adoración ante ella. Yo la adulaba de una manera descarada, y apenas había conseguido nada más que cogerle la mano, una mirada, ya estaba recriminándome por
haber conseguido aquello a la fuerza; porque ella no lo quería; hasta tal punto no lo quería, que yo, probablemente, nada
habría alcanzado nunca de no haber sido tan vicioso; que ella,
en su inocencia, no presentía siquiera el mal y se entregaba
inconscientemente, sin saber, sin sospechar, etcétera, etcétera.
En una palabra: que lo conseguí de ella todo, y mi buena señora estaba tan convencida de que era inocente y pudorosa
y que cumplía con todos sus deberes y obligaciones y que ha-

bía caído de modo inesperado. ¡Y cómo se enfadó conmigo cuando, al final de los finales, hube de exponerle con toda sinceridad que estaba plenamente convencido de que ella, en todo aquello, había ido buscando el placer no menos que yo! La pobre Marfa Petrovna también se rendía terriblemente a la lisonja, y si yo hubiera querido, sin duda que, viviendo todavía, me habría cedido todos sus bienes. (Pero estoy bebiendo y charlando una barbaridad). Espero que usted no se enojará si le digo ahora que ese mismo efecto empezó a manifestarse en Avdotia Románovna. Solo que yo fui necio e impaciente, y lo eché a perder todo. Antes de eso, algunas veces, a Avdotia Románovna (y, sobre todo, una vez) le sentó terriblemente mal una terrible expresión de mis ojos, ¿lo creerá usted? Nada; que en ellos cada vez con más violencia y claridad fulguraba un fuego que a ella le asustaba y que finalmente se le hizo odioso. No le contaré a usted pormenores; pero reñimos. Entonces volví yo a cometer otra estupidez. Me puse a burlarme del modo más grosero de toda aquella catequesis y conversación; volvió a salir a escena Parascha, y no ella sola...; nada, que empezó Sodoma. ¡Oh, si hubiera usted podido ver, Rodión Románovich, siquiera una vez en la vida, los ojos de su hermana, cómo le centellean en ocasiones! No tiene nada que ver que yo esté ahora borracho y me haya bebido todo un vaso de champaña, para que diga la verdad. Le aseguro a usted que a mí esa mirada no me dejaba dormir; a lo último no podía soportar siquiera el rumor de su falda. Verdaderamente, era como si fuesen a darme ataques de epilepsia; nunca habría imaginado que pudiera llegar a verme en tal estado de enajenación. En resumidas cuentas: que era absolutamente preciso obtener una reconciliación, solo que eso era ya imposible. Y figúrese usted lo que hice yo entonces. ¡Hasta qué grado de estupidez puede llevar la rabia a un hombre! No emprenda usted nunca nada cuando esté furioso, Rodión Románovich. Teniendo en cuenta que Avdotia Románovna era, en el fondo, una pobre (¡ah!, perdóneme usted, yo no quería...; pero ¿qué más da la expresión, siempre que designe la idea?); en una palabra: que vivía del trabajo de sus manos, que tenía que sostener a su madre y a usted (¡ah, diablo, otra vez se amohína!), resolví ofrecerle todos mis caudales (treinta mil rublos podía yo agenciar entonces) si quería fugarse de allí conmigo y venirse aquí, a Petersburgo. Naturalmente que yo le juraba amor eterno, felicidad, etcétera, etcétera. ¿Creerá usted que yo estaba entonces tan loco que, si ella me hubiese dicho: «Córtale el cuello o envenena a Marfa Petrovna y cásate conmigo», inmediatamente lo habría hecho? Pero todo vino a terminar en una catástrofe, como usted sabe ya, y usted puede juzgar también hasta qué punto me pondría yo furioso al enterarme de que Marfa Petrovna había sacado a relucir a ese bellaco de Luzhin y estaba urdiendo una boda... que, en el fondo, había sido lo mismo que le proponía yo. ¿No es eso? ¿No es eso?... ¿Verdad que sí? ¡Noto que me está usted escuchando con mucha atención..., interesante joven!

Svidrigáilov, impaciente, descargó un puñetazo encima de la mesa. Se había puesto colorado. Raskólnikov veía claramente que aquel vaso o vaso y medio de champaña que había bebido, sin sentir, a sorbitos, le hacía un efecto morboso, y decidió aprovecharse de esa circunstancia. Svidrigáilov le inspiraba un gran recelo.

—Vaya; después de eso, estoy perfectamente convencido de que usted ha venido a Petersburgo animado de intenciones respecto a mi hermana —le dijo a Svidrigáilov, francamente y sin disimulo alguno, para que todavía lo irritase más.

—¡Ah, basta! —dijo Svidrigáilov, como percatándose de pronto—. Ya le he dicho a usted... Y, además, su hermana de usted no me puede sufrir.

—De eso estoy seguro; pero no se trata ahora de ello.

—¿Está usted convencido de que no puede sufrirme? —Svidrigáilov hizo un guiño y sonrió sarcástico—. Tiene usted razón: no me quiere; pero no ponga usted nunca la mano en el fuego, tratándose de cosas entre marido y mujer o entre amantes. Siempre queda ahí un rinconcillo, que para todo el mundo permanece ignorado y que solo ellos dos conocen. ¿Usted responde de que Avdotia Románovna me mira con aversión?

—A juzgar por algunas palabras y palabrillas que ha soltado durante nuestra conversación, he podido inferir que usted sigue abrigando intenciones, y de las más apremiantes, sobre Dunia, intenciones, naturalmente, ruines.

—¡Cómo! ¿Que yo he soltado tales palabras y palabrillas? —Y Svidrigáilov manifestó un temor sumamente ingenuo, pero sin poner la menor atención en el epíteto atribuido a sus intenciones.

—Ahora mismo acaba usted de soltarlas. Pero ¿a qué viene ese miedo?

—¿Que yo tengo miedo, que yo me asusto? ¿Que me asusto de usted?... Antes me tendría usted miedo a mí, *cher ami**. ¡Qué cosas! ¡Aunque, por lo demás, estoy borracho, lo veo! Por poco si no me voy otra vez de la lengua. ¡Al diablo el vino!... ¡A ver, agua!

Cogió la botella, y, sin más ceremonias, fue y la arrojó por la ventana.

—Todo eso son desatinos —prosiguió Svidrigáilov, mojando una servilleta que se aplicó a las sienes—. Pero con una sola palabra puedo desengañarlo a usted y reducir a polvo todas sus suspicacias. ¿Sabe usted, por ejemplo, que yo estoy para casarme?

—Ya me lo había usted dicho antes de ahora.

—¿Que se lo había dicho? Pues lo había olvidado. Pero entonces no pude decírselo a usted de un modo definitivo, porque aún no había visto a mi futura; la cosa no pasaba de una intención. Pero ahora tengo novia, y el asunto es cosa decidida, y de no reclamarme asuntos urgentes, lo cogería a us-

* «... miedo a mí, *cher ami*»: querido amigo. (En francés en el original).

ted ahora mismo y lo llevaría a conocer a su familia..., porque quiero pedirle a usted su opinión. ¡Ah, diablo! ¡Solo me quedan diez minutos! Vea, mire el reloj; por lo demás, ya le contaré a usted, porque es una cosa interesante en su género mi boda... Pero ¿qué hace usted? ¿Otra vez quiere irse?

—No; ya no me voy.

—¿Que no se va usted? ¿De veras? Veamos. Yo voy a llevarlo a usted allá, en lo cierto, para que conozca usted a mi futura; pero no ahora, porque ahora usted tiene prisa. Usted, a la derecha; yo, a la izquierda. ¿Conoce usted a esa tal Resslich?... Esa misma Resslich en cuya casa estoy parando..., ¿eh? ¿Ha oído hablar de ella? No..., ¿qué se piensa usted?..., es esa misma de la que dicen que si echó a una chica al agua en invierno... Bueno; ¿la ha oído usted nombrar? ¿Ha oído hablar de ella? Bien; pues ella es la que me ha sugerido esa idea: «Mira —me dice—: tú te aburres; es menester que te distraigas». Porque yo ha de saber usted que soy un hombre triste, tedioso. ¿Usted se creía que yo era alegre? Pues no; sombrío; daño no hago a nadie; pero me estoy sentadito en un rincón, y a veces se me pasan tres días sin hablar palabra. Pero esa pécora de Resslich, desde luego, se lo digo a usted, persigue un fin: yo me aburriré, dejaré plantada a mi mujer, y entonces ella la cogerá y la explotará en nuestro ambiente o en otro más elevado. Tiene, dice, un padre decrépito, funcionario jubilado, que se pasa la vida sentado en un sillón y que lleva tres años sin mover un pie. Dice que tiene también madre, una señora muy discreta, su *mámascha*. Además, el hijo sirve no sé dónde, en algún gobierno, solo que no les ayuda. Una hija se casó y no saben de ella; pero se han hecho cargo de dos sobrinitos pequeños (como si no tuvieran bastantes bocas); la otra hija, la menor, la han sacado del instituto y no cumple los dieciséis años hasta dentro de un mes, lo que quiere decir que dentro de un mes ya la pueden casar. Esa es la que me destinan. Hemos ido, pues, a ver a esa gente. ¡Qué ridículo es allí todo! Yo me presento; propietario, viudo, un nombre conocido, con relaciones, con dinero... ¡Vaya! ¡Qué importa que yo tenga ya cincuenta y ella no haya cumplido aún los dieciséis? ¿Quién va a reparar en ello? ¿Qué, no soy yo un buen partido? ¿Eh? ¿No soy yo un buen partido? ¡Ja, ja! ¡Me hubiera usted visto hablando con el papá y con la mamá! ¡Habría habido que pagar por verme en ese trance! Sale ella, hace una reverencia..., se sienta; bueno; ya puede usted figurarse: aún con la falda por la rodilla, un capullito todavía sin abrir..., se pone roja, se encandece como la alborada (sin duda que la habrían aleccionado). Yo no sé qué pensará usted en punto a mujeres; pero me parece que esos dieciséis años, esas miradas todavía de niña, esa timidez y esa pudorosidad, rayana en lágrimas, para mí es algo superior a la belleza, sin contar con que también en este sentido es ella una pintura. Pelo rubio claro, fino, ondulado en ricitos; labios gruesos, encarnados, unos piececitos..., ¡un encanto!... Bueno; pues nos hicimos amigos; yo hago constar que, por ciertas razones domésticas, tengo prisa, y al otro día, es decir, anteayer, ya éramos novios formales. Desde entonces, siempre que voy allá, me la siento en las rodillas y ya no la suelto... Ella, claro, se pone colorada como la aurora; pero yo la estoy besando a cada instante; su mamá, naturalmente, le hace ver que «para eso, ¡diantre!, es tu marido; que así es como hay que hacer»; en una palabra: ¡una perla! Y esta situación actual, de novio, quizá sea verdaderamente mejor que la de marido. Esto es lo que se llama la *nature et la vérité*[*]. ¡Ja, ja! Yo habré hablado con ella un par de veces, y no es lerda la niña: a veces me mira de un modo a hurtadillas, y me pone que ardo. Mire usted: tiene una carita que parece enteramente una *Madonna* de Rafael. Porque la *Madonna* de la Sixtina tiene una cara fantástica, una cara de pasión loca, ¿no le ha chocado a usted? Bueno; pues por ese estilo. Luego que nos hicimos novios, yo, al otro día, fui y le

***

[*] «... *nature et la vérité*»: la naturaleza y la verdad. (En francés en el original).

llevé regalos por valor de mil quinientos rublos: un aderezo de brillantes, otro de perlas, una cajita de plata para el tocador, mire, así de grande, con todo lo necesario, para que también a ella, como a la *Madonna*, la carita se le transfigure. Yo me la senté anoche en las rodillas, sí, como debe ser, sin nada de ceremonia, y ella fue y se puso toda encarnada y derramó unas lagrimillas, y no quería rendirse, toda ella estaba ardiendo. Se retiraron todos por un momento, de suerte que nos quedamos los dos solos, y de pronto va y se me echa al cuello, y me abraza con sus dos manecitas, y me besa, y me jura que me será obediente, fiel y buena esposa; que me hará feliz, que me consagrará toda su vida, cada minuto de su vida; que se sacrificará por completo, por completo, y que, a cambio de ello, solo desea de mí la *sola estimación*, y «nada más —dice—, nada, nada necesito, regalo alguno». Convendrá usted conmigo en que escuchar semejante declaración a solas, de labios de un ángel como este, de dieciséis años mal cumplidos, arrebolada en candores virginales y con lagrimitas de entusiasmo en los ojos…, convendrá usted conmigo en que es bastante seductor. ¿No es para arrebatar a cualquiera? ¿No vale cualquier cosa? ¿No lo vale? Bueno…; óigame usted…: vendrá a ver a mi novia…, pero hoy no.

—En resumen: que a usted esa enorme diferencia de edades y de experiencias le produce voluptuosidad. Pero ¿de veras piensa usted casarse?

—¿Y qué más da?… Seguramente. Todo el mundo se las ingenia, y, de todos, el que mejor vive es aquel que mejor sabe engañarse. ¡Ja, ja! Pero ¡qué virtuoso nos ha resultado usted! Tenga piedad de mí, padrecito, que soy un pecador. ¡Je, je, je!

—Usted, sin embargo, se ha hecho cargo de los hijitos de Katerina Ivánovna. Aunque, después de todo…, después de todo, también habrá tenido sus razones para ello…, y ahora lo comprendo todo.

—A mí los niños, en general, me gustan, me gustan mucho los niños —dijo Svidrigáilov, riendo a carcajadas—. En este respecto, puedo incluso contarle a usted un episodio curiosísimo, que sigue prolongándose hasta ahora. El día mismo que llegué me lancé a recorrer todas estas cloacas, vamos, después de siete años que no las frecuentaba. Usted probablemente habrá notado que yo, cuando estoy a su lado, no tengo prisa por ir a ver a mis antiguas amistades y conocimientos. No, y hasta hago todo lo posible por evitar su encuentro. Mire usted una cosa: con Marfa Petrovna, allá en el pueblo, era para mí un suplicio de muerte el recordar todos estos lugares y lugarcillos secretos, en los que quién sabe cuántas cosas se pueden encontrar. ¡El diablo me lleve! La gente baja se emborracha; la juventud instruida, por efecto de la ociosidad, se consume en ensueños y desvaríos imprecisos, se enerva con teorías; de todas partes acuden los judíos, esconden los dineros, y todo lo demás se entrega al vicio. Así me ha dado a mí el husmo esta ciudad desde las primeras horas. Hube de caer en una velada danzante, así denominada: una cloaca horrible (y a mí me gustan las cloacas precisamente sucias); desde luego que allí se bailaba un cancán descocado como en ninguna otra parte y como aun en mi tiempo no se bailaba. En esto sí ha habido progreso. De pronto miro y veo una señorita, de unos trece años, muy bien vestida, bailando con un virtuoso, con otro delante como su *vis-à-vis*. Junto a la pared, sentada en una silla, estaba su madre. Bueno; ¡ya puede usted figurarse qué cancán aquel! La muchacha se azora, se pone colorada y, por último, se da por ofendida y rompe a llorar. El virtuoso la coge y empieza a hacerle dar vueltas y a piruetear delante de ella, y todo el mundo, alrededor, ríe y... Me gusta en tales momentos su público de usted, aunque sea el del cancán: ríe y grita: «¡Eso es, así se hace! ¡Si no, que no traigan aquí niñas!». Yo, naturalmente, escupía en todo aquello; con lógica o sin ella, la gente se divierte. Inmediatamente dejé mi asiento, me dirigí a donde estaba la madre y me puse a decirle que yo también era forastero, que todos allí eran unos descorteses, que no sabían distinguir la verdadera dignidad y dispensarle el aprecio debido; le hice saber que yo era hombre de dinero; las invité a montar en mi coche, las conduje a su casa y nos hicimos amigos (ellas paraban en un chiscón de una casa de huéspedes, pues estaban acabaditas de llegar). Me manifestaron que mi amistad, tanto ella como su hija, no podían considerarla sino como un honor; me pusieron al tanto de que no tenían ni casa ni hogar*, y que habían venido a Petersburgo a gestionar no sé qué asunto en una oficina del Estado. Yo les ofrezco mis servicios, mi dinero; me dicen que, por un error, fueron a caer en aquella velada, pensando que, efectivamente, enseñaban a bailar; me ofrezco a contribuir, por mi parte, a la educación de la señorita, enseñándole el francés y el baile. Aceptan entusiasmadas, lo estiman como un honor y quedamos amigos hasta hoy. Si quiere usted, iremos...; pero no ahora.

—¡Deje usted, deje usted sus mezquinas y ruines anécdotas, hombre corrompido, bellaco, sensual!

—Pero ¿es que es usted Schiller, nuestro Schiller? ¡Schiller! *Où la vertu va-t-elle se nicher!*** Pero oiga usted una cosa: yo le he contado a usted, con toda intención, todo esto, para oír sus recriminaciones. ¡Un placer!

—¡No faltaba más sino que yo, en este momento, le sirviera a usted de motivo de risa! —refunfuñó Raskólnikov malhumorado.

Svidrigáilov se echó a reír a pleno pulmón; finalmente, llamó a Filipp, pagó y se puso en pie.

—¡Vaya, que ya estoy borracho! *Assez causé!****—dijo—. ¡Un placer!

---

* «... no tenían ni casa ni hogar». En el original ruso dice literalmente: «sin poste ni corral» («*isch kakoi viletiel solok iasnyi*»).
** «*Où la vertu va-t-elle se nicher!*»: ¡Donde anida la virtud! (En francés en el original).
*** «*Assez causé!*»: ¡Basta de charla! (En francés en el original).

—¡Solo faltaba que no lo sintiese! —exclamó Raskólnikov, levantándose también—. Quizá, para un libertino consumado, hablar de cosas semejantes, teniendo en perspectiva alguna intención monstruosa por el estilo..., ¿no ha de ser un placer, y, además, en tales circunstancias y delante de un hombre como yo?... ¡Eso le encandila!

—Vaya...; si es así —contestó Svidrigáilov hasta con cierto asombro, examinando con la vista a Raskólnikov—, si es así, me resulta usted un cínico de marca mayor. Materia para ello la encierra usted, en sí mismo, enorme. Es usted capaz de concebir muchas cosas..., vaya..., y quizá también de hacerlas. Pero basta. Sencillamente deploro que nuestra conversación haya sido tan breve. Pero no se vaya usted así... Aguarde un momento...

Svidrigáilov salió de la taberna. Raskólnikov echó detrás de él. Svidrigáilov no estaba, a pesar de todo, muy borracho; el vino se le había subido a la cabeza solamente un momento, y la embriaguez se le iba pasando de minuto en minuto. Parecía muy preocupado por algo sumamente grave, y había fruncido el ceño. Era evidente que alguna expectación lo agitaba y tenía inquieto. Con Raskólnikov, en los últimos momentos, pareció cambiar de pronto, y a cada instante se volvía más grosero y zumbón. Raskólnikov había observado todo esto y estaba también intranquilo. Svidrigáilov le daba mucho que sospechar; se resolvió a seguirlo.

Salieron juntos a la calle.

—Usted por la derecha y yo por la izquierda, o, si usted lo prefiere, al revés. *Adieu, mon plaisir.*[*] ¡Hasta la próxima grata entrevista!

Y se dirigió, por la derecha, hacia el Heno.

[*] «*Adieu, mon plaisir*»: Adiós, encanto mío. (En francés en el original).

Raskólnikov echó en su seguimiento.

—¡Cómo es eso! —exclamó Svidrigáilov, volviéndose—. Me parece que ya le dije a usted...

—Eso quiere decir que yo, ahora, no he de dejarlo...

—¿Có...o...mo?

Se detuvieron ambos, y por un instante se miraron mutuamente, como midiéndose.

—De todos sus cuentos de medio borracho —falló bruscamente Raskólnikov— he concluido *categóricamente* que usted, no solo no ha abandonado sus bajísimas intenciones con respecto a mi hermana, sino que son las que más le preocupan. Me consta que mi hermana esta mañana ha recibido no sé qué carta. Usted, todo el tiempo, no ha hecho más que revolverse inquieto. Usted, admitámoslo, habrá podido descubrir en el camino alguna esposa; pero eso no quiere decir nada. Yo quiero convencerme personalmente...

A Raskólnikov le habría sido difícil precisar lo que deseaba en aquel instante y de qué, a punto fijo, quería convencerse personalmente.

—¡Eso es!... ¡Usted, por lo visto, quiere que yo llame ahora mismo a un guardia!

—¡Llámelo!

Se detuvieron nuevamente un instante, uno frente a otro. Por último, cambió de expresión el semblante de Svidrigáilov. Después de convencerse de que a Raskólnikov no le asustaban sus amenazas, adoptó, de pronto, un semblante muy jovial y amistoso.

—¡Hay que ver lo que es usted! Con toda intención no había yo querido hablarle a usted de su asunto, aunque me tortura la curiosidad. Es un asunto fantástico. Lo dejaba para otra vez; pero usted verdaderamente es capaz de encolerizar a un muerto... Vaya, ¡ea!, iremos; solo que antes voy a decirle una cosa: tengo que ir a casa, aunque solo un momentito, a coger dinero; luego, cierro el cuarto, llamo un coche y me voy a pasar la tarde en las islas. ¿Por qué se empeña en seguirme?

—Porque yo también tengo que ir allá, no a su cuarto, sino al de Sofia Semiónovna, a disculparme por no haber asistido al entierro.

—Como usted guste; pero Sofia Semiónovna no está en casa. Fue a llevarles los niños a una señora, a una señora de edad, conocida mía, una antigua amiga, que dirige ciertas instituciones para huérfanos. Yo dejé encantada a esa señora al llevarle el dinero correspondiente a los tres parvulillos de Katerina Ivánovna, además de lo cual dediqué alguna cantidad a la institución; por último, le referí la historia de Sofia Semiónovna con todos sus pormenores y sin ocultarle cosa alguna. Surtió un efecto indescriptible. De ahí que a Sofia Semiónovna le indicaran que se dirigiese hoy mismo directamente al hotel de ***, donde actualmente se encuentra la dama referida, de regreso de su veraneo.

—No importa; de todos modos, iré.

—Como usted quiera, solo que yo no puedo acompañarle. ¿Qué tengo yo que hacer allí? Mire: ya hemos llegado a mi casa. Diga usted: estoy seguro de que usted me mira con suspicacia por la sencilla razón de haber sido yo tan delicado, que hasta ahora no lo importuné con preguntas..., ¿comprende usted?... A usted le parece esto algo extraordinario; cualquier cosa apostaría a que así es. ¡Toma, para que andes con delicadezas!...

—¡Y se pone a escuchar tras de las puertas!

—¡Ah, era por eso! —Y Svidrigáilov se echó a reír—. Ya me asombraba yo de que usted, después de todo, omitiese esa observación. ¡Ja, ja! Yo ya comprendía algo de aquello que usted entonces..., allí..., le decía a Sofia Semiónovna; pero, sin embargo, no he llegado a entenderlo todo. Quizá sea yo un individuo atrasado e incapaz de comprender ya cosa alguna.

¡Explíquemelo usted, por Dios, querido amigo! ¡Ilústreme usted con las novísimas ideas!

—¡Usted no pudo escuchar; usted miente!

—Yo no hablo de eso, no hablo de eso (aunque, por lo demás, escuché algo), no; yo me refiero a que usted está siempre quejándose, sí, quejándose. El Schiller que lleva dentro lo está atormentando a cada paso. Pero ahora sale usted diciendo que no escuche detrás de las puertas. Pero, en este caso, vaya enseguida a la comisaría y explique allí que, ¡diantre!, así y asá, me ha ocurrido a mí un caso: un ligero error de teoría. Si está usted seguro de que no se puede escuchar detrás de las puertas, pero sí que se puede escabechar a una vieja que se viene a la mano a satisfacción, entonces váyase cuanto antes a cualquier parte de América. ¡Corra, joven! Puede que aún sea tiempo. Le hablo sinceramente. ¿Tiene usted dinero o no? Yo se lo daré para el viaje.

—Yo no pienso ni remotamente en tal cosa —le replicó Raskólnikov con enojo.

—Lo comprendo (usted, por lo demás, no se apure; si no quiere, no hable); comprendo los problemas que se le plantearán; morales, ¿no es cierto? Problemas concernientes al ciudadano y al hombre, ¿no? Pero ¿usted no les dio ya de lado? ¿Por qué ahora se preocupa de ellos? ¡Je, je! Además, ¿qué significa, después de todo, eso de ciudadano y hombre? Si así fuera, no debía usted haberse metido en ese fregado; no debe uno lanzarse a nada superior a sus fuerzas. Bueno; péguese usted un tiro. ¿Qué, no quiere?

—Usted, por lo visto, desea soliviantarme para que me vaya y lo deje...

—¡Qué hombre tan singular! Pero ¡si ya hemos llegado! Ande y suba la escalera. Mire: esta es la entrada al cuarto de Sofia Semiónovna. ¿Ve usted cómo no hay nadie? ¿Qué, no lo cree? Pues pregunte usted a los Kapernaúmoves; ella les deja siempre la llave. Aquí precisamente está *madame* Kapermaúmova en persona... ¿Qué? (Es un poquito sorda). ¿Se fue?

¿Adónde?... ¡Vaya! ¿Lo ha oído usted? Se fue, y no volverá acaso hasta anochecido. ¿Qué, no quiere usted venir? Bueno; ya estamos en mi casa. *Madame* Resslich no está tampoco. Es una mujer que siempre anda de acá para allá; pero buena, se lo aseguro... Quizá le fuera útil, si usted fuese algo juicioso. Vaya, permítame un momento; voy, saco del escritorio este bono de cinco por ciento (¡mire cuántos me quedan todavía!), que hoy mismo irá a parar al cambio. ¡Ea! ¿Ha visto usted? Ahora ya no puedo detenerme. Cierro el escritorio, cierro el cuarto, y otra vez en la escalera. Bueno; ¿quiere usted que tomemos un coche? Yo, mire, voy a las islas. ¿No le agradaría dar un paseo en coche? Mire: voy a tomar esa calesa, que me llevará a Yelaguin, ¿no? ¿Rehúsa usted? ¿No puede más? Vamos, ande; daremos un paseíto. Parece que vamos a tener lluvia; pero eso no importa: subiremos la capota...

Svidrigáilov había montado ya en la calesa. Raskólnikov pensó que sus sospechas, por lo menos en aquel instante, no tenían fundamento. Sin contestar una palabra, dio media vuelta y retrocedió en dirección al Heno. Si hubiese vuelto la cabeza una vez siquiera en el camino, habría podido ver cómo Svidrigáilov, después de hacer un trayecto de cien pasos apenas, le pagó al cochero y echaba a andar por la acera. Pero él no pudo ver nada y volvió la esquina. Una aversión profunda le impulsaba a apartarse de Svidrigáilov. «¡Que haya podido yo esperar algo ni por un momento de ese tío ordinario, de ese vicioso, sensual y bellaco!», exclamó involuntariamente. En verdad, Raskólnikov pronunció aquel juicio suyo harto presurosa y aturdidamente. Había algo en todo el modo de conducirse de Svidrigáilov que, cuando menos, le confería cierta originalidad, por no decir misterio. Por lo que en todo esto se refería a su hermana, Raskólnikov quedó, a pesar de todo, convencido de que seguramente Svidrigáilov no la dejaría en paz. Pero ¡cuán enojoso e insoportable se le hacía pensar y repensar en todo eso!

Siguiendo su costumbre, no bien se encontró solo y hubo

andado veinte pasos, se sumió en cavilosidades. Al llegar al puente, se detuvo junto al pretil y se puso a mirar al agua. Y, a todo esto, Avdotia Románovna estaba a dos pasos de él.

Se tropezó con ella a la entrada del puente; pero pasó de largo, sin verla. Dúnechka no se lo había encontrado nunca así en la calle, y se quedó desconcertada y hasta asustada. Se detuvo, sin saber si llamarlo o no. De pronto, divisó a Svidrigáilov, que venía, muy ligero, del lado del Heno.

Pero aquel, por lo visto, se acercaba misteriosa y cautamente. No se entró por el puente, sino que se detuvo a un lado, en la acera, esforzándose cuanto podía porque Raskólnikov no lo viese. A Dunia hacía ya rato que la había visto y le hacía señas. Le parecía a la joven que con aquellas señas le rogaban no llamase a su hermano y lo dejase en paz, acercándose, en cambio, a donde él estaba.

Así hizo Dunia. Despacito, le dio un rodeo a su hermano y se llegó a Svidrigáilov.

—Vámonos de aquí cuanto antes —dijo Svidrigáilov por lo bajo—. No quiero que Rodión Románovich se entere de nuestra entrevista. Le participo a usted que yo acabo de estar con él no lejos de aquí, en una taberna, adonde fue a buscarme, y que me he tenido que desprender de él poco menos que a la fuerza. Tiene noticia de la carta que le escribí a usted y sospecha alguna cosa. Usted, naturalmente, no le habrá dicho nada. Pero, si no ha sido usted, ¿quién puede haber sido?

—Ya hemos vuelto la esquina —le atajó Dunia—; ahora ya mi hermano no nos puede ver. Le advierto a usted que no he de seguir más allá en su compañía. Dígame usted aquí todo; todo esto puede decirse también en plena calle.

—En primer lugar, esto es imposible hablarlo en la calle, y, además, tenemos que escuchar a Sofia Semiónovna; y, finalmente, tengo que mostrarle a usted algunos documentos... Bueno; en conclusión: si usted no accede a venir a mi casa, me negaré a toda suerte de explicaciones y me iré ahora mismo. Le ruego a usted, de pasada, no olvide que un secreto curiosísimo de su queridísimo hermano se encuentra en mi poder.

Dunia se detuvo indecisa y fijó en Svidrigáilov una mirada penetrante.

—Pero ¿por qué teme usted? —observó aquel tranquilamente—. Aquí no estamos en el pueblo. Y en el pueblo me hizo usted más daño a mí que yo a usted; así que...

—¿Está advertida Sofia Semiónovna?...

—No; yo no le he dicho ni una palabra, y, además, no estoy seguro de que se encuentre en este instante en su casa, aunque, probablemente, sí estará. Hoy ha tenido que atender el entierro de su madrastra; no es un día muy propicio para ir a visitarla. Por el momento, no quiero hablarle de esto a nadie, y hasta me pesa, en cierto modo, de haberme franqueado con usted. En este terreno, la más leve imprudencia equivale a una delación. Mire: yo vivo aquí, en esta casa que tenemos delante. Ese es el portero de la finca; el portero me conoce muy bien; mire cómo ya me está saludando. Ve que vengo acompañado de una señorita, y ya, sin duda, se habrá dado prisa a fijarse en su cara, y eso a usted la favorece, si tiene tanto miedo y sospecha de mí. Perdóneme usted que le hable con tanta rudeza. Yo soy inquilino de la casa. Sofia Semiónovna y yo vivimos pared por medio: también está como realquilada. En todos los pisos hay realquilados. Pero ¿por qué teme usted como una niña? ¿Tanto miedo le inspiro yo?

La cara de Svidrigáilov se contrajo en una sonrisa indulgente, pero que no llegó a producirse del todo. El corazón le palpitaba, y le faltaba el aliento. Con toda intención hablaba recio para disimular su emoción creciente; pero Dunia no pudo notar aquella agitación especial: harto la había irritado aquella observación suya de que tenía miedo como una niña y de que él le infundía espanto.

—Aunque sé muy bien que es usted un hombre... sin honor, en manera alguna le temo. Vaya usted delante —dijo, al parecer, enteramente tranquila, aunque su rostro estaba muy pálido.

Svidrigáilov se detuvo ante el cuarto de Sonia.

—Permítame preguntar si está en casa. No. ¡Fiasco! Pero yo sé que no ha de tardar en estar de vuelta. Ha salido únicamente para ver a cierta señora, a propósito de los huerfanitos. Se les murió la madre. Yo he intervenido en la cosa y dictado disposiciones. Como Sofia Semiónovna no haya vuelto dentro de diez minutos, se la mandaré a su casa, si usted quiere, hoy mismo. Bueno; este es mi número. Aquí están mis dos habitaciones. Detrás de esa puerta vive mi patrona, la señora Resslich. Ahora mire usted hacia acá, que voy a enseñarle mis principales documentos; desde mi dormitorio, esta puerta conduce a dos habitaciones completamente vacías, que están para alquilar. Estas son..., pero es menester que se fije usted más atentamente...

Svidrigáilov tenía alquiladas dos habitaciones amuebladas bastante espaciosas. Dúnechka las examinó desconfiada, pero nada de particular observó ni en el moblaje ni en la disposición de las habitaciones, aunque muy bien habría podido advertir algo, por ejemplo, que la vivienda de Svidrigáilov venía a encontrarse como entre otras dos, casi del todo deshabitadas. Tenía la entrada no directamente por el corredor, sino por dos habitaciones pertenecientes a la patrona y que estaban casi vacías. Desde la alcoba, Svidrigáilov, abriendo una puerta cerrada con llave, mostró a Dúnechka aquel cuarto desocupado, que se alquilaba. Dúnechka se quedó parada en los umbrales, sin comprender por qué la invitaba a mirar; pero Svidrigáilov se apresuró a explicárselo.

—Ande, mire usted allá, a ese otro cuarto grande. Fíjese en esa puerta; está cerrada con llave. Junto a la puerta hay una silla, que es el único mueble que hay en la habitación. He sido yo quien la llevé ahí de mi cuarto, para escuchar más cómodamente. Mire usted: inmediatamente detrás de la puerta tiene su mesa Sofia Semiónovna, y allí se sienta y se pone a hablar con Rodión Románovich. Yo aquí, sentadito en mi silla, los he estado escuchando dos noches seguidas, por espacio de un par de horas..., y naturalmente, que de algo me he enterado... ¿Qué le parece a usted?

—¿Que estuvo usted escuchando?

—Sí, escuchando estuve; ahora venga usted a mis habitaciones; aquí no hay dónde sentarse.

Condujo a Avdotia Románovna otra vez a su primera habitación, que hacía las veces de sala, y le ofreció una silla. Él se sentó en el otro pico de la mesa, por lo menos a una *arschina* de distancia; pero de fijo que en sus ojos brillaba aquel mismo fuego que tanto asustara antes a Dúnechka. Esta se estremeció, y de nuevo volvió a mirarlo, toda recelosa. Su gesto fue involuntario; era evidente que no quería dejar traslucir su desconfianza. Pero la solitaria situación del cuarto de Svidrigáilov hubo de impresionarla al fin. Tuvo intención de preguntar si estaba en casa la patrona, pero no lo hizo... por orgullo. Aparte de que otro sufrimiento, incomparablemente más grande que el miedo por sí misma, laceraba su corazón. Sentía una tortura insoportable.

—Aquí está su carta —dijo colocándola encima de la mesa—. ¿Por ventura es posible lo que en ella escribe? Usted alude a un crimen como cometido por mi hermano. Demasiado claramente alude a ello; no se atreverá usted a desdecirse. ¿Sabe usted que ya, antes de ahora, ha llegado hasta mí ese estúpido cuento y que no he creído de él ni una palabra? Tal sospecha es ruin y ridícula. Yo conozco esa historia y cómo y quién la ha inventado. No es posible que tenga usted prueba alguna de su veracidad. Usted me prometía demostrármelo..., ¡pues hable ya! De antemano sabe usted que no he de darle crédito. ¡No he de dárselo!...

Y Dúnechka dijo todo eso atropelladamente, de carrerilla, y por un instante afluyeron los colores a su rostro.

—Si usted no lo creyese, ¿cómo era posible que se hubiese atrevido a venir conmigo hasta aquí? ¿Por qué ha venido? ¿Por simple curiosidad?

—¡No me atormente usted! ¡Hable, hable!

—Ni que decir tiene que es usted una brava muchacha. Por Dios que yo me figuraba que usted le rogaría al señor Razumijin que la acompañase hasta aquí. Pero no le he visto a él ni con usted ni alrededor suyo, y eso que miré con cuidado; eso está bien; quiere decir que tiene usted empeño en salvar a Rodión Románovich. Por lo demás, en usted todo es divino... Tocante a su hermano, ¿qué voy a decirle? Usted misma acaba de verlo. Eh; ¿qué tal?

—Pero ¿en eso únicamente se funda usted?

—No; no es eso, sino en sus propias palabras. Mire usted: allí, dos noches seguidas, vino a ver a Sofia Semiónovna. Ya le enseñé el sitio donde ellos se ponen. Él le hizo a ella una confidencia plena. Es un criminal. Mató a una vieja, viuda de un funcionario, usurera, a la que llevaba a empeñar cosas, y mató también a su hermana, una revendedora, llamada Lizaveta, que hubo de entrar inopinadamente en el piso cuando acababa de asesinar a la otra. Las mató a las dos con un hacha que a prevención había llevado. Las mató para robarles, y robó; se guardó unos dineros y unos objetos... Todo esto se lo contó él mismo, palabra por palabra, a Sofia Semiónovna, que es la única que sabe el secreto, pero sin que haya tenido la menor participación, ni de palabra ni de hecho, en el crimen, sino todo lo contrario: a ella le causó el mismo horror que a usted ahora. Esté usted tranquila, ella no ha de delatarlo.

—¡Eso no puede ser! —balbució Dúnechka, pálida, con los labios exangües: respiraba afanosa—. Eso no puede ser, no existe ninguna, ni la más nimia razón, motivo alguno... ¡Eso es mentira! ¡Eso es mentira!

—Robó y esa es la razón toda. Cogió dineros y objetos. Verdaderamente, él, según confesión propia, no se aprovechó ni de los dineros ni de los objetos, sino que fue y los enterró no sé dónde, debajo de una piedra, donde aún continúan. Pero es porque no se atrevió a aprovecharse.

—Pero ¿es posible que de veras haya sido capaz de robar? ¿Que no se le haya podido ocurrir otra cosa? —exclamó Dunia, y saltó del asiento—. ¿Usted lo conoce, lo ha visto? ¿Es posible que sea un ladrón?

Parecía implorarle a Svidrigáilov; todo su miedo se le había olvidado.

—En eso, Avdotia Románovna, hay millares y millones de combinaciones y categorías. Hay ladrón que roba y sabe que comete una baja acción; pero he oído hablar de un individuo decente que había asaltado un correo; ¡y quién sabe, puede que en el fondo él mismo creyera que había realizado una acción digna! Desde luego que a mí me habría pasado igual que a usted, no lo habría creído si usted me lo hubiese dicho. Pero a mis propios oídos no tengo más remedio que creerlos. Él, a Sofia Semiónovna, le explicó también las razones; pero ella, a lo primero, tampoco quería dar crédito a sus oídos, hasta que se lo dio por fin a sus ojos, a sus propios ojos. Él se lo refirió personalmente.

—Pero ¿cuáles fueron... las causas?

—Es una larga historia, Avdotia Románovna. Se trata, no sé cómo explicárselo, de una teoría especial de su invención, por la cual yo puedo, por ejemplo, considerar lícito un solo crimen, siempre que se persiga un fin bueno. ¡Un solo crimen y cien acciones buenas! Es también, sin duda, humillante para un joven con méritos y con un inconmensurable amor propio, saber que con solo que tuviera tres mil rublos toda su carrera, todo su porvenir, su vida entera, tomarían otro giro; no tener, sin embargo, esos tres mil rublos... Añada usted a eso el mal humor por el frío, el tabuco estrecho, los harapos, el reconocimiento claro de su brillante posición social y, además, de la posición de la madre y la hermana. Lo peor de todo es la vanidad, el orgullo y la vanagloria, aunque al fin y al cabo eso Dios lo sabrá; posible es que esté dotado de buenas inclinaciones... Porque conste que yo a él no le culpo, no vaya usted a figurarse, que a mí eso no me incumbe. Hay también de por medio una teoría suya personal, así, su teoría, según la cual los hombres se dividen en seres materialistas y en seres especiales; es decir, en individuos para los cuales, por su alta posición, no se ha escrito la ley, antes al contrario, ellos son quienes les dictan la ley a los demás hombres; es decir, a los materialistas, al polvo. Esa es su teoríílla; contra la que no hay nada que decir: *une théorie comme une autre.*[*] Napoleón le atrae enormemente; es decir, que particularmente le encanta el que unos cuantos seres geniales no reparasen en un solo crimen, sino que pasasen por encima de él sin pararse a pensarlo. Él, por lo visto, hubo de figurarse que era uno de esos hombres geniales. Es decir, estuvo creído de eso algún tiempo. Ha sufrido mucho y ahora sufre también al pensar que supo escribir su teoría, sí, pero no es capaz de saltar la barrera sin pararse a pensarlo; o sea, que no es ningún hombre genial. Bueno; esto para un joven con amor propio es también humillante, sobre todo en nuestro tiempo.

—¿Y los remordimientos de conciencia? ¿Es que le niega usted todo sentimiento moral? ¿Acaso es él así?

—¡Ah, Avdotia Románovna! Ahora todo anda revuelto, aunque en el fondo nunca ha habido más orden. Los rusos son, por lo general, gente amplia, como su tierra, y sumamente propensos a lo fantástico, a lo desordenado; pero, por desgracia, se trata de una amplitud sin genialidad especial. Y recuerde usted cuántas veces hemos hablado los dos de estas cosas y estos temas, sentados por la noche en la terraza del jardín después de cenar. Es más: usted misma me reprochaba a mí la referida amplitud. ¡Quién sabe si en tanto nosotros hablábamos allí de esas cosas, él, aquí, tumbado en su diván, estaba cavilando su teoría! Entre nosotros, en las clases cultas sobre todo,

[*] *«Une théorie comme une autre»*: Una teoría como cualquier otra. (En francés en el original).

no existe una tradición sacrosanta, Avdotia Románovna; hay quien la encuentra en los libros... o saca algo en ese sentido de la Historia. Pero esos suelen ser eruditos y, mire usted, tan chapados a la antigua, que el hombre de mundo los encuentra hasta indecorosos. Por lo demás, ya sabe usted mi opinión, en términos generales: decididamente, a nadie culpo. Yo soy un manos blancas y me abstengo. Pero ya hemos hablado de este asunto más de una vez. Hasta tuve la suerte de interesarla a usted con mis juicios... Pero está usted muy pálida, Avdotia Románovna.

—Conozco esa teoría suya. La leí en un artículo suyo publicado en una revista acerca de los individuos a los que todo les está permitido... Me lo dio a leer Razumijin.

—¿El señor Razumijin? ¿Un artículo de su hermano? ¿En una revista? ¿De modo que había escrito un artículo? Pues no tenía noticia. ¡Mire: debe de ser curioso! Pero ¿adónde va usted, Avdotia Románovna?

—Voy a ver a Sofia Semiónovna —dijo Dúnechka con débil voz—. ¿Por dónde se va a su cuarto? Puede que ya haya vuelto; necesito verla irremisiblemente enseguida. Quizá ella...

Avdotia Románovna no pudo terminar, se le cortó literalmente la respiración.

—Sofia Semiónovna no volverá hasta la noche. Así supongo. Tenía que haber venido muy pronto, si no, muy tarde.

—¡Ah, cómo mientes!* ¡Ahora veo que mentiste!... ¡Todo lo que has dicho es mentira!... ¡Yo no te creo! ¡No te creo! ¡No te creo! —gritó Dúnechka, verdaderamente enajenada, de todo punto fuera de sí.

Medio desmayada, se dejó caer en una silla, que Svidrigáilov se apresuró a acercarle.

—Avdotia Románovna, ¿qué le pasa? ¡Vuelva en sí! Aquí tiene agua... Beba un sorbito.

* Ahora, según el texto original, tutea Dúnechka a Svidrigáilov.

La roció con agua. Dúnechka se estremeció y volvió en sí.

«¡Fuerte impresión le hizo!», murmuró para sí Svidrigáilov, frunciendo el ceño.

—¡Avdotia Románovna —dijo en voz alta—, tranquilícese, tranquilícese! Sepa usted que él tiene amigos. Lo salvaremos, lo salvaremos con bien. ¿Quiere usted que me lo lleve al extranjero? Yo tengo dinero: en tres días le saco un pasaporte. Y en cuanto a que haya matado o no, todavía puede realizar muchas acciones buenas y todo quedará compensado; tranquilícese. Aún puede ser un gran hombre; pero, vamos, ¿qué le pasa? ¿Cómo se siente usted?

—¡Hombre malvado! Todavía se ríe. Lléveme usted...

—¿Adónde? ¿Adónde?

—Con él. ¿Dónde está él? ¿Usted lo sabe? ¿Adónde da esa puerta cerrada? Nosotros entramos aquí por esa puerta, y ahora está cerrada con llave. ¿Cuándo tuvo usted tiempo para cerrarla con llave?

—No era posible gritar a todas las habitaciones lo que aquí habláramos. Yo, en absoluto, no me río; a mí, hablar solamente de esto me empacha. Pero vamos a ver: ¿adónde va usted así? ¿Es que quiere usted entregarlo? Lo pondrá usted furioso e irá a entregarse él mismo. ¿No sabe usted que ya lo siguen, que ya no le pierden la pista? Lo único que conseguirá usted será entregarlo. Aguarde usted: yo acabo de verlo y hablarle; todavía se le puede salvar. Aguarde usted; siéntese; pensaremos los dos juntos. Para eso precisamente la cité a usted, para que hablásemos de esto a solas y lo pensásemos mejor. Pero ¡siéntese!

—Pero ¿cómo puede usted salvarlo?... ¿Acaso es posible salvarlo?

Dunia se sentó. Svidrigáilov se sentó junto a ella.

—Todo depende de usted, de usted, de usted sola —empezó con ojos centelleantes, casi en voz baja, atropellándose y hasta no atinando, por la fuerza de la emoción, alguna vez con la palabra.

Dunia, asustada, se apartó un poco de él. Estaba, además, todo temblón.

—¡Usted!... ¡Una palabra suya y está salvado! ¡Yo... lo salvaré! Yo tengo dinero y amigos. Inmediatamente lo expido y yo también sacaré un pasaporte, dos pasaportes. Uno para él, otro para mí. Tengo amigos; cuento con gente adicta... ¿Quiere usted? Le sacaré a usted también su pasaporte..., y a su madre... ¿Qué le importa a usted Razumijin? La amo yo tanto... Infinitamente la amo. ¡Deme usted a besar siquiera su falda, démela! ¡Démela! No puedo sentir el ruido que hace. Dígame: «¡Haz eso!», y enseguida lo hago. Haré lo imposible. Lo que usted crea creeré yo. ¡Todo, todo lo haré! ¡No me mire, no me mire usted de ese modo! ¿No sabe usted que me mata?...

Empezaba hasta a delirar. De pronto hubo de ocurrirle como si se le hubiese subido algo a la cabeza. Dunia saltó de la silla y corrió hacia la puerta.

—¡Abrid! ¡Abrid! —gritó desde dentro, llamando a la gente y zamarreando la puerta con sus manos—. ¡Abrid! Pero ¿es que no hay nadie?

Svidrigáilov se levantó y volvió en sí. Una maligna y zumbona sonrisa asomó inmediatamente a sus aún trémulos labios.

—No hay nadie en casa —dijo queda y lentamente—. La patrona se fue y es trabajo perdido gritar así; no conseguirá usted más que agitarse en vano.

—¿Dónde está la llave? ¡Abra usted enseguida, so canalla!

—¡La llave se me ha perdido y no la encuentro!

—¡Ah! ¡De modo que apela a la violencia! —exclamó Dunia. Palideció como una muerta y se lanzó a un rincón, donde se atrincheró tras un velador que encontró a mano. No gritaba, pero fulminaba con los ojos a su verdugo y seguía atenta cada movimiento suyo. Svidrigáilov tampoco se movía de su sitio y estaba en pie, frente a ella, en el otro extremo de la habitación. Hasta era dueño de sí mismo, cuando menos en apariencia. Pero su cara estaba pálida como antes. Su sarcástica sonrisa no le había abandonado.

—Acaba usted de nombrar la «violencia», Avdotia Románovna. Si es así, usted misma podrá juzgar cómo he tomado bien mis medidas. Sofia Semiónovna no está en esta casa; los Kapernaúmoves caen muy lejos de aquí, con cinco cuartos cerrados por medio. Finalmente, yo, cuando menos, soy dos veces más fuerte que usted y, además, no le temo a nada, porque usted luego no podrá denunciarme, porque usted no querrá provocar así la perdición de su hermano. Aparte de que nadie la creería a usted tampoco. «Vaya, ¿a qué fue esa señorita con un hombre que vive solo en su casa?». Así que, aunque perdiera usted a su hermano, nada demostraría: es muy difícil probar la violencia, Avdotia Románovna.

—¡Canalla! —balbució Dunia con indignación.

—Como usted quiera; pero tenga presente que yo solo hablo en hipótesis. Según mi convicción personal, tiene usted razón sobrada; la violencia, una ruindad. Solo quería decir que su conciencia no tendría nada que reprocharle a usted, aunque..., de buen grado, según le he propuesto. No habría pasado más sino que usted, sencillamente, se habría rendido ante las circunstancias, ante la fuerza, si es que a todo trance quiere usted mantener esa palabra. Piense usted en esto: el destino de su hermano y el de su madre están en sus manos. Yo seré su esclavo... toda la vida... Conque, mire: aquí aguardo...

Svidrigáilov se sentó en el diván, a ocho pasos de Dunia. Esta no pudo ya tener la menor duda respecto a su inquebrantable decisión. Además, que lo conocía...

De pronto sacó del bolsillo un revólver, lo cargó y apoyó la mano con el revólver encima del velador. Svidrigáilov saltó de su asiento.

—¡Ah!... ¡Conque esas tenemos!... —exclamó asombrado, pero sonriendo malignamente—. Entonces ¡el asunto toma otro cariz! ¡Usted me quita un peso de encima, Avdotia Románovna! Pero ¿de dónde sacó ese revólver? ¿No se lo habrá dado el señor Razumijin? ¡Ah! Pero ¡si es el mío! ¡Un viejo amigo! ¡Con lo que yo lo he buscado!... Por lo visto, las lecciones que tuve el honor de darle a usted allá, en el pueblo, no han resultado infructuosas.

—No es tu revólver, sino el de Marfa Petrovna, ¡a la que tú asesinaste, bandido! Tú no tenías nada tuyo en aquella casa. Yo lo cogí cuando empecé a sospechar de lo que eras capaz. ¡Atrévete a dar siquiera un paso y te juro que te mato!

Dunia estaba enajenada. Empuñaba el revólver cargado.

—Bueno; pero ¿y su hermano? Por curiosidad lo pregunto —inquirió Svidrigáilov, todavía inmóvil en su sitio.

—¡Denúncialo si quieres! ¡No se mueva! ¡No avance! Envenenaste a tu mujer, lo sé; eres también un asesino.

—¿Estás segura de que yo envenené a Marfa Petrovna?

—¡Tú! Tú mismo me hablaste de un veneno... Me consta que fuiste por él... Lo tenías preparado... Fuiste tú y nadie más que tú... ¡Canalla!

—Aun suponiendo que eso fuera verdad, por ti habría sido... Tú habrías tenido la culpa.

—¡Mientes! Yo nunca te he podido ver, nunca...

—¡Ay, Avdotia Románovna! Por lo visto se te ha olvidado ya cómo en el ardor de la catequesis te inclinabas hacia mí, toda embebecida... En tus ojos lo veía yo; ¿recuerdas aquella noche de luna en que hasta cantaba un ruiseñor?

—¡Mientes! —El furor centelleaba en sus ojos—. ¡Mientes, calumniador!

—¿Que miento? Bueno; supongamos que miento. Sí, he mentido. A las mujeres no conviene recordarles ciertas cosillas. —Se echó a reír—. ¡Ya sé que eres capaz de disparar sobre mí, linda fierecilla! ¡Ea, dispara, pues!

Dunia alzó el revólver, y mortalmente pálida, trémulo el labio inferior, con sus negros ojazos que le echaban brasas, apuntó y quedó aguardando el primer movimiento del hombre. Nunca la había visto él tan hermosa. El fuego que despedían sus ojos en el momento de alzar el revólver parecieron abrasarlo ligeramente, y el corazón se le encogió de dolor. Adelantó un paso y se oyó un disparo. La bala le pasó rozando los cabellos y fue a dar a su espalda, en la pared. Él se detuvo y sonrió tranquilamente.

—¡Me picó la avispa! Me había apuntado a la cabeza... Pero ¿qué es esto? ¡Sangre!

Sacó el pañuelo para enjugarse la sangre, que en finísimo reguero le corría por la sien derecha; probablemente la bala le había arañado la piel del cráneo. Dunia bajó el revólver y se quedó mirando a Svidrigáilov, no con miedo, sino con viva perplejidad. Parecía no comprender lo que acababa de hacer ni lo que había pasado.

—¡Bueno; falló! Tire usted otra vez, aquí aguardo —dijo tranquilamente Svidrigáilov, sin dejar de sonreírse, pero con expresión algo sombría—. ¡Si no, tendré tiempo para cogerla a usted antes que cargue el arma!...

Dúnechka se estremeció, montó aprisa el revólver y lo levantó de nuevo en alto.

—¡Déjeme! —dijo desolada—. Le juro que vuelvo a disparar... ¡Yo... lo mato!

—Vaya..., a tres pasos de distancia es imposible no matar. Pero si no me mata..., entonces... —Sus ojos centellearon y adelantó dos pasos.

Dúnechka disparó, pero no salió el tiro.

—Lo montó usted mal. ¡No importa! Todavía le queda una cápsula. Arréglelo, que aguardo.

Estaba plantado ante ella, a dos pasos de distancia; aguardaba y la miraba con decisión salvaje, con los ojos inflamados de pasión, fijos. Dunia comprendió que antes moriría que dejarla. «Y..., y sin duda que lo mataría ahora que lo tenía allí a dos pasos...».

De pronto soltó el revólver.

—¡Lo ha dejado! —exclamó, atónito, Svidrigáilov, y respiró profundamente.

Algo parecía habérsele quitado de pronto de sobre el corazón, y acaso algo más que el simple peso de un mortal espanto, aunque es difícil que se diese cuenta de ello en aquel instante. Era la liberación de otro sentimiento, más lúgubre y sombrío, que él mismo no acertaba, por más que hiciese, a definir.

Se acercó a Dunia y suavemente le ciñó el talle con la mano. Ella no se opuso; pero, temblorosa toda, como la hoja del árbol, le miró con ojos implorantes. Él quiso decir algo, pero no hizo más que crispar los labios, cual si no pudiese articular sonido.

—¡Déjame! —dijo, implorante, Dunia.

Svidrigáilov se estremeció; aquel *tuteo* lo había pronunciado de otro modo que antes.

—¿Conque no me quieres? —le preguntó quedo.

Dunia movió negativamente la cabeza.

—¿Y... no podrás? ¿Nunca? —balbució él con desesperación.

—¡Nunca! —murmuró Dunia.

Hubo un momento de espantosa y muda batalla en el alma de Svidrigáilov. Miró a la joven con expresión indescriptible. De pronto dejó caer la mano, dio media vuelta, se fue rápidamente a la ventana y se quedó ante ella parado.

Transcurrió un instante.

—¡Aquí tiene la llave! —La sacó del bolsillo izquierdo de su paletó y la puso por detrás de él encima de la mesa, sin volverse ni mirar a Dunia—. ¡Tómela usted; váyase enseguida!

Miraba tercamente a la ventana.

Dunia se acercó a la mesa a coger la llave.

—¡Enseguida! ¡Enseguida! —repetía Svidrigáilov sin hacer un movimiento ni volverse.

Pero en aquel «enseguida» vibraba visiblemente una entonación algo terrible.

Dunia lo comprendió así, cogió la llave, se lanzó a la puerta, la abrió rápidamente y salió del cuarto. Al cabo de un minuto, como loca, sin comprenderse a sí misma, echó a correr hacia el canal y se dirigió al puente de ***.

Svidrigáilov permaneció todavía junto a la ventana tres minutos, hasta que, por fin, despacito, se volvió, esparció la vista en torno suyo, y, tranquilamente, se llevó la mano a la frente. Una extraña sonrisa le contrajo el semblante, una sonrisa lamentable, triste, desesperada. La sangre, que ya se había coagulado, le empapó la palma de la mano; se miró la sangre con rabia; luego mojó un pañuelo y se restañó la sien. El revólver que soltara Dunia, y que estaba allí tirado, junto a la puerta, le llamó de pronto la atención. Lo cogió del suelo y se puso a examinarlo. Era un revólver pequeño, de bolsillo, de tres tiros, de fabricación antigua; aún le quedaban dos casquillos y una bala. Podía disparar aún una vez. Recapacitó un instante, se guardó el revólver en el bolsillo, cogió el sombrero y se fue.

VI

Aquella noche, hasta las diez, anduvo vagando por diversas tabernas y cloacas, de una en otra. Encontró en una de ellas a Katia, la cual estaba cantando otra tonada lacayuna, alusiva a alguien «ruin y tirano» que

«había osado besar a Katia».

Svidrigáilov dio de beber a Katia y al chico del organillo y a los cantores y lacayos y a dos escribientillos. Con estos escribientillos había trabado conversación especialmente porque tenían las narices de través: uno torcida hacia la derecha y el otro hacia la izquierda, lo cual hubo de chocarle a Svidrigáilov. Ellos le llevaron, finalmente, a cierto jardín divertidísimo, donde él les pagó la entrada. En el referido jardín había, por junto, un abetito muy fino, de unos tres años, y tres arbustos. Había, además, un local titulado Vauxhall, pero que, en realidad, era una taberna, donde también se podía

681

tomar té, y había, además, unas cuantas mesitas y veladores pintados de verde. Un coro de cantadoras repulsivas y algún alemán de Munich beodo, por el estilo de un payaso, con la nariz colorada, pero sin saberse por qué sumamente triste, alegraban al público. Los escribientes hubieron de enredarse en discusiones con otros escribientes que por allí encontraron, y sobrevino la gresca. Svidrigáilov fue elegido por ellos como árbitro. Los juzgó en un cuarto de hora, pero ellos gritaban tanto, que no había medio alguno de sacar nada en limpio. A la cuenta uno de ellos había robado algo y vendídoselo a un judío; pero después de haber vendido la cosa, no había querido partir su importe con su compañero. Resultó, finalmente, que el objeto vendido era una cucharilla de té que pertenecía al Vauxhall. Descubierto el hurto el asunto empezaba a asumir enojosas proporciones. Svidrigáilov abonó el valor de la cucharilla, se levantó y se fue del jardín. Eran alrededor de las diez. No había bebido en todo aquel tiempo ni una gota de vino, y en el Vauxhall tan solo había tomado té, y más que nada por cumplir. Hacía una noche bochornosa y sombría. A las diez empezaron a levantarse por todas partes en el horizonte unas nubes terribles; retumbó el trueno y empezó a llover a raudales. Caía el agua no a goterones, sino en forma de verdaderos torrentes que se precipitaban sobre la tierra. El relámpago refulgía a cada instante, y se podía contar hasta cinco en el tiempo que duraba cada fogonazo. Calado hasta los huesos, se encaminó a su casa, entró, cerró la puerta, abrió su escritorio, sacó de allí todo su dinero y rasgó dos o tres papeles. Luego, metiéndose el dinero en los bolsillos, se dispuso a cambiarse de ropa, pero habiendo mirado por la ventana y oído la tormenta y la lluvia, dejó caer las manos, cogió el sombrero y se fue, sin cerrar la puerta. Se encaminó directamente al cuarto de Sonia. Esta se hallaba en casa.

No estaba sola; en torno a ella estaban los cuatro hijitos de la Kapernaúmova. Sofia Semiónovna les había convidado a té. En silencio y respetuosamente vio entrar a Svidrigáilov; se fijó con asombro en su empapado traje, pero no dijo una palabra. Todos los chicos echaron a correr, poseídos de indescriptible espanto.

Svidrigáilov se sentó a la mesa y le rogó a Sonia se sentase a su lado. Aquella, tímidamente, se dispuso a escucharle.

—Yo, Sofia Semiónovna, es posible que me vaya a América —dijo Svidrigáilov—, y como, por consiguiente, es muy probable que sea esta la última vez que nos veamos, he venido a visitarla para dejar ultimadas algunas disposiciones. Vamos a ver: ¿qué vio usted hoy a esa señora? Ya sé lo que ella le ha dicho, así que no tiene que contármelo. —Sonia hizo un gesto y se puso encarnada—. Esa gente ya sabemos cómo es. Por lo que se refiere a sus hermanitos, están ya atendidos, efectivamente, y el dinero puesto a nombre de cada uno lo entregué ya, bajo recibo, donde procede, en buenas manos. Usted, por lo demás, se ha de quedar con estos recibos, por si acaso le hiciesen falta. Aquí los tiene, ¡tómelos! De modo que esto está ya arreglado. Aquí tiene usted tres títulos del cinco por ciento: en total, tres mil rublos. Esto se lo doy para usted, para usted sola, y debe quedar entre nosotros, de suerte que nadie llegue a saberlo por más cosas que usted pueda oír. Ese dinero le es necesario a usted, porque, Sofia Semiónovna, vivir como hasta aquí... es horrible y ya no tiene usted por qué.

—Yo le quedo muy agradecidísima, y lo mismo los huerfanitos y la difunta —dijo, apresuradamente, Sonia—, y si hasta ahora no le di a usted las debidas gracias..., no vaya usted a creer...

—¡Ah, basta, basta!

—¡Oh, este dinero, Arkadii Ivánovich, se lo agradezco a usted mucho, pero es el caso que ahora yo no lo necesito! Yo, para mí sola, siempre he de tener bastante; no lo tome usted a ingratitud; pero ya que es usted tan bueno, este dinero...

—Es para usted, para usted, Sofia Semiónovna, y prescinda de más cumplidos, pues, además, no tengo tiempo de sobra.

A usted ha de hacerle falta. Rodión Románovich tiene ante sí dos caminos: o un balazo en la cabeza o tomar el tole para Vladimirk* —Sonia le miró ávidamente y se estremeció—. No se apure usted, lo sé todo, de sus propios labios, y no soy hablador; a nadie he de decírselo. Lo mejor que podría hacer sería presentarse él mismo y confesarlo todo. Le tendría mucha más cuenta. Bueno; vamos a ver: ¿cómo van a ir a Vladimirk?... ¿Él delante y usted detrás? ¿Así? ¿De esa manera? Bueno; pues siendo así, quiere decir que les va a hacer falta dinero. Les va a hacer falta para él, ¿entiende? Dárselo a usted es lo mismo que dárselo a él en su mano. Además, usted había prometido pagarle su deuda a Amalia Ivánovna; sepa usted que lo he oído decir. Pero ¿cómo usted, Sofia Semiónovna, carga tan a la ligera con tales compromisos y deberes? Porque la deudora de esta alemana era Katerina Ivánovna, no usted; así que podía usted escupirle a la alemana. De ese modo no se puede vivir en el mundo. Bueno; ahora óigame: si alguien le preguntase a usted un día, vamos, mañana o pasado mañana, por mí o respecto a mí (y no dejarán de preguntarle), no haga usted mención de esta visita que le he hecho ni le enseñe usted a nadie el dinero que acabo de darle. Y ahora, hasta la vista. —Se levantó del asiento—. A Rodión Románovich, un saludo. Y a propósito, dele usted a guardar el dinero, hasta el momento oportuno, aunque sea al señor Razumijin. ¿Conoce usted al señor Razumijin? Claro que lo conocerá. Es un buen chico. Lléveselo mañana o... cuando tenga tiempo. Pero entre tanto, téngalo bien guardado.

Sonia se levantó también del asiento y lo miró asustada. Quería decirle algo, preguntarle alguna cosa; pero en los primeros momentos no se atrevía ni sabía cómo empezar.

—De modo que usted... ¿Cómo usted, ahora, con esta lluvia, va a salir?

*Ese nombre se daba, corrientemente, a la carretera de Vladímir, por donde eran conducidos los deportados a Siberia. (N. del E., tomada de I. V.).

—¡Bah! ¡Voy a irme a América, y habría de tenerle miedo a la lluvia, je, je! ¡Adiós, palomita, Sofia Semiónovna! Que viva y viva muchos años, que ha de serles muy útil a los demás. A propósito..., dígale usted al señor Razumijin que yo le envío saludos. Dígaselo usted así: «Arkadii Ivánovich Svidrigáilov le saluda». Que no se le vaya a olvidar a usted.

Salió, dejando a Sonia estupefacta, llena de susto y poseída de una vaga y enojosa sospecha.

Resultó después que aquella misma noche, a las doce, hizo todavía Svidrigáilov otra excéntrica e inesperada visita. No había cesado aún de llover. Todo mojado, se dirigió a las once y veinte al mezquino cuchitril donde vivían los padres de su novia, en la isla Vasílievskii, en la Tercera Línea, en el Próspekt Marii. Llamó recio, y al principio provocó gran alarma; pero Arkadii Ivánovich, cuando quería, era hombre de seductores modales; de suerte, que la primera sospecha (por lo demás muy justificada) de los padres de su novia, de que Arkadii Ivánovich se habría emborrachado probablemente en algún sitio y ya no sabría lo que se hacía..., se vino enseguida a tierra por sí sola. La compasiva y discreta madre de la novia le ofreció a Arkadii Ivánovich el sillón del impedido esposo y, según costumbre, empezó a dirigirle preguntas indirectas. (Aquella señora nunca hacía preguntas francas, sino que siempre empezaba por sonreír y frotarse las manos, y luego, si hacía falta enterarse de algo de un modo terminante y fijo, por ejemplo, de para cuándo pensaba Arkadii Ivánovich señalar la fecha de la boda, salía haciendo preguntas llenas de curiosidad y hasta apremiantes acerca de París y la vida de la buena sociedad parisiense, y ya después iba acercándose gradualmente a la Tercera Línea de la isla Vasílievskii). Todo eso en otro tiempo habría inspirado, sin duda, un gran respeto; pero en esta ocasión pareció Arkadii Ivánovich particularmente impaciente, y, desde luego, manifestó su deseo de ver enseguida a su novia, aunque ya le habían dicho que estaba acostada. Ni que decir tiene que aquella se presentó al instante.

Arkadii Iuánovich le participó, sin rodeos, que por algún tiempo necesitaba ausentarse de Petersburgo con motivo de un asunto principalísimo, por lo que le llevaba quince mil rublos en distintos valores, que le rogaba aceptase a título de obsequio, ya que tenía pensado ofrecerle aquella bagatela antes de su boda. Ninguna relación particularmente lógica podían demostrar aquellas explicaciones entre el regalo y el inminente viaje y la necesidad imprescindible de presentarse allí con aquella lluvia y a medianoche; pero nadie le objetó lo más mínimo. Hasta los inevitables ¡ohes! y ¡ahes!, preguntas y aspavientos de asombro resultaron muy comedidos y discretos; en cambio, la gratitud hubieron de demostrársela en los términos más calurosos y exaltados, sin que faltaran las lágrimas de la discreta madre. Arkadii Iuánovich se levantó, se echó a reír, le dio a su novia un beso y una palmadita en la mejilla, le aseguró que no tardaría en estar de vuelta, y advirtiendo en sus ojos algo así como infantil curiosidad, al par que una seria y tácita interrogación, recapacitó un poco, volvió a besarla y, sinceramente, lamentó en su alma que aquel regalito hubiese de ir a parar enseguida a manos de su discreta madre, que lo guardaría bajo llave. Se fue de allí, dejándolos a todos en un estado de agitación extraordinaria. Pero la compasiva *mámascha*, inmediatamente, en voz baja y de carretilla, resolvió algunas gravísimas dudas y, sobre todo, ponderó que Arkadii Iuánovich era un hombre grande, un hombre con asuntos y relaciones, rico... Sabe Dios lo que revolvería en su mente; lo había pensado bien y se iba, lo había estimado oportuno y dejaba aquel dinero, lo que seguramente no tenía nada de extraño. Cierto que lo era el que se hubiese presentado allí todo calado, pero los ingleses, por ejemplo, eran más excéntricos todavía, sin contar con que esas personas de la alta sociedad no se preocupan de lo que puedan decir de ellas ni andan con ceremonias. Hasta era muy posible que se hubiera presentado allí con toda intención en esa forma para demostrar que no le tenía miedo a nada. Pero lo principal, que de todo ello a nadie había que decirle una palabra, porque aún sabía Dios en lo que hubiese de parar aquello; y los dineros, a guardarlos enseguida bajo llave, y era una suerte que a Fedosia le hubiese cogido en la cocina y, sobre todo, no decirle nada en absoluto de lo sucedido a la mangante de la Resslich, etcétera, etcétera. Se estuvieron desvelados y charlando en voz queda hasta las dos. La novia, por lo demás, se fue a dormir mucho más temprano, maravillada y algo triste.

En cuanto a Svidrigáilov, a las doce en punto atravesaba el puente de *** en dirección al Lado Petersburgués. La lluvia había cesado, pero zumbaba el viento. Empezó a temblar, y, por un instante, con cierta curiosidad y hasta de un modo inquisitivo, miró a las negras aguas del Pequeño Neva. Mas pensó enseguida que se cogía frío estando así parado encima del agua; dio media vuelta y se encaminó al Próspekt... Anduvo ya bastante por el infinito Próspekt... Cerca de media hora, tropezando más de una vez en la oscuridad con el piso de madera, pero sin dejar de buscar curiosamente alguna cosa en el lado derecho del Próspekt. Allá, al final del Próspekt, había notado al pasar por allí no hacía mucho una fonda de madera, pero amplia, y su nombre, en cuanto alcanzaba a recordar, era algo así como Adrianopolis. No se había equivocado en sus cálculos: aquel hotel, en semejante cabo de barrio, resultaba un punto tan visible, que se le podía distinguir aun en medio de las tinieblas. Era un gran edificio, largo, de madera, denegrido, en el que, no obstante lo avanzado de la hora, todavía había luz y se advertía cierta animación. Entró, y al criado andrajoso que salió a recibirlo al corredor le pidió un número*. El criado midió con la vista a Svidrigáilov, se desperezó y lo condujo a un número alejado, ahogado y chico, allá al final del corredor, en un rincón, al pie de la escalera. Pero no había otro; estaban todos ocupados. El criado se quedó mirándolo inquisitivamente.

* Es decir, un cuarto.

—¿Hay té? —preguntó Svidrigáilov;

—Se le puede hacer.

—¿Qué más hay?

—Carne asada, vodka, entremeses.

—Tráeme asado y té.

—¿No desea usted nada más? —le preguntó con cierta perplejidad el criado andrajoso.

—¡Nada, nada!

El hombre se alejó completamente desilusionado.

«Debe de ser un lugar magnífico —pensó Svidrigáilov—. ¡Cómo no lo conocería yo! Probablemente debo de tener la facha de un hombre que vuelve de un café cantante y todavía ha tenido alguna aventurilla en el camino. Pero es curioso, sin embargo, saber qué clase de gente se queda aquí a dormir por las noches».

Encendió la vela e inspeccionó más detenidamente el aposento. Era una jaula tan pequeña que casi daba Svidrigáilov con la cabeza en el techo, y con una sola ventana; una cama muy sucia, una mesa pintada con sencillez y una silla ocupaban casi por completo el espacio. Las paredes parecían formadas de sólida madera, con un empapelado viejo y deslucido, hasta tal punto polvoriento y destrozado, que apenas si podía adivinarse su color (amarillo), y en cuanto a su dibujo, era imposible distinguirlo. Parte de la pared y el techo se inclinaban oblicuamente como los de las guardillas, y por encima de ese declive pasaba la escalera. Svidrigáilov dejó la luz, sentose en la cama y quedó pensativo. Pero un extraño y continuo murmullo, que a veces llegaba a convertirse en grito, en el vecino aposento, hubo de llamarle finalmente la atención. El tal murmullo no había cesado un momento desde que él entrara. Se puso a escuchar; alguien recriminaba y, casi llorando, apostrofaba a otro, pero solo se oía una voz. Svidrigáilov se levantó, cubrió con una mano la bujía, e inmediatamente brilló una rendija en la pared; se acercó y miró. En aquel cuarto, algo mayor que el suyo, había dos huéspedes. Uno de ellos, sin sobretodo, con una cabeza sumamente hirsuta y una carota roja e inflamada, estaba en pie en actitud oratoria, despatarrado para mantener el equilibrio, y aporreándose el pecho reprochaba patéticamente al otro, diciéndole que era un miserable, que ni siquiera tenía un oficio, que él lo había sacado del fango, y cuando quisiera podía verlo a él, y que todo esto solo lo veía el dedo del Altísimo. El recriminado estaba sentado en una silla y mostraba el aspecto de un hombre que tiene muchas ganas de estornudar y no puede. De cuando en cuando posaba unos ojos carneriles y compungidos en el orador, pero era evidente que no tenía la menor idea de lo que aquel quería decir, y apenas si le escuchaba. Encima de la mesa acababa de consumirse una luz, y se veían allí, además, una botella, casi vacía, de vodka, copas, vasos, pepinillos y un servicio de té, ya apurado. Después de contemplar atentamente aquel cuadro, Svidrigáilov se apartó con indiferencia de la rendija y se sentó de nuevo en la cama.

El criado, al volver con el té y la carne, no pudo contenerse y tornó a preguntarle si no quería algo más; y habiendo escuchado otra vez una respuesta negativa, se retiró definitivamente. Svidrigáilov se lanzó sobre el té, para calentarse, y se bebió un vaso; pero comer no pudo ni un bocado, por haber perdido enteramente el apetito. Era evidente que empezaba a tener fiebre. Se quitó el paletó y la americana, se envolvió en el cobertor y se acostó. Estaba contrariado. «Habría sido mejor estar sano ahora», pensó, y sonrió, sarcástico. En el cuarto hacía bochorno; la luz ardía turbia; pero fuera zumbaba el viento, en algún sitio se sentía rebullirse un ratón, y en todo el aposento olía a ratones y como a cuero. Estaba acostado, y literalmente desvariaba: pasaba de un pensamiento a otro. Parecía como si quisiese representarse en la imaginación alguna cosa en particular. «Ahí, debajo de la ventana, debe de haber un jardín —pensó—, se siente el ruido de los árboles; qué poco me gusta a mí el ruido de los árboles por la noche, cuando hace tormenta y reina oscuridad; qué sensación más antipática». Y recordó cómo, al pasar poco antes por frente al parque Petrósvkii, había sentido poco menos que asco. Se acordó también, a propósito de esto, del puente de *** y del Pequeño Neva, y otra vez volvió a entrarle frío, como hacía poco, cuando se detuvo a mirar el agua. «Nunca en la vida me gustó el agua, ni siquiera en el paisaje —pensó de nuevo, y de pronto volvió a reír, sarcástico, ante un raro pensamiento—. Ahora, al parecer, debía darme todo lo mismo respecto a estética y comodidad, y, sin embargo, me pongo a hacer el remilgado, como el animal que, irremisiblemente, debe buscar su nido... en caso semejante. ¡Habría hecho bien en dirigirme antes hacia Petróvskii! El cielo estaba oscuro, hacía frío, ¡je, je! ¡Precisamente lo que yo necesitaba eran sensaciones desagradables!... Y a propósito: ¿por qué no apago la vela? —Fue y la apagó—. Los vecinos ya se acostaron —pensó al no ver luz por la rendija—. ¡Ea!, Marfa Petrovna; ahora puedes venir a recriminarme; todo está a oscuras, el lugar no puede ser más oportuno, y el momento no carece de originalidad. Y, sin embargo, ahora precisamente no vas a querer presentarte».

De pronto, sin saber por qué, hubo de recordar que hacía poco, antes de acudir a la cita con Dúnechka, le había recomendado a Raskólnikov que se la entregara en custodia a Razumijin. «En el fondo, eso le dije por pura fanfarronada, según Raskólnikov adivinó. Pero ¡qué tuno, sin embargo, ese Raskólnikov! Gorda la hizo. Puede que, con el tiempo, sea algo grande, cuando se le haya pasado la locura; pero, por lo pronto, ¡*qué ansias* tiene de vivir! En este particular, todos esos tíos son unos cobardes. Pero, bueno; ¡que el diablo cargue con él y haga lo que quiera! ¿A mí qué?».

No podía dormir. Poco a poco, la reciente imagen de Dúnechka empezó a surgir ante él, y de pronto le corrió un temblor por todo el cuerpo. «No, esto es menester dejarlo por ahora —pensó en un instante de lucidez—; es menester pensar en alguna otra cosa. Cosa rara y ridícula: a nadie le he tenido nunca un gran odio ni nunca tuve ideas de venganza, y eso es mala señal, ¡mala señal! Tampoco me gustó nunca reñir ni acalorarme..., ¡otra mala señal! ¡Y cuántas promesas le hice!, ¡uf, al diablo! Después de todo, quién sabe si habría hecho de mí otro hombre...». De nuevo calló y rechinó los dientes; otra vez la imagen de Dúnechka se apartó tal y como era en realidad, cual si fuese ella misma, cuando, al disparar sobre él la vez primera, sufrió un susto tremendo, bajó el revólver y, medio muerta, se quedó mirándolo, de modo que él hubiera podido cogerla por dos veces y ella no habría levantado una mano para defenderse, de no haberla él despabilado. Recordaba la lástima que le inspiró en aquel instante, cómo se le encogió el corazón... «¡Ah, al diablo! ¡Otra vez esas ideas! ¡Todo esto es preciso ahuyentarlo, ahuyentarlo!».

Se quedó, por fin, amodorrado; el temblor de la fiebre se le aplacó; de pronto le pareció como que algo corría por debajo del cobertor, por encima del brazo y de la pierna. Se estremeció. «¡Uf, diablo! ¿Si será un ratón? —pensó—. Como dejé la carne encima de la mesa...». Tenía una aversión horrible a descubrirse, levantarse y coger frío; pero de repente algo desagradable le cosquilleó en la pierna; arrojó lejos de sí el cobertor y encendió la vela. Temblando de fiebre, se agachó a examinar la cama: nada había; sacudió el cobertor, y de pronto, sobre el lecho, saltó rápido un ratón. Se lanzó a cogerlo; pero el ratón no corría por la cama, sino que correteaba zigzagueando por todas partes, se escurría de entre los dedos, se escabullía brazo arriba, y, de pronto, iba y se metía por debajo de la almohada. Tiró él de la almohada, pero en un momento sintió cómo algo le había saltado por el vientre, le cosquilleaba por todo el cuerpo y hasta por la espalda, por debajo de la camisa. Le entró un temblor nervioso y se despabiló. La habitación estaba a oscuras, y él tendido en su lecho, envuelto, como antes, en el cobertor; al otro lado de la ventana zumbaba el viento. «¡Qué asco!», pensó con disgusto.

Se levantó y sentose al filo del lecho, de espaldas a la ventana. «Lo mejor será no dormir», decidió. De la ventana, por lo demás, entraba frío y humedad; sin levantarse de su sitio, tiró del cobertor y se arrebujó en él. No había encendido luz. No pensaba ni quería pensar en cosa alguna; pero los ensueños se sucedían unos a otros, y se deslizaban por su cerebro fragmentos de ideas, sin principio ni fin y sin coherencia. Parecía como si hubiese caído en un semisopor. El frío, la lobreguez, el viento que zumbaba y sacudía los árboles al pie de la ventana, todo eso le infundía una propensión y un deseo tenaces y fantásticos..., pero no hacía más que ver flores. Su imaginación le mostró un prestigioso paisaje; un día claro, tibio, casi ardoroso, un día de fiesta, el día de la Trinidad. Una casa de campo, rica, lujosa, de estilo inglés, toda rodeada de tupidos planteles de flores y de platabandas que daban vuelta a la finca; la escalinata, agobiada por las plantas trepadoras y cubierta de rosas; en la clara y fresca escalera, alfombrada con un tapiz, se escalonaban jarros chinescos, con flores raras. Observó especialmente, en jarros con agua, en las ventanas, ramilletes de delicados narcisos blancos, que se inclinaban sobre sus largos tallos, largos y vaporosos, de un fuerte aroma. No quería apartarse de ellos, pero subía la escalera y entraba en un gran salón, alto de techo; y también allí, por todas partes, junto a las ventanas, en torno a la puerta abierta sobre la terraza y en la terraza misma, por todas partes había flores. Los suelos estaban alfombrados de hierba recién cortada y olorosa; las ventanas, abiertas; un aire fresco, ligero, penetraba en el salón; los pajarillos gorjeaban al pie de las ventanas, y en medio de la estancia, encima de la mesa, cubierta con blanco mantel de raso, había un féretro. Aquel féretro estaba forrado de gros de Nápoles blanco y guarnecido también de blanco en los bordes. Guirnaldas de flores le rodeaban por todos lados. Toda entre flores yacía en él una joven vestida de tul blanco, con las manos cruzadas al pecho, como esculpidas en mármol. Pero sus cabellos alborotados, cabellos de un rubio claro, los tenía mojados; una corona de rosas le ceñía la frente. El severo y ya rígido perfil de su rostro parecía también como esculpido en mármol; pero la sonrisa de sus pálidos labios dejaba traslucir cierta tristeza infantil, un vago y gran dolor. Svidrigáilov conocía a aquella joven; ni imágenes sagradas ni blandones había en torno al féretro, y no se oía rumor de plegarias. Aquella joven se había suicidado, ahogándose. Parecía tener no más de catorce años; pero tenía ya desarrollado el sentimiento y se había perdido a sí misma, ofendida por una afrenta, que había henchido de espanto y de asombro su tierna, infantil conciencia, colmado de inmerecida sonrojo su alma de angelical pureza, y arrancándole un supremo grito de desolación que nadie había oído, pero que había resonado agudo en la oscura noche, en las tinieblas, en el frío, en el húmedo deshielo, cuando el viento zumbaba...

Svidrigáilov se despertó, se levantó de la cama y abrió a tientas la ventana del cuarto. El viento irrumpió impetuoso en su angosto tabuco y, como con un soplo glacial, le azotó el rostro y el busto, cubierto únicamente por la camisa. Al pie de la ventana debía de haber, efectivamente, algo por estilo a un jardín, y, al parecer, de recreo; probablemente, durante el día, entonarían allí canciones y servirían té en los veladores. Ahora, de los árboles y arbustos caían goterones de lluvia en la ventana; estaba todo oscuro como una cueva, hasta el punto de que apenas si se podían distinguir algunas manchas borrosas, indicadoras de los objetos. Svidrigáilov se agachó y, apoyando los codos en el alféizar, estuvo mirando unos cinco minutos, sin poder apartar los ojos, en aquella oscuridad. En medio de la bruma y la noche, se dejó oír un cañonazo, después otro.

«¡Ah, la señal*! Las aguas crecen —pensó—; en cuanto

---

* Desde la fortaleza de Pedro y Pablo avisaban con cañonazos de que habían crecido las aguas del Neva y amenazaban con inundar los barrios bajos de la población. (N. del E., tomada de I. V.).

693

amanezca, se filtrarán ya por allí, donde está el suelo más bajo; se extenderán por las calles, inundarán los sótanos y cuevas, sacarán a las ratas de los sótanos y, en medio de la lluvia y el viento, encorvada, la gente saldrá lanzando insultos, toda calada, para trasladar sus ajuares a los pisos altos... Pero ¿qué hora será en este momento?». Y no bien lo había dicho, cuando en un reloj de pared, que habría por allí cerca, como apresurándose con todas sus fuerzas, sonaron las tres. «¡Ah, dentro de una hora amanecerá! ¿A qué aguardar más? Me iré enseguida y me encaminaré derecho al Petrovskii; allí en algún sitio elegiré un gran macizo todo regado por la lluvia, de suerte que, al rozarlo apenas con el hombro, millones de gotas rocíen a uno la cabeza...». Se apartó de la ventana, encendió la vela, se puso el chaleco y el paletó, se encasquetó el sombrero y salió con la bujía al corredor, en busca del criado, que dormía en un cuchitril, entre toda clase de trastos y chismes viejos, para abonarle la cuenta del cuarto y despedirse del hotel. «Este es el mejor momento; no podía escogerlo mejor».

Anduvo un gran rato por todo el largo pasillo, bajo de techo, sin encontrar a nadie, y ya se disponía a llamar con voz recia, cuando, de pronto, entre un viejo armario y la puerta, hubo de divisar un extraño objeto, algo que parecía vivo. Se agachó con la vela y vio con asombro que era un niño, una nena de unos cinco años a lo sumo, envuelta en un trajecito, todo calado como un paño de cocina, trémula y llorosa. Parecía no sentir susto alguno de Svidrigáilov; pero le miraba con sus ojazos negros, de profundo asombro, y de cuando en cuando hipaba, como los niños que han llorado mucho, y, aunque ya se hayan callado y hasta distraídose, todavía no se aquietaron del todo, y de cuando en cuando hipan. La carita de la niña estaba pálida y con aire cansado; estaba transida de frío; pero... «¿Cómo había ido a parar allí? Quiere decir que se escondería aquí y no habrá dormido en toda la noche». Procedió a interrogarla. La nena, de pronto, se animó, y muy aprisa le dijo algo en su lengua infantil. Hablaba de *mámasia* y de que *má-masia* «le pegaría» por culpa de cierto tazón que había «*loto*». La niña hablaba sin detenerse; mal o bien podía adivinarse, de toda aquella cháchara, que era una niña a la que no querían en su casa, a la que su madre, alguna cocinera, eternamente borracha, probablemente de aquel mismo hotel, le pegaba y metía miedo; que la chica había roto un tazón de su *mámascha* y le había entrado tal pánico que se había escapado de casa aquella tarde; largo rato, de fijo, habría estado escondida en algún sitio, en el patio, aguantando la lluvia, y, finalmente, se metería allí, ocultándose detrás del armario, y allí se habría pasado la noche entera, llorando, temblando de frío, de oscuridad y del miedo de que ahora le pegaran más por todo aquello. La cogió él de la mano, la entró en su habitación, la sentó en la cama y procedió a desnudarla. Los rotos zapatos de la niña, en sus pies, sin medias, estaban tan mojados cual si se hubiese pasado la noche entera acostada en un charco. Después de desnudarla, la acostó en el lecho y la cubrió y tapó de pies a cabeza con la manta. Luego de hecho todo, volvió a pensar, mahumorado:

«¡Todavía se me ocurre cargar con compromisos! —decidió, de pronto, con una sensación de contrariedad e iracundia—. ¡Qué absurdo!». Enojado, cogió la vela con objeto de salir y encontrar, como fuese, al criado, y largarse de allí enseguida. «¡Bah, una mocosa!», pensó, soltando un juramento. Y ya había abierto la puerta cuando se volvió a mirar otra vez a la nena, a ver si dormía y cómo dormía. Con mucho tiento levantó el embozo. La criaturita dormía con un sueño profundo y plácido. Se había calentado bajo la manta y ya habían afluido los colores a su pálida carita. Pero cosa rara: aquellos colores se acusaban más radiantes y encendidos de lo que suelen ser los colores naturales de los niños. «Ese es el arrebol de la fiebre —pensó Svidrigáilov—; parece enteramente el arrebol del vino; cualquiera diría que le dieron a beber un vaso entero. Los labios, enrojecidos, le arden, le echan fuego; pero

¿qué es esto?». De pronto le pareció como que sus largas y negras pestañas se ponían a temblequear y palpitar, como si se levantasen y por debajo de ellas se filtrase una mirada maliciosa, burlona, nada infantil, cual si la nena no estuviese durmiendo y lo fingiese. Sí, así es: sus labios se estremecen en una sonrisa, las comisuras le tiemblan, cual si todavía se reprimiese. Pero he aquí que ya dejó de contenerse por completo; ahora ya brotó la risa, una risa sarcástica; algo insolente, retador, brilla en aquel rostro, que nada tiene de infantil: es el vicio, es el rostro de una camelia*, descarado rostro de una venal camelia francesa. ¡Ea!, sin andar ya con disimulos, ha abierto ambos ojos, los cuales lanzan su mirar inflamado e impúdico, le llaman, se sonríen... Algo infinitamente monstruoso y afrentoso había en aquella risa, en aquellos ojos, en toda aquella ruindad en un rostro de niña. «¡Cómo! ¡A los cinco años! —balbució, espantado, Svidrigáilov—. Pero... ¿es posible?». Pero ya ella se ha vuelto hacia él, con toda su carilla encandilada, y le tiende los brazos. «¡Ah, maldita!», exclama con horror Svidrigáilov, alzando la mano sobre ella... Pero en aquel mismo instante se despertó.

Se encontró en su cama, arrebujado en el cobertor; la vela se había consumido, y en la ventana blanqueaba la luz del nuevo día.

«¡Toda la noche en una pura pesadilla!». Se levantó de mal humor, sintiéndose todo molido; le dolían los huesos. En el patio reinaba densa niebla, y no podía distinguirse nada. Eran cerca de las cinco: había dormido demasiado. Se levantó y se puso el chaleco y el paletó, todavía húmedos. Habiéndose palpado en el bolsillo el revólver, se lo sacó y le puso una cápsula; luego se sentó, se sacó del bolsillo un cuadernito, y en la cabecera, en la hoja más visible, escribió rápidamente unos cuantos renglones con grandes caracteres. Los repasó, se quedó pensativo y se apoyó de codos en la mesa. El revól-

* Alusión a *La dama de las camelias*.

ver y el cuadernito estaban allí, debajo de su codo. Las moscas, que se habían despertado, se pegaban a la ración de asado, que había quedado intacta allí también, sobre la mesa. Se estuvo largo rato mirándolas, y, finalmente, con la mano derecha, que tenía libre, se puso a querer coger una mosca. Largo rato se esforzó por conseguirlo, pero no lo logró. Por último, habiéndose sorprendido en aquella interesante ocupación, volvió en su juicio, se estremeció, se levantó y se salió resueltamente del cuarto. Un minuto después estaba ya en la calle.

Una lechosa, densa niebla, gravitaba sobre la población. Svidrigáilov se dirigió al resbaladizo y mugriento piso de madera, con rumbo al Pequeño Neva.

Veía con la imaginación las aguas, crecidas durante la noche, del Pequeño Neva, la isla Petrosvkii, los senderuelos mojados, la hierba húmeda, los árboles y arbustos mojados y, finalmente, aquel macizo... Contrariado, se puso a mirar las casas, con objeto de pensar en alguna otra cosa. Ni un transeúnte, ni un coche se encontró en todo el Próspekt. Insignificantes y sucias se mostraban las casucas de madera, de un amarillo claro, con sus ventanas cerradas. El frío y la humedad le transían todo el cuerpo, y empezó a tiritar. De cuando en cuando, se detenía ante las muestras de las tiendas de comestibles o las fruterías y se ponía a leerlas con toda atención. «¡Vaya, ya se acabó la acera de planchas!». Estaba a la altura de una gran casa de piedra. Un perrillo sucio, tiritando, con el rabo bajo, se le cruzó en el camino. Alguien, borracho perdido, arrebujado en un capotón, yacía caído de bruces y atravesado en medio de la acera. Lo miró un momento y siguió adelante. Una alta torre se le mostró a la izquierda. «¡Bah! —pensó—. Aquí también hay sitio. ¿Para qué ir hasta Petrovskii? Por lo menos, hay un testigo oficial...». Estuvo a punto de reírse de aquel nuevo pensamiento, y volvió la esquina de la calle de ***. Se alzaba allí un alto edificio, con una torre. Junto a las cerradas puertas de la casa se hallaba, con el hombro en ella apoyado, un hombrecillo bajito, que vestía un paletó gris de soldado y un aquíleo casco de bronce. Con ojos soñolientos miró de soslayo a Svidrigáilov al pasar este. En su cara se advertía esa sempiterna melancolía que tan acendradamente se imprime en las caras todas, sin excepción, de la raza hebraica. Ambos, Svidrigáilov y Aquiles, durante un rato, en silencio, se contemplaron mutuamente.

A Aquiles, finalmente, hubo de parecerle algo raro aquel individuo, que, sin estar borracho, se había quedado plantado ante él, y que a tres pasos de distancia lo miraba fijamente y no decía nada.

—¡Eh! ¿Qué es lo que usted busca aquí? —dijo, sin moverse y sin cambiar de postura.

—Yo, nada, hermanito. Buenos días —respondió Svidrigáilov.

—Este no es sitio.

—Yo, hermanito, me voy al extranjero.

—¿Al extranjero?

—A América.

—¿A América?

Svidrigáilov sacó el revólver y montó el gatillo. Aquiles frunció el ceño.

—¡Bah! ¿A qué vienen esas bromas? ¡Este no es sitio!

—¿Y por qué no es sitio?

—Pues porque no lo es.

—Bueno, hermanito; eso es igual. Este es un buen sitio; si te preguntan, dirás, ¡qué diantre!, que me fui a América.

Apoyó el revólver a la sien derecha.

—¡Ah, eso no puede ser; este no es sitio! —gritó Aquiles, abriendo cada vez más los ojos.

Svidrigáilov le dio al gatillo...

VII

Aquel mismo día, pero ya por la tarde, sobre las siete, se dirigió Raskólnikov a ver a su madre y a su hermana en aquel mismo cuarto, en la casa de Bakaléyev, que les había buscado Razumijin. La escalera arrancaba desde la calle misma. Raskólnikov empezó a subir, reteniendo todavía el paso y como titubeando. ¿Entraría o no? Pero no se volvió atrás; su resolución estaba tomada. «Además, es lo mismo; ellas no saben nada —pensó—, y ya están acostumbradas a mirarme como a un ser raro...». Tenía la ropa en un estado horrible: toda sucia, de haber pasado la noche entera bajo la lluvia, arrugada, hecha jirones. La cara, casi desfigurada por el cansancio, el mal tiempo, la fatiga física y aquella lucha de casi veinticuatro horas consigo mismo. Toda aquella noche la había pasado solo sabe Dios dónde. Pero, por lo menos, había adoptado una resolución.

Llamó a la puerta; salió a abrirle la madre. Dúnechka no estaba en casa. Tampoco se veía por allí a la criada. Puljeria Aleksándrovna al principio se quedó muda de alegre asombro; luego le cogió de la mano y le metió en la habitación.

—¡Ah, pero eres tú! —exclamó, balbuciendo de puro alegre—. No te enojes conmigo, Rodia, por este recibimiento tan necio que te hago con lágrimas en los ojos; es que me río, no que lloro. ¿Te figuras tú que lloro? Pues no; es de alegría, es que he cogido esta necia costumbre: se me saltan las lágrimas. Me pasa eso desde que murió tu padre, que por cualquier cosa ya estoy llorando. Pero siéntate, palomito, que debes de estar cansado, harto lo veo. ¡Ah, y qué manchado estás!

—Es que me cogió anoche la lluvia, *mámascha*... —dijo Raskólnikov.

—¡No, no! —exclamó Puljeria Aleksándrovna, interrumpiéndole—. Tú te crees que yo me voy a poner a preguntarte, siguiendo mi antigua costumbre de comadre; pero no; estate tranquilo. Yo ahora, ¿sabes?, lo comprendo todo, todo lo comprendo; ahora ya me he hecho a las cosas de aquí, y veo de sobra que es lo mejor. De una vez para siempre me he dicho: «¿De dónde meterme yo a calarte los pensamientos y pedirte cuentas de nada?». Sabe Dios los asuntos y los planes que tú tendrás en tu cabeza, los pensamientos que andarás madurando. ¿De dónde iba yo a cogerte de un brazo y preguntarte qué es lo que estás pensando? ¡Diantre! Porque mira: yo... ¡Ah, Señor! Pero ¿por qué he de andar yo manoteando acá y allá como asfixiada?... Has de saber, Rodia, que leí tu artículo del periódico tres veces seguidas, que me lo trajo Dmitrii Prokófich. Un grito de sorpresa lancé al verlo, porque yo, la muy tonta de mí, pensaba: «Anda: mira en lo que él se ocupaba; ahí tienes la explicación de todo. A todos los sabios les ocurre lo mismo. Puede que él ande revolviendo nuevas ideas en su cabeza en este mismo instante, que las esté madurando, mientras yo lo importuno y distraigo». He leído tu artículo, amiguito, y claro que muchas cosas de él no entiendo; pero, por lo demás, así tiene que ser. ¿Cómo iba yo a entenderlo todo?

—Enséñemelo usted, *mámascha*.

Raskólnikov cogió el periódico y lanzó un vistazo a su artículo. Por más que estuviese en contradicción con su situación y estado actuales, experimentó un extraño sentimiento de acre dulzura, cual lo experimenta todo autor que por primera vez ve impreso algo suyo; además, que tenía veintitrés años. Duró aquello un instante. Después de leer algunos renglones, frunció el ceño, y una tristeza horrible se apoderó de su corazón. Toda su lucha espiritual de los últimos meses se le vino de golpe a la memoria. Con repulsión y enojo arrojó el artículo sobre la mesa.

—Pero mira, Rodia: por muy ignorante que yo sea, he podido comprender que, dentro de poco, serás tú una de las primeras figuras de nuestro mundo literario. ¡Y esos, que se figuraban que tú te habías vuelto loco! ¡Ja, ja, ja! Tú no sabes. ¡Pues no llegaron a pensarlo! ¡Ah, los pobres! ¿Cómo podían comprender que tú tuvieses tanto talento? Y, para que lo sepas, hasta Dúnechka, hasta Dúnechka estuvo a punto de darles la razón. ¿Qué te parece? También tu difunto padre envió por dos veces cosas a los periódicos: primero, versos (todavía conservo yo un cuadernito, y un día te lo enseñaré), y luego, toda una novela (yo misma le pedí que me dejara copiársela), y, a pesar de lo mucho que los dos hicimos para que se las publicaran, no quisieron. Yo, Rodia, hará seis o siete días que me desvivía pensando en la ropa que llevas puesta, en cómo vives, qué comes y dónde andas. Pero ahora veo bien qué necia era, porque ahora todo lo que quieras lo habrás de conseguir de una vez, con tu talento y tu inteligencia. Solo que, por ahora nada quieres, y te dedicas a cosas mucho más importantes...

—¿No está Dunia en casa, *mámascha*?

—No, Rodia. Con mucha frecuencia no la veo ahora en casa; me deja sola. Dmitrii Prokófich, Dios se lo pague, viene a hacerme compañía, y no hace más que hablarme de ti. Te quiere y respeta, hijo mío. De tu hermana no quiero hablar, pues me trata ahora con mucho despego. Aunque no creas que me quejo. Ella tiene su genio, y yo el mío; ella guarda sus secretillos, y yo no tengo ninguno para vosotros. Claro que yo estoy convencida de que Dunia es muy discreta y, además, nos quiere a los dos...; pero no sé, sin embargo, en qué parará todo esto. Tú me has dado una gran alegría con venir, Rodia, porque ella se fue de paseo; cuando venga, ya se lo diré: «Estuvo aquí tu hermano y no te encontró. ¿Dónde estuviste pasando el tiempo?». Tú, Rodia, por mí no te contraríes: si puedes, vienes; si no, pues nada, no te preocupes; pero yo aguardaré. Yo ya sé que tú me quieres, y para mí eso es bastante. Leeré tus obras, oiré hablar de ti a todo el mundo, y de vez en cuando vendrás a verme. ¿Qué más cabe pedir? Ahora viniste a consolar a tu madre, no creas que no lo comprendo...

Y, de pronto, Puljeria Aleksándrovna rompió a llorar.

—¡Ya estoy otra vez con las mismas! ¡No hagas caso, necia de mí! ¡Ah, Señor, pues no me estoy aquí sentada! —exclamó, saltando de su sitio—. Y tengo ahí café y no te lo ofrezco. Para que se vea el egoísmo de los viejos. ¡Ahora vengo, ahora vengo!

—*Mámenka*, déjelo, que yo me voy enseguida. No vine a eso. Mire: haga el favor de escucharme.

Puljeria Aleksándrovna se acercó a él tímidamente.

—*Mámenka*, pase lo que pase y oiga usted de mí lo que oiga y díganle de mí lo que le digan, ¿me querrá usted siempre lo mismo que ahora? —le preguntó él de pronto, por la abundancia del corazón, cual no dándose cuenta de sus palabras ni parándose a pensarlas.

—Rodia, Rodia, ¿qué tienes? ¿Cómo es posible que me preguntes eso? ¿Quién ha de decirme nada malo de ti? Yo no habría de creer a nadie, fuere quien fuere, pues, sencillamente, lo pondría en la puerta.

—He venido a asegurarle a usted que yo siempre la he querido y ahora celebro haberla encontrado sola y que no esté Dúnechka en casa —prosiguió con el mismo arranque—. Vine para decirle a usted, francamente, que, por desdichada que usted sea, debe saber que su hijo la quiere más que a sí propio y que todo eso que usted pensaba de mí, que era un descastado y no la quería, no era nada verdad. Yo, a usted, nunca he dejado de amarla... Y bueno; basta; yo he creído que debía hacer esto y empezar por ahí...

Puljeria Aleksándrovna, en silencio, lo abrazó, lo estrechó contra su pecho y lloró quedamente.

—No sé, Rodia, qué es lo que te sucede —dijo por último—. Yo pensaba todo este tiempo que tú estabas, sencillamente, harto de mí; pero ahora veo, a juzgar por todas las señales, que a ti te amaga algún gran dolor que te tiene apesadumbrado. Tiempo hace, Rodia, que lo presentía. Perdóname que te lo diga: no hago más que pensar en ello, y por las noches no puedo dormir. Esta noche también tu hermana la pasó muy inquieta y hablaba en el sueño y te nombraba. Yo la oí alguna cosa; pero nada comprendía. Toda la mañana estuvo como si fuera a ir al suplicio, aguardaba no sé qué, le entraban presentimientos, y, ¡mira!, ya llegó. Rodia, Rodia, ¿qué te pasa? ¿Es que piensas partir?

—Sí, parto.

—¡Eso mismo me figuraba yo! Pero mira: yo también puedo partir contigo, si es que lo necesitas. Y también Dunia; ella te quiere, te quiere mucho..., y hasta Sofia Semiónovna puede venir también con nosotros, si es preciso; mira; con mucho gusto la prohijaría yo. Dmitrii Prokófich nos ayudará a reunirnos... Pero... ¿adónde piensas ir?

—Adiós, *mámenka*.

—¡Cómo! ¡Hoy mismo! —exclamó ella, cual si fuera a perderlo para siempre.

—No puedo detenerme...; es ya la hora, es indispensable...

—¿Y no puedo yo ir contigo?

—No; pero póngase usted de rodillas y pídale a Dios. Su plegaria quizá llegue hasta Él.

—¡Déjame que te santigüe, que te bendiga! Así, así. ¡Oh, Dios, qué es lo que hacemos!

Sí; él celebraba, celebraba mucho que no estuviera nadie presente, que se encontrasen solos su madre y él. Parecía como si después de todo aquel tiempo horrible se le ablandase de pronto el corazón. Cayó de hinojos a sus plantas, le besó los pies, y ambos, abrazados, lloraban. Y aquella vez ella no mostraba asombro ni le hacía pregunta alguna. Hacía tiempo ya que comprendía que algo horrible le pasaba a su hijo y que aquel era para él un instante fatal.

—¡Rodia, querido mío, mi primogénito! —dijo sollozando—. Mira: ahora es todo lo mismo que cuando eras chiquitito y venías a mí y me besabas; entonces aún vivía tu padre, y, cuando teníamos alguna pena, tú nos servías de consuelo a los dos por el hecho de estar con nosotros, y luego de enterrar yo a tu padre, ¡cuántas veces, abrazados los dos lo mismo que ahora, lloramos sobre su sepultura! Y si yo, de algún tiempo a esta parte, lloro tanto, era porque me lo daba el corazón de madre, ya lo ves. Yo, desde que te vi la primera vez aquella noche, ¿recuerdas?, cuando acabábamos de llegar de viaje, solo en el mirar te lo adiviné todo, de suerte que el corazón me dio un vuelco, y ahora, al abrirte la puerta, al verte me dije: «¡Ea! Ya llegó la hora fatal». ¡Rodia, Rodia, no te irás enseguida!

—No.

—¿Vendrás todavía a verme?

—Sí..., vendré.

—Rodia, no te enfades, que no me atrevo a preguntarte. Sé que no me atrevo; pero dime siquiera dos palabrillas. ¿Es que vas muy lejos?

—Muy lejos.

—¿Qué es lo que allá te lleva? ¿Algún destino, tu porvenir, qué?... ¡Dímelo!

—Lo que Dios disponga tendré allí... Usted limítese a pedirle por mí...

Raskólnikov se dirigió a la puerta; pero ella lo detuvo, y con ojos de desolación se quedó mirándolo a los suyos. Tenía la cara demudada de espanto.

—Basta, *mámenka* —dijo Raskólnikov, hondamente arrepentido de la idea que le dio de ir allí.

—¡No será para siempre! ¡No será para siempre!, ¿verdad? Porque tú vendrás, vendrás mañana, ¿no?

—¡Vendré, vendré, adiós!

Se zafó finalmente.

Hacía una tarde fresca, tibia y clara; el mal tiempo había cesado desde por la mañana. Raskólnikov se encaminó a su domicilio; se dio prisa. Quería terminarlo todo antes de la puesta del sol. Hasta entonces no quería encontrarse con nadie. Al subir a su cuarto notó que Nastasia, al retirar el samovar, no le quitaba ojo y seguía todos sus gestos. «¿No habrá estado alguien aquí?», pensó. Con enojo se le representó la imagen de Porfirii. Pero, al dirigirse a su cuarto y abrirlo, se sorprendió de encontrar allí a Dúnechka. Esta se hallaba allí sola, solita, profundamente ensimismada, y, al parecer, llevaba largo rato aguardándolo. Se levantó del diván, asustada, y fue a plantársele delante. Su mirada, fija tercamente en él, expresaba horror y dolor infinitos. Y solo por aquella mirada comprendió él enseguida que ella lo sabía todo.

—¿Debo entrar o irme? —preguntó él, receloso.

—He pasado todo el día con Sofia Semiónovna; te aguardábamos ambas. Pensábamos que infaliblemente irías allí.

Raskólnikov penetró en el cuarto y, rendido, se dejó caer en una silla.

—Estoy algo débil, Dunia; muy cansado; y yo quisiera en este instante tener pleno dominio sobre mí mismo.

Con desconfianza posó en ella los ojos.

—¿Dónde estuviste toda esta noche pasada?

—No recuerdo bien; mira, hermana; yo quería acabar de una vez, y más de una me acerqué al Neva; eso es lo que recuerdo. Quería acabar allí del todo; pero... me faltó resolución... —balbució, volviendo a mirar a Dunia, receloso.

—¡Loado sea Dios! ¡Cuánto nos lo temíamos nosotras, yo y Sofia Semiónovna! ¡Por lo visto, crees aún en la vida; loado sea Dios, loado sea Dios!

Raskólnikov se echó a reír sarcásticamente.

—Yo no creía nada de eso; pero hace un instante, abrazado con madre, he llorado con ella; yo no creo, pero le he rogado que pidiese por mí. Dios sabrá lo que esto significa; que lo que es yo, no lo comprendo.

—¿Estuviste con madre? ¿Y se lo dijiste?... —exclamó Dunia horrorizada—. ¿Es que tuviste valor para decírselo?...

—No, no se lo dije... con palabras; pero lo ha comprendido en parte. Te oyó delirar esta noche. Seguro estoy de que ya conoce, por lo menos, la mitad; es posible que haya hecho mal en ir a verla. Ni siquiera sé por qué iría. Soy un villano, Dunia.

—¡Un villano, y estás dispuesto a cargar con el dolor! Porque lo harás así, ¿verdad?

—Lo haré. Ahora mismo. Sí; para evitar esta vergüenza, quería yo ahogarme, Dunia; pero cuando ya estaba encima del agua pensé que si hasta ahora me he tenido por fuerte, tampoco voy a morirme por eso de sonrojo —dijo, irguiéndose—. ¿Será orgullo, Dunia?

—Orgullo, Rodia.

Como un fuego brilló en sus hundidos ojos; le lisonjeaba aquello de conservar todavía orgullo.

—Y tú no te figurarás, hermana, que era que el agua me daba miedo —inquirió, mirándola al rostro con sonrisa insolente.

—¡Oh, Rodia, basta! —exclamó Dunia con amargura.

Hubo dos minutos de silencio. Él estaba sentado, con la cabeza baja y fija la vista en el suelo; Dúnechka se hallaba en pie, en el otro extremo de la mesa, y con dolor le contemplaba. De pronto se levantó él:

—Es tarde, llegó el momento. Ahora mismo voy a delatarme. Pero no sé por qué he de hacerlo.

Gruesos lagrimones corrieron por las mejillas de ella.

—Tú lloras, hermana, ¿y quieres darme la mano?

—¿Lo dudarás?

Él la abrazó fuertemente.

—¿Es que al dirigirte a tu pasión no lavas ya la mitad de tu crimen? —exclamó ella, sin dejar de abrazarlo y besarlo.

—¿Crimen? ¿Qué crimen? —exclamó él de pronto, como acometido de un furor súbito—. El de haber matado a un asqueroso y dañino piojo, a una vieja usurera, que a nadie le era necesaria, por matar a la cual se nos han de perdonar cuarenta pecados, y que se alimentaba de la sangre de los pobres. ¿Es eso un crimen? Yo no creo que lo sea, ni pienso en lavarlo. ¿Por qué todos me han de gritar por todos lados: «¡Es un crimen, es un crimen!». ¡Solo ahora veo clara toda la estupidez de mi pusilanimidad, ahora que ya decidí afrontar esa vergüenza innecesaria! ¡Sencillamente, por mi vileza y debilidad me he decidido..., y quizá también por conveniencia, como suponía ese... Porfirii!

—¡Hermano, hermano!, ¿qué dices? Pero ¿no has vertido sangre? —exclamó Dunia desolada.

—La que todos derraman —insistió él como fuera de sí—, la que se vierte y siempre se verterá en el mundo como un torrente, la que corre como champaña y por la cual se coronan en el Capitolio y se llaman luego bienhechores de la Humanidad. Pero tú bastará con que abras bien los ojos y mires. Yo también quería el bien de la gente, y habría hecho cien, mil acciones buenas a cambio de esa sola estupidez, que no fue siquiera estupidez, sino, sencillamente, torpeza, ya que todas esas ideas no son jamás tan necias como luego parecen cuando se malogran... (¡En el fracaso todo parece estúpido!). Con esa estupidez quería yo situarme en una posición independiente, dar el primer paso, procurarme recursos, y entonces todo habría quedado compensado con una utilidad relativamente incomparable... Pero yo, yo no puedo aguantar el primer paso, porque soy un... ¡villano! ¡Ahí lo tienes todo! ¡Y, sin embargo, no puedo ver las cosas con tus ojos; si hubiera triunfado, me habrían ceñido corona, mientras que ahora caí en el cepo!

—Pero ¡eso no es así, de ningún modo es así! Hermano, ¿qué estás diciendo?

—¡Ah! ¡No es esta la forma, no es una forma estéticamente buena! ¡Vaya, que decididamente no comprendo!... ¿Por qué aplastar a la gente con granadas, sostener un asedio en regla ha de ser una forma más honorable? ¡La preocupación de la Estética es la primera señal de impotencia!... ¡Nunca, nunca he reconocido yo esto más claramente que ahora, y menos que nunca comprendo ahora mi crimen! ¡Nunca jamás estuve más fuerte y más convencido que ahora!...

Los colores habían afluido a su pálido, demacrado rostro. Pero, al proferir la última exclamación, hubieron de encontrarse sus ojos con los ojos de Dunia, y tanto, tanto dolor por él advirtió en aquella mirada, que involuntariamente se dominó. Sentía que, a pesar de todo, hacía desgraciadas a aquellas dos pobres mujeres. Y a pesar de todo, él era la causa...

—¡Dunia, querida!... Sí, soy culpable, perdóname. (Aunque a mí no es posible perdonarme como sea culpable). ¡Adiós! ¡No vamos a reñir! Es ya tiempo, se va haciendo tarde. No me sigas, te lo ruego. Todavía tengo que ir a... Tú vete enseguida con madre. ¡Te lo suplico! Este es el último y el mayor favor que te pido. No te separes de ella en todo el tiempo; yo la dejé transida de una inquietud que será raro pueda soportar: o morirá o perderá el juicio. ¡Estate a su lado! Razumijin os acompañará; así se lo dije... No llores por mí; procuraré ser viril y honrado toda la vida, aunque sea un asesino. Puede que alguna vez oigas mentar mi nombre. No os serviré de afrenta, ya lo verás; todavía he de demostrar...; pero, por lo pronto, hasta la vista —se apresuró a concluir, pues otra vez había observado una extraña expresión en los ojos de Dunia al proferir las palabras y promesas últimas—. Pero ¿por qué lloras de ese modo? ¡No llores, no llores; mira que no nos separamos del todo!... ¡Ah, sí!... ¡Espera; yo olvidaba!...

Se acercó a la mesa, cogió un abultado y polvoriento libro, lo abrió y sacó de entre sus páginas un diminuto retrato, a la acuarela, en marfil. Era el retrato de aquella hija de la patrona que había sido novia suya y muerto de fiebres, de aquella muchacha singular que había querido meterse a monja. Un instante contempló aquella cara expresiva y doliente, besó el retrato y se lo entregó a Dúnechka.

—Mira: yo con ella hablé mucho de *eso*, con ella sola —dijo, pensativo—. A su corazón le comuniqué muchas cosas referentes a eso que luego me salió tan mal. No te apures —dijo, volviéndose a Dunia—: ella no estaba de acuerdo conmigo, como tampoco tú lo estás, y yo celebro que ya no exista. Lo principal, lo principal en esto es que tome ahora un rumbo nuevo y se parta en dos —exclamó de pronto, recayendo en su tristeza—. Todo, todo; pero ¿estaré yo dispuesto para ello? ¿Lo quiero yo? ¡Eso, dicen, será para mí una experiencia necesaria! ¿Para qué, para qué todas estas absurdas experiencias? ¿Para qué voy yo a ver mejor las cosas luego, deshecho por los tormentos, por la idiotez, por la impotencia física, después de veinte años de presidio, que las veo ahora, y para qué vivir ya? ¿Por qué yo ahora me avengo a vivir de ese modo? ¡Oh, bien sabía yo que era cobarde cuando esta mañana, al clarear el día, me encontraba sobre el Neva!

Ambos, finalmente, salieron. Duro se le hacía a Dunia; pero lo amaba. Se adelantó; pero no bien había andado cincuenta pasos, cuando se volvió nuevamente a mirarlo. Al llegar a una bocacalle se volvió él también, y por última vez se encontraron sus ojos; pero, al advertir que ella lo miraba, con impaciencia y hasta con enojo agitó la mano para que se fuese, y volvió rápidamente la esquina.

«Soy malo, lo veo —pensaba para sí, avergonzándose, al cabo de un minuto, de su último ademán de enojo a Dunia—. Pero ¿por qué me aman ellas tanto, si no lo merezco? ¡Oh, si yo fuera solo y nadie me quisiera y ya tampoco amase nunca a nadie. *¡No pasaría nada de esto!* Pero es curioso ver si en esos futuros quince o veinte años se habrá ya serenado mi alma, hasta el punto de que vaya a ponerme a lloriquear de devoción ante la gente y ponerme de bandido con todas sus letras. ¡Sí; eso es, eso es! Para eso ellos me deportan ahora; eso es lo que ellos necesitan... Ellos van todos por las calles, arriba y abajo, y son todos unos canallas y unos bandidos por naturaleza...; peor todavía: ¡un idiota! Pero ¡intenta rehuir el presidio, y todos ellos se sentirán poseídos de una piadosa indignación! ¡Oh, y cómo los aborrezco a todos!».

Se quedó profundamente ensimismado, pensando en esto: «¿Por qué proceso podría darse el caso de que él, finalmente, se reconciliase sin segunda intención con todos ellos, se reconciliase por la fuerza de la convicción? ¿Y por qué no? Sin duda que tenía que ser así. ¿Es que veinte años de continua servidumbre no lo doman a uno definitivamente? El agua horada la piedra. ¿Y por qué, por qué vivir después de eso, para qué ir allá ahora, y cuando yo mismo sé que todo eso habrá de ser precisamente así, como en un libro, y no de otra manera?».

Por centésima vez quizá se formulaba aquella misma pregunta desde la noche antes; pero, sin embargo, fue allá.

VIII

Al entrar en casa de Sonia estaba ya oscureciendo. Todo el día había estado Sonia aguardándolo, con una agitación espantosa. Lo aguardó en unión de Dunia. Esta había ido a verla por la mañana, pues recordaba las palabras que el día antes le oyera a Svidrigáilov, de que Sonia *lo sabía todo*. No nos detendremos a referir detalladamente el diálogo y las lágrimas de ambas mujeres y hasta qué punto estaban compenetradas. Dunia, de aquella entrevista, hubo de sacar, por lo menos, el consuelo de saber que su hermano no estaba solo; a ella, a Sonia, había ido él antes que a nadie con su confesión; en ella había buscado al ser humano cuando este le hizo falta, y ahora ella también lo acompañaría a él a donde dispusiese el Destino. No se lo había preguntado; pero sabía que sería así. Miraba a Sonia hasta con cierta unción, y, a lo primero, casi hubo de mortificar a aquella ese sentimiento devoto con que la trataba. Sonia estuvo a punto de echarse a llorar; por su parte, se consideraba indigna de mirar siquiera a Dunia. El modo tan gentil que tuvo Dunia de acogerla, saludándola con tal deferencia y respeto en su primera entrevista en casa de Raskólnikov, lo llevaba grabado desde aquel día, para siempre, en el alma, como una de las visiones más bellas y sublimes de su vida.

Dúnechka, finalmente, no pudo aguantar más, y dejó a Sonia con objeto de ir a esperar a su hermano en su casa; le parecía que allí sería adonde primero se dirigiese. Al quedarse sola, Sonia, inmediatamente, empezó a atormentarse con el temor que le inspiraba la idea de que, con efecto, se hubiese él suicidado. Eso mismo temía también Dunia. Ambas habían pasado el día entero tratando de convencerse mutuamente, con toda clase de razones, de que eso no era posible, y se habían sentido más tranquilas en tanto estuvieron juntas. Pero ahora, no bien se separaron, tanto la una como la otra no hacían más que pensar en eso. Sonia recordaba que el día antes Svidrigáilov le había dicho que a Raskólnikov solo le quedaban dos caminos: Vladimirk o... Conocía, además, su orgullo, su altivez, su amor propio y su incredulidad. «¿Es que acaso la falta de ánimo y el miedo a la muerte podían obligarle a vivir?», pensó, finalmente, desolada. A todo esto se había ya puesto el sol. Ella permanecía en pie, triste, ante la ventana, mirando atentamente hacia fuera, pero desde aquella ventana solo podía verse el gran paredón denegrido de la casa frontera. Por último, cuando ya había acabado por convencerse plenamente de la muerte del desdichado, penetró él en la habitación.

Un grito de júbilo se le escapó a ella del pecho. Pero, al mirar atentamente su rostro, palideció de súbito.

—¡Bueno! —dijo Raskólnikov, sonriéndose sardónicamente—. Vengo por tus cruces, Sonia. Tú misma me dijiste que me saliese a una encrucijada; ¿qué te pasa ahora que todo va a consumarse? ¿Es que tienes miedo?

Sonia le miró estupefacta. Le parecía extraño aquel tono; un frío temblor le corrió por todo el cuerpo, pero al punto comprendió que tanto aquel tono de voz como aquellas palabras eran fingidos. Además, él le hablaba, mirando a un rincón, y parecía evitar el mirarla francamente a la cara.

—Yo, mira, Sonia, he pensado que, efectivamente, quizá eso sea lo más ventajoso. Hay una circunstancia... Pero sería muy largo de contar, y, además, ¿a qué conduciría? A mí, para que lo sepas, solo una cosa me duele. Me encocoran todas esas estantiguas estúpidas, bestiales, que van a rodearme ahora, a apuntarme a la cara sus quinqués, a abrumarme con sus necias preguntas, a las que no habrá más remedio que contestar..., y a señalarme con el dedo.... ¡Uf! Mira: a Porfirii no pienso ir; estoy harto de él. Prefiero dirigirme a mi amigo Polvorilla, el cual se asombrará y conseguirá un triunfo en su clase. Pero sería menester tener más sangre fría; demasiados berrinches he pasado en estos últimos tiempos. ¿Lo querrás creer? Hace un momento amenacé, o poco menos, a mi hermana con el puño, solo porque se había vuelto a mirarme. ¡Es una porquería este estado de espíritu! ¡Ah, hasta dónde he llegado! Pero bueno, vamos a ver: ¿dónde están las cruces?

Parecía enajenado. Ni siquiera podía estarse quieto en su sitio un momento ni fijar la atención en nada; sus pensamientos se entrecruzaban, se confundían; sus manos, levemente, temblaban.

Sonia, en silencio, sacó de una cajita dos cruces, una de madera de ciprés y de cobre la otra, se santiguó, lo santiguó a él, y luego le colgó del cuello la cruz del ciprés.

—Esto viene a ser un símbolo, quiere decir que llevaré la cruz sobre mí, ¡je, je! ¡Como si hasta aquí poco hubiera sufrido! De madera de ciprés; es decir, para el pueblo; de cobre, esta era de Lizaveta, que la llevaba... ¡Enséñamela, a ver! ¿La llevaría puesta... en aquel momento? Yo conozco también dos cruces semejantes: una de plata, y otra, una imagencita. Se las arrojé entonces al pecho a la vieja. Ahora, verdaderamente, también aquellas me las debería poner al cuello... Pero, después de todo, no hago más que divagar, me olvido de a lo que venía; ¡estoy distraído!... ¡Mira, Sonia...: yo vine especialmente con el objeto de prevenirte, para que lo supieras... Vaya, eso es todo... Solo por eso vine. ¡Hum! Yo pensaba, sin embargo, decir algo más. Ya ves: tú misma querías que yo fuera allá; pues bien, iré a presidio y se cumplirá tu deseo; pero ¿por qué lloras? ¿Qué te pasa? Deja, basta; ¡oh, y qué pesado se me hace todo esto!

Pero un sentimiento, sin embargo, se engendraba en él; el corazón se le encogía al mirarla: «¿Pero ¿esta, esta, por qué? —pensaba para sí—. ¿Qué soy yo para ella? ¿Por qué llora, por qué se dispone a hacer conmigo como mi madre o Dunia? ¡Será mi niñera!».

—Santíguate, reza, aunque solo sea una vez —imploró Sonia con voz trémula, tímida.

—¡O cuantas veces quieras! ¡Y de todo corazón, Sonia; de todo corazón!...

Quería, por lo demás, decir alguna otra cosa.

Se santiguó varias veces. Sonia cogió su pañuelo y se lo echó a la cabeza. Era un pañuelo verde, a cuadros, probablemente el mismo a que aludiera aquella vez Marmeládov, «el de la familia». Por la mente de Raskólnikov cruzó esa idea; mas no preguntó nada. Efectivamente, sentía él mismo que estaba muy distraído y presa de una turbación anormal. Aquello le asustaba. De pronto le chocó el que Sonia quisiera salir al mismo tiempo que él.

—¿Qué es eso? ¿Adónde vas tú? ¡Quédate aquí, quédate aquí! —exclamó con apocado encono, y casi colérico se dirigió a la puerta—. ¿Qué falta me hace a mí escolta? —refunfuñó al salir.

Sonia se quedó parada en medio del cuarto. Él ni siquiera se despidió de ella; la había olvidado; una duda dolorosa y rebelde se agitaba en su alma.

«¿Es que ha de ser así, es que todo esto ha de ser así? —volvió a pensar, en tanto bajaba la escalera—. ¿No sería posible detenerse todavía y arreglarlo todo de nuevo... y no ir allá?».

Pero, a pesar de todo, fue. De pronto sintió, de una manera definitiva, que no había para qué formularse preguntas. Al salir a la calle recordó que no se había despedido de Sonia, que esta se había quedado en medio del cuarto, con su pañolito verde, sin osar moverse ante su intimidación, y se detuvo un instante. En aquel momento, de repente, un pensamiento se le apareció claro. Parecía como que había estado aguardando hasta entonces para acabar de trastornarlo.

«Pero vamos a ver: ¿para qué habré ido a verla ahora? Yo le dije que había ido a una cosa; pero ¿a qué cosa? ¡En absoluto, a ninguna! A decirle que *iba allá*; ¿no sería a eso? Pero ¿qué falta hacía? ¿Será que la amo? Pero ¡no, no! ¿No acabo de espantarla ahora mismo como a un perro? La cruz, ¿es que yo necesitaba, acaso, que me la diese? ¡Oh, y qué bajo he caído! No. ¡Lo que yo necesitaba eran sus lágrimas; lo que me hacía falta era ver su susto, ver cómo el corazón le dolía y se le destrozaba! ¡Yo necesitaba asirme a algo, contemporizar, contemplar un ser humano! ¡Y me había atrevido a cifrar en mí mismo tantas ilusiones, a soñar tantas cosas de mí, mendigo que soy, insignificante, ruin, ruin!».

Iba costeando el muelle del canal y ya le faltaba poco. Pero al llegar al puente se detuvo, y de pronto torció a un lado y se dirigió al Heno.

Miró ávidamente a derecha e izquierda, contemplando con esfuerzo cada objeto y sin lograr concentrar en nada la atención; todo se le escurría. «He aquí que dentro de una semana, dentro de un mes, me conducirán quién sabe adónde en uno de esos coches de presos, por este mismo puente. ¿Cómo miraré yo entonces este canal?... ¿Me acordaré de esto? —hubo de cruzarle por la mente—. Ahí está la muestra de esa tienda; ¿cómo leeré yo entonces esas mismas letras? Ahí dice: *Compañía*; bueno, pues me acordaré ya de esa *a*, de la letra *a*, y miraré dentro de un mes esa misma *a*, ¿cómo la veré entonces? ¿Qué sentiré y qué pensaré entonces?... ¡Dios, y qué ruin tiene que ser todo esto, todas estas mis actuales... preocupaciones! Sin duda que todo esto debe de ser curioso... en su género... ¡Ja, ja, ja; hay que ver las cosas que pienso! Yo me vuelvo niño, me las doy de bravo ante mí mismo; pero, vamos a ver: ¿por qué he de sentir sonrojo? ¡Hum! ¡Qué empujones le dan a uno! Ahí va ese rechoncho, alemán tiene que ser, que acaba de darme un empujón. ¿Cómo podría saber a quién ha empujado? Una vieja con un chico me pide limosna, y es curioso pensar que me considerará más feliz que ella! ¡Y que no dejaría de tener gracia que le diese limosna! ¡Bah!, solo me queda un *piatak* en el bolsillo. ¿De dónde provendrá? ¡Vaya, vaya..., tome, madrecita!».

—¡Dios te guarde! —sonó la llorosa voz de la mendiga.

Se entró por el Heno. Le resultaba muy desagradable, efectivamente, codearse con la gente, y, sin embargo, se dirigió precisamente allá donde más gente había. Lo habría dado todo en el mundo por encontrarse solo; pero él mismo sabía que ni un solo momento podría ya estarlo. Por entre el gentío alborotaba un borracho; se empeñaba en bailar, pero siempre se caía de costado. Se había formado un corro en torno suyo. Raskólnikov se abrió paso por entre el gentío, contempló unos instantes al borracho, y de pronto prorrumpió en una risa breve y entrecortada. Un minuto después ya se había olvidado de él y ni siquiera lo había visto, no obstante haberlo mirado. Se alejó, finalmente, sin siquiera percatarse de dónde se encontraba; pero al llegar al medio de la plaza se operó de pronto en él un movimiento, se apoderó de él súbitamente una sensación que le embargó todo, cuerpo y mente.

De pronto recordó las palabras de Sonia: «Vete a una encrucijada, haz una reverencia a la gente, besa la tierra, porque también ante ella has pecado, y dile a todo el mundo en voz alta: "¡Soy un asesino!"». Temblaba todo él al recordarlo. Y hasta tal punto hizo presa en él la pena sin desahogo y la alarma de todo aquel tiempo, pero sobre todo de las últimas horas, que se rindió a toda aquella sensación, nueva, plena. Un como ataque le acometió de pronto; se encendió en su alma una centella y, súbitamente, como un fuego, lo envolvió todo. Todo, de pronto, se enterneció en él y brotaron las lágrimas. Según y como estaba en pie, así se desplomó en tierra...

Se puso de rodillas en mitad del campo, le hizo una reverencia a la tierra, y besó aquella tierra sucia con deleite y ventura. Se levantó y volvió a postrarse otra vez.

—¡Miren qué buena la ha cogido! —observó a su lado un mocito.

Se oyeron risas.

—Eso es que va a Jerusalén, hermanitos, y se está despidiendo de sus hijos y de su patria, y a todo el mundo saluda, a la capital San Petersburgo y su terreno —añadió un artesano, algo borrachillo.

—¡El mozo es todavía joven! —replicó un tercero.

—¡De buena familia! —observó uno, con voz seria.

—Hoy no distingues ya quién es de buena familia y quién no.

Todos estos comentarios y dichos cohibían a Raskólnikov, y la frase «¡Soy un asesino!», pronta ya quizá a brotar de su lengua, en ella se extinguió. Pero aguantó tranquilamente todos esos dicharachos y, sin mirar a nadie, echó a andar a través de la callejuela, en dirección a la comisaría. Solo una visión cruzaba ante él por el camino; pero no le causaba asombro; presentía ya que así tenía que ser. Mientras él, en el Heno, se postraba ante la tierra por segunda vez, al volverse hacia la derecha, a cincuenta pasos de distancia, vio con asombro a Sonia. Esta se escondía de él tras una de las barracas de madera que había en la explanada; así, pues, le acompañaba en todo su calvario. Raskólnikov sentía y comprendía en aquel instante, de una vez acaso para siempre, que ahora ya Sonia estaría con él eternamente e iría tras él hasta el mismo fin del mundo, adonde a él lo mandara el Destino. Todo su corazón le dio un vuelco... Pero... ya había llegado al lugar fatídico.

Con bastantes ánimos entró en el portal. Era menester subir al tercer piso. «Por lo pronto, subamos», pensó. En general, le parecía que de allí hasta el momento fatal aún mediaba gran trecho, que aún le quedaba mucho tiempo por delante y aún podía pensar en muchas cosas.

Otra vez la misma suciedad de marras; los mismos desperdicios en la escalera de caracol; otra vez las puertas de los pisos abiertas de par en par; otra vez las mismas cocinas, de las que se exhalaban calores y tufaradas. Raskólnikov no había estado allí desde entonces. Los pies le flaqueaban y se le escurrían, pero seguían andando. Se detuvo un momento para respirar, para recobrarse, para entrar *como un hombre*. «Pero ¿para qué? ¿Para qué? —pensó de pronto, reparando en su movimiento—. Puesto que hay que apurar este cáliz, ¿no da todo igual? Cuanto más repulsivo, mejor». Por su imaginación pasó en aquel instante la figura de Iliá Petróvich, Polvorilla. «Pero ¿es que, efectivamente, iba a verlo? ¿No podía dirigirse a otro?... ¿No podía dirigirse a Nikodim Fómich?... ¿Dar de pronto media vuelta e ir a ver al mismo jefe de la comisaría en su casa? Por lo menos, la cosa se ventilaría en familia... ¡No, no! ¡A Polvorilla, a Polvorilla! Puesto que hay que apurarlo, apurémoslo de una vez...».

Transido de frío y casi de un modo inconsciente, empujó la puerta de la comisaría. Pero aquella vez había en ella poco público, solamente el portero y algún que otro hombre del pueblo. El vigilante ni siquiera lo miró desde su garita. Raskólnikov pasó al segundo cuarto. «Quizá aún sea posible no hablar», se le ocurrió. Allí, un individuo de la clase de empleados, vestido de paisano, estaba escribiendo algo en su escritorio. En un rincón estaba también sentado otro escribiente, Zamiótov no estaba. Nikodim Fómich, naturalmente, no estaba tampoco.

—¿No hay nadie? —preguntó Raskólnikov, encarándose con el individuo del escritorio.

—¿A quién busca usted?

—¡A...a...ah!... Con el oído no oí, con los ojos no vi, un alma rusa..., según dicen en un cuento... que he olvidado. ¡M...mis r...respetos! —gritó de pronto una voz conocida.

Raskólnikov se estremeció. Ante él estaba Polvorilla, que de pronto había salido de la tercera habitación. «Es el Destino mismo —pensó Raskólnikov—. ¿Por qué había de estar aquí?».

—¿A mí; a quién? ¿Con qué motivo?—exclamó Iliá Petróvich; era evidente que se hallaba en un estado de ánimo inmejorable y hasta un tanto inspirado—. Si es para un asunto, entonces es todavía temprano... Yo estoy aquí por casualidad... Por lo demás, ¿en qué puedo?... Le confieso a usted... ¿Cómo?... ¿Cómo?... Dispense...

—Raskólnikov.

—¡Vaya! ¡Raskólnikov! Pero ¿es que podía usted figurarse que se me había olvidado? Supongo que no me creerá usted capaz..., Rodión, Ro..., Ro..., Rodiónich, ¿no es así?

—Rodión Románovich.

—¡Eso es, eso es, eso es! ¡Rodión Románovich, Rodión Románovich! Algo así quería decir yo. Hasta he preguntado muchas veces por usted. Yo, se lo confieso, desde la vez aquella lamentaba haber tenido aquel incidente con usted... Luego me han explicado, he podido saber que era usted un joven literato y hasta un sabio... que, por así decirlo, hacía sus primeras armas... ¡Oh, Señor! ¡Y qué literato o qué sabio, al principio, no tiene sus rarezas! Yo y mi mujer, los dos gustamos de la literatura, ¡y mi mujer con pasión!... ¡La literatura y el arte! ¡Quitando la nobleza, todo lo demás se puede adquirir con el talento, la ciencia, la razón, el genio! El sombrero..., vamos a ver, es un ejemplo, ¿qué significa el sombrero? Un sombrero es una montera, yo lo compro en casa de Zimmermann, pero lo que bajo el sombrero se esconde y con el sombrero se cubre, eso no puedo yo comprarlo... Yo, se lo confieso, hasta pensé en tener con usted una explicación, solo que recapacité en que acaso usted... Pero a todo esto, no le he preguntado: ¿necesita usted algo? Dicen que su familia vino a verle...

—Sí; mi madre y mi hermana.

—He tenido también el honor y la suerte de conocer a su hermana... Persona culta y encantadora. Se lo confieso; lamentaba el haberme acalorado entonces con usted de aquel modo. ¡Un lance! Pero el que yo entonces, a propósito de su desmayo, le dirigiese cierta mirada, se ha explicado luego del modo más brillante. ¡Crueldad y fanatismo! Comprendo su indignación. Quizá con motivo de la llegada de su familia, ¿tiene usted intención de mudarse de casa?

—No..., no; yo, simplemente... Yo vine a preguntar... Pensaba encontrar aquí a Zamiótov.

—¡Ah, sí! ¡Conque se hicieron amigos! Lo oí decir. Pues no, no está Zamiótov. No lo encontrará aquí. ¡Así es; hemos perdido a Aleksandr Grigoriévich! Desde ayer no lo tenemos en persona; lo trasladaron..., y al irse, hasta riñó con todos... Hasta ese punto llegó su descortesía... Una ventolera de muchacho, nada más; hasta hacía concebir esperanzas; pero sí, ¡fíese usted de nuestra brillante juventud! ¡Examinarse quiere de no sé qué, solo para darse pisto y fanfarronear con nosotros por haber sufrido el examen! ¡No se parece en nada a usted o, por ejemplo, al señor Razumijin, su amigo! ¡Su carrera de usted es científica y a usted no pueden abatirle las derrotas! Para usted, de todas estas bellezas de la vida se puede decir: *Nihil est*;[*] usted es un asceta, un monje, un retraído... Para usted los libros, la pluma detrás de la oreja, las investigaciones científicas... ¡He aquí a lo que aspira su alma! Yo también, hasta cierto punto... ¿Ha leído usted las memorias de Livingstone?

—No.

—Pues yo sí las he leído. Ahora, por lo demás, abundan mucho los nihilistas; pero bueno, es comprensible; ¿quiere usted decirme en qué tiempos vivimos? Aunque, después de todo, yo con usted... ¡Porque supongo que no será nihilista!... ¡Contésteme con toda franqueza, con toda franqueza!

—¡N...no!...

—¡No; mire usted: conmigo puede hablar francamente, no se encoja, como si estuviera a solas consigo mismo! Una cosa es el servicio y otra..., usted se figuraba que yo iba a decir *la amistad*; ¡pues no, no ha acertado! No la amistad, sino el sen-

---

[*] *«Nihil est»:* nada. (En latín en el original).

timiento de ciudadano y de hombre, el sentimiento de humanidad y de amor al Altísimo. Yo, por muy personaje oficial que pueda ser, por muy funcionario que sea, siempre, siempre estoy obligado a sentir en mí al ciudadano y al hombre y a dar cuenta de ello... Usted se dignó hablar de Zamiótov. Zamiótov arma escándalos a la manera de los franceses, en establecimientos indecorosos, en cuanto tiene en el cuerpo una copa de champaña o de vino del Don... ¡Para que vea usted quién es su Zamiótov! Yo, en cambio, por así decirlo, ardo en celos y sentimientos elevados, y, además, tengo un nombre, un cargo, ocupo un puesto. Tengo mujer e hijos. Cumplo con el deber de ciudadano y del hombre, mientras que él, ¿quién es?, permítame usted se lo pregunte. Yo me conduzco con usted como con un hombre ennoblecido por la ilustración. Mire usted: las comadronas se han multiplicado con exceso...

Raskólnikov enarcó inquisitivamente las cejas. Las palabras de Iliá Petróvich, que era evidente acababa de levantarse de la mesa, sonaban y pasaban ante él como varios ruidos. Comprendía, sin embargo, algo de todo aquello; miraba interrogativamente y no sabía en qué iría a parar la cosa.

—Me refiero a esas señoritas del pelo cortado —prosiguió el garrulo de Iliá Petróvich—. Yo les he puesto el nombre de comadronas, y encuentro que es una denominación la mar de apropiada. ¡Je, je! Se cuelan en la Academia; estudian anatomía; vamos a ver, dígame: si yo me pongo enfermo, ¿voy a llamar a una señorita para que me cure? ¡Je, je!

Iliá Petróvich se echó a reír, enteramente satisfecho de su agudeza.

—Supongamos que se trata de una sed inmoderada de instruirse; pero instrúyase usted y basta. ¿A qué abusar? ¿Por qué ofender a las personas decentes, como hace ese gandul de Zamiótov? ¿Por qué ha de ofenderme a mí, quiere usted decirme? Hay que ver cuánto ha aumentado el número de esos suicidas. No puede usted imaginárselo. Toda esa gente se gasta los últimos cuartos y luego se mata. Chicas, muchachos, viejos... Esta mañana misma recibimos una comunicación referente a cierto caballero recién llegado a Petersburgo. Nil Pávlich, ¿no? ¡Nil Pávlich! ¿Cómo se llamaba ese caballero que nos anunciaron hace poco se había pegado un tiro en el viejo Petersburgo?

—Svidrigáilov... —respondieron desde el otro cuarto con voz recia e indiferente.

Raskólnikov dio un respingo.

—¡Svidrigáilov! ¡Svidrigáilov se ha pegado un tiro! —exclamó.

—¡Cómo! Pero ¿conocía usted a Svidrigáilov?

—Sí...; lo conocía... Estaba recién llegado...

—¡Ah!, sí; había venido hacía poco. Había perdido a su mujer, era hombre de conducta licenciosa y, de pronto, va y se pega un tiro, y de un modo tan escandaloso, que es imposible formarse idea... Ha dejado en su cuadernito de apuntes unas cuantas palabras, declarando que moría en el uso cabal de sus facultades y rogando que no se culpase a nadie de su muerte. Dicen que tenía dinero. ¿De modo que usted lo conocía?

—Sí..., lo conocía... Mi hermana estuvo viviendo en su casa como institutriz....

—¡Ah, ah, ah!... Entonces podría usted darnos detalles acerca de él. ¿No le había hecho concebir ninguna sospecha?

—Yo lo vi anoche... Había bebido vino... Yo no sabía nada.

Raskólnikov sentía que algo le había caído encima y lo agobiaba.

—Parece que ha vuelto usted a ponerse pálido. Tenemos aquí una atmósfera tan ahogada...

—Sí, tengo prisa —balbució Raskólnikov—. Perdone que haya venido a molestarles...

—¡Oh, nada de eso; he tenido mucho gusto! Me ha proporcionado usted una satisfacción, y celebro manifestarle...

E Iliá Petróvich hasta le tendió la mano.

—Yo únicamente quería... Vine a ver a Zamiótov...

—Comprendo, comprendo; pero he tenido una satisfacción.

—Yo... celebro mucho... Hasta la vista... —dijo Raskólnikov con una sonrisa.

Salió; se tambaleaba. La cabeza le daba vueltas. No se daba cuenta de si se sostenía aún sobre sus piernas. Empezó a bajar la escalera, apoyando la mano en el muro. Le pareció que un portero, con un librillo en la mano, le dio un empujón al cruzarse con él para entrar en la comisaría; que un perrillo ladraba en algún sitio, en el piso inferior, y que una mujer le tiraba una piedra y le gritaba. Llegó abajo y salió al patio. Ya en el zaguán, al salir, se encontró con que estaba pálida, toda como muerta, Sonia, y le miraba ansiosa, ansiosa. Se detuvo ante ella. Algo doloroso y lancinante, algo de desolado expresaba su rostro. Alzó los brazos. Una vaga, extraviada sonrisa, asomó a los labios de él. Se quedó parado, rió sarcásticamente y se volvió arriba, otra vez a la comisaría.

Iliá Petróvich estaba sentado y revolvía unos papeles. Ante él se hallaba el mismo campesino que acababa de darle aquel empujón a Raskólnikov al tropezarse con él en la escalera.

—¡Ah..., ah..., ah! ¡Usted de nuevo! ¿Se dejó aquí algo?... ¿Qué desea?

Raskólnikov, con labios descoloridos, con la mirada fija, se acercó despacio, se acercó hasta su misma mesa, apoyó en ella una mano, quiso decir algo, y no pudo: solo se oyeron algunos sonidos, incoherentes.

—¡Está usted indispuesto: una silla! ¡Aquí; siéntese en esta silla, siéntese! ¡Agua!

Raskólnikov se dejó caer en la silla, pero sin apartar los ojos de la cara del desagradablemente sorprendido Iliá Petróvich. Se miraron un instante uno a otro y aguardaron. Trajeron el agua.

—Es que yo... —empezó Raskólnikov.

—Beba el agua.

Raskólnikov apartó con la mano el agua, y despacio, con pausa, pero distintamente, dijo:

—*Es que yo fui quien mató a aquella vieja viuda de un funcionario y a su hermana Lizaveta con el hacha para robarle.*

Iliá Petróvich abrió la boca. De todos lados acudió gente.

Raskólnikov repitió su declaración...

EPÍLOGO

I

Siberia. A la orilla, ancha y desierta, de un río, se alza una ciudad, uno de los centros administrativos de Rusia; en la ciudad, una fortaleza; en la fortaleza, un presidio. En el presidio lleva ya dos meses recluido el deportado a galeras de segunda clase Rodión Raskólnikov. Desde el día de su crimen ha pasado cerca de año y medio.

El curso de su causa no encontró grandes dificultades. El criminal, firme, clara y exactamente sostuvo su declaración, sin omitir ningún detalle ni atenuarlos en favor suyo, sin falsear los hechos ni olvidar la menor circunstancia. Contó hasta en sus más nimios pormenores todo el proceso del crimen, aclaró el misterio de la *prenda* (aquella planchita de madera con el trocito de metal) que le encontraron a la interfecta en la mano; refirió detalladamente cómo le quitó a la muerta las llaves, que describió, así como también el arca y lo que contenía; hasta enumeró algunos de los distintos objetos que en ella se guardaban; explicó el enigma del asesinato de Lizaveta; expuso cómo llegó y llamó Koch a la puerta, y detrás de él, el estudiante, repitiendo todo cuanto hablaron entre sí; cómo él, el criminal, salió luego a la escalera y oyó los gritos de Mikolka y Mitka; cómo se escondió en el piso vacío, y luego se volvió a su casa, y, para terminar, indicó la piedra de aquel corralón del Próspekt Vosnesenskii, bajo la cual se encontraron los objetos y el portamonedas. En una palabra: que el asunto estaba claro. Los instructores y los jueces se asombraron, entre otras cosas, de que hubiese escondido los objetos y el portamonedas bajo una piedra, sin aprovecharse de nada, y, sobre todo, de que no solo no recordase al pormenor todos los objetos por él robados, sino que hasta se equivocase en cuanto a su número. La circunstancia especial de que ni una vez abriese el bolsito ni llegase a enterarse a punto fijo del dinero que contenía les pareció inverosímil (en el bolsito aparecieron trescientos diecisiete rublos en plata y tres monedas de dos grívenes; del largo tiempo de estar bajo la piedra, los billetes de encima, los más grandes, estaban muy deteriorados). Mucho dio que pensar aquello. ¿Por qué el procesado mentía precisamente en este solo detalle, cuando en todo lo demás sus afirmaciones resultaron espontáneas y justas? Finalmente, algunos (principalmente entre los psicólogos) llegaron, incluso, a admitir la posibilidad de que, efectivamente, no hubiese registrado el portamonedas, ignorando, por tanto, lo que contuviese, y, sin saberlo, lo hubiese metido debajo de la piedra; pero de esto mismo concluían que el crimen no podía haberse cometido de otro modo que en un estado pasajero de locura, por decirlo así, bajo la acción de una morbosa monomanía de homicidio y robo, sin ulteriores miras ni cálculos de lucro. Se invocó a este respecto la novísima teoría, de moda a la sazón, de la enajenación mental temporal, que con tanta frecuencia se esfuerzan por aplicar en nuestros tiempos a algunos delincuentes. Además, el reciente estado de hipocondría de Raskólnikov lo atestiguaron terminantemente muchos testigos, el doctor Zosímov, sus antiguos camaradas, la patrona, la criada. Todo esto contribuyó grandemente a la conclusión de que Raskólnikov no tenía la más remota semejanza con un asesino, bandido o ladrón vulgar, sino que había que ver en él otra cosa distinta. Con grandísima contrariedad por parte de los que sostenían esta tesis, el mismo criminal casi no hacía nada por defenderse, sino que a las preguntas terminantes: «¿Qué cosa concretamente podía haberlo inclinado al homicidio y qué fue lo que le indujo a cometer el robo?», respondió, con toda claridad y con la más brutal decisión, que la causa de todo había sido su enojosísima situación, su miseria y desamparo, el deseo de iniciar sus primeros pasos en la vida con ayuda, por lo menos, de tres mil rublos, que esperaba encontrar en casa de la interfecta. También se había decidido al crimen por efecto de su aturdido y apocado carácter, irritado, además, por las privaciones y los fiascos. A la pregunta de por qué se había sentido impulsado a delatarse, contestó francamente que por una sincera contrición. Todo esto resultaba casi brutal...

La sentencia, sin embargo, resultó más benigna de lo que habría podido esperarse, habida cuenta del crimen cometido; y quizá precisamente por no haber querido el procesado justificarse, sino mostrado más bien como deseos de agravar su culpa. Todas las extrañas y especiales circunstancias del caso fueron tomadas en consideración. La situación patológica y mísera del criminal antes de la comisión del delito no se prestaba a la más leve duda. El no haberse lucrado con el robo se atribuyó en parte a efectos del arrepentimiento experimentado, y en parte al mal estado de sus facultades mentales en la época en que cometió el crimen. La circunstancia del asesinato impremeditado de Lizaveta sirvió también de ejemplo, que venía a corroborar la última hipótesis; el hombre comete los dos asesinatos, y al mismo tiempo se olvida de que ha dejado la puerta abierta. Finalmente, se presenta para delatarse, cuando ya el asunto se había embrollado extraordinariamente a consecuencia de la falsa declaración de un fanático enajenado (Nikolai), y cuando, además, no se tenían apenas contra el verdadero culpable, no ya pruebas claras, pero casi ni sospechas (Porfirii Petróvich había cumplido plenamente su palabra), todo lo cual contribuyó definitivamente a mitigar la suerte del reo.

Se aclararon, además, otras circunstancias completamente inesperadas que favorecían mucho al procesado. El ex estudiante Razumijin fue a buscar, ¿quién sabe adónde?, testimonios, y adujo pruebas de que el delincuente Raskólnikov, en el tiempo que estuvo en la universidad, ayudó a sus expensas a un condiscípulo pobre y tísico, manteniéndole poco menos que del todo por espacio de medio año. Luego que aquel murió, fue a buscar al padre, que vivía, pero era viejo y estaba impedido, del compañero muerto (el que había estado sosteniéndolo y manteniéndolo con su trabajo casi desde los trece años), recabó y obtuvo su ingreso en un hospital, y, al morir, le costeó el entierro. Todos estos testimonios ejercieron su parte de influencia en la decisión de los magistrados. Hasta su patrona, la madre de la difunta prometida de Raskólnikov, la viuda Zarnitsina, atestiguó también que cuando vivían en la otra casa, en las Cinco Esquinas, Raskólnikov, con ocasión de un incendio, de noche, extrajo de un piso, ya chamuscados, a dos niños pequeñitos, sufriendo él también quemaduras. Este hecho fue comprobado, y de él dieron fe cumplida numerosos testigos. En una palabra: que paró la cosa en que condenaron al procesado a trabajos forzados de segunda clase por ocho años solamente, en consideración a haberse delatado él mismo y a algunas circunstancias atenuantes de su culpa.

Desde el mismo principio del proceso la madre de Raskólnikov cayó enferma. Dunia y Razumijin encontraron posibilidad de sacarla de Petersburgo por todo el tiempo que duró la vista de la causa. Razumijin eligió una ciudad sobre la vía férrea, y a poca distancia de Petersburgo, a fin de poder él seguir regularmente todas las incidencias del proceso y, al mismo tiempo, verse lo más a menudo posible con Avdotia Románovna. La enfermedad de Puljeria Aleksándrovna era una dolencia algo rara, nerviosa, e iba acompañada de algo como enajenación mental, si no completa, por lo menos parcial. Dunia, al regreso de su última entrevista con su hermano, halló a su madre ya muy enferma, con fiebre y delirio. Aquella misma noche convino la joven con Razumijin lo que habían de contestar a las preguntas de su madre respecto al hermano, y hasta fraguaron entre los dos toda una historia que contarle a aquella sobre la marcha de Raskólnikov a algún punto lejano, en las fronteras de Rusia, donde desempeñaba un destino particular, que, finalmente, iba a producirle dinero y fama. Pero hubo de chocarles que jamás, ni entonces ni después, les preguntara nada Puljeria Aleksándrovna sobre el particular. Al contrario: ella misma inventó toda una historia acerca de la súbita partida de su hijo; con lágrimas refería que él había estado a despedirse de ella y le había dado a entender en esa ocasión, de un modo indirecto, que ella era la única en conocer razones muy principales y reservadas, y por los muchos y poderosos enemigos que él, Rodia, tenía, se veía obligado a ocultarse. Por lo que concierne a su futura carrera, la tenía, sin duda alguna, por indudable y brillante, tan pronto desapareciesen algunas circunstancias hostiles; le aseguraba a Razumijin que su hijo habría de ser con el tiempo todo un gran señor, según podía inferirse de su artículo y de su brillante genio literario. El referido artículo estaba leyéndolo continuamente, y a veces lo leía también en voz alta, durmiendo poco menos que con él, y, sin embargo, no preguntaba nunca dónde se encontrase ahora Rodia, a pesar de que visiblemente evitaban todos hablarle de aquello, lo que habría podido despertar sus sospechas. Empezaron, por último, a inquietarse con motivo de aquel extraño silencio de Puljeria Aleksándrovna tocante a ciertos puntos. Ni siquiera se quejaba, por ejemplo, de no recibir carta suya, siendo así que antaño, cuando vivía en el pueblo, apenas si vivía más que con la ilusión y la esperanza de recibir cuanto antes carta de su queridísimo Rodia. Esta última circunstancia resultaba ya harto inexplicable e inquietaba mucho a Dunia; hubo de pensar si su madre presentía algo espantoso en el destino de su hijo y temía preguntar, con objeto de no saber algo todavía más horrible. En todo caso, Dunia veía claramente que Puljeria Aleksándrovna no estaba en todo su juicio.

Dos veces, por lo demás, ocurrió que ella misma dio tal

giro a la conversación, que imposible era, al contestarle, no decirle dónde se encontraba actualmente Rodia; cuando las contestaciones tenían forzosamente que resultar insatisfechas y sospechosas, ella se ponía de pronto muy triste, adusta y taciturna, lo cual se prolongaba largo rato. Dunia vio, finalmente, que era difícil mentir, y recapacitó, llegando a la conclusión definitiva de que era mejor callar sobre ciertos puntos; pero cada vez resultaba más claro, hasta la evidencia, que la pobre madre recelaba algo espantoso. Dunia recordó, entre otras cosas, las palabras de su hermano, de que su madre le había oído desvariar en el sueño la noche anterior de aquel día fatal, después de su escena con Svidrigáilov. ¿No habría oído algo entonces? Con frecuencia, a veces, tras algunos días y hasta semanas de arisco y huraño silencio y taciturnas lágrimas, la enferma se animaba como histéricamente y empezaba de pronto a hablar en voz alta, casi sin parar, de su hijo, de sus ilusiones, del porvenir... Sus fantasías resultaban en ocasiones muy extrañas. La consolaban, le daban la razón (es posible que ella misma comprendiese que le daban la razón por consolarla); pero, a pesar de todo, seguía hablando...

Cinco meses después de la presentación del reo a las autoridades quedó dictada su sentencia. Razumijin iba a verlo a la cárcel siempre que le era posible. Sonia también. Finalmente, llegó la hora de la separación. Dunia le juró a su hermano que aquella no sería eterna; Razumijin, también. En la juvenil y fogosa cabeza de Razumijin había arraigado firmemente el proyecto de establecerse en los tres o cuatro años siguientes, aunque solo fuese al comienzo de su futura posición, reunir algún dinero y trasladarse a Siberia, donde el terreno es rico por todos conceptos y faltan trabajadores, gente y capital; afincarse allí, en la misma población donde se encontrase Rodión, y..., todos juntos, empezar nueva vida. Al despedirse lloraron todos. Raskólnikov, en los últimos días, se mostró muy caviloso; preguntaba mucho por su madre; constantemente estaba intranquilo por ella. Incluso se preocupaba mucho, cosa que alarmaba a Dunia. Al conocer detalles de la enfermedad de la madre, se puso muy sombrío. Con Sonia, fuere por lo que fuere, estuvo muy poco comunicativo todo el tiempo. Sonia, merced al dinero que le dejara Svidrigáilov, hacía ya tiempo que se había preparado y apercibido para seguir a una partida de presos, en la que había de ir él. De esto nunca habían hablado lo más mínimo ella y Raskólnikov; pero ambos sabían que así había de ser. En la última despedida sonrió él de un modo algo raro ante la ardiente convicción de su hermana y de Razumijin respecto a lo feliz que había de ser su porvenir cuando saliese del presidio, y tuvo el presentimiento de que la enfermedad de su madre había de tener pronto y funesto desenlace. Él y Sonia, finalmente, se pusieron en marcha.

Dos meses después, Dunia se casaba con Razumijin. La boda fue triste y privada. Del número de los invitados fueron, por lo demás, Porfirii Petróvich y Zosímov. En los últimos tiempos, Razumijin mostraba el aspecto de un hombre firmemente decidido. Dunia creía a ciegas, como no podía menos de creer, que habría de llevar a cabo todas sus intenciones; en aquel hombre se advertía una voluntad férrea. Entre otras cosas, volvió a seguir las clases de la universidad con objeto de terminar sus estudios. Ambos hacían a cada paso planes para lo por venir; ambos contaban firmemente con que al cabo de cinco años habían de emigrar, sin duda alguna, a Siberia. Hasta tanto, confiaban en Sonia...

Puljeria Aleksándrovna, alborozada, bendijo a su hija por su casamiento con Razumijin; pero, después de consumada la boda, empezó a mostrarse todavía más triste y preocupada. Con objeto de proporcionarle un instante grato, le comunicó a Razumijin, entre otras cosas, el hecho relativo al estudiante y a su padre impedido, así como también lo de que Rodia había sufrido quemaduras y hasta había tenido que guardar cama por salvar de la muerte, el año anterior, a dos criaturitas. Entrambas noticias pusieron el ya trastornado juicio de Puljeria

Aleksándrovna en un estado de entusiasmo frenético. Sin cesar hablaba de ello, y entablaba conversación, a este respecto, con cualquiera en plena calle (aunque Dunia iba siempre acompañándola). En los tranvías, en las tiendas, en cuanto encontraba alguien que la escuchase, sacaba la conversación acerca de su hijo, de su artículo, de cómo había ayudado a un estudiante, de que se había quemado en un fuego, etcétera. Dúnechka ya ni sabía cómo contenerla. Porque, además del peligro de tal entusiasmo, de su exaltación morbosa, se corría también el de que alguien pudiera recordar el apellido Raskólnikov por el proceso reciente y sacarlo a colación. Puljeria Aleksándrovna llegó, incluso, a enterarse del domicilio de la madre de los dos niños salvados, y quería a todo trance dirigirse a ella. Finalmente, su intranquilidad alcanzó límites extremos. De pronto, solía echarse a llorar, y con frecuencia se agravaba y le acometía el delirio. Sin embargo, por las mañanas anunciaba, sin más ni más, que, según sus cálculos, ya no podía tardar en llegar Rodia, pues recordaba que al despedirse de ella le dijo que había de aguardarle nueve meses justos. Empezaba a arreglar la casa para que todo estuviera listo a su llegada, y a arreglarle el cuarto que le estaba destinado (el suyo propio), a limpiar los muebles, a lavar y poner visillos nuevos, etcétera. Dunia se llenaba de inquietud; pero callaba y hasta la ayudaba a arreglar el cuarto para la llegada de su hermano. Después de un día intranquilo, transcurrido entre continuas fantasías, ensueños y lágrimas de júbilo, una noche se puso enferma, y a la siguiente mañana tenía fiebre y delirio. Declaráronsele las fiebres. Dos semanas después moría. En su delirio se le escapaban palabras de las cuales se podía inferir que sospechaba más de la horrible suerte de su hijo de lo que los otros suponían.

Raskólnikov estuvo largo tiempo sin saber la muerte de su madre, no obstante haberse iniciado la correspondencia con Petersburgo desde el principio mismo de su partida para Siberia. Se realizaba por conducto de Sonia, la cual, escrupulosamente, todos los meses escribía a Petersburgo a nombre de

Razumijin, y recibía de Petersburgo la contestación. Las cartas de Sonia le parecieron en un principio a Dunia y a Razumijin un tanto secas y poco satisfactorias; pero a lo último ambos encontraron que hasta era imposible escribir mejor, porque de aquellas cartas, en fin de cuentas, sacaban una cumplida y exacta imagen de la suerte de su infeliz hermano. Las cartas de Sonia respiraban la más práctica realidad, la más sencilla y clara descripción de todo el cuadro de la vida presidiaria de Raskólnikov. Apenas si exponía en ellas sus personales esperanzas ni se paraba a interrogar los enigmas del futuro ni a describir sus personales sentimientos. Apenas los intentos de explicación del estado moral de él, y, en general, de toda su vida interior, solo había hechos, es decir, palabras de Rodión; noticias detalladas de su estado de salud, de qué se le había quejado en su visita, qué le había pedido, qué le había encargado, etcétera. Todas estas noticias las comunicaba con toda suerte de pormenores. La imagen del desdichado hermano se destacaba finalmente; resaltaba precisa y clara; no podía caber error, porque se trataba de hechos verídicos.

Pero poco consuelo pudieron sacar Dunia y su marido de esas noticias, sobre todo al principio. Sonia participaba siempre que él estaba constantemente adusto, taciturno, sin interesarse siquiera a veces por las noticias que ella le comunicaba de las recibidas por carta; que le preguntaba a veces por la madre, y que cuando ella, al ver que ya casi adivinaba la verdad, le anunció por último su muerte, con gran asombro de su parte, pudo ver que no le hacía gran impresión, por lo menos así le pareció a ella, a juzgar por su aspecto exterior. Comunicaba, entre otras cosas, que, a pesar de que él visiblemente estaba tan embebecido en sí mismo, y como cerrado para todos, se avenía, sencilla y francamente, a su nueva existencia; que claramente comprendía su situación, no esperaba por algún tiempo nada mejor, no abrigaba locas ilusiones (como suele ser lo propio en ese estado), y casi no se asombraba de nada en el nuevo ambiente que le rodeaba, tan poco semejante a todo lo anterior. Participaba ser su salud satisfactoria. Salía a trabajar en faenas que no rechazaba ni pedía. Para la comida se mostraba indiferente, y eso que era una comida, quitando los domingos y días de fiesta, tan mala, que a lo último había acabado por aceptar de ella, de Sonia, con gusto, algún dinero para hacerse té todos los días; tocante a todo lo demás, le rogaba a ella no pasase cuidado, asegurándole que todas esas inquietudes por él no servían sino para enojarlo. Más adelante comunicaba Sonia que su situación en el presidio era la misma de todos; el interior de los pabellones no lo había ella visto, pero infería que eran estrechos, inmundos y malsanos; que él dormía en los petates, colocándose por debajo un fieltro, sin querer más mejora. Pero el que viviera tan hosca y pobremente no obedecía a ningún plan o intención premeditada, sino sencillamente a su descuido e indiferencia por su suerte. Sonia, francamente, escribía que él, sobre todo al principio, no solo no se interesaba por sus visitas, sino que hasta casi se mostraba enfadado con ella, estaba taciturno y hasta grosero; pero que, por fin, aquellas visitas se le habían convertido en una costumbre, y poco menos que en una necesidad, de suerte que se puso muy triste cuando ella algunos días estuvo enferma y no pudo visitarlo. Se veía con él los días de fiesta en las puertas del presidio o en el cuerpo de guardia, adonde lo llamaban por unos minutos; los días laborables, en el tajo, adonde ella iba a buscarle, o en los talleres, en los tejares o en los cobertizos, orillas del Irtisch. De sí misma anunciaba Sonia que había logrado hacerse en la ciudad de algunos conocimientos y protecciones; que trabajaba en la costura, y que, como en la ciudad casi no había modistas, resultaba en muchas casas la indispensable; sin hacer mención de que por ella también se extendía a Raskólnikov la protección de las autoridades del penal, que le aliviaba los trabajos, etcétera. Finalmente, llegó la noticia (Dunia también había advertido una particular emoción e inquietud en sus últimas cartas) de que él se alejaba de todos, de que en el presidio no lo querían; de que se pasaba sin hablar los días enteros y se había puesto muy pálido. De pronto, en su última carta, escribía Sonia que había caído gravemente enfermo y se hallaba en el hospital militar, en la crujía de presos...

II

Estaba enfermo desde hacía mucho tiempo; pero ni los horrores de la vida del presidio, ni los trabajos, ni el rancho, ni la cabeza afeitada, ni los vestidos míseros lograban abatirlo. ¡Oh, qué le importaban a él todos esos tormentos y mortificaciones! Por el contrario, hasta le proporcionaba el trabajo una alegría; agotado por la labor física, lograba, por lo menos, algunas horas de un sueño tranquilo. ¿Y qué significaba para él la comida, aquellas simples sopas de coles con cucarachas? De estudiante, en la época de su vida anterior, con frecuencia le sucedió no tener ni eso. Sus ropas eran de abrigo y adecuadas a su género de vida. Las cadenas apenas las sentía. ¿Habría de avergonzarse por tener la cabeza afeitada y llevar chaqueta de dos piezas? ¿Ante quién? ¿Ante Sonia? Sonia le temía y ante ella no tenía por qué abochornarse.

Aunque, después de todo, ¿qué?... También se avergonzaba delante de Sonia, a la que mortificaba con su despectiva y grosera conducta. Pero no de la cabeza afeitada ni de las cadenas se avergonzaba ante ella; su orgullo estaba muy enconado, y cayó enfermo de este enconado orgullo. ¡Oh, y qué feliz habría sido de haberse podido inculpar a sí propio! Todo lo habría soportado entonces, hasta la vergüenza y la deshonra. Pero se juzgaba severamente, y su rígida conciencia no encontraba ningún particular horror en su pasado, salvo, quizá, el simple *fracaso*, que a cualquiera habría podido ocurrirle. Sentía bochorno, sobre todo de que él, Raskólnikov, se hubiese perdido tan sin esperanza, torpe y sordamente, por efecto de un fallo de la ciega suerte, y se viese obligado a conformarse e inclinarse ante la «absurdidad» de esa sentencia si en algún modo deseaba estar tranquilo.

Una inquietud sin objeto ni finalidad en el presente y en lo por venir, solo un ininterrumpido sacrificio que a nada conduciría: he ahí lo que le quedaba en el mundo. ¿Y qué importaba que dentro de ocho años solo tuviera él treinta y dos y pudiese de nuevo comenzar su vida? ¿Para qué vivir? ¿A qué aspirar? ¿Por qué esforzarse? ¿Vivir para existir? Pero mil veces ya antes había estado él dispuesto a dar su vida por una idea, por una ilusión, hasta por un ensueño. La simple existencia, siempre había significado poca cosa para él; siempre anheló más. Acaso por la sola fuerza de su deseo hubo de sentirse entonces un hombre al que le estaba permitido más que a los demás.

Y si el Destino, por lo menos, le hubiese enviado el arrepentimiento, un arrepentimiento lancinante que le devorase el corazón y le quitase el sueño, un arrepentimiento de esos ante cuyos espantosos sufrimientos se piensa en ahorcarse o arrojarse al agua, ¡oh, y cómo se habría alegrado! ¡Torturas y lágrimas, eso también era vida! Pero él no se arrepentía de su culpa.

Cuando menos, habría podido encolerizarse por su estupidez, cual se enfureció antes por sus torpes y estúpidas acciones que le condujeron al presidio. Pero ahora, ya en él, *con toda libertad*, pudo de nuevo dedicarse a juzgar y repasar todos sus actos anteriores, y, en absoluto, no los encontró tan torpes y estúpidos como hubieron de antojársele antaño en el tiempo fatal.

«¿En qué, en qué —pensaba— era mi idea más estúpida que otras ideas y teorías que ruedan y chocan unas con otras por el mundo, y así lo harán mientras el mundo exista? No hay más que mirar la cosa con ojos enteramente independientes, amplios y libres de la influencia cotidiana, para que mi idea no parezca ya tan... absurda. ¡Oh, negadores y sabios del valor de un *piatak* de plata! ¿Por qué os detenéis a mitad del camino?

»Vamos a ver: ¿por qué mi conducta os parece tan torpe? —decía él para sus adentros—. ¿Porque fue... criminal? ¿Qué significa vuestra criminalidad? Mi conciencia está tranquila. Cierto que se consumó un crimen de pena capital; cierto que se infringió la letra de la ley y se derramó sangre; bueno, pues tomad mi cabeza por la letra de la ley..., ¡y basta! Cierto que, en tal caso, incluso muchos bienhechores de la Humanidad que no recibieron en herencia el poder, sino que lo conquistaron, habrían merecido castigo desde sus primeros pasos. Pero esos individuos siguieron adelante y luego *tuvieron razón*, mientras que yo no resistí y, por tanto, no tenía derecho a dar ese paso».

Ved en lo que únicamente se reconocía él culpable: solo en no haber persistido y haber ido a delatarse.

Sufría también ante la idea: «¿Por qué no se suicidó él entonces? ¿Por qué estuvo allí encima del agua y optó por ir a presentarse? ¿Es que tanta fuerza tenía el deseo de vivir y tan difícil era vencerlo? ¿No lo había vencido Svidrigáilov, que tanto le temía a la muerte?».

Con dolor se formulaba esa pregunta y no podía comprender que ya entonces, cuando estaba encima del río, presintiese quizá en sí mismo y en sus convicciones un error profundo. No comprendía que aquel presentimiento podía ser el anuncio de una futura crisis en su vida, de su futura resurrección, de su futuro nuevo modo de ver la vida.

Prefería ver en eso simplemente la ciega pesantez del instinto, del cual no había podido desprenderse, y que tampoco tenía fuerzas para rebasar (por su flaqueza e insignificancia). Miraba a sus compañeros de presidio y se maravillaba. ¡Cuánto amaban todos ellos la vida, cómo la estimaban! Precisamente le parecía que en el presidio todavía la amaban y la estimaban más y más la apreciaban que libres. ¡Cuántos terribles sufrimientos y mortificaciones no soportaban algunos de ellos, por ejemplo, los vagabundos! ¿Es que tanto podía significar para ellos un simple rayito de sol, un bosque en calma, una fuente fría allá en las espesuras, vislumbrada tres años antes, y con visitar la cual el vagabundo sueña como con una cita con su amada y la ve en sueños con su verde hierba alrededor, y un pajarillo cantando en un árbol? Continuando sus exploraciones, descubría ejemplos todavía más inexplicables.

En el presidio, en el ambiente que le rodeaba, no advertía ciertamente muchas cosas, y hasta en modo alguno quería advertirlas. Vivía como con la vista baja; le resultaba repugnante y odioso mirar. Pero, a lo último, muchas cosas empezaron a maravillarlo, y él, cual sin querer, empezó a fijarse en lo que antes ni siquiera sospechara. En general, lo que más hubo de asombrarle fue el tremendo, insalvable abismo que había entre él y todos los demás. Le parecía como si todos ellos fuesen de distinta nación. Él y ellos se miraban entre sí con desconfianza y antipatía. Sabía y comprendía él las razones generales de semejante desacuerdo; pero nunca habría pensado antes que esas razones fuesen tan verdaderamente hondas y recias. En el penal había también unos confinados polacos, delincuentes políticos. Estos consideraban a toda aquella gente como una chusma y la miraban por encima del hombro; pero Raskólnikov no podía mirarla así: veía claramente que aquella chusma, por más de un concepto, resultaba mucho más inteligente que los polacos mismos. Había allí también rusos que despreciaban asimismo a aquella gente: un ex oficial y dos seminaristas. Raskólnikov advertía con toda claridad su yerro.

A él no lo querían, y lo rehuían todos. A lo último, hasta llegaron a odiarlo. ¿Por qué? No lo sabía. Lo despreciaban, se le reían, se reían de su crimen aquellos que eran más criminales que él.

—¡Tú eres un señorito! —le decían—. ¿Estaba bien que salieses con un hacha? ¡Eso no es propio de un señor!

La segunda semana de Cuaresma le tocó el turno de hacer sus devociones juntas con los de su pabellón. Fue a la iglesia y oró en unión de los otros. Por no sabía de qué, se armó camorra; todos a una cayeron sobre él con saña.

—¡Tú eres un ateo! ¡Tú no crees en Dios! —le gritaban—. Es preciso matarte.

Nunca había hablado con ellos de Dios ni de la fe; pero querían matarlo por ateo; él callaba y no les objetaba. Un preso se abalanzó a él con loca decisión; Raskólnikov lo aguardó tranquilamente y en silencio; no enarcó las cejas, ni una facción siquiera de su rostro se contrajo. El centinela logró interponerse a tiempo entre él y su agresor. De otra suerte, habría corrido la sangre.

Insoluble resultaba para él otra cuestión: ¿por qué todos amaban tanto a Sonia? Ella no les buscaba la gracia; ellos se la encontraban rara vez, en ocasiones, solo en los tajos de la labor, cuando ella iba solo un minutito a verlo. Y, sin embargo, todos ya la conocían; sabían que ella había ido allá siguiéndolo *a él*; sabían cómo y dónde vivía. Dinero no les daba ella, y servicios especiales no les hacía. Una vez solamente, por Navidad, llevó para todo el presidio un donativo: pastelillos y tortas. Pero, poco a poco, entre ellos y Sonia se entablaron relaciones algo más estrechas; ella les escribía las cartas para sus padres y las echaba al correo. Cuando sus padres o sus madres venían a la ciudad, ponían, por indicación de ellos, en manos de Sonia, los objetos y hasta el dinero que les llevaban. Sus mujeres y novias conocían a Sonia y la visitaban. Y cuando ella se dejaba ver en los tajos en busca de Raskólnikov o se encontraba con la partida de presos que iban al trabajo, todos se quitaban los gorros, todos se inclinaban: «¡*Mátuschka*, Sofia Semiónovna, madre nuestra que eres, tierna, delicada!», decían aquellos presidiarios brutales, estigmatizados, a la frágil y fina criatura. Ella se sonreía. Y a todos les hacía gracia hasta su modo de andar y se volvían a mirarla, siguiéndola con los ojos, según caminaba, y la requebraban: la requebraban incluso por ser tan pequeñita, la elogiaban sin saber ellos mismos por qué. Acudían a ella hasta para que los curase.

Él permaneció en el hospital todo el final de la Cuaresma y la semana de Pasión. Ya restablecido, recordó sus sueños, cuando aún tenía calentura y delirio. Soñó, en su enfermedad, que el mundo todo estaba condenado a ser víctima de una terrible, inaudita y nunca vista plaga que, procedente de las profundidades de Asia, caería sobre Europa. Todos tendrían que perecer, excepto unos cuantos, muy pocos, escogidos. Había surgido una nueva triquina, ser microscópico que se introducía en el cuerpo de las personas. Pero esos parásitos eran espíritus dotados de inteligencia y voluntad. Las personas que los cogían se volvían inmediatamente locas. Pero nunca, nunca se consideraron los hombres tan inteligentes e inquebrantables en la verdad como se consideraban estos atacados. Jamás se consideraron más infalibles en sus dogmas, en sus conclusiones científicas, en sus convicciones y creencias morales. Aldeas enteras, ciudades y pueblos enteros se contagiaron y enloquecieron. Todos estaban alarmados, y no se entendían los unos a los otros; todos pensaban que solo en ellos se cifraba la verdad, y sufrían al ver a los otros y se aporreaban los pechos, lloraban y dejaban caer los brazos. No sabían a quién ni cómo juzgar; no podían ponerse de acuerdo sobre lo que fuere bueno y lo que fuese malo. No sabían a quién inculpar ni a quién justificar. Los hombres se agredían mutuamente, movidos de un odio insensato. Se armaban unos contra otros en ejércitos enteros; pero los ejércitos, ya en marcha, empezaban de pronto a destrozarse ellos mismos, rompían filas, se lanzaban unos guerreros contra otros, se mordían y se comían entre sí. En las ciudades, todo el día se lo pasaban tocando a rebato; los llamaban a todos; pero quién ni para qué los llamasen, ninguno lo sabía y todos andaban asustados. Abandonaron los más vulgares oficios, porque cada cual preconizaba su idea, sus métodos, y no podían llegar a una inteligencia; quedó abandonada también la agricultura. En algunos sitios los hombres se reunían en pandillas, convenían algún acuerdo y juraban no desavenirse... Pero inmediatamente empezaban a hacer otra cosa totalmente distinta de lo que acababan de acordar, se ponían a culparse mutuamente, reñían y se degollaban. Sobrevinieron incendios, sobrevino el hambre. Todo y todos se perdieron. La peste aquella iba en aumento, y cada vez avanzaba más. Salvarse en el mundo entero consiguiéronlo únicamente algunos hombres, que eran puros y elegidos, destinados a dar principio a un nuevo linaje humano y a una nueva vida, a renovar y purificar la tierra, pero nadie ni en ninguna parte veía a aquellos seres, nadie oía su palabra y su voz.

A Raskólnikov le enojaba que aquel absurdo delirio tan triste y penosamente perdurase en sus recuerdos, que tanto tardase en borrársele la impresión de aquellos febriles desvaríos. Transcurrió la segunda semana después de las de Pascua; vinieron días tibios, claros, primaverales; en la sala de presos abrieron la ventana (enrejada, bajo la cual pasaban los centinelas). Sonia, en todo el tiempo de su enfermedad, solo dos veces pudo verlo en la sala; era preciso siempre pedir permiso, y eso era difícil. Pero ella solía acudir al patio del hospital, al pie de la ventana, sobre todo al oscurecer, y a veces únicamente para estar allí un minutito y mirar, aunque de lejos, la ventana de la crujía. Una vez, al caer la tarde, Raskólnikov, ya casi del todo restablecido, estaba durmiendo; habiéndose despertado, fue e inopinadamente se acercó a la ventana, y de pronto vio allá lejos, en las puertas del hospital, a Sonia. Estaba allí y parecía aguardar a alguien. Algo pareció traspasar su pecho en aquel instante; se estremeció y se dio prisa a retirarse de la ventana. Al día siguiente Sonia no fue, ni al otro tampoco; él observó que la aguardaba inquieto. Finalmente le dieron de alta. Al volver al presidio supo por los presos que Sonia Semiónovna estaba enferma, guardaba cama y no salía de casa.

Se puso muy intranquilo y mandó a preguntar por ella. No tardó en saber que su enfermedad no era de cuidado. Sabedora a su vez de que él se apesadumbraba y se inquietaba tanto por ella, Sonia le escribió una carta, garrapateada con lápiz, en la que le participaba que ya estaba mucho mejor, que no tenía sino un leve enfriamiento y que pronto, muy pronto, iría a verle en el tajo. Cuando él leyó la carta, el corazón le latió fuerte y dolorosamente.

Volvió a hacer un día tibio y claro. Por la mañana temprano, a las seis, se encaminó él al trabajo, en la orilla del río, donde en un cobertizo trituraban el alabastro y había un horno para hacer el yeso. Habían enviado allí, por junto, tres obreros. Uno de los presos cogió al centinela y se fue con él al fuerte en busca de alguna herramienta; otro se puso a preparar la leña para calentar el horno. Raskólnikov salió del cobertizo y se dirigió a la ribera, se sentó en un montón de troncos y se quedó mirando el ancho y desierto río. Desde la alta orilla se descubría un vasto espacio. De la otra orilla lejana apenas si llegaba el eco de una canción. Allí, en la estepa inacabable, bañada por el sol, con rasgos apenas perceptibles, negreaban las tiendas nómadas. Allí había libertad y vivían otras gentes, en absoluto distintas de las de aquí; allí parecía como si el tiempo se hubiese detenido y no hubiera pasado el siglo de Abraham y sus rebaños. Raskólnikov permanecía sentado y miraba fijamente, sin apartar la vista; su pensamiento se convirtió en un desvarío, en una contemplación; no pensaba en nada, pero cierta tristeza lo conmovía y atormentaba.

De pronto, junto a él, apareció Sonia. Se acercó con paso apenas perceptible y se sentó a su lado. Era muy temprano todavía; el frescor matinal aún no se había mitigado. Ella llevaba puesto un pobre y viejo albornoz y un pañolito verde. Su cara mostraba aún huellas de la enfermedad, había adelgazado, se quedó pálida, demacrada. Le sonrió afectuosa y alegre; pero, según su costumbre, le tendió con timidez la mano.

Siempre le tendía su mano con timidez, a veces hasta no se la daba en absoluto, cual temerosa de un desaire. Él siempre, como de mala gana, le tomaba la mano, siempre parecía acogerla con contrariedad, a veces guardaba un silencio obstinado todo el tiempo de su visita. Sucedía que ella temblaba delante de él y se iba hondamente apesadumbrada. Pero ahora sus manos no se soltaron; él le lanzó una ligera y rápida mirada; nada dijo, y bajó al suelo la vista. Estaban solos; nadie los veía. El centinela se había alejado en aquel momento.

Cómo fue aquello, ni ellos mismos lo sabían; pero de pronto algo pareció cogerlo a él y echarlo a los pies de ella. Lloraba y abrazaba sus rodillas. En el primer instante se asustó ella enormemente, y toda su cara se semejó a la de una muerta. Saltó de su sitio y, temblorosa, se quedó mirándolo. Pero inmediatamente, en aquel mismo instante, lo comprendió todo. En sus ojos resplandeció infinita felicidad; comprendía, y ya para ella no había duda de que él la amaba, la amaba infinitamente, y que había llegado por fin el momento...

Quisieron hablar, pero no les fue posible. Lágrimas había en sus ojos. Ambos estaban pálidos y flacos; pero en aquellos rostros enfermizos y pálidos refulgía ya la aurora de un renovado porvenir, de una plena resurrección a nueva vida. Los resucitaba el amor, el corazón del uno encerraba infinitas fuentes de vida para el corazón del otro.

Resolvieron aguardar y tener paciencia. A él le faltaban todavía siete años; y hasta entonces, ¡cuánto tormento insufrible y cuánta infinita dicha! Para él había resucitado y lo sabía, lo sentía con todo su ser renovado, y ella, ¡ella vivía únicamente de la vida de él!

La noche de aquel mismo día, cuando cerraron ya los pabellones, Raskólnikov estaba acostado en los petates y pensaba en ella. Aquel día hasta se le antojaba que todos los presos, que antes fueran sus enemigos, lo miraban ya con otros ojos. Hasta hablaba con ellos y le contestaban afectuosamente. Ahora lo recordaba, pero no era que tenía que ser así: ¿acaso no debía cambiar ahora ya todo?

Pensaba en ella. Recordaba cómo la había estado mortificando continuamente y destrozándole el corazón; recordaba su pálida, flaca carita, pero casi no le atormentaban ahora esos recuerdos; sabía con qué infinito amor iba a recompensar ahora sus dolores.

¿Y qué eran ya todos, *todos* aquellos tormentos del pasado? Todo, hasta su crimen, hasta su condena y deportación, le parecían ahora, en esta primera exaltación, un hecho exterior, ajeno, como no relacionado con él. Por lo demás, no podía aquella noche pensar larga y fijamente en nada, concentrar en nada el pensamiento; nada tampoco habría podido resolver entonces conscientemente; no hacía más que sentir. En vez de la dialéctica, surgía la vida, y en su conciencia debía de elaborarse algo totalmente distinto.

Debajo de su almohada tenía el Evangelio. Lo cogió maquinalmente. Aquel libro era propiedad de ella, pues era el mismo en que ella le había leído lo de la resurrección de Lázaro. Al principio de estar en el presidio pensaba que ella había de importunarlo con la religión y se pondría a hablarle del Evangelio y a fastidiarle con el libraco. Pero con el mayor asombro de su parte, ni una sola vez le había hablado ella de eso, ni una vez siquiera le había propuesto leer el Evangelio. Él era quien se lo había pedido poco antes de su enfermedad, y ella se lo llevó en silencio. Hasta entonces ni siquiera lo había él abierto. No lo abrió ahora tampoco, pero se le ocurrió un pensamiento: «¿Acaso su convicción podría no ser ahora también la mía? Sus sentimientos, sus aspiraciones por lo menos...».

Ella estuvo también todo aquel día emocionada, y por la noche volvió a recaer en la enfermedad. Pero era hasta tal punto dichosa, que casi le asustaba su felicidad. ¡Siete años, *solo* siete años! Al principio de su felicidad, en algunos momentos, habrían estado dispuestos a considerar aquellos siete años como siete días. Él ni siquiera sabía que la vida nueva no se le había de dar gratuitamente, sino que tendría que comprarla aún cara, pagar por ella una gran hazaña futura...

Pero aquí ya empieza una nueva historia, la historia de la gradual renovación de un hombre, la historia de su tránsito progresivo de un mundo a otro, de su conocimiento con otra realidad nueva, totalmente ignorada hasta allí. Esto podría constituir el tema de un nuevo relato, pero nuestra presente narración termina aquí.